LE HUIT

Katherine NEVILLE

LE HUIT

Traduit de l'anglais (États-Unis)
par Evelyne Jouve

le cherche midi

Ouvrage publié sous la direction de Arnaud Hofmarcher

Titre original : *The Eight*
Publié aux États-Unis par Ballantine Books, New York, 1988.

Mis en pages par : Nord Compo
ISBN : 978-2-7491-7742-7
Dépôt légal : mai 2024

Vous pouvez consulter notre catalogue général et l'annonce de nos prochaines parutions sur notre site : www.cherche-midi.com

92, avenue de France – 75013 Paris

Les échecs sont la vie.

Bobby FISCHER.

La vie est une sorte de jeu d'échecs.

Benjamin FRANKLIN.

LA DÉFENSE

> Les personnages tendent à être soit pour, soit contre la quête. S'ils y collaborent, on les idéalise en en faisant des êtres chevaleresques ou purs ; s'ils s'y opposent, on les considère comme des êtres vils ou lâches. En conséquence, chaque personnage... tend à être doté de son double moral auquel il est confronté, comme les noirs et les blancs dans un jeu d'échecs.
>
> *Anatomie de la critique,* Northrop FRYE.

ABBAYE DE MONTGLANE, FRANCE
PRINTEMPS 1790

Une nuée de religieuses traversa la route, leurs cornettes plissées palpitant de chaque côté de leur tête, comme des ailes de gros oiseaux marins. Alors qu'elles franchissaient les lourdes portes en pierre de la ville, un troupeau d'oies et de poulets s'enfuit devant elles, pataugeant maladroitement dans les flaques de boue. Les femmes s'enfoncèrent dans le brouillard opaque qui enveloppait la vallée chaque matin et, en paires silencieuses, s'avancèrent en direction de la cloche qui les appelait depuis les collines voisines.

Ce printemps-là avait été baptisé *le printemps sanglant*. Les cerisiers avaient fleuri très tôt, bien avant que la neige ait déserté les sommets montagneux. Leurs branches frêles ployaient vers le sol, alourdies par le poids des fleurs rouges et humides. Certains voyaient un heureux présage dans cette éclosion précoce, un symbole de renaissance après la rigueur brutale d'un interminable hiver. Mais les pluies givrantes étaient venues, et les fleurs avaient été saisies par le gel à même les branches, enfouissant la vallée sous un manteau rouge zébré de brun sombre, telle une blessure prise dans les glaces et mouchetée de sang séché. Certains y voyaient encore un signe.

Perchée au sommet de la montagne au-dessus de la vallée, l'abbaye de Montglane semblait jaillir du roc. Bâtie comme une forteresse, elle avait échappé à toute profanation depuis près de mille ans. Son armure inviolable se composait de six ou sept strates de murs, empilées les unes sur les autres. Les pierres d'origine s'usant au fil des siècles, on érigeait un nouveau mur sur les vestiges de l'ancien, en le renforçant avec des arcs-boutants. Le résultat était une sorte de monstre architectural, dont l'aspect sinistre ne manquait pas d'alimenter les rumeurs déjà existantes. L'abbaye était la plus vieille église de France restée intacte, et il flottait autour d'elle une vieille malédiction qui ne demandait qu'à se réveiller.

L'appel enroué de la cloche se répercuta au fond de la vallée, jusqu'à un groupe de religieuses qui relevèrent la tête une à une, abandonnèrent leurs râteaux et leurs binettes, et passèrent entre les rangées symétriques de cerisiers pour rallier le sentier escarpé conduisant à l'abbaye.

À l'extrémité de cette longue procession, les deux jeunes novices Valentine et Mireille avançaient bras dessus bras dessous, raclant les cailloux de leurs chaussures boueuses. Elles complétaient de façon étrange la file austère des religieuses. Avec ses cheveux roux, ses longues jambes et ses larges épaules, Mireille ressemblait davantage à une fille de ferme éclatante de santé qu'à une nonne. Elle portait un lourd tablier de boucher sur son habit, et des boucles cuivrées s'échappaient de sa coiffe. À côté d'elle, Valentine paraissait fragile, bien qu'elle fût sensiblement de même taille. Sa peau avait un éclat translucide et sa pâleur naturelle était accentuée par la cascade de cheveux d'un blond presque blanc qui ruisselait sur ses épaules. Elle avait fourré sa cornette dans la poche de son habit et avançait d'un pas réticent aux côtés de Mireille, ses grosses chaussures pataugeant dans la boue.

Plus jeunes pensionnaires de l'abbaye, les deux jeunes filles étaient cousines du côté maternel. Toutes deux s'étaient retrouvées orphelines très tôt, à la suite d'une terrible épidémie de peste qui avait ravagé la France. Le vieux comte de Rémy, le grand-père de Valentine, les avait remises entre les mains de l'Église, avec la certitude que sa fortune leur assurerait une existence décente par-delà sa mort.

Les événements qui avaient marqué leur enfance avaient tissé entre elles des liens indissolubles, et leurs éclats de rire se répondaient avec toute l'impétuosité insouciante de la jeunesse. Les autres religieuses se plaignaient souvent à l'abbesse d'une attitude aussi peu conforme à la vie de cloître, mais cette dernière savait qu'il était préférable de brider peu à peu un tempérament fougueux, plutôt que de chercher à le mater par la force.

Et puis, l'abbesse n'était pas sans éprouver une certaine partialité à l'égard des cousines orphelines, partialité qui ne correspondait pourtant ni à sa personnalité ni à sa position. Les religieuses les plus âgées auraient été surprises d'apprendre que l'abbesse elle-même avait connu une amitié comparable dans sa jeunesse, avec une femme dont elle avait été séparée depuis par de nombreuses années et de nombreux kilomètres.

Tout en progressant le long du sentier escarpé, Mireille s'escrimait d'une main à dissimuler une mèche rebelle sous sa coiffe et, de l'autre, à tirer sa cousine par le bras en la chapitrant sur sa mollesse.

— Si tu continues à traîner ainsi, la Révérende Mère va encore nous donner une pénitence !

Valentine se dégagea avec impatience et tournoya sur elle-même, les bras écartés.

— Le printemps est partout ! s'écria-t-elle en virevoltant si près du bord du ravin que Mireille la tira vivement en arrière. Pourquoi devons-nous nous cloîtrer dans cette abbaye qui sent le renfermé, quand dehors la vie explose de toute part ?

— Parce que nous sommes des religieuses, répondit Mireille avec une petite moue, tout en agrippant résolument le bras de sa cousine. Et que c'est notre devoir de prier pour l'humanité.

— Dieu merci, nous n'avons pas encore prononcé nos vœux ! soupira Valentine. Nous avons peut-être encore une chance d'être sauvées. J'ai entendu les religieuses chuchoter entre elles. Elles disaient que des troupes de soldats sillonnent la France. Il paraît qu'ils pillent tous les monastères, qu'ils rassemblent les prêtres et qu'ils les emmènent à Paris. Peut-être que des soldats viendront ici et qu'ils m'emmèneront à Paris, moi aussi. Ils me sortiront à l'Opéra tous les soirs et ils boiront du champagne dans mon soulier !

— Les soldats ne sont pas aussi galants que tu sembles le croire, observa Mireille. Après tout, leur métier est de tuer les gens, et non de les emmener à l'Opéra.

— Ils font bien *pire* que cela, chuchota Valentine dont la voix s'alourdit de mystère.

Elles avaient atteint la crête de la colline, là où le sentier s'aplanissait tout en s'élargissant. À cet endroit, le sol était pavé de larges pierres plates qui n'étaient pas sans rappeler certaines rues des grandes villes. La route était bordée de chaque côté par de hauts cyprès. Dominant le champ mouvant des cerisiers en fleur, ils avaient une rigidité solennelle et austère qui, tout comme l'abbaye elle-même, dégageait quelque chose de surnaturel.

— J'ai entendu dire, souffla Valentine à l'oreille de sa cousine, que les soldats faisaient des choses épouvantables aux religieuses ! Si un soldat en attrape une, dans un bois par exemple, il paraît qu'il sort quelque chose de sa culotte, qu'il l'enfonce dans son ventre et qu'il le secoue. Et après la religieuse a un bébé !

— Quel blasphème ! s'écria Mireille, qui s'écarta de Valentine en s'efforçant de réprimer un sourire. Je crois que tu es vraiment trop effrontée pour être une religieuse.

— C'est ce que j'ai toujours dit, admit Valentine. Je préférerais mille fois être l'épouse d'un soldat que l'épouse du Christ.

Comme les deux cousines approchaient de l'abbaye, elles purent voir les quatre doubles rangées de cyprès qui se dressaient devant chaque entrée pour former le signe du crucifix. Les arbres se refermèrent sur elles tandis qu'elles pressaient le pas pour échapper au brouillard. Elles franchirent les portes de l'abbaye et traversèrent l'immense cour. Alors qu'elles se dirigeaient vers les hautes portes en bois qui conduisaient à l'enclave principale, la cloche continuait à résonner comme un glas funèbre, transperçant l'épaisseur du brouillard. Elles s'immobilisèrent afin de racler la boue qui collait à leurs chaussures, se signèrent rapidement et franchirent le haut portail. Ni l'une ni l'autre ne leva les yeux vers l'inscription taillée en lettres grossières dans la pierre qui formait la voûte du portail, mais toutes deux auraient pu la réciter de mémoire, comme si elle avait été gravée dans leur cœur :

Maudit soit celui qui mettra ces murs à bas
Le roi n'est mis en échec que par la seule main de Dieu.

Sous l'inscription le nom était sculpté en grosses lettres moulées : « Carolus Magnus ». C'était lui, le double artisan de l'édifice et de la malédiction qui s'attachait à ces murs, poursuivant ceux qui oseraient la braver. Le souverain incontesté qui avait régné sur l'Empire franc il y avait de cela presque mille ans. Celui que tout le monde en France connaissait sous le nom de Charlemagne.

*

Les murs intérieurs de l'abbaye étaient sombres, froids et humides de mousse. Du sanctuaire montaient le chuchotement des novices abîmées en prières et le doux cliquetis de leurs rosaires égrenant les

Ave, les Gloria et les Pater Noster. Valentine et Mireille traversèrent la chapelle comme les dernières novices faisaient leur génuflexion, et remontèrent les rangées de chuchotis jusqu'à la petite porte derrière l'autel qui abritait le bureau de la Révérende Mère. Une vieille religieuse poussait en hâte les retardataires à l'intérieur. Valentine et Mireille se regardèrent puis franchirent le seuil.

C'était étrange d'être convoquées ainsi dans le bureau de l'abbesse. Habituellement, on y était appelée uniquement pour des questions de discipline. Certaines religieuses n'y avaient même jamais mis les pieds. Valentine, qui avait toujours besoin d'être remise dans le droit chemin, y était venue souvent. Aujourd'hui, pourtant, la cloche de l'abbaye sonnait le rassemblement de toutes les religieuses. Mais comment auraient-elles pu être toutes convoquées en même temps dans le bureau de la Révérende Mère ?

Comme elles pénétraient dans la vaste pièce au plafond bas, Valentine et Mireille constatèrent que toutes les religieuses de l'abbaye étaient déjà là. Une cinquantaine, environ. Elles étaient assises sur de simples bancs en bois, disposés face au bureau de l'abbesse, et chuchotaient entre elles. Apparemment, l'étrangeté de la situation les inquiétait, et les visages qui se levèrent à l'entrée des deux cousines paraissaient effrayés. Les cousines s'installèrent au dernier rang. Valentine pressa la main de Mireille.

— Qu'est-ce que cela signifie ? chuchota-t-elle.

— Rien de bon, j'en ai peur, répondit Mireille sur le même ton. La Révérende Mère a l'air grave. Et il y a deux femmes ici que je n'ai jamais vues.

Au bout de la longue pièce, retranchée derrière un bureau massif en cerisier ciré, se tenait l'abbesse, ridée et tannée comme un vieux parchemin, mais continuant néanmoins à irradier le pouvoir de sa lourde charge par tous les pores. Une sérénité sans âge s'attachait à ses traits, comme si elle avait depuis longtemps fait la paix avec son âme. Ce jour-là, cependant, elle affichait une gravité que les religieuses ne lui avaient encore jamais vue.

Deux inconnues, toutes deux solidement charpentées, l'encadraient tels des anges vengeurs. L'une avait le teint pâle, les cheveux noirs et des yeux lumineux. L'autre n'était pas sans rappeler Mireille avec son teint crémeux et ses cheveux châtain roux, juste un peu plus foncés que les mèches flamboyantes de Mireille. Malgré l'attitude profondément religieuse qui était la leur, ni l'une ni l'autre ne portait l'habit, mais une tenue de voyage grise et neutre.

L'abbesse attendit que toutes les religieuses se soient installées et que la porte ait été refermée. Puis, lorsque la pièce fut silencieuse, elle se mit à parler de cette voix que Valentine comparait toujours au craquement d'une feuille morte.

— Mes enfants, déclara l'abbesse en croisant les mains devant elle, depuis près de mille ans l'ordre de Montglane s'est maintenu sur ce rocher, accomplissant sa tâche envers l'humanité et servant Dieu. Bien que nous soyons retranchées du monde, ses turpitudes montent jusqu'à nous. Du haut de notre nid d'aigle, nous venons de recevoir des nouvelles inquiétantes qui pourraient remettre en question la sécurité dont nous avons joui jusqu'à présent. Les deux femmes qui se tiennent près de moi sont les messagères qui m'ont apporté ces nouvelles. Je vous présente sœur Alexandrine de Forbin – elle se tourna vers la femme aux cheveux noirs – et Marie-Charlotte Corday, qui toutes deux dirigent l'abbaye aux Dames à Caen, dans le Nord. Elles ont traversé la France sous un déguisement afin de nous avertir. Je vous enjoins donc d'écouter attentivement ce qu'elles ont à vous dire. C'est de la plus haute importance pour nous toutes.

L'abbesse s'assit, et la femme qui avait été présentée sous le nom d'Alexandrine de Forbin s'éclaircit la gorge. Les religieuses durent tendre l'oreille pour saisir les mots qu'elle prononça, mais leur sens était clair.

— Mes sœurs en Jésus-Christ, le récit que nous nous proposons de faire ne s'adresse pas aux esprits faibles. Certaines d'entre nous sont venues au Christ dans l'espoir de sauver l'humanité. D'autres pour échapper au monde. D'autres, enfin, sont ici contre leur gré, sans la moindre vocation spirituelle.

À ces mots, son regard lumineux se posa sur Valentine, qui rougit jusqu'à la racine de ses cheveux blonds.

— Qui que vous soyez, vos motivations n'ont plus aucune importance aujourd'hui. Durant notre voyage, sœur Charlotte et moi-même avons été amenées à traverser la France. Nous avons vu Paris et tous les villages qui jalonnent la route jusqu'ici. Nous n'avons pas seulement rencontré la faim, mais la famine. Le peuple descend dans la rue pour réclamer du pain. Le sang coule à flots. Des femmes promènent des têtes coupées au bout de piques. On viole, on pille. Des enfants sont assassinés, des gens sont torturés sur les places publiques et mis en pièces par une foule déchaînée…

Des cris effarés s'élevaient par degrés dans les rangs des religieuses tandis qu'Alexandrine poursuivait son récit macabre. Mireille trouva bizarre qu'une femme de Dieu pût évoquer de telles horreurs sans frémir. Sa voix n'avait même pas marqué un tressaillement. Elle regarda Valentine, dont les yeux s'écarquillaient de fascination. Alexandrine de Forbin attendit que le calme soit à peu près revenu, puis continua :

— Nous sommes maintenant en avril. En octobre dernier, le roi et la reine ont été arrachés à Versailles par la foule furieuse et conduits de force aux Tuileries, à Paris, où ils ont été emprisonnés. Le roi a dû signer un document, « la Déclaration des droits de l'homme », qui proclame l'égalité entre tous les hommes. L'Assemblée nationale contrôle désormais le gouvernement. Le roi est impuissant à intervenir. Notre pays est submergé par la révolution. L'anarchie règne partout. Pour comble de malheur, l'Assemblée a découvert que les caisses de l'État étaient vides. Le roi a ruiné l'État. À Paris, on pense qu'il ne verra pas la fin de l'année.

Un sursaut agita les rangées de religieuses, puis un bourdonnement oppressé emplit toute la pièce. Mireille pressa doucement la main de Valentine sans cesser de regarder l'oratrice. Personne ici n'avait jamais osé concevoir de telles horreurs et elles en venaient à douter de leur réalité. Torture, anarchie, régicide… Comment était-ce possible ?

L'abbesse frappa du plat de la main sur le bureau pour réclamer le calme, et les religieuses firent silence. Alexandrine s'assit, et ce fut sœur Charlotte qui prit place derrière la table. Sa voix s'éleva, puissante et énergique.

— Il y a à l'Assemblée un homme qui est le mal incarné. Il est assoiffé de pouvoir, bien qu'il prétende appartenir au clergé. Cet homme est l'évêque d'Autun. À Rome, on pense qu'il est le diable en personne. On dit qu'il est né avec un pied fourchu, la marque du Malin, qu'il boit le sang des petits enfants pour conserver une éternelle jeunesse, qu'il célèbre des messes noires. En octobre, cet évêque a déclaré devant l'Assemblée que l'État devait confisquer tous les biens de l'Église. En novembre, son projet de loi a été défendu devant l'Assemblée par le député Mirabeau, et il a été adopté. Le 13 février, la confiscation a commencé. Tout membre du clergé qui s'y est opposé a été arrêté et jeté en prison. Le 16 février, l'évêque d'Autun était élu président de l'Assemblée. Plus rien ne peut l'arrêter, désormais.

Les religieuses étaient dans un état d'agitation extrême. Leurs protestations effrayées s'élevèrent de toute part, mais la voix de Charlotte les domina.

— Bien avant la loi sur la confiscation des biens ecclésiastiques, l'évêque d'Autun avait fait mener une enquête sur la situation des églises en France. Sa loi spécifie que les prêtres doivent être pourchassés en priorité et que les religieuses doivent être épargnées, mais nous savons que l'évêque a les yeux fixés sur l'abbaye de Montglane. C'est sur elle que l'essentiel de ses investigations ont porté. Et c'est ce que nous sommes venues vous dire. Le trésor de Montglane ne *doit* pas tomber entre ses griffes.

L'abbesse se leva et posa une main sur la large épaule de Charlotte Corday. Son regard parcourut les rangées de religieuses, toutes de noir vêtues, dont les cornettes rigides ondoyaient comme une mer chargée de goélands, et elle sourit. Ce troupeau était le sien. Elle l'avait guidé pas à pas depuis si longtemps… Et il était possible qu'elle ne le revît plus jamais, une fois qu'elle aurait dit ce qu'il lui fallait révéler maintenant.

— À présent, vous en savez autant que moi, déclara l'abbesse. Je soupçonnais la triste vérité depuis plusieurs mois, mais je n'ai pas voulu vous alarmer avant d'avoir trouvé une solution. En répondant à mon appel, nos sœurs ont confirmé mes pires craintes.

Les religieuses avaient sombré dans un silence aussi profond que la mort. Aucun bruit n'était perceptible, en dehors de la voix de l'abbesse.

— Je suis une femme âgée, qui sera peut-être rappelée à Dieu plus tôt qu'elle ne le pense. Les vœux que j'ai prononcés en entrant au service de ce couvent n'étaient pas uniquement des vœux envers le Christ. En devenant l'abbesse de Montglane, j'ai fait le vœu de garder un secret, et au besoin de mourir pour le préserver. L'heure est venue aujourd'hui de tenir ma promesse. Mais pour ce faire, je dois partager une partie de ce secret avec vous, et vous demander à votre tour le secret le plus absolu. Mon récit est long, et vous devrez vous montrer patientes si je vous parais lente. Lorsque je me serai tue, vous saurez pourquoi chacune d'entre nous doit faire ce qui doit être fait.

L'abbesse s'interrompit pour boire une gorgée d'eau contenue dans le calice en argent posé devant elle sur la table, puis résuma :

— Nous sommes aujourd'hui le quatrième jour d'avril, *Anno Domini* 1790. Mon histoire commence également un quatrième jour d'avril, il y a bien longtemps. Ce récit m'a été confié par la précédente abbesse, tout comme il a été confié par chaque abbesse à celle qui lui a succédé, au moment de son initiation, et ce depuis que l'abbaye existe. Aujourd'hui, c'est moi qui vous le confie…

Récit de l'abbesse

Le 4 avril de l'année 782, on donna une fête merveilleuse au palais oriental d'Aachen afin de célébrer le quarantième anniversaire du grand roi Charlemagne. Tous les nobles de son empire étaient invités. La cour centrale, avec ses dômes en mosaïque, ses escaliers circulaires en gradins, ses balcons, était décorée de palmes et de guirlandes de fleurs. Des harpes et des luths retentissaient dans les salles immenses, parmi les lanternes d'or et d'argent. Les courtisans, parés de pourpre, de cramoisi et d'or, passaient au milieu d'un monde magique de jongleurs, de bouffons et de montreurs de marionnettes. Des ours sauvages, des lions, des girafes et des cages de colombes étaient exposés dans la cour. Pendant des semaines, les réjouissances célébrèrent l'approche de l'anniversaire du roi.

Le sommet de la fête fut le grand jour lui-même. Ce matin-là, le roi entra dans la cour principale, accompagné de ses dix-huit enfants, de la reine et de ses favoris. Charlemagne était un homme incroyablement grand, alliant la souplesse et l'élégance d'un cavalier et d'un nageur. Sa peau était tannée, ses cheveux et sa moustache blondis par le soleil. Il avait très exactement l'air de ce qu'il était : le conquérant et le souverain du plus grand royaume du monde. Vêtu d'une simple tunique en laine sur laquelle il avait jeté un manteau de martre, son inséparable épée pendue à son côté, il traversa la cour en saluant chacun de ses sujets et les pria de partager avec lui les somptueux rafraîchissements disposés sur des tréteaux, dans la salle.

Le monarque avait prévu un divertissement spécial pour ce jour-là. Grand stratège, il avait une attirance particulière pour un jeu précis. Connu comme le jeu de guerre, le jeu des rois, c'était le jeu d'échecs. Pour son quarantième anniversaire, Charlemagne s'offrit donc d'affronter le meilleur joueur d'échecs du royaume, un soldat connu sous le nom de Garin le Franc.

Garin pénétra dans la cour aux accents cuivrés des trompettes. Des acrobates pirouettèrent devant lui, des jeunes femmes répandirent des feuilles de palmier et des pétales de rose sur ses pas. Garin était un jeune soldat de l'armée de l'Ouest, mince et pâle, à l'expression sérieuse et aux yeux gris. Il s'agenouilla quand le roi se leva pour l'accueillir.

Le jeu d'échecs fut apporté dans l'immense salle par huit serviteurs noirs revêtus de la livrée maure. Ces hommes, et l'échiquier qu'ils transportaient, avaient été envoyés comme présent par Ibn al-Arabi, le gouverneur musulman de Barcelone, en remerciement de l'aide que Charlemagne lui avait apportée dans les Pyrénées basques, quatre ans plus tôt. C'était au cours de la retraite qui avait succédé à cette fameuse bataille, au passage du col de Roncevaux en Navarre, que le soldat favori du roi, Hruotland, héros de la « Chanson de Roland », avait été tué. En raison de cette triste coïncidence, le roi ne s'était jamais servi de ce jeu d'échecs, pas plus qu'il ne l'avait montré en public.

Les courtisans s'émerveillèrent de la magnificence du jeu qui était maintenant déposé sur une table. Bien que réalisées par des artistes arabes, les pièces portaient l'empreinte de leurs ancêtres indiens et perses. De fait, certains s'accordaient à penser que ce jeu existait déjà en Inde environ quatre cents ans avant la naissance du Christ, puis qu'il était venu en Arabie en passant par la Perse au moment de la conquête de ce pays par l'Arabie, en 640 après Jésus-Christ.

L'échiquier, entièrement ciselé dans l'or et l'argent, mesurait un mètre plein de chaque côté. Les pièces, en métal précieux, étaient incrustées de rubis, de saphirs, de diamants et d'émeraudes, non taillés mais délicatement polis, dont les dimensions atteignaient parfois celles d'un œuf de caille. Scintillant et miroitant dans la lumière des torches, elles paraissaient briller d'un feu intérieur qui hypnotisait les spectateurs.

La pièce appelée shah, ou roi, mesurait quinze centimètres de haut et représentait un homme couronné, juché sur le dos d'un éléphant. La reine, ou ferz, était assise sur une chaise à porteurs étoilée de bijoux. Les fous étaient des éléphants aux selles incrustées de pierres précieuses ; les cavaliers des chevaux arabes sauvages. Les tours, ou châteaux, étaient appelées rukhkh, le terme arabe signifiant « chariot » ; c'étaient des grands chameaux portant, sur le dos, des sièges en forme de tour. Les pions étaient d'humbles soldats à pied de sept centimètres de haut, avec des petits joyaux à la place des yeux et des gemmes mouchetant la garde de leurs épées.

Charlemagne et Garin s'installèrent de part et d'autre de l'échiquier. Puis le roi leva la main et prononça des paroles qui stupéfièrent tous ceux qui, à la Cour, le connaissaient bien.

— Je lance un défi, déclara-t-il d'une voix étrange.

Charles n'était pas homme à lancer des défis. Les courtisans échangèrent des regards inquiets.

— Si mon soldat Garin gagne la partie, je lui fais don des terres qui s'étendent d'Aachen aux Pyrénées basques, et de la main de ma fille aînée. S'il perd, il sera décapité à l'aube dans cette même salle.

La Cour était en état de choc. Tout le monde savait que le roi adorait ses filles au point de les avoir suppliées de ne pas se marier de son vivant.

Le meilleur ami du roi, le duc de Burgonde, le saisit par le bras et l'attira à l'écart.

— Qu'est-ce que cela signifie ? chuchota-t-il. Ce troc est digne d'un barbare aviné !

Charles s'assit à la table. Il avait l'air en transe. Le duc n'y comprenait rien. Garin lui-même paraissait confondu. Il regarda le roi droit dans les yeux, puis, sans un mot, prit place derrière l'échiquier, acceptant le défi. Les pièces furent tirées au sort et, la chance l'ayant favorisé, Garin choisit les blancs de façon à se réserver l'avantage du premier coup. La partie commença.

Peut-être était-ce dû à la tension de la situation, mais tandis que la partie progressait il apparut que les deux joueurs déplaçaient leurs pièces avec une force et une précision qui allaient au-delà d'un simple jeu, comme si une main invisible et étrangère planait au-dessus de l'échiquier. À certains moments, il semblait même que les pièces se déplaçaient d'elles-mêmes sur les cases. Les joueurs étaient silencieux et pâles, et les courtisans se penchaient sur eux comme des fantômes.

Au bout d'une heure d'affrontement, le duc de Burgonde remarqua que le roi se comportait bizarrement. Les sourcils froncés, il avait l'air distrait, inattentif. Garin paraissait également en proie à une nervosité inhabituelle, ses mouvements étaient saccadés et précipités, son front baigné de sueur.

Les yeux des deux hommes étaient rivés à l'échiquier, comme s'ils étaient impuissants à les en détacher.

Soudain, Charles sauta sur ses pieds avec un cri, renversant le plateau dont les pièces roulèrent à terre. Les courtisans reculèrent pour ouvrir le cercle. Le roi semblait possédé par une crise de folie furieuse, s'arrachant les cheveux et se frappant la poitrine comme une bête sauvage. Garin et le duc de Burgonde se précipitèrent vers lui, mais il les repoussa violemment. Il fallut six nobles pour le contenir. Quand enfin on réussit à le maîtriser, il regarda autour de lui avec stupéfaction, comme s'il se réveillait brusquement d'un long sommeil.

— Mon seigneur, dit doucement Garin en se baissant pour ramasser une pièce qu'il tendit au roi, je crois que nous devrions annuler cette partie. Les pièces sont renversées, et je ne parviens pas à me souvenir d'un seul coup que nous ayons joué. Sire, ce jeu maure me fait peur. Je crois qu'il est possédé par une force démoniaque qui vous a poussé à engager ma vie.

Charlemagne retomba lourdement sur son siège, passa une main égarée sur son front, mais ne parla pas.

— Garin, intervint le duc de Burgonde avec prudence, vous savez que le roi ne croit pas à ce genre de superstition qu'il juge barbare et païen. Il a interdit la nécromancie et la divination à la Cour…

Charlemagne l'interrompit, mais sa voix était altérée comme s'il avait atteint un état d'épuisement extrême.

— Comment pourrais-je convertir l'Europe au christianisme alors que mes propres soldats s'entêtent à croire à la sorcellerie ?

— La magie est pratiquée en Arabie et dans l'Est depuis l'aube des temps, renchérit Garin. Je n'y crois pas, ou du moins, je ne la comprends pas. Mais…

Garin se pencha et regarda le roi droit dans les yeux :

— *Vous l'avez sentie comme moi.*

— Une rage destructrice s'est emparée de moi, admit Charlemagne. Je ne pouvais pas me contrôler. J'ai éprouvé ce que ressent un soldat au matin d'une bataille quand les troupes donnent l'assaut. Je ne parviens pas à me l'expliquer.

— Pourtant toute action qui voit le jour sous le ciel et sur la terre a sa raison d'être, fit une voix derrière l'épaule de Garin.

Il se retourna et découvrit un Maure debout près de lui, l'un des huit qui avaient apporté le jeu d'échecs. Le roi lui enjoignit de poursuivre d'un petit signe de la tête.

— De notre Watar, ou lieu de naissance, est apparu un ancien peuple appelé les Badawi, les « habitants du désert ». Dans ces tribus, le prix du sang est tenu pour l'un des défis les plus honorables qui soient. Ils disent qu'il était seul à pouvoir effacer le Habb, le liquide noir qui est dans le cœur de l'homme et que l'archange Gabriel ôta de la poitrine de Mahomet. Votre Altesse a formulé un prix du sang sur l'échiquier, un défi dont l'enjeu était la vie d'un homme, la forme de jugement la plus élevée qui soit. Mahomet dit :

« Un royaume peut survivre au Kufr, à l'infidélité envers l'islam, mais un royaume ne survit *pas* au Zulm, qui est une injustice. »
— Le prix du sang est toujours un défi diabolique, affirma Charlemagne.
Garin et le duc de Burgonde observèrent le roi avec étonnement. N'était-ce pas lui qui avait lancé un tel défi seulement une heure auparavant ?
— Non ! s'écria le Maure avec entêtement. C'est par lui que l'on peut accéder à l'oasis terrestre qui est le paradis. Si quelqu'un lance un tel défi sur l'échiquier de Shatranj, c'est le Shatranj lui-même qui se charge du Sar !
— Shatranj est le nom que les Maures ont donné au jeu d'échecs, mon seigneur, expliqua Garin.
— Et qu'est-ce que le Sar ? demanda Charlemagne en se levant lentement.
Il dominait toute l'assemblée de sa haute taille.
— La vengeance, répondit le Maure d'une voix sans expression. Il s'inclina et s'effaça devant le roi.
— Nous allons jouer à nouveau, annonça le roi. Mais cette fois, il n'y aura pas de pari. Nous jouerons pour le seul plaisir du jeu. Je ne crois pas à ces superstitions stupides inventées par des barbares et les enfants.
Les courtisans firent à nouveau cercle autour de l'échiquier. Des murmures de soulagement s'élevaient dans la pièce. Charles se tourna vers le duc de Burgonde et lui prit le bras.
— J'ai réellement lancé un tel défi ? dit-il doucement. Le duc le regarda avec étonnement.
— Mais… oui, mon seigneur. Vous ne vous en souvenez pas ?
— Non, répondit le roi avec amertume.
Charlemagne et Garin s'assirent pour jouer à nouveau. Après une bataille remarquable, Garin sortit vainqueur. Le roi lui fit don du domaine de Montglane, dans les Basses-Pyrénées, et lui donna le titre de Garin de Montglane. Il était tellement enchanté par les prouesses que Garin avait accomplies pendant la partie qu'il lui offrit de lui faire construire une forteresse afin de protéger le territoire qu'il avait gagné. Plusieurs années après, le roi envoya à

Garin le somptueux jeu d'échecs sur lequel ils avaient joué leur fameuse partie. Depuis lors, il prit le nom de « Jeu de Montglane ».

— Telle est l'histoire de l'abbaye de Montglane, conclut l'abbesse.

Son regard se posa sur la mer de religieuses silencieuses.

— Bien des années après, alors que Garin de Montglane se mourait dans son lit, il légua ses terres à l'Église, ainsi que la forteresse qui devait devenir notre abbaye, et également le fameux jeu d'échecs appelé Jeu de Montglane.

L'abbesse s'interrompit un moment, comme si elle hésitait à poursuivre. Puis elle parla à nouveau.

— Mais Garin avait toujours été convaincu qu'une terrible malédiction pesait sur le Jeu de Montglane. Bien avant qu'il ne tombe entre ses mains, des rumeurs étaient venues jusqu'à lui, attestant que le diable n'y était pas étranger. On racontait que le propre neveu de Charlemagne avait été assassiné alors qu'il jouait aux échecs sur ce même échiquier. D'étranges bruits couraient sur des carnages, des violences et même des guerres, dans lesquels il aurait joué un rôle.

» Les huit Maures noirs qui avaient convoyé le jeu depuis Barcelone jusqu'à Charlemagne l'avaient supplié de leur permettre d'escorter les pièces lorsqu'elles partiraient pour Montglane. Et le roi avait consenti. Garin apprit bientôt que d'étranges cérémonies nocturnes se déroulaient à l'intérieur des murs de la forteresse, et il eut très vite la certitude que les Maures participaient activement à ces rites. Garin se mit à avoir peur de ce jeu d'échecs comme s'il s'agissait d'un instrument du diable. Il ordonna qu'on l'enterre dans la forteresse et demanda à Charlemagne de placer une malédiction sur ces murs, afin d'empêcher qu'on l'en retire un jour.

» Le roi prit la chose comme une plaisanterie, mais il accéda à la requête de Garin, et aujourd'hui encore nous pouvons lire cette inscription au-dessus de nos portes.

L'abbesse s'interrompit, les traits blêmes et tirés, et tâtonna derrière elle pour trouver sa chaise. Alexandrine se leva et l'aida à s'asseoir.

— Mais qu'est-il advenu du Jeu de Montglane, Révérende Mère ? demanda l'une des religieuses assises au premier rang.

L'abbesse sourit.

— Vous savez déjà que nos vies sont en danger si nous restons dans cette abbaye. Vous savez également que les soldats de France cherchent à confisquer les biens de l'Église. Vous savez en outre qu'un trésor de grande valeur et peut-être maudit fut autrefois enfoui entre les murs de cette abbaye. Vous ne serez donc pas surprises si je vous dis que le secret qui m'a été confié lors de ma prise de fonction est celui du Jeu de Montglane. Il est toujours enfoui dans les murs et le sol de cette salle, mais moi seule connais l'emplacement exact de chaque pièce. Notre mission, mes filles, est d'enlever d'ici cet instrument diabolique, et de l'éparpiller aussi loin et aussi complètement que possible, afin qu'une personne assoiffée de pouvoir ne puisse jamais le reconstituer. Car il y a en lui une force qui dépasse la loi de la nature et le savoir humain.

» Mais bien que nous ayons le temps de le détruire et de le défigurer pour empêcher qu'on le reconnaisse, je me refuse à choisir cette voie. Un tel pouvoir peut également être utilisé pour faire le bien. C'est pourquoi j'ai juré non seulement de garder le Jeu de Montglane caché, mais aussi de le protéger. Peut-être un jour, lorsque l'Histoire le permettra, pourrons-nous réunir à nouveau les pièces et révéler leur sombre mystère.

*

Bien que l'abbesse connût l'emplacement exact de chacune des pièces du Jeu de Montglane, il fallut les efforts conjugués de toutes les religieuses de l'abbaye pendant près de deux semaines pour les exhumer.

Quatre religieuses durent associer leurs forces pour arracher l'échiquier au sol en pierre. Une fois nettoyé, on s'aperçut qu'il présentait d'étranges symboles ciselés ou gravés en relief sur chacune des cases. Des symboles identiques avaient été sculptés sous chacune des pièces du jeu d'échecs. Elles trouvèrent également une enveloppe en tissu, conservée dans une boîte en fer. Les coins de la boîte avaient été scellés à l'aide d'une sorte de poix, sans doute afin de la préserver de la rouille. L'enveloppe elle-même était en velours bleu nuit, lourdement brochée de fils d'or et sertie de joyaux évoquant les signes du zodiaque. Au centre du tissu, deux dessins enroulés comme des serpents étaient imbriqués l'un dans l'autre de façon à former le chiffre 8. L'abbesse pensait que ce morceau de tissu avait servi à envelopper le Jeu de Montglane, afin d'éviter qu'il ne soit endommagé pendant son transport.

Vers la fin de la deuxième semaine, l'abbesse recommanda aux religieuses de se tenir prêtes à partir. Elles recevraient, en privé, des instructions sur leur destination afin qu'aucune ne connût le point de chute des autres. Ainsi, les risques seraient moindres pour chacune d'entre elles. Comme le Jeu de Montglane comportait beaucoup moins de pièces qu'il n'y avait de religieuses dans l'abbaye, personne hormis l'abbesse ne saurait laquelle des sœurs avait emporté une pièce du jeu avec elle.

Lorsque Valentine et Mireille furent convoquées dans le bureau, l'abbesse était assise derrière sa table de travail et leur enjoignit de prendre place en face d'elle. Le Jeu de Montglane était là, posé sur le bureau, étincelant de tous ses feux, en partie drapé de son enveloppe bleu nuit en velours brodé.

L'abbesse posa sa plume et leva les yeux. Mireille et Valentine se tenaient par la main, attendant nerveusement.

— Révérende Mère, déclara tout à coup Valentine, je veux que vous sachiez que vous allez énormément me manquer maintenant que je dois partir. Je me rends compte combien j'ai été un fardeau pour vous. Je regrette de ne pas avoir été une meilleure religieuse et de vous avoir causé autant de problèmes…

— Valentine, l'interrompit l'abbesse avec un sourire tandis que Mireille envoyait un petit coup de coude dans les côtes de Valentine pour la faire taire, pourquoi ne me dites-vous pas franchement que vous avez peur d'être séparée de votre cousine Mireille ? Car c'est bien ce qui motive ces excuses tardives, n'est-ce pas ?

Valentine la regarda avec stupéfaction, en se demandant comment l'abbesse avait pu lire aussi clairement dans ses pensées.

— Je ne devrais pas avoir à m'inquiéter, poursuivit l'abbesse.

Elle tendit une feuille de papier à Mireille, par-dessus le bureau.

— Voici le nom et l'adresse de la personne qui veillera désormais sur vous. En dessous, j'ai inscrit les instructions concernant votre voyage à toutes les deux.

— À toutes les deux ? s'écria Valentine en se retenant de bondir de son siège. Oh, Révérende Mère, vous exaucez mon vœu le plus cher !

L'abbesse rit.

— Je n'ai pas eu le choix. Si je vous avais séparées, je suis bien certaine que vous auriez trouvé le moyen de réduire à néant les plans que j'ai si minutieusement établis, à seule fin de rester aux côtés de votre cousine. Par ailleurs, j'ai d'excellentes raisons de vous faire partir ensemble. Écoutez-moi attentivement. Chaque religieuse de cette abbaye sera à l'abri du besoin. Celles que leurs familles ont accepté d'accueillir seront renvoyées chez elles. Dans les autres cas, je me suis arrangée pour trouver des amis ou des relations éloignées qui leur donneront asile. Si elles sont venues dans cette abbaye avec une dot, je leur restitue cet argent afin d'assurer leur subsistance. Si aucun fonds n'est disponible, je les envoie à l'étranger, dans une abbaye de bonne réputation. Dans tous les cas, les frais du voyage et d'hébergement seront pris en charge afin d'assurer la sécurité de mes filles.

L'abbesse croisa les mains et poursuivit :

— Mais vous, Valentine, vous êtes favorisée à bien des égards. Votre grand-père vous a légué une rente confortable que je vous assigne à vous et à votre cousine Mireille. En outre, et bien que vous n'ayez aucune parenté, vous avez un parrain. Celui-ci a accepté de vous prendre en charge toutes les deux. J'en ai reçu la confirmation écrite. Ce qui m'amène à aborder un deuxième point, extrêmement grave.

Mireille avait lancé un regard à Valentine quand l'abbesse avait mentionné l'existence d'un parrain. Elle ignorait que Valentine en avait un. Maintenant, elle contemplait le papier dans sa main sur lequel l'abbesse avait écrit : *M. Jacques-Louis David. Peintre*, avec une adresse en dessous, située à Paris.

— Il est évident, reprit l'abbesse, que la fermeture de l'abbaye va en contrarier plus d'un. Beaucoup d'entre nous seront menacées, principalement par des hommes comme cet évêque d'Autun qui voudra savoir ce que nous avons retiré des murs et emporté avec nous. Les traces de notre activité ne peuvent être complètement dissimulées. Il se peut que certaines d'entre nous soient recherchées et trouvées. Il se peut qu'elles soient contraintes de s'enfuir. Pour cette raison, j'ai élu huit d'entre nous. Chacune d'elles aura en sa possession une pièce du jeu d'échecs. Elle devra en outre servir de point de ralliement pour que les autres puissent lui remettre la leur si jamais elles étaient obligées de fuir. Ou tout au moins lui indiquer où elle pourra la trouver. Valentine, vous serez l'une de ces huit.

— Moi ! s'écria Valentine.

Elle déglutit péniblement, car sa gorge s'était subitement desséchée.

— Mais, Révérende Mère, je ne suis pas... je n'ai pas...

— Ce que vous essayez de me dire, c'est que vous n'êtes pas exactement un modèle de responsabilité, dit l'abbesse en souriant malgré elle. J'en suis consciente et je compte sur le sérieux de votre cousine pour pallier ce problème.

Elle regarda Mireille, qui acquiesça de la tête.

— Je n'ai pas choisi ces huit religieuses sur le seul critère de leurs aptitudes personnelles, poursuivit l'abbesse, mais en fonction de leur emplacement stratégique. Votre parrain, M. David, habite à Paris, le cœur de cet échiquier qu'est la France. Artiste de renommée, il jouit du respect et de l'amitié de la noblesse, mais c'est aussi un membre de l'Assemblée et on le considère comme un fervent révolutionnaire. Il sera donc en mesure de vous protéger toutes les deux si cela devenait nécessaire. Et avec la somme que je lui ai versée à titre de dédommagement, il ne devrait pas hésiter.

L'abbesse regarda les deux jeunes filles par-dessus la table.

— Ce n'est pas une requête, Valentine, précisa-t-elle avec sévérité. Vos sœurs seront peut-être en danger, et vous serez en position de les aider. Quelques-unes d'entre elles sont déjà parties avec votre nom et votre adresse. Vous irez à Paris, et vous ferez exactement ce que je vous ai dit. Vous avez quinze ans, c'est suffisant pour comprendre qu'il y a dans la vie des priorités plus importantes qu'un caprice d'enfant.

La voix de l'abbesse s'était faite coupante, puis son expression s'adoucit, comme toujours quand elle était en face de Valentine.

— Au reste, Paris n'est pas un si mauvais lieu pour une punition.

Valentine lui rendit son sourire.

— Non, Révérende Mère. D'abord, il y a l'Opéra, et puis il y aura peut-être aussi des soirées, et on raconte que les dames portent des toilettes tellement merveilleuses…

Mireille lui donna à nouveau un petit coup de coude dans les côtes.

— Je veux dire… je remercie humblement la Révérende Mère d'avoir placé une telle confiance en sa dévouée servante.

À ces mots, l'abbesse éclata d'un rire cristallin qui démentit son âge.

— C'est parfait, Valentine. Vous pouvez aller préparer vos bagages. Vous partirez demain au point du jour. Ne soyez pas en retard.

L'abbesse se leva et, prélevant deux lourdes pièces sur l'échiquier, les tendit aux novices.

En retour, Valentine et Mireille baisèrent l'anneau de l'abbesse et se dirigèrent vers la porte en serrant contre elles leur trésor. Elles allaient franchir le seuil quand Mireille fit volte-face et parla pour la première fois depuis qu'elles étaient entrées dans la pièce.

— Puis-je vous demander, Révérende Mère, où vous avez l'intention d'aller ? questionna-t-elle. Nous aimerions pouvoir vous adresser nos vœux par la pensée, où que vous soyez.

— Je vais effectuer un voyage dont je rêve depuis des années, confia l'abbesse. J'ai une amie que je n'ai pas vue depuis l'enfance. À cette époque… Vous savez, Valentine me rappelle souvent cette amie d'enfance. Elle était si vibrante, si pleine de vie…

L'abbesse s'interrompit, le regard rêveur.

— Votre amie réside-t-elle en France, Révérende Mère ?
— Non, répondit l'abbesse. Elle habite en Russie.

*

Le lendemain matin, dans la lumière glauque de l'aube, deux femmes revêtues d'une tenue de voyage quittèrent l'abbaye dans une charrette remplie de foin. L'attelage franchit les larges portes et descendit la montagne. Des écharpes de brouillard l'enveloppèrent et elle disparut à leur vue tandis qu'elles s'enfonçaient dans la vallée.

Elles étaient effrayées et, tout en se recroquevillant sous leur cape, elles se félicitèrent d'être investies d'une mission divine au moment où elles allaient regagner un monde dont elles avaient été si longtemps coupées.

Mais ce n'était pas Dieu qui les regardait en silence depuis le sommet de la montagne, tandis que la charrette cahotait en direction de la vallée noyée dans l'ombre. Tout en haut d'un pic enneigé qui dominait l'abbaye, un cavalier solitaire était juché sur un cheval pâle. Il regarda jusqu'à ce que la charrette ait été engloutie par le brouillard. Puis, sans un mot, il fit faire demi-tour à son cheval et s'éloigna.

PION DE LA REINE EN QUATRE

Les ouvertures du pion de la reine – celles qui commencent par P-Q4 – sont des ouvertures « fermées ». Cela signifie que le contact tactique entre les forces en présence va se développer très lentement. Il y a de la place pour un large champ de manœuvre, et le corps-à-corps brutal avec l'ennemi prend du temps… L'essence même du déploiement des pièces est là.

Manuel complet des ouvertures aux échecs,
Fred REINFELD.

Un serviteur entendit sur la place du marché que la Mort le cherchait. Rentrant précipitamment à la maison, il dit à son maître qu'il allait se cacher dans la ville voisine de Samarrah, afin que la Mort ne le trouve pas.

Après souper, cette nuit-là, on frappa un coup à la porte. Le maître ouvrit et vit la Mort devant lui, avec sa longue robe noire et sa faux. La Mort demanda à voir le serviteur.

— Il est au lit, malade, mentit très vite le maître. Il n'est pas en état de recevoir un visiteur.

— C'est étrange, répondit la Mort. J'ai dû me tromper de maison. Car j'ai rendez-vous avec lui ce soir, à minuit. À Samarrah.

Légende du rendez-vous à Samarrah.

VILLE DE NEW YORK
DÉCEMBRE 1972

J'étais dans les ennuis. Dans les ennuis jusqu'au cou.

Tout avait commencé le jour du réveillon qui devait marquer la fin de l'année 1972. J'avais rendez-vous avec une diseuse de bonne aventure. Mais, comme le type du rendez-vous à Samarrah, j'avais essayé d'échapper à mon propre destin en n'y allant pas. J'avais suffisamment de problèmes comme ça. L'année 1972 allait se terminer, j'avais complètement raté ma vie, et je n'avais que vingt-trois ans.

Au lieu de me replier à Samarrah, je m'étais réfugiée dans le centre de données situé au dernier étage du Pan Am Building, à Manhattan. C'était beaucoup moins loin que Samarrah et, à dix heures du soir, un jour de réveillon, c'était aussi calme et isolé que le sommet d'une montagne.

Je me sentais *vraiment* comme sur une montagne. La neige tourbillonnait devant les fenêtres dominant Park Avenue, les gros flocons gracieux suspendus dans le vide dans un lent mouvement colloïdal. C'était comme si je me trouvais à l'intérieur de l'un de ces presse-papiers qui contiennent une rose unique mais parfaite, ou alors une petite réplique d'un village suisse, sauf que les murs en vitre du centre de données de la Pan Am renfermaient plusieurs acres de matériel étincelant qui ronronnait doucement en contrôlant l'itinéraire et la situation du trafic aérien à travers le monde entier. C'était le refuge idéal pour réfléchir.

J'avais beaucoup à penser. Trois années plus tôt, j'étais venue à New York travailler pour Triple-M, l'un des plus gros fabricants d'ordinateurs du monde. À cette époque, la Pan Am faisait partie de mes clients. Depuis, ils me laissaient libre accès à leur centre.

Entre-temps, j'avais changé de boulot, et il se pouvait bien que ce fût la plus grosse bêtise de ma vie. J'avais eu l'honneur douteux d'être la première femme jamais admise dans les rangs de la vénérable firme CPA Fulbright, Cone, Kane & Upham. Et ils n'aimaient pas mon style.

Pour ceux qui ne le sauraient pas, « CPA » signifie *certified public accountant*. La Fulbright, Cone, Kane & Upham est l'une des huit plus grandes firmes CPA du monde, une confrérie surnommée non sans justesse « le Grand Huit ».

Public accountant est un terme poli pour « expertise comptable ». Le Grand Huit offrait ses services redoutables à la plupart des corporations. Ils inspiraient un respect certain, ce qui est une manière élégante de dire qu'ils tenaient leurs clients par les couilles. Si, au cours d'une expertise, le Grand Huit conseillait à un client de débourser un demi-million de dollars de façon à améliorer son système financier, le client en question eût été fou de ne pas tenir compte de la suggestion. (Ou d'ignorer le fait que le Grand Huit pouvait lui rendre ce service, moyennant rétribution.) Ce genre d'arrangement allait toujours de soi dans le monde de la haute finance. On brasse beaucoup d'argent dans une firme d'expertise comptable. Même un jeune associé peut prétendre à un salaire à six chiffres.

Certaines personnes peuvent ignorer que le secteur de l'expertise comptable est exclusivement réservé aux hommes. Mais Fulbright, Cone, Kane & Upham, eux, le savaient pertinemment, ce qui eut pour effet de me mettre dans un pétrin pas possible. Sous prétexte que j'étais la première femme qu'ils voyaient occuper un poste autre que celui de secrétaire, ils me traitèrent comme si j'étais une marchandise aussi rare que le dronte[1] – quelque chose de potentiellement dangereux, qui méritait d'être examiné avec soin.

1. Dronte : Grand oiseau coureur de l'île Maurice, incapable de voler, exterminé par l'homme au XVIIIe siècle. (N. d. T.)

Être la première femme en *quoi que ce soit* n'a rien d'un déjeuner sur l'herbe. Que vous soyez la première femme astronaute ou la première femme admise dans une blanchisserie chinoise, vous devez apprendre à accepter les plaisanteries éculées, les rires gras et les regards qui louchent sur vos jambes. Vous devez également accepter de travailler deux fois plus que n'importe qui, pour un salaire moindre. J'avais appris à feindre l'amusement lorsqu'ils me présentaient comme « Miss Velis, notre spécialiste femme dans ce secteur ». Avec une telle étiquette, les gens devaient me prendre pour une gynécologue.

En fait, j'étais experte en ordinateurs, et même la plus grande spécialiste de l'industrie des transports de New York. C'est pour ça qu'ils m'avaient engagée. Quand la société Fulbright Cone avait posé les yeux sur moi, la touche dollar avait clignoté devant leurs yeux injectés de sang ; ils ne virent pas une femme, mais un portefeuille sur pattes, rempli de valeurs sûres. Suffisamment jeune pour être impressionnable, suffisamment naïve pour être impressionnée, suffisamment innocente pour conduire mes clients tout droit dans la gueule béante des requins de leur équipe d'experts. Je correspondais très exactement à ce qu'ils recherchaient chez une femme. Mais la lune de miel fut brève.

Quelques jours avant Noël, je terminais le devis d'une installation afin que l'un de nos gros clients de la marine marchande puisse s'équiper en matériel informatique avant la fin de l'année, quand notre plus vieil associé, Jock Upham, s'offrit une visite dans mon bureau.

La soixantaine, grand et mince, Jock s'obstinait à vouloir paraître jeune. Il jouait beaucoup au tennis, portait des costumes de chez Brooks Brothers et se teignait les cheveux. Quand il marchait, il sautillait sur la pointe des pieds, comme s'il se préparait à envoyer la balle dans le filet.

Jock sautilla dans mon bureau.

— Velis, attaqua-t-il d'une voix joviale comme une claque sur les fesses, j'ai longuement réfléchi au projet que vous étudiez. J'ai pesé le pour et le contre, et je crois que j'ai finalement trouvé ce qui me chiffonnait.

Ça, c'était sa façon de dire que ce n'était même pas la peine de discuter sa décision.

— Le rapport est presque terminé, monsieur, soulignai-je. Et notre client l'attend pour demain. J'espère que vous ne souhaitez pas de trop gros changements.

— Rien de bien terrible, dit-il en lâchant doucement sa bombe. J'ai décidé que des imprimantes seront plus performantes pour notre client qu'un système de transmission par disquettes. Vous allez donc modifier le programme initial en conséquence.

En langage informatique, c'est ce qu'on appelle « tirer les numéros à l'avance ». Et c'est illégal. Six vendeurs de matériel hardware avaient soumis un projet de vente à notre client, un mois auparavant. Ces projets étaient basés sur un critère de sélection que nous, experts impartiaux, avions préparé. Nous avions établi que le client avait besoin d'un puissant système de transmission par disquettes, et l'un des vendeurs avait présenté un projet qui avait obtenu notre entière approbation. Décider maintenant que les imprimantes étaient préférables au système de disquettes revenait à offrir le contrat à un autre fournisseur. Un fournisseur dont il n'était pas bien sorcier de deviner l'identité : il s'agissait bien évidemment de celui qui avait invité Jock à déjeuner, pas plus tard qu'à midi.

De toute évidence, le dessous-de-table avait été d'importance. Peut-être concernait-il un futur contrat pour notre firme. Peut-être y avait-il à la clé un petit yacht ou une voiture de sport pour Jock. Mais quel que soit l'enjeu, je ne voulais pas y être mêlée.

— Je regrette, monsieur, lui répondis-je, mais il est trop tard pour changer le programme initial sans l'approbation de notre client. Évidemment, nous pouvons l'appeler pour l'informer que nous souhaitons demander aux vendeurs d'ajouter un supplément au projet initial, mais cela signifierait qu'il ne pourrait pas commander l'équipement avant la fin de l'année.

— Ce ne sera pas nécessaire, Velis, déclara Jock. Je ne suis pas devenu le plus ancien associé de cette firme en négligeant mon intuition. La plupart du temps, j'agis au nom de mes clients et je leur économise des millions en un clin d'œil, sans même qu'ils s'en aperçoivent. C'est grâce à cet instinct de survie qui nous vient des tripes que notre firme s'est hissée au sommet du Grand Huit, année après année.

Il m'adressa un sourire creusé de fossettes. Il y avait à peu près autant de chances que Jock Upham fît quelque chose pour un client sans en tirer un bénéfice substantiel que de réussir à faire passer le proverbial chameau par le chas d'une aiguille. Mais je laissai glisser.

— Quoi qu'il en soit, monsieur, nous avons une responsabilité morale envers notre client. Nous nous devons de peser et d'évaluer équitablement les projets qui nous ont été soumis. Après tout, nous *sommes* une entreprise d'expertise.

Les fossettes de Jock disparurent, comme s'il les avait avalées.

— Je n'ose pas croire que vous êtes en train de rejeter ma suggestion ?

— Tant qu'il s'agit d'une suggestion et non d'un ordre, je préfère la rejeter, en effet.

— Et si c'était un ordre ? insista Jock d'un air rusé. En tant que plus ancien associé de cette firme, je...

— Alors je serais au regret de me retirer du projet, monsieur, et de le transmettre à quelqu'un d'autre. Naturellement, je veillerais à conserver des copies de mon travail, pour le cas où il y aurait des questions.

Jock savait ce que cela signifiait. Les comptes d'une firme CPA ne sont jamais vérifiés. Les seules personnes habilitées à poser des questions sont les agents du gouvernement américain, et *ces* questions concernent toujours des pratiques frauduleuses ou illégales.

— Je vois, dit Jock. Eh bien, je vous laisse travailler, Velis. Il est clair que je devrai prendre cette décision tout seul.

Et, tournant brusquement les talons, il quitta la pièce.

Mon directeur, un grand blond, costaud, d'une trentaine d'années, appelé Lisle Holmgren, vint me voir dès le lendemain matin. Il avait l'air agité. Ses cheveux blonds étaient ébouriffés et son nœud de cravate de travers.

— Bon sang, Catherine, qu'est-ce que vous avez fait à Jock Upham ? s'écria-t-il tout de go. Il est dans tous ses états. Il m'a convoqué ce matin à l'aube. C'est à peine si j'ai eu le temps de me raser. Il veut qu'on vous mette au pas. Il dit que vous êtes cinglée et que vous ne devez plus avoir aucun contact avec la clientèle. Que vous n'êtes pas prête à jouer dans la cour des grands.

La vie entière de Lisle tournait autour de la firme. Il était marié à une femme exigeante qui mesurait leur réussite sociale au prix de leurs cartes de membres du club sportif. Plutôt que se rebeller, il avait préféré se plier aux directives.

— J'ai l'impression que ma tête est tombée pendant la nuit, ricanai-je. J'ai refusé de couvrir un pot-de-vin. Je lui ai dit qu'il pouvait s'adresser à quelqu'un d'autre si ça lui chantait.

Lisle s'effondra sur une chaise, à côté de moi. Il se tut pendant un bon moment.

— Catherine, il y a bien des choses dans le monde des affaires qui peuvent sembler amorales à quelqu'un d'aussi jeune que vous. Mais elles ne sont pas toujours ce qu'elles paraissent être.

— Dans le cas présent, si.

— Je vous donne ma parole que si Jock vous a demandé de faire quelque chose de ce genre, c'est qu'il avait de bonnes raisons.

— Oh, je n'en doute pas. Trente ou quarante mille dollars constituent sans aucun doute les meilleures raisons du monde, rétorquai-je en me penchant à nouveau sur mes papiers.

— Vous êtes en train de vous taillader les poignets ; vous vous en rendez compte, j'espère ? me demanda-t-il. Jock Upham n'est pas du genre à se laisser taper sur les doigts. Il ne va pas retourner dans son coin comme un gentil petit garçon. Il ne va pas faire machine arrière et jouer le mort. Vous voulez un conseil d'ami ? Allez le trouver dans son bureau et présentez-lui vos excuses. Dites-lui que vous ferez tout ce qu'il voudra. Caressez-le dans le sens du poil. Sinon, je vous garantis que votre carrière est terminée.

— Il ne va quand même pas me virer sous prétexte que j'ai refusé de commettre un acte illégal !

— Il n'aura même pas besoin de vous virer. Il est en mesure de vous mener la vie tellement dure que vous souhaiterez n'avoir jamais mis les pieds dans cette firme. Vous êtes une chic fille, Catherine, et je vous aime bien. Je vous ai fait part de mon opinion. Maintenant je vous laisse rédiger votre épitaphe.

Cela se passait une semaine plus tôt. Je ne m'étais pas excusée auprès de Jock. Je n'avais parlé de notre conversation à personne. Et j'avais envoyé mon rapport au client la veille de Noël, comme prévu. Le candidat de Jock n'avait pas obtenu la commande. Puis le calme le plus total était tombé sur la vénérable firme Fulbright, Cone, Kane & Upham. Jusqu'à ce matin-là…

Il avait fallu exactement sept jours aux associés pour décider à quelle forme de torture raffinée ils allaient me condamner. Et ce matin, Lisle était entré dans mon bureau pour m'annoncer la bonne nouvelle.

— Eh bien, vous ne pourrez pas dire que je ne vous ai pas prévenue, déclara-t-il. Le problème avec les femmes, c'est qu'on ne peut pas leur faire entendre raison.

Quelqu'un tira la chasse des toilettes dans le « bureau » voisin du mien, et j'attendis que le bruit ait cessé. Une vision de l'avenir.

— Vous savez comment ça s'appelle quand on raisonne après la bataille ? dis-je. Ça s'appelle se chercher des prétextes.

— Là où vous allez, vous aurez tout le temps de vous chercher des prétextes. Nos brillants associés se sont réunis très tôt ce matin et, devant leurs cafés et leurs beignets à la confiture, ils ont statué sur votre sort par un vote. La lutte a été âpre entre Calcutta et Alger, mais vous serez heureuse d'apprendre que c'est Alger qui l'a emporté d'une courte tête.

— Mais de quoi parlez-vous ? demandai-je, avec une désagréable sensation de froid au creux de l'estomac. Où diable se trouve Alger ? Et qu'est-ce que ça a à voir avec moi ?

— Alger est la capitale de l'Algérie, État socialiste de l'Afrique du Nord, et membre titulaire de la carte du tiers-monde. Je crois que vous devriez emporter ce livre et commencer à le potasser.

Il lança un gros manuel sur ma table et poursuivit :

— Dès que votre visa sera agréé, ce qui devrait prendre environ trois mois, vous passerez beaucoup de temps là-bas. C'est votre nouvelle assignation.

— Assignation à quoi faire ? À moins qu'il ne s'agisse juste d'une mesure générale d'exil ?

— Non, en fait nous avons un projet qui démarre, là-bas. Nous traitons des affaires dans bon nombre de lieux exotiques. Dans le cas présent, il s'agit d'un petit contrat d'un an avec une espèce de club social du tiers-monde qui se réunit occasionnellement pour discuter du prix de l'essence. Il s'appelle OTRAM ou quelque chose comme ça. Attendez, je vérifie.

Il tira une liasse de papiers de sa poche et les examina.

— Ah, voilà : il s'appelle OPEP.

— Jamais entendu parler, dis-je.

En décembre 1972, peu de personnes dans le monde avaient entendu parler de l'OPEP. Leurs oreilles ne devaient pas tarder à se déboucher.

— Moi non plus, admit Lisle. C'est même pour ça que les associés ont tenu à ce que cette assignation vous revienne. Ils veulent vous enterrer, Velis, exactement comme je vous l'avais dit.

La chasse fonctionna à nouveau, et tous mes espoirs disparurent en tourbillonnant dans la canalisation.

— Il y a quelques semaines, nous avons reçu un câble du bureau de Paris. Ils voulaient savoir si nous avions un expert spécialisé dans le pétrole, le gaz naturel et les centrales électriques. Ils étaient prêts à prendre n'importe qui et nous devions toucher une grosse commission. Mais aucun de nos ingénieurs-conseils n'était disposé à y aller. L'énergie n'est pas une industrie d'avenir. C'est considéré comme une voie de garage. Nous étions donc sur le point d'envoyer une réponse négative quand *votre* nom a fait surface…

Ils ne pouvaient pas me forcer à accepter cette assignation. L'esclavage avait disparu avec la guerre civile. Ils voulaient simplement m'obliger à démissionner, mais je voulais bien être damnée si je leur accordais ce plaisir !

— Qu'est-ce que je vais faire pour ces braves types du tiers-monde ? demandai-je d'une voix sucrée. J'ignore absolument tout du pétrole. Quant au gaz naturel, je n'en connais que ce qui me parvient du bureau voisin.

J'esquissai un geste en direction des toilettes.

— Je suis content que vous me posiez cette question, dit Lisle en marchant vers la porte. On vous a affectée chez Con Edison jusqu'à ce que vous quittiez le pays. Ils brûlent tout ce qui descend l'East River dans leur centrale électrique. D'ici à quelques mois, vous serez une experte en conversion d'énergie.

Lisle éclata de rire et, en sortant, m'adressa un petit signe désinvolte par-dessus son épaule.

— Courage, Velis ! Ç'aurait pu être Calcutta.

*

Et voilà pourquoi je me trouvais au beau milieu de la nuit dans le centre de données de la Pan Am, à plancher sur un État dont je n'avais jamais entendu parler et sur un continent dont je ne savais strictement rien, tout ça pour devenir une experte dans un domaine qui ne m'intéressait pas, aller vivre parmi des gens qui ne parlaient pas ma langue et qui estimaient probablement que la place des femmes était au harem. Point commun avec la société Fulbright Cone, songeai-je.

Je n'arrivais pas à me sentir intimidée. Il ne m'avait fallu que trois ans pour apprendre tout ce qu'il y avait à savoir sur les transports. En apprendre autant sur l'énergie paraissait beaucoup plus simple. Finalement, il suffisait de creuser un trou et d'attendre que le pétrole sorte. Mais l'expérience serait déprimante, si tous les livres que je devais lire étaient aussi pétillants d'esprit que celui que j'avais devant moi :

« En 1950, le baril de pétrole brut arabe se vend 2 dollars. Et en 1972, le même baril se vend toujours 2 dollars. Cela fait du pétrole arabe l'un des rares matériaux bruts qui *ne soit pas* sujet à une inflation dans une période similaire. L'explication de ce phénomène tient au contrôle rigoureux qui est effectué par les gouvernements du monde sur cette production essentielle. »

Fascinant. Mais ce que je trouvais *réellement* fascinant, c'était ce que le livre n'expliquait pas. Quelque chose qui, en fait, n'était expliqué dans aucun des livres que j'avais lu cette nuit.

Le pétrole lampant arabe, apparemment, était la variété de pétrole la plus rare et la plus recherchée du monde. Si son prix n'avait pas bougé en vingt ans, c'était tout simplement parce qu'il n'était pas contrôlé par ceux qui l'achetaient ni par ceux qui possédaient les terres où il était tapi. Il était contrôlé par ceux qui le distribuaient, ces infâmes revendeurs. Et il en avait toujours été ainsi.

Il y avait huit grandes compagnies pétrolières dans le monde. Cinq d'entre elles étaient américaines ; les trois autres étaient respectivement anglaise, allemande et française. Cinquante ans plus tôt, ces messieurs du pétrole avaient décidé, à l'occasion d'une partie de chasse en Écosse, de se partager la distribution mondiale du pétrole de façon à ne pas se marcher sur les pieds. Quelques mois plus tard, ils convoquaient à Ostende un type du nom de Calouste Gulbenkian. Sortant un crayon rouge de sa poche, il avait tracé ce qui devait s'appeler par la suite la « Fine Ligne Rouge » autour d'une portion du monde représentant l'ancien Empire ottoman, aujourd'hui l'Irak et la Turquie, ainsi qu'une bonne tranche du golfe Persique. Ces messieurs se partagèrent le gâteau et creusèrent un trou. Le pétrole jaillit à Bahrein, et la ruée commença.

La loi de l'offre et de la demande est un concept hasardeux si vous êtes le plus grand consommateur d'un produit dont vous contrôlez également la diffusion. À en croire les chartes que j'avais lues, les États-Unis avaient longtemps été le tenant en titre de la consommation de pétrole. Et ces compagnies pétrolières, pour la plupart américaines, contrôlaient la diffusion. Leur tactique était simple. Elles s'arrangeaient pour avoir le presque monopole de l'exploitation (ou du forage) du pétrole, puis elles le transportaient et le distribuaient à un prix nettement plus élevé.

Je restai assise au milieu de la pile de livres que j'avais puisée dans la bibliothèque technique et commerciale de la Pan Am, la seule bibliothèque de New York qui reste ouverte toute la nuit, un jour de réveillon. Je regardai la neige floconner dans la lumière jaune des réverbères qui jalonnent Park Avenue. Et je réfléchis.

La pensée obsédante qui tournait et retournait dans mon esprit était celle qui devait préoccuper des cerveaux bien plus éminents que le mien quelques mois plus tard. Une pensée qui sous peu empêcherait de dormir les responsables des gouvernements et les responsables des compagnies pétrolières. Une pensée qui sous peu déclencherait des guerres, des massacres, des crises économiques, et conduirait les plus grandes puissances au bord de la troisième guerre mondiale. Mais à ce moment-là, cela ne me faisait pas l'effet d'un concept aussi révolutionnaire.

La pensée était celle-ci : que se passerait-il si nous ne contrôlions *plus* la distribution mondiale de pétrole ? La réponse à cette question, éloquente dans sa simplicité, devait exploser à la face du monde entier douze mois plus tard, avec la violence d'une bombe.

C'était notre rendez-vous à Samarrah.

LA PHASE PRÉPARATOIRE

> *Positionnement :* relatif à un mouvement, une manœuvre ou un style de jeu répondant davantage à une stratégie qu'à des considérations tactiques. Un mouvement de positionnement s'intègre donc à ce qu'on appelle la *phase préparatoire.*
>
> *Phase préparatoire :* coup qui ni ne met en échec, ni ne capture, ni ne recèle aucune menace directe... Ceci donne apparemment aux noirs la plus large liberté d'action.
>
> *Dictionnaire illustré des échecs,*
> Edward R. BRACE.

Un téléphone sonnait quelque part. Je soulevai ma tête du bureau et regardai autour de moi. Il me fallut un moment pour réaliser que j'étais toujours à la Pan Am. C'était toujours la veille du Nouvel An ; la pendule murale suspendue à l'autre bout de la pièce indiquait onze heures et quart. Il neigeait toujours. J'étais restée inconsciente pendant plus d'une heure. Je me demandai pourquoi personne ne décrochait le téléphone.

Je jetai un regard circulaire dans la salle du centre de données, survolant le faux plancher en dalles blanches. Il recouvrait des kilomètres de câble coaxial empaqueté comme des vers de terre dans les boyaux de l'immeuble. Il n'y avait pas le moindre mouvement à l'horizon ; on se serait cru dans une morgue.

Je me souvins brusquement d'avoir dit aux opérateurs qu'ils pouvaient prendre une pause pendant que je veillais sur les lieux. Mais il y avait des heures de ça. Tandis que je me levais à contrecœur pour gagner le standard, je réalisais subitement ce que leur requête avait eu de bizarre. « Ça ne vous ennuie pas si on va dans la salle d'enregistrement pour se faire un peu de tricot ? » *Du tricot ?*

Je m'approchai du pupitre de commande qui était relié au standard et aux consoles de l'étage et raccordé au système de sécurité de tout l'immeuble. En appuyant sur le bouton correspondant à la ligne qui clignotait, je remarquai que le voyant rouge de la commande de transmission soixante-trois était allumé, signalant qu'il fallait charger une bande neuve. Je pressai le buzzer de la salle d'enregistrement pour appeler un opérateur et décrochai le téléphone en me frottant les yeux.

— Équipe de nuit de la Pan Am, dis-je.

— Vous voyez ? fit une voix de velours, aisément reconnaissable à son accent typiquement britannique. Je vous avais dit qu'elle serait en train de travailler. Elle est *toujours* en train de travailler.

Il s'adressait à quelqu'un qui se trouvait dans la même pièce que lui. Puis il reprit :

— Cat très chère, vous êtes en retard ! Nous sommes tous là à vous attendre. Il est onze heures passées. Est-ce que vous savez seulement quel jour nous sommes ?

— Llewellyn, répondis-je en étirant mes bras et mes jambes raides, je ne peux vraiment pas venir. J'ai du travail. Je sais que j'avais promis, mais…

— Il n'y a pas de « mais », très chère. Nous nous sommes tous fait tirer la bonne aventure, et c'était très, très amusant. Maintenant, c'est votre tour. Harry me fait signe qu'il veut vous parler.

Je gémis et pressai à nouveau le buzzer. Mais où étaient passés ces maudits opérateurs ? Qu'est-ce qui pouvait bien pousser trois hommes adultes à s'enfermer dans une salle d'enregistrement froide et sombre pour tricoter des chaussettes, un soir de réveillon ?

— Chérie ! tonna Harry de sa voix profonde de baryton qui m'obligeait toujours à écarter le récepteur de mon oreille.

Harry avait été mon client quand je travaillais pour Triple-M et nous étions restés bons amis. Il m'avait adoptée comme un membre de sa famille et ne manquait pas une occasion de m'inviter, au risque de flanquer une indigestion à sa femme, Blanche, et à son beau-frère, Llewellyn. En réalité, il voulait surtout que je devienne l'amie de son insupportable fille, Lily, qui avait à peu près mon âge. Mais ce n'était pas demain la veille !

— Chérie, reprit Harry, j'espère que vous me pardonnerez, mais je viens d'envoyer Saul vous chercher en voiture.

— Vous n'auriez pas dû envoyer la voiture, Harry. Pourquoi ne m'avez-vous pas demandé mon avis avant de lancer Saul au beau milieu de la neige ?

— Parce que vous m'auriez dit non, répondit-il non sans finesse.

— Évidemment, j'aurais dit non !

— D'ailleurs, Saul adore conduire. C'est son job, il est chauffeur. Et avec ce que je le paie, il ne peut pas faire le difficile. Et puis, vous me devez bien ça.

— Je ne vous dois absolument rien, Harry, ripostai-je. N'inversez pas les rôles, voulez-vous ?

Deux ans plus tôt, j'avais équipé la compagnie d'Harry d'un système de transport qui avait fait de lui le plus grand fourreur en gros non seulement de New York, mais aussi de tout l'hémisphère Nord. Les « Fourrures de qualité et à moindre prix de chez Harry » pouvaient désormais livrer un manteau sur commande n'importe où et en vingt-quatre heures. Je pressai rageusement le buzzer tandis que la lumière rouge réclamant une nouvelle bande brillait devant mes yeux. Mais où étaient passés les opérateurs ?

— Écoutez, Harry, dis-je d'un ton impatient, j'ignore comment vous m'avez trouvée, mais je suis venue ici pour être seule. Je n'ai pas envie d'en parler maintenant, mais j'ai un gros problème…

— Votre problème c'est que vous travaillez trop et que vous êtes toujours seule.

— C'est ma firme, le problème. Ils essayent de me pousser vers une nouvelle carrière dont j'ignore absolument tout. Ils projettent de m'expédier de l'autre côté des mers. J'ai besoin de réfléchir à tête reposée, pour essayer de voir ce que je peux faire.

— Je vous l'avais dit ! me tonna Harry dans l'oreille. Il ne faut jamais faire confiance à ces païens ! Des experts luthériens, je vous demande un peu ! Okay, j'ai épousé l'une des leurs, mais je ne les laisse pas fouiner dans mes livres de comptes, si vous voyez ce que je veux dire. Maintenant, vous allez enfiler votre manteau et descendre comme une gentille petite fille. Vous me raconterez vos malheurs devant un verre. Et puis, cette diseuse de bonne aventure est absolument *incroyable* ! Elle travaille ici depuis des années, mais je n'en savais rien. Sinon, j'aurais viré mon coursier et je l'aurais mise d'office à sa place.

— Vous n'êtes pas sérieux, j'espère ? déclarai-je d'un ton dégoûté.

— Vous m'avez déjà vu vous raconter des histoires ? Écoutez, elle *savait* que vous deviez venir ce soir. La première chose qu'elle nous a dite en s'approchant de notre table, c'est : « Où est votre amie aux ordinateurs ? » Vous pouvez croire une chose pareille, vous ?

— Non, je ne peux pas. Où êtes-vous, de toute façon ?

— Cette dame insiste pour que vous veniez. Elle m'a même révélé que votre destin et le mien étaient liés d'une certaine façon. Et ce n'est pas tout. Elle savait que *Lily* aurait aussi dû être là.

— Lily n'a pas pu venir ?

Je me dis que ça faisait enfin une bonne nouvelle, mais je me demandai comment elle avait pu laisser son père seul un soir de réveillon. Elle devait pourtant savoir combien son absence l'attristerait.

— Ayez des filles ! soupira-t-il. J'ai besoin d'un support moral. Je suis collé à mon beau-frère comme un boute-en-train sans entrain.

— Okay, je viens, soupirai-je.

— Je savais que vous finiriez par dire ça. Alors, vous attendez Saul bien gentiment devant la porte et à votre arrivée vous aurez un gros bisou.

Je raccrochai, plus déprimée que jamais. Voilà exactement ce dont j'avais besoin en ce moment : une soirée à écouter les inepties de la très ennuyeuse famille d'Harry. Mais Harry réussissait toujours à me faire rire. Peut-être que ça me permettrait d'oublier mes propres problèmes...

Je me dirigeai droit vers la salle d'enregistrement et ouvris la porte à la volée. Les opérateurs étaient bien là, occupés à se passer un petit tube en verre rempli de poudre blanche. Ils prirent un air coupable en me voyant entrer et me tendirent le tube. De toute évidence, ils m'avaient dit : « On va se faire un peu de coco » et non « un peu de tricot ».

— Je pars, annonçai-je. Quand vous aurez fini de planer, vous pourrez peut-être aller changer la bande du drive soixante-trois ? Sinon, on peut toujours interrompre le trafic aérien pour la nuit...

Ils se levèrent en catastrophe. Je ramassai mon sac, mon manteau et me dirigeai vers les ascenseurs.

La grosse limousine noire était déjà là à m'attendre quand j'atteignis le rez-de-chaussée. Tout en traversant le hall, j'aperçus Saul à travers les vitres. Il jaillit de la voiture et se précipita pour m'ouvrir les lourdes portes en verre.

Avec son visage taillé à coups de serpe, les gros favoris qui ornaient chaque côté de son visage, des pommettes à la mâchoire, Saul passait difficilement inaperçu dans une foule. Bien au-dessus du mètre quatre-vingts, sans toutefois atteindre la taille d'Harry, il était tout en os, là où Harry était tout en graisse. Quand ils étaient ensemble, on avait l'impression de voir le même reflet convexe et concave dans le miroir d'une baraque foraine. L'uniforme de Saul était saupoudré de neige, et il me prit le bras pour m'éviter de glisser sur le verglas. Il esquissa une petite grimace malicieuse en m'aidant à m'installer sur la banquette arrière...

— Alors, vous n'avez pas réussi à décourager Harry ? C'est un homme auquel il est très difficile de dire non.

— C'est même tout à fait impossible, répondis-je. Je me demande s'il comprend le sens du mot « non ». Où se tient cette réunion secrète, au juste ?

— Au Fifth Avenue Hotel, me dit-il avant de refermer la portière et de retourner s'asseoir au volant.

Il mit le contact, et on s'enfonça dans la neige épaisse.

Le soir du réveillon, la plupart des grandes artères de New York sont presque aussi encombrées que dans la journée. Taxis et limousines sillonnent les avenues tandis que des fêtards errent de bar en bar. Les rues sont jonchées de serpentins, de confettis, et une hystérie générale vibre dans l'air.

Cette nuit ne dérogeait pas à la règle. On faillit renverser une bande de traînards qui déboula d'un bar et se jeta presque sous les roues de Saul, et une bouteille de champagne voltigea d'une allée pour venir rebondir sur le capot de la limousine.

— Ça promet, observai-je.

— Bah, j'ai l'habitude ! répondit Saul. Chaque réveillon, je pilote M. Rad et sa famille dans la ville, et c'est toujours le même scénario. Je devrais réclamer une prime de risque.

— Depuis combien de temps travaillez-vous pour Harry ? lui demandai-je tandis que nous descendions la Cinquième Avenue en schuss, le long des immeubles illuminés et des devantures faiblement éclairées des magasins.

— Depuis vingt-cinq ans. J'ai été embauché avant la naissance de Lily. Avant même son mariage, en fait.

— Vous devez aimer travailler pour lui.

— C'est un bon job.

Il marqua un temps, puis ajouta :

— Je respecte M. Rad. On en a pas mal bavé ensemble. Je me souviens de l'époque où il n'avait pas de quoi me payer. Il se débrouillait toujours pour me verser mon salaire, même si ça le laissait sans un sou. Il était très fier de posséder une limousine. Il disait que le fait d'avoir un chauffeur lui conférait une touche de classe.

Saul ralentit à un feu rouge, tourna et continua à me parler pardessus son épaule.

— Vous savez, dans le bon vieux temps, on livrait les fourrures avec la limo. On était les seuls fourreurs de New York à faire ça, précisa-t-il avec une pointe de fierté. Aujourd'hui, je me contente d'emmener Mme Rad et son frère faire du shopping, quand M. Rad n'a pas besoin de moi. Ou alors j'accompagne Lily à ses tournois.

On resta silencieux jusqu'à ce qu'on arrive au bon niveau de la Cinquième Avenue.

— J'ai cru comprendre que Lily ne s'est pas montrée ce soir, commentai-je.

— Non.

— C'est pour ça que j'ai quitté mon travail. Qu'y avait-il donc de si important qu'elle ne puisse passer le réveillon avec son père ?

— Vous le savez bien, répondit Saul tandis qu'il se garait devant le Fifth Avenue Hotel.

C'était peut-être un effet de mon imagination, mais il me sembla que sa voix s'était voilée d'amertume.

— Elle fait ce qu'elle fait à longueur de journée. Elle joue aux échecs.

*

Le Fifth Avenue Hotel siège sur la rive ouest de la Cinquième, à quelques pâtés de maisons de Washington Square Park. Je pus apercevoir les arbres coiffés d'une chape de neige aussi épaisse que de la crème fouettée, formant de petites bosses comme le capuchon d'un gnome, tout autour de l'arche qui marquait l'entrée de Greenwich Village.

En 1972, le bar public de l'hôtel n'avait pas encore été rénové. Comme la plupart des bars d'hôtel new-yorkais, il était la réplique exacte d'une auberge campagnarde de style Tudor, à tel point qu'on s'attendait plus à devoir attacher son cheval à l'entrée qu'à descendre d'une limousine. Les larges fenêtres donnant sur la rue étaient surmontées de lourdes ornementations en verre biseauté et teinté. Le bon feu qui flambait dans la grosse cheminée en pierre illuminait le visage des clients installés à l'intérieur et projetait une lueur rubis sur les morceaux de verre teinté, qui se réfléchissait sur la neige de la rue.

Harry avait réussi à obtenir une table ronde en chêne près des fenêtres. Comme nous nous approchions de l'entrée, je le vis agiter la main dans notre direction. Son souffle dessina un rond de buée givrée sur la vitre. Llewellyn et Blanche, assis un peu en retrait, de chaque côté de la table, chuchotaient, semblables à deux anges blonds de Botticelli.

On aurait dit une carte postale, me dis-je tandis que Saul m'aidait à descendre de la voiture. Le feu dans la cheminée, le bar bondé, tous ces gens dans leurs habits du dimanche qui bougeaient dans la lueur du feu… ça paraissait irréel. Je restai sur le trottoir nappé de neige pour regarder les flocons scintillants qui dansaient devant les réverbères, tandis que Saul démarrait au volant de la limousine. Moins d'une seconde plus tard, Harry surgit dans la rue pour me récupérer, à croire qu'il avait peur que je fonde comme un flocon et que je disparaisse.

— Chérie ! s'écria-t-il en me gratifiant d'une étreinte d'ours qui faillit me briser en mille morceaux.

Harry était gigantesque. Il devait mesurer un mètre quatre-vingt-dix au bas mot, et dire qu'il avait quelques kilos superflus était un euphémisme. C'était une véritable montagne de graisse, avec des yeux tombants et des bajoues qui lui donnaient l'air d'un saint-bernard. Il portait un invraisemblable costume de soirée écossais dans les rouges, verts et noirs, qui réussissait à le faire paraître encore plus gros.

— Je suis si content que vous soyez là ! déclara-t-il tout en me prenant le bras pour me propulser dans l'entrée puis de l'autre côté de la lourde porte à doubles battants du bar, où attendaient Llewellyn et Blanche.

— Chère, chère Cat, s'exclama Llewellyn en se levant pour me planter un petit baiser sur la joue. Blanche et moi étions justement en train de nous demander si vous arriveriez jamais. N'est-ce pas, Chérie ?

Llewellyn appelait toujours Blanche « Chérie », reprenant à son compte le surnom que le Petit Lord Fauntleroy avait donné à sa mère.

— Honnêtement, ma chère, poursuivit-il, il est presque aussi impossible de vous arracher à votre ordinateur que d'éloigner Heathcliff du lit de mort de sa bien-aimée Catherine. Je me demande vraiment ce qu'Harry et vous feriez, si vous n'aviez pas un travail pour remplir vos journées.

— Hello, ma chère, dit Blanche en me tendant sa joue froide de porcelaine. Vous êtes magnifique, comme toujours. Asseyez-vous donc. Que voulez-vous qu'Harry vous apporte à boire ?

— Je vais lui commander un *eggnog*, déclara Harry en se penchant avec un sourire béat, tel un sapin de Noël entortillé dans une couverture écossaise. Ils font de merveilleux *eggnogs* ici. Vous allez commencer par en boire un, et ensuite vous choisirez ce que vous voudrez.

Il fendit la foule pour atteindre le bar, sa tête émergeant sans peine du reste de l'assemblée.

— Harry nous dit que vous allez partir en Europe ? déclara Llewellyn. Il s'assit à côté de moi et se tourna vers Blanche qui lui tendait son verre. Ils portaient une tenue assortie : elle une robe longue vert sombre qui mettait en valeur son teint crémeux, et lui un smoking en velours vert sombre, avec un nœud papillon noir. Bien qu'ils eussent tous deux la quarantaine passée, ils paraissaient extrêmement jeunes. Mais sous le vernis brillant et élégant de leur façade dorée, ils étaient comme des chiens de concours : stupides et indisciplinés, malgré le dressage.

— Pas en Europe, rectifiai-je. À Alger. C'est une sorte de punition. Alger est une ville d'Algérie qui…

— Je sais où cela se trouve, dit Llewellyn.

Blanche et lui échangèrent un long regard.

— Quelle coïncidence, n'est-ce pas, Chérie ?

— À votre place, j'éviterais d'aborder le sujet devant Harry, dit Blanche tout en jouant avec son double rang de perles parfaitement rondes. Il ne peut pas supporter les Arabes. Vous devriez l'entendre parler d'eux.

— Vous ne vous plairez pas, là-bas, ajouta Llewellyn. C'est un endroit épouvantable. La pauvreté, la crasse, les cafards qui courent partout… sans oublier le couscous, une horrible mixture à base de semoule à la vapeur et de mouton farci au lard.

— Vous y êtes allé ? demandai-je, enchantée par cette avalanche de détails sympathiques sur mon lieu d'exil.

— Pas moi, répondit-il. Mais je cherche justement quelqu'un qui accepterait de s'y rendre à ma place. Pas un mot de tout cela, ma chère ; je crois que j'ai enfin trouvé un client. Vous devez savoir que j'ai dû m'appuyer financièrement sur Harry de temps en temps…

Personne ne connaissait aussi bien que moi le degré d'endettement de Llewellyn envers Harry. Même si Harry se montrait assez discret sur ce sujet, l'état du magasin d'antiquités de Llewellyn dans Madison Avenue parlait de lui-même. Vous n'aviez pas plutôt franchi la porte d'entrée qu'une nuée de vendeurs vous sautait dessus comme sur un lot de voitures d'occasion. Or les boutiques d'antiquités les plus réputées de New York vendent exclusivement sur rendez-vous… et jamais sur guet-apens.

— Mais cela va changer, poursuivit-il. Je viens de trouver un client qui collectionne des pièces extrêmement rares. Si je réussis à localiser et à acquérir ce qu'il cherche, il se pourrait bien que je gagne mon billet pour l'indépendance.

— Vous voulez dire que ce qu'il cherche se trouve en Algérie ? déclarai-je en jetant un coup d'œil à Blanche.

Elle sirotait son champagne cocktail sans donner l'impression d'écouter la conversation.

— Si je vais vraiment là-bas, ce ne sera pas avant trois mois, repris-je. C'est le temps qu'il faut pour obtenir mon visa. Et de toute façon… pourquoi n'y allez-vous pas vous-même, Llewellyn ?

— Ce n'est pas aussi simple. Mon contact là-bas est un négociant en antiquités. Il sait où se trouve la pièce, mais elle n'est pas en sa possession. Le propriétaire est une sorte d'ermite. Il se peut que la négociation nécessite beaucoup de persuasion et de temps. Ce serait plus simple pour quelqu'un qui résiderait là-bas de façon permanente.

— Pourquoi ne lui montres-tu pas la photo ? intervint Blanche d'une voix paisible.

Llewellyn la regarda, hocha la tête, puis tira de sa poche intérieure une reproduction en couleurs pliée en deux, qui paraissait avoir été arrachée d'un livre. Il la posa à plat sur la table, devant moi.

Elle représentait une grande sculpture, apparemment en ivoire ou en bois légèrement teinté, d'un homme assis sur un siège semblable à un trône, juché sur le dos d'un éléphant. Debout sur le dos de l'éléphant, soutenant le siège, se tenaient plusieurs petits soldats. Tout autour des pattes de l'éléphant, il y avait des hommes un peu plus grands montés sur des chevaux, et portant des armes médiévales. C'était une sculpture admirable, manifestement très ancienne. En la regardant je me sentis parcourue par une sorte de frisson. Je tournai les yeux vers les fenêtres proches de notre table.

— Qu'en pensez-vous ? demanda Llewellyn. Remarquable, n'est-ce pas ?

— Vous ne sentez pas un courant d'air glacé ? murmurai-je.

Llewellyn secoua la tête. Blanche m'observait comme pour lire dans mes pensées.

Llewellyn poursuivit :

— C'est une copie arabe d'un ivoire indien. Celui-ci se trouve à la Bibliothèque nationale, à Paris. Vous pourrez y jeter un coup d'œil si vous faites escale en Europe. Mais je crois que la pièce indienne qui a servi de modèle était une copie exacte d'une pièce beaucoup plus ancienne, qui à ce jour n'a toujours pas été découverte. On l'appelle « le roi Charlemagne ».

— Charlemagne se déplaçait à dos d'éléphant ? Je croyais que c'était Hannibal ?

— Ce n'est pas une sculpture *de* Charlemagne. C'est le roi d'un jeu d'échecs qui est supposé avoir *appartenu* à Charlemagne. Il s'agit de la copie d'une copie. La pièce originale est légendaire. À ma connaissance, personne ne l'a jamais vue.

— Comment savez-vous qu'elle existe, alors ? demandai-je avec curiosité.

— Elle existe. Le jeu d'échecs complet est décrit dans *La Légende de Charlemagne*. Mon client a déjà acquis plusieurs pièces de la collection, et il veut le jeu complet. Il est prêt à lâcher des sommes considérables pour obtenir les autres pièces. Mais il souhaite garder l'anonymat. Tout ceci doit rester strictement confidentiel, ma chère. J'ai cru comprendre que les originaux sont entièrement taillés dans de l'or vingt-quatre carats, et incrustés de pierres précieuses extrêmement rares.

Je regardai fixement Llewellyn en me demandant si j'avais bien entendu. Puis je réalisai ce qu'il était en train de me demander.

— Llewellyn, il y a des lois concernant la contrebande de bijoux d'un pays à un autre, sans parler des objets dotés d'une valeur historique. Vous avez perdu la tête, ou vous voulez qu'on me jette dans une prison arabe ?

— Ah ! Harry revient vers nous ! déclara calmement Blanche en se levant comme pour dégourdir ses longues jambes.

Llewellyn replia hâtivement la photo et l'enfouit dans sa poche.

— Pas un mot de tout ceci à mon beau-frère, chuchota-t-il. Nous en discuterons à nouveau avant votre départ. Si vous êtes intéressée, il pourrait y avoir une montagne d'argent pour nous deux.

Je secouai la tête et me levai à mon tour tandis qu'Harry s'approchait avec un plateau chargé de verres.

— Tiens, voilà Harry avec les *eggnogs*, dit Llewellyn à voix haute. Et il y en a un pour chacun de nous. Ça, c'est vraiment gentil.

Il se pencha vers moi et chuchota :

— J'exècre les *eggnogs*. De l'eau de vaisselle, voilà ce que c'est.

Il prit néanmoins le plateau des mains d'Harry et l'aida à distribuer les verres.

— Chéri, déclara Blanche en jetant un coup d'œil à la montre bijou qui ornait son poignet, maintenant qu'Harry est de retour et que nous sommes au complet, pourquoi n'essaies-tu pas de nous ramener la diseuse de bonne aventure ? Il est minuit moins le quart et Cat doit se faire prédire l'avenir avant que l'année change.

Llewellyn hocha la tête et s'éloigna, soulagé d'avoir un prétexte pour échapper à l'*eggnog*.

Harry le suivit d'un regard soupçonneux.

— Ça fait vingt-cinq ans que nous sommes mariés, dit-il à Blanche, et à chaque réveillon je me demande qui a l'audace de verser son *eggnog* dans les plantes vertes.

— Cet *eggnog* est délicieux, commentai-je.

Il était parfumé, crémeux et merveilleusement alcoolisé.

— Ton coquin de frère... dit Harry. Depuis le temps que je le supporte et qu'il verse des *eggnogs* dans les plantes vertes, cette diseuse de bonne aventure est bien la première bonne idée que je lui découvre.

— En fait, c'est Lily qui la lui a recommandée. Encore que j'ignore par quel miracle elle a pu savoir qu'une chiromancienne exerçait ses talents au Fifth Avenue Hotel ! Je suppose qu'elle est venue ici pour participer à un tournoi d'échecs, ajouta-t-elle aigrement. On ne voit plus que ça partout, maintenant.

Tandis qu'Harry nous faisait part jusqu'à l'indigestion de sa décision de détourner Lily des échecs, Blanche se contenta d'émettre quelques remarques acerbes. Chacun rejetait sur l'autre la responsabilité d'avoir procréé un être aussi aberrant que leur unique rejeton. De fait, Lily ne se contentait pas de jouer aux échecs : elle ne pensait qu'à ça. Elle ne s'intéressait ni aux affaires ni au mariage – double épine fichée dans le cœur d'Harry. Blanche et Llewellyn étaient allergiques aux endroits et aux « barbares » qu'elle fréquentait. Ce qu'il y avait de sûr, c'était que l'arrogance obsessionnelle que ce jeu développait en elle la rendait terriblement difficile à supporter. La finalité première de son existence consistait à pousser du bois sur un échiquier. Je trouvai un certain bon sens dans l'attitude de sa famille.

— Attendez que je vous raconte ce que la diseuse de bonne aventure m'a révélé, déclara Harry, ignorant Blanche. Elle a dit qu'une jeune femme étrangère à ma famille jouerait un grand rôle dans ma vie.

— Harry a adoré ça, vous vous en doutez, sourit Blanche.

— Elle a dit que les pions sont les pulsations cardiaques du jeu de la vie, et que le pion pourrait changer sa trajectoire si une autre femme l'y aidait. Je pense que c'est à vous qu'elle faisait allusion.

— Elle a dit : « Les pions sont l'âme des échecs », l'interrompit Blanche. C'est une citation, je crois.

— Comment diable se fait-il que tu te souviennes de ça ?

— Llewellyn a tout noté sur une serviette en papier. « Au jeu de la vie, les pions sont l'âme des échecs. Même le pion le plus humble peut changer d'apparence. Quelqu'un que vous aimez changera la marée. La femme qui lui montre le chemin coupera les liens identifiés et provoquera le dénouement annoncé. »

Blanche reposa la serviette et avala une gorgée de champagne sans nous regarder.

— Vous voyez, s'exclama joyeusement Harry. Selon moi, cela signifie que vous allez accomplir un miracle : convaincre Lily de lâcher ses échecs et de mener une existence normale.

— À ta place, je ne me ferais pas trop d'illusions, commenta Blanche un peu fraîchement.

Au même instant, Llewellyn réapparut, la diseuse de bonne aventure dans son sillage. Harry se leva et se rangea sur le côté pour lui laisser une place près de moi. Sur le coup, j'eus l'impression qu'on était en train de me faire une blague. Elle était franchement bizarre : une véritable antiquité. Complètement voûtée, les cheveux coiffés en une sorte de casque gonflant qui lui donnait l'air de porter une perruque, elle me regardait à travers des lunettes en forme de chauve-souris, constellées de strass. Elles étaient attachées à son cou par une longue chaîne de fils en caoutchouc colorés, comme celles que tressent les enfants. Elle portait un sweater rose, avec des marguerites en perles brodées dessus, un affreux pantalon vert, des chaussures de bowling rose vif, avec le nom « Mimsy » cousu au bout. Elle trimballait avec elle une planchette à dessins qu'elle consultait occasionnellement, comme si elle tenait à jour une facture détaillée de ses profits et pertes. Elle mâchait également un chewing-gum aux fruits. J'en recevais une bouffée chaque fois qu'elle parlait.

— C'est votre amie ? demanda-t-elle dans un couinement haut perché.

Harry hocha la tête et lui tendit un peu d'argent qu'elle empocha avant d'en noter le montant sur son bloc. Puis elle s'assit à côté de moi, et Harry s'installa à sa gauche. Elle me regarda.

— Et maintenant, chérie, contentez-vous simplement de hocher la tête si elle a raison, dit Harry. Il ne faut pas la déconcentrer ni…

— Qui est-ce qui fait la prédiction, ici ? siffla la vieille dame sans cesser de m'observer à travers ses lunettes à paillettes.

Elle resta dans la même position pendant un long moment, visiblement peu pressée de me dire mon avenir. Au bout de quelques minutes, tout le monde commença à s'agiter.

— Vous n'êtes pas supposée regarder les lignes de ma main ? lui demandai-je.

— Vous n'êtes pas censée parler ! chuchotèrent Harry et Llewellyn d'une même voix.

— Silence ! glapit la diseuse de bonne aventure d'un ton irrité. C'est un sujet difficile. J'essaie de me concentrer.

Pour se concentrer, elle se concentrait ! songeai-je. Elle ne m'avait pas lâchée des yeux depuis l'instant où elle s'était assise. Je lançai un coup d'œil à la montre d'Harry. Minuit moins sept. La diseuse de bonne aventure ne bougeait pas. On l'aurait crue transformée en pierre. Tout autour de nous, la tension montait à l'approche de minuit.

Les voix s'enflaient, on agitait les bouteilles de champagne dans les seaux à glace pour faire du bruit, on sortait des chapeaux amusants, des sacs de confettis et de serpentins. Le stress de l'année terminée s'apprêtait à exploser comme une boîte de serpents à ressorts. Je me rappelai pourquoi j'évitais toujours de sortir un soir de réveillon. La diseuse de bonne aventure semblait avoir oublié où elle se trouvait. Elle restait assise sans bouger. Le regard braqué sur moi.

Je détournai les yeux. Harry et Llewellyn étaient penchés en avant, le souffle haletant. Blanche, adossée à sa chaise, observait calmement le profil de la diseuse de bonne aventure. Lorsque je ramenai mon regard vers la vieille dame, je la trouvai exactement dans la même position. Elle paraissait en transe et regardait à travers moi comme si j'étais transparente. Puis ses yeux s'ajustèrent lentement sur les miens. Je ressentis le même frisson glacé qu'un peu plus tôt, mais cette fois on aurait dit qu'il me venait de l'intérieur.

— Ne parlez pas, me chuchota soudain la diseuse de bonne aventure.

Il s'écoula une seconde avant que je ne réalise que ses lèvres bougeaient et que c'était elle qui parlait. Harry se pencha davantage encore pour saisir ses paroles, imité par Llewellyn.

— Vous courez un grand danger, dit-elle. Je sens le danger tout autour de moi. En ce moment même.

— Un danger ? intervint Harry d'une voix sévère.

À cette seconde précise, une serveuse s'approcha avec un seau à champagne. Harry lui indiqua d'un geste irrité de le poser sur la table et de se retirer.

— Qu'est-ce que c'est que cette histoire ? C'est une plaisanterie, ou quoi ?

La diseuse de bonne aventure regardait maintenant sa planchette à dessins et en tapotait le cadre de métal avec son stylo, comme si elle ne savait pas très bien comment procéder. Je commençai à m'énerver sérieusement. Pour quelle raison cette devineresse de bar essayait-elle de me faire peur ? Elle leva subitement les yeux. Elle devait avoir senti que j'étais en colère car elle devint brusquement très professionnelle.

— Vous êtes droitière, déclara-t-elle. C'est donc dans votre main gauche qu'est écrit votre destin de naissance. La droite indique la direction que vous suivez. Donnez-moi d'abord votre main gauche.

Je reconnais que cela peut paraître absurde, mais tandis qu'elle examinait ma paume en silence, je commençais à éprouver la sensation surnaturelle qu'elle avait *réellement* le pouvoir d'y lire quelque chose.

Ses doigts minces et durs accrochés à ma main étaient comme de la glace.

— Oooh ! dit-elle d'une voix bizarre. C'est une bien étrange main que vous avez là, jeune dame.

Elle continua à la regarder, et ses prunelles s'élargirent derrière ses lunettes pailletées. La planchette à dessins glissa de ses genoux et tomba par terre, mais personne ne se pencha pour la ramasser. Ils avaient tous les yeux rivés sur moi tandis que le bruit de la salle nous enveloppait peu à peu.

Mon bras commençait à devenir douloureux. Je voulus me dégager, mais les doigts de la diseuse de bonne aventure se refermèrent sur les miens dans une étreinte qui ressemblait à la mort. J'ignore pourquoi, mais ça me mit absurdement en colère. Je me sentais vaguement écœurée par l'*eggnog* et par les relents de chewing-gum aux fruits. Écartant ses longs doigts osseux avec ma main libre, je me libérai et ouvris la bouche pour parler.

— Écoutez-moi, m'interrompit-elle d'une voix douce, complètement différente du couinement aigu qu'elle avait utilisé jusque-là.

Je m'aperçus soudain que son accent n'était pas américain, mais je fus incapable de le situer. Ses cheveux gris et sa coiffure gonflée m'avaient laissée supposer qu'elle était très âgée, mais je voyais brusquement qu'elle était plus grande que je ne l'avais cru et que sa peau délicate n'était presque pas marquée par les rides. Je voulus à nouveau parler, mais Harry s'extirpa de sa chaise et s'interposa entre nous.

— Ça devient beaucoup trop mélodramatique pour moi, déclara-t-il en posant sa main sur l'épaule de la diseuse de bonne aventure.

Il plongea son autre main dans sa poche et lui tendit de l'argent.

— Tenons-nous-en là, d'accord ?

La femme l'ignora et se pencha vers moi.

— Je suis venue pour vous avertir, chuchota-t-elle. Où que vous alliez, regardez toujours par-dessus votre épaule. Ne faites confiance à personne. Méfiez-vous de tout le monde. Car les lignes de votre main révèlent… "Voici la main qui était prédite."

— Prédite par qui ? demandai-je.

Elle reprit ma main dans la sienne et, les yeux fermés, suivit doucement les lignes avec ses doigts, comme si elle déchiffrait du braille. Son chuchotement s'éleva à nouveau, et elle parla comme si elle récitait quelque chose, un poème qu'elle aurait entendu il y avait de cela très longtemps.

— Juste comme ces lignes qui convergent pour former une clé apparaissent tel un échiquier, quand quatre seront le mois et le jour, de sceller un mat hâte-toi sans grand retard. Obscur jeu tantôt réel, tantôt métaphore. Universellement hélas cette sagesse est venue trop tard. Bataille des blancs a fait rage sans désemparer. En lutte acharnée se ligueront pour accomplir leur destin les noirs. Continue jusqu'à trente-trois et trois à chercher. Voilée secrètement la porte reste cachée pour toujours.

J'étais muette quand elle acheva de parler, et Harry était devant nous, les mains dans ses poches. Je n'avais pas la moindre idée de ce qu'elle avait voulu dire… mais c'était étrange. On aurait dit que je m'étais déjà trouvée là, dans ce bar, à écouter ces mêmes mots. Je secouai les épaules pour chasser cette impression de déjà-vu.

— Je ne comprends absolument rien à ce que vous racontez, dis-je tout haut.

— Vous ne comprenez pas ?

Bizarrement, elle m'adressa un sourire étrange, presque complice.

— Mais ça viendra, insista-t-elle. Le quatrième jour du quatrième mois. Cela signifie quelque chose pour vous ?

— Oui, mais…

Elle posa un doigt sur ses lèvres et secoua la tête.

— Vous ne devez dire à personne ce que cela signifie. Vous comprendrez très bientôt le reste. Car c'est la main qui a été annoncée, la main du Destin. C'est écrit : « Le quatrième jour du quatrième mois viendra le Huit. »

— Que voulez-vous dire ? s'écria Llewellyn d'un ton inquiet.

Il se pencha en travers de la table pour lui saisir le bras, mais elle s'écarta.

À la même seconde, la salle fut plongée dans un noir total. Des serpentins à sifflet fusèrent dans toute la pièce. J'entendis sauter des bouchons de champagne, et tout le monde se mit à crier « Bonne année ! » d'une seule voix. Des pétards crépitèrent dans les rues. Dans la lueur rougeoyante des braises à demi éteintes, les silhouettes déformées des convives se contorsionnaient comme des esprits noirs sortis tout droit de Dante. Leurs cris ricochaient dans le noir.

Quand les lumières se rallumèrent, la diseuse de bonne aventure avait disparu. Harry était toujours debout à côté de sa chaise vide. On se regarda avec stupéfaction, par-dessus l'espace vide qu'elle occupait à peine un instant plus tôt. Puis Harry rit et m'embrassa sur la joue.

— Bonne et heureuse année, ma chérie, déclara-t-il en m'étreignant affectueusement. Quelle purée de pois, cette prédiction. Je crois que ce n'était pas une si bonne idée que ça, finalement. Pardonnez-moi.

Blanche et Llewellyn, serrés l'un contre l'autre, de l'autre côté de la table, parlaient à voix basse.

— Approchez-vous, tous les deux, dit Harry. Qu'est-ce que vous diriez de régler son compte à cette bouteille de champagne ? Cat, vous avez besoin d'un verre, vous aussi.

Llewellyn se leva et s'approcha de moi pour m'embrasser légèrement sur la joue.

— Cat très chère, je suis tout à fait d'accord avec Harry. Vous avez une mine épouvantable. On dirait que vous venez de voir un fantôme.

Je me sentais effectivement vidée. Mais j'en attribuai la cause à la tension de ces dernières semaines et à l'heure tardive.

— Quelle horrible vieille femme, poursuivit Llewellyn. Tous ces propos incohérents au sujet d'un danger... Il m'a semblé pourtant que vous paraissiez comprendre de quoi elle parlait. Je me trompe ?

— J'ai bien peur que oui. Ces échiquiers, ces chiffres et... Qu'est-ce que c'est que ce huit ? Le huit quoi ? Ça n'a ni queue ni tête.

Harry me tendit une coupe de champagne.

— Bah, c'est sans importance, dit Blanche en me passant une serviette de cocktail sur laquelle on avait griffonné quelque chose. Llewellyn a tout noté ici, c'est donc à vous qu'elle revient. Peut-être cela vous évoquera-t-il un souvenir un peu plus tard. Mais j'espère que non ! Toute cette histoire m'a semblé assez déprimante.

— Allez, c'est plutôt amusant en fin de compte ! déclara Llewellyn. Je regrette que ça ait tourné bizarrement, mais elle a bel et bien parlé d'échecs, non ? Cette histoire à propos du mat et tout. Plutôt sinistre. Vous savez que le mot « mat » – « échec et mat » plus exactement – vient du persan *shah-mat*, qui signifie « mort au roi » ? Si on ajoute ça au fait qu'elle a dit que vous étiez en danger... Vous êtes sûre que rien de tout cela ne vous évoque quelque chose ?

Llewellyn se faisait pressant.

— Oh, laissez tomber ! intervint Harry. J'ai eu tort de penser que ma prédiction avait un rapport avec Lily. De toute évidence, c'était un tissu d'absurdités. Oubliez ça, ou vous aurez des cauchemars.

— Lily n'est pas la seule personne que je connaisse qui joue aux échecs, lui répondis-je. En fait, j'ai un ami qui jouait de façon très compétitive...

— Vraiment ? dit Llewellyn un peu trop vite. Quelqu'un que je connais ?

Je secouai négativement la tête. Blanche allait dire quelque chose quand Harry lui tendit une coupe remplie de bulles. Elle lui sourit et but.

— Assez sur ce sujet, trancha Harry. Portons plutôt un toast à la nouvelle année, quoi qu'elle nous réserve.

Il nous fallut à peu près une demi-heure pour vider la bouteille de champagne. Finalement, on récupéra nos manteaux, on sortit et on s'empila dans la limousine qui s'était miraculeusement matérialisée devant l'entrée. Harry demanda à Saul de me déposer en premier à mon appartement, près de l'East River. Une fois devant mon immeuble, Harry sortit et me gratifia de son étreinte d'ours.

— J'espère que cette nouvelle année sera merveilleuse. Peut-être arriverez-vous à faire quelque chose de mon impossible fille. Je suis sûr que vous y parviendrez. Je le vois dans mes étoiles.

— C'est moi qui ne vais pas tarder à voir des étoiles si je ne vais pas me coucher, déclarai-je en étouffant un bâillement. Merci pour l'*eggnog* et le champagne.

Je lui tapotai gentiment la main et il me suivit des yeux tandis que je pénétrais dans le hall obscur. Le portier était assoupi, assis tout droit sur sa chaise, de l'autre côté des portes. Il ne broncha même pas quand je traversai le foyer faiblement éclairé et montai dans l'ascenseur. L'immeuble était aussi silencieux qu'une tombe.

J'appuyai sur le bouton, et les portes se refermèrent en grinçant. Alors que la cabine s'élevait, je sortis la serviette de cocktail que j'avais enfouie dans la poche de mon manteau et la lus à nouveau. Comme je n'étais toujours pas plus avancée, je la rangeai. J'avais suffisamment de problèmes en ce moment pour ne pas m'en inventer d'imaginaires. Mais tandis que les portes de l'ascenseur se rouvraient et que je longeais le couloir noyé dans l'ombre pour gagner mon appartement, je me demandai fugitivement comment la diseuse de bonne aventure avait pu réussir à savoir que le quatrième jour du quatrième mois correspondait à ma date de naissance.

FIANCHETTO

> Les aufins [évêques][1] sont des prélats qui portent des cornes... Ils se déplacent et prennent en diagonale parce que presque tous les évêques profitent de leur position à des fins cupides.
>
> *Quaendam Moralitas de Scaccario*,
> pape Innocent III (règne 1198-1216).

PARIS
ÉTÉ 1791

— Oh, *merde*. *Merde**! s'écria Jacques-Louis David.

Jetant son pinceau sur le sol dans un geste rageur qui en disait long sur sa frustration, il se mit debout.

— Je vous ai dit de ne pas bouger. *De ne pas bouger !* Maintenant les plis se sont défaits. Tout est à recommencer !

1. Dans le jeu d'échecs, l'anglais *bishop* (évêque) désigne la pièce du fou. (N. d. T.)

* Les mots et expressions en italique suivis d'un astérisque sont en français dans le texte original.

Il foudroya du regard Valentine et Mireille, perchées sur un échafaudage, au beau milieu de l'atelier. Elles étaient presque nues, à peine drapées dans une gaze translucide dont les plis artistement arrangés étaient noués sous leurs seins de façon à évoquer la mode de la Grèce antique, actuellement très en vogue à Paris.

David se mordilla le pouce. Ses cheveux bruns ébouriffés partaient dans toutes les directions, et ses yeux noirs lançaient des éclairs. Le foulard à rayures jaunes et bleues noué à la diable autour de son cou était maculé de traînées de fusain. Les larges revers brodés de sa veste en velours vert étaient coupés en biseau.

— Je n'ai plus qu'à tout recommencer, ragea-t-il à nouveau.

Valentine et Mireille gardèrent le silence. Rouges d'embarras, elles fixaient l'encadrement de la porte, juste derrière le peintre.

Jacques-Louis lança un regard impatient par-dessus son épaule. Un grand et magnifique jeune homme se tenait sur le seuil, si merveilleusement beau qu'on eût presque dit un ange. Ses cheveux dorés et épais tombaient en lourdes boucles attachées sur sa nuque à l'aide d'un simple ruban. Une longue soutane en soie pourpre coulait comme de l'eau le long de ses formes gracieuses.

Ses yeux, d'un bleu intense et dérangeant, étaient posés calmement sur le peintre. Il sourit à Jacques-Louis d'un air amusé.

— J'espère que je ne dérange pas ? demanda-t-il en jetant un coup d'œil à l'échafaudage où les deux jeunes filles immobiles semblaient prêtes à s'enfuir comme des biches.

— Oh, c'est toi, Maurice, grogna Jacques-Louis. Qui t'a laissé entrer ? On sait pourtant que j'ai horreur d'être interrompu quand je travaille !

— J'espère que tu ne reçois pas toutes les personnes que tu invites à déjeuner de cette façon, répondit le jeune homme sans cesser de sourire. Quant à ce que tu appelles ton « travail », il est de ceux auxquels je mettrais volontiers la main…

Son regard se posa à nouveau sur Valentine et Mireille, éclaboussées par la lumière dorée qui ruisselait par les fenêtres nord. On devinait les contours de leurs formes frissonnantes à travers la gaze transparente.

— Tu as trop souvent mis la main à ce genre de travail, si tu veux mon avis, déclara David en puisant un autre pinceau dans la jarre en étain posée sur son chevalet. Mais puisque tu es là, rends-toi utile : va jusqu'à l'échafaudage et arrange ces draperies pour moi. Je te dirigerai d'ici. La lumière du matin est presque évanouie, de toute façon. Encore vingt minutes tout au plus, et nous irons déjeuner.

— Qu'est-ce que c'est que cette esquisse ? demanda le jeune homme.

Tandis qu'il s'avançait lentement vers l'échafaudage, il accusa une légère mais douloureuse claudication.

— Un lavis sur fusain. Une idée qui me tient depuis pas mal de temps, inspirée d'un thème de Poussin. *L'Enlèvement des Sabines*.

— Quelle pensée délectable, dit Maurice en atteignant l'échafaudage. Que veux-tu que je modifie ? Personnellement, je trouve cela absolument charmant ainsi.

Valentine se tenait sur l'estrade au-dessus de Maurice, un genou à terre et les bras tendus à hauteur d'épaule. Mireille, agenouillée à côté d'elle, tendait les bras dans un geste de supplication. Ses cheveux rouge sombre cascadaient sur l'une de ses épaules, dissimulant fort peu de chose de sa poitrine dénudée.

— Écarte-moi ces cheveux rouges, cria David depuis le milieu de l'atelier, louchant vers l'échafaudage et agitant son pinceau tout en jetant des ordres. Non, pas autant ! Juste pour couvrir le sein gauche. Le sein droit doit être complètement exposé aux regards. Complètement exposé ! Baisse légèrement ce drapé. Encore. Après tout, elles tentent de séduire les soldats pour les empêcher de se battre, et non d'ouvrir un couvent.

Maurice fit ce qu'on lui disait, mais ses mains tremblèrent légèrement tandis qu'il écarta la gaze transparente.

— Recule. Recule, pour l'amour du ciel ! Je ne vois rien ! Qui est le peintre, ici ? cria David.

Maurice se rangea sur le côté et sourit un peu amèrement. De sa vie, il n'avait vu créatures plus adorables, et il se demanda où David les avait dénichées. Ce n'était un secret pour personne, des files entières de femmes du monde se pressaient devant la porte de son atelier, dans l'espoir d'être peintes sous les traits d'une femme fatale grecque sur l'une de ses célèbres toiles. Mais ces deux beautés étaient trop fraîches et trop naturelles pour appartenir à la noblesse blasée de Paris.

Maurice avait une certaine expérience en la matière. Il avait caressé plus de poitrines et de croupes de femmes du monde que n'importe qui à Paris. Parmi ses maîtresses, il comptait la duchesse de Luynes, la duchesse de Fitz-James, la vicomtesse de Laval et la princesse de Vaudémont. C'était une sorte de club, auquel l'adhésion était perpétuellement ouverte. On citait une de ses réflexions : « Paris est l'un des rares endroits où il soit plus facile de posséder une femme qu'une abbaye. »

Âgé de trente-sept ans, Maurice en paraissait dix de moins et profitait de son physique avantageux depuis plus de vingt ans. Il avait coulé beaucoup d'eau sous le Pont-Neuf pendant cette période, et ce flot lui avait apporté à la fois plaisirs et opportunités politiques. Ses maîtresses avaient cherché à lui être agréables tant dans les salons que dans les boudoirs, et même s'il ne devait compter que sur lui-même pour obtenir une abbaye, c'étaient elles qui lui avaient ouvert les portes des sinécures politiques dont il avait eu et aurait à nouveau très bientôt la charge. Les femmes avaient le contrôle de la France, Maurice le savait mieux que quiconque. Et bien que la loi française s'opposât à ce qu'une femme pût monter sur le trône, elles avaient d'autres moyens d'accéder au pouvoir et choisissaient leurs candidats en conséquence.

— Maintenant, ajuste le drapé de Valentine ! cria David d'un ton impatient. Qu'est-ce que tu attends ? Monte sur l'échafaudage ! Les marches sont derrière.

Maurice gravit en boitant les marches de l'immense échafaudage. Il se plaça derrière Valentine.

— Ainsi vous vous prénommez Valentine, lui chuchota-t-il à l'oreille. Vous êtes délicieusement adorable pour quelqu'un qui porte un prénom de garçon.

— Et vous, vous êtes incroyablement impudent pour quelqu'un qui porte la soutane pourpre d'évêque ! riposta avec impertinence Valentine.

— C'est bientôt fini ces messes basses ? cria David. Attache le tissu. Et dépêche-toi un peu, la lumière s'en va !

Comme Maurice bougeait pour s'emparer du tissu, David ajouta :

— Ah, Maurice. Je ne vous ai pas présentés. Voici ma nièce Valentine et sa cousine, Mireille.

— Ta nièce ? s'écria Maurice, qui lâcha le tissu comme s'il s'était brûlé les doigts.

— Une nièce « affectionnée », ajouta David. Elle est ma pupille. Son grand-père était l'un de mes meilleurs amis, mais il est décédé voilà plusieurs années. Le comte de Rémy. Ta famille le connaissait, je crois.

Maurice regarda David d'un air ébahi.

— Valentine, poursuivit David, le gentilhomme qui arrange ton drapé est l'une de nos plus illustres figures françaises. Ex-président de l'Assemblée. Je te présente M. Charles Maurice de Talleyrand-Périgord. L'évêque d'Autun…

Mireille bondit sur ses pieds avec un cri étouffé et couvrit précipitamment ses seins nus. À la même seconde, Valentine lâcha un cri perçant qui faillit perforer les tympans de Maurice.

— L'évêque d'Autun ! hurla Valentine en reculant loin de lui. Le Diable au pied fourchu !

Sautant au bas de l'échafaudage, les deux jeunes filles s'enfuirent de l'atelier dans le plus grand désordre.

Maurice regarda David avec un sourire en coin.

— C'est la première fois de ma vie que je produis un tel effet sur le sexe faible, commenta-t-il.

— On dirait que ta réputation t'a précédé, répondit David.

*

Installé dans la petite salle à manger qui jouxtait l'atelier, David regardait la rue du Bac qui s'étendait à ses pieds. Dos à la fenêtre,

Maurice était assis avec raideur sur l'une des chaises recouvertes de satin à rayures rouges et blanches qui entouraient la table en acajou. Plusieurs coupes de fruits et quelques candélabres en bronze étaient disposés sur la table, ainsi que quatre ravissants couverts représentant des oiseaux et des fleurs.

— Qui aurait pu prévoir une telle réaction ? déclara David en dépiautant l'écorce d'une orange. Je te présente mes excuses pour ce remue-ménage. Je suis monté les voir, et elles ont accepté de descendre déjeuner avec nous.

— Comment se fait-il que tu aies hérité de ces enfants ? demanda Maurice.

Il joua avec le pied de son verre et but une gorgée de vin.

— C'est trop pour un seul homme. Et un véritable gâchis que ce soit tombé sur toi.

David lui lança un bref regard et soupira :

— Ne m'en parle pas. Je ne sais absolument pas ce que je vais en faire. J'ai sillonné tout Paris pour tenter de leur trouver une gouvernante. Je suis aux abois depuis que ma femme est partie pour Bruxelles, il y a plusieurs mois.

— Son départ n'était pas lié à l'arrivée de tes adorables « nièces », si ? demanda Talleyrand en souriant des malheurs de David, tandis que ses doigts continuaient à jouer avec le pied de son verre.

— Absolument pas, répondit David, soudain très déprimé. Ma femme, comme sa famille, est une royaliste convaincue. Elle désapprouve ma présence à l'Assemblée. Elle estime qu'un peintre bourgeois comme moi, qui a été encouragé par la monarchie, ne devrait pas soutenir la Révolution. Mon mariage a subi de graves secousses depuis la prise de la Bastille. Ma femme exige que je renonce à mon poste à l'Assemblée et que je cesse de peindre des œuvres politiques. Ce sont les conditions qu'elle a mises à son retour.

— Mais mon ami, lorsque tu as dévoilé *Le Serment des Horaces* à Rome, la foule entière s'est pressée dans ton atelier de la Piazza del Popolo pour jeter des fleurs devant ton tableau ! C'était le premier chef-d'œuvre de la Nouvelle République, et tu es son peintre fétiche.

— Je sais cela, mais pas elle, soupira David. Elle a emmené les enfants à Bruxelles. Pour un peu, elle emmenait également mes pupilles, mais les termes de mon arrangement avec leur abbesse stipulent que je dois les garder à Paris. Et comme je suis largement payé pour ça…

— Leur abbesse ? Tes pupilles sont des religieuses ? s'écria Maurice en se retenant d'éclater de rire. Quelle délicieuse folie ! Confier deux jeunes femmes, les épouses du Christ, aux mains d'un vieux bonhomme de quarante-trois ans ! Mais à quoi pensait cette abbesse ?

— Ce ne sont pas des religieuses. Elles n'ont pas encore prononcé leurs vœux. Contrairement à toi ! ajouta David d'un ton mordant. C'est sûrement cette vieille abbesse qui est allée leur raconter que tu étais l'incarnation du diable.

— J'admets que ma vie n'a pas toujours été exemplaire, avoua Maurice. Mais je suis quand même surpris de susciter les commentaires d'une abbesse de province. Moi qui me suis toujours efforcé d'être discret…

— Si tu considères qu'être discret c'est peupler la France de petits bâtards tout en distribuant l'extrême-onction et en affirmant être un prêtre, alors je me demande vraiment ce qu'on peut qualifier de criant…

— Je n'ai jamais demandé à être prêtre, riposta Maurice avec une certaine amertume. Je me sentirai propre le jour où je pourrai quitter cette robe pour toujours.

Au même instant, Valentine et Mireille pénétrèrent dans la salle à manger. Elles étaient vêtues de la même façon, avec les habits de voyage ternes et gris que l'abbesse leur avait procurés. Seuls leurs cheveux tressés apportaient une touche de couleur à leur tenue. Les deux hommes se levèrent pour les accueillir, et David leur avança deux chaises.

— On vous attend depuis bientôt un quart d'heure, les gronda-t-il. J'espère que vous allez vous conduire correctement. Et essayez de vous montrer polies envers Monseigneur. Ce que vous avez entendu dire sur lui était très certainement en dessous de la vérité, mais il est notre invité.

— Vous a-t-on dit que j'étais un vampire ? demanda poliment Talleyrand. Que je buvais le sang des petits enfants ?

— Oh oui, Monseigneur, répondit Valentine. Et aussi que vous avez un pied fourchu. Ce doit être vrai, puisque vous boitez !

— Valentine, souffla Mireille, c'est affreusement mal élevé !

David se prit la tête à deux mains mais ne dit rien.

— C'est très bien ainsi, déclara Talleyrand. Je vais m'expliquer.

Il traversa la pièce, versa un peu de vin dans les verres de Valentine et Mireille, s'assit en face d'elles et poursuivit :

— Lorsque j'étais un petit enfant, ma famille me confia à une nourrice, une fille de la campagne complètement ignorante. Un jour, elle me posa sur une commode ; je tombai et me brisai le pied. Elle avait tellement peur d'informer mes parents de l'accident que mon pied ne fut pas remis correctement en place. Comme ma mère ne s'intéressait pas suffisamment à moi pour me regarder, la malformation s'aggrava jusqu'au jour où il fut trop tard pour tenter quoi que ce soit. Voilà exactement ce qui s'est passé. Cela n'a rien de bien mystérieux, n'est-ce pas ?

— Il vous fait beaucoup souffrir ? demanda Mireille.

— Mon pied ? Non.

Talleyrand sourit avec un peu d'amertume.

— Ce sont plutôt les conséquences. À cause de lui, j'ai perdu mon droit d'aînesse. Ma mère s'est arrangée pour mettre au monde deux enfants mâles, à intervalle très rapproché. Elle a transmis *mes* droits à mon frère Archimbaud d'abord, puis à Boson. Elle ne pouvait accepter qu'un estropié hérite du très ancien titre de Talleyrand- Périgord... La dernière fois que je vis ma mère, ce fut le jour où elle vint à Autun pour essayer de m'empêcher de devenir évêque. Certes, elle m'avait forcé à entrer dans les ordres, mais elle espérait que je resterais dans l'ombre. Elle insista lourdement sur le fait que je n'étais pas assez pieux pour briguer la charge d'évêque. Ce en quoi elle avait entièrement raison, d'ailleurs.

— Mais c'est monstrueux ! s'écria Valentine d'une voix outrée. Si je m'étais trouvée là, je l'aurais traitée de vieille sorcière !

David arracha son visage à ses mains, leva les yeux au ciel et agita la sonnette pour donner l'ordre qu'on servît le déjeuner.

— Vraiment ? demanda gentiment Maurice. En ce cas, je regrette que vous ne vous soyez pas trouvée là. Je vous avoue que c'est une chose que j'ai souvent rêvé de faire.

Lorsque tout le monde fut servi et que le valet se fut éloigné, Valentine dit :

— Maintenant que vous nous avez raconté votre histoire, Monseigneur, je ne vous trouve pas aussi affreux qu'on nous l'a dit. Je vous confesse même que je vous trouve plutôt séduisant.

Mireille regarda Valentine avec exaspération tandis que David affichait un large sourire.

— Peut-être Mireille et moi-même devrions-nous vous remercier, Monseigneur, s'il est vrai que vous êtes responsable de la fermeture des abbayes, poursuivit Valentine. Sans vous, nous serions toujours enfermées à Montglane, languissant de connaître un jour la vie merveilleuse de Paris…

Maurice avait reposé son couteau et sa fourchette, et les regardait.

— L'abbaye de Montglane ? Dans les Basses-Pyrénées ? C'est de cette abbaye que vous venez ? Mais pour quelle raison en êtes-vous parties ?

Son expression et l'insistance de ses questions firent réaliser à Valentine qu'elle venait de commettre une grave erreur. En dépit de sa séduction et de sa galanterie, Talleyrand n'en demeurait pas moins l'évêque d'Autun, l'homme contre lequel l'abbesse les avait mises en garde. Si par malheur il apprenait que les cousines connaissaient non seulement l'existence du Jeu de Montglane, mais qu'en plus elles avaient contribué à emporter les pièces loin de l'abbaye, il n'aurait de cesse d'en savoir davantage.

Le simple fait qu'il sache qu'elles venaient de Montglane constituait déjà un danger. Elles avaient beau avoir enterré soigneusement leurs pièces sous les plantations du jardin de David, derrière l'atelier, la nuit même de leur arrivée à Paris, le problème restait entier.

Valentine n'avait pas oublié le rôle que lui avait assigné l'abbesse : servir de point de ralliement aux autres religieuses si jamais elles étaient obligées de fuir en abandonnant leurs pièces derrière elles. Jusqu'ici, le cas ne s'était pas encore présenté, mais la France traversait une telle période de troubles que la chose pouvait se produire à tout instant. Valentine et Mireille ne pouvaient pas se permettre d'être surveillées par Charles Maurice Talleyrand.

— Je répète ma question, dit posément Talleyrand devant le silence consterné des deux cousines. Pourquoi avez-vous quitté Montglane ?

— Parce que l'abbaye a été fermée, Monseigneur, répondit Mireille d'une voix contrainte.

— Fermée ? Pour quelle raison ?

— La motion sur la confiscation des biens ecclésiastiques, Monseigneur. L'abbesse craignait pour notre sécurité…

— Dans ses lettres, intervint David, elle m'a expliqué que les instructions concernant la fermeture de l'abbaye émanaient de la papauté.

— Et tu as accepté cette explication ? Es-tu un républicain, oui ou non ? Tu sais que le pape Pie VI a condamné la Révolution. Lorsque nous avons voté la loi sur la confiscation des biens d'Église, il a menacé d'excommunier tous les catholiques de l'Assemblée ! Cette abbesse est traîtresse envers la France pour avoir suivi des instructions qui émanaient de la papauté italienne qui, comme tu le sais, est envahie par les Habsbourg et les Bourbons espagnols.

— Permets-moi de te faire remarquer que je suis un républicain au moins aussi loyal que toi, rétorqua David avec feu. Ma famille n'appartient *pas* à la noblesse, je suis un homme du peuple. Je vaincrai ou je tomberai avec le nouveau gouvernement. Mais la fermeture de l'abbaye de Montglane n'a rien à voir avec la politique.

— Tout ce qui voit le jour sur terre a un rapport avec la politique, mon cher David. Tu sais ce que renfermaient les murs de l'abbaye de Montglane, n'est-ce pas ?

Valentine et Mireille blêmirent. David lança un étrange regard à Talleyrand et saisit son verre à vin.

— Bah ! Simples racontars de vieilles femmes, déclara-t-il avec un rire moqueur.

— Vraiment ?

Talleyrand fixa les deux jeunes femmes de son regard intensément bleu. Puis il saisit également son verre et le porta à ses lèvres, perdu dans ses pensées. Finalement, il reprit ses couverts et recommença à manger. Valentine et Mireille restèrent figées sur leur chaise, incapables de toucher à la nourriture.

— Tes nièces semblent avoir perdu leur appétit, commenta Talleyrand. David leva les yeux vers elles.

— Eh bien, que se passe-t-il ? demanda-t-il. Ne me dites pas que vous croyez aussi à ces histoires ridicules ?

— Non, mon oncle, répondit calmement Mireille. Nous savons qu'il s'agit seulement d'une superstition.

— Bien sûr, c'est juste une vieille légende, n'est-ce pas ? dit doucement Talleyrand, retrouvant ses manières charmeuses. Mais une légende dont vous paraissez avoir entendu parler. Dites-moi, où s'est donc réfugiée votre abbesse, maintenant qu'elle a montré dans quel camp elle était ?

— Pour l'amour de Dieu, Maurice ! s'écria David d'un ton exaspéré. À t'entendre, on pourrait se croire revenu à l'époque de l'Inquisition. Je vais te dire où elle est allée, et ensuite je ne veux plus entendre un mot sur ce sujet. Elle est partie en Russie.

Talleyrand resta silencieux un moment. Puis un sourire étira lentement ses lèvres, comme s'il pensait à une plaisanterie connue de lui seul.

— Je suppose que tu as raison, répondit-il enfin. Dis-moi, tes charmantes nièces ont-elles déjà eu l'occasion de visiter l'Opéra de Paris ?

— Non, Monseigneur, intervint précipitamment Valentine. Mais c'est notre souhait le plus cher depuis notre tendre enfance.

— Depuis si longtemps que ça ? s'esclaffa Talleyrand. Ma foi, on peut peut-être vous donner satisfaction. Après le déjeuner, nous irons jeter un coup d'œil à votre garde-robe. Il se trouve que je suis un expert en la matière…

— Monseigneur conseille la moitié des femmes de Paris sur ce qu'elles doivent porter ou non, précisa David d'un ton ironique. C'est l'un de ses nombreux actes de charité chrétienne.

— Un jour, j'ai composé la coiffure de Marie-Antoinette pour un bal masqué. J'ai également dessiné son costume. Même ses amants ne l'ont pas reconnue. Ne parlons pas du roi !

— Oh, mon oncle, pourrions-nous demander à Monseigneur l'évêque de faire de même pour nous ? supplia Valentine.

Elle se sentait profondément soulagée que la conversation se soit orientée vers un sujet plus agréable, et surtout moins dangereux.

— Vous êtes toutes deux ravissantes telles que vous êtes, sourit Talleyrand. Mais nous verrons ce que nous pourrons faire pour aider Dame Nature. Par chance, j'ai une amie qui dispose du meilleur couturier de Paris. Peut-être avez-vous entendu parler de Mme de Staël ?

*

Tout le monde à Paris avait entendu parler de Germaine de Staël, ainsi que Valentine et Mireille ne devaient pas tarder à l'apprendre. Tandis qu'elles glissaient dans son sillage jusqu'à sa loge bleu et or de l'Opéra-Comique, elles virent la haie de perruques poudrées se retourner sur son passage pour saluer son arrivée. La crème de la société parisienne remplissait les loges étroites qui s'empilaient jusqu'aux chevrons de la salle surchauffée. À regarder les rangées de femmes parées de bijoux, de perles et de dentelles, personne n'aurait pu imaginer que dans les rues une révolution poursuivait sa marche inexorable, que la famille royale se morfondait dans la prison de son propre palais, que chaque matin des charrettes hérissées de membres de la noblesse et du clergé étaient expédiées, gémissantes, vers les pavés sanglants de la place de la Révolution. À l'intérieur de la salle de l'Opéra-Comique en forme de fer à cheval, tout n'était que splendeur et réjouissance. Et la plus splendide de toutes était sans conteste celle qui fendait la foule pour gagner sa loge tel un bateau remontant la Seine, cette merveilleuse grande dame de Paris, Germaine de Staël.

Valentine avait tout appris à son sujet, en questionnant les domestiques de son oncle Jacques-Louis. Madame de Staël était la fille du brillant ministre des Finances suisse, Jacques Necker, deux fois exilé par Louis XVI, et deux fois rappelé à son poste à la demande du peuple français. Sa mère, Suzanne Necker, avait tenu le salon le plus puissant de Paris pendant vingt ans. Salon dont Germaine avait été l'astre lumineux.

Grâce à son immense fortune personnelle, Germaine avait fait l'acquisition d'un mari à l'âge de vingt ans : le baron Éric Staël von Holstein, Suisse démuni mais ambassadeur en France. Suivant les traces de sa mère, elle avait ouvert son propre salon à l'ambassade de Suisse et plongé tête baissée dans la politique. Ses appartements étaient éclairés par les phares de la vie politique et culturelle française : Lafayette, Condorcet, Narbonne, Talleyrand. Germaine devint alors une révolutionnaire philosophe. Toutes les décisions politiques importantes voyaient le jour entre les murs tendus de soie de son salon, entre des hommes qu'elle était la seule à pouvoir réunir dans une même pièce. Aujourd'hui, à vingt-cinq ans, elle était peut-être la femme la plus puissante de France.

Tandis que Talleyrand boitait dans la loge pour aider les trois femmes à s'installer, Valentine et Mireille étudiaient Mme de Staël. Avec sa robe décolletée en dentelle noir et or qui mettait l'accent sur ses bras un peu lourds, ses épaules musclées et sa taille épaisse, elle était indéniablement imposante. Elle portait un tour de cou chargé de lourds camées entourés de rubis et le fameux turban doré et exotique qui était sa note personnelle. Elle se pencha vers Valentine, assise à côté d'elle, et chuchota de sa voix basse et vibrante que tout le monde pouvait entendre.

— Dès demain matin, ma chère, le tout-Paris sera devant ma porte pour tenter de savoir qui vous êtes. Ce sera sans nul doute un délectable scandale, ainsi que l'a certainement souhaité votre cavalier en vous vêtant d'une façon aussi peu conforme à la règle.

— Nos toilettes ne vous plaisent pas, madame ? demanda anxieusement Valentine.

— Vous êtes toutes deux parfaitement ravissantes, assura Germaine avec une pointe d'aigreur. Mais les jeunes filles portent du blanc, et non du rose vif. Et quoique les jeunes poitrines soient toujours en vogue à Paris, on couvre généralement d'une écharpe ce qui ne devrait pas être dévoilé avant l'âge de vingt ans. Ainsi que le sait fort bien M. Talleyrand.

Valentine et Mireille s'empourprèrent jusqu'à la racine des cheveux, tandis que Talleyrand protestait en riant :

— Je libère la France à ma façon.

Germaine et lui se sourirent, puis elle haussa les épaules.

— J'espère que vous aimerez l'opéra, dit Germaine en se tournant vers Mireille. C'est l'un de mes favoris, bien que je ne l'aie pas vu depuis mon enfance. Le compositeur, André Philidor, est le plus grand joueur d'échecs d'Europe. Il était un virtuose des échecs et de la musique bien avant les rois et les philosophes. Vous trouverez peut-être sa musique un peu passée de mode, maintenant que Gluck a révolutionné l'opéra. Il est difficile d'écouter autant de récitatifs…

— Nous n'avons encore jamais vu un opéra, madame, intervint Valentine.

— Jamais vu un opéra ! s'écria Germaine d'une voix forte. Ce n'est pas possible ! Mais où diable votre famille vous a-t-elle confinées ?

— Dans un couvent, madame, répondit poliment Mireille.

Germaine la regarda fixement pendant un long moment, comme si elle n'en croyait pas ses oreilles. Puis elle se tourna vers Talleyrand et le foudroya des yeux.

— J'ai l'impression que vous avez omis de me préciser quelques détails, mon ami. Si j'avais su que les pupilles de David avaient été élevées dans un couvent, je me serais abstenue de leur montrer un opéra tel que *Tom Jones*.

Elle se tourna à nouveau vers Mireille et ajouta :

— J'espère que vous ne serez pas choquées. C'est un récit anglais qui raconte l'histoire d'un enfant illégitime…

— On n'est jamais trop jeune pour apprendre les fondements de la morale, déclara Talleyrand avec un petit rire.

— Très juste, murmura Germaine en pinçant les lèvres. Et si elles ont choisi l'évêque d'Autun pour leur servir de mentor, l'information ne pourra que leur être profitable !

*

— Je crois bien n'avoir jamais rien connu d'aussi merveilleux de toute ma vie, déclara Valentine après l'opéra tout en s'asseyant sur l'épais tapis d'Aubusson du bureau de Talleyrand, le regard fixé sur les flammes qui léchaient les parois en verre du garde-feu.

Talleyrand se renversa contre le dossier d'une large chaise en soie bleue, les pieds posés sur une ottomane. Mireille se tenait à quelques pas de là, les yeux fixés sur le feu.

— Et c'est aussi la première fois que j'ai bu du cognac, ajouta Valentine.

— Vous n'avez que seize ans, répondit Talleyrand qui huma l'arôme de son cognac avant d'en boire une gorgée. Vous avez tout le temps de faire d'autres expériences.

— Et vous, quel âge avez-vous, monsieur Talleyrand ? demanda Valentine.

— On ne demande pas leur âge aux gens, intervint Mireille depuis la cheminée. Ce n'est pas poli.

— Par pitié, appelez-moi Maurice, protesta Talleyrand. J'ai trente-sept ans, mais j'ai l'impression d'en avoir quatre-vingt-dix quand vous me donnez du « monsieur ». Et maintenant, dites-moi un peu ce que vous avez pensé de Germaine.

— Mme de Staël s'est montrée tout à fait charmante, répondit Mireille.

Ses cheveux roux qui étincelaient dans la lumière du feu avaient la couleur exacte des flammes.

— Est-il vrai qu'elle est votre maîtresse ? demanda Valentine.

— Valentine ! s'écria Mireille.

Mais Talleyrand avait éclaté de rire.

— Vous êtes extraordinaire, murmura-t-il avec un sourire tout en caressant la tête blonde de Valentine qui s'appuyait contre ses jambes dans la clarté pétillante. Votre cousine peut se dispenser des conventions ennuyeuses de la société parisienne, ajouta-t-il à l'adresse de Mireille. Je trouve ses questions rafraîchissantes et elles ne m'offensent jamais. Ces quelques semaines passées à vous vêtir et à vous escorter dans Paris m'ont produit l'effet d'un stimulant, qui m'a fait oublier mon cynisme naturel. Puis-je savoir, cependant, Valentine, qui vous a dit que Mme de Staël était ma maîtresse ?

— J'ai entendu les domestiques le dire, monsieur... Je veux dire, oncle Maurice. Est-ce vrai ?

— Non, ma chère. Ce n'est pas vrai. Du moins, plus maintenant. Nous avons été amants autrefois, mais les ragots résistent au temps. Nous sommes bons amis.

— Elle vous a peut-être laissé tomber à cause de votre pied difforme ? suggéra Valentine.

— Sainte Mère ! cria Mireille, pourtant peu accoutumée à jurer. Tu vas présenter immédiatement tes excuses à Monseigneur ! Je vous en prie, pardonnez à ma cousine, Monseigneur. Elle n'avait pas l'intention de vous offenser.

Talleyrand demeura silencieux, presque en état de choc. Bien qu'il ait affirmé que Valentine ne pourrait jamais l'offenser, personne en France n'avait jamais parlé de sa difformité en public. En proie à une émotion qu'il était incapable d'analyser, il saisit les mains de Valentine dans les siennes et la força gentiment à s'asseoir près de lui sur l'ottomane.

— Je suis désolée, oncle Maurice, dit Valentine.

Elle posa tendrement ses mains de chaque côté de son visage et lui sourit.

— Vous comprenez, je n'ai encore jamais eu l'occasion de voir une difformité physique. Ce serait très instructif si vous vouliez bien me montrer.

Mireille poussa un gémissement. Talleyrand regardait maintenant Valentine comme s'il ne pouvait en croire ses oreilles. Elle lui secoua le bras en signe d'encouragement.

— Très bien. Si c'est ce que vous souhaitez… murmura-t-il enfin.

Soulevant péniblement son pied de l'ottomane, il se baissa et retira le lourd soulier en métal qui lui permettait de marcher.

À la lueur tremblante du feu, Valentine examina le pied. Il était si tordu que le talon formait un arc de cercle et que les orteils semblaient pousser dans la voûte plantaire. Vu de haut, il ressemblait très exactement à ce qu'il était : un pied bot. Valentine le saisit délicatement, s'inclina et y déposa un baiser. Stupéfait, Talleyrand retomba sur sa chaise.

— Pauvre petit pied, souffla Valentine. Tu as tant souffert alors que tu n'avais rien fait pour le mériter.

Talleyrand se pencha vers Valentine. Attirant son visage à lui, il l'embrassa doucement sur les lèvres. Pendant un instant, ses cheveux dorés et les boucles d'or pâle de Valentine se confondirent dans la lumière du feu.

— Vous êtes la seule personne qui ait jamais dit « tu » à mon pied, murmura-t-il avec un sourire. Et vous avez rendu mon pied très heureux.

Tandis qu'il contemplait Valentine avec son visage d'ange, ses boucles dorées scintillant dans la lumière du feu, Mireille eut du mal à se souvenir que cet homme était celui qui détruisait l'Église catholique par des moyens barbares et égoïstes. Celui qui cherchait à acquérir le Jeu de Montglane.

*

Les bougies avaient fondu bas dans le bureau de Talleyrand. Dans la lueur mourante du feu, les angles de la longue pièce étaient avalés par l'ombre. Jetant un coup d'œil à la pendule en or qui trônait sur la cheminée, Talleyrand constata qu'il était plus de deux heures du matin. Il s'arracha à sa chaise, où Valentine et Mireille étaient appuyées, leurs longues chevelures drapées autour de ses genoux.

— J'ai promis à votre oncle de vous ramener chez lui à une heure décente, dit-il. Regardez un peu l'heure.

— Oh, oncle Maurice, supplia Valentine. *Je vous en prie*, laissez-nous rester encore un peu. C'est la première fois que nous avons la chance de sortir dans le beau monde. Depuis que nous sommes arrivées à Paris, nous avons vécu exactement comme si nous n'avions pas quitté le couvent.

— Rien qu'une histoire encore, renchérit Mireille. Notre oncle ne nous en voudra pas.

— Il sera furieux, répondit Talleyrand dans un éclat de rire. Mais il est déjà trop tard pour que je vous raccompagne chez lui. Il y a toujours des sans-culottes complètement ivres qui déambulent dans les rues, à cette heure de la nuit. Même dans les beaux quartiers. Je vais envoyer un valet de pied chez votre oncle, avec un message. Pendant ce temps, mon valet Courtiade vous préparera une chambre. Vous préférez rester ensemble, je suppose ?

En prétendant qu'il serait trop dangereux de les renvoyer chez elles, Talleyrand exagérait un peu. Il avait une véritable armée de serviteurs, et la résidence de David n'était pas très éloignée. Mais il venait brusquement de s'apercevoir qu'il ne voulait pas qu'elles partent, plus jamais. Il avait enchaîné paresseusement les histoires, retardant l'inévitable. Ces deux jeunes femmes avec leur fraîche innocence avaient éveillé en lui des sentiments qu'il était bien incapable de définir. Il n'avait jamais eu de famille d'aucune sorte, et la chaleur qu'il ressentait en leur présence était pour lui une expérience complètement nouvelle.

— C'est vrai ? Nous pouvons réellement rester cette nuit ? demanda Valentine en se redressant à demi et en secouant doucement le bras de Mireille.

Mireille parut hésiter, mais elle avait elle aussi trop envie de rester.

— Absolument, acquiesça Talleyrand en se levant de sa chaise pour tirer le cordon de la sonnette. Espérons seulement que cela ne provoquera pas le scandale matinal que Germaine a prophétisé.

Le sobre Courtiade, toujours vêtu de sa livrée empesée, lança un bref regard aux deux jeunes filles échevelées, un autre au pied nu de son maître, et les précéda sans un mot dans l'escalier afin de les conduire dans la chambre d'amis.

— Pensez-vous que Monseigneur pourra nous trouver des vêtements de nuit ? demanda Mireille. Peut-être, l'une des servantes…

— Cela ne pose aucun problème, répondit poliment Courtiade.

Il leur présenta deux peignoirs en soie rehaussés de dentelles crochetées à la main, qui de toute évidence n'appartenaient pas à une servante. Puis il s'éclipsa discrètement.

Lorsque Valentine et Mireille se furent déshabillées et glissées dans le grand lit moelleux coiffé d'un baldaquin, Talleyrand frappa à la porte.

— Tout va bien ? s'enquit-il en passant la tête dans la pièce.

— C'est le lit le plus merveilleux que j'aie jamais vu, avoua Mireille du fond de ses oreillers. Au couvent, nous dormions sur des planches en bois afin d'améliorer notre maintien.

— Cela vous a merveilleusement réussi, déclara Talleyrand en souriant.

Il entra et vint s'asseoir sur le petit sofa, à côté de leur lit.

— Vous nous devez une histoire, lui rappela Valentine.

— Il est très tard… commença Talleyrand.

— Une histoire de fantômes ! fit Valentine. L'abbesse ne voulait pas qu'on se raconte des histoires de fantômes, mais on le faisait quand même. Vous en connaissez une ?

— Malheureusement non, dit Talleyrand avec regret. Comme vous le savez, je n'ai pas eu une enfance très normale. On ne m'a jamais raconté des histoires de ce genre.

Il réfléchit un instant.

— Cependant, j'ai eu un jour l'occasion de *rencontrer* un fantôme.

Les deux jeunes filles parurent tout excitées.

— Un vrai fantôme ?

— Cela a l'air ridicule présenté comme ça, rit Talleyrand. Vous devez me promettre de ne pas souffler mot de ceci à Jacques-Louis, ou je serais la risée de l'Assemblée.

Les deux cousines se tortillèrent sous les couvertures et lui jurèrent le secret le plus absolu. Talleyrand s'installa confortablement sur le sofa et, dans la douce lueur des chandelles, commença son récit...

Récit de l'évêque

Lorsque j'étais encore un jeune homme, avant de prononcer mes vœux de prêtrise, je quittai mon évêché de Saint-Rémy, où est enterré le fameux roi Clovis, et partis étudier à la Sorbonne. Au bout de deux années dans cette célèbre université, le temps vint pour moi d'annoncer ma vocation.

Je savais que ce serait un terrible scandale pour ma famille si je refusais d'embrasser la profession vers laquelle ils m'avaient poussé. Cependant, je savais aussi que je n'étais pas fait pour devenir prêtre. J'avais toujours senti en moi-même que mon destin était celui d'un homme d'État.

Sous la chapelle de la Sorbonne était enterrée la dépouille du plus grand homme d'État que la France ait jamais connu, un homme que j'idolâtrais. Son nom, vous le connaissez : Armand Jean du Plessis, duc de Richelieu, qui, réussissant à allier religion et politique, avait gouverné ce pays d'une main de fer pendant près de vingt ans, jusqu'à sa mort en 1642.

Une nuit, vers minuit, j'abandonnai la chaleur de mon lit, jetai une ample cape sur ma robe de chambre, escaladai le mur tapissé de lierre du quartier des étudiants et me faufilai vers la chapelle de la Sorbonne. Le vent roulait les feuilles sèches sur l'herbe, les cris d'un hibou se mêlaient à ceux d'autres animaux nocturnes. J'avais beau me répéter que j'étais courageux, je dois avouer que je ne me sentais pas très rassuré. À l'intérieur de la chapelle, la tombe était froide et sombre. Personne ne venait y prier à cette heure-là, et seuls quelques cierges brûlaient encore dans la crypte. J'en allumai un de plus et, tombant à genoux, je suppliai l'ancien prêtre de France de bien vouloir me guider. Je pouvais entendre les battements de mon cœur résonner sous la voûte du caveau tandis que j'expliquais ma triste situation.

Ma prière n'avait pas plutôt franchi mes lèvres qu'à ma grande stupéfaction, un vent glacé souffla dans le caveau, éteignant tous les cierges. J'étais terrifié ! Englouti par l'obscurité, je tâtonnais pour allumer un autre cierge quand j'entendis un râle : de la tombe montait le pâle fantôme du cardinal de Richelieu ! Ses cheveux, son visage et même sa robe de cérémonie étaient d'une blancheur neigeuse. Il flottait au-dessus de moi, scintillant et complètement translucide.

Si je n'avais déjà été agenouillé, je me serais probablement écroulé sur le sol. J'avais la gorge sèche. J'étais incapable d'articuler un son. Puis j'entendis à nouveau un râle étouffé. Le fantôme du cardinal s'adressait à moi ! Un long frisson me parcourut tandis que sa voix caverneuse s'élevait, semblable à un glas.

— Pourquoi m'as-tu réveillé ? gronda-t-elle.

Un vent sauvage tournoyait tout autour de moi. J'étais toujours dans une obscurité totale, mais mes jambes étaient trop faibles pour me permettre de me lever et de m'enfuir. J'avalai ma salive et m'efforçai de retrouver un filet de voix pour lui répondre.

— Cardinal de Richelieu, balbutiai-je, j'ai besoin d'un conseil. De votre vivant, vous fûtes le plus grand homme d'État de France, et ce malgré votre vocation religieuse. Comment avez-vous réussi à conquérir un tel pouvoir ? Je vous supplie de me confier votre secret, car je souhaite suivre votre exemple.

— Toi ? tonna l'ombre transparente, semblable à une colonne de fumée.

Elle s'éleva jusqu'à la voûte, comme si ma question l'avait offensée, puis se déplaça le long des murs tel un homme arpentant une pièce de long en large. À chaque passage, elle gagnait en taille, et sa forme diaphane emplit bientôt tout l'espace, dans un mouvement de spirale qui ressemblait à une tempête sur le point de se déchaîner. Je me recroquevillai sur moi-même. Enfin, le fantôme recommença à parler :

— Le secret que j'ai cherché à percer reste à jamais un mystère…

Le spectre se mouvait toujours le long de la voûte. Mais ses contours se diluaient tout en s'amenuisant.

— Son pouvoir est enfoui avec Charlemagne. Je n'en ai découvert qu'une clé. Je l'avais cachée soigneusement…

Il vacilla doucement comme une bougie sur le point de s'éteindre. Je me levai d'un bond pour tenter de l'empêcher de disparaître. À quoi faisait-il allusion ? Quel était ce secret enfoui avec Charlemagne ? Je criai pour couvrir le vent qui désintégrait le spectre sous mes yeux.

— Sire ! Prêtre vénéré ! Je vous en supplie, dites-moi où puis-je trouver cette clé dont vous m'avez parlé !

Le fantôme s'était évanoui maintenant, mais sa voix me parvint de très loin, comme un écho ricochant dans un long, long couloir.

— François… Marie… Arouet…

Et ce fut tout.

Le vent mourut, et les cierges tremblotants se rallumèrent. J'étais debout sous la voûte. Seul. Un long moment s'écoula avant que je ne me décide à regagner le quartier des étudiants.

Le lendemain matin, je fus tenté de croire que j'avais rêvé cette scène, mais les feuilles mortes et l'odeur fétide du caveau qui étaient accrochées à ma cape me convainquirent de sa réalité. Le cardinal m'avait révélé qu'il avait découvert la première clé d'un mystère. Et apparemment, il me fallait chercher cette clé auprès du grand poète et dramaturge français, François Marie Arouet, connu sous le pseudonyme de Voltaire.

Voltaire était récemment rentré à Paris de son exil volontaire à Ferney, officiellement afin de monter une nouvelle pièce. Mais le bruit courait qu'il était revenu pour mourir. Comment ce vieux dramaturge acariâtre et athée, né cinquante ans après la mort de Richelieu, pouvait-il être lié aux secrets du cardinal ? Je demeurai perplexe. Mais j'étais décidé à le découvrir. Plusieurs semaines passèrent avant que je puisse organiser une rencontre avec Voltaire. Revêtu de ma robe de prêtre, je me présentai chez lui à l'heure convenue et fus bientôt introduit dans sa chambre à coucher. Voltaire détestait se lever avant neuf heures, et il lui arrivait de rester couché la journée entière. Il se prétendait à l'article de la mort depuis plus de quarante ans.

Il était là, adossé à une pile d'oreillers, vêtu d'un bonnet de nuit rose et d'une chemise de nuit blanche. Ses yeux brillaient comme

des morceaux de charbon dans son visage pâle. Ses lèvres fines et son nez crochu lui donnaient l'air d'un oiseau de proie.
Des prêtres s'affairaient dans la pièce, et il repoussait bruyamment leurs soins, comme il le fit jusqu'à son dernier souffle. Je me sentis embarrassé lorsqu'il leva les yeux et me vit dans ma robe de novice, car je savais combien il exécrait le clergé. Agitant une main décharnée au-dessus du drap, il déclara aux prêtres :
— Laissez-nous, je vous prie. J'attendais avec impatience l'arrivée de ce jeune homme. Il est un émissaire personnel du cardinal de Richelieu !
Puis il éclata de son rire sardonique et aigu de vieille femme tandis que les prêtres sortaient de la chambre en me lançant des regards furtifs. Voltaire m'invita à m'asseoir.
— Je me suis toujours demandé pourquoi ce vieux fantôme pompeux ne pouvait pas rester tranquillement dans sa tombe ! déclara-t-il avec colère. En tant qu'athée, je trouve extrêmement agaçant qu'un prêtre mort se mêle d'apparaître à des jeunes gens pour leur conseiller de venir me rendre visite à mon chevet. Oh, je devine tout de suite quand c'est *lui* qui les envoie. Ils ont toujours cette espèce de moue extatique et inspirée aux lèvres, ce regard fuyant et égaré... Tenez, juste comme le vôtre ! À Ferney, la cadence était déjà pénible, mais ici, à Paris, c'est un véritable déluge !
Je maîtrisai l'irritation que sa description avait suscitée en moi. J'étais à la fois surpris que Voltaire ait deviné la raison de ma visite et inquiet. Car il avait laissé entendre que d'autres suivaient la même piste que moi.
— Je voudrais pouvoir enfoncer une bonne fois pour toutes un pieu dans le cœur de cet homme, ragea Voltaire. Ainsi, je pourrais peut-être avoir la paix.
Il était très agité et se mit à tousser. Je remarquai qu'il crachait du sang, mais lorsque je voulus l'aider, il m'écarta d'un geste agacé.
— Les médecins et les prêtres devraient être pendus à la même potence ! s'écria-t-il en tâtonnant pour trouver un verre d'eau.
Je le lui tendis et il avala une gorgée.

— C'est le manuscrit qu'il veut, naturellement. Le cardinal de Richelieu ne peut pas supporter l'idée que son précieux journal intime soit tombé aux mains d'un vieux réprouvé comme moi.

— Vous êtes en possession du journal intime du cardinal de Richelieu ?

— Oui. Il y a bien des années de cela, alors que j'étais tout jeune homme, je fus jeté en prison pour subversion envers la Couronne, à cause d'un modeste poème que j'avais gribouillé au sujet de la vie romantique du roi. Alors que je me morfondais, un de mes généreux mécènes vint m'apporter un journal à déchiffrer. Il était dans sa famille depuis des années, mais personne n'avait pu le lire parce qu'il était écrit en langage codé. Comme je n'avais rien de mieux à faire, je m'amusai à le déchiffrer, ce qui me permit d'en apprendre très long sur notre bien-aimé cardinal.

— Je croyais que les écrits de Richelieu avaient été légués à la Sorbonne ?

Voltaire éclata d'un rire méchant.

— C'est ce que *vous* croyez. Un prêtre ne conserve pas un journal intime écrit en code, à moins d'avoir quelque chose à cacher. Je savais de longue date de quoi étaient faits les fantasmes de prêtres : pensées masturbatrices et actes libidineux. Je plongeai dans ce journal comme un cheval dans sa mangeoire mais, au lieu de la confession impudique à laquelle je m'attendais, je trouvai simplement un travail d'érudit. Le plus beau ramassis d'absurdités que j'aie jamais vu.

Voltaire se remit à tousser et à s'étouffer, à tel point que je songeai à appeler l'un des prêtres, car je n'étais pas encore habilité à administrer les sacrements. Après un bruit affreux, semblable à un râle d'agonie, il me fit signe de lui apporter quelques châles. Il les empila sur lui, en drapa un autour de sa tête et resta là, à frissonner au milieu de ses épaisseurs de laine.

— Qu'avez-vous découvert dans ce journal ? Et où est-il maintenant ? lui demandai-je d'une voix pressante.

— Il est toujours en ma possession car, durant mon séjour en prison, mon mécène mourut sans laisser d'héritiers. Je suppose qu'il pourrait valoir pas mal d'argent, ne serait-ce que pour sa

valeur historique. Mais si vous voulez mon avis, ce n'est qu'un tissu d'inepties et de superstitions. Sorcellerie et magie.
— Vous disiez il y a un instant qu'il s'agissait d'un travail d'érudit ?
— Oui, dans la mesure où les prêtres sont capables de faire montre d'objectivité. Quand il n'était pas occupé à lancer des armées contre les pays d'Europe, Richelieu consacrait toute son énergie à l'étude du pouvoir. Et le sujet de ses recherches secrètes tournait autour de… Peut-être avez-vous entendu parler du Jeu de Montglane ?
— Le jeu d'échecs qui a appartenu à Charlemagne ? dis-je en m'efforçant de paraître calme, malgré les battements redoublés de mon cœur.
Penché sur son lit, je guettais le moindre mouvement de ses lèvres. Je n'osais pas le brusquer, de peur de provoquer une nouvelle crise. J'avais effectivement entendu parler du Jeu de Montglane, mais on le disait perdu depuis des siècles. On disait aussi que sa valeur dépassait tout ce qu'on pouvait imaginer.
— Je croyais qu'il s'agissait d'une légende, déclarai-je.
— Richelieu n'était pas de cet avis, répondit le vieux philosophe. Son journal contient douze cents pages de recherches méticuleuses sur son origine et sa signification. Il poussa ses investigations jusqu'à Aachen, Aix-la-Chapelle, et même jusqu'à Montglane, car il avait la conviction que le jeu était caché là-bas. Tout cela sans résultat. Voyez-vous, notre cardinal pensait que ce jeu contenait la clé d'un mystère, un mystère plus vieux que les échecs, peut-être aussi vieux que la civilisation elle-même. Un mystère qui expliquerait les vicissitudes des civilisations.
— De quelle sorte de mystère pourrait-il s'agir ? demandai-je en essayant en vain de masquer mon excitation.
— Je vais vous dire ce qu'il pensait, dit Voltaire. Encore qu'il soit mort avant d'avoir pu élucider l'énigme. Faites-en ce que vous voudrez, mais ne venez plus m'ennuyer avec cela. Le cardinal Richelieu était persuadé que le Jeu de Montglane recélait une formule. Une formule dissimulée dans les pièces du jeu. Une formule qui permettrait d'accéder au pouvoir suprême…

Talleyrand s'interrompit et, à la lueur veloutée des chandelles, scruta du regard Valentine et Mireille qui étaient pelotonnées dans les bras l'une de l'autre, enfouies sous les épaisses couvertures du lit. Elles feignaient de dormir, leurs splendides chevelures déployées sur les oreillers, tels des écheveaux de soie. Il se leva, se pencha pour remonter les draps, leur caressa doucement les cheveux.

— Oncle Maurice, dit Mireille en ouvrant les yeux, vous n'avez pas achevé votre histoire. Quelle est cette formule que le cardinal Richelieu a cherchée toute sa vie durant ? Qu'espérait-il trouver à l'intérieur des pièces du jeu d'échecs ?

— Cela, nous devrons le découvrir ensemble, mes chères.

Talleyrand sourit en voyant que Valentine avait les yeux grands ouverts, et que les deux jeunes filles tremblaient de tous leurs membres sous les couvertures.

— Je n'ai jamais vu le fameux manuscrit. Voltaire mourut peu après. Sa bibliothèque entière fut achetée par quelqu'un qui connaissait fort bien la valeur du journal de Richelieu. Quelqu'un qui connaissait et convoitait le pouvoir suprême. La personne dont je vous parle a tenté de me soudoyer ainsi que Mirabeau, parce que nous défendions la loi sur la confiscation des biens ecclésiastiques.

— Mais vous ne vous êtes pas laissé acheter, n'est-ce pas, oncle Maurice ? dit Valentine, maintenant assise dans le lit.

— Mon prix était trop élevé pour notre client. Ou plutôt devrais-je dire pour notre cliente.

Talleyrand éclata de rire.

— Je voulais le jeu pour moi. Et je le veux toujours.

Il regarda Valentine et Mireille, immobiles dans la lumière feutrée des chandelles, et esquissa un lent sourire.

— Votre abbesse a commis une lourde erreur, déclara-t-il. Car j'ai deviné ce qu'elle a fait, voyez-vous. Elle a retiré le jeu d'échecs de l'abbaye. Ne me regardez pas ainsi, mes chères. N'est-ce pas une étrange coïncidence que votre abbesse ait traversé tout le continent pour se rendre en Russie, comme me l'a révélé votre oncle ? Car voyez-vous, la personne qui a acheté la bibliothèque de Voltaire, celle qui a tenté de me soudoyer ainsi que Mirabeau, celle qui essaie depuis près de quarante ans de mettre la main sur le jeu, n'est autre que la Grande Catherine, impératrice de toutes les Russies.

UNE PARTIE D'ÉCHECS

Mais nous jouerons une partie d'échecs
Pressant des yeux sans paupières et
Attendant qu'un coup résonne contre la porte.

T. S. ELIOT.

VILLE DE NEW YORK
MARS 1973

Un coup résonna contre la porte. J'étais debout au milieu de mon appartement, une main sur la hanche. Trois mois s'étaient écoulés depuis la Nouvelle Année. J'avais presque oublié cette fameuse nuit, la diseuse de bonne aventure et les événements étranges qui l'avaient entourée.

On recommença à frapper avec plus d'insistance. J'apposai une autre petite touche de bleu de Prusse sur le grand tableau devant moi, plongeai mon pinceau dans un pot d'huile de lin et me dirigeai sans enthousiasme vers le hall d'entrée.

Je n'étais vraiment pas d'humeur à recevoir des invités. Je me demandai pourquoi la réception ne m'avait pas prévenue par l'interphone, comme elle l'aurait dû, pour me dire qui était en train de tambouriner à ma porte. La semaine avait été éprouvante. J'avais essayé de me débarrasser de mon travail pour Con Edison, et passé des heures à me bagarrer avec les propriétaires de mon immeuble et diverses compagnies de garde-meubles. Je prenais mes dispositions en vue de mon départ imminent pour l'Algérie.

Mon visa venait juste de m'être délivré. J'avais téléphoné à tous mes amis. Une fois que j'aurais quitté le pays, je n'aurais plus l'occasion de les revoir avant au moins un an. Il y en avait un en particulier que j'avais tenté de joindre, mais il était aussi mystérieux et inaccessible que le Sphinx. Je ne savais pas encore que les événements allaient se précipiter, et que j'aurais bientôt désespérément besoin de son aide.

Tout en traversant le hall, je me regardai rapidement dans l'un des miroirs qui constellaient les murs. La masse enchevêtrée qui me servait de cheveux était striée de peinture vermillon, et j'avais une éclaboussure de laque écarlate sur le nez. Je la frottai du plat de la main, essuyai mes paumes sur mon pantalon en toile et mon ample chemise de peintre. Puis j'ouvris la porte.

Boswell, le portier, se tenait devant moi, un poing rageur suspendu en l'air, vêtu de son uniforme bleu marine avec des épaulettes ridicules qu'il avait sans aucun doute choisies lui-même. Il me regarda par-dessus son long nez.

— Excusez-moi, madame, renifla-t-il, mais une certaine Corniche bleu pâle est à nouveau garée en travers de l'entrée. Comme vous le savez, les visiteurs sont tenus de laisser le passage libre afin de permettre aux livreurs…

— Pourquoi ne m'avez-vous pas appelée par l'interphone ? l'interrompis-je avec d'autant plus d'irritation que je savais pertinemment à qui appartenait la voiture en question.

— L'interphone de l'immeuble est hors service depuis le début de la semaine, madame.

— En ce cas, pourquoi ne l'avez-vous pas réparé, Boswell ?

— Je suis le portier, madame. Le portier n'a pas à réparer le matériel. C'est le gardien qui fait ça. Le portier filtre les visiteurs et s'assure que l'entrée…

— Très bien, très bien. Dites-lui de monter.

À ma connaissance, une seule personne se déplaçait dans New York à bord d'une Corniche bleu pâle. Et c'était Lily Rad... Comme on était dimanche, il y avait de fortes chances que Saul l'ait accompagnée. Il pourrait toujours déplacer la voiture pendant qu'elle serait là à me faire perdre mon temps. Boswell continuait à me fixer d'un air sombre.

— Il y a aussi le problème du petit animal, madame. Votre invitée insiste pour l'introduire dans l'immeuble alors qu'on lui a répété cent fois que...

Trop tard. À la même seconde une peluche sur pattes déboula à toute vitesse du couloir coudé menant aux ascenseurs. Elle fonça droit vers mon appartement, passa comme une flèche entre Boswell et moi, et s'élança dans mon entrée. Elle avait la taille d'un plumeau et émit des petits couinements stridents tout en disparaissant dans les profondeurs de mon appartement. Boswell me regarda avec un profond dédain, mais ne prononça pas un mot.

— Okay, Boswell, déclarai-je en haussant les épaules. Admettons que nous n'avons rien vu, d'accord ? Il ne causera pas d'ennuis et je l'évacuerai dès que j'aurai mis la main dessus.

Lily choisit cet instant pour jaillir en valsant du même couloir coudé. Elle était drapée dans une cape couleur sable, d'où pendaient de longues queues duveteuses. Ses cheveux blonds étaient noués en trois ou quatre grosses queues-de-cheval qui frisaient dans toutes les directions, de sorte qu'on ne pouvait pas déterminer où finissaient les cheveux et où commençait la cape. Boswell soupira et ferma les yeux. Lily l'ignora superbement, me planta un petit bisou sur la joue et se faufila entre nous pour pénétrer dans mon appartement. Ce n'était pas facile pour quelqu'un de la corpulence de Lily de se faufiler quelque part, mais elle portait ses kilos avec un certain style. Comme elle passait devant moi, elle lança de sa voix rauque de chanteuse de cabaret :

— Dites à votre portier de ne pas se mettre la rate au court-bouillon. Saul fera le tour du pâté de maisons jusqu'à ce qu'on parte.

Je regardai Boswell qui s'éloignait en libérant le grondement qu'il retenait depuis un moment, puis refermai la porte. À regret, je regagnai mon appartement pour affronter un dimanche après-midi sérieusement compromis par la personne que j'avais le plus de mal à supporter à New York : Lily Rad. Cette fois j'étais bien décidée à me débarrasser d'elle vite fait.

Mon appartement se résumait à une pièce, unique mais immense, avec un très haut plafond et une salle de bains dans le couloir d'entrée. À l'intérieur de la pièce, trois portes donnaient respectivement accès à un placard, une office et un lit pullman encastré dans le mur. La pièce était envahie par un fouillis d'arbres géants et de plantes exotiques qui évoquaient une jungle d'intérieur. Disséminés sur le sol, des piles de livres, des amoncellements de coussins marocains et tout un fatras puisé dans le bric-à-brac des boutiques de la Troisième Avenue : lampes indiennes en parchemin peint à la main, cruches en majolique du Mexique, oiseaux en faïence émaillée de France, gros morceaux de cristal de Prague… Les murs étaient tapissés de tableaux inachevés, encore humides, de vieilles photos dans des cadres gravés et de miroirs anciens. Du plafond pendaient des carillons à vent, des mobiles et des poissons en papier laqué. L'unique meuble de la pièce était un grand piano de salon en ébène, qui trônait près des fenêtres.

Lily tournait en rond dans le fouillis comme une panthère déchaînée, soulevant les objets pour essayer de retrouver son chien. Elle jeta sa cape à queues par terre. Je fus stupéfaite de constater qu'elle ne portait pratiquement rien en dessous. Lily était taillée comme une sculpture de Maillol, avec des chevilles minuscules et des mollets en parenthèses qui allaient en s'élargissant vers une surabondance de peau gélatineuse. Elle avait comprimé cette masse débordante dans une minuscule robe en soie pourpre qui finissait là où ses cuisses commençaient. Quand elle se déplaçait, on avait l'impression de voir un aspic démoulé, tremblotant et translucide.

Lily retourna un coussin et déterra la petite peluche ronde et soyeuse qu'elle trimballait partout avec elle. Elle la prit dans ses bras et lui gazouilla à l'oreille de sa voix sensuelle :

— Voilà mon Carioca d'amour. Il se cachait de sa maman, le méchant. Il était un vilain chien-chien !

J'en eus la nausée.

— Un verre de vin ? suggérai-je tandis que Lily reposait Carioca sur le sol.

Il se mit à courir dans tous les sens en poussant des aboiements agaçants. Je me dirigeai vers l'office et sortis une bouteille de vin du réfrigérateur.

— Je suppose que c'est Llewellyn qui vous a refilé cet horrible chardonnay, commenta Lily. Il essaie de s'en débarrasser depuis des années. Elle prit le verre que je lui tendais et pivota sur elle-même. Serpentant au milieu des arbres, elle s'arrêta devant la toile que je peignais au moment de son arrivée.

— Ça alors, vous le connaissez ? s'écria-t-elle en se référant au personnage du tableau : un homme entièrement vêtu de blanc, monté sur une bicyclette portée par un squelette. Vous vous êtes inspirée du type qui est en bas ?

— Quel type ? demandai-je en m'asseyant sur le banc du piano et en regardant Lily.

Ses lèvres et ses ongles étaient peints avec une laque rouge chinois. Le contraste avec sa peau pâle lui conférait une aura qui n'était pas sans rappeler ces idoles païennes de l'Antiquité.

— L'homme sur la bicyclette, insista Lily. Il était habillé exactement comme ça, avec un capuchon rabattu sur la tête. On a failli le renverser. Obligés de monter sur le trottoir.

— Vraiment ? fis-je, surprise. Je l'ai peint d'imagination.

— C'est effrayant, commenta Lily. On dirait qu'il chevauche sa propre mort. Il y avait également quelque chose de sinistre dans la façon que cet homme avait de rôder autour de votre immeuble…

— Qu'avez-vous dit ?

Une lointaine réminiscence surgissait du plus profond de mon inconscient. *Je regardai, et je vis paraître un cheval d'une couleur cadavérique. Et celui qui le montait se nommait la Mort.* Où diable avais-je entendu cela ?

Carioca avait cessé de japper et émettait maintenant des petits grognements suspects. Il était en train de déterrer les copeaux de pin de l'une de mes orchidées et de les éparpiller sur le sol. Je l'attrapai par la peau du cou, le jetai dans mon placard et refermai la porte.

— Comment osez-vous enfermer mon chien dans votre cagibi ! s'exclama Lily.

— Les chiens n'ont le droit de pénétrer dans cet immeuble que s'ils sont confinés dans une boîte. Et je n'ai pas de boîte. Dites-moi plutôt quel bon vent vous amène ? Il y a des mois que je ne vous ai vue.

Heureusement, ajoutai-je en moi-même.

— Harry vous convie à un dîner d'adieu, expliqua-t-elle en s'asseyant sur le banc du piano pour finir son vin. Il dit que vous êtes libre de choisir la date qui vous conviendra. Il cuisinera lui-même.

Les petites griffes de Carioca labourèrent l'intérieur de la porte de mon placard, mais je l'ignorai.

— J'en serai ravie, dis-je. Pourquoi pas ce mercredi ? Je partirai probablement le week-end prochain.

— Parfait, acquiesça Lily.

Des chocs sourds retentissaient maintenant à l'intérieur du placard tandis que Carioca projetait son corps minuscule contre la porte. Lily se trémoussa sur son siège.

— Je peux faire sortir mon chien de votre placard, s'il vous plaît ?

— Vous partez ? demandai-je, pleine d'espoir.

Repêchant mes pinceaux, je me dirigeai vers l'évier pour les rincer, comme si elle était déjà partie. Lily resta silencieuse un moment, puis :

— Je me demandais si vous aviez prévu quelque chose de spécial pour cet après-midi ?

— Mes projets m'ont l'air compromis, répondis-je depuis l'office tout en versant du savon liquide dans l'eau chaude qui se mit à mousser.

— Je me demandais si vous aviez déjà vu jouer Solarin ? reprit-elle avec un pâle sourire tout en me dévisageant de ses grands yeux gris.

Je plongeai mes pinceaux dans l'eau et la regardai. Ça ressemblait à s'y méprendre à une invitation à un tournoi d'échecs. Lily se faisait un point d'honneur de ne jamais assister à un tournoi, à moins qu'elle ne fût elle-même de la compétition.

— Qui est Solarin ? demandai-je.

Elle me regarda avec ahurissement, comme si je venais de lui demander qui était la reine d'Angleterre.

— C'est vrai, j'oubliais que vous ne lisez pas les journaux. On ne parle que de ça. C'est l'événement politique de la décade ! On le considère comme le plus grand joueur d'échecs depuis Capablanca, un joueur né. Mais c'est la première fois en trois ans qu'on l'autorise à sortir d'URSS.

— Je croyais que c'était Bobby Fischer, le plus grand joueur d'échecs, dis-je tout en remuant mes pinceaux dans l'eau chaude. Il n'y a pas eu tout un ramdam autour de Reykjavik, l'été dernier ?

— Bon, au moins vous avez entendu parler de l'Islande, déclara Lily en venant s'adosser à la porte de l'office. Le problème, c'est que Fischer n'a pas rejoué, depuis. Le bruit court qu'il ne défendra pas son titre, qu'il ne jouera plus jamais en public. Les Russes sont dans tous leurs états. Les échecs sont leur sport national, et ils se tirent tous dans les pattes pour essayer d'atteindre le sommet. Si Fischer se désiste, il n'y aura tout simplement personne pour défendre le titre hors d'URSS.

— De sorte que le Soviétique qui tirera son épingle du jeu sera pour ainsi dire assuré d'emporter le titre, conclus-je. Et vous pensez que ce type…

— Solarin.

— Vous pensez que Solarin pourrait être celui-là ?

— Peut-être que oui, peut-être que non, répondit Lily. C'est justement ce qui est bizarre. Tout le monde affirme qu'il est le meilleur, mais il n'a pas l'appui du Politburo. Ce qui est pourtant nécessaire à un joueur soviétique. En fait, toutes ces dernières années, les Soviétiques *ne l'ont pas laissé jouer* !

— Pourquoi ?

Je plantai mes pinceaux dans l'égouttoir et m'essuyai les mains à un torchon.

— Si cette victoire est vraiment pour eux une question de vie ou de mort…

— Apparemment, il n'est pas conforme au moule soviétique, répondit Lily en prenant la bouteille de vin dans le réfrigérateur pour se servir un autre verre. Pas mal de bruits ont couru à propos d'un tournoi en Espagne, il y a trois ans de ça. Solarin a été escamoté en pleine nuit, rapatrié vers cette bonne mère Russie. Ils ont d'abord prétendu qu'il était tombé malade, puis que ses nerfs avaient lâché. On a raconté toutes sortes d'histoires à son sujet, et pour finir plus rien. Le silence. On n'a plus jamais entendu parler de lui. Jusqu'à cette semaine.

— Qu'est-ce qui s'est passé cette semaine ?

— Cette semaine, descendant du ciel bleu, Solarin est arrivé à New York, *encadré* en toute simplicité par une escouade de types du KGB. Là-dessus, il est entré dans le club d'échecs de Manhattan et a déclaré qu'il voulait participer au Hermanold Invitational. Ce qui représente un outrage à plusieurs niveaux. Primo parce que, pour participer à un *invitational*, il faut être invité. Et Solarin ne l'était pas. Secundo, parce que c'est un *invitational* classé zone cinq, la zone cinq étant celle des États-Unis. Ce qui n'a aucun rapport avec la zone quatre, qui est celle de l'URSS. Vous imaginez leur consternation quand ils ont su qui il était.

— Ne pouvaient-ils pas refuser tout simplement sa participation ?

— Grands dieux ! s'esclaffa Lily. John Hermanold, le sponsor du tournoi, est connu pour être un organisateur de grands spectacles. Depuis le boum Fischer, en Islande, les actions des échecs sont montées en flèche. L'argent coule à flots, maintenant. Hermanold irait jusqu'au meurtre pour épingler un nom comme Solarin sur son affiche.

— Je ne comprends pas comment Solarin a pu sortir d'URSS pour ce tournoi si les Soviétiques ne veulent pas qu'il joue.

— Ma chère, c'est là toute la question. D'autant que son escouade du KGB sous-entend qu'il a la bénédiction du gouvernement… Oh, c'est un mystère fascinant ! C'est pour cette raison que je me suis dit que vous aimeriez…

Lily s'interrompit.

— Que j'aimerais quoi ? demandai-je innocemment, feignant de ne pas avoir compris ce qu'elle avait en tête.

J'adorais la voir sur le gril. Lily avait tellement clamé son indifférence pour les tournois. « Je ne joue pas avec quelqu'un, je joue avec l'échiquier », se plaisait-elle à répéter.

— Solarin joue cet après-midi, dit-elle d'une voix hésitante. C'est sa première apparition en public depuis cet incident en Espagne. Il n'y a plus une seule place de libre. Les billets se sont arrachés à un prix exorbitant. Ça commence dans une heure, mais je crois pouvoir obtenir qu'on nous laisse entrer…

— Merci bien ! tranchai-je. Personnellement, je trouve qu'il n'y a rien de plus ennuyeux que d'assister à une partie d'échecs. Pourquoi n'y allez-vous pas toute seule ?

Lily agrippa son verre et s'assit sur le banc du piano. Lorsqu'elle reprit la parole, ce fut d'une voix contrainte.

— Vous savez bien que je ne peux pas faire ça, dit-elle calmement.

J'étais certaine que c'était la première fois de sa vie que Lily était obligée de demander un service à quelqu'un. Si je l'accompagnais à ce tournoi, elle pourrait prétendre qu'elle accordait tout simplement une faveur à une amie. Mais si elle se montrait toute seule et qu'elle réclamait un billet, la rubrique échecs en ferait ses choux gras. Solarin était peut-être un scoop, mais pour les cercles d'échecs de New York, l'apparition de Lily Rad à un tournoi était un scoop plus énorme encore. Elle était l'une des joueuses les plus haut placées des États-Unis, et sans aucun doute la plus flamboyante.

— La semaine prochaine, murmura-t-elle, les lèvres pincées, j'affronte le vainqueur d'aujourd'hui.

— Ah. Maintenant, je comprends. Solarin pourrait être le vainqueur. Et comme vous n'avez jamais joué contre lui, et que *de toute évidence* vous n'avez rien pu lire sur son style…

Je me dirigeai vers le placard et ouvris la porte. Carioca en émergea furtivement, puis fonça sur mon pied et se mit à jouer avec un morceau de fil qui dépassait de mes espadrilles en toile. Je le regardai un moment, puis le soulevai du bout du pied et l'expédiai sur une pile de coussins. Il se roula de contentement, avant d'arracher quelques plumes de ses petites dents pointues.

— Je n'arrive pas à comprendre pourquoi il vous aime autant, dit Lily.

— Simple question d'autorité.

Lily garda le silence. On regarda Carioca éplucher les coussins comme si c'était un spectacle passionnant. J'avais beau ne pas connaître grand-chose aux échecs, je savais quand j'étais maîtresse de l'échiquier. Et j'avais le sentiment que ce n'était pas à moi de jouer.

— Il *faut* que vous veniez avec moi, dit finalement Lily.

— Je crois que vous vous êtes trompée dans la formulation, soulignai-je.

Lily se leva et s'avança vers moi. Elle me regarda droit dans les yeux.

— Vous ne pouvez pas imaginer à quel point ce tournoi est important pour moi. Hermanold a réussi à en faire une compétition de haut niveau en invitant chaque GM et MI de la zone cinq. J'aurais pu aller jusqu'aux matches les plus importants. J'aurais peut-être même pu gagner. Si Solarin ne s'était pas montré.

La complexité des manœuvres qui entouraient la sélection des joueurs était mystérieuse, je le savais. Mais l'attribution de titres tels que grand maître (GM) et maître international (MI) l'était davantage encore. On aurait pu penser que, dans un jeu aussi mathématique que les échecs, les règles de la suprématie seraient un peu plus claires. En réalité, ça fonctionnait comme un club de vieux garçons un peu arriérés. Je comprenais l'exaspération de Lily, mais quelque chose me chiffonnait.

— Quelle différence cela ferait-il si vous terminiez deuxième ? Vous resterez quand même l'une des joueuses les plus haut placées de la catégorie femmes…

— La catégorie *femmes* ! Femmes ?

Lily semblait à deux doigts de cracher par terre. Je me souvins qu'elle avait toujours mis un point d'honneur à ne pas jouer contre des femmes. Les échecs étaient un jeu d'hommes et, pour gagner, il fallait battre des hommes. Lily attendait depuis des années ce titre de MI, dont elle s'estimait spoliée. Ce tournoi était important, je le saisis brusquement, ils ne pourraient plus lui refuser ce titre si elle battait ceux qui lui étaient supérieurs en grade.

— Vous ne comprenez rien, déclara Lily. C'est un tournoi à élimination directe. Je dois affronter Solarin dès le second tour, à supposer que nous gagnions tous les deux notre première partie, ce que nous ferons probablement. Si je joue contre lui et que je perds, je suis immédiatement éliminée du tournoi.

— Vous ne vous sentez pas de taille à le battre ? demandai-je.

Solarin avait beau apparaître comme un crack, je m'étonnais que Lily pût envisager une défaite.

— Je ne sais pas, répondit-elle honnêtement. Mon entraîneur pense que non. Il pense que Solarin va me réduire en bouillie. Qu'il va m'infliger une magistrale déculottée. Vous ne pouvez pas comprendre ce que c'est que d'être battue aux échecs. Je déteste perdre. Je ne le supporte pas !

Elle en avait les dents qui grinçaient, et ses mains s'étaient crispées jusqu'à former deux poings minuscules.

— Mais... est-ce qu'ils ne sont pas obligés de commencer par vous confronter à des gens qui appartiennent à la même catégorie que vous ? lui demandai-je.

Il me semblait avoir lu quelque chose à ce sujet.

— Il n'y a que quelques douzaines de joueurs qui totalisent deux mille quatre cents points au classement, répondit sombrement Lily. Et ils ne participent pas tous au tournoi. Solarin a été enregistré à trois mille cinq lors de la dernière sélection. Mais il y a cinq joueurs entre mon rang et le sien. Malheureusement, en jouant si tôt contre lui, je n'ai pas la plus petite chance de prouver ma valeur dans les autres parties.

Maintenant je comprenais. Le producteur de grands spectacles qui organisait ce tournoi avait invité Lily à cause de son impact publicitaire. Il voulait vendre ses billets, et Lily était la Joséphine Baker des échecs. Il ne lui manquait que l'ocelot et les bananes. Mais maintenant que Solarin s'était matérialisé, il était devenu le clou du spectacle. Et Lily allait être sacrifiée. Que ce tournoi pût ou non lui servir de marchepied vers le titre n'intéressait plus personne. Je réalisai brusquement que le monde des échecs ne différait pas beaucoup du monde de l'expertise comptable.

— Okay, vous m'avez expliqué, dis-je en me dirigeant vers le couloir de l'entrée.

— Où allez-vous ? demanda Lily en élevant la voix.

— J'aimerais prendre une douche, lançai-je par-dessus mon épaule.

— Une douche ?

Elle avait l'air légèrement hystérique.

— Pour quoi faire, grands dieux ?

— Il faut bien que je me lave et que je me change, dis-je en me retournant sur le seuil de la salle de bains pour la regarder, si nous devons nous présenter à ce tournoi d'ici une heure.

Lily me fixa en silence. Elle eut la grâce de sourire.

*

Je jugeais parfaitement absurde de circuler dans une voiture décapotée au beau milieu du mois de mars, alors que des nuages chargés de neige plafonnaient au-dessus de nos têtes et que la température avoisinait moins trente. Lily était enveloppée dans sa cape de fourrure. Carioca déchiquetait méthodiquement les pompons et les éparpillait sur le plancher. Je n'avais sur moi qu'un manteau en laine noir, et je gelais sur place.

— Il n'y a pas une capote dans ce machin ? demandai-je contre le vent.

— Pourquoi ne demandez-vous pas à Harry de vous confectionner un manteau de fourrure ? Après tout, c'est son travail, et il vous adore.

— Ça ne m'avance pas à grand-chose pour l'instant, répliquai-je. Expliquez-moi un peu pourquoi cette partie a lieu dans une salle privée du Metropolitan Club. Il me semble que le sponsor aurait dû entourer d'un maximum de publicité le premier match de Solarin sur le sol occidental depuis des années.

— Si vous vous placez du point de vue du sponsor, oui, acquiesça Lily. Mais Solarin joue contre Fiske aujourd'hui. Organiser une rencontre en public aurait pu avoir de fâcheuses conséquences. Fiske est plus qu'à moitié cinglé.

— Qui est Fiske ?

— Antony Fiske, répondit-elle en remontant sa fourrure. Un très grand joueur. C'est un GM anglais, mais il est enregistré en zone cinq parce qu'il résidait à Boston à l'époque où il jouait régulièrement. Je suis étonnée qu'il ait accepté de participer à cette rencontre, sachant qu'il n'a pas joué depuis des années. Lors de son dernier tournoi il a fait évacuer le public. Il prétendait que la salle était truffée de micros et que de mystérieuses vibrations dans l'air interféraient avec ses ondes cérébrales. Tous les joueurs d'échecs vacillent au bord du gouffre. On dit que Paul Morphy, le premier champion américain, est mort assis tout habillé dans son bain, avec des chaussures de femme qui flottaient tout autour de lui. La folie est le principal écueil du joueur d'échecs. Mais rassurez-vous, vous ne me verrez pas perdre la boule. Ça n'arrive qu'aux hommes.

— Pourquoi seulement aux hommes ?

— Parce que les échecs, ma chère, sont un jeu totalement œdipien. Tuer le roi et trousser la reine, voilà l'enjeu essentiel. Les psychologues adorent surveiller les joueurs d'échecs, histoire de vérifier s'ils se lavent trop souvent les mains, s'ils reniflent des vieilles espadrilles ou s'ils se masturbent entre deux sessions. Ensuite, ils racontent tout dans le journal de l'AMA[1].

La Rolls Corniche bleu pâle se rangea devant le Metropolitan Club de la 6e Rue, juste à la sortie de la Cinquième Avenue. Saul nous ouvrit la portière. Lily lui tendit Carioca et s'élança vers la rampe

1. AMA : American Medical Association. (N. d. T.)

coiffée d'un dais qui courait le long d'une cour pavée et conduisait à l'entrée. Saul n'avait pas ouvert la bouche pendant le trajet, mais je le vis m'adresser un clin d'œil. Je haussai les épaules et suivis Lily.

Le Metropolitan Club est un vestige fatigué du vieux New York. Rien dans ce club privé exclusivement réservé aux hommes ne paraissait avoir changé depuis le siècle dernier. La moquette rouge fanée qui tapissait l'entrée aurait mérité un shampooing, et le bois sombre du bureau de réception aurait eu besoin d'une bonne couche de cire. Mais le salon d'honneur compensait largement en charme le manque de poli de l'entrée.

Le hall d'entrée s'ouvrait sur une salle gigantesque avec un plafond immense en palladium tout incrusté de feuilles d'or. Un unique lustre pendait en son centre, au bout d'une longue corde. Deux des murs étaient composés de balcons étagés dont les balustrades rehaussées de sculptures compliquées regardaient le centre de la pièce comme une cour vénitienne. Le troisième mur soutenait des miroirs veinés d'or qui s'élançaient jusqu'au plafond et reflétaient les deux autres. Le quatrième côté était séparé du vestibule par de hauts paravents à volets, en velours rouge. Sur le sol en marbre, quadrillé de carreaux noirs et blancs comme un échiquier, s'éparpillaient des douzaines de petites tables entourées de chaises en cuir. Tout au bout de la pièce s'allongeait un piano en ébène, juste à côté d'une vitrine chinoise en laque.

Comme j'examinais le décor, Lily m'appela depuis le balcon au-dessus de moi. Sa cape en fourrure pendait sur le côté. Elle m'indiqua d'un geste la volée de marches en marbre qui montait en s'enroulant jusqu'au premier balcon où elle se tenait.

Une fois là-haut, Lily me poussa dans une petite salle de jeu et me suivit à l'intérieur. La pièce était vert mousse, avec de larges portes-fenêtres qui surplombaient la Cinquième Avenue et le parc. Plusieurs ouvriers étaient occupés à déplacer les tables de bridge recouvertes de cuir, et les tables de jeux avec leur tapis vert. Ils lui lancèrent un bref coup d'œil tandis qu'ils entassaient les meubles le long du mur situé près de la porte.

— C'est ici qu'aura lieu la partie, m'expliqua Lily. Mais je ne sais pas si les gens sont déjà arrivés. Nous avons encore une demi-heure devant nous.

Elle se tourna vers un ouvrier et lui demanda :

— Savez-vous où est John Hermanold ?

— Peut-être bien dans la salle à manger. L'homme haussa les épaules.

— Vous n'avez qu'à téléphoner en haut et l'envoyer chercher.

Il la toisa des pieds à la tête d'un regard qui n'avait rien de flatteur. Lily débordait de sa robe et je fus heureuse d'avoir enfilé pour venir un petit tailleur très respectable en flanelle grise. Je fis le geste d'ôter mon manteau, mais l'homme m'arrêta.

— Les femmes ne sont pas admises dans la salle de jeu, me dit-il, avant d'ajouter à l'adresse de Lily : Ni dans la salle à manger. Vous feriez mieux de redescendre et de l'appeler par téléphone.

— Je vais tuer ce porc d'Hermanold ! siffla Lily entre ses dents serrées. Lui et son maudit club réservé exclusivement aux *hommes* !

Elle s'élança dans le couloir à la recherche de sa proie. Je rentrai dans la salle de jeu et me laissai tomber sur une chaise, au milieu des regards hostiles des ouvriers. Je n'aurais pas aimé être à la place d'Hermanold quand Lily lui mettrait la main dessus.

Je restai assise dans la salle de jeu, à regarder Central Park qui s'étirait de l'autre côté des vitres sales. Quelques drapeaux flottaient mollement à l'extérieur, et la lumière blafarde de l'hiver diluait davantage encore leurs couleurs déjà fanées.

— Excusez-moi, dit derrière moi une voix hautaine.

Je me retournai pour voir un homme grand et séduisant, la cinquantaine, avec des cheveux noirs et des tempes argentées. Il portait un blazer bleu marine orné d'un écusson, un pantalon gris et un sweater blanc à col roulé. Il sentait Andover et Yale à plein nez.

— Personne n'est autorisé à pénétrer dans cette pièce avant le début du tournoi, déclara-t-il fermement. Si vous avez un billet, je peux vous installer en bas en attendant. Mais si ce n'est pas le cas, je vais être au regret de vous demander de quitter le club.

Sa séduction initiale en prit un sérieux coup.

— Merci, mais je préfère rester ici, répondis-je. J'attends la personne qui doit m'apporter mon billet…

— J'ai bien peur que ce ne soit impossible, riposta-t-il sèchement. Déjà sa main se posait sur mon coude et tentait de m'arracher à mon siège.

— J'ai promis au club d'observer scrupuleusement leur règlement. De plus, la sécurité veut que…

Enroulant mes jambes autour des pieds de la chaise, je le regardai en souriant.

— J'ai promis à mon amie Lily Rad de l'attendre. Elle est partie chercher…

— Lily Rad ! s'exclama-t-il en lâchant mon bras comme si c'était un tisonnier brûlant.

Je me carrai sur ma chaise avec une expression aimable.

— Lily Rad est *ici* ?

Je continuai à sourire et hochai la tête.

— Permettez-moi de me présenter, Miss euh…

— Velis. Catherine Velis.

— Miss Velis, je suis John Hermanold. C'est moi qui organise ce tournoi.

Il me saisit la main et la secoua avec chaleur.

— Je suis vraiment très honoré que Lily Rad soit venue assister à cette rencontre. Savez-vous où je peux la trouver ?

— Elle est partie à votre recherche. Les ouvriers nous ont dit que vous étiez probablement dans la salle à manger. Elle a dû s'y rendre.

— Dans la salle à manger, répéta Hermanold, qui envisageait visiblement le pire. En ce cas, je crois que je ferais mieux d'aller la chercher… Je repasse vous prendre et je vous offre un verre en bas.

Et il bondit vers la porte.

Maintenant qu'il était clair qu'Hermanold était un de mes vieux copains, les ouvriers me considérèrent avec un respect nouveau. Je les regardai évacuer les tables de la pièce et installer des rangées de chaises face aux fenêtres, laissant une allée libre au milieu. Puis, assez bizarrement, ils s'accroupirent sur le sol avec un mètre ruban et se mirent à installer le mobilier selon un angle très précis qui semblait correspondre à un standard invisible.

J'observais leur manège avec une telle attention que je ne vis tout d'abord pas l'homme qui venait d'entrer silencieusement dans la pièce. Je le remarquai seulement au moment où il passa devant ma chaise. Il était grand et mince, avec des cheveux d'un blond très pâle, un peu longs, qui bouclaient sur sa nuque. Il portait un pantalon gris et une chemise flottante en toile blanche, ouverte au col, qui dévoilait un cou puissant et une stature athlétique de danseur. Il se dirigea rapidement vers l'endroit où les ouvriers s'activaient et leur parla à voix basse. Ceux qui mesuraient le sol se levèrent d'un bond et s'avancèrent vers lui. Lorsqu'il tendit le bras pour leur montrer quelque chose, ils se précipitèrent pour obéir à ses ordres.

Un grand tableau fut déplacé plusieurs fois, la table des arbitres éloignée de l'aire de jeu et la table d'échecs manœuvrée avec précision, jusqu'à ce qu'elle fût absolument équidistante de tous les murs. Je notai avec un certain étonnement que les ouvriers ne manifestaient aucune mauvaise humeur. Ils obéissaient avec une sorte de crainte respectueuse aux ordres du nouveau venu, et semblaient éviter de croiser son regard. Puis je réalisai brusquement qu'il avait remarqué ma présence, et qu'il était tout simplement en train de les interroger à mon sujet ! Il esquissa un geste dans ma direction, et finalement pivota pour me regarder. À la seconde où il se retourna, je reçus un choc profond. Il y avait en lui quelque chose d'étrangement familier.

Ses pommettes saillantes, son nez aquilin et l'angle un peu dur de sa mâchoire formaient des arêtes qui captaient la lumière comme du marbre. Ses yeux pâles, d'un gris tirant sur le vert, avaient la couleur du mercure liquide. Il évoquait une magnifique sculpture de la Renaissance, taillée dans la pierre. Et tout comme la pierre, il émanait de lui un je ne sais quoi de froid et d'impénétrable. J'étais fascinée par lui comme un oiseau devant un serpent, et me trouvai complètement prise de court quand il quitta brusquement les ouvriers pour s'avancer vers moi.

Arrivé devant ma chaise, il me prit par les mains et me fit mettre debout. Avant même que j'aie compris ce qui m'arrivait, il me saisit par le coude et m'entraîna vers la porte en me chuchotant à l'oreille :

— Que faites-vous ici ? Vous n'auriez pas dû venir.

Il parlait sans la moindre trace d'accent. J'étais stupéfiée par son comportement. Après tout, j'étais une étrangère pour lui. Je me raidis.

— Qui êtes-vous ?

— Le problème n'est pas de savoir qui *je suis*, répondit-il, toujours à mi-voix.

Ses yeux vert pâle scrutèrent mon visage comme s'il essayait de se rappeler quelque chose.

— Ce qui compte c'est que je sais qui vous êtes. Vous avez commis une grave erreur en venant ici. Vous courez un grand danger. Je sens le danger tout autour de moi, en ce moment même.

Où avais-je déjà entendu cela ?

— Mais de quoi parlez-vous ? protestai-je. Je suis ici pour assister au tournoi d'échecs. Je suis avec Lily Rad. John Hermanold m'a autorisée à…

— Oui, oui, trancha-t-il avec impatience. Je sais cela. Mais vous devez partir à l'instant. Je vous en prie, ne me demandez pas d'explication. Quittez ce club immédiatement… Je vous en conjure.

— C'est ridicule ! déclarai-je d'une voix aiguë.

Il jeta un bref coup d'œil par-dessus son épaule aux ouvriers qui nous observaient, puis me regarda à nouveau.

— Je ne partirai pas avant que vous m'ayez dit ce que cela signifie. J'ignore totalement qui vous êtes. C'est la première fois de ma vie que je vous vois. De quel droit…

— Mais si, vous m'avez déjà vu, répondit-il calmement.

Il posa ses mains avec douceur sur mes épaules et me regarda droit dans les yeux.

— Et vous serez amenée à me revoir. Mais pour l'instant, vous devez partir. Tout de suite.

Et brusquement, il ne fut plus là. Il avait tourné les talons et quitté la pièce aussi silencieusement qu'il était entré. Je restai un bon moment immobile à ma place, puis je m'aperçus que je tremblais. Regardant en direction des ouvriers, je constatai qu'ils s'étaient remis au travail. Apparemment, ils n'avaient rien remarqué d'anormal. Je me dirigeai vers la porte et passai sur le balcon, l'esprit troublé par cette étrange rencontre. Et soudain, ça me revint. Ses paroles m'avaient rappelé celles de la diseuse de bonne aventure.

Lily et Hermanold me faisaient signe depuis le salon d'en bas. Ils étaient debout sur les dalles noires et blanches, juste au-dessous de moi. On aurait dit des pièces d'échecs bizarrement costumées, posées sur un échiquier encombré. D'autres invités gravitaient autour d'eux.

— Descendez ! me cria Hermanold. Je vous offre un verre.

Je longeai le balcon jusqu'à l'escalier tapissé de moquette rouge et descendis au salon. J'avais les jambes encore un peu faibles. Je voulais rester seule avec Lily pour lui raconter ce qui s'était passé.

— Que désirez-vous boire ? demanda Hermanold comme je les rejoignais à leur table.

Il m'avança une chaise. Lily était déjà assise.

— Je crois que le champagne s'impose. Ce n'est pas tous les jours que Lily Rad se déplace pour assister à une partie ! enchaîna-t-il.

— Je ne me déplace *jamais* pour voir jouer les autres, riposta Lily d'un ton agacé tout en jetant sa fourrure sur le dossier de sa chaise.

Hermanold commanda le champagne et se lança dans une tirade à sa gloire personnelle qui sembla amener Lily au bord de la crise de nerfs.

— Le tournoi se présente sous les meilleurs auspices. Nous jouerons tous les jours à guichets fermés. L'avance pour la publicité est d'ores et déjà remboursée. Pourtant, personne, pas même *moi*, n'aurait pu soupçonner une telle avalanche de stars. Tout d'abord Fiske, qui sort de sa retraite, et là-dessus la bombe : l'arrivée de Solarin ! Et vous, naturellement, ajouta-t-il en tapotant le genou de Lily.

Je mourais d'envie de l'interrompre pour le questionner sur l'étranger qui était apparu à l'étage, mais il me fut impossible de placer un mot.

— Quel dommage que je n'aie pas pu disposer du grand hall du Manhattan pour la partie d'aujourd'hui ! déclara-t-il comme on apportait le champagne. On aurait fait un malheur. Mais j'ai reculé à cause de Fiske. On a prévu quelques médecins dans la salle, juste au cas où. J'ai pensé qu'il valait mieux le faire jouer tout de suite, de façon à l'éliminer d'entrée de jeu. De toute façon, il n'a aucune chance d'arriver en finale, et sa seule présence a eu l'effet escompté sur la presse.

— C'est vrai que c'est terriblement excitant, déclara Lily. Penser qu'ils auront la chance d'assister au combat de deux grands maîtres et à une crise de nerfs au cours d'une seule et même partie…

Hermanold lui jeta un regard nerveux tandis qu'il remplissait nos coupes. Il ne savait pas très bien si elle plaisantait ou non. Mais moi je le savais. Son allusion à l'élimination précoce de Fiske était parfaitement claire.

— Peut-être vais-je rester, finalement, susurra Lily en buvant son champagne à petites gorgées. J'avais prévu de *partir* aussitôt que Cat serait installée…

— Vous ne pouvez pas me faire ça ! s'écria Hermanold, visiblement alarmé. Je veux dire… vous ne pouvez pas manquer ça. C'est la partie du siècle.

— Et les journalistes auxquels vous avez téléphoné seraient tellement déçus de ne pas me trouver ici comme vous le leur avez annoncé… N'est-ce pas, John chéri ?

Elle sirota une gorgée de champagne tandis qu'Hermanold rosissait légèrement. Je vis une ouverture et la saisis au vol.

— L'homme que j'ai aperçu en haut, était-ce Fiske ?

— Dans la salle de jeu ? demanda Hermanold d'un air contrarié. J'espère que non. Il est censé se reposer jusqu'au début du match.

— Quoi qu'il en soit, il s'est comporté de façon plutôt bizarre, lui répondis-je. Il est entré, et il a fait changer tous les meubles de place.

— Oh, Seigneur, gémit Hermanold. C'était sûrement Fiske. La dernière fois que j'ai eu affaire à lui, il a exigé qu'on évacue un spectateur ou une chaise chaque fois qu'une pièce était éliminée de l'échiquier. Afin de rétablir son sens de « l'équilibre et de l'harmonie », disait-il. En plus, il déteste les femmes. Il a horreur qu'elles soient présentes dans la pièce quand il joue…

Hermanold tapota la main de Lily, mais elle se dégagea.

— C'est peut-être pour ça qu'il m'a demandé de partir, déclarai-je.

— Il vous a demandé de partir ? répéta Hermanold. Il va falloir que j'aie une petite conversation avec lui avant le début de la rencontre. Il est grand temps qu'il comprenne qu'il ne peut plus se permettre le genre de caprices dont il était coutumier à l'époque où il était une star. Il n'a pas joué dans un tournoi important depuis près de quinze ans.

— Quinze ans ? Il ne devait pas avoir plus de vingt ans quand il s'est retiré, alors ! L'homme que j'ai vu était jeune.

— Vraiment ? dit Hermanold, stupéfait. Qui diable cela pouvait-il être en ce cas ?

— Il était grand, mince, très pâle. Séduisant, mais plutôt réfrigérant.

— Oh, c'était Alexei.

Hermanold éclata de rire.

— Alexei ?

— Alexander Solarin, précisa Lily. Tu sais bien, chérie. Celui que tu rêvais de voir. La « bombe » !

— Parlez-moi de lui.

— J'en suis bien incapable, déclara Hermanold. Je ne savais même pas à quoi il ressemblait avant qu'il débarque pour s'inscrire au tournoi. Cet homme est un mystère. Il ne reçoit personne, il refuse les photographes. Nous avons dû interdire les appareils photo dans les salles de jeu. Sur mon insistance, il a fini par accepter de donner une conférence de presse. Après tout, quel intérêt de l'avoir parmi nous, si nous ne pouvons pas rendre l'événement public ?

Lily lui décocha un regard ulcéré et lâcha un profond soupir.

— Merci pour le verre, John, dit-elle en jetant sa cape sur ses épaules.

Je me levai aussi rapidement que Lily et la suivis dans l'escalier.

— Je n'ai pas voulu en parler devant Hermanold, chuchotai-je comme nous longions le balcon, mais à propos de ce Solarin... je suis persuadée qu'il se prépare quelque chose de bizarre.

— Ça n'a rien d'extraordinaire. Dans le monde des échecs, on passe son temps à rencontrer soit des piqués, soit des crétins. Soit les deux à la fois. Je suis certaine que ce Solarin n'est pas une exception. Ils ne peuvent pas supporter que des femmes participent...

— Ce n'est pas ça dont je vous parle, l'interrompis-je. Solarin ne m'a pas dit de partir parce qu'il voulait se débarrasser d'une femme. Il m'a dit que je courais un grand danger.

Je lui avais agrippé le bras, et nous restâmes devant la balustrade. À nos pieds, la foule envahissait le salon.

— Il vous a dit quoi ? articula Lily. Vous devez plaisanter. Un danger ? À un tournoi d'échecs ? Le seul danger que vous couriez ici, c'est de vous endormir. Fiske a l'art d'accumuler les matches nuls et les pats.

— Je vous répète qu'il m'a dit que j'étais en danger !

Je la tirai vers le mur pour permettre à un groupe de passer. Je baissai la voix.

— Vous vous souvenez de la diseuse de bonne aventure que vous nous avez envoyés consulter, Harry et moi, le soir du réveillon ?

— Oh, non, ne me dites pas que vous croyez aux pouvoirs surnaturels ? ironisa Lily.

La foule commençait à refluer vers le balcon, et de là, vers la salle de jeu. Nous nous mêlâmes au flot. Lily choisit des places au premier rang, suffisamment de côté pour jouir d'une bonne vue d'ensemble sans pour autant attirer l'attention sur elle. Ce qui me paraissait difficile, étant donné son accoutrement. Dès que nous fûmes assises, je me penchai vers elle et soufflai :

— Solarin a utilisé pour ainsi dire les mêmes mots que la diseuse de bonne aventure. Harry ne vous a pas répété ce qu'elle m'avait dit ?

— Je ne l'ai jamais vue, répondit Lily en sortant d'une poche de sa cape un petit jeu d'échecs miniature qu'elle posa sur ses genoux. Elle m'a été recommandée par un ami, mais je ne crois pas à ce genre de niaiseries. C'est pour ça que je n'y suis pas allée.

Les gens prenaient place tout autour de nous, et beaucoup de regards se tournaient vers Lily. Un groupe de journalistes pénétra dans la salle. L'un d'eux avait un appareil photo autour du cou. Ils aperçurent Lily et se dirigèrent droit vers nous. Lily se pencha sur son échiquier miniature et murmura à voix basse :

— Si on nous interroge, nous sommes plongées dans une conversation très sérieuse sur les échecs.

John Hermanold venait d'entrer dans la pièce. Il s'approcha rapidement des journalistes et intercepta celui à l'appareil photo avant qu'il ait eu le temps d'arriver jusqu'à nous.

— Excusez-moi, mais je dois vous demander de me remettre cet appareil. Le grand maître Solarin ne veut pas d'appareils photo dans la salle du tournoi. Veuillez regagner vos places afin que la rencontre puisse commencer. Vous aurez tout le temps ensuite de procéder à des interviews.

Le journaliste tendit à contrecœur son appareil à Hermanold. Ses compagnons et lui regagnèrent les places que leur avait indiquées l'organisateur.

Un silence parsemé de chuchotements tomba sur la salle. Les juges-arbitres entrèrent et s'assirent derrière leur table, suivis presque aussitôt par l'homme que je savais maintenant être Solarin, et par un homme plus âgé aux cheveux gris que je devinai être Fiske.

Fiske paraissait nerveux et impressionné. Un tic agitait l'un de ses yeux et il tripotait constamment sa moustache grise, comme pour chasser une mouche. Il avait des cheveux fins, un peu gras, peignés en arrière, mais qui retombaient sur son front en mèches désordonnées. Il portait une veste en velours rouge foncé qui avait connu des jours meilleurs et n'avait pas été brossée depuis un bon moment. Elle se croisait sur le devant comme une robe de chambre. Son pantalon marron était fripé. Je me sentis désolée pour lui. Il avait l'air complètement perdu et abattu.

À ses côtés, Solarin évoquait la statue d'albâtre d'un lanceur de disque. Il dépassait d'une bonne tête Fiske, qui se tenait voûté. Il se dirigea avec grâce vers l'un des côtés de l'échiquier, avança une chaise à Fiske et l'aida à s'asseoir.

— Le salaud ! siffla Lily. Il essaie de saper le moral de Fiske et de prendre l'avantage avant même que la partie ait commencé.

— Vous ne croyez pas que vous exagérez un peu ? dis-je tout haut. Plusieurs voix derrière moi m'intimèrent de me taire.

Un jeune garçon apporta la boîte d'échecs et disposa les pièces sur l'échiquier. Les blancs furent posés devant Solarin. Lily m'expliqua que le tirage au sort des couleurs avait eu lieu la veille. Plusieurs personnes firent « chut » et nous nous tûmes.

Tandis que l'un des arbitres lisait les règles, Solarin examina le public. Il me présentait son profil, de sorte que je pus l'observer tout à loisir. Il avait l'air beaucoup plus ouvert et détendu que lors de notre rencontre. Maintenant qu'il était dans son élément, près de jouer aux échecs, il paraissait très jeune et très concentré, tel un athlète paré pour une compétition. Puis brusquement son regard tomba sur Lily et moi, et ses traits se tendirent, tandis que ses yeux se rivaient aux miens.

— Oups, souffla Lily. Je comprends maintenant ce que vous vouliez dire par réfrigérant. Je suis contente d'en avoir eu un aperçu avant de me retrouver en face de lui, de l'autre côté de l'échiquier.

Solarin me regardait comme s'il ne pouvait pas en croire ses yeux. Comme s'il brûlait de m'arracher à mon siège et de me propulser hors de la pièce. Le sentiment inquiétant d'avoir commis une lourde erreur en restant s'infiltra lentement en moi. Les pièces étaient en place et son horloge démarra, de sorte qu'il fut forcé de ramener ses yeux sur l'échiquier. Il poussa le pion du roi en avant. Je remarquai que Lily effectuait le même mouvement sur son petit jeu. Le garçon qui se tenait près du tableau noir nota le mouvement à la craie : P-K4.

Le jeu se poursuivit sans surprise pendant un moment. Solarin et Fiske avaient tous deux un pion et un cavalier hors combat. Solarin avança le fou de son roi. Quelques murmures s'élevèrent dans l'assistance. Une ou deux personnes se levèrent pour aller boire un café.

— Ça a l'air de s'annoncer *giuoco piano*, soupira Lily. La partie menace d'être longue. On ne pratique jamais ce type d'ouverture dans un tournoi. C'est même stipulé dans le *Göttingen Manuscript*, sacré bon sang !

Pour une fille qui ne lisait jamais un manuel consacré aux échecs, Lily était une mine inépuisable d'érudition.

— Ça permet aux noirs de déployer leurs pièces, mais c'est lent lent lent. Solarin facilite la tâche de Fiske, il lui laisse toute liberté de manœuvre avant de le contrer. Réveillez-moi s'il se passe quelque chose dans l'heure qui va suivre.

— Comment voulez-vous que *je* sache s'il se passe quelque chose ? chuchotai-je.

Au même instant, Fiske bougea une pièce et arrêta son horloge. Il y eut un bref murmure dans le public et plusieurs personnes qui s'étaient levées pour sortir se figèrent pour regarder le tableau. Je levai les yeux juste à temps pour surprendre Solarin en train de sourire. C'était un étrange sourire.

— Que s'est-il passé ? demandai-je à Lily.

— Fiske est beaucoup plus téméraire que je ne le pensais. Au lieu de bouger son fou, il a adopté la défense « des deux cavaliers ». Les Russes adorent ça. C'est infiniment plus dangereux. Je suis surprise qu'il ait choisi cette tactique en face de Solarin qui est connu pour...

Elle se mordit la lèvre. Après tout, Lily ne se renseignait jamais sur la tactique des autres joueurs, n'est-ce pas ?

Solarin avançait maintenant son cavalier, et Fiske son pion de la reine. Solarin prit le pion. Fiske prit alors le pion avec son cavalier, ce qui les mit à égalité. Enfin, à ce qu'il me semblait. J'avais plutôt l'impression que Fiske était mieux placé, avec ses pièces déployées au centre de l'échiquier, alors que celles de Solarin étaient regroupées vers la ligne du fond. Mais voilà que Solarin prit le fou de Fiske avec son cavalier. Un brouhaha monta dans la salle. Les quelques personnes qui étaient sorties revinrent à toute vitesse avec leur café et regardèrent le tableau où le garçon inscrivait le mouvement.

— *Fegatello !* s'écria Lily, et cette fois personne ne songea à la faire taire. Je n'arrive pas à y croire !

— Qu'est-ce que c'est que *fegatello* ?

Je commençais à croire que le jargon des échecs était beaucoup plus mystérieux que celui des ordinateurs.

— Ça veut dire « foie frit ». Et le foie de Fiske va *être* frit, s'il se sert du roi pour prendre ce cavalier.

Elle mordilla un ongle tout en considérant son échiquier miniature, comme si la partie se jouait là.

— Il va y laisser des plumes, c'est sûr. Sa reine et sa tour sont prises entre deux feux. Il ne peut pas prendre le cavalier avec une autre pièce.

Il me semblait totalement illogique que Solarin ait joué un tel coup. Il ne pouvait pas avoir échangé un cavalier contre un fou, simplement pour faire bouger le roi d'une case ?

— Si Fiske bouge son roi, il ne pourra plus roquer, dit Lily comme si elle avait lu dans mes pensées. Son roi sera fiché au milieu de l'échiquier et constamment harcelé jusqu'à la fin de la partie. Il ferait mieux de bouger la reine et de sacrifier la tour.

Mais Fiske prit le cavalier avec son roi. Solarin avança sa reine et le mit en échec. Fiske rangea son roi derrière une rangée de pions, et Solarin recula sa reine pour menacer le cavalier noir. La partie s'accélérait, mais j'étais incapable de dire dans quel sens. Lily semblait également perplexe.

— Il y a quelque chose de bizarre, me chuchota-t-elle. Ce n'est pas du tout le style de Fiske.

Il se passait quelque chose de bizarre, sans aucun doute. J'observai Fiske et remarquai qu'il évitait de lever les yeux de l'échiquier entre chaque coup. De toute évidence, sa nervosité s'était accrue. Il transpirait à grosses gouttes, et de larges auréoles de sueur étaient apparues sous les manches de sa veste rouge sombre. Il avait l'air malade, et bien que ce fût à Solarin de jouer, Fiske se concentrait sur l'échiquier comme s'il attendait un miracle.

L'horloge de Solarin était déclenchée, mais lui aussi regardait Fiske. Il semblait avoir oublié qu'une partie se jouait. Il n'avait d'yeux que pour son adversaire. Au bout d'un long moment, Fiske leva les yeux vers Solarin, mais presque aussitôt son regard se détourna pour revenir se fixer sur l'échiquier. Les paupières de Solarin s'étrécirent. Il saisit une pièce et la poussa en avant.

Je ne prêtais plus aucune attention au jeu. Je regardais les deux hommes, tentant de comprendre ce qui se passait entre eux. À côté de moi, Lily étudiait intensément l'échiquier, la bouche ouverte. Brusquement, Solarin se leva et repoussa sa chaise. Il arrêta d'un geste les deux horloges et se pencha vers Fiske pour lui dire quelque chose. Un arbitre se précipita vers leur table. Il échangea quelques mots avec Solarin et secoua la tête. Fiske était prostré sur sa chaise, le regard fixé sur l'échiquier, les mains sur ses genoux. Solarin lui dit à nouveau quelque chose. L'arbitre revint vers la table des juges. Tous les arbitres hochèrent la tête, et le juge du centre se leva.

— Mesdames, messieurs, déclara-t-il, le grand maître Fiske ne se sent pas bien. Très généreusement, le grand maître Solarin a arrêté les horloges et accepté de faire une courte pause afin que M. Fiske puisse aller prendre l'air. Monsieur Fiske, veuillez noter votre coup à venir et le remettre sous scellés aux arbitres. La partie reprendra dans trente minutes.

Fiske nota son coup d'une main tremblante et le scella dans une enveloppe qu'il remit aux arbitres. Solarin quitta la salle d'un pas rapide, avant que les journalistes aient pu l'intercepter, et sortit dans le hall. La plus grande agitation régnait dans la pièce. Des petits groupes s'étaient formés, et tout le monde chuchotait à qui mieux mieux. Je me tournai vers Lily.

— Qu'est-ce que ça signifie ? Que s'est-il passé ?

— C'est incroyable, murmura-t-elle. Solarin n'avait pas le droit de stopper les horloges. Cela va à l'encontre de toutes les règles. La partie aurait dû être annulée. Seul l'arbitre pouvait les arrêter, mais uniquement en accord avec les deux joueurs, et après que Fiske aurait scellé son coup à venir.

— Solarin a donc laissé l'avantage du temps à Fiske. Mais pourquoi a-t-il fait cela ?

Lily me regarda, ses yeux gris presque sans couleur. Elle semblait surprise par ses propres pensées.

— Il savait que ce n'était pas le style de Fiske, dit-elle.

Elle resta silencieuse un moment, puis reprit, comme si elle essayait de retracer mentalement la partie :

— Solarin a offert à Fiske un échange de reines. Il n'avait pas à le faire, compte tenu des paramètres de la partie. On aurait dit qu'il soumettait Fiske à un test. Tout le monde sait que Fiske déteste perdre sa reine.

— Et Fiske a accepté l'échange ?

— Non, répondit Lily, toujours perdue dans ses pensées. Il a saisi sa reine, et puis il l'a reposée. Il a essayé de faire croire que c'était un *j'adoube**.

— Qu'est-ce qu'un *j'adoube* ?

— Je touche, j'ajuste. On a parfaitement le droit de recentrer une pièce au cours d'une partie.

— Où est le problème, alors ?

— Il n'y en a pas. Mais il faut dire *« j'adoube »*, avant de toucher la pièce. Et pas après l'avoir bougée.

— Il n'a peut-être pas réalisé…

— C'est un grand maître.

Lily me regarda longuement.

— Il a réalisé.

Lily resta immobile, à fixer son échiquier. Je ne voulus pas la déranger, mais tout le monde avait quitté la salle, maintenant, et nous étions seules. Je restai assise à ses côtés, rassemblant mes maigres connaissances des échecs pour tenter de comprendre ce que cela pouvait bien signifier.

— Vous savez ce que je crois ? dit enfin Lily. Je crois que le grand maître Fiske a triché. Je crois qu'il était relié à un émetteur.

Si j'avais pu savoir à ce moment-là à quel point elle était dans le vrai, les événements qui devaient suivre n'auraient peut-être jamais eu lieu. Mais comment aurais-je pu deviner alors ce qui s'était réellement passé – à quelques mètres seulement de moi – tandis que Solarin étudiait l'échiquier ?

*

Solarin regardait l'échiquier quand il remarqua le manège. Au début, son œil avait simplement capté un éclair fugitif. Puis cela s'était répété et il avait associé le trait de lumière au mouvement. Fiske reposait soigneusement ses mains sur ses genoux chaque fois que Solarin arrêtait son horloge et que la sienne démarrait. Le coup suivant, Solarin avait braqué son regard sur les mains de Fiske. C'était la bague. Fiske n'avait jamais porté de bague auparavant.

Fiske jouait un jeu agressif. Il tentait sa chance sur tous les coups. D'une certaine manière, il jouait un jeu plus intéressant, mais chaque fois qu'il prenait un risque Solarin observait son visage. Et ce n'était pas le visage d'un risque-tout. C'était alors que Solarin avait commencé à regarder la bague.

Fiske était téléguidé. Il n'y avait pas le moindre doute là-dessus. Solarin jouait contre quelqu'un, ou quelque chose, d'autre. Ça ne se trouvait pas dans la salle, mais ce qu'il y avait de sûr, c'est que ce n'était pas Fiske. Solarin tourna les yeux vers son homme du KGB, assis contre le mur du fond. S'il relevait le défi et perdait cette fichue partie, il serait éliminé du tournoi. Mais il fallait qu'il sache qui téléguidait Fiske. Et pourquoi.

Solarin se mit à jouer dangereusement pour voir s'il pouvait déceler une stratégie à travers les réponses de Fiske. Et Fiske faillit se retrouver au pied du mur. Solarin eut alors l'idée de lui imposer un échange de reines qui n'avait rien à voir avec la partie. Il mit sa reine en prise, l'offrant sur un plateau sans se soucier des conséquences. Il voulait forcer Fiske à jouer son jeu habituel ou à se dénoncer comme un tricheur. Ce fut à ce moment précis que Fiske craqua.

Pendant un instant, il eut l'impression que Fiske allait accepter l'échange et prendre sa reine. Il ne lui resterait plus alors qu'à appeler les arbitres et à faire annuler la partie. Solarin se refusait à jouer contre une machine, ou contre ce à quoi Fiske était relié. Mais Fiske se ravisa brusquement, reposa sa pièce et à la place demanda un *j'adoube*. Solarin se leva d'un bond et se pencha vers lui.

— À quoi jouez-vous ? siffla-t-il à mi-voix. Nous reprendrons cette partie quand vous aurez retrouvé vos esprits. Est-ce que vous réalisez que le KGB est dans la salle ? Qu'ils apprennent ce qui se passe ici et votre carrière de joueur d'échecs est terminée !

Solarin fit signe aux arbitres d'une main, tandis que de l'autre il stoppait les horloges. Il dit à l'arbitre que Fiske était malade et qu'il allait noter son coup sous pli scellé.

— Et il vaudrait mieux pour vous que ce soit une reine, monsieur, ajouta-t-il en se penchant à nouveau vers Fiske.

Fiske ne leva pas les yeux vers lui. Il faisait rouler sa bague autour de son doigt comme si elle était trop étroite. Solarin quitta la pièce en coup de vent.

L'homme du KGB le rejoignit dans le hall, le regard interrogateur. C'était un homme petit, pâle, avec des sourcils broussailleux. Il s'appelait Gogol.

— Allez prendre un verre, lui dit Solarin. Je m'occupe de tout.

— Que s'est-il passé ? demanda Gogol. Pourquoi a-t-il demandé un *j'adoube* ? C'était irrégulier. Vous n'auriez pas dû stopper les horloges. Ils auraient pu vous disqualifier.

— Fiske est téléguidé. Je dois savoir par qui et pourquoi. En intervenant, vous ne réussiriez qu'à le terroriser davantage. Éloignez-vous et dites que vous ne savez rien. Je me charge de tout.

— Mais Brodski est là, murmura Gogol dans un souffle.

Brodski occupait un poste élevé dans les services secrets et veillait personnellement à la garde de Solarin.

— En ce cas, invitez-le à se joindre à vous ! riposta sèchement Solarin. Tenez-le à l'écart pendant la demi-heure à venir. Je ne veux pas d'intervention dans cette affaire. Pas d'intervention. C'est compris, Gogol ?

Le garde du corps parut effrayé, mais il reflua vers l'escalier. Solarin se dirigea vers la limite la plus reculée des balcons, puis il se dissimula dans le renfoncement d'une porte et attendit que Fiske quittât la salle de jeu.

*

Fiske longea rapidement les balcons, descendit le large escalier et traversa le hall d'un pas pressé. Il ne pensa pas à se retourner, de sorte qu'il ne vit pas Solarin qui l'observait depuis l'étage. Une fois dehors, il traversa la cour et franchit les grilles en fer forgé. De l'autre côté de la cour se découpait l'entrée du petit Club canadien. Fiske entra à l'intérieur et monta les marches.

Solarin s'élança silencieusement dans la cour. Il poussa la porte vitrée du Club canadien juste à temps pour voir Fiske disparaître dans les toilettes hommes. Il marqua un temps, puis gravit sans bruit les quelques marches, ouvrit la porte, se glissa à l'intérieur et ne bougea plus. Fiske était immobile devant le mur des urinoirs, les yeux clos. Son corps oscillait légèrement. Solarin le regarda tomber à genoux, sans rien dire. Il commença à sangloter tout doucement, avec de gros hoquets étranglés et secs, puis il se pencha en gémissant et vomit dans le bassin de porcelaine.

Quand ce fut fini, il appuya son front avec épuisement contre le rebord de la cuvette.

Solarin ouvrit le robinet du lavabo et, du coin de l'œil, vit Fiske sursauter. Parfaitement immobile, il regarda l'eau bouillonner contre les parois du lavabo. Fiske était un Anglais. Il serait horriblement humilié que quelqu'un l'ait vu vomir comme un animal.

— Un peu d'eau vous fera du bien, dit-il à voix haute, toujours sans se retourner.

Fiske regarda autour de lui, comme pour vérifier que Solarin s'adressait bien à lui. Mais en dehors d'eux, la pièce était totalement vide. Après une hésitation, il se mit péniblement debout et s'approcha de Solarin qui essorait une serviette en papier dans le lavabo. Elle sentait l'avoine humide.

Solarin se retourna et tamponna les tempes et le front de Fiske.

— Vous devriez plonger vos poignets dans l'eau froide, de façon à faire tomber la pression sanguine, dit-il en déboutonnant les manchettes de Fiske.

Il jeta la serviette dans une petite poubelle. Fiske plongea docilement ses poignets dans l'eau, mais Solarin remarqua qu'il évitait soigneusement de mouiller ses doigts.

Solarin prit une autre serviette en papier et écrivit quelque chose dessus. Fiske leva les yeux, les poignets toujours immergés. Solarin lui montra ce qu'il avait écrit, et il lut : *La transmission fonctionne-t-elle dans les deux sens ?*

Un flot de sang empourpra le visage de Fiske. Solarin l'observa avec une extrême attention, puis se pencha à nouveau sur le papier et ajouta, de façon à ce que ce soit bien clair : *Peuvent-ils nous entendre ?*

Fiske inspira une grande goulée d'air et ferma les yeux. Puis il secoua négativement la tête. S'écartant du lavabo, il voulut s'essuyer à la serviette en papier, mais Solarin lui en tendit une autre.

— Pas celle-là, déclara-t-il en sortant un briquet en or de sa poche, avec lequel il mit le feu à son message.

Il laissa brûler la serviette presque entièrement, puis se dirigea vers l'un des cabinets, l'y jeta et tira la chasse.

— Vous êtes sûr ? insista-t-il en retournant près du lavabo. C'est très important.

— Oui, murmura Fiske d'un air gêné. On… on me l'a expliqué.

— Parfait. Alors nous pouvons parler. Dans quelle oreille est-il implanté ? La droite ou la gauche ?

Fiske tapota son oreille gauche. Solarin hocha la tête. Il ouvrit le socle de son briquet et en extirpa un petit objet articulé qui ressemblait à une pince à épiler.

— Allongez-vous par terre et calez bien votre tête pour qu'elle ne bouge pas, votre oreille gauche tournée vers moi. Ne faites surtout pas de mouvement brusque. Je n'ai pas envie de vous perforer le tympan.

Fiske fit ce qu'on lui demandait. Il avait l'air presque soulagé de remettre son sort entre les mains de Solarin, et ne chercha pas à savoir par quel miracle un grand maître des échecs était spécialisé dans l'extraction d'émetteurs miniatures. Solarin s'agenouilla et se pencha sur l'oreille de Fiske. Après quelques instants, il en retira un objet minuscule qu'il fit tourner au bout de sa pince. C'était à peine plus gros qu'une tête d'épingle.

— Ah, commenta Solarin. Les nôtres sont plus petits. Et maintenant, mon cher Fiske, dites-moi qui vous l'a placé ici ? Qui se cache derrière tout cela ?

Il déposa l'émetteur au creux de sa paume. Fiske s'assit d'un mouvement brusque et le regarda. Il parut enfin réaliser qui était Solarin : pas seulement un joueur d'échecs comme lui, mais aussi et surtout un Russe. Les couloirs grouillant de types du KGB étaient là pour attester l'implacable réalité du fait. Fiske émit un gémissement étranglé et laissa tomber sa tête dans ses mains.

— Vous devez me le dire. Vous comprenez cela, n'est-ce pas ?

Solarin jeta un coup d'œil à la bague de Fiske. Il lui saisit la main et étudia attentivement le bijou. Fiske leva vers lui un regard terrifié.

C'était une grosse chevalière sur laquelle étaient frappées des armoiries. L'incrustation en simili or avait été rajoutée. Solarin appuya sur le sceau, et il se produisit un ronronnement feutré, à peine perceptible même de l'endroit où il se trouvait. Fiske n'avait qu'à presser la bague selon un code pour indiquer le coup qui venait d'être joué, et ses associés lui dictaient la riposte à effectuer, au moyen de l'émetteur.

— Vous a-t-on averti de ne pas retirer cette bague ? demanda Solarin. Elle est assez grosse pour contenir un petit explosif et un détonateur.

— Un détonateur ! hurla Fiske.

— Assez puissant pour faire sauter cette pièce, répondit Solarin en souriant. Ou tout au moins l'endroit où nous sommes assis. Vous travaillez pour les Irlandais ? Ils sont très forts pour les explosifs miniatures. J'en sais quelque chose : la plupart d'entre eux sont entraînés en Russie.

Fiske devint vert, mais Solarin poursuivit :

— J'ignore totalement ce que cherchent vos amis, mon cher Fiske. Mais si l'un de nos agents trahissait mon gouvernement comme vous venez de trahir ceux qui vous ont envoyé, ils auraient un moyen très simple de le réduire rapidement et définitivement au silence.

— Mais… Je ne suis pas un agent ! cria Fiske.

Solarin le regarda droit dans les yeux pendant un long moment, puis sourit.

— Non, je ne crois pas que vous en soyez un.

Il réfléchit un instant tandis que Fiske triturait sa bague, puis :

— Écoutez, Fiske, vous êtes mêlé à un jeu dangereux. Nous pouvons être surpris d'un instant à l'autre, et si cela se produit, je ne donne pas cher de nos deux vies. Les personnes qui vous ont demandé de faire ça ne sont pas des tendres. Vous devez me raconter tout ce que vous savez à leur sujet, et vite. Alors seulement je pourrai vous aider.

Solarin se leva et tendit la main à Fiske pour l'aider à se mettre debout. Fiske garda les yeux baissés comme s'il était sur le point de pleurer. Solarin posa gentiment la main sur son épaule.

— Vous avez été contacté par quelqu'un qui voulait que vous gagniez cette partie. Il faut me dire qui, et pourquoi.

— Le directeur… balbutia Fiske d'une voix tremblante. Quand je… Il y a plusieurs années de cela, je suis tombé malade et je n'ai plus pu jouer aux échecs. Le gouvernement anglais m'a donné un poste de professeur de mathématiques à l'université, ainsi que des appointements spéciaux. Le mois dernier, le directeur de mon département est venu me voir pour me demander de rencontrer des gens. Je ne sais pas qui ils étaient. Ils m'ont dit qu'il allait de la sécurité nationale que je participe à ce tournoi. Que je ne ressentirais aucun stress…

Fiske éclata d'un rire nerveux et promena un regard égaré dans la pièce. Il faisait tourner nerveusement sa bague autour de son doigt. Solarin prit sa main dans la sienne sans lâcher l'épaule de Fiske.

— Ils vous ont dit que vous ne ressentiriez aucun stress parce que ce ne serait pas vous qui joueriez réellement, compléta calmement Solarin. Vous vous contenteriez de suivre les instructions de quelqu'un d'autre. C'est bien ça ?

Fiske hocha la tête, les yeux brillants de larmes, et dut avaler plusieurs fois sa salive avant de pouvoir continuer. Il s'effondrait littéralement sous le regard de Solarin.

— Je leur ai dit que je ne pouvais pas, qu'ils devaient choisir quelqu'un d'autre. Je les ai suppliés de ne pas m'obliger à jouer ! Mais ils n'avaient personne d'autre et j'étais complètement en leur pouvoir. Ils pouvaient me supprimer mes appointements à tout moment. Ils me l'ont dit…

Il ouvrit la bouche pour chercher de l'air, et Solarin commença à s'inquiéter. Fiske était en train de perdre complètement les pédales. Il tirait sur sa bague comme si elle lui comprimait le doigt, et lançait des regards traqués tout autour de lui.

— Ils n'ont pas voulu m'écouter. Ils ont dit qu'il leur fallait la formule à n'importe quel prix, et que…

— La formule ! s'écria Solarin en agrippant l'épaule de Fiske. Ils ont dit la *formule* ?

— Oui ! Oui ! Cette maudite formule, c'est tout ce qui les intéressait !

Fiske avait littéralement hurlé. Solarin desserra lentement l'étreinte de ses doigts et le secoua gentiment pour tenter de le calmer.

— Parlez-moi de cette formule, dit-il avec la prudence d'un homme qui marche sur des œufs. En quoi cette formule les intéressait-elle ? Qu'est-ce qui leur faisait croire que vous l'obtiendriez en participant à ce tournoi ?

— À cause de vous, répondit Fiske d'une voix faible, les yeux baissés.

Des larmes ruisselaient sur ses joues.

— De moi ?

Solarin dévisagea Fiske. Puis il tourna vivement la tête vers la porte. Il lui semblait avoir entendu un bruit de pas à l'extérieur.

— Nous devons faire vite, dit-il en baissant le ton. Comment savaient-ils que je participerais à ce tournoi ? Personne n'était au courant avant mon arrivée.

— *Ils* le savaient, rétorqua Fiske en levant sur Solarin un regard halluciné.

Il tira brusquement sur sa bague.

— Oh, mon Dieu, laissez-moi tranquille ! Je leur ai dit que je ne pourrais pas ! Je leur ai *dit* que j'échouerais !

— Ne touchez pas à cette bague, murmura Solarin d'une voix neutre.

Il agrippa le poignet de Fiske et lui tordit la main. Fiske grimaça.

— *Quelle* formule ?

— La formule que vous avez eue en Espagne ! cria Fiske. La formule que vous avez mise en jeu pendant le tournoi d'Espagne. Vous avez dit que vous la donneriez à celui qui vous battrait ! Vous l'avez dit ! Il *fallait* que je gagne pour que vous me la donniez !

Solarin posa sur Fiske un regard incrédule. Puis il laissa retomber ses mains et recula d'un pas. Un rire jaillit de ses lèvres.

— Vous l'avez dit, répéta mornement Fiske, en tirant sur la bague.

— Oh non…

Renversant la tête en arrière, Solarin se mit à rire jusqu'à en avoir les larmes aux yeux.

— Mon cher Fiske, hoqueta-t-il, pas *cette formule* ! Ces fous sont arrivés à une fausse conclusion. Vous avez été le pion d'une bande de *patzers*. Sortons d'ici, et… Qu'est-ce que vous faites ?

Il n'avait pas remarqué que Fiske, en proie à une détresse de plus en plus grande, avait réussi à dégager la bague. Au même instant, il l'arracha de son doigt d'une violente secousse et la jeta dans un lavabo vide. Il gémissait tout haut et cria :

— Je ne peux pas ! Je ne peux pas !

Solarin regarda une fraction de seconde la bague qui ricochait dans le lavabo. Puis il bondit vers la porte tout en comptant mentalement. Un. Deux. Il atteignit la porte et la franchit à toute allure. Trois. Quatre. Dégringolant les marches quatre à quatre, il se rua dans l'entrée. Six. Sept. Poussa la porte, déboula dans la cour en six enjambées. Huit. Neuf. Il plongea en avant et se recroquevilla sur les pavés. Dix. Ses bras enserrèrent sa tête et bouchèrent ses oreilles. Il attendit. Mais aucune explosion ne se produisit.

Il coula un regard sous ses bras et vit deux paires de chaussures devant lui. Levant un peu plus les yeux, il découvrit deux des arbitres qui le contemplaient, sidérés.

— Grand maître Solarin ! s'exclama l'un des juges. Êtes-vous blessé ?

— Non, je vais très bien, répondit Solarin en se relevant dignement et en s'époussetant. Le grand maître Fiske est malade dans les toilettes. J'étais sur le point d'appeler un médecin. J'ai glissé. Ces pavés sont traîtres.

Solarin se demanda s'il s'était trompé au sujet de la bague. Le fait que Fiske l'ait enlevée ne signifiait peut-être rien, mais il ne pouvait pas en être sûr.

— Il vaudrait mieux aller voir si nous pouvons faire quelque chose pour lui, dit le juge. Pourquoi s'est-il rendu dans les toilettes du Club canadien ? Pourquoi pas dans celles du Metropolitan ? Ou de l'infirmerie ?

— Il est très fier, répondit Solarin. Il ne souhaite probablement pas que quelqu'un le voie dans cet état.

Les juges n'avaient pas encore pensé à lui demander ce qu'il faisait dans lesdites toilettes. Seul avec son adversaire.

— Est-il très malade ? voulut savoir l'autre juge tandis qu'ils se dirigeaient vers l'entrée du club.

— Non. Seulement un petit embarras gastrique, répondit Solarin.

Ce n'était pas raisonnable de retourner là-bas, mais il n'avait pas le choix.

Les trois hommes gravirent les marches, et le premier juge ouvrit la porte des toilettes. Il se détourna aussitôt avec un cri étouffé.

— Ne regardez pas ! dit-il.

Il était livide. Solarin lui passa devant et regarda à l'intérieur de la pièce. Fiske était là, pendu par sa propre cravate à la cloison de séparation. Son visage était noir, et d'après l'angle de sa tête, il ne faisait aucun doute qu'il avait la nuque brisée.

— Suicide ! décréta le juge qui avait dit à Solarin de ne pas regarder.

Il se tordait les mains, exactement comme l'avait fait Fiske à peine quelques minutes plus tôt. Quand il était encore en vie.

— Ce n'est pas le premier grand joueur d'échecs à finir de cette façon, répondit l'autre juge.

Il se tut en croisant le regard glacial de Solarin.

— Il vaut mieux appeler un médecin, dit très vite le premier juge. Solarin s'avança vers le lavabo dans lequel Fiske avait jeté la bague.

Elle avait disparu.

— Oui, allons chercher un médecin, répondit-il.

*

Mais j'ignorais tout de ces événements tandis que j'attendais au salon que Lily revînt avec notre troisième tournée de café. Si j'avais su à ce moment-là ce qui se déroulait en coulisse, ce qui devait se produire ensuite n'aurait peut-être jamais eu lieu.

Quarante-cinq minutes s'étaient écoulées depuis l'interruption de la partie, et je commençais à éprouver une certaine gêne du côté de la vessie, due à la quantité de café ingurgitée. Je me demandais ce qui allait se passer maintenant. Lily me rejoignit à ma table et me sourit avec une mine de conspiratrice.

— Devinez quoi, me chuchota-t-elle. Je viens de croiser Hermanold au bar, vieilli de dix ans et conférant âprement avec le médecin du tournoi. Nous pouvons lever le camp dès que nous aurons bu notre café, chérie. La partie ne reprendra pas aujourd'hui. Ils vont l'annoncer dans quelques minutes.

— Fiske était réellement malade, alors ? C'est pour ça qu'il jouait si bizarrement.

— Il n'est pas malade, chérie. Il est définitivement guéri. On pourrait même dire que ça s'est fait de façon radicale.

— Il a déclaré forfait ?

— D'une certaine manière : il s'est pendu dans les toilettes des hommes juste après le début de la pause.

— *Pendu ?*

Plusieurs personnes se retournèrent et Lily me fit signe de baisser le ton.

— Qu'est-ce que c'est que cette histoire ?

— Hermanold affirme que la pression du tournoi était trop forte pour Fiske. Mais le médecin est d'un autre avis. Il trouve pour le moins étrange qu'un homme de soixante-trois kilos ait pu se briser la nuque en se pendant à une cloison d'un mètre quatre-vingts.

— Ça vous ennuie si nous ne buvons pas ce café ? Je voudrais partir.

Je ne pouvais pas m'empêcher de penser aux yeux gris de Solarin lorsqu'il s'était penché vers moi. Je me sentais malade. Je voulais sortir d'ici à tout prix.

— Comme vous voudrez, acquiesça tout fort Lily. Mais dépêchons-nous.

Nous traversâmes rapidement la pièce. Comme nous atteignions le hall d'entrée, deux journalistes nous sautèrent dessus.

— Oh, Miss Rad ! Savez-vous ce qui se passe ? Vous pensez que la partie reprendra aujourd'hui ? demanda l'un d'eux.

— Cela m'étonnerait. À moins qu'ils n'engagent un singe savant pour remplacer M. Fiske.

— Vous n'avez pas une haute opinion de son jeu, alors ? dit l'autre journaliste en gribouillant des notes sur un carnet.

— Je n'ai aucune espèce d'opinion sur son jeu, répondit Lily avec suffisance. Je ne m'intéresse qu'à mon propre jeu, comme vous le savez. Et pour ce qui est de la partie, ajouta-t-elle en fonçant comme un bulldozer vers la porte, les journalistes sur ses talons, j'en ai largement assez vu pour savoir comment elle se terminera.

On se retrouva toutes les deux dans la cour, et de là dans la rue.

— Où diable est Saul ? ragea Lily. Il sait pourtant que la voiture doit toujours m'attendre devant la porte.

J'examinai la rue et aperçus la grosse Corniche bleue de Lily garée à l'entrée de la Cinquième Avenue. Je la lui montrai du doigt.

— De mieux en mieux, je suis bonne pour une nouvelle contredanse ! fulmina-t-elle. Venez, dépêchons-nous de filer avant que les diables ne se déchaînent à l'intérieur.

Elle m'agrippa le bras et nous descendîmes la rue au pas de course, dans le vent glacial. Comme nous arrivions à l'angle du pâté de maisons, je réalisai brusquement que la voiture était vide. Aucune trace de Saul.

— Inimaginable ! s'indigna Lily. Depuis toutes ces années, c'est la première fois qu'il déserte son poste. Où diable est-il passé ? Et où est mon chien ?

Je perçus un frottement qui me parut provenir de sous la banquette. J'ouvris la portière et me penchai pour tâtonner sous le siège. Une petite langue me bava sur la main. Je tirai Carioca à moi, et comme je me redressais je vis quelque chose qui me glaça les sangs. Il y avait un trou dans le siège du conducteur.

— Regardez, dis-je à Lily.

Lily se pencha pour regarder, et à la même seconde nous entendîmes un « plonc » tandis que la voiture vibrait légèrement. Je jetai un coup d'œil par-dessus mon épaule, mais il n'y avait personne dans les parages. Descendant de la voiture, je jetai Carioca sur le siège. Puis j'examinai le côté de la voiture qui faisait face au Metropolitan Club. Il y avait également un trou dans la carrosserie. Un trou qui n'y était pas une seconde plus tôt. Je le touchai. Il était chaud.

Je levai les yeux vers les fenêtres du Metropolitan Club. L'une des portes-fenêtres était ouverte, juste au-dessus du drapeau américain. Le voilage flottait à l'extérieur, mais il n'y avait personne en vue. C'était l'une des fenêtres de la salle de jeu, celle qui se trouvait à côté de la table des arbitres. J'en étais sûre et certaine.

— Jésus, chuchotai-je à Lily. Quelqu'un tire sur la voiture !

— Vous plaisantez ! riposta-t-elle.

Elle me rejoignit, regarda le trou dans la carrosserie, puis remonta la trajectoire de mon regard jusqu'à la porte-fenêtre ouverte. Il n'y avait personne dans la rue balayée par le vent froid, et aucune voiture n'était passée à proximité au moment du « plonc ». Cela ne laissait guère d'alternative.

— Solarin ! s'écria Lily en m'agrippant le bras. Il vous a dit de quitter le club, n'est-ce pas ? Ce salaud essaie de nous supprimer !

— Il m'a dit que j'étais en danger si je *restais* au club, rectifiai-je. Or je viens de le *quitter*. De plus, si quelqu'un voulait vraiment nous tuer, il pourrait difficilement nous rater à cette distance.

— Il veut m'intimider pour me forcer à abandonner le tournoi, s'entêta Lily. Il a commencé par kidnapper mon chauffeur et maintenant il tire sur ma voiture. Mais on ne m'intimide pas comme ça !

— Eh bien, moi oui, répondis-je. Fichons le camp d'ici.

L'empressement avec lequel Lily se glissa derrière le volant suggéra qu'elle partageait mon avis. Elle lança le moteur et nous dévalâmes la Cinquième Avenue dans un hurlement de pneus qui renversa Carioca sur la banquette, les quatre pattes en l'air.

— Je meurs de faim, cria-t-elle au milieu du sifflement du vent qui s'élevait du pare-brise.

— Vous voulez manger *maintenant* ? criai-je en retour. Vous n'êtes pas un peu folle ? Il faut aller tout droit à la police !

— Pas question, riposta-t-elle d'un ton ferme. Si Harry apprend un seul mot de tout ceci, il est capable de m'emprisonner pour m'empêcher de participer au tournoi. Nous allons manger quelque chose en tête à tête et essayer d'y voir plus clair. Je suis incapable de réfléchir le ventre vide.

— Si nous n'allons pas à la police, au moins rentrons chez moi.

— Il n'y a pas de cuisine chez vous. J'ai besoin d'une nourriture solide pour régénérer mes cellules grises.

— Prenez quand même la direction de mon appartement. Il y a un steak house, à quelques pas de là, dans la Troisième Avenue. Mais je vous avertis que dès que vous vous êtes restaurée, je me rends directement à la police.

Lily se gara devant le restaurant La Palme, dans la Deuxième Avenue. Elle fourragea dans son grand sac, en sortit son jeu d'échecs miniature et enfouit Carioca à la place. Le petit chien laissa dépasser sa tête et se coucha au fond.

— Les chiens ne sont pas admis dans les restaurants, m'expliqua-t-elle.

— Qu'est-ce que je suis censée faire de ça ? demandai-je en désignant le jeu d'échecs qu'elle avait posé sur mes genoux.

— Gardez-le. Vous êtes un génie des ordinateurs et moi une experte des échecs. La stratégie est notre moyen de subsistance. Je suis sûre qu'en associant nos connaissances, nous pourrons tirer toute cette histoire au clair. Mais auparavant, il serait grand temps que vous appreniez les rudiments du jeu d'échecs.

Lily enfonça la tête de Carioca à l'intérieur du sac et referma le rabat.

— Connaissez-vous l'expression : « Les pions sont l'âme des échecs » ? me demanda-t-elle.

— Mmm. Ça me dit quelque chose, mais je ne me souviens plus où je l'ai entendu. De qui est-ce ?

— D'André Philidor, le père des échecs modernes. Il a écrit un célèbre manuel des échecs, à peu près à l'époque de la Révolution française. Il y explique que les pions utilisés massivement peuvent se révéler aussi puissants que les pièces maîtresses. Personne n'y avait pensé avant lui. On avait l'habitude de sacrifier les pions de façon à éviter qu'ils gênent l'action.

— Vous voulez dire que nous serions deux pions que quelqu'un s'efforcerait d'évacuer du jeu ?

Je trouvais l'idée étrange mais intéressante.

— Pas du tout, répondit Lily en descendant de la voiture et en jetant son sac sur son épaule. Je veux dire qu'il est temps pour nous d'allier nos forces. Jusqu'à ce que nous comprenions à quel genre de jeu nous participons.

Nous scellâmes notre alliance d'une poignée de main.

UN ÉCHANGE DE REINES

Les reines ne lancent jamais de défis.

À travers le miroir,
Lewis CARROLL.

SAINT-PETERSBOURG, RUSSIE
AUTOMNE 1791

La troïka glissait au milieu des champs neigeux, les trois chevaux crachaient des jets de vapeur par leurs naseaux. Depuis qu'ils avaient quitté Riga, les routes étaient recouvertes par une neige si épaisse qu'il avait fallu échanger la voiture discrète contre ce large traîneau découvert, avec ses trois chevaux harnachés au poitrail, ses lanières en cuir constellées de clochettes d'argent et ses larges flancs, semblables à une arche, tatoués aux armes impériales cloutées d'or massif.

Ici, à quinze verstes seulement de Pétersbourg, les arbres étaient encore hérissés de quelques feuilles, et les paysans travaillaient dans les champs à moitié gelés, malgré la neige qui s'amoncelait déjà sur les toits en chaume des maisons de pierre.

Emmitouflée dans sa pile de fourrures, l'abbesse regardait la campagne défiler devant ses yeux. Selon le calendrier grégorien, c'était le 4 novembre, soit exactement un an et sept mois après la date fatidique à laquelle elle avait pris la décision de retirer le Jeu de Montglane de la cachette où il gisait depuis près de mille ans.

Mais ici, en Russie, selon le calendrier julien, c'était seulement le 23 octobre. La Russie était en retard à bien des égards, songea l'abbesse. Un pays qui fonctionnait selon un calendrier, une religion et une culture qui lui étaient propres. Au cours des siècles, les paysans qu'elle croisait le long des routes n'avaient modifié ni leur costume ni leurs coutumes. Les visages anguleux aux yeux noirs qui se retournaient sur le passage de son attelage trahissaient l'ignorance d'un peuple encore attaché à des superstitions et des rites primitifs. Leurs mains noueuses agrippaient les mêmes pioches et labouraient le même sol gelé que leurs ancêtres, un millier d'années auparavant. Malgré l'édit de Pierre Ier, ils persistaient à ne pas couper leurs cheveux hirsutes et à ne pas tailler leurs barbes noires, dont ils enfonçaient les extrémités pendantes à l'intérieur de leurs vestes en peau de mouton.

Les portes de Saint-Pétersbourg étaient ouvertes au milieu de la neige. Vêtu de la livrée blanche à galons dorés de la Garde impériale, le conducteur, debout sur sa plate-forme à l'avant de la troïka, les jambes écartées, cravachait les chevaux. Comme ils entraient dans la ville, l'abbesse vit la neige étinceler sur les coupoles et les dômes qui se dressaient de l'autre côté de la Neva. Des enfants patinaient sur la surface gelée du fleuve et, malgré la saison avancée, les baraques colorées des colporteurs s'égrenaient le long de la rive. Des chiens bâtards au pelage tacheté aboyèrent au passage du traîneau, et des petits enfants aux cheveux jaunes et au visage sale coururent derrière l'attelage en réclamant des pièces. Le cocher fouetta à nouveau les chevaux. Comme ils traversaient le fleuve gelé, l'abbesse saisit son sac de voyage et pétrit le tissu brodé qu'elle transportait avec elle. Elle toucha son rosaire et récita un bref Ave. Elle sentait peser sur ses épaules tout le poids de la responsabilité dont elle était investie. C'était à elle et à elle seule qu'incombait le lourd fardeau de déposer cette force puissante en de bonnes mains.

Des mains qui sauraient le protéger de l'avidité ou de l'ambition. L'abbesse savait que c'était là sa mission.

Elle avait été choisie pour cette tâche depuis sa naissance. Toute sa vie, elle avait attendu ce moment.

Aujourd'hui, l'abbesse allait revoir l'amie d'enfance à qui elle s'était confiée, voilà près de cinquante ans. Elle repensa à ce jour, et à la jeune fille d'alors qui lui rappelait tant Valentine – si fraîche, si blonde, si fragile... Une enfant maladive, au dos maintenu par un corset, qui s'était arrachée au désespoir et à la détresse physique par la seule force de sa volonté. La petite Sophie Anhalt-Zerbst, l'amie dont le souvenir ne l'avait jamais quittée pendant toutes ces années, qu'elle chérissait si souvent en pensée et à laquelle elle avait écrit tous ses secrets presque chaque mois de sa vie d'adulte. Bien que la vie les ait séparées, l'abbesse se souvenait toujours de Sophie comme de la petite fille qui chassait les papillons dans la cour de la maison de ses parents, en Poméranie, ses cheveux blonds scintillant dans le soleil.

Tandis que la troïka traversait le fleuve et approchait du palais d'Hiver, l'abbesse sentit soudain un frisson la parcourir. Un nuage venait de passer devant le soleil. Elle se demanda quelle sorte de femme et de protectrice était devenue son amie, maintenant qu'elle n'était plus la petite Sophie de Poméranie. Maintenant qu'elle était connue de l'Europe entière comme la Grande Catherine, tsarine de toutes les Russies.

*

La Grande Catherine, impératrice de toutes les Russies, s'assit devant sa coiffeuse et regarda son reflet dans le miroir. Elle y vit une femme de soixante-deux ans, plus petite que la moyenne, grasse, avec un front intelligent et des mâchoires épaisses. Ses yeux d'un bleu glacé, habituellement pétillants de vitalité, étaient ce matin-là ternes et gris, rougis par les larmes. Depuis deux longues semaines, elle vivait en recluse, refusant même de recevoir sa famille. Hors des murs de ses appartements, la Cour entière était en deuil. Deux semaines plus tôt, le 12 octobre, un messager vêtu de noir était venu de Jassy lui annoncer la mort du comte Potemkine.

Potemkine, qui l'avait placée sur le trône de Russie, et lui avait tendu la dragonne de son épée qu'elle avait perdue quand, chevauchant un cheval blanc, elle s'était élancée à la tête de l'armée mutinée pour renverser son mari, le tsar. Potemkine, qui avait été à la fois son amant, son ministre d'État, son général des armées et son confident, celui qu'elle appelait son « seul époux ». Potemkine, qui avait étendu son empire d'un tiers, l'élargissant jusqu'à la mer Caspienne et la mer Noire. Il était mort sur la route de Nicolayev, comme un chien.

Il était mort d'avoir trop mangé de faisans et de perdrix, de s'être trop gorgé de jambons fumés et de viandes salées, d'avoir trop bu de kvass, de bière et de liqueur de canneberge. Il était mort d'avoir trop satisfait les femmes bien en chair qui s'attachaient à ses pas comme des filles de camp, guettant les miettes qu'il laissait tomber de sa table. Il avait dilapidé cinquante millions de roubles en palais somptueux, en joyaux inestimables et en champagne français. Mais il avait fait de Catherine la femme la plus puissante du monde.

Ses femmes de chambre allaient et venaient autour d'elle comme des papillons, poudrant ses cheveux et fixant des rubans à ses chaussures. Elle se leva pour qu'elles puissent draper sur ses épaules sa robe de cérémonie, chargée des décorations qu'elle portait toujours à la cour : les croix de Sainte-Catherine, Saint-Vladimir, Saint-Alexandre-Nevsky ; les rubans de Saint-André et de Saint-George se croisant sur sa poitrine, avec leurs lourdes médailles en or. Elle redressa les épaules, dans une pose pleine de majesté, et quitta ses appartements. Aujourd'hui, pour la première fois depuis dix jours, elle allait apparaître devant la Cour. Rejointe par ses gardes du corps, elle s'avança entre la double haie de soldats, le long des couloirs du palais d'Hiver, au-delà des fenêtres où, voilà des années, elle avait regardé sa flotte remonter la Neva jusqu'à la mer pour affronter la flotte suédoise qui attaquait Saint-Pétersbourg. Catherine continua à avancer, contemplant pensivement au passage le paysage qui s'étendait de l'autre côté des fenêtres.

Au sein de la Cour attendait la cohorte de vipères qui se faisaient appeler diplomates et courtisans. Ils conspiraient contre elle, ourdissaient sa chute. Son propre fils complotait son assassinat. Mais à Saint-Pétersbourg venait aussi d'arriver la seule personne qui pouvait la sauver, une femme qui tenait entre ses mains le pouvoir que Catherine avait perdu avec la mort de Potemkine. Car, ce matin-là, sa plus vieille amie d'enfance était arrivée à Saint-Pétersbourg, Hélène de Roque, l'abbesse de Montglane.

*

Fatiguée par son apparition à la Cour, Catherine se retira dans sa salle d'audience privée, appuyée au bras de son amant du moment, Platon Zoubov. L'abbesse l'y attendait en compagnie du frère de Platon, Valerian. Elle se leva en voyant apparaître l'impératrice et traversa la pièce pour l'embrasser.

Très alerte pour son âge, souple comme un roseau hivernal, l'abbesse s'illumina à la vue de son amie. Tandis qu'elles s'embrassaient, son regard glissa vers Platon Zoubov. Il portait un manteau bleu ciel et une culotte moulante, et sa poitrine était tellement bardée de médailles qu'on avait l'impression qu'il allait s'écrouler sous leur poids. Platon était jeune, avec des traits fins et gracieux. Il était impossible de se méprendre sur le rôle qu'il tenait à la Cour, et Catherine lui caressa le bras tandis qu'elle s'adressait à l'abbesse.

— Hélène, soupira-t-elle, il y a si longtemps que je souhaite te revoir que j'ai peine à te croire enfin là ! Mais Dieu a lu dans mon cœur et m'a rendu mon amie d'enfance.

Elle conduisit l'abbesse vers un large et confortable fauteuil et s'assit sur un siège tout proche. Platon et Valerian se tinrent debout derrière elles.

— L'événement mérite d'être célébré. Comme tu le sais certainement, je suis en deuil et ne puis organiser une fête en l'honneur de ton arrivée. Mais je suggère que ce soir nous dînions ensemble dans mes appartements privés. Nous pourrons rire et nous amuser comme lorsque nous étions enfants. Valerian, as-tu ouvert la bouteille de vin, comme je te l'ai ordonné ?

Valerian hocha la tête et se dirigea vers le buffet.

— Il faut absolument que tu goûtes ce vin rouge, ma chérie. Il m'a été apporté de Bordeaux par Denis Diderot, il y a des années de cela. Je lui porte autant de prix qu'à une pierre précieuse.

Valerian versa le vin rouge sombre dans des petits gobelets en cristal. Les deux femmes y trempèrent leurs lèvres.

— Excellent, dit l'abbesse en souriant à Catherine. Mais nul vin ne peut rivaliser avec l'élixir que déverse dans mes vieux os le plaisir de te revoir, ma Figchen.

Platon et Valerian se regardèrent en entendant ce diminutif familier. L'impératrice, de son nom de baptême Sophia Anhalt-Zerbst, avait été surnommée « Figchen » lorsqu'elle était enfant. De par sa position élevée, Platon poussait l'audace jusqu'à l'appeler au lit la « maîtresse de son cœur », mais en public il se référait toujours à elle par les termes « Votre Majesté », ainsi que le faisaient ses propres enfants. Mais curieusement, l'impératrice ne parut pas remarquer l'effronterie de cette abbesse française.

— Dis-moi ce qui t'a si longtemps retenue en France, reprit Catherine. Lorsque tu as fermé l'abbaye, j'ai espéré que tu viendrais immédiatement en Russie. Ma Cour est pleine de vos compatriotes expatriés, surtout depuis que votre roi a été arrêté à Varennes alors qu'il tentait de fuir la France, et qu'il est retenu prisonnier par son propre peuple. La France est une hydre à douze cents têtes, un vivier d'anarchie. Cette nation de cordonniers a renversé jusqu'à l'ordre de la nature !

L'abbesse fut surprise d'entendre une souveraine aussi éclairée et libérale s'exprimer de cette façon. Bien qu'on ne pût nier que la France était actuellement un pays dangereux, n'était-ce pas cette même tsarine qui s'était liée d'amitié avec des hommes tels que Voltaire et Denis Diderot, connus pour être de farouches défenseurs de l'égalité des classes, et des adversaires des guerres territoriales ?

— Il m'a été impossible de venir plus tôt, dit l'abbesse, répondant à la question de Catherine. J'avais certaines… affaires à régler.

Elle lança un regard incisif en direction de Platon Zoubov qui se tenait derrière la chaise de Catherine et lui massait la nuque.

— Je ne puis en parler devant quiconque.

Catherine dévisagea l'abbesse pendant quelques instants. Puis elle dit avec désinvolture :

— Valerian, et toi, Platon Alexandrovitch, veuillez nous laisser seules.

— Mais, ma Souveraine Aimée... balbutia Platon Zoubov d'une voix qui n'était pas sans rappeler le couinement d'un bébé.

— Tu n'as aucune crainte à avoir pour ma sécurité, ma colombe, affirma Catherine en caressant la main qu'il avait posée sur son épaule. Hélène et moi nous connaissons depuis près de soixante ans. Nous n'encourons aucun danger en restant seules quelques minutes.

— N'est-il pas splendide ? demanda Catherine à l'abbesse lorsque les deux jeunes gens eurent quitté la pièce. Je sais que nous avons suivi deux chemins différents, mais j'espère que tu me comprendras si je t'avoue que je me sens comme un insecte qui réchauffe ses ailes au soleil après un hiver rigoureux. Il n'y a rien de tel que la caresse d'un jeune jardinier pour ressusciter la sève d'un vieil arbre.

L'abbesse garda le silence et se demanda à nouveau si elle n'avait pas commis une erreur tragique. Bien que leur correspondance ait été chaleureuse et rapprochée, elle n'avait pas revu son amie d'enfance depuis des années. Les rumeurs qui couraient sur elle étaient-elles fondées ? Pouvait-elle se fier à cette femme vieillissante, imprégnée de sensualité, jalouse de son propre pouvoir ?

— Je t'ai choquée ? demanda Catherine en riant.

— Ma chère Catherine, je te connais assez pour savoir combien tu aimes choquer les gens. Te souviens-tu qu'à l'âge de quatre ans déjà, lors de ta présentation à la Cour au roi Frédéric-Guillaume de Prusse, tu as refusé d'embrasser l'ourlet de son manteau ?

— Je lui ai dit que son tailleur avait coupé sa veste trop court, répondit Catherine en riant aux larmes. Ma mère était furieuse contre moi. Le roi lui a déclaré que j'étais beaucoup trop effrontée.

L'abbesse sourit avec bienveillance à son amie.

— Te rappelles-tu ce jour où le chanoine de Brunswick nous a lu les lignes de la main afin de prédire notre avenir ? lui demanda-t-elle doucement. Il a vu trois couronnes dans la tienne.

— Je m'en souviens très bien. Dès lors, je n'ai jamais douté un seul instant que je régnerais sur un vaste empire. Je crois toujours aux prophéties, lorsqu'elles reflètent mes propres désirs.

Elle sourit, mais cette fois l'abbesse ne lui rendit pas son sourire.

— Et te souviens-tu de ce qu'il a vu dans la *mienne* ? dit l'abbesse. Catherine resta silencieuse un moment.

— Comme si c'était hier, répondit-elle enfin. C'est pour cette raison que j'attendais ton arrivée avec tant d'impatience. Tu ne peux pas imaginer avec quelle frénésie j'ai espéré ce moment…

Elle hésita imperceptiblement.

— Tu les as ?

L'abbesse écarta les longs plis de son habit abbatial, à l'endroit où un grand portefeuille en cuir était attaché à sa taille. Elle en sortit la lourde sculpture en or, tout incrustée de pierres. Elle représentait une silhouette revêtue d'une longue robe, assise dans un petit pavillon aux tentures écartées. Elle tendit la pièce à Catherine, qui la tint religieusement entre ses mains en coupe et la fit tourner lentement.

— La reine noire, chuchota l'abbesse tout en scrutant attentivement l'expression de Catherine.

Les mains de l'impératrice se refermèrent sur la pièce d'échecs. Elle la serra contre sa poitrine et regarda l'abbesse.

— Et les autres ?

Quelque chose dans sa voix incita l'abbesse à la prudence.

— Elles sont soigneusement cachées, en un lieu où elles ne peuvent nuire, fut sa réponse.

— Ma chère Hélène, nous devons les rassembler immédiatement ! Tu connais le pouvoir qui s'attache à ce jeu. Entre les mains d'un monarque bienveillant, il n'y a rien qui ne puisse être réalisé par le biais de ces pièces…

— Tu sais, l'interrompit l'abbesse, que depuis quarante ans je refuse de suivre ton conseil de chercher le Jeu de Montglane et de l'enlever des murs de l'abbaye. Aujourd'hui, je veux t'expliquer pourquoi. J'ai toujours su où il était caché…

L'abbesse leva les mains pour prévenir l'exclamation de Catherine.

— Et je savais également le danger qu'il y avait de le retirer de sa cachette. Seul un saint pourrait résister à une telle tentation. Et tu n'as rien d'une sainte, ma chère Figchen.

— Qu'insinues-tu ? s'écria l'impératrice. J'ai unifié une nation éclatée, apporté la connaissance à un peuple ignorant. J'ai anéanti la peste, construit des hôpitaux et des écoles, éliminé les groupes armés qui auraient morcelé la Russie en en faisant la proie de ses ennemis ! Et tu oses suggérer que je suis un despote ?

— Je n'ai pensé qu'à ton propre bien, répondit calmement l'abbesse. Ces pièces ont le pouvoir de tourner les têtes les plus froides. Souviens-toi que le Jeu de Montglane a failli réduire en cendres l'Empire franc. Après la mort de Charlemagne, ses fils se sont entre-tués à cause de lui.

— Simple guerre territoriale, ricana Catherine. Je ne vois vraiment pas le rapport…

— L'Église catholique d'Europe centrale a réussi à garder le secret de ce pouvoir obscur pendant très longtemps. Mais dès que j'ai su que la France avait voté la loi sur la confiscation des biens ecclésiastiques, j'ai compris que mes pires craintes risquaient de se concrétiser. Et lorsque j'ai appris que des soldats français faisaient route vers Montglane, je n'ai plus nourri le moindre doute. Pourquoi vers Montglane ? Nous étions éloignées de Paris, cachées au plus profond de la montagne. Il y avait tant d'abbayes plus proches, plus riches et plus faciles à piller. Non, non. C'était après le Jeu de Montglane qu'ils en avaient. Durant des jours entiers, j'ai élaboré un plan minutieux afin de faire sortir le jeu des murs de Montglane et d'éparpiller les pièces dans toute l'Europe pour qu'il ne puisse pas être reconstitué avant des années…

— Éparpiller ! s'écria l'impératrice.

Elle se leva d'un bond et, serrant toujours la pièce d'échecs contre sa poitrine, se mit à arpenter la salle comme un animal en cage.

— Comment as-tu pu faire une chose pareille ! Tu aurais dû venir à moi, demander mon aide !

— Je t'ai dit que je ne le pouvais pas, répondit l'abbesse d'une voix altérée par la fatigue du voyage. J'ai appris que d'autres personnes connaissaient l'emplacement du jeu. Quelqu'un, peut-être une puissance étrangère, avait soudoyé des membres de l'Assemblée française afin de faire voter la loi sur la confiscation des biens d'Église, et avait attiré leur attention sur Montglane. N'est-ce pas une étrange coïncidence que deux des hommes que cette puissance mystérieuse a tenté d'acheter soient justement le grand orateur Mirabeau et l'évêque d'Autun ? L'un était l'auteur de la loi, l'autre en était le plus ardent défenseur. Lorsque Mirabeau tomba malade en avril dernier, l'évêque d'Autun ne quitta pas le chevet du mourant jusqu'à ce qu'il exhale son dernier souffle. Nul doute qu'il souhaitait récupérer toute correspondance susceptible de les incriminer tous les deux.

— Comment peux-tu savoir tout cela ? murmura Catherine.

Tournant le dos à l'abbesse, elle marcha jusqu'aux fenêtres et contempla le ciel assombri, alourdi jusqu'à l'horizon par des nuages chargés de neige.

— Je détiens leur correspondance, répondit l'abbesse.

Les deux femmes restèrent silencieuses un long moment. Puis la voix de l'abbesse s'éleva dans la lumière grisâtre.

— Tu m'as demandé quelle était la mission qui m'avait retenue si longtemps en France. Maintenant tu le sais. Il fallait que je découvre qui m'avait forcé la main. Qui m'avait obligée à retirer le Jeu de Montglane de la cachette où il reposait depuis un millier d'années. Où était cet ennemi qui me traquait comme un chasseur, jusqu'à ce que je sois contrainte de quitter la protection de l'Église et de fuir à l'autre bout du continent afin de trouver un autre refuge pour le trésor dont j'étais la dépositaire.

— As-tu découvert le nom que tu cherchais ? dit prudemment Catherine en se retournant pour regarder l'abbesse à travers l'immensité de la pièce.

— Oui, répondit calmement l'abbesse. Ma chère Figchen, c'était toi.

*

— Si tu savais tout cela, dit le lendemain matin la tsarine tandis qu'elle remontait aux côtés de l'abbesse l'allée neigeuse conduisant à l'Hermitage, je ne comprends pas pourquoi tu es venue quand même à Saint-Pétersbourg.

Les soldats de la Garde impériale les encadraient à une vingtaine de pas, foulant la neige de leurs bottes de cosaques à larges revers, à une distance suffisamment éloignée pour qu'elles puissent parler librement.

— Parce que, en dépit de tout, je te faisais confiance, répondit l'abbesse, une lueur malicieuse dans les yeux. Je savais que tu redoutais par-dessus tout que le gouvernement français s'écroule et que le pays sombre dans l'anarchie. Tu voulais être sûre que le Jeu de Montglane ne risquait pas de tomber en de mauvaises mains, et tu te doutais que je refuserais de collaborer aux mesures que tu avais prises. Mais explique-moi, Figchen, comment escomptais-tu soulager les soldats français de leur butin, une fois le jeu d'échecs découvert ? Sans envahir la France avec des troupes russes ?

— J'avais un groupe de soldats caché dans les montagnes, afin d'intercepter les troupes françaises dans la passe, avoua Catherine avec un sourire. Ils n'étaient pas en uniforme.

— Je vois. Et qu'est-ce qui t'a amenée à prendre des mesures aussi draconiennes ?

— Au point où j'en suis, je ferais mieux de te raconter tout ce que je sais. Tu as dû apprendre que j'ai acheté la bibliothèque de Voltaire après sa mort. Avec ses papiers personnels, il y avait un journal secret écrit par le cardinal de Richelieu. Dans ce journal, le cardinal évoquait en langage codé ses recherches concernant l'histoire du Jeu de Montglane. Voltaire avait déchiffré le code, de sorte que je pus lire ce qu'il avait découvert. Le manuscrit est enfermé dans un caveau de l'Hermitage. C'est là que je t'emmène. Je veux te le montrer.

— Quelle était la signification de ce document ? s'enquit l'abbesse, en se demandant pourquoi son amie ne lui en avait pas parlé plus tôt.

— Richelieu avait réussi à remonter la piste jusqu'au Maure qui a offert le jeu à Charlemagne, et même plus haut. Comme tu le sais, Charlemagne avait lancé de nombreuses croisades contre les Maures, à la fois en Espagne et en Afrique. Mais à cette occasion, il avait défendu Cordoba et Barcelone *contre* les chrétiens basques qui voulaient renverser la puissance maure. Bien qu'ils soient chrétiens, les Basques tentaient depuis des siècles d'anéantir l'Empire franc et de prendre le contrôle de l'Europe de l'Ouest, et plus particulièrement la côte Atlantique et les montagnes où ils régnaient en maîtres.

— Les Pyrénées, précisa l'abbesse.

— En effet. Les Montagnes magiques, ainsi qu'ils les appelaient. Ces mêmes montagnes avaient été jadis le sanctuaire du culte le plus mystique depuis la naissance du Christ. C'est de là que les Celtes venaient lorsqu'ils remontèrent vers le nord pour s'établir en Bretagne, et par la suite dans les îles Britanniques. Merlin l'Enchanteur venait lui aussi de cette contrée, de même que le culte secret aujourd'hui connu comme celui des druides.

— J'ignorais ces détails, murmura l'abbesse, le regard fixé sur le sentier neigeux.

Ses lèvres fines étaient pincées, et son visage ridé ressemblait à un fragment de pierre d'une tombe ancienne.

— Tu les liras dans un instant dans le manuscrit. Richelieu affirme que les Maures ont envahi ce territoire et qu'ils ont appris le terrible secret qui avait été jalousement gardé pendant des siècles, d'abord par les Celtes, puis par les Basques. Ces Maures conquérants transcrivirent alors leur savoir dans un langage de leur invention. Plus exactement, ils le codèrent dans les pièces en or et en argent du Jeu de Montglane. Lorsqu'il devint évident que les Maures risquaient de perdre leur emprise sur la péninsule Ibérique, ils envoyèrent le jeu d'échecs à Charlemagne, envers lequel ils avaient une dette. Sachant qu'il était le souverain le plus puissant de toute l'histoire de la civilisation, ils pensaient qu'il était le seul à pouvoir le couvrir de sa protection.

— Et tu crois à cette histoire ? demanda l'abbesse comme elles approchaient de la façade massive de l'Hermitage.

— Tu en jugeras par toi-même, répliqua Catherine. Je sais que ce secret est plus ancien que les Maures, plus ancien que les Basques. Plus ancien, même, que les druides. Maintenant, dis-moi, mon amie, si tu as entendu parler d'une société secrète regroupant des hommes qui se font parfois appeler les francs-maçons ?

L'abbesse devint très pâle. Elle s'immobilisa sur le seuil de l'Hermitage.

— Tu peux répéter ? murmura-t-elle faiblement en agrippant le bras de son amie.

— Ah ! Alors tu sais que c'est vrai. Lorsque tu auras lu le manuscrit, je te raconterai mon histoire.

Récit de l'impératrice

À quatorze ans, j'ai quitté la maison de Poméranie, où nous avons grandi côte à côte. Ton père venait de vendre la propriété jouxtant la nôtre et était rentré dans sa France natale. Je n'oublierai jamais ma tristesse, ma chère Hélène, de ne pouvoir partager avec toi le triomphe dont nous avions si longuement rêvé ensemble, mon destin de reine.

À cette époque, je m'apprêtais à me rendre à la cour de la tsarine Élizabeth Petrovna, à Moscou. Élizabeth, l'une des filles de Pierre le Grand, s'était emparée du pouvoir sur un coup d'État, jetant tous ses adversaires en prison. Comme elle ne s'était jamais mariée et qu'elle n'était plus en âge d'enfanter, elle avait choisi l'un de ses obscurs neveux, le grand-duc Pierre, pour lui succéder. Je devais devenir sa femme.

Sur le chemin de la Russie, ma mère et moi nous arrêtâmes à la cour de Frédéric II, à Berlin. Frédéric, le jeune empereur de Prusse que Voltaire avait déjà surnommé « le Grand », voyait en moi la candidate idéale pour unir les royaumes de Prusse et de Russie par le biais d'un mariage. J'étais une proie beaucoup plus intéressante que sa propre sœur, qu'il n'avait pas le cœur de sacrifier à un tel destin. À cette époque, la cour de Prusse était aussi rayonnante qu'elle devait devenir clairsemée durant les dernières années du règne de Frédéric. Dès mon arrivée, le roi fit tout son possible pour me charmer et me mettre à l'aise. Il m'habilla avec les toilettes de ses sœurs royales, m'assit près de lui tous les soirs au dîner et m'amusa en me racontant des histoires de ballets et d'opéras. J'avais beau n'être encore qu'une enfant, je ne fus pas dupe. Je savais qu'il avait l'intention de m'utiliser comme un pion dans un jeu beaucoup plus large, un jeu qu'il jouait sur l'échiquier de l'Europe.

Au bout de quelque temps, j'appris qu'il y avait à la cour de Prusse un homme qui venait de passer presque dix ans à la cour de Russie. C'était le mathématicien de Frédéric, et il s'appelait Leonhard Euler. Je demandai la faveur d'obtenir un entretien privé avec lui, dans l'idée qu'il pourrait me donner un avis précieux sur le pays que j'allais bientôt visiter. Je ne pouvais pas savoir, alors, que notre rencontre changerait un jour le cours de ma vie.

Notre première entrevue eut lieu dans une petite antichambre de la grande cour de Berlin. Cet homme modeste, mais à l'intelligence brillante, face à une jeune fille qui allait bientôt devenir reine. Nous devions former un couple bizarre. C'était un homme grand, fragile, avec un cou qui ressemblait à une longue bouteille, de grands yeux noirs et un nez proéminent. Il me regardait en louchant un peu, car il avait perdu l'usage d'un œil en observant le soleil. En effet, Euler était astronome tout autant que mathématicien.

— Je n'ai pas l'habitude de parler, commença-t-il. Je viens d'un pays où l'on pend tous ceux qui parlent.

Tel fut mon premier contact avec la Russie, et je t'assure que cela me servit par la suite. Il me raconta que la tsarine Élizabeth Petrovna possédait quinze mille robes et vingt-cinq mille paires de chaussures. Elle jetait ses chaussures à la tête de ses ministres à la moindre contrariété et les envoyait à la potence sur un simple caprice. Ses amants étaient légion et son ivrognerie était encore plus frénétique que ses habitudes sexuelles. Elle ne tolérait pas qu'on pût avoir une opinion différente de la sienne.

Le Dr Euler se départit rapidement de sa réserve initiale, et nous passâmes des heures entières ensemble. Une amitié se développa entre nous, et il admit qu'il mourait d'envie de me garder à la cour de Berlin, afin de m'enseigner les mathématiques, discipline pour laquelle je paraissais avoir de grandes dispositions. Naturellement, c'était impossible.

Euler finit par reconnaître qu'il n'avait pas beaucoup d'estime pour l'empereur Frédéric, son employeur. Il y avait à cela une raison très précise, en dehors du fait que Frédéric n'avait aucune aptitude pour les concepts mathématiques. Euler me la dévoila la veille de mon départ de Berlin.

Ce matin-là, je le rejoignis dans son laboratoire pour lui dire adieu. Je me souviens qu'il astiquait un objectif avec une écharpe de soie. C'était une drôle de manie quand il était soucieux.

— Il y a quelque chose que je dois vous dire avant votre départ, me déclara-t-il. Je vous ai observée attentivement ces derniers jours, et je crois pouvoir vous faire confiance. Nous serions, cependant, tous deux en grand danger, si vous répétiez mes paroles sans discernement.

J'assurai le Dr Euler que je garderais sa confidence, si besoin au prix de ma vie. À ma vive surprise, il me répondit que ce serait peut-être nécessaire.

— Vous êtes jeune, vous êtes sans pouvoir et vous êtes une femme, dit Euler. Pour ces trois raisons, Frédéric vous a choisie pour le servir dans le vaste et mystérieux empire qu'est la Russie. Vous ne savez peut-être pas que, depuis vingt ans, ce gigantesque pays n'est gouverné que par des femmes : d'abord, il y eut Catherine Ire, la veuve de Pierre le Grand. Puis Anna Ivanovna, la fille d'Ivan. Anne de Mecklemburg, qui fut régente de son fils, Ivan VI. Et maintenant Élizabeth Petrovna, la fille de Pierre. Si jamais *vous* suiviez cette puissante tradition, vous seriez menacée par un grand danger.

Je l'écoutai poliment, mais je ne pus m'empêcher de me demander si le soleil ne lui avait pas endommagé autre chose que la vue.

— Il existe une société secrète, composée d'hommes persuadés que leur mission sur terre est de détruire le cours de la civilisation, me dit Euler.

Nous étions assis dans son laboratoire, entourés par des télescopes, des microscopes et des livres poussiéreux qui jonchaient les tables en acajou, au milieu d'un fouillis de papiers épars.

— Ces hommes, reprit-il, prétendent être des scientifiques et des ingénieurs, mais en réalité ce sont des mystiques. Je vais vous raconter ce que je sais de leur histoire, car cela pourra être d'une grande importance pour vous.

» Au cours de l'année 1271, le prince Edouard d'Angleterre, le fils d'Henry III, partit en croisade. Il débarqua à Acre, une ville située près de Jérusalem. Nous ne savons pas exactement ce qu'il fit là-bas, si ce n'est qu'il participa à plusieurs batailles et qu'il se battit contre les Maures musulmans. L'année suivante, Edouard fut rappelé en Angleterre car son père était mort. Dès son retour, il devint le roi Edouard Ier, et le reste de sa vie est relaté dans tous les livres d'histoire. Mais ce que l'on ne dit *pas*, c'est ce qu'il a rapporté avec lui d'Afrique.

— Qu'est-ce que c'était ?

J'étais de plus en plus curieuse de savoir.

— Il a rapporté avec lui un lourd secret. Un secret qui remonte à l'aube de la civilisation. Mais mon récit va plus vite que les événements.

» À son retour, Edouard fonda en Angleterre une société d'hommes avec qui, probablement, il partageait ce secret. Nous ne savons pas grand-chose d'eux, mais nous pouvons quand même suivre leur trace. Après l'assujettissement des Écossais, nous savons que cette société a gagné l'Écosse, où elle s'est tenue tranquille pendant un moment. Lorsque les jacobites fuirent l'Écosse au début de notre siècle, ils emmenèrent la société et son enseignement avec eux, en France. Montesquieu, le grand philosophe français, avait été endoctriné pendant l'un de ses séjours en Angleterre et, avec son aide, la loge des Sciences fut établie à Paris en 1734. Quatre ans plus tard, avant qu'il ne devienne roi de Prusse, notre Frédéric le Grand lui-même fut initié aux secrets de la société, à Brunswick. Au cours de la même année, le pape Clément XII émit une loi, afin d'anéantir le mouvement qui entre-temps s'était propagé en Italie, en Prusse, en Autriche et dans la basse Écosse aussi bien qu'en France. Mais la société était devenue si puissante que le Parlement de la France catholique refusa de ratifier l'ordre papal.

— Pourquoi me dites-vous tout cela ? demandai-je au Dr Euler. Quand bien même je parviendrais à comprendre le but que poursuivent ces hommes, quel rapport cela a-t-il avec moi ? Et que pourrais-je y faire ? Même si j'aspire à de grandes choses, je suis encore une enfant.

— Si ce que je sais de leurs desseins est exact, répondit doucement Euler, ces hommes doivent être détruits, ou alors ce sont eux qui détruiront le monde. Vous êtes peut-être une enfant aujourd'hui, mais très bientôt vous serez la femme du prochain tsar de Russie, le premier souverain mâle de cet empire depuis deux décades. Vous devez écouter ce que je vais vous dire, et le graver à jamais dans votre mémoire.

Il me prit le bras.

— Ces hommes se font appeler parfois la Confrérie des francs-maçons, parfois les rose-croix. Quel que soit le nom qu'ils se choisissent, ils ont une chose en commun : ils sont originaires du nord de l'Afrique. Lorsque le prince Edouard fonda cette société sur le territoire de l'Ouest, ils se baptisèrent l'Ordre des architectes d'Afrique. Ils considèrent que leurs prédécesseurs furent les architectes de la civilisation ancienne, qu'ils taillèrent et érigèrent les pierres des pyramides d'Égypte, qu'ils construisirent les jardins suspendus de Babylone, la tour et les murailles de Babel. Ils connaissaient les mystères des anciens. Mais je crois que ces ancêtres étaient les architectes de quelque chose d'autre, quelque chose de plus récent et peut-être aussi de plus puissant que tout ce qui a jamais existé…

Euler s'interrompit et me regarda avec une expression que je n'oublierai jamais. Elle me hante aujourd'hui encore, presque cinquante ans après. Je la revois avec une netteté terrifiante, jusque dans mes rêves. Et il me semble encore sentir son souffle sur mon cou tandis qu'il se penchait pour me chuchoter :

— Je crois que ces ancêtres étaient également les architectes du Jeu de Montglane. Et que les membres de cette société se considèrent comme leurs héritiers légitimes.

Son récit achevé, Catherine s'assit en silence aux côtés de l'abbesse, dans la grande bibliothèque de l'Hermitage, où elles avaient apporté le manuscrit du journal de Voltaire. Là, devant la vaste table, encerclée par des rangées de livres qui s'élevaient jusqu'au plafond, Catherine observa l'abbesse comme un chat observe une souris. L'abbesse regardait à travers les hautes fenêtres, là où l'escorte de la Garde impériale tapait des pieds et soufflait sur ses doigts, dans l'air glacé du matin.

— Mon mari, ajouta doucement Catherine, avait une véritable dévotion pour Frédéric le Grand. Pierre aimait à porter l'uniforme prussien à la cour de Pétersbourg. La nuit de notre mariage, il éparpilla des soldats prussiens en plomb sur notre lit et me les fit manœuvrer.

Quand Frédéric imposa par la force l'ordre des francs-maçons en Prusse, Pierre rejoignit leur groupe et consacra sa vie à les protéger.

— Et alors, commenta l'abbesse, tu as renversé ton mari, tu l'as emprisonné et tu as organisé son assassinat.

— C'était un dangereux maniaque, répondit Catherine. Mais je ne suis pas impliquée dans sa mort. Six années plus tard, en 1768, Frédéric établit la grande loge des Architectes d'Afrique à Silesia. Le roi Gustave de Suède rejoignit l'ordre et, en dépit des tentatives de Maria Thérésa pour chasser cette vermine d'Autriche, son fils Joseph II le rejoignit aussi. Dès que j'appris ces nouvelles je n'eus de cesse de faire revenir mon ami le Dr Euler en Russie.

» Le vieux mathématicien était maintenant complètement aveugle. Mais il n'avait pas perdu sa vision intérieure. Lorsque Voltaire mourut, Euler me pressa d'acquérir sa bibliothèque. Elle contenait des documents importants que Frédéric le Grand était prêt à se procurer à n'importe quel prix. Lorsque je parvins à rassembler la bibliothèque à Saint Pétersbourg, voilà ce que je trouvai. J'ai tout conservé pour pouvoir te le montrer.

L'impératrice sortit un parchemin du manuscrit de Voltaire et le tendit à l'abbesse qui le déplia soigneusement. Il était adressé à Voltaire et écrit de la main de Frédéric, prince régent de Prusse, l'année même où celui-ci avait rallié l'ordre des francs-maçons.

Monsieur, il n'y a rien que je souhaite davantage acquérir que la totalité de vos écrits... Si parmi vos manuscrits il en est quelques-uns que vous souhaitez cacher aux yeux du public, je m'engage à les conserver dans le plus grand secret...

L'abbesse leva les yeux du parchemin. Son regard était lointain. Elle replia lentement la lettre et la rendit à Catherine, qui la remit dans sa cachette.

— N'est-ce pas une évidence qu'il fait allusion à la transcription de Voltaire du journal de Richelieu ? demanda l'impératrice. Il a essayé d'obtenir cette information depuis le moment où il a rejoint l'ordre secret. Maintenant, si tu as encore des doutes...

Catherine saisit le dernier des volumes reliés en cuir, chercha un passage situé vers la fin et lut à voix haute ces mots qui étaient déjà gravés dans l'esprit de l'abbesse – des mots que le cardinal de Richelieu avait pris soin d'écrire dans un code connu de lui seul :

Car j'ai enfin compris que le secret découvert dans l'ancienne Babylone, le secret transmis à l'Empire perse et indien, et connu exclusivement par une élite et quelques élus, était en fait le secret du Jeu de Montglane.

Ce secret, tout comme le nom sacré de Dieu, ne fut jamais transcrit par aucune main. Un secret si puissant qu'il causa la chute de civilisations et la mort de rois, et qu'il ne devait jamais être divulgué à quiconque, sauf aux initiés appartenant aux ordres sacrés, à des hommes qui avaient satisfait à l'épreuve d'admission et prêté serment. Ce savoir était si terrible qu'il ne pouvait être confié qu'aux plus fins fleurons de l'élite.

Je suis convaincu que ce secret prit la forme d'une formule et que cette formule fut la cause de la chute de royaumes, des royaumes qui aujourd'hui ne transparaissent dans notre histoire que sous la forme de légendes. Et les Maures, malgré leur initiation à ce secret, malgré la terreur qu'il leur inspirait, transcrirent cette formule dans le Jeu de Montglane. Ils inscrivirent les symboles sacrés dans les cases mêmes de l'échiquier et dans les pièces, conservant la clé que seuls des maîtres incontestés des échecs pourraient utiliser.

Tout ceci, je l'ai glané au cours de mes lectures des anciens manuscrits recueillis à Chalon, Soissons et Tours, et traduits par mes soins.

Puisse Dieu avoir pitié de nos âmes.

Ecce Signum
Armand Jean du Plessis,
Duc de Richelieu et Vicaire de Luçon,
Poitou et Paris, Cardinal de Rome
Premier Ministre de France
Anno Domini *1642.*

— Dans ses Mémoires, déclara Catherine à l'abbesse silencieuse, une fois sa lecture achevée, nous apprenons que le « Cardinal de Fer » avait prévu de se rendre à l'évêché de Montglane. Mais comme tu le sais, il mourut en décembre de la même année, après avoir maté l'insurrection dans le Roussillon. On ne peut douter qu'il connaissait l'existence de ces sociétés secrètes et qu'il avait l'intention de s'emparer du Jeu de Montglane avant qu'il ne tombe entre d'autres mains. Toutes ses actions ont toujours été dictées par sa soif de pouvoir. Pourquoi aurait-il subitement changé en vieillissant ?

— Ma chère Figchen, dit l'abbesse avec un petit sourire qui ne reflétait rien de l'angoisse dans laquelle ces mots l'avaient plongée, ta thèse est parfaitement claire. Mais tous ces hommes sont morts. Il se peut qu'ils aient cherché de leur vivant, mais ils n'ont rien trouvé. Tu ne vas pas me dire que tu as peur de fantômes ?

— Les fantômes peuvent resurgir ! affirma Catherine avec force. Il y a une quinzaine d'années, les colonies anglaises des Amériques ont secoué le joug de l'empire. Quels hommes étaient derrière tout cela ? Des hommes nommés Washington, Jefferson, Franklin… Tous des francs-maçons ! Aujourd'hui, le roi de France est emprisonné, sa couronne risque de tomber avec sa tête. Et qui en est responsable ? Lafayette, Condorcet, Danton, Desmoulins, Brissot, Sieyès et les propres frères du roi, y compris le duc d'Orléans… Tous des francs-maçons !

— Pure coïncidence… commença l'abbesse, mais Catherine la coupa.

— Est-ce aussi une coïncidence que parmi tous ceux dont j'ai tenté de me servir afin de faire voter la loi sur la confiscation en France, le seul qui ait accepté mon offre soit justement Mirabeau, un membre de la franc-maçonnerie ? Évidemment, il ne pouvait pas savoir que je projetais de lui ravir son trésor quand il a accepté les termes de mon offre.

— L'évêque d'Autun a refusé ? dit l'abbesse avec un sourire. Et quelle raison a-t-il invoquée ?

— La somme qu'il réclamait en échange de sa coopération était proprement scandaleuse ! ragea la tsarine en se levant. Cet homme en sait beaucoup plus long qu'il n'a voulu me le faire croire. Pourquoi crois-tu qu'à l'Assemblée on appelle ce Talleyrand « le chat angora » ? Il ronronne mais il a des griffes. Je n'ai aucune confiance en lui !

— Tu fais confiance à un homme qui se laisse soudoyer, plutôt qu'à un homme qui s'y refuse ?

Avec un regard teinté d'amertume, l'abbesse lissa ses longues jupes et se leva pour faire face à son amie, de l'autre côté de la table. Puis elle se détourna comme pour partir.

— Où vas-tu ? s'écria la tsarine d'une voix affolée. Ne comprends-tu pas pourquoi j'ai fait tout cela ? Je t'offre ma protection. Je suis la souveraine incontestée du plus grand pays du monde. Je place mon pouvoir entre tes mains…

— Sophie, murmura calmement l'abbesse, je te remercie de ton offre, mais je ne crains pas ces hommes comme toi. Je veux bien croire, comme tu le prétends, que ce sont des mystiques et peut-être même des révolutionnaires. Mais il ne t'est jamais venu à l'esprit que ces sociétés mystiques pouvaient poursuivre un autre but ?

— Que veux-tu dire ? demanda l'impératrice. Leurs actes prouvent clairement qu'ils ne cherchent qu'à rouler les monarchies dans la poussière. Quel but pourraient-ils poursuivre, à part celui de contrôler le monde ?

— Peut-être leur dessein est-il de libérer le monde…

L'abbesse sourit.

— Pour le moment, je n'ai aucune preuve. À tes paroles, je devine que tu as décidé d'accomplir le destin qui est inscrit dans ta main depuis ta naissance, les trois couronnes qui sont gravées dans ta paume. Mais de mon côté, je dois accomplir le mien.

L'abbesse tourna sa paume et la présenta ouverte à son amie par-dessus la table. Là, tout près du poignet, la ligne de vie et la ligne de destinée s'entremêlaient pour former un huit. Catherine l'examina dans un silence glacé, puis effleura lentement le chiffre du bout des doigts.

— Tu m'offres ta protection, reprit l'abbesse d'une voix douce. Mais je suis protégée par un pouvoir infiniment plus grand que le tien.

— Je le savais ! cria Catherine d'une voix rauque, repoussant la main de son amie. Toutes ces sornettes à propos d'un dessein mystérieux ne signifient qu'une seule chose : tu as conclu un pacte avec quelqu'un d'autre sans me consulter ! Qui est-ce ? En qui as-tu placé ta confiance aveugle ? Dis-moi son nom, je te l'ordonne !

— Bien volontiers, sourit l'abbesse. C'est Celui qui a placé ce signe dans ma main. Et avec ce signe, je règne en souveraine absolue. Tu es peut-être l'impératrice de toutes les Russies, ma chère Figchen. Mais n'oublie pas *qui* je suis réellement. Et par Qui j'ai été choisie. Souviens-toi que Dieu est le plus grand des joueurs d'échecs.

LA ROUE DU CHEVALIER

> Le roi Arthur fit un rêve étrange, et dans ce rêve il vit ceci : il était assis sur un siège, au sommet d'une montagne, et le siège était fixé à une roue, et le roi Arthur était assis là, dans les plus beaux habits d'or… et soudain, le roi sentit que la roue faisait un tour complet, et il tomba au milieu des serpents, et chacun des reptiles l'attrapa par un membre ; alors le roi jeta un grand cri tandis qu'il était allongé dans son lit, tout endormi :
> « À moi ! »
>
> *La Mort d'Arthur*,
> sir Thomas MALORY.

> Regnabo, Regno, Regnavi, Sum sine regno. (Je régnerai, Je règne, J'ai régné, Je suis sans règne.)
>
> *Inscription sur la Roue de la Fortune*,
> le Tarot.

Le matin qui succéda au tournoi d'échecs était un lundi. Je quittai en titubant mon lit criblé de ressorts, le repliai contre le mur et passai sous la douche afin de me préparer à une nouvelle journée chez Con Edison. Tout en me séchant dans mon peignoir éponge, je cherchais le téléphone au milieu de mon fatras de collections artisanales. Après mon dîner à La Palme avec Lily et les étranges événements qui avaient suivi, j'avais compris que nous étions effectivement deux pions dans le jeu de quelqu'un d'autre, et je voulais mettre quelques pièces maîtresses dans mon camp. J'avais ma petite idée là-dessus.

Pendant le dîner, Lily et moi étions tombées d'accord sur le fait que les avertissements de Solarin étaient bel et bien liés aux étranges péripéties de la journée. Mais à partir de là nos opinions divergeaient. Elle était convaincue que Solarin était responsable de tout ce qui s'était passé ensuite.

— D'abord, Fiske meurt dans des circonstances mystérieuses, avait-elle souligné tandis que nous nous installions à l'une des petites tables en bois serrées les unes contre les autres. Qui nous dit que Solarin ne l'a pas tué ? Ensuite Saul disparaît, abandonnant ma voiture et *mon chien* aux vandales. Il est évident que Saul a été kidnappé, car autrement jamais il n'aurait déserté son poste.

— C'est évident, acquiesçai-je avec un petit sourire tout en la regardant engloutir une côte de bœuf bleue.

Je savais que Saul n'aurait jamais osé réapparaître devant Lily après ça, à moins que *quelque chose* de fâcheux ne lui soit arrivé. Lily s'attaqua à une énorme salade et vida trois panières de pain pendant que notre conversation se poursuivait.

— Ensuite, quelqu'un nous a tiré dessus, continua-t-elle entre deux bouchées, et nous avons constaté l'une comme l'autre que la balle avait été tirée de la porte-fenêtre de la salle de jeu.

— Il y a eu deux balles, rectifiai-je. Peut-être que quelqu'un a tiré sur Saul et qu'il s'est enfui juste avant que nous arrivions.

— Mais la pièce de résistance, enchaîna Lily comme si je n'avais pas parlé, c'est que j'ai compris non seulement le pourquoi et le comment, mais aussi le *mobile* !

— De quoi parlez-vous ?

— Je sais *pourquoi* Solarin s'est livré à de tels actes ! Je l'ai deviné entre la côte de bœuf et la salade.

— Ne me faites pas languir.

J'entendais très distinctement Carioca gratter furieusement l'intérieur du sac de Lily, et il me semblait qu'avant peu tous les autres dîneurs l'entendraient également.

— Vous vous souvenez du scandale en Espagne, je suppose ? me dit-elle, et je dus fouiller activement ma mémoire.

— Vous faites allusion au fait que Solarin a été rappelé précipitamment en Russie ?

Elle hocha la tête et j'ajoutai :

— Vous ne m'avez rien dit d'autre.

— C'était lié à une formule, répondit Lily. Voyez-vous, Solarin a abandonné les championnats d'échecs assez tôt. Il se contentait de participer de temps en temps à des tournois. Il a le niveau d'un grand maître, mais en réalité il a suivi des études pour devenir physicien. C'est le métier qu'il exerce pour vivre. Durant la compétition en Espagne, Solarin a fait un pari avec un autre joueur. Il lui a promis de lui révéler une certaine formule secrète si ce joueur le battait au cours du tournoi.

— De quelle formule s'agissait-il ?

— Je l'ignore. Mais dès que la chose a été divulguée par la presse, les Russes ont paniqué. Solarin se volatilisa pendant la nuit, et on n'entendit plus parler de lui jusqu'à ces jours-ci.

— Une formule de physique ?

— Peut-être la recette d'une arme secrète. Ça expliquerait tout, non ?

Je ne voyais pas en quoi ça expliquerait quoi que ce soit, mais je la laissais à son enthousiasme.

— Craignant que Solarin ne fasse la même blague au cours de ce tournoi, le KGB fait une intervention en force, met Fiske hors circuit et essaie par la même occasion de m'effrayer. Car si l'un de nous deux avait gagné contre Solarin, il nous aurait livré la formule secrète !

Elle était ravie de voir combien ses explications collaient avec les événements, mais de mon côté j'étais loin d'être convaincue.

— D'accord, c'est une grande et fort belle théorie, acquiesçai-je. Mais il y a encore des points d'interrogation. Par exemple : qu'est-il arrivé à Saul ? Pourquoi les Russes auraient-ils laissé Solarin quitter le pays s'ils craignaient de le voir recommencer la même blague, à supposer qu'il s'agisse d'une blague ?… Et pourquoi diable Solarin voudrait-il révéler la formule d'une arme secrète, que ce soit à vous ou à ce vieux débris branlant de Fiske, que Dieu ait son âme ?

— Okay, je reconnais qu'il y a encore des zones obscures, admit Lily, mais au moins c'est un commencement.

— Comme l'a si bien dit Sherlock Holmes : « Il n'y a pas de pire erreur que d'échafauder des théories avant de posséder les données », déclarai-je. Je suggère que nous menions une petite enquête sur Solarin. Cela dit, je persiste à penser que nous devrions aller à la police. Après tout, nous avons les deux impacts de balle dans la carrosserie pour prouver notre bonne foi.

— Jamais ! s'écria Lily avec véhémence. Jamais je n'admettrai que je suis incapable de résoudre ce mystère toute seule. La stratégie est mon arme favorite !

Nous décidâmes donc, après quelques épithètes enflammées et une glace aux fruits nappée de chocolat chaud, de nous séparer quelques jours et de nous renseigner sur le passé du grand maître Solarin et sur son *modus operandi*.

Le coach de Lily avait été lui-même un grand maître. Bien qu'elle dût s'entraîner très sérieusement d'ici son match de mardi, Lily pensait pouvoir lui arracher quelques renseignements utiles sur la personnalité de Solarin. Dans le même temps, elle se renseignerait au sujet de Saul. S'il n'avait pas été kidnappé (ce qui, je le soupçonnais, la blesserait cruellement dans son amour-propre de détective), elle apprendrait de sa propre bouche pour quel motif il avait déserté son poste.

De mon côté, j'avais un plan en réserve, mais je n'avais pas l'intention d'en parler à Lily Rad pour le moment.

J'avais un ami à Manhattan qui était encore plus mystérieux que l'insaisissable Solarin lui-même. Un homme qui n'était répertorié dans aucun bottin téléphonique et qui n'avait pas d'adresse postale. Il était en passe de devenir une légende vivante dans le milieu de l'informatique et, bien qu'il ne fût âgé que d'une trentaine d'années, il avait déjà écrit des ouvrages qui faisaient autorité sur le sujet. Il avait été mon mentor quand j'avais débarqué dans la Grosse Pomme, trois ans auparavant, et m'avait déjà tirée de situations assez épineuses. Son nom, lorsqu'il choisissait de l'utiliser, était Dr Ladislaus Nim.

Nim n'était pas seulement un maître du traitement de données, il était aussi un expert aux échecs. Il avait joué contre Reshevsky et Fischer et leur avait brillamment tenu tête. Il avait une véritable connaissance encyclopédique du jeu, et c'était pour cette raison que je voulais le joindre. Il avait mémorisé tous les championnats du monde de l'histoire des échecs. Il connaissait sur le bout des doigts la biographie des grands maîtres. Quand il avait décidé de vous charmer, il pouvait vous régaler pendant des heures de récits empruntés à l'histoire des échecs. Je savais qu'il serait en mesure de dénouer les fils de l'écheveau qui venait apparemment de m'échoir. Dès que je l'aurais trouvé.

Mais, entre souhaiter trouver Nim et le trouver, il y avait un gouffre. Les standards téléphoniques du KGB et de la CIA s'avéraient des mines de renseignements, comparés au sien. À chaque appel on me répondait invariablement qu'on ne voyait pas du tout de qui je voulais parler, et le scénario durait maintenant depuis plusieurs semaines.

J'avais commencé par vouloir joindre Nim pour lui dire au revoir, lorsque j'avais appris que j'allais quitter le pays. Mais à présent, il fallait que je le contacte, et pas seulement à cause du pacte que j'avais fait avec Lily Rad. Car désormais, je savais qu'il y avait un lien entre ces faits apparemment dépourvus de logique – la mort de Fiske, l'avertissement de Solarin, la disparition de Saul. Moi.

J'en avais la certitude parce qu'à minuit, après avoir quitté Lily devant le restaurant La Palme, j'avais décidé de commencer mon enquête sans plus tarder. Au lieu de rentrer chez moi, j'avais donc pris un taxi jusqu'au Fifth Avenue Hotel afin d'avoir une explication avec cette diseuse de bonne aventure qui, trois mois plus tôt, m'avait lancé le même avertissement que Solarin. Bien que les faits l'aient immédiatement corroboré, je trouvais la similitude de formulation un peu trop flagrante. Et je voulais en avoir le cœur net.

C'est pour cela que j'avais besoin de parler à Nim, dans les plus brefs délais. Car voyez-vous, il n'y avait *pas* de diseuse de bonne aventure au Fifth Avenue Hotel. J'avais parlé au directeur de l'hôtel pendant près d'une demi-heure afin de m'assurer qu'il n'y avait pas de malentendu. Il travaillait là depuis quinze ans et se montra on ne peut plus catégorique. Il n'y avait jamais eu de diseuse de bonne aventure au bar du Fifth Avenue Hotel. Pas même le soir du réveillon. La femme qui savait que j'y étais attendue, qui avait insisté pour qu'Harry m'appelle au centre de données, qui avait préparé à l'avance ma prédiction en vers – la femme qui, je m'en souvenais, connaissait jusqu'à ma date de naissance –, n'avait tout simplement jamais existé.

*

Évidemment, elle *avait* existé. J'avais trois témoins visuels pour le prouver. Mais dans l'état actuel des choses, j'en arrivais moi-même à douter.

Voilà pourquoi ce lundi matin, les cheveux encore ruisselants de la douche, je déterrai mon téléphone et essayai une fois de plus de joindre Nim. Cette fois, j'eus une surprise de taille.

Lorsque je composai le numéro de son standard téléphonique, la Compagnie du téléphone new-yorkaise me fit passer un message enregistré m'informant que le numéro avait changé et qu'il fallait composer l'indicatif de Brooklyn. Ce que je fis, tout en trouvant étrange que Nim ait renoncé à sa formule habituelle. Mais après tout, j'étais l'une des trois personnes au monde à avoir l'honneur de connaître le numéro, et on ne prenait jamais assez de précautions…

La deuxième surprise se produisit lorsqu'on décrocha.

— Rockaway Greens Hall, fit une voix de femme.

— Je voudrais parler au Dr Nim, dis-je.

— Je regrette, mais nous n'avons personne de ce nom ici, me répondit-on d'une voix douce.

Ce qui constituait un traitement de faveur, compte tenu des fins de non-recevoir très désagréables que me dispensaient généralement les employés de son service téléphonique. Mais je n'étais pas au bout de mes surprises.

— Le Dr Nim. Le Dr Ladislaus Nim, répétai-je clairement. Ce sont les renseignements de Manhattan qui m'ont donné ce numéro.

— Mais c'est… c'est un nom d'*homme* ? s'étrangla ma correspondante.

— Oui, lui répondis-je d'un ton impatient. Puis-je lui laisser un message ? Il est très important que je le joigne.

— Madame, déclara la femme d'une voix glaciale, vous êtes dans un couvent de carmélites ! Quelqu'un vous a fait une farce !

Et là-dessus, elle raccrocha.

J'avais beau savoir que Nim vivait en ermite, cette histoire tournait à l'absurde. En proie à un accès de rage noire, je décidai de l'envoyer au diable une fois pour toutes. Comme j'étais déjà très en retard, je branchai mon séchoir à cheveux et me séchai la tête tout en faisant les cent pas dans le salon. Brusquement j'eus une idée.

Quelques années plus tôt, Nim s'était occupé d'équiper plusieurs secteurs du New York Stock Exchange[1]. Les types qui travaillaient sur leurs ordinateurs avaient forcément entendu parler de lui. Peut-être même leur rendait-il une petite visite de temps en temps pour jeter un œil sur son œuvre. Je passai un coup de fil à l'administrateur.

— Le Dr Nim ? Connais pas, répondit-il. Vous êtes sûre qu'il a travaillé ici ? Il y a trois ans que je suis là, et je n'ai jamais entendu ce nom.

— D'accord, sifflai-je avec exaspération. En ce cas, je veux parler au directeur. Quel est son nom ?

— Le New York Stock Exchange n'a *pas* de directeur ! m'informa-t-il avec un reniflement dédaigneux.

Eh merde !

1. New York Stock Exchange : la plus ancienne Bourse aux États-Unis, fondée en 1792 : Wall Street. (N.d. T.)

— Bon, alors qu'est-ce que vous avez ? hurlai-je. Il y a bien quelqu'un qui supervise tout le monde, non ?

— Nous avons un président, me répondit-il d'un ton méprisant, avant de me donner le nom du type.

— Parfait. Alors, veuillez me passer son poste, je vous prie.

— Okay, jeune dame. J'espère que vous savez ce que vous faites.

Je le savais parfaitement. La secrétaire du président se montra extrêmement polie, et quelque chose me dit que j'étais enfin sur la bonne piste

— Le Dr Nim ? dit-elle d'une voix de vieille dame très convenable. Non, non, je ne crois pas connaître ce nom. Le président est actuellement à l'étranger. Souhaitez-vous que je prenne un message, à tout hasard ?

— Merci infiniment.

C'était ce que je pouvais espérer de mieux, compte tenu de ce que je savais de cet homme insaisissable.

— Si jamais vous entendiez parler d'un Dr Nim, pourriez-vous l'informer que Miss Velis attend son appel au Rockaway Greens Convent ? Et que s'il ne m'a pas donné de ses nouvelles d'ici ce soir, je serai dans l'obligation de prendre le voile.

Je donnai mon numéro à la pauvre femme effarée et raccrochai. Cela rendrait service à Nim, songeai-je, si mon message tombait entre les mains de quelques sous-fifres du NYSE avant de lui parvenir. J'aurais été curieuse de savoir quelles explications il leur donnerait.

Avec le sentiment d'avoir fait tout ce qui était en mon pouvoir, j'enfilai un ensemble pantalon couleur tomate en vue de ma journée chez Con Edison. Puis je fouillai dans le bas de mon placard pour trouver des chaussures assorties et poussai un juron étouffé. Carioca avait déchiqueté la moitié de mes chaussures et dérangé le reste. Je finis par dénicher une paire convenable, enfilai mon manteau et descendis prendre mon petit déjeuner. Tout comme Lily, il y avait certaines choses que j'avais du mal à affronter l'estomac vide, et Con Ed en faisait partie.

La Galette était un bistro français, situé à un demi-bloc de mon appartement, au bout de la place Tudor. Il y avait des nappes à petits carreaux, et des géraniums en pots. Les fenêtres de derrière donnaient sur les Nations unies. Je commandai un jus d'orange pressé, du café noir, et ouvris mon porte-documents pour consulter les notes que j'avais prises la nuit dernière, avant de me mettre au lit. Je pensais pouvoir tirer quelque chose de la chronologie des événements.

Solarin détenait une formule et s'était fait rapatrier en Russie où il était resté jusqu'à ces jours derniers. Fiske n'avait pas participé à un tournoi d'échecs depuis quinze ans. Solarin m'avait lancé un avertissement, utilisant les mêmes mots que la diseuse de bonne aventure trois mois plus tôt. Solarin et Fiske avaient eu une altercation pendant la partie et avaient réclamé une pause. Lily soupçonnait Fiske d'avoir triché. Fiske était mort pendu dans des circonstances mystérieuses. Il y avait deux impacts de balle dans la carrosserie de la voiture de Lily. L'un s'était produit avant notre arrivée, l'autre pendant que nous étions là. Pour finir, Saul et la diseuse de bonne aventure avaient disparu.

À première vue, rien ne semblait se recouper. Pourtant, une multitude d'indices prouvait que tous ces événements étaient liés. Je savais que, dans une telle série de coïncidences, la part de hasard avoisinait zéro.

J'avais fini ma tasse de café et je m'attaquais à mon jus d'orange, les yeux fixés sur la façade gris bleu des Nations unies qui se découpait derrière les grandes vitres du bistro, lorsque quelque chose attira mon regard. Un homme venait de passer devant les fenêtres, vêtu de blanc des pieds à la tête. Il portait un survêtement dont la capuche était rabattue sur son visage, et une écharpe qui masquait ses traits. Il poussait une bicyclette.

Je restai figée sur mon siège, mon jus d'orange suspendu dans l'air. Il commença à descendre les marches en spirale flanquées d'un mur en pierre conduisant au square situé en face de l'ONU. Reposant précipitamment mon verre, je me levai d'un bond. Je jetai de la monnaie sur la table, rangeai mes notes dans mon porte-documents, agrippai ma mallette et mon manteau et m'élançai dehors.

Les marches en pierre, recouvertes d'une croûte de glace et de sel gemme, étaient glissantes. Je jetai mon manteau en travers de mon bras et me bataillai avec mon porte-documents tout en me catapultant dans l'escalier. L'homme à la bicyclette disparaissait justement au coin de la rue. Comme je passais mon autre bras dans la manche, mon talon se coinça dans un morceau de glace, se cassa, et je dévalai deux marches sur les genoux. Juste au-dessous de moi, une citation d'Isaïe était gravée dans le mur de pierre :

Le glaive ne frappera plus la charrue ni la lance l'émondoir.
Aucune nation ne lèvera plus son arme contre une autre nation.
Elles ne connaîtront plus jamais la guerre.

Magnifique. Je me relevai et frottai mes genoux pour en faire tomber la glace. Isaïe avait beaucoup à apprendre au sujet des hommes et des nations. Il ne s'était pas écoulé un seul jour en cinq mille ans sans qu'une guerre fleurît sur notre planète. Des opposants au Vietnam s'agglutinaient déjà dans le square. Je dus creuser un sillon pour me frayer un passage tandis qu'ils m'agitaient sous le nez leurs petits insignes de paix en forme de colombe.

Je dérapai jusqu'au coin de la rue sur mon talon cassé, et de là je filai vers IBM's Systems Research Institute. L'homme pédalait maintenant sur sa bicyclette, à un pâté de maisons de moi. Il avait atteint le carrefour de la place des Nations-Unies et attendait que le feu changeât.

Je m'élançai à toute vitesse le long du trottoir, les yeux larmoyants de froid, tout en essayant de boutonner mon manteau, mon porte-documents serré contre moi. J'étais à mi-chemin du carrefour quand je vis les feux passer au vert, et l'homme pédaler calmement pour traverser la rue. J'accélérai l'allure, mais les feux changèrent à nouveau, juste comme je parvenais au carrefour. Un flot de voitures se déversa devant moi. Mes yeux étaient collés à la silhouette qui s'éloignait.

Il était descendu une nouvelle fois de bicyclette et soulevait sa machine pour monter les marches conduisant à la place. Piégé ! Il n'y avait aucune issue dans le jardin de sculptures, je pouvais donc me détendre. Ce que je fis, tout en attendant que les feux repassent au vert. Je réalisai alors dans quelle situation j'étais.

La veille, j'avais quasiment été le témoin oculaire de ce qui était peut-être un meurtre, et je m'étais trouvée à quelques pas de la trajectoire d'une balle, le tout dans un quartier fréquenté de New York. Et voilà que maintenant je filais un inconnu, simplement parce qu'il ressemblait au personnage de mon tableau. Comment cette ressemblance était-elle possible ? Je tournai la question dans tous les sens sans y trouver de réponse. J'eus soin de regarder de chaque côté avant de quitter le trottoir.

Franchissant les grilles en fer forgé de la place des Nations-Unies, je m'élançai en haut des marches. À l'autre bout du sol en béton blanc, assise sur un banc de pierre, une vieille dame en noir nourrissait les pigeons. Un châle noir était drapé sur sa tête. Elle était penchée en avant et jetait du grain aux oiseaux irisés qui virevoltaient, se pressaient autour d'elle en roucoulant dans un épais nuage blanc. Et devant elle se tenait l'homme à la bicyclette.

Je me figeai et les regardai fixement, sans trop savoir ce que je devais faire. Ils discutaient. La vieille dame se tourna, regarda dans ma direction et dit quelque chose à l'homme. Hochant brièvement la tête, mais sans un regard en arrière, il guida sa bicyclette d'une main et descendit rapidement les marches menant au fleuve. Je rassemblai tout mon courage et m'élançai à ses trousses. Un groupe de pigeons jaillit de la terrasse, dans une espèce d'explosion qui me brouilla mon champ de vision. Je dévalai les marches, un bras replié devant mon visage tandis qu'ils voletaient autour de moi.

Au pied du fleuve se dressait une gigantesque statue en bronze représentant un paysan, offerte par les Soviétiques. Il frappait une charrue avec son glaive. Devant moi s'étalait le glacial East River, avec sur la rive d'en face l'énorme enseigne Coca-Cola de Queens[1],

---

1. Queens : l'un des cinq secteurs de la cité de New York.

tout enveloppée par les torrents de fumée que crachaient les fournaises ardentes. À gauche s'étendait le jardin, avec sa pelouse plantée de gros arbres, nappée de neige. Pas la moindre empreinte de pied ne souillait sa surface immaculée. Le long du fleuve courait un chemin gravillonné, séparé du jardin par une rangée de petits arbres taillés en forme de sculptures. Il n'y avait personne là non plus.

Où était-il passé ? Le jardin n'avait pas d'issue. Je fis lentement demi-tour et remontai les marches de la place. La vieille dame avait également disparu, mais j'aperçus une silhouette sombre qui franchissait l'entrée réservée aux visiteurs. La bicyclette était soigneusement rangée dans le râtelier des cycles. Comment avait-il réussi à me passer sous le nez ? me demandai-je en me précipitant à l'intérieur. Le hall était désert, à l'exception d'un gardien qui papotait avec la jeune réceptionniste assise derrière le bureau d'accueil ovale.

— Excusez-moi, dis-je. Vous n'avez pas vu entrer un homme habillé d'un survêtement blanc ?

— Je ne l'ai pas remarqué, répondit le gardien, visiblement agacé par mon interruption.

— Où iriez-vous si vous vouliez vous cacher de quelqu'un ? demandai-je.

J'eus immédiatement toute leur attention. Ils m'examinèrent comme si j'étais une anarchiste potentielle. Je me hâtai de préciser :

— Je veux dire, si vous vouliez être seul, et jouir d'une certaine intimité.

— Les délégués se rendent dans la salle de méditation, répondit le gardien, c'est très tranquille. Elle est juste là.

Il me désigna une porte située à l'autre bout du sol en marbre, quadrillé de rose et de gris comme les cases d'un jeu d'échecs. À côté de la porte, il y avait une fenêtre en verre teinté bleu-vert, peinte par Chagall. Je hochai la tête en guise de remerciement et traversai le hall. Lorsque je pénétrai dans la salle de méditation, la porte se referma sans bruit derrière moi.

C'était une longue pièce sombre, ressemblant à une crypte. Des petits bancs étaient alignés près de la porte, et je faillis m'étaler sur l'un d'eux dans l'obscurité. Au centre se trouvait une dalle en pierre taillée en forme de cercueil, éclairée par l'étroit faisceau lumineux d'un projecteur. La pièce était complètement silencieuse, froide et humide. Je sentis mes pupilles se dilater tandis que je m'accoutumais à l'éclairage.

Je m'assis sur l'un des bancs. Le bois craqua. Posant mon porte-documents à côté de moi, je regardai la dalle de pierre. Suspendue au-dessus du sol comme un monolithe flottant dans l'espace, elle tremblait mystérieusement. Cela produisait un effet apaisant, quasi hypnotique.

La porte s'ouvrit sans bruit derrière moi, laissant filtrer un trait de lumière. Puis elle se referma à nouveau et je me retournai lentement.

— Ne criez pas, chuchota une voix tout près de moi. Je ne vous veux pas de mal, mais vous devez absolument garder le silence.

Mon cœur cogna à toute volée dans ma poitrine quand je reconnus la voix. Je sautai immédiatement sur mes pieds et me retournai d'un bloc, dos à la dalle de pierre.

Solarin était devant moi, immobile dans la lumière tamisée, ses yeux verts reflétant deux minuscules images lumineuses de la dalle. Je m'étais levée si soudainement que le sang avait déserté mon cerveau. Je mis mes mains dans mon dos et pris appui sur la pierre.

Solarin me faisait face calmement. Il portait le même pantalon gris que la veille, ainsi qu'une veste en cuir sombre qui rendait son teint plus pâle que dans mon souvenir.

— Venez vous asseoir à côté de moi, dit-il à voix basse. J'ai très peu de temps.

Je lui obéis, les jambes flageolantes. Je gardai le silence.

— J'ai essayé de vous avertir, hier, mais vous n'avez pas voulu m'écouter. Maintenant vous savez que je disais la vérité. Lily Rad et vous devez rester en dehors de ce tournoi. Si vous ne voulez pas connaître la même fin que Fiske.

— Vous ne croyez pas qu'il s'est suicidé, chuchotai-je.

— Ne soyez pas sotte. Il a eu la nuque brisée par un professionnel. Je suis le dernier à l'avoir vu vivant. Il était en parfaite santé. Deux minutes plus tard, il était mort. Et certains objets manquaient…

— C'est peut-être vous qui l'avez tué, l'interrompis-je.

Solarin sourit. Il avait un sourire incroyablement lumineux, qui transformait complètement son visage. Il se pencha vers moi et posa ses mains sur mes épaules. Je sentis une sorte de rayonnement chaud se dégager de ses doigts.

— Je courrais un grave danger si jamais on nous voyait ensemble, aussi je vous demande de bien écouter ce que j'ai à vous dire. Je n'ai pas tiré sur la voiture de votre amie. Mais la disparition de son chauffeur n'avait rien d'un accident.

Je le dévisageai avec stupeur. Lily et moi étions convenues de n'en parler à personne. Comment Solarin pouvait-il être au courant, à moins d'être lui-même le tireur ?

— Vous savez ce qui est arrivé à Saul ? Savez-vous *qui* a tiré ?

Solarin me regarda sans rien dire. Ses mains étaient toujours posées sur mes épaules. Leur pression s'accentua soudain, et il m'offrit à nouveau un de ses merveilleux sourires. Il avait l'air d'un tout jeune garçon quand il souriait ainsi.

— Ils avaient raison à votre sujet, murmura-t-il calmement. C'est bien vous.

— *Qui* avait raison ? Vous savez des choses que vous ne me dites pas, répliquai-je avec irritation. Vous me lancez des avertissements, mais vous ne m'expliquez pas pourquoi. Vous connaissez la diseuse de bonne aventure ?

Solarin lâcha brusquement mes épaules, et un masque retomba sur son visage. J'étais consciente d'aller trop loin, mais il était trop tard pour m'arrêter, maintenant.

— Et qui est cet homme à la bicyclette ? Vous l'avez forcément vu si vous m'avez suivie ! À quoi riment ces avertissements que vous me donnez, si c'est pour me laisser dans l'ignorance ? Que voulez-vous ? Qu'est-ce que toutes ces histoires ont à voir avec moi ?

Je m'interrompis pour reprendre mon souffle et levai les yeux vers Solarin. Il m'observait attentivement.

— Je ne sais pas ce que je suis en droit de vous dire.

Sa voix était très douce, et pour la première fois je perçus une légère trace d'accent slave derrière sa prononciation impeccable.

— En répondant à vos questions je risque seulement de vous faire courir un danger encore plus grand. Il faut que vous m'accordiez une confiance aveugle. J'ai pris un gros risque simplement en venant vous parler.

À ma vive surprise, il me caressa les cheveux comme si j'étais un petit enfant.

— Vous devez vous tenir à l'écart de ce tournoi. Ne vous fiez à personne. Vous avez des amis puissants à vos côtés, mais vous ne comprenez pas à quel jeu vous êtes en train de jouer.

— Je ne joue à aucun jeu !

— Mais si, répondit-il en me regardant avec une infinie tendresse, comme s'il voulait me prendre dans ses bras. Vous jouez une partie d'échecs. Mais ne craignez rien. Je suis un maître en la matière. Et je suis dans votre camp.

Il se leva et se dirigea vers la sortie. Je le suivis, hébétée. À peine parvenu devant la porte, il se plaqua contre le mur et écouta, comme s'il s'attendait à voir quelqu'un faire irruption dans la pièce. Puis il me regarda, tandis que je restais figée sur place, effarée.

Il glissa sa main à l'intérieur de sa veste et d'un signe de la tête m'intima de sortir la première. J'aperçus la crosse du revolver qu'il dissimulait. J'avalai convulsivement ma salive et quittai rapidement la pièce, sans un regard en arrière.

La lumière blafarde de l'hiver inondait le hall. Je me dirigeai très vite dehors. Serrant frileusement les pans de mon manteau, je traversai la place verglacée et hâtai le pas en direction d'East River Drive.

J'avais descendu la moitié de la rue fouettée par le vent et je m'apprêtais à franchir les grilles de l'entrée des délégués quand je m'arrêtai net. J'avais oublié mon porte-documents à côté du banc, dans la salle de méditation. Il contenait non seulement mes livres de bibliothèque, mais aussi mes notes concernant la journée de la veille.

Génial. Il ne manquerait plus que Solarin trouve ces papiers et qu'il aille s'imaginer – à juste titre – que j'enquêtais sur son passé. Je pivotai sur mon talon cassé et m'élançai à nouveau vers la place des Nations-Unies en me traitant de tous les noms.

Je pénétrai dans le hall. La réceptionniste s'occupait d'un visiteur. Le gardien n'était pas en vue. Je tentai de me convaincre que j'étais stupide d'avoir peur de retourner seule dans la salle. Le hall était totalement désert. Je voyais très distinctement l'escalier en spirale. Il n'y avait pas âme qui vive.

Je traversai hardiment le hall et jetai un coup d'œil par-dessus mon épaule en parvenant au niveau de la fenêtre de Chagall. Puis je poussai la porte et regardai à l'intérieur.

Il fallut une bonne seconde pour que mes yeux s'habituent à la pénombre, mais je constatai immédiatement que la pièce n'était plus telle que je l'avais laissée. Solarin avait disparu. Mon porte-documents aussi. Et couché en travers de la dalle en pierre, le visage tourné vers le plafond, il y avait un corps. Je restai plantée devant la porte, malade de peur. Le grand corps étendu sur la dalle était revêtu d'un uniforme de chauffeur. Mon sang se glaça dans mes veines. Un bourdonnement emplit mes oreilles. Inspirant un grand coup, je m'avançai dans la pièce et lâchai la porte qui se referma sans bruit.

Je marchai jusqu'à la dalle et regardai le visage blême et grisâtre qui se dessinait dans la lumière du spot. C'était Saul, pas le moindre doute là-dessus. Et il était tout ce qu'il y avait de plus mort. La nausée me tordit l'estomac tandis qu'une terreur épouvantable s'emparait de moi. Je n'avais encore jamais vu un mort, pas même à un enterrement. Je me mis à trembler comme si j'allais crier.

Mais quelque chose retint le hurlement qui s'apprêtait à franchir mes lèvres. Saul ne s'était pas hissé tout seul sur la dalle pour mourir. Quelqu'un l'avait placé là, et ce quelqu'un s'était trouvé dans cette pièce moins de cinq minutes auparavant.

Je fis un bond jusqu'au hall. La réceptionniste était toujours occupée à donner des indications au visiteur. L'espace d'un instant, je fus tentée de donner l'alerte, puis je me ravisai. J'aurais quelques difficultés à expliquer que le chauffeur de l'une de mes amies était venu se faire tuer ici, et qu'en me promenant j'avais failli trébucher sur son corps. Que, par la plus grande des coïncidences, je m'étais trouvée la veille sur les lieux d'un suicide pour le moins bizarre avec mon amie, l'employeur du chauffeur. Et que nous n'avions pas signalé les deux impacts de balle qui étaient apparus dans la carrosserie de sa voiture…

Je m'élançai hors des Nations unies et manquai de m'étaler en dévalant les marches menant à la rue. Je savais que j'aurais dû aller tout droit aux autorités, mais j'étais terrifiée. Saul avait été assassiné dans cette salle seulement quelques minutes après que j'en fus sortie. Fiske avait été assassiné seulement quelques instants après l'interruption de la partie d'échecs. Dans les deux cas, les victimes se trouvaient dans des lieux publics, avec des gens tout proches. Et dans les deux cas Solarin était présent. Solarin avait un revolver, non ? Et il était là. À chaque fois.

Ainsi donc, nous jouions un jeu. Très bien, en ce cas, j'en découvrirais les règles toute seule. Ce n'était pas seulement de la peur et de l'effarement que je ressentais tout en descendant la rue pour gagner le refuge douillet de mon bureau. C'était de la détermination. Déchirer le voile mystérieux qui enveloppait ce jeu, je devais découvrir quelles étaient les règles et les joueurs. Et vite. Parce que les mouvements de pièces étaient beaucoup trop rapides pour ma sécurité. J'ignorais alors qu'à une trentaine de blocs de là, un mouvement se mettait en place, un mouvement qui devait altérer le cours de ma vie…

*

— Brodski est furieux, déclara nerveusement Gogol.

Dès qu'il avait vu Solarin franchir la porte d'entrée, il avait quitté d'un bond la confortable chaise capitonnée du salon de l'Algonquin, où il prenait le thé.

— Où étiez-vous ? demanda-t-il, le visage aussi pâle qu'un linge.

— Je suis sorti prendre l'air, répondit calmement Solarin. Nous ne sommes pas en Union soviétique, vous savez. À New York, les gens vont librement se promener, sans être obligés d'en référer aux autorités. Il a eu peur que je sois passé à l'ennemi ?

Gogol ne lui rendit pas son sourire.

— Il est dans tous ses états.

Il regarda nerveusement autour de lui, mais il n'y avait personne dans le salon, à l'exception d'une vieille dame qui buvait du thé, à l'autre bout de la pièce.

— Hermanold nous a annoncé ce matin que la suite du tournoi risquait d'être différée, jusqu'à ce qu'ils aient élucidé les causes de la mort de Fiske. On lui a brisé la nuque.

— Je sais, dit Solarin en le prenant par l'épaule pour le piloter jusqu'à la table où le thé refroidissait. Il l'obligea à s'asseoir et à finir son thé. J'ai vu le corps, vous vous souvenez ?

— C'est justement le problème, murmura Gogol. Vous étiez seul avec lui juste avant l'accident. Ça se présente mal. Nous ne devions pas attirer l'attention sur nous. S'il y a enquête, on va sûrement vous interroger.

— Pourquoi ne me laissez-vous pas m'en débrouiller ?

Gogol piocha un morceau de sucre et le plaça entre ses dents. Puis il avala une gorgée de thé en gardant un silence pensif.

La vieille dame qui était assise à l'autre bout du salon se dirigea vers eux en boitillant. Elle était habillée en noir et s'appuyait lourdement sur une canne. Gogol leva les yeux vers elle.

— Excusez-moi, messieurs, dit-elle doucement. Ils ne m'ont pas donné de saccharine avec mon thé, et je ne peux pas prendre du sucre. L'un de vous pourrait-il me céder un sachet de saccharine ?

— Certainement, dit Solarin.

S'emparant du sucrier qui était posé sur le plateau de Gogol, il piocha plusieurs petits sachets roses et les tendit à la vieille dame. Elle le remercia aimablement et s'éloigna.

— Oh non ! gémit Gogol en regardant en direction des ascenseurs.

Brodski s'avançait vers eux, se frayant un passage entre les tables serrées les unes contre les autres et les chaises à fleurs.

— Je devais vous conduire à lui dès votre arrivée, souffla-t-il à Solarin.

Il se leva, manquant de renverser son plateau à thé. Solarin resta assis.

Brodski était grand et musclé, avec un visage bronzé. Il ressemblait à un homme d'affaires européen avec son costume bleu marine à fines rayures et sa cravate en soie. Il s'approcha d'une démarche agressive, comme s'il se rendait à une réunion de travail. Il s'arrêta devant Solarin et lui tendit la main. Solarin la serra sans se lever. Brodski s'assit.

— Je vais être dans l'obligation de signaler votre disparition aux autorités, attaqua-t-il.

— On peut difficilement appeler ça une disparition. Je suis allé me promener.

— Faire un peu de shopping, hein ? ricana Brodski. Très jolie mallette. Où l'avez-vous achetée ?

Il pointa un doigt en direction du porte-documents qui était posé par terre à côté du siège de Solarin, et que Gogol n'avait même pas remarqué.

— Du cuir italien. L'attirail indispensable à un joueur d'échecs soviétique, ironisa-t-il. Vous permettez que je jette un coup d'œil à l'intérieur ?

Solarin haussa les épaules. Brodski souleva le porte-documents, le posa sur ses genoux et l'ouvrit. Il se mit à en inventorier le contenu.

— À propos, qui était cette femme qui s'éloignait de votre table quand je suis arrivé ?

— Juste une vieille dame, répondit Gogol. Elle voulait de la saccharine pour son thé.

— Elle ne devait pas y tenir tant que ça, souligna Brodski en fouillant dans les papiers. Elle est partie dès qu'elle m'a vu.

Gogol regarda en direction de la table où était installée la vieille dame. Elle était partie, mais son plateau de thé était encore à sa place, intact.

Brodski remit les papiers dans le porte-documents et le rendit à Solarin. Puis il dévisagea Gogol en soupirant.

— Gogol, vous êtes un imbécile, déclara-t-il tranquillement, comme s'il discutait de la pluie et du beau temps. C'est la deuxième fois que notre précieux grand maître vous fausse compagnie. La première fois, quand il a interrogé Fiske juste avant sa mort. La seconde, quand il est sorti récupérer cette mallette qui ne contient plus maintenant qu'une planchette à croquis, quelques feuilles de papier blanc et deux livres sur l'industrie du pétrole. De toute évidence, l'essentiel n'y est déjà plus. Et maintenant, à votre nez et votre barbe, il vient de passer un message à un agent, dans ce salon même.

Gogol devint cramoisi et reposa sa tasse.

— Mais je vous assure…

— Épargnez-moi vos protestations, trancha Brodski avant de se tourner vers Solarin. L'ambassade exige que nous obtenions un contact sous vingt-quatre heures. Sans quoi, nous serons rappelés en Russie. Elle ne veut pas prendre le risque que votre couverture soit dévoilée au grand jour si ce tournoi est annulé. Nous pouvons difficilement déclarer que nous sommes restés à New York pour acheter des mallettes italiennes usagées, siffla-t-il. Vous avez donc vingt-quatre heures pour joindre vos sources, grand maître.

Solarin fixa Brodski droit dans les yeux. Puis il lui sourit avec froideur.

— Vous pouvez informer l'ambassade que nous avons déjà établi le contact, mon cher Brodski, répondit-il.

Brodski conserva le silence, attendant que Solarin poursuivît. Comme il n'en faisait rien, il demanda d'une voix mielleuse :

— Oui ? Ne nous faites pas languir.

Solarin contempla le porte-documents qui était posé sur ses genoux. Finalement, il leva les yeux vers Brodski, les traits figés dans un masque rigide.

— Les pièces sont en Algérie, déclara-t-il.

*

À midi, j'étais dans un état lamentable. J'avais désespérément tenté de joindre Nim, sans le moindre succès. Je ne parvenais pas à oublier le cadavre atroce de Saul, étendu sur cette dalle, et malgré mes efforts je ne parvenais pas à comprendre ce que cela signifiait.

J'étais enfermée dans mon bureau, chez Con Ed, dont les fenêtres donnaient sur l'entrée des Nations unies. J'écoutais avidement tous les bulletins d'informations à la radio et guettais du coin de l'œil l'arrivée éventuelle d'un car de police, signe que le corps aurait été découvert. Mais jusqu'à présent, il ne s'était rien produit de tel.

J'avais également essayé de joindre Lily, mais elle était sortie. Le bureau d'Harry m'informa qu'il était parti pour Buffalo afin d'examiner un lot de fourrures endommagées et qu'il ne rentrerait pas avant le milieu de la nuit. Un instant, je fus tentée d'appeler la police et de laisser un message anonyme concernant Saul, mais je me dis que tôt ou tard ils finiraient bien par le trouver. Un cadavre ne pouvait pas rester longtemps inaperçu dans un lieu comme les Nations unies.

Un peu après midi, j'envoyai ma secrétaire chercher des sandwiches. Lorsque le téléphone sonna, je décrochai. C'était mon patron, Lisle. Il affichait une bonne humeur horripilante.

— Nous avons vos billets et votre itinéraire, Velis, me dit-il. Vous êtes attendue à Paris lundi prochain. Vous y passerez la nuit et vous partirez pour Alger le lendemain matin. Vos billets et vos papiers vous seront livrés à domicile cet après-midi. Ça vous va ?

Je lui répondis que c'était parfait.

— Vous n'avez pas l'air enthousiaste, Velis. Des regrets ?

— Pas du tout, affirmai-je avec toute la conviction dont je fus capable. Ce dépaysement me fera le plus grand bien. New York commence à me porter sur les nerfs.

— Alors tant mieux. Vous ne pourrez pas dire que je ne vous avais pas prévenue.

Nous raccrochâmes. Quelques minutes plus tard, la secrétaire revint avec les sandwiches et du lait. Je refermai ma porte et commençai à manger. Mais c'est à peine si je pus avaler quelques bouchées. Je ne parvins pas davantage à m'intéresser à mes livres sur l'industrie pétrolière. Je restai prostrée sur ma chaise, à regarder fixement mon bureau.

Vers trois heures, la secrétaire frappa et entra, un porte-documents à la main.

— Un homme a confié ceci au portier. Il y a un mot.

Je pris le message avec des doigts tremblants et attendis qu'elle soit sortie. Puis je m'emparai d'un coupe-papier, décachetai l'enveloppe et en retirai un feuillet. Je lus : *J'ai gardé quelques-uns de vos papiers. S'il vous plaît, ne rentrez pas seule à votre appartement.* Il n'y avait pas de signature, mais je reconnus le ton. J'enfouis le message dans ma poche et ouvris mon porte-documents. Il n'y manquait rien. Sauf, évidemment, mes notes concernant Solarin.

*

À six heures trente, j'étais toujours dans mon bureau. La secrétaire était assise dans la pièce d'à côté, occupée à taper à la machine. Je lui avais donné une tonne de travail pour ne pas rester seule, mais je me demandais comment j'allais regagner mon appartement. Je n'habitais qu'à un bloc de là. Il me paraissait ridicule de prendre un taxi.

Le concierge vint faire le ménage. Il versait le contenu d'un cendrier dans ma corbeille à papiers quand le téléphone sonna. Je décrochai avec une telle hâte que je faillis renverser l'appareil.

— Tu fais des heures supplémentaires ? dit une voix familière.

J'en aurais pleuré de soulagement. Je m'efforçai de contrôler ma voix.

— Si c'est sœur Nim, je crains qu'il ne soit trop tard. Je suis occupée à boucler mes valises pour partir en retraite. Je suis embrigadée chez les religieuses de Jésus, désormais.

— Ce serait vraiment du gâchis, répondit gaiement Nim.

— Comment as-tu su que tu me trouverais là à une heure pareille ?

— À quel autre endroit pourrait se trouver un bourreau de travail, un soir d'hiver ? Tu as dû épuiser les réserves d'électricité nocturne du monde entier. Comment vas-tu, très chère ? J'ai cru comprendre que tu avais essayé de me joindre ?

J'attendis que le concierge soit parti pour parler.

— Je crois que j'ai de gros ennuis, commençai-je.

— Naturellement. Tu as perpétuellement des ennuis, rétorqua Nim d'un ton nonchalant. C'est ce qui fait ton charme. Un cerveau comme le mien ne saurait tolérer de côtoyer la banalité.

Je lançai un regard en direction du dos de ma secrétaire, de l'autre côté du mur en vitre de mon bureau.

— J'ai de *très graves* ennuis, soufflai-je dans le combiné. Ces deux derniers jours, deux personnes ont été tuées pratiquement sous mon nez ! On m'a avertie que c'était lié à ma présence au tournoi d'échecs, et…

— Tu parles à travers une cloche à fromage, ou quoi ? m'interrompit Nim. Je t'entends à peine. Parle normalement !

— Une diseuse de bonne aventure m'a prédit que je serais en danger. Et elle avait raison. Ces meurtres…

— Ma chère Cat ! s'esclaffa Nim. Une *diseuse de bonne aventure* ?

— Elle n'est pas la seule, insistai-je en m'enfonçant les ongles dans les paumes. Tu as entendu parler d'Alexander Solarin ?

Nim resta silencieux pendant un moment.

— Le joueur d'échecs ? dit-il enfin.

— C'est lui qui m'a déclaré que… commençai-je d'une voix faible tout en prenant conscience de ce que mon histoire avait d'invraisemblable.

— Comment connais-tu Alexander Solarin ? me demanda Nim.

— J'étais présente au tournoi d'échecs, hier. Il est venu vers moi et m'a dit que j'étais en danger. Il s'est montré très insistant à ce sujet.

— Il t'a peut-être prise pour quelqu'un d'autre, déclara Nim. Mais sa voix était lointaine, comme s'il était perdu dans ses pensées.

— Peut-être, admis-je. Mais ce matin même, aux Nations unies, il m'a clairement laissé entendre que…

— Une minute, m'interrompit Nim. Je crois que je vois le problème : tu es traquée par des diseuses de bonne aventure et des joueurs d'échecs soviétiques qui te chuchotent à l'oreille des avertissements mystérieux. Des cadavres tombent du ciel... Qu'est-ce que tu as mangé, aujourd'hui ?

— Un sandwich et du lait.

— Paranoïa aiguë provoquée par une carence alimentaire évidente. Rassemble tes affaires. Je passe te chercher dans cinq minutes avec ma voiture. Nous allons faire un repas solide et tes hallucinations disparaîtront.

— Ce ne sont pas des hallucinations, protestai-je.

Mais j'étais soulagée que Nim vienne me chercher. Au moins, je pourrais rentrer chez moi sans danger.

— Nous en reparlerons. Même de là où je suis, je peux me rendre compte que tu es beaucoup trop maigre. Par contre, je trouve ton ensemble rouge très seyant.

Je balayai mon bureau du regard, puis je scrutai la rue, juste devant les Nations unies. Les réverbères venaient de s'allumer, mais la majeure partie des trottoirs restait dans l'ombre. Je distinguai une silhouette noire dans la cabine téléphonique située près de l'arrêt du bus. Elle leva un bras.

— Juste une parenthèse, ma chère, fit la voix de Nim. Si tu te sens réellement en danger, je te conseille vivement de cesser de te pavaner le soir devant des fenêtres allumées. Naturellement, il s'agit seulement d'une suggestion.

Et il raccrocha.

*

La Morgan vert sombre de Nim se rangea devant Con Edison. Je sortis du bâtiment en courant et sautai côté passager. La voiture avait des marchepieds sur les côtés, et le plancher était en bois. On voyait la rue entre les interstices.

Nim portait un jean délavé, une luxueuse veste de grenadier en cuir italien, et une écharpe en soie blanche avec des franges. Ses cheveux cuivrés flottèrent dans le vent quand nous nous éloignâmes du trottoir. Je me demandai ce que j'avais pu faire au ciel pour avoir des amis qui s'entêtent à conduire avec la capote baissée en plein hiver. Il lança la voiture en avant, la lumière chaude des réverbères allumant des étincelles dorées dans ses cheveux.

— On va s'arrêter chez toi pour que tu enfiles quelque chose de plus chaud, dit Nim. Si tu veux, je passerai le premier avec un détecteur de mines.

Par une bizarrerie génétique, les yeux de Nim étaient de deux couleurs différentes. L'un marron et l'autre bleu. J'avais toujours l'impression qu'il me regardait extérieurement et intérieurement à la fois. Une sensation qui n'était pas particulièrement agréable.

On se gara devant mon immeuble. Nim descendit et héla Boswell. Il lui glissa un billet de vingt dollars dans la main.

— Nous n'en avons que pour quelques minutes, mon brave, lui dit-il. Pouvez-vous surveiller ma voiture pendant que nous montons ? C'est un héritage de famille.

— Certainement, monsieur, répondit poliment Boswell.

Dans son élan de générosité, celui-ci alla jusqu'à m'ouvrir la portière. Incroyable ce que l'argent pouvait accomplir comme prodige…

Je pris mon courrier à la réception. L'enveloppe de la Fulbright Cone contenant mes billets était là. Nim entra avec moi dans l'ascenseur, et nous montâmes.

Nim regarda ma porte et m'informa que le détecteur de mines ne serait pas nécessaire. Si quelqu'un était entré dans mon appartement, il l'avait fait au moyen d'une clé. Comme la plupart des appartements new-yorkais, le mien était pourvu d'une porte blindée à double verrou.

Nim me précéda dans l'entrée puis dans la salle de séjour.

— Si je puis me permettre une suggestion : une femme de ménage ferait des miracles ici, une fois par mois, commenta-t-il. En dehors des indices précieux que cela constituerait dans une enquête criminelle, je n'arrive pas à comprendre le plaisir que tu éprouves à collectionner autant de poussière et de souvenirs inutiles.

Il souffla sur le nuage crasseux qui recouvrait une pile de livres, et en saisit un qu'il se mit à feuilleter.

Je fouillai dans mon placard et en tirai un pantalon en toile kaki ainsi qu'un pull marin irlandais en pure laine. Lorsque je me dirigeai vers la salle de bains pour me changer, Nim, assis devant le piano, caressait paresseusement les touches.

— Tu joues de cette chose ? cria-t-il dans ma direction. Je te demande ça parce que les touches sont propres.

— J'ai été reçue major au concours de musique, répondis-je depuis la salle de bains. Les experts en informatique font les meilleurs musiciens. Bien avant les ingénieurs et les physiciens.

Je savais pertinemment que Nim était bardé de diplômes dans ces deux disciplines. La salle de séjour resta silencieuse tandis que je changeais de vêtements. Lorsque je remontai le couloir en chaussettes, Nim était immobile au milieu de la pièce, le regard fixé sur le tableau représentant l'homme à la bicyclette que j'avais laissé appuyé au mur.

— Attention, il n'est pas sec, l'avertis-je.

— C'est toi qui l'as peint ? demanda-t-il sans quitter le tableau des yeux.

— C'est ce qui a causé tous mes ennuis. Je l'ai peint, et puis j'ai vu un homme qui ressemblait très exactement au tableau. Alors je l'ai suivi, et…

— Tu as fait quoi ?

Nim me regarda brusquement.

Je m'assis sur le banc du piano et commençai à lui raconter toute l'histoire, en commençant par l'irruption de Lily avec Carioca. Était-ce seulement la veille ? Cette fois, Nim ne m'interrompit pas. De temps en temps, il jetait un coup d'œil au tableau pendant que je parlais, puis il me regardait à nouveau. J'achevai mon récit en évoquant la diseuse de bonne aventure et mon excursion au Fifth Avenue Hotel, la veille au soir, quand j'avais découvert qu'elle n'avait jamais existé. Quand j'eus fini, Nim sombra dans une profonde méditation. Je me levai, me dirigeai vers le placard et en sortis une vieille paire de bottes d'équitation ainsi qu'une veste verte. J'entrepris d'enfoncer le bas de mon pantalon dans mes bottes.

— Si ça ne t'ennuie pas, murmura pensivement Nim, j'aimerais t'emprunter ton tableau pour quelques jours.

Il avait saisi la peinture et la tenait avec précaution par le cordon fixé au dos.

— Tu as toujours le poème de cette diseuse de bonne aventure ?

— Il est quelque part par là, acquiesçai-je en désignant le chaos ambiant.

— J'aimerais y jeter un coup d'œil.

Je poussai un soupir et me mis à fouiller les poches de mes manteaux suspendus dans la penderie. Ça me prit dix bonnes minutes, mais je finis par retrouver la serviette en papier où Llewellyn avait écrit la prophétie, coincée au fond d'une doublure.

Nim me prit le papier des mains et l'enfouit dans sa poche. Soulevant le tableau d'une main, il posa son bras libre sur mon épaule et nous nous dirigeâmes vers la porte.

— Ne t'inquiète pas pour ton tableau, me dit-il comme nous traversions le hall. Je te le rendrai avant la fin de la semaine.

— Tu peux aussi bien le garder. Les déménageurs viennent enlever mes affaires jeudi. C'est ce que je voulais te dire au téléphone. Je quitte le pays ce week-end. Je resterai absente une année. Ma compagnie m'envoie en mission à l'étranger.

— Ces esclavagistes, commenta Nim. Où t'envoient-ils ?

— En Algérie, répondis-je comme nous atteignions la porte. Nim s'arrêta net et me dévisagea fixement. Puis il se mit à rire.

— Cat, tu es impayable ! Tu ne cesseras jamais de m'étonner. Depuis près d'une heure tu me régales d'histoires de meurtre, de mystère et d'intrigue, et tu oublies de me parler de l'essentiel.

J'étais totalement abasourdie.

— Parce que je vais en Algérie ? Mais quel rapport cela a-t-il avec tout ça ?

— Dis-moi, déclara Nim en me soulevant le menton pour me forcer à le regarder, as-tu déjà entendu parler du Jeu de Montglane ?

LE TOUR DU CAVALIER

Le Chevalier : Vous jouez aux échecs, n'est-ce pas ?

La Mort : Comment le savez-vous ?

Le Chevalier : Je l'ai vu en peinture, et je l'ai entendu chanter dans des ballades.

La Mort : Oui, en fait je suis assez bon aux échecs.

Le Chevalier : Mais vous ne pouvez pas être meilleur que moi.

Le Septième Sceau,
Ingmar BERGMAN.

Le Midtown Tunnel[1] était quasiment désert. Il était plus de sept heures trente du soir, et on pouvait entendre le ronflement bruyant du moteur de la Morgan résonner contre les murs.

— Je croyais que nous allions dîner, criai-je pour couvrir le bruit.

---

1. Midtown Tunnel : tunnel sous l'East River servant à la circulation des véhicules. (N.d.T.)

— Je t'emmène dans ma maison de Long Island, répondit mystérieusement Nim. C'est là que je m'amuse à jouer le gentleman farmer. Encore qu'il n'y ait pas de récoltes à cette époque de l'année.

— Tu as une ferme à Long Island ? m'étonnai-je.

C'était idiot, mais je ne parvenais pas à imaginer Nim *habitant* réellement quelque part. Il semblait toujours apparaître et disparaître à la façon d'un fantôme.

— Bien sûr, répondit-il en tournant vers moi ses yeux bicolores. Tu seras d'ailleurs la première personne à y mettre les pieds. Comme tu le sais, je suis assez jaloux de mon intimité. Je me propose de préparer moi-même notre dîner. Ensuite, tu pourras dormir sur place.

— Hé, une minute…

— La logique n'est vraiment pas ton fort. Tu viens de m'expliquer que tu étais en danger. En quarante-huit heures tu as vu deux hommes assassinés, et on t'a avertie que tu étais mêlée à ces meurtres. Ne me dis pas qu'après ça tu as l'intention de passer la nuit seule dans ton appartement ?

— Il faut que j'aille travailler demain matin, m'entêtai-je.

— Pas question, trancha Nim d'un ton définitif. Tu vas me faire le plaisir de rester à l'écart de tes repaires habituels jusqu'à ce que nous ayons compris ce qui se passe. J'ai deux ou trois choses à te dire à ce sujet.

Comme la voiture s'élançait en rase campagne, le vent tourbillonnant autour de nous, je m'emmitouflai plus étroitement dans la couverture et écoutai Nim.

— Pour commencer, je veux te parler du Jeu de Montglane, reprit Nim. C'est une très longue histoire. Figure-toi qu'à l'origine le jeu d'échecs appartenait à Charlemagne…

— Oh ! m'exclamai-je en me redressant sur mon siège. Alors j'en ai déjà entendu parler, mais j'ignorais son nom. L'oncle Llewellyn de Lily Rad m'en a parlé quand il a su que je partais en Algérie. Il voulait que je lui en rapporte quelques pièces.

— Cela ne m'étonne pas, répondit Nim dans un rire. Elles sont extrêmement rares et valent une fortune. La plupart des gens ne savent même pas qu'elles existent. Comment Llewellyn en a-t-il entendu parler ? Et qu'est-ce qui lui fait croire qu'elles sont en Algérie ?

Nim s'était exprimé d'un ton insouciant, mais je sentis qu'il attachait la plus grande importance à ma réponse.

— Llewellyn est antiquaire, lui expliquai-je. Il a un client qui souhaite acquérir ces pièces à n'importe quel prix. Ils ont là-bas un contact qui sait où elles se trouvent.

— J'en doute fort. D'après la légende, elles sont cachées depuis près d'un siècle et, bien avant cela, elles ont été retirées de la circulation pendant mille ans.

Tandis que nous roulions dans la nuit, Nim me raconta une bizarre histoire de rois maures, de religieuses françaises et d'un mystérieux pouvoir qui avait été convoité pendant des siècles par ceux qui en connaissaient la nature exacte. Finalement, il m'expliqua comment le jeu entier avait disparu sans laisser de traces. On ne devait jamais le revoir. Nim me confia qu'on supposait qu'il avait été caché en Algérie, mais il ne précisa pas pourquoi.

Lorsqu'il acheva son invraisemblable récit, la voiture roulait au milieu d'un épais bosquet d'arbres, sur une route en pente. Elle remonta brusquement, et nous aperçûmes une lune d'une blancheur laiteuse, flottant au-dessus de la mer noire. J'entendais des chouettes se répondre dans les bois. On avait vraiment l'impression d'être à des lieues de New York.

— De toute façon, déclarai-je en pointant mon nez hors de la couverture, j'ai déjà dit à Llewellyn qu'il n'était pas question que je m'en mêle, et qu'il était cinglé de croire que je pourrais passer en contrebande une pièce d'échecs de cette taille, en or brut, avec tous ces diamants, ces rubis...

La voiture fit une telle embardée que nous faillîmes plonger dans la mer. Nim ralentit et reprit le contrôle de son véhicule.

— Il en possède une ? Il t'en a *montré* une ?

— Bien sûr que non, répondis-je en me demandant ce que ça signifiait. Il m'a montré la photo d'une reproduction en ivoire. Elle se trouve à la Bibliothèque nationale, je crois.

— Je vois, murmura Nim en se calmant un peu.

— En ce qui me concerne, je ne vois vraiment pas le rapport avec Solarin et tous ces meurtres.

— Je vais t'expliquer. Mais il faut que tu me donnes ta parole de n'en parler à personne.

— C'est exactement ce que m'a dit Llewellyn.

Nim me lança un regard écœuré.

— Tu seras peut-être plus prudente à l'avenir si je te dis que la raison pour laquelle Solarin t'a contactée et le danger que tu cours sont liés justement à ces pièces d'échecs.

— C'est impossible, remarquai-je. Je n'en avais jamais entendu parler. Je n'ai absolument rien à voir avec ce jeu stupide !

— Mais peut-être que quelqu'un pense le contraire, répondit Nim d'un ton neutre tandis que la voiture filait le long de la côte noyée dans l'ombre.

*

La route s'incurva légèrement tout en s'écartant de la mer. De chaque côté, des haies impeccables, de trois mètres de haut, délimitaient de vastes propriétés. De temps à autre, le clair de lune illuminait fugitivement d'immenses manoirs nichés au creux de pelouses en pente, tapissées de neige. Je n'avais jamais rien vu de tel si près de New York. Ça me fit penser à Scott Fitzgerald.

Nim me parlait de Solarin.

— Je ne sais pas grand-chose à son sujet, en dehors de ce que j'ai lu dans les journaux. Alexander Solarin a vingt-six ans, c'est un citoyen d'URSS, élevé en Crimée, le berceau de la civilisation, mais qui ces dernières années a manifesté des velléités d'indépendance. C'est un orphelin qui a grandi dans une maison financée par l'État. À neuf ou dix ans, il a infligé une sacrée déculottée à un maître incontesté des échecs. Apparemment, il avait appris à jouer dès l'âge de quatre ans, avec des pêcheurs de la mer Noire. Ça lui a valu d'être placé immédiatement au Palais des pionniers.

J'en avais entendu parler. Le Palais des jeunes pionniers était le seul institut d'enseignement supérieur du monde qui se consacrât à former les futurs maîtres d'échecs. En URSS, les échecs n'étaient pas seulement un sport national, c'était une représentation du monde politique, le jeu le plus cérébral de l'Histoire. Les Soviétiques s'imaginaient que leur longue hégémonie confirmait leur suprématie intellectuelle.

— Si Solarin est entré au Palais des pionniers, c'est donc qu'il avait de solides appuis politiques ?

— Normalement, oui, répondit Nim.

La voiture s'élança à nouveau en direction de la mer. De l'écume blanche éclaboussait la route, et des traces de sable étaient visibles sur la chaussée. La route débouchait sur une large allée fermée par une haute double grille en fer forgé. Nim manipula quelques boutons sur son tableau de bord, et les grilles s'ouvrirent. Nous nous retrouvâmes au milieu d'une jungle de branches emmêlées, striées de neige, comme le domaine de la reine des Neiges dans *Casse-Noisette*.

— En fait, poursuivit Nim, Solarin refusa de se désister en faveur des favoris, une règle absolue de l'étiquette politique en vigueur chez les Soviétiques. Elle a été amplement critiquée, mais ça ne les empêche pas de continuer à l'appliquer.

L'allée n'était pas dégagée, à croire qu'aucune voiture n'avait emprunté ce chemin avant nous. Les arbres formaient une voûte rappelant la travée d'une cathédrale, qui cachait le jardin aux regards. On échoua enfin devant une large allée en forme de croissant, avec une fontaine au milieu. Devant nous, la maison luisait doucement dans le clair de lune. Elle était gigantesque, avec de grands pignons qui surplombaient l'allée, et un toit hérissé de cheminées.

— Notre ami Solarin a donc embrassé des études de physique, déclara Nim tandis qu'il coupait le contact et me regardait dans la faible clarté de la lune, et il a lâché les échecs. En dehors de quelques tournois occasionnels, il ne participe plus aux compétitions depuis l'âge de vingt ans.

Nim m'aida à descendre de voiture et, le tableau à la main, on chemina jusqu'à la porte, qu'il ouvrit à l'aide d'une clé.

Le hall d'entrée était immense. Nim alluma la lumière, qui jaillit d'un grand lustre en cristal taillé. Le sol du hall comme celui des pièces attenantes était en ardoise coupée à la main, polie comme du marbre. La maison était tellement glaciale que ma respiration formait de la buée, et qu'une fine couche de givre recouvrait les plaques d'ardoise. Nim me fit traverser une suite de pièces sombres et m'emmena jusqu'à une cuisine située à l'arrière de la maison. C'était une pièce merveilleuse. Les conduites de gaz d'origine étaient toujours fixées aux murs et au plafond. Posant le tableau sur le sol, il alluma les appliques et, aussitôt, une douce lumière dorée nous enveloppa.

La cuisine était gigantesque. Elle devait mesurer facilement neuf mètres de large sur quinze de long. Au fond, une porte-fenêtre donnait sur une pelouse enneigée, avec au loin la mer qui déferlait dans une succession de vagues argentées. À une extrémité de la pièce s'alignaient des fourneaux suffisamment imposants pour nourrir une centaine de personnes. Ils marchaient sûrement au bois. À l'autre bout, une cheminée immense occupait tout un pan de mur. Tout près trônait une table ronde en chêne où on aurait facilement pu tenir à huit ou dix, sa surface entaillée et ridée par le temps. Tout autour de la pièce étaient disséminés des fauteuils confortables et des sofas moelleux, recouverts de chintz fleuri.

Nim se dirigea vers une pile de bois qui était stockée près de la cheminée, cassa un lit de brindilles et jeta rapidement quelques bûches sur le tout. Au bout de quelques minutes, la pièce fut illuminée par une chaude lumière dansante. Je retirai mes bottes et me lovai sur un sofa tandis que Nim débouchait une bouteille de sherry. Il me tendit un verre, se servit à son tour, puis s'assit sur un siège près de moi. Lorsque je me fus débarrassée de ma veste, il leva son verre.

— Au Jeu de Montglane, et aux nombreuses aventures qu'il te réserve, déclara-t-il en souriant, avant de boire une gorgée.

— Mmm... C'est délicieux, dis-je.

— C'est un *amontillado*, répondit-il en faisant tourner son verre. On a emmuré des gens vivants pour un sherry inférieur à celui-ci.

— J'espère que ce n'est pas le genre d'aventure que tu *me* réserves. Il faut vraiment que j'aille travailler demain matin.

— « Je suis mort pour la beauté, je suis mort pour la vérité », cita Nim. Tout le monde s'imagine prêt à mourir pour quelque chose. Mais c'est la première fois que je vois quelqu'un prêt à risquer sa vie pour une journée de travail inutile à la Consolidated Edison !

— Maintenant, tu essaies de me faire peur.

— Pas du tout, répondit Nim en retirant sa veste de cuir et son écharpe en soie.

Il portait en dessous un pull rouge vif qui, curieusement, s'harmonisait merveilleusement avec ses cheveux. Il étendit ses jambes devant lui.

— Mais si un mystérieux inconnu m'abordait dans une salle déserte des Nations unies, j'aurais tendance à lui accorder toute mon attention. Surtout si ses avertissements étaient suivis de deux morts.

— À ton avis, pourquoi Solarin a-t-il fixé son choix sur moi ?

— J'espérais que tu répondrais à cette question, dit Nim en sirotant pensivement son sherry, le regard braqué sur le feu.

— Que sais-tu au sujet de cette formule secrète qu'il aurait prétendu détenir en Espagne ?

— Une diversion, répondit Nim. Solarin est un passionné des jeux mathématiques. Il a mis au point une nouvelle formule du Tour du cavalier, et il a promis de la révéler à celui qui le battrait. Tu sais ce que c'est que le Tour du cavalier ? ajouta-t-il en voyant ma confusion.

Je secouai négativement la tête.

— C'est un puzzle mathématique. Tu bouges le cavalier sur toute la surface de l'échiquier, sans qu'il emprunte jamais deux fois la même case. Naturellement, tu le déplaces selon ses mouvements habituels : deux cases à l'horizontale, une à la verticale, et vice versa. Au cours des siècles, des mathématiciens ont essayé de découvrir une formule pour y parvenir. Euler en avait trouvé une. Benjamin Franklin aussi. Un tour fermé consisterait à revenir à la case d'où tu es partie.

Nim se leva, se dirigea vers les fourneaux et se mit à remuer des casseroles et des poêles, allumant le gaz tout en continuant à parler.

— Les journalistes italiens qui assuraient le reportage en Espagne ont pensé que Solarin avait peut-être utilisé le Tour du cavalier pour cacher une autre formule. Solarin aime les jeux à plusieurs niveaux. Sachant qu'il était physicien, ils se sont immédiatement dit qu'ils tenaient un article de premier ordre.

— Mais si la formule n'avait aucune valeur, pourquoi les Russes l'ont-il rapatrié d'urgence ? demandai-je en m'installant sur une chaise proche du fourneau, la bouteille de sherry posée à côté de moi.

— Tu aurais fait une brillante carrière chez les paparazzi, dit Nim. C'est exactement le raisonnement qu'ils ont suivi. Malheureusement, Solarin est spécialisé dans l'acoustique. Une branche obscure, impopulaire et totalement étrangère à la défense nationale. Le plus souvent, ils ne décernent même pas de diplômes pour cette spécialité. Peut-être qu'il équipe des music-halls en URSS, si toutefois ils continuent à en construire.

Nim reposa dans un grand bruit une casserole sur le gaz et se dirigea vers l'office, d'où il revint avec une pleine brassée de légumes frais et de viande.

— Il n'y a pas la moindre trace de pneus dans ton allée, remarquai-je. Et il n'a pas neigé depuis plusieurs jours. Comment ces épinards frais et ces champignons exotiques sont-ils arrivés jusqu'ici ?

Nim me sourit, comme si je venais de passer avec succès un test important.

— Je dois reconnaître que tu as un certain don de déduction. Exactement ce dont nous allons avoir besoin, commenta-t-il en déposant les légumes dans l'évier pour les laver. C'est mon gardien qui se charge des courses. Il entre et il sort par la porte de côté.

Nim ôta l'emballage d'un pain de seigle au fenouil et ouvrit une terrine de mousse de truite. Il en découpa une tranche épaisse qu'il me tendit. Je n'avais pas fini mon petit déjeuner, et j'avais à peine touché mon déjeuner. C'était délicieux. Ce qui suivit le fut davantage encore. On eut de l'émincé de veau accompagné d'une sauce aux kumquats, des épinards frais avec des pignons de pin, de grosses tomates rouges (absolument impossibles à trouver à cette époque de l'année), grillées et nappées d'une sauce aux pommes acidulées. Les gros champignons en forme d'éventail étaient légèrement sautés et servis en accompagnement. Le plat de résistance fut suivi d'une salade de jeunes laitues vertes et rouges, avec des feuilles de pissenlit et des noisettes grillées.

Après avoir débarrassé la table, Nim apporta un pot de café et le servit avec une goutte de tuaca. Nous allâmes nous installer sur les fauteuils moelleux situés devant la cheminée, qui ne contenait plus maintenant que des cendres rougeoyantes. Nim avait posé sa veste sur le dossier d'une chaise et en avait retiré la prédiction de la diseuse de bonne aventure. Il examina pendant un bon moment les mots tracés par Llewellyn. Puis il me tendit la serviette et se leva pour attiser le feu.

— Qu'est-ce que tu trouves de bizarre dans ce poème ? me demanda-t-il.

Je l'étudiai sans y voir quoi que ce soit de particulier.

— Naturellement, tu sais que le quatrième jour du quatrième mois correspond à ma date de naissance ? dis-je.

Nim hocha imperceptiblement la tête. À la lueur du feu, ses cheveux avaient la couleur de l'or rouge.

— La diseuse de bonne aventure m'a avertie de n'en parler à personne, poursuivis-je.

— Et comme d'habitude, tu t'es empressée d'obéir, observa Nim, ironique, en jetant quelques bûches supplémentaires dans la cheminée.

Il se dirigea vers une table située dans un coin, prit du papier et un stylo et revint s'asseoir près de moi.

— Jette un coup d'œil là-dessus, dit-il.

Il recopia le poème en lettres majuscules en ayant soin de détacher les vers qui jusque-là avaient été griffonnés n'importe comment sur la serviette. Maintenant on pouvait lire :

JUSTE COMME CES LIGNES QUI CONVERGENT POUR FORMER UNE CLÉ
APPARAISSENT TEL UN ÉCHIQUIER, QUAND QUATRE SERONT LE MOIS ET LE JOUR
DE SCELLER UN MÂT HÂTE-TOI SANS GRAND RETARD.
OBSCUR JEU TANTÔT RÉEL, TANTÔT MÉTAPHORE...
UNIVERSELLEMENT HÉLAS CETTE SAGESSE EST VENUE TROP TARD.
BATAILLE DES BLANCS A FAIT RAGE SANS DÉSEMPARER.

EN LUTTE ACHARNÉE SE LIGUERONT POUR ACCOMPLIR LEUR DESTIN LES NOIRS.
CONTINUE JUSQU'À TRENTE-TROIS ET TROIS À CHERCHER
VOILÉE SECRÈTEMENT LA PORTE RESTE CACHÉE SANS RETOUR.

— Alors ? me demanda Nim en m'observant tandis que j'examinais sa version du poème.

Je ne voyais toujours pas où il voulait en venir.

— Regarde la structure même du poème, me dit-il d'un ton un peu impatient. Tu as un esprit mathématique, essaie de t'en servir.

J'étudiai à nouveau le poème, et brusquement ça me sauta aux yeux.

— Le schéma des rimes est inhabituel, dis-je fièrement.

Nim haussa les sourcils et m'arracha le papier des mains. Il l'observa un moment, puis se mit à rire.

— C'est ma foi vrai, admit-il en me rendant la feuille. Je ne l'avais pas remarqué. Prends le stylo et écris ce que ça donne.

Je fis ce qu'il me demandait et inscrivis :

Clé-Jour-Retard (A-B-C)
Métaphore-Tard-Désemparer (B-C-A)
Noirs-Chercher-Retour (C-A-B).

— Bon, le schéma des rimes est donc le suivant, déclara Nim en recopiant ma découverte sur le papier. Maintenant remplace les lettres par des chiffres et additionne-les.

J'inscrivis les chiffres en face des lettres qu'il avait tracées, ce qui donna :

ABC	123
BCA	231
CAB	312
	666

— 666 ! m'écriai-je. C'est le nombre de la Bête dans l'Apocalypse !

— En effet, acquiesça Nim. Et si tu additionnes les chiffres horizontalement, tu constateras qu'ils donnent exactement le même résultat. Ceci, ma chère, c'est ce qu'on appelle un « carré magique ». Un autre jeu mathématique. Quelques-uns des Tours du cavalier que Ben Franklin a inventés cachaient des carrés magiques. Tu as un fameux coup d'œil pour avoir trouvé dès le départ ce que même moi je n'avais pas remarqué.

— Tu ne l'avais pas remarqué ? dis-je non sans orgueil. Et alors, qu'est-ce que j'étais censée découvrir ?

Je me penchais sur la feuille, comme pour déceler un lapin caché dans un dessin de magazine pour enfants.

— Trace un trait pour séparer les deux dernières phrases des sept autres, commanda Nim.

Et tandis que je traçais la ligne en question, il ajouta :

— Et maintenant regarde la première lettre de chaque mot.

Je fis courir lentement mes yeux de haut en bas, et comme j'atteignais la fin du poème, un frisson atroce me glaça, en dépit de la chaleur réconfortante du feu.

— Qu'est-ce qui ne va pas ? me demanda Nim en me regardant d'un air étrange.

Je fixai le papier, incapable d'articuler un mot. Puis je saisis le stylo et écrivis ce que je voyais.

J-A-D-O-U-B-E / C-V, disait le papier, comme s'il me parlait.

— C'est bien ça, déclara Nim tandis que je restais pétrifiée sur ma chaise. *J'adoube,* le terme employé aux échecs pour dire je touche, j'ajuste. C'est ce que dit un joueur quand il s'apprête à recentrer une pièce au cours d'une partie. Il est suivi des lettres « CV », qui sont tes initiales. Je suppose que la diseuse de bonne aventure a voulu te faire passer un message. Elle voulait peut-être entrer en contact avec toi. Je me demande… *Au nom du ciel,* pourquoi fais-tu une tête pareille ?

— Tu ne comprends pas, murmurai-je d'une voix blanche. *J'adoube…* est la dernière phrase que Fiske ait prononcée en public, juste avant de mourir.

*

Inutile de dire que je fis des cauchemars. Je suivais l'homme à la bicyclette le long d'une allée battue par le vent qui serpentait à flanc de colline. Les maisons étaient tellement serrées que je ne pouvais pas voir le ciel. La lumière s'obscurcit de plus en plus tandis que nous pénétrions plus avant dans le labyrinthe sans cesse rétréci des rues. À chaque coin de rue, j'apercevais sa bicyclette qui disparaissait dans l'allée suivante. Je finis par l'acculer au bout d'une impasse. Il m'attendait comme une araignée au milieu de sa toile. Il se tourna vers moi et retira son écharpe, dévoilant une tête de mort livide avec des trous béants à la place des orbites. Puis la tête de mort se recouvrit petit à petit de chairs, jusqu'à prendre l'aspect du visage grimaçant de la diseuse de bonne aventure.

Je me réveillai en sursaut, baignée de sueurs froides. Repoussant l'édredon, je m'assis dans mon lit en frissonnant. Des cendres rougeoyaient encore dans la cheminée d'angle de ma chambre. Dirigeant mon regard vers la fenêtre, j'aperçus la pelouse enneigée. En son centre se dressait une large vasque en marbre semblable à une fontaine, avec en dessous un bassin assez grand pour qu'on s'y baigne. Au-delà de la pelouse, la mer tourmentée était gris perle dans la lumière du petit jour.

Je ne me souvenais pas très clairement de ce qui s'était passé la nuit dernière. Nim m'avait fait boire beaucoup trop de tuaca. J'avais la tête qui m'élançait. Je quittai mon lit, me dirigeai en titubant vers la salle de bains et ouvris en grand le robinet d'eau chaude. Je dénichai une bouteille de bain moussant portant la mention : « Œillet et Violette ». Ça sentait franchement mauvais, mais j'en versai quand même une dose dans la baignoire. Une fine pellicule de mousse s'étira à la surface. Tandis que je m'asseyais dans l'eau chaude, notre conversation me revint par bribes. Aussitôt ma peur remonta, intacte.

Je trouvai une pile de vêtements devant la porte de ma chambre : un pull scandinave en laine imperméable et une paire de bottes en caoutchouc jaune, doublées de flanelle. Je les enfilai par-dessus mes vêtements. Comme je descendais l'escalier, une délicieuse odeur de petit déjeuner flotta jusqu'à moi.

Nim était debout devant le fourneau, de dos. Il portait une chemise à carreaux et les mêmes bottes jaunes que les miennes.

— Où y a-t-il un téléphone pour que je puisse appeler mon bureau ? lui demandai-je.

— Il n'y a pas de téléphone ici, me répondit-il. Mais Carlos, mon gardien, est passé ce matin pour m'aider à nettoyer un peu. Je lui ai demandé d'appeler ton bureau en ville pour prévenir que tu n'irais pas travailler aujourd'hui. Je te raccompagnerai chez toi cet après-midi, et je te montrerai comment protéger ton appartement. Pour l'instant, on va manger, et puis on ira voir les oiseaux. Il y a une volière ici, tu sais.

Nim nous mitonna des œufs pochés dans une sauce au vin, des épaisses tranches de bacon canadien et des pommes de terre sautées, ainsi que le café le plus délicieux que j'aie jamais bu sur la côte est. Après le petit déjeuner, on sortit par la porte-fenêtre pour jeter un coup d'œil sur sa propriété.

La lande s'étendait sur près de cent mètres le long de la mer. La vue était entièrement dégagée, avec seulement des rangées de haies touffues pour délimiter les différentes propriétés. La vasque ovale de la fontaine ainsi que la large piscine qui s'incurvait en dessous étaient partiellement remplies d'eau. Des tonneaux flottaient à la surface pour empêcher la glace de se former.

À côté de la maison se dressait une gigantesque volière coiffée d'un dôme mauresque, construite en toile métallique et peinte en blanc. La neige s'était infiltrée à travers le treillage, s'amassant sur les moignons des petits arbres qui poussaient à l'intérieur. Des oiseaux de toutes sortes étaient perchés sur les branches, et de gros paons déambulaient sur le sol, leurs splendides plumes balayant la neige. Leurs cris horribles ressemblaient à ceux d'une femme qu'on égorge. Je sentis mes nerfs se crisper.

Nim déverrouilla la porte grillagée et m'escorta sous le dôme, me désignant les différentes espèces tandis que nous nous avancions au milieu du fouillis des arbres.

— Les oiseaux sont souvent plus intelligents que les hommes, me dit-il. J'ai également des faucons, mais ils sont dans une section à part, séparée des autres. C'est le pèlerin que je préfère. Comme dans beaucoup d'autres espèces, c'est la femelle qui chasse.

Il me désignait un petit oiseau moucheté, perché au sommet d'un pigeonnier, au fond de la volière.

— Vraiment ? Je l'ignorais, fis-je comme nous nous avancions pour mieux voir.

Les yeux rapprochés du rapace étaient ronds et noirs. J'eus l'impression qu'il *nous* jaugeait.

— J'ai toujours eu le sentiment que tu avais l'instinct d'un tueur, me dit Nim en observant le faucon.

— Moi ? Tu plaisantes ?

— Il n'a pas encore eu l'occasion de s'exprimer, mais j'ai la ferme intention de l'aider à se libérer. À mon avis, il dort en toi depuis beaucoup trop longtemps.

— Mais c'est *moi* qu'on essaie de tuer ! lui rappelai-je.

— Comme dans tout jeu, déclara Nim en effleurant mes cheveux de sa main gantée, tu as le choix entre la défense et l'attaque. Pourquoi ne pas opter pour la deuxième solution et menacer ton adversaire ?

— Je ne sais même pas *qui* est mon adversaire ! rétorquai-je, au comble de la frustration.

— Mais si, répondit mystérieusement Nim. Tu l'as su depuis le commencement. Tu veux que je te le prouve ?

— Vas-y.

J'étais à nouveau tourmentée, et je ne me sentis pas le courage de parler tandis que Nim me conduisait hors de la volière. Il la verrouilla et me prit la main pour me ramener à la maison.

Il m'enleva mon manteau, me fit asseoir sur le sofa près du feu et me retira mes bottes. Puis il se dirigea vers le mur où il avait appuyé mon tableau représentant l'homme sur la bicyclette. Il s'en empara et le posa devant moi sur une chaise.

— Cette nuit, après que tu es montée te coucher, j'ai examiné longuement cette toile. J'avais un sentiment de déjà-vu et ça m'agaçait. Tu sais que je suis têtu quand je bute sur un problème. Ce matin, j'ai trouvé la solution.

Il alla vers un meuble en chêne à côté des fourneaux et ouvrit un tiroir. Il en sortit plusieurs paquets de cartes, et s'assit à côté de moi sur le sofa. Ouvrant chaque paquet, il en retira un joker et le jeta sur la table. Je regardai silencieusement les cartes qui s'étalaient devant moi. Le premier représentait un bouffon coiffé d'un bonnet à clochettes, monté sur une bicyclette. Derrière la bicyclette apparaissait une pierre tombale où s'inscrivaient les lettres REP. Le deuxième montrait un bouffon identique, mais dédoublé par un jeu de miroir, comme mon homme chevauchant un squelette inversé. Le troisième représentait le fou d'un jeu de tarot, marchant droit devant lui en aveugle et s'apprêtant à tomber dans un précipice.

Je levai les yeux vers Nim, qui me sourit.

— Dans un paquet de cartes, le joker est généralement associé à la mort. Mais c'est également un symbole de renaissance. Et de l'innocence qui était celle de l'humanité avant sa chute. J'aime à le voir comme une sorte de chevalier du Saint-Graal, qui doit être naïf et simple pour tomber sur la bonne fortune qu'il cherche. N'oublie pas que sa mission est de sauver l'humanité.

— Et alors ? demandai-je, bien que troublée par la ressemblance entre ces cartes et mon tableau.

Maintenant que j'étais confrontée aux prototypes, mon homme à la bicyclette semblait avoir jusqu'au capuchon et aux yeux bizarrement en spirale du bouffon.

— Tu m'as demandé qui était ton adversaire, répondit Nim avec sérieux. D'après ces cartes et ton tableau, je crois que l'homme à la bicyclette est à la fois ton adversaire et ton allié.

— Ne me dis pas que tu parles d'une personne réelle ?

Nim hocha la tête, les yeux fixés sur moi.

— Tu l'as vu, n'est-ce pas ?

— C'était seulement une coïncidence !

— Peut-être, acquiesça-t-il. Mais les coïncidences peuvent prendre plusieurs formes. Il est possible que ce soit un piège tendu par quelqu'un qui *connaissait* ce tableau. Il est possible également qu'il s'agisse d'un autre genre de coïncidence, ajouta-t-il avec un sourire.

— Oh non ! protestai-je en devinant où il voulait en venir. Tu sais parfaitement que je ne crois ni à la prescience, ni aux pouvoirs psychiques, ni à toutes ces fadaises métaphysiques !

— Non ? insista Nim, sans cesser de sourire. Je te mets au défi de me fournir une explication plausible sur ce qui a pu te pousser à peindre ce tableau avant même d'avoir vu le modèle. Je suis désolé, il faut te rendre à l'évidence : tout comme tes amis Llewellyn, Solarin et la diseuse de bonne aventure, tu as un rôle important à jouer dans le mystère du Jeu de Montglane. Pour quelle autre raison serais-tu impliquée dans cette histoire ? Je suis persuadé que d'une façon ou d'une autre tu étais prédestinée, peut-être même élue, pour faire jouer une clé…

— Ça suffit ! sifflai-je. Comment dois-je te faire comprendre que je n'ai *pas* l'intention de courir après ce jeu d'échecs mythique ! On essaie de me tuer, ou tout au moins de m'impliquer dans des meurtres, tu ne peux pas te mettre ça dans le crâne ?

J'avais presque hurlé.

— Je me « mets ça dans le crâne », comme tu le dis si élégamment, répondit Nim. Mais c'est toi qui n'as pas l'air de comprendre. La meilleure défense est une bonne attaque.

— N'y compte pas ! Je ne jouerai pas les boucs émissaires. Tu meurs d'envie de mettre la main sur ce jeu d'échecs, et tu as décidé de te servir de moi comme d'un appât. Mais je ne marche pas. Je suis déjà mouillée jusqu'au cou dans cette histoire. Il est hors de question que je me retrouve dans la même situation dans un pays étranger où je ne connais personne, et où il me sera impossible de demander de l'aide ! Il se peut que tu t'ennuies et que tu meures d'envie de te lancer dans une nouvelle aventure, mais qu'est-ce que je deviendrai une fois là-bas ? Tu n'as même pas un numéro de téléphone où je puisse te joindre ! Tu t'imagines peut-être que les carmélites vont voler à mon secours la prochaine fois qu'on me tirera dessus ? Ou que le président du New York Stock Exchange va me suivre à la trace pour ramasser tous les cadavres qui jalonneront ma route ?

— Ne cède pas à l'hystérie, déclara Nim de sa voix paisible. J'ai des contacts sur presque tous les continents. Tu t'en rendrais compte si tu n'étais pas aussi obnubilée par l'idée de te défiler. Tu me fais penser aux trois singes qui croient échapper au malheur en bloquant leurs perceptions sensorielles.

— Il n'y a pas de consulat américain en Algérie, rétorquai-je entre mes dents serrées. Mais tu vas me dire que tu as aussi des contacts à l'ambassade soviétique, et qu'ils seront trop heureux de me venir en aide ?

Ce n'était pas totalement impossible, vu que Nim était à moitié russe et à moitié grec. Mais pour autant que je sache, il n'était pas exactement en très bons termes avec les pays de ses ancêtres.

— En fait, j'ai des contacts avec plusieurs ambassades d'Algérie, me répondit Nim avec ce qui eut l'aplomb de ressembler à un rire. Mais nous en reparlerons plus tard. Que ça te plaise ou non, tu es impliquée dans cette petite escapade. Cette quête du Saint-Graal a pris les allures d'une ruée, mais tu n'as aucun moyen de te défiler.

— Appelle-moi Parsifal, répliquai-je sombrement. J'aurais mieux fait de me casser une jambe plutôt que de te demander ton aide. J'ai l'impression que ma situation est encore pire qu'avant.

Nim se leva, me força à en faire autant et me regarda avec un sourire complice. Il posa ses mains sur mes épaules.

— *J'adoube*, dit-il.

SACRIFICES

On ne se soucie pas de jouer aux échecs quand on est au bord d'un précipice.

Mme Suzanne NECKER
(mère de Germaine de Staël).

PARIS
2 SEPTEMBRE 1792

Personne ne se doutait de ce que serait cette journée.

Germaine de Staël l'ignorait tandis qu'elle faisait ses adieux au personnel de l'ambassade. Aujourd'hui – le 2 septembre – elle allait tenter de fuir la France sous la protection diplomatique.

Jacques-Louis David l'ignorait, tandis qu'il s'habillait en toute hâte pour se rendre à une session extraordinaire de l'Assemblée nationale. Aujourd'hui – le 2 septembre – les troupes ennemies avaient pris position à cent cinquante kilomètres de Paris. Les Prussiens menaçaient de réduire la capitale en cendres.

Maurice Talleyrand l'ignorait tandis qu'il retirait les livres reliés en cuir qui tapissaient les rayonnages de sa bibliothèque, aidé de son serviteur, Courtiade. Aujourd'hui – le 2 septembre – il projetait d'envoyer sa précieuse collection hors du territoire français, en prévision de sa fuite prochaine.

Valentine et Mireille l'ignoraient tandis qu'elles se promenaient dans le jardin roussi par l'automne, derrière l'atelier de David. La lettre qu'elles venaient de recevoir les avertissait que les premières pièces du Jeu de Montglane étaient en danger. Elles ne pouvaient pas savoir que cette lettre allait les jeter dans l'œil du cyclone qui s'apprêtait à déferler sur la France.

Car ce que tout le monde ignorait, c'était que cinq heures plus tard, le 2 septembre à deux heures précises de l'après-midi, allait débuter la Terreur.

NEUF HEURES

Valentine plongea la main dans le petit bassin miroitant situé derrière l'atelier de David. Un gros poisson rouge vint lui chatouiller les doigts.

Non loin de l'endroit où elle était assise, Mireille et elle avaient enterré les deux pièces du jeu qu'elles avaient emportées de Montglane. Très bientôt, peut-être, d'autres pièces viendraient les y rejoindre.

Mireille se tenait derrière elle et lisait la lettre. Tout autour d'elles, les têtes sombres des chrysanthèmes laissaient entrevoir des taches améthyste et topaze dans les trouées du feuillage. Les premières feuilles jaunes flottaient à la surface de l'eau, annonçant l'automne malgré la touffeur léthargique de la fin de l'été.

— Je ne vois qu'une seule explication à cette lettre, déclara Mireille, avant de se mettre à lire à voix haute :

Mes bien-aimées sœurs en Jésus-Christ,

Comme vous le savez peut-être, l'abbaye de Caen a été fermée. En raison du désordre qui règne en France, notre directrice, Mlle Alexandrine de Forbin, a jugé nécessaire de rejoindre sa famille dans les Flandres. Cependant, sœur Marie-Charlotte

Corday, dont vous vous souvenez peut-être, est restée à Caen afin d'attendre la suite des événements.

Puisque nous ne nous sommes jamais rencontrées, je me présente. Je suis sœur Claude, une religieuse du couvent de Caen. J'étais la secrétaire particulière de sœur Alexandrine, qui m'a rendu visite il y a quelques mois de cela, dans ma maison d'Épernay, avant de partir pour les Flandres. Lors de notre entrevue, elle m'a priée de donner de vive voix de ses nouvelles à sœur Valentine, sachant que je devais me rendre dans la capitale.

Je suis actuellement à Paris, dans le quartier des Cordeliers. Je souhaite vivement vous rencontrer aujourd'hui même, devant les grilles de l'abbaye-monastère, à deux heures précises, car j'ignore combien de temps je pourrai rester ici. Je pense que vous comprendrez l'importance de cette requête.

Votre sœur en Jésus-Christ Claude
de l'abbaye aux Dames, Caen.

— Elle vient d'Épernay, conclut Mireille, sa lecture achevée. C'est une ville qui se trouve à l'est de Paris, sur la Marne. Elle nous informe qu'Alexandrine de Forbin s'y est arrêtée avant de partir pour les Flandres. Sais-tu ce qu'il y a entre Épernay et la frontière flamande ?

Valentine secoua la tête, les prunelles élargies.

— Il y a la forteresse de Longwy, Verdun… et la moitié de l'armée prussienne. Notre chère sœur Claude nous apporte peut-être quelque chose d'infiniment plus précieux que le bon souvenir d'Alexandrine de Forbin. Peut-être nous apporte-t-elle quelque chose qu'Alexandrine a jugé trop dangereux d'emporter de l'autre côté de la frontière, compte tenu de ce qui s'y passe.

— Les pièces ! s'écria Valentine en se levant d'un bond qui effraya le poisson rouge. La lettre dit que Charlotte Corday est restée à Caen ! Caen était peut-être l'un des points de ralliement à la frontière nord !

Elle s'interrompit pour soupeser cette idée.

— Mais en ce cas, reprit-elle avec perplexité, pourquoi Alexandrine a-t-elle essayé de quitter la France par l'est ?

— Je l'ignore, admit Mireille en détachant le ruban qui retenait ses cheveux roux et en se penchant sur la fontaine pour asperger son visage brûlant. Nous ne connaîtrons la signification de cette lettre qu'en nous présentant au rendez-vous de sœur Claude à l'heure dite. Mais pourquoi a-t-elle choisi les Cordeliers, le quartier le plus dangereux de Paris ? Tu sais comme moi que l'abbaye n'est plus un monastère. Elle a été convertie en prison.

— Je n'ai pas peur d'y aller seule, dit Valentine. J'ai promis à l'abbesse d'assumer cette responsabilité, et l'heure est venue de tenir ma parole. Il vaut mieux que tu restes ici, ma cousine. Oncle Jacques-Louis nous a interdit de quitter la maison en son absence.

— Raison de plus pour nous montrer très prudentes dans notre escapade, répondit Mireille. Car ne compte pas que je te laisse aller dans le quartier des Cordeliers sans moi.

DIX HEURES

L'attelage de Germaine de Staël franchit les grilles de l'ambassade suisse. Sur le toit s'amoncelaient des piles de malles et de boîtes à perruques, gardées par le cocher et deux serviteurs en livrée. À l'intérieur de la voiture, Germaine était coincée entre ses femmes de chambre personnelles et une multitude de coffrets à bijoux. Elle était revêtue de son costume officiel d'ambassadrice, rehaussé de rubans colorés et d'épaulettes. Les six chevaux blancs martelaient les rues de Paris, déjà noires de monde, et filaient en direction des portes de la ville. Leurs splendides cocardes arboraient les couleurs de la Suisse. La couronne suisse apparaissait fièrement sur les portières de la voiture. Les tentures des fenêtres étaient baissées.

À l'intérieur, la chaleur était étouffante et l'obscurité presque totale. Perdue dans ses pensées, Germaine ne songeait pas à jeter un regard par les fenêtres, quand l'attelage s'immobilisa tout à coup, bien avant qu'il ait passé les portes de la ville. L'une des femmes de chambre se pencha et écarta le rideau.

Dehors, une nuée de femmes hurlantes s'agglutinaient autour de la voiture en brandissant des râteaux et des houes comme des armes. Plusieurs d'entre elles lorgnèrent Germaine par la fenêtre, leurs bouches ouvertes sur une horrible grimace hérissée de chicots noircis. Pourquoi la populace avait-elle toujours cette face hideuse ? se demanda Germaine. Elle avait passé des heures en intrigues politiques, dépensé sa fortune colossale en dons divers, tout ça pour le bien de pauvres diablesses comme celles-là.

Germaine se pencha par la portière, l'un de ses bras massifs appuyé sur l'encadrement de la fenêtre.

— Qu'est-ce qui se passe, ici ? cria-t-elle de sa voix claironnante d'autorité. Écartez-vous immédiatement de mon chemin !

— Personne n'a le droit de quitter la ville ! hurla une femme dans la foule. On garde les portes ! Mort à la noblesse !

Le cri fut repris çà et là par la foule qui grandissait de seconde en seconde. Les vociférations stridentes faillirent la rendre sourde.

— Je suis l'ambassadrice suisse ! Je suis en mission officielle ! Je vous ordonne de me laisser passer !

— Ha ! Elle nous l'ordonne ! ricana une femme près de l'attelage.

Elle se tourna vers Germaine et lui cracha au visage au milieu des acclamations de la foule.

Germaine tira un mouchoir en dentelle de son corsage et essuya le crachat. Lançant le mouchoir par la fenêtre, elle cria :

— Voici le mouchoir de la fille de Jacques Necker, le ministre des Finances que vous avez aimé et révéré. Souillé par les crachats du peuple !... Bande d'animaux ! siffla-t-elle encore avant de se tourner vers ses femmes de chambre, recroquevillées de peur dans un angle de la voiture. Nous allons bien voir qui domine la situation !

Mais l'essaim de femmes avait détaché les chevaux de leurs harnais. S'arrimant à leur place, elles se mirent à tirer la voiture dans les rues, à l'opposé des portes de la ville. Le rassemblement atteignait maintenant des proportions impressionnantes. La foule compacte se pressait contre les flancs de l'attelage, le poussant lentement en avant comme une armée de fourmis manœuvrant une miette de gâteau.

Germaine s'agrippait de toutes ses forces à la portière, déversant avec sauvagerie un flot d'insultes et de menaces par la fenêtre. Mais les hurlements de la foule couvraient sa voix. Après ce qui lui parut une éternité, la voiture s'immobilisa devant la façade imposante d'une large bâtisse, cernée par des gardes. Germaine regarda où on l'avait emmenée et sentit son sang se glacer dans ses veines. Ils l'avaient conduite à l'Hôtel de Ville. Le quartier général de la Commune.

La Commune était cent fois plus dangereuse que la populace déchaînée qui entourait sa voiture, Germaine le savait. Ces hommes étaient des fous. Même les autres membres de l'Assemblée avaient peur d'eux. Représentants du peuple de Paris, ils emprisonnaient, jugeaient et exécutaient les aristocrates avec une rapidité qui bafouait le concept même du mot liberté. À leurs yeux, Germaine de Staël représentait simplement une noble tête de plus à offrir à la guillotine. Et cela aussi, elle le savait.

Les portes de la voiture s'ouvrirent à la volée, et des mains noires de crasse tirèrent Germaine dans la rue. S'obligeant à rester droite, elle se fraya un passage dans la cohue avec un regard glacial. Derrière elle, ses servantes gémirent d'effroi tandis que la foule les arrachait à la voiture et les poussait en avant avec des balais et des manches de pelles. Germaine, quant à elle, fut littéralement traînée en haut des marches de l'Hôtel de Ville. Elle eut un cri étouffé lorsqu'un homme bondit soudain en avant et braqua la pointe acérée d'une pique vers sa poitrine, lacérant son manteau d'ambassadrice. Qu'elle perdît l'équilibre et elle serait empalée. Elle retint son souffle alors qu'un policier s'avançait et écartait la pique avec son épée. Attrapant Germaine par le bras, il l'entraîna vers la sombre entrée de l'Hôtel de Ville.

ONZE HEURES

David arriva hors d'haleine à l'Assemblée. L'immense salle était remplie jusqu'aux combles d'hommes hurlants et gesticulants. Le secrétaire se tenait sur le podium central et criait pour tenter de se faire entendre. Tandis que David jouait des coudes pour gagner sa place, il dut tendre l'oreille pour essayer de comprendre ce que disait l'orateur.

— Le 23 août, la forteresse de Longwy est tombée aux mains des troupes ennemies ! Le duc de Brunswick, le commandant des armées prussiennes, a fait publier un manifeste dans lequel il réclame la libération du roi et la réhabilitation du pouvoir royal, faute de quoi ses troupes balayeront Paris de la carte !

Le vacarme qui retentissait au pied du podium ressemblait à une vague déferlante qui submergeait le secrétaire et engloutissait ses paroles. À chaque fois que la vague se calmait un peu, il tentait de continuer.

L'Assemblée nationale ne conservait son fragile pouvoir sur la France que dans la mesure où le roi restait son prisonnier. Or, si le manifeste de Brunswick réclamait la libération de Louis XVI, c'était uniquement pour offrir à l'armée prussienne un prétexte pour envahir la France. Poussé dans ses retranchements par un endettement gigantesque et par les désertions en masse qui clairsemaient l'armée française, le nouveau gouvernement, récemment arrivé au pouvoir, était en danger de sombrer pendant la nuit. Pis, tous les délégués se soupçonnaient mutuellement de trahison, de collusion avec cet ennemi qui combattait à la frontière. Les germes mêmes de l'anarchie étaient en place, songea David tout en regardant le secrétaire qui tentait de ramener l'ordre.

— Citoyens ! criait-il. Je vous apporte une terrible nouvelle ! La forteresse de Verdun est tombée ce matin aux mains des Prussiens ! Nous devons prendre les armes contre…

Une véritable hystérie s'abattit sur l'Assemblée. Le plus grand chaos régna sur la salle, tandis que les hommes se précipitaient dans tous les sens, comme des rats acculés. La forteresse de Verdun était l'ultime place forte entre les armées ennemies et Paris ! Les Prussiens pouvaient être aux portes de la ville à l'heure du souper !

David resta silencieusement à sa place, essayant d'entendre. Mais les paroles du secrétaire étaient complètement étouffées par le charivari. David voyait sa bouche s'ouvrir et se refermer, sans qu'aucun son ne franchît la cacophonie des voix.

L'Assemblée s'était transformée en une masse grouillante de fous. Depuis la Montagne, le peuple de la rue lançait des feuilles de papier et des fruits sur les modérés qui se tenaient au-dessous d'eux, dans la Plaine. Ces Girondins, avec leurs manchettes en dentelle, qui avaient un temps été considérés comme des libéraux, regardaient en l'air, leurs visages blêmes de peur. On les savait royalistes républicains, soutenant les trois états : la noblesse, le clergé et la bourgeoisie. Maintenant que le manifeste de Brunswick était publié, leur vie ne valait pas cher, même ici, au sein de l'Assemblée. Et ils en étaient conscients.

Ceux qui soutenaient le retour du roi pourraient bien être morts avant même que les Prussiens aient atteint les portes de Paris.

Danton remplaça le secrétaire sur le podium. Danton, le lion de l'Assemblée, avec son énorme tête, sa carrure impressionnante, sa peau grêlée et sa bouche déchirée par le coup de corne que lui avait envoyé un taureau lorsqu'il était enfant. Il leva ses mains massives pour réclamer le silence.

— Citoyens ! C'est une grande satisfaction pour le ministre d'un État libre que de pouvoir annoncer à ses frères que son pays est sauvé ! Qu'ils sont tous prêts à prendre les armes, qu'ils brûlent d'enthousiasme à l'idée de s'élancer dans la bataille…

Dans les galeries et les ailes de la grande salle de l'Assemblée, un silence respectueux se fit peu à peu tandis que s'élevait le discours vibrant de cet orateur hors du commun. Danton les exhortait à aller de l'avant, à museler leur lâcheté, à se rebeller contre la vague ennemie qui déferlait sur Paris. Il les enjoignait avec fièvre de défendre les frontières de la France, d'empoigner des armes pour protéger les portes de la ville, au besoin avec des piques et des lances. La flamme de son discours allumait un feu dévorant chez ses auditeurs. Et, bientôt, des acclamations et des cris s'élevèrent dans le hall de l'Assemblée, saluant chacun des mots qui franchissaient ses lèvres.

— Ce n'est pas un cri d'effroi que nous poussons aujourd'hui, mais un cri de haine contre les ennemis de la France ! Il nous faut de l'audace, encore de l'audace, toujours de l'audace… Et la France sera sauvée !

Un vent de folie souffla sur l'Assemblée. Une véritable frénésie s'empara du parterre tandis que les hommes lançaient des feuilles de papier en l'air tout en hurlant : *« De l'audace ! De l'audace ! »*

Le désordre était à son comble quand les yeux de David glissèrent le long de la galerie et vinrent se fixer sur un homme mince et pâle, vêtu d'un costume impeccable, sans le moindre faux pli, et coiffé d'une perruque soigneusement poudrée. Un homme jeune, avec un visage glacial et des yeux vert émeraude qui luisaient comme ceux d'un serpent.

David continua à observer cet homme pâle et silencieux qui restait assis à sa place, indifférent au discours de Danton. Et, tout en l'observant, David comprit soudain qu'il y avait une seule chose capable de sauver ce pays, déchiré par les guerres, grevé de dettes et menacé par une douzaine de pouvoirs hostiles qui se pressaient à ses frontières. La France n'avait pas besoin d'historiens comme Danton ou Marat. La France avait besoin d'un chef. D'un homme qui puisât sa force dans le silence, attendant patiemment le moment où ses aptitudes seraient requises. D'un homme pour lequel le mot « vertu » avait plus de signification que les notions de cupidité ou de gloriole. D'un homme qui saurait reprendre et exalter les idées pastorales et naturelles de Jean-Jacques Rousseau, celles-là mêmes sur lesquelles la Révolution s'était fondée. Et cet homme, ce chef, était en ce moment même assis dans la galerie. Il s'appelait Maximilien de Robespierre.

TREIZE HEURES

Germaine de Staël était assise sur un méchant banc en bois, à l'intérieur des bureaux de la Commune. Elle était là depuis plus de deux heures. Tout autour d'elle, des groupes d'hommes attendaient craintivement leur tour, sans parler. Quelques-uns d'entre eux étaient assis sur le banc, à quelques pas d'elle, d'autres s'étaient installés par terre. De l'autre côté des portes de cette salle d'attente improvisée, Germaine voyait bouger des silhouettes, occupées à tamponner des documents. De temps à autre, quelqu'un apparaissait sur le seuil et prononçait un nom. Celui qui était interpellé blêmissait, ses compagnons d'infortune lui tapotaient le dos en chuchotant « Courage » et l'homme disparaissait dans la pièce voisine.

Elle savait ce qui s'y passait, évidemment. Les membres de la Commune procédaient à des jugements sommaires. « L'accusé », qui n'avait généralement rien d'autre à se reprocher que ses liens de parenté, se voyait poser quelques questions sur ses origines et sa loyauté envers le roi. Si par malheur son sang était un peu trop bleu, il était exécuté à l'aube. Germaine ne se faisait guère d'illusions sur ses chances d'en sortir vivante. Il ne lui restait qu'un espoir, et elle s'y accrochait de toutes ses forces tandis qu'elle attendait son sort : ils ne guillotineraient pas une femme enceinte.

Tandis qu'elle continuait à attendre, triturant machinalement les rubans de sa robe d'ambassadrice, l'homme à côté d'elle s'effondra brusquement et éclata en sanglots, la tête dans ses mains. Les autres hommes regardèrent nerveusement dans sa direction, mais personne n'esquissa un geste pour le réconforter. Ils détournèrent les yeux avec gêne, comme on se détourne devant un handicapé ou un mendiant. Germaine soupira et se leva. Elle ne voulait pas penser à l'homme qui pleurait sur le banc. Elle voulait trouver un moyen de sauver sa tête. Ce fut à cet instant précis qu'elle aperçut un jeune homme qui se frayait un passage dans la salle d'attente bondée, les mains chargées de papiers. Ses cheveux châtains et bouclés étaient noués sur sa nuque par un ruban, son jabot de dentelle était assez défraîchi. Il avait une expression épuisée, mais vibrante de passion exaltée. Germaine réalisa subitement qu'elle le connaissait.

— Camille ! cria-t-elle. Camille Desmoulins !

Le jeune homme se tourna vers elle, et ses yeux s'écarquillèrent d'étonnement.

Camille Desmoulins était l'enfant célèbre de Paris. Trois ans plus tôt, alors qu'il était encore un étudiant jésuite, il avait bondi sur une table du Café Foy par une nuit brûlante de juillet et défié ses concitoyens de se ruer vers la Bastille. Il était maintenant le héros de la Révolution.

— Madame de Staël ! s'écria-t-il en se faufilant dans la foule pour venir lui prendre la main. Que faites-vous ici ? Ne me dites pas que vous avez comploté contre l'État ?

Un large sourire éclairait son charmant visage, incroyablement déplacé dans ce lieu qui suintait la peur et la mort. Germaine essaya de lui rendre son sourire.

— J'ai été capturée par les « Citoyennes de Paris », répondit-elle en s'efforçant de retrouver un peu de ce charme diplomatique qui l'avait si bien servie dans le passé. Il semble qu'aujourd'hui la femme d'un ambassadeur ne puisse plus prétendre franchir les portes de Paris sans être considérée comme une ennemie du peuple.

Le sourire de Camille s'évanouit. Il lança un regard gêné à l'homme prostré sur le banc qui continuait à sangloter. Puis il saisit Germaine par le bras et la tira à l'écart.

— Vous voulez dire que vous avez tenté de quitter Paris sans laissez-passer et sans escorte ? Grand Dieu, madame. Vous avez eu de la chance de ne pas avoir été fusillée sans sommation !

— Ne soyez pas ridicule ! Je jouis de l'immunité diplomatique. M'emprisonner reviendrait à déclarer la guerre à la Suisse ! Il faut qu'ils soient tous devenus fous pour croire qu'ils peuvent me garder ici.

Sa superbe disparut quand elle entendit la réponse de Camille.

— Vous ignorez donc ce qui se passe actuellement ? Nous sommes déjà en guerre, l'assaut est imminent…

Il baissa le ton, subitement conscient que la nouvelle ne s'était pas encore répandue et qu'elle risquait de susciter un mouvement de panique.

— Verdun est tombé, conclut-il.

Germaine le regarda pendant un long moment. La gravité de sa situation lui apparaissait subitement.

— C'est impossible, chuchota-t-elle.

Puis, comme il hochait la tête, elle ajouta :

— À quelle distance de Paris sont… Où sont-ils exactement ?

— Probablement à moins de dix heures d'ici, et armés jusqu'aux dents. L'ordre est déjà donné de tirer sur toute personne qui tenterait d'approcher les portes de la ville. Partir maintenant équivaudrait à un acte de haute trahison.

Il la dévisagea sévèrement.

— Camille, dit-elle très vite, savez-vous pourquoi j'étais si anxieuse de rejoindre ma famille en Suisse ? Si je retarde davantage mon départ, je ne serai plus du tout en mesure de voyager. J'attends un enfant.

Il chercha son regard, incrédule, mais Germaine avait retrouvé toute son audace. Saisissant sa main, elle la pressa sur son ventre. En dépit des plis épais de sa robe, il sut qu'elle disait la vérité. Il rougit tandis que son beau sourire de gentil garnement revenait flotter sur ses lèvres.

— Madame, avec un peu de chance je serai en mesure de faire en sorte que vous soyez de retour à l'ambassade ce soir. Dieu Lui-même ne pourrait vous laisser franchir les portes de Paris avant que nous ayons repoussé les Prussiens. Je vais de ce pas en parler à Danton.

Germaine eut un sourire soulagé. Puis, comme Camille lui pressait la main, elle dit :

— Lorsque mon enfant naîtra à Genève, je lui donnerai votre nom.

QUATORZE HEURES

Valentine et Mireille approchaient des grilles de l'abbaye, à bord de la voiture qu'elles avaient louée après s'être enfuies de l'atelier de David. La foule se massait dans la rue encombrée, et plusieurs attelages avaient été arrêtés aux abords de la prison.

La foule se composait de sans-culottes enragés qui brandissaient des râteaux et des houes, s'agglutinaient autour des attelages immobilisés près des grilles de la prison, et frappaient les portières et les fenêtres avec leurs poings et leurs outils. Le grondement furieux de leurs voix ricochait contre les murs étroits de la rue, tandis que les gardiens de la prison, perchés sur les toits des attelages, tentaient de les refouler.

Le cocher de Valentine et Mireille se pencha du haut de son siège et les regarda par la lucarne.

— Je ne peux pas m'approcher davantage. Sinon nous risquons d'être coincés dans l'*allée** et de ne plus pouvoir nous dégager. Je n'aime pas du tout l'allure de cette émeute.

À la même seconde, Valentine repéra dans la foule une religieuse qui portait l'habit des sœurs de l'abbaye aux Dames de Caen. Elle agita aussitôt la main par la fenêtre, et la religieuse lui répondit d'un geste identique. Celle-ci fut toutefois incapable de s'avancer vers elles, car la foule massée dans l'étroite allée encastrée entre les hauts murs de pierre l'empêchait de bouger.

— Valentine, non ! cria Mireille comme sa blonde et frêle cousine ouvrait la portière et sautait dans la rue.

Elle descendit à son tour et s'approcha du cocher avec un regard suppliant.

— Monsieur, je vous en prie, pouvez-vous maintenir l'attelage en place ? Ma cousine en a seulement pour une minute.

Elle pria pour que ce fût vrai, tout en suivant anxieusement du regard la silhouette de Valentine qui était peu à peu avalée par la foule sans cesse grossissante.

— Il faut que je fasse tourner l'attelage à la main, répondit le cocher. Nous sommes en danger, ici. Les voitures qu'ils ont immobilisées transportent des prisonniers.

— Nous sommes seulement venues rencontrer une amie, lui expliqua Mireille. Nous serons de retour dans un instant. Monsieur, je vous implore de nous attendre.

— Ces prisonniers, poursuivit le cocher en observant la foule depuis son siège surélevé, sont des prêtres qui ont refusé de jurer fidélité à l'État. J'ai peur pour eux autant que pour nous. Allez chercher votre cousine pendant que je fais tourner le cheval. Et ne perdez pas de temps.

À ces mots, il sauta à bas de son siège et, agrippant les rênes du cheval, entreprit de lui faire faire demi-tour dans l'étroite allée. Mireille s'élança vers la masse humaine, le cœur battant à tout rompre.

La foule se referma sur elle comme un océan déchaîné. Elle ne pouvait plus distinguer Valentine dans ce flot compact qui déferlait dans l'allée. Elle s'obstina pourtant à avancer, résistant désespérément aux mains qui la saisissaient et la tiraient de tous côtés. L'affolement commença à la gagner tandis que l'odeur fétide des corps malpropres l'assaillait de toutes parts.

Brusquement, au milieu de cette forêt hérissée de poings dressés et d'armes, elle entrevit Valentine, à quelques pas seulement de sœur Claude, la main tendue pour atteindre la religieuse. Puis la foule se referma à nouveau.

— Valentine ! hurla Mireille.

Sa voix fut couverte par des cris sauvages, et elle fut entraînée par la marée humaine vers la demi-douzaine d'attelages qui étaient immobilisés devant les portes de la prison. Ceux-là mêmes qui transportaient les prêtres.

Mireille se débattit avec l'énergie du désespoir pour se rapprocher de l'endroit où se trouvaient Valentine et sœur Claude, mais c'était comme lutter contre un rapide. Chaque fois qu'elle réussissait à progresser de quelques mètres, elle était brutalement repoussée en arrière, toujours plus près des attelages. Elle finit par être projetée contre les rayons d'une roue et s'y agrippa de toutes ses forces pour éviter de perdre l'équilibre. Au moment où elle prenait appui contre l'attelage, la portière s'ouvrit avec un bruit d'explosion. Un flot convulsé de bras et de jambes jaillit autour d'elle, tandis qu'elle se raccrochait désespérément à la roue pour ne pas être aspirée à nouveau.

Les prêtres furent arrachés à la voiture et précipités dans la rue. L'un d'eux, tout jeune, les lèvres exsangues de terreur, regarda Mireille dans les yeux une fraction de seconde avant d'être extirpé de l'attelage. Puis il disparut au milieu de la cohue. Un prêtre âgé suivait. Agrippé à la portière, il frappait les gens avec sa canne en criant aux gardes de venir à son secours. Mais les gardes étaient eux aussi transformés en bêtes sanguinaires. Se rangeant aux côtés de la foule, ils sautèrent du toit de l'attelage et tirèrent le malheureux prêtre par sa casaque, jusqu'à ce qu'il lâchât prise et roulât sous les pieds de ses bourreaux qui l'écrasèrent sur les pavés.

Les prêtres terrifiés furent arrachés un à un aux attelages. Ils couraient comme des souris effrayées tandis qu'on les frappait à grands coups de piques acérées et de râteaux. À moitié folle d'horreur et de peur, Mireille ne s'arrêtait pas de crier le nom de Valentine tout en regardant le spectacle hideux qui se déroulait sous ses yeux. Ses ongles enfoncés dans le bois de la roue étaient en sang, et brusquement elle fut à nouveau entraînée par la foule et plaquée contre l'enceinte de la prison.

Elle glissa le long du mur en pierre et de là sur le pavé. Projetant ses mains en avant pour amortir sa chute, elle sentit sous ses doigts quelque chose de chaud et d'humide. À demi couchée sur la pierre rugueuse, elle releva la tête et repoussa en arrière ses cheveux roux. Les yeux grands ouverts de sœur Claude la fixaient. Le sang ruisselait sur son visage ridé. Sa cornette avait été arrachée, révélant une entaille profonde au niveau du front. Elle avait le regard vitreux. Mireille recula et voulut hurler, mais aucun son ne jaillit de sa gorge. Ce qu'elle avait senti en tombant, c'était le bras arraché de sœur Claude.

Épouvantée, Mireille s'écarta et essuya convulsivement ses mains trempées de sang sur sa robe. Valentine. Où était Valentine ?… Elle réussit à se mettre à genoux et tenta de se redresser en prenant appui sur le mur, tandis que la foule tournoyait sauvagement autour d'elle comme un troupeau affolé. Au même instant, elle entendit un gémissement et réalisa brusquement que la bouche de sœur Claude était entrouverte. La religieuse n'était pas morte !

Mireille s'agenouilla et l'agrippa par les épaules. Le sang s'échappait à gros bouillons de la plaie béante.

— Valentine ! Où est Valentine ? Au nom du Christ, dites-moi ce qu'est devenue Valentine !

La vieille religieuse remua faiblement les lèvres. Son regard fixe pivota vers Mireille, qui se pencha jusqu'à ce que ses cheveux touchent son visage exangue.

— À l'intérieur. Ils l'ont emmenée à l'intérieur de l'abbaye, souffla-t-elle, avant de s'évanouir.

— Oh mon Dieu, vous êtes sûre ? s'écria Mireille.

Mais elle n'obtint pas de réponse.

Mireille essaya de se relever. La foule tourbillonnait autour d'elle, ivre de sang. Partout, ce n'étaient que piques et houes pointées vers le ciel, et les cris des meurtriers se mêlaient à ceux des mourants.

Appuyée aux portes de la prison, Mireille martela les battants en bois de ses poings jusqu'à ce que ses jointures saignent. Il n'y eut aucune réponse de l'intérieur. Épuisée de souffrance et de désespoir, elle essaya de se frayer un passage jusqu'à l'attelage, en priant pour que le cocher ait attendu. Il fallait qu'elle trouve David. Seul David pouvait les aider, maintenant.

Elle se figea subitement au milieu d'un remous et regarda en direction de la crevasse qui lézardait soudain la foule compacte. Les gens s'effaçaient devant quelque chose qui s'avançait vers eux. S'aplatissant à nouveau contre le mur, et le longeant centimètre par centimètre, Mireille put enfin apercevoir ce qui provoquait ce mouvement de recul. L'attelage dans lequel elle était arrivée avait été traîné par la foule au milieu de l'allée suffocante. Et embrochée sur une pique, elle-même plantée dans le siège en bois, il y avait la tête du cocher, ses cheveux argentés ruisselants de sang, son visage ridé figé dans un masque de terreur.

Mireille se mordit les lèvres pour s'empêcher de hurler. Tandis qu'elle regardait avec égarement l'horrible tête qui déambulait au milieu de la foule, droite sur sa pique, elle comprit qu'elle ne pouvait plus rentrer pour chercher David. Il fallait qu'elle pénètre à l'intérieur de l'abbaye. Car si elle ne retrouvait pas Valentine immédiatement il serait trop tard.

QUINZE HEURES

Jacques-Louis David passa au milieu d'un nuage de vapeur, là où des femmes jetaient des seaux d'eau pour refroidir les pavés brûlants, et entra dans le Café de la Régence.

À l'intérieur du club, ce fut un nuage encore plus épais qui l'enveloppa, un nuage activé par des douzaines d'hommes tirant sur des pipes et des cigares. Les yeux lui brûlèrent et sa chemise en toile, ouverte jusqu'à la taille, collait à sa peau tandis qu'il se frayait un passage dans la salle surchauffée, esquivant les serveurs qui se faufilaient entre les tables rapprochées, tenant au-dessus de la tête leurs plateaux chargés de verres. À chaque table des hommes jouaient aux cartes, aux dominos ou aux échecs. Le Café de la Régence était le plus ancien et le plus fameux club de jeu de France.

Comme David se dirigeait vers le fond de la salle, il aperçut le profil ciselé comme un camée d'ivoire de Maximilien de Robespierre, qui étudiait calmement sa position sur l'échiquier. Le menton appuyé sur un doigt, son foulard et son gilet en brocart vierges de tout faux pli, il ne semblait remarquer ni le bruit, ni la chaleur suffocante. Comme toujours, son détachement glacé suggérait qu'il ne prenait aucune part à ce qui se déroulait autour de lui, et qu'il se contentait d'être un observateur. Ou un juge.

David ne reconnut pas le vieil homme assis en face de Robespierre. Vêtu d'une veste bleu pâle passée de mode, d'une culotte fraise écrasée, de bas blancs et d'escarpins de style Louis XV, il déplaça une pièce sur l'échiquier sans la regarder. Ses yeux délavés fixaient David qui s'avançait vers eux.

— Pardonnez-moi d'interrompre votre partie, dit David. Mais j'ai à demander à M. Robespierre une faveur qui ne peut attendre.

— Je vous en prie, faites, répondit le vieil homme tandis que Robespierre continuait à observer l'échiquier en silence. De toute façon, mon ami a perdu. Il est mat en cinq coups. Vous feriez aussi bien de vous résigner, mon cher Maximilien. Votre ami est intervenu juste à temps.

— Je ne vois pas le piège, murmura Robespierre. Mais vos yeux sont meilleurs que les miens en ce qui concerne les échecs.

S'écartant de l'échiquier avec un soupir, il regarda David.

— M. Philidor est le meilleur joueur d'échecs d'Europe. Je considère que c'est un honneur de perdre contre lui. Le seul fait d'avoir pu jouer avec un tel maître est un privilège.

— Vous êtes le célèbre Philidor ? s'écria David en serrant chaleureusement la main du vieil homme. Vous êtes un grand compositeur, monsieur. J'ai assisté à une représentation du *Soldat magicien* quand j'étais un petit garçon. Je ne l'oublierai jamais. Permettez-moi de me présenter : je suis Jacques-Louis David.

— Le peintre ! s'exclama Philidor en se levant. Je suis moi-même un grand admirateur de votre œuvre, comme tous les Français, d'ailleurs. Malheureusement, j'ai bien peur que vous ne soyez le seul à vous souvenir encore de *moi*. Bien que ma musique ait jadis empli la Comédie-Française et l'Opéra-Comique, j'en suis réduit aujourd'hui à jouer aux échecs comme un singe savant pour nourrir ma famille. Robespierre a eu la bonté de me fournir un laissez-passer pour l'Angleterre, où je devrais pouvoir gagner confortablement ma vie en offrant ce genre de spectacle.

— C'est exactement la même faveur que je viens lui demander, déclara David tandis que Robespierre cessait de fixer l'échiquier et se levait à son tour. La situation politique à Paris est terriblement dangereuse, et cette maudite vague de chaleur qui s'est abattue sur la ville n'arrange rien. C'est cette atmosphère explosive qui m'a incité à venir te demander… Naturellement, cette requête n'est pas pour moi.

— Les citoyens demandent rarement une faveur pour eux-mêmes, souligna Robespierre d'une voix glacée.

— Elle concerne mes pupilles, précisa David avec raideur. Je suis certain que tu conviendras, Maximilien, que la France n'est pas sûre pour deux jeunes filles dans la fleur de l'âge.

— Si tu t'inquiétais vraiment pour elles, lâcha Robespierre d'un ton dédaigneux, tu aurais dû commencer par leur interdire de s'afficher dans Paris au bras de l'évêque d'Autun.

— Je ne suis pas d'accord, protesta David. J'ai beaucoup d'admiration pour Maurice Talleyrand. J'ai la prémonition qu'il sera un jour considéré comme le plus grand homme d'État de l'histoire de France.

— Laissons là les prédictions. Il est heureux que tu n'aies pas à gagner ta vie en disant la bonne aventure. Depuis des semaines, Maurice Talleyrand tente de soudoyer tous les officiers français pour qu'ils l'emmènent en Angleterre où il pourra se faire passer pour un diplomate. En réalité, il ne cherche qu'à sauver sa tête. Mon cher David, toute la noblesse française fait des pieds et des mains pour filer avant l'arrivée des Prussiens. Je verrai ce soir à la réunion du Comité ce que je peux faire pour tes pupilles. Mais je ne te promets rien. Ta requête arrive un peu tard.

David le remercia chaleureusement, et Philidor proposa au peintre de faire un bout de chemin avec lui, puisqu'il s'apprêtait lui aussi à quitter le club. Tandis qu'ils se frayaient un passage vers la sortie, Philidor commenta :

— Essayez de le comprendre : Maximilien de Robespierre est différent de vous ou de moi. Vivant en célibataire, il n'a aucune idée des responsabilités familiales. Quel âge ont vos pupilles, David ? Elles sont à votre charge depuis longtemps ?

— Seulement depuis un peu plus de deux ans. Avant cela, elles étaient novices à l'abbaye de Montglane.

— Vous avez bien dit Montglane ? demanda Philidor en baissant la voix. Mon cher David, en tant que joueur d'échecs, je peux vous assurer que l'histoire de l'abbaye de Montglane ne m'est pas inconnue. La connaissez-vous ?

— Oui, oui, soupira David en s'efforçant de contrôler son agacement. Mais il ne s'agit que d'affabulations ridicules sur fond de mysticisme. Le Jeu de Montglane n'existe pas, et je suis étonné que vous ajoutiez foi à un tel tissu d'inepties.

— Ajouter foi ?

Philidor saisit David par le bras tandis qu'ils débouchaient sur le trottoir écrasé de chaleur.

— Mon ami, je sais qu'il existe. Il y a une quarantaine d'années de cela, peut-être même avant votre naissance, j'ai été l'hôte de Frédéric le Grand, à la cour de Prusse. Durant ce séjour, j'ai fait la connaissance de deux hommes dotés d'un tel pouvoir de perception que je ne les oublierai jamais. L'un d'eux était le célèbre mathématicien Leonhard Euler. Sans doute avez-vous entendu parler de lui. L'autre, tout aussi illustre dans sa partie, était le père d'un jeune musicien attaché à la cour de Frédéric. Bien que personne en Europe n'ait jamais entendu parler de lui, sa musique – qu'il joua un soir devant nous à la requête de l'empereur – était d'une pureté et d'une beauté jamais égalées. Il s'appelait Jean-Sébastien Bach.

— Ce nom ne m'évoque rien, admit David. Mais quel rapport y a-t-il entre Euler, ce musicien et le jeu d'échecs légendaire ?

— Je vais vous le dire, acquiesça avec un sourire Philidor, mais à la condition que vous me présentiez vos pupilles. Elles m'aideront peut-être à élucider un mystère que je cherche à percer depuis des années.

David accepta. Le célèbre maître d'échecs l'escorta dans les rues étrangement calmes qui longeaient la Seine, puis de l'autre côté du pont Royal, en direction de son atelier.

L'air était immobile. Pas une feuille ne bougeait dans les arbres. Des colonnes de chaleur montaient par vagues des trottoirs brûlants, et même l'eau paresseuse de la Seine semblait en proie à une profonde léthargie. Ni l'un ni l'autre n'aurait pu imaginer que, à une vingtaine de pâtés de maisons de là, une foule assoiffée de sang enfonçait les portes de la prison de l'abbaye. Et que Valentine était prisonnière à l'intérieur.

Ce fut dans le silence pesant et vibrant de chaleur que Philidor commença son récit…

Récit du maître d'échecs

À l'âge de dix-neuf ans, je quittai la France pour me rendre en Hollande, afin d'accompagner au hautbois une jeune pianiste. Véritable enfant prodige, elle devait y donner un concert. Malheureusement, j'appris à mon arrivée qu'elle était morte quelques jours plus tôt de la petite vérole. Je me retrouvai donc échoué dans un pays étranger, sans argent et sans espoir d'en gagner. Afin de subsister, je me rendis dans des cafés pour jouer aux échecs.

Depuis l'âge de quatorze ans, j'avais étudié la science des échecs sous la tutelle du célèbre sire de Legal, le meilleur joueur de France et peut-être même d'Europe. À dix-huit ans, j'étais capable de le battre avec le handicap d'un cavalier. Je ne tardai pas à découvrir que j'étais en mesure de battre tous les adversaires qui m'étaient opposés. À La Hague, durant la bataille de Fontenoy, je jouai contre le prince de Waldeck alors que les combats faisaient rage autour de nous.

Je me rendis en Angleterre, où je jouai au Slaughter's Coffee House de Londres, contre les meilleurs joueurs du moment, y compris sir

Abraham Janssen et Philippe Stamma. Je les battis tous. Stamma, un Syrien aux origines probablement maures, avait publié plusieurs traités d'échecs. Il me les montra, ainsi que des écrits de La Bourdonnais et du maréchal de Saxe. Stamma me conseilla d'écrire un manuel.

Mon livre, publié quelques années plus tard, s'intitulait *Analyse du jeu des échecs*. J'y développais une théorie selon laquelle « les pions sont l'âme des échecs ». En effet, je démontrais que les pions ne sont pas uniquement des pièces vouées à être sacrifiées, mais qu'ils peuvent être utilisés de façon stratégique contre l'adversaire. Ce livre provoqua une véritable révolution dans le monde des échecs.

Mon travail attira l'attention du mathématicien allemand Euler. Il avait entendu parler de ma partie aveugle dans le *Dictionnaire français* publié par Diderot, et persuada Frédéric le Grand de m'inviter à sa cour.

La cour de Frédéric le Grand se tenait à Potsdam, dans une salle immense et austère, étincelante de lumière, mais dénuée des merveilles artistiques que l'on trouve habituellement dans les autres cours européennes. De fait, Frédéric était avant tout un guerrier, et il préférait la compagnie de ses soldats à celle des courtisans, des artistes et des femmes. On racontait qu'il dormait sur une simple planche en bois et qu'il ne se séparait jamais de ses chiens.

Le soir de mon arrivée, le *Kapellmeister* Bach de Leipzig apparut avec son fils Wilhelm. Il avait fait le voyage afin de rendre visite à son autre fils, Carl Philipp Emanuel Bach, claveciniste du roi Frédéric. Le roi en personne avait écrit huit mesures d'un canon et demandé au vieux Bach d'improviser sur ce thème. Le compositeur avait, paraît-il, un don particulier pour ce genre d'exercice. Il avait déjà composé des canons où son nom et celui de Jésus-Christ étaient renfermés dans l'harmonie en notations mathématiques. Il avait inventé des contrepoints inversés d'une grande complexité, où l'harmonie offrait une image en miroir de la mélodie.

Euler suggéra à son tour que le vieux *Kapellmeister* inventât une variation qui refléterait dans sa structure même l'infini, c'est-à-dire Dieu dans toutes ses manifestations. Cela parut contenter le roi, mais j'étais certain que Bach soulèverait des objections.

Étant moi-même compositeur, je peux vous dire que ce n'est pas une mince affaire que de broder sur la musique d'un autre. J'ai eu une fois l'occasion de composer un opéra à partir de plusieurs thèmes de Jean-Jacques Rousseau, un philosophe doté d'une très mauvaise oreille. Mais dissimuler un puzzle secret de cette nature à l'intérieur de la musique… Non, cela me paraissait impossible.

À mon vif étonnement, le *Kapellmeister* installa sa silhouette trapue derrière le clavier. Sa grosse tête était coiffée d'une énorme perruque dépeignée. Ses sourcils proéminents, tachetés de gris, évoquaient les ailes d'un aigle. Il avait un nez droit, des mâchoires épaisses, et ses traits durs arboraient en permanence une expression renfrognée qui trahissait un tempérament querelleur. Euler me chuchota que le vieux Bach ne faisait pas grand cas des « représentations sur commande » et qu'il allait probablement se livrer à une plaisanterie aux dépens du roi.

Penchant sa tête hirsute sur le clavier, il se mit à jouer une sublime et obsédante mélodie qui semblait s'envoler sans fin comme un oiseau gracieux. C'était une sorte de fugue et, tandis que j'écoutais sa merveilleuse complexité, je réalisai brusquement ce qu'il avait réussi à faire. Par un procédé inconnu, chaque stance de la mélodie commençait dans une clé d'harmonie et finissait une clé plus haut, jusqu'à la sixième reprise du thème composé par le roi, où il finissait dans la clé même où il avait commencé. J'aurais été incapable de dire où se situaient les transitions, ni à quel moment elles avaient lieu. C'était une œuvre de pure magie, comme la transmutation d'un métal vulgaire en or. En dépit de la construction rigoureuse du morceau, je sentais qu'elle continuerait à monter toujours plus haut, à l'infini, jusqu'à ce que les notes, comme la musique des sphères, ne puissent plus être perçues que par les anges.

— Magnifique ! murmura le roi lorsque Bach eut cessé de jouer.

— Comment s'appelle cette structure ? demandai-je.

— On l'appelle *Ricercar*, répondit le vieil homme, sans paraître le moins du monde ému par la beauté de ce qu'il venait de composer. En italien, cela signifie « chercher ». C'est une forme de musique très ancienne, qui n'est plus à la mode.

En prononçant ces mots, il tourna les yeux vers son fils Carl Philipp, qui était connu pour écrire de la musique « populaire ». Saisissant le manuscrit du roi, Bach griffonna en haut de la page le mot *Ricercar* en lettres très espacées. Puis il apposa un mot latin derrière chaque lettre, et l'on put lire : *Regis Iussu Cantio Et Reliqua Canonica Arte Resoluta*. Ce qui signifiait approximativement : un air issu du roi, le reste étant résolu selon l'art du canon. Un canon est une structure musicale où chaque voix apparaît une mesure après la précédente et répète l'entière mélodie. Ce qui donne l'impression qu'elle continue éternellement.

Bach inscrivit ensuite deux phrases en latin dans la marge. Leur traduction donna ceci :

Quand les notes s'élèvent, la fortune du roi s'élève. Quand la modulation décroît, la gloire du roi décroît.

Euler et moi complimentâmes le compositeur pour l'intelligence de sa composition. Puis on me demanda de jouer simultanément trois parties aveugles contre le roi, le Dr Euler et le fils du *Kapellmeister*, Wilhelm. Bien qu'il ne jouât pas lui-même aux échecs, Bach suivit le jeu avec intérêt. Lorsque la démonstration fut achevée, et que j'eus battu les trois hommes, Euler me tira à l'écart.

— Je vous ai préparé une surprise, me dit-il. J'ai inventé un nouveau Tour du cavalier, un puzzle mathématique. Je pense que c'est la formule la plus ingénieuse qui ait jamais été découverte pour permettre au cavalier d'effectuer un tour complet sur l'échiquier. Mais, si vous le permettez, j'aimerais en remettre ce soir la copie au vieux compositeur. Je le sais grand amateur de jeux mathématiques, et je crois que cela l'amusera.

Bach accepta le cadeau avec un étrange sourire et nous remercia chaleureusement.

— Je propose que nous nous retrouvions demain matin dans la maison de mon fils, avant le départ de Herr Philidor. Cela me laissera le temps de vous préparer une petite surprise à tous les deux.

Notre curiosité était piquée, et nous promîmes de nous présenter à l'heure et au lieu convenus.

Le lendemain matin, Bach ouvrit la porte de la maison de Carl Philipp et nous fit entrer à l'intérieur. Il nous installa dans un petit salon et nous offrit du thé. Puis il s'assit devant le clavier et commença à jouer une mélodie des plus étranges. Lorsqu'il s'arrêta, Euler et moi étions totalement abasourdis.

— C'est la surprise ! s'écria Bach avec un rire joyeux qui effaça son expression revêche.

Il vit aussitôt qu'Euler et moi étions complètement perdus.

— Venez jeter un coup d'œil à la partition.

Nous nous levâmes pour nous approcher du clavier. Il n'y avait rien d'autre sur le porte-partition que le Tour du cavalier qu'Euler lui avait remis la veille. La feuille représentait le dessin d'un échiquier, avec un chiffre inscrit dans chacune des cases. Bach avait habilement relié les chiffres à l'aide d'un fin réseau de lignes qui signifiait apparemment quelque chose pour lui, mais pas pour moi. Euler était un mathématicien, et son cerveau réagit beaucoup plus rapidement que le mien.

— Vous avez transformé ces chiffres en octaves et en accords ! s'écria-t-il. Il faut absolument que vous me montriez comment vous avez fait ! Transformer les mathématiques en musique… C'est de la magie pure !

— Mais les mathématiques sont de la musique, répondit Bach. Et vice versa. Que vous fassiez remonter le mot « musique » à celui de « muses » ou à « muta », qui signifie « la bouche de l'oracle », ne fait aucune différence. Que vous estimiez que « mathématiques » vient de « mathanein », qui signifie « enseignement », ou de « matrix », la matrice de la mère de l'humanité, importe peu…

— Vous avez fait des études de sémantique ? demanda Euler.

— Les mots ont le pouvoir de créer comme de tuer, déclara simplement Bach. Le Grand Architecte qui nous a tous créés a également créé les mots. En fait, il les a même créés avant nous, si nous en croyons saint Jean, dans le Nouveau Testament.

— Qu'avez-vous dit ? Le Grand Architecte ? murmura Euler en pâlissant légèrement.

— J'appelle Dieu le Grand Architecte, parce que le son est la première chose qu'il ait créée. « Au commencement était le Verbe… » Vous vous souvenez ? Qui sait ? Peut-être n'était-ce pas un langage. Peut-être était-ce une musique. Peut-être Dieu a-t-il chanté

un canon sans fin, de Sa propre invention, et à travers ce chant l'univers entier fut conçu.
Euler était devenu encore plus pâle. Bien que le mathématicien ait perdu la vue d'un œil en observant le soleil à travers un verre, il fixait de son œil valide le Tour du cavalier qui trônait sur le porte-partition. Faisant courir son doigt sur le diagramme sans fin de chiffres minuscules tracés à l'encre sur l'échiquier, il parut se perdre dans une longue réflexion. Puis il reprit la parole.
— Où avez-vous appris ces choses ? demanda-t-il au compositeur. Ce à quoi vous faites allusion est un secret sombre et mystérieux, réservé à quelques initiés.
— Je me suis initié tout seul, répondit calmement Bach. Oh, je sais qu'il existe des sociétés secrètes composées d'hommes qui consacrent leur vie à tenter de découvrir les mystères de l'univers, mais je ne suis pas un des leurs. Je cherche la vérité à ma manière.
Ce disant, il s'empara de la formule d'échecs d'Euler et, saisissant une plume d'oie, inscrivit deux mots en haut de la feuille : *Quaerendo invenietis*. Cherche, et tu trouveras. Puis il me tendit le Tour du cavalier.
— Je ne comprends pas, avouai-je avec une certaine confusion.
— Herr Philidor, me dit Bach, vous êtes à la fois un maître aux échecs, comme le Dr Euler, et un compositeur, comme moi. En une seule et même personne vous combinez deux précieuses qualités.
— Précieuses dans quel sens ? demandai-je poliment. Car je vous avoue que, jusqu'ici, ces deux qualités ne m'ont pas été d'un grand secours, financièrement parlant, ajoutai-je en souriant.
— Bien que ce soit parfois difficile à accepter, répondit Bach avec un petit rire, il existe dans l'univers des forces beaucoup plus puissantes que l'argent. Un exemple : avez-vous entendu parler du Jeu de Montglane ?
Je me tournai vivement vers Euler, qui venait de pousser un cri étouffé.
— Comme vous pouvez le voir, ce nom n'est pas inconnu à notre ami, Herr Doktor, déclara Bach. Peut-être pourrais-je vous éclairer également ?

J'écoutai, fasciné, tandis que Bach me parlait de cet étrange jeu d'échecs qui avait appartenu à Charlemagne et passait pour avoir des propriétés d'une puissance inégalée. Une fois son récit achevé, le compositeur me dit :

— Je vous ai demandé à tous les deux de venir me rejoindre ici afin de me livrer à une petite expérience. Durant ma vie entière, j'ai étudié le pouvoir singulier de la musique. Elle possède une force intérieure que peu de personnes oseraient contester. Elle est capable d'apaiser une bête sauvage comme de pousser un être placide à charger, au plus fort de la bataille. Avec les années et l'expérience, j'ai fini par comprendre le secret de ce pouvoir. La musique, voyez-vous, possède sa propre logique. Elle s'apparente à la logique mathématique, sans y ressembler tout à fait. Car la musique ne communique pas simplement avec notre esprit. En fait, elle *modifie* nos pensées de façon imperceptible.

— Que voulez-vous dire par là ? demandai-je.

Mais je savais d'ores et déjà que Bach avait fait vibrer en moi une corde secrète, encore mal définie. Quelque chose qui existait au plus profond de moi-même depuis des années, et que je ne ressentais qu'en écoutant une magnifique et obsédante mélodie. Ou en jouant aux échecs.

— Ce que je veux dire, répondit Bach, c'est que l'univers est conçu comme un gigantesque jeu mathématique, qui se jouerait à une échelle démesurée. La musique est l'une des formes mathématiques les plus pures qui soient. Toute formule mathématique peut être convertie en musique, ainsi que je l'ai fait avec celle du Dr Euler.

Il tourna son regard vers Euler, qui hocha lentement la tête, comme si tous deux partageaient un secret auquel je n'étais pas encore initié.

— Et la musique, poursuivit Bach, peut être convertie en mathématiques, et ce avec des résultats étonnants. L'architecte qui a construit l'univers l'a dessiné de cette façon. La musique a le pouvoir de créer un univers ou de détruire une civilisation. Si vous avez des doutes, je vous suggère de lire la Bible.

Euler resta silencieux un long moment.

— Oui, acquiesça-t-il enfin. Il y a d'autres architectes dans la Bible dont l'histoire est tout à fait édifiante…

— Mon ami, déclara Bach en se tournant vers moi avec un sourire, comme je vous l'ai dit : cherchez et vous trouverez. Celui qui comprend l'architecture de la musique comprendra le pouvoir du Jeu de Montglane. Car les deux ne font qu'un.

David avait écouté le récit avec beaucoup d'attention. Mais comme ils approchaient des grilles en fer forgé de son jardin, il tourna vers Philidor un visage consterné.

— Quel rapport y a-t-il entre la musique, les mathématiques et le Jeu de Montglane ? Et qu'est-ce que tout cela a à voir avec le pouvoir, qu'il soit sur terre ou dans les cieux ? Votre histoire prouve seulement que ce jeu d'échecs légendaire attire les fous et les mystiques. Je suis navré pour le Dr Euler, mais votre histoire indique simplement qu'il avait un penchant un peu trop prononcé pour ce genre de sornettes.

Philidor s'immobilisa sous les bogues des marronniers qui dépassaient largement des grilles du jardin de David.

— J'ai étudié le sujet pendant des années, chuchota le compositeur. Finalement, je me suis décidé à lire la Bible, ainsi que Bach et Euler m'y avaient incité. Bach était mort peu après notre rencontre, et Euler avait émigré en Russie. Je ne pus donc pas discuter avec eux de ce que j'avais découvert…

— Et qu'avez-vous découvert ? demanda David en sortant de sa poche la clé qui ouvrait les grilles.

— Ils m'avaient conseillé d'étudier les architectes, ce que je fis. Je m'aperçus qu'il n'y avait que deux architectes importants dans la Bible. Le premier était l'architecte de l'univers, c'est-à-dire Dieu. L'autre était l'architecte de la tour de Babel. J'appris ensuite que le mot « Bab-El » signifiait « Porte de Dieu ». Les Babyloniens étaient un peuple très fier. Ils constituaient la plus grande civilisation qui ait jamais existé, et ce depuis le commencement des temps. Ils réalisèrent des jardins suspendus rivalisant avec les œuvres les plus parfaites de la nature. Et ils voulurent édifier une tour qui s'élèverait jusqu'au ciel, jusqu'au soleil. L'histoire de cette tour, j'en eus bientôt la certitude, était celle à laquelle Bach et Euler avaient fait allusion devant moi.

» L'architecte, poursuivit Philidor tout en pénétrant dans le jardin aux côtés de David, était un certain Nemrod. Le plus grand architecte de son époque. Il construisit une tour si haute que de mémoire d'homme on ne vit jamais rien de pareil. Mais elle ne fut jamais achevée. Savez-vous pourquoi ?

— Dieu le précipita dans le vide, si je me souviens bien ? réfléchit David en traversant la cour.

— Mais *comment* le précipita-t-Il dans le vide ? demanda Philidor. Il ne le foudroya pas d'un éclair, Il ne recourut ni à une inondation, ni à une épidémie, comme à Son habitude. Je vais vous dire comment Dieu procéda pour détruire le travail de Nemrod, mon ami. Dieu sema la confusion dans le langage des ouvriers, qui jusque-là parlaient la même langue. Il détruisit le langage. Il détruisit le Verbe !

À ce moment précis, David vit un de ses serviteurs sortir de la maison et courir dans leur direction.

— Et comment suis-je censé interpréter cette histoire ? demanda-t-il à Philidor avec un sourire cynique. Dieu a détruit une civilisation en rendant les hommes muets ? En semant la confusion dans notre langage ? En ce cas, les Français ne risquent rien. Nous chérissons notre langage comme s'il valait de l'or !

— Vos pupilles pourront peut-être nous aider à résoudre ce mystère, s'il est exact qu'elles ont vécu à Montglane. Car je suis persuadé que c'est ce pouvoir, celui de la musique du langage, des mathématiques de la musique, du secret du Verbe par lequel Dieu créa l'univers et détruisit l'empire de Babylone, je suis sûr que c'est ce pouvoir qui est dissimulé dans le Jeu de Montglane.

Le serviteur de David s'immobilisa à une distance respectueuse des deux hommes et les regarda approcher en se tordant les mains.

— Qu'y a-t-il, Pierre ? demanda David d'un air surpris.

— Les jeunes dames... répondit le domestique d'un ton embarrassé. Elles ont disparu, monsieur.

— Quoi ? s'écria David. Que veux-tu dire ?

— Depuis plusieurs heures, monsieur. Elles ont reçu une lettre, ce matin. Elles sont allées la lire dans le jardin. À l'heure du déjeuner, nous les avons cherchées, mais elles n'étaient plus là ! Elles ont dû escalader le mur… Je ne vois pas d'autre explication possible… Et elles ne sont pas rentrées.

SEIZE HEURES

Même les acclamations de la populace déchaînée à l'extérieur de l'abbaye ne parvenaient pas à étouffer les hurlements d'agonie qui montaient de l'intérieur. Mireille savait qu'elle ne pourrait jamais oublier ce bruit.

Depuis un bon moment déjà, la foule, lassée de frapper aux portes de la prison, s'était installée sur les toits des attelages, encore ruisselants du sang des prêtres massacrés. L'allée était jonchée de corps piétinés et déchiquetés.

Cela faisait près d'une heure, maintenant, que les jugements se succédaient à l'intérieur de l'abbaye. Les plus costauds avaient hissé leurs compatriotes sur les murs d'enceinte de la prison, et ceux-ci, ayant réussi à desceller les piques acérées des contreforts, les lançaient dans la cour comme des javelots.

Un homme juché sur les épaules d'un autre cria :

— Ouvrez les portes, citoyens ! L'heure de la justice a sonné !

Un frémissement d'enthousiasme avait parcouru l'assistance quand la barre de fermeture avait été retirée. L'un des lourds battants en bois s'était ouvert et, d'une pression irrésistible, la foule s'était engouffrée à l'intérieur.

Mais des soldats armés de mousquets avaient aussitôt refoulé le flot humain et les portes s'étaient à nouveau refermées. Depuis cet instant, la meute en était réduite à attendre le rapport des observateurs pour suivre le carnage qui avait lieu à l'intérieur.

Mireille avait essayé d'entrer et d'escalader le mur, sans succès. Épuisée, elle attendait près des portes, dans l'espoir qu'elles s'entrouvriraient à nouveau et qu'elle pourrait s'infiltrer à l'intérieur.

Son souhait fut enfin exaucé. Il était quatre heures quand, en levant les yeux, elle aperçut un attelage tiré par un cheval qui remontait la rue, contournant soigneusement les corps démantelés. Les citoyennes installées sur les fourgons abandonnés poussèrent des acclamations en découvrant l'homme assis à l'intérieur de la voiture. L'allée fut à nouveau en proie à un tourbillon, tandis que les hommes sautaient de leur perchoir et que les horribles sorcières dégringolaient du toit des attelages pour se ruer vers la voiture. Mireille se leva d'un bond, abasourdie. David !

— Mon oncle, mon oncle ! hurla-t-elle, les joues ruisselantes de larmes.

David l'aperçut. Ses traits se crispèrent d'inquiétude tandis qu'il descendait de l'attelage pour la prendre dans ses bras.

— Mireille ! s'écria-t-il alors qu'on s'agglutinait autour de lui en criant des vivats. Que s'est-il passé ? Où est Valentine ?

Une expression horrifiée déforma son visage tandis que Mireille s'abattait contre lui en sanglotant convulsivement.

— Elle est à l'intérieur de la prison. Nous étions venues rencontrer une amie et nous... Je ne sais pas ce qui s'est passé, mon oncle ! Il est peut-être déjà trop tard !

— Venez, venez, dit David en l'enlaçant pour se frayer un chemin dans la foule qui s'écartait sur son passage en lui administrant des grandes claques dans le dos.

— Ouvrez les portes ! cria l'un des hommes assis sur le mur. Le citoyen David est là ! Le peintre David est dehors !

Au bout de quelques instants, l'un des gigantesques battants bougea et une poussée formidable bouscula David et Mireille. Puis on les tira vers l'intérieur et les portes se refermèrent à nouveau.

La cour de la prison était détrempée de sang. Sur une petite parcelle d'herbe qui avait été autrefois le jardin du monastère, un prêtre était maintenu au sol, la tête posée sur un billot en bois. Un soldat à l'uniforme maculé s'évertuait à la lui couper à coups de sabre. Mais le religieux s'obstinait à vivre. Chaque fois qu'il tentait de se relever, un flot de sang jaillissait de sa gorge entaillée. Sa bouche était ouverte sur un cri silencieux.

Des gens couraient dans tous les sens, piétinant les cadavres figés dans des positions horribles à voir. Des bras, des jambes et des torses étaient jetés pêle-mêle dans les haies taillées avec soin, et des entrailles s'amoncelaient le long des plates-bandes.

Mireille agrippa l'épaule de David et se mit à hurler, hoquetant pour chercher de l'air. Il la secoua en lui chuchotant à l'oreille d'une voix tendue :

— Restez calme, ou nous sommes perdus. Nous devons la retrouver sans perdre un instant.

Mireille lutta pour recouvrer son sang-froid tandis que David promenait un regard hagard autour de lui. Sa main tremblait légèrement lorsqu'il tira la manche d'un homme, debout à côté de lui. Il était revêtu d'un uniforme de soldat en lambeaux, et sa bouche était barbouillée de sang, bien qu'il n'eût aucune blessure apparente.

— Qui est en charge, ici ? lui demanda David.

Le soldat éclata de rire et lui montra une longue table en bois installée devant l'entrée de la prison, derrière laquelle plusieurs hommes étaient assis. Une foule compacte fourmillait près de la table, face aux hommes.

Comme David aidait Mireille à traverser la cour, trois prêtres dévalèrent les marches de la prison et s'effondrèrent sur le sol. Les soldats tinrent en respect avec leur baïonnette la meute qui faisait cercle pour les huer, puis forcèrent les prêtres à se relever et les poussèrent devant la table.

Les cinq juges les interrogèrent à tour de rôle. L'un d'eux feuilleta des papiers, nota quelque chose puis secoua la tête.

On entraîna aussitôt les religieux dans la cour. Un masque d'horreur recouvrit leur visage blême quand ils virent ce qui les attendait. La foule poussa une clameur assourdissante devant cet arrivage tout frais de victimes qu'on conduisait au sacrifice. David agrippa le bras de Mireille et la guida vers la table des juges, à moitié cachés par la foule avide d'assister à la triple exécution.

David atteignit le tribunal à l'instant précis où les hommes postés sur le mur annonçaient le verdict à la populace agglutinée en bas.

— La mort pour frère Ambroise de Saint-Sulpice !

Des applaudissements déchaînés saluèrent la condamnation.

— Je suis Jacques-Louis David ! hurla le peintre au premier juge, afin de se faire entendre malgré le vacarme qui rebondissait d'un mur à l'autre. Je suis membre du tribunal révolutionnaire ! Je suis envoyé par Danton…

— On sait qui tu es, Jacques-Louis David, dit un homme assis à l'extrême bout de la table.

David se tourna vers la voix et laissa échapper un cri étouffé. Mireille suivit son regard et sentit son sang se glacer. Le visage qui lui faisait face était de ceux que l'on voit seulement en cauchemar. L'incarnation même du démon.

L'homme était hideux. Sa peau n'était qu'une plaie à vif, suppurante. Un chiffon répugnant noué autour de son front laissait dégouliner un liquide d'une couleur immonde dans son cou et poissait ses cheveux grisonnants. Tandis qu'il fixait méchamment David, Mireille songea que les pustules purulentes qui couvraient son visage reflétaient sans nul doute son âme gangrenée par le mal. Car elle avait sous les yeux le diable en personne.

— Ah, c'est toi, articula David. Je te croyais…

— Malade ? compléta l'homme. C'est exact. Mais aucune maladie ne sera jamais assez puissante pour m'empêcher de servir mon pays, citoyen.

David contourna la table jusqu'à l'homme hideux avec une appréhension visible. Entraînant Mireille dans son sillage, il lui chuchota :

— Pas un mot, surtout. Nous sommes en danger.

Parvenu devant le juge, il se pencha vers lui.

— Je suis ici sur ordre de Danton, afin d'apporter mon soutien au tribunal.

— Nous n'avons nul besoin d'assistance, citoyen, siffla l'homme. Notre tâche ne fait que commencer. Il y a des ennemis de l'État dans toutes les prisons. Dès que nous aurons fini d'assainir celle-ci, nous passerons à une autre. Les volontaires ne manquent pas quand la justice est en jeu. Va dire au citoyen Danton que je suis là, et que l'affaire est en de bonnes mains.

— Parfait, acquiesça David tandis qu'un nouveau cri montait de la foule, derrière eux. Je sais que tu es un citoyen et un membre de l'Assemblée respecté. Mais il y a un petit problème... Je suis sûr que tu peux m'aider à le résoudre.

David serra très fort la main de Mireille qui garda le silence, retenant son souffle.

— Ma nièce passait devant la prison, cet après-midi, quand elle s'est trouvée prise dans la bousculade. On l'a accidentellement enfermée. Nous pensons... J'espère qu'il ne lui est rien arrivé. C'est une jeune fille innocente, qui ignore tout de la politique. Je demande la permission d'aller la chercher.

— Ta nièce ? ricana l'homme en observant David.

Il plongea la main dans un seau d'eau posé par terre à côté de lui, et y puisa un chiffon mouillé. Arrachant celui qui lui ceignait le front, il le remplaça par le bandeau détrempé et le noua autour de sa tête. L'eau ruissela sur son visage, diluant le pus qui suintait de ses plaies ouvertes. Mireille sentit flotter jusqu'à elle l'odeur de mort dont il était imprégné. Elle était plus forte encore que la puanteur faite de peur et de sang qui montait de la cour. La nausée au bord des lèvres, elle se demanda si elle n'allait pas s'évanouir. Au même moment, une nouvelle clameur triomphante monta de la foule. Elle préféra ne pas penser à ce que chacun de ces cris signifiait.

— Inutile de chercher ta « nièce », railla l'homme immonde. C'est la prochaine à comparaître devant le tribunal. Je sais qui sont tes pupilles, David. Y compris celle-là.

Il désigna Mireille d'un signe du menton, sans la regarder.

— Elles sont de la noblesse, le sang des de Rémy coule dans leurs veines. Et elles viennent de l'abbaye de Montglane. Nous avons déjà interrogé ta « nièce » à l'intérieur de la prison.

— Non ! cria Mireille en se dégageant de l'étreinte de David. Valentine ! Que lui avez-vous fait ?

Elle se précipita vers le juge, mais David la tira en arrière.

— Vous êtes folle ! souffla-t-il.

Elle se débattait pour se dégager quand le juge maudit leva la main. Un bruit sourd retentit tout près d'eux et deux corps roulèrent au bas de l'escalier de la prison, derrière la table. Mireille se libéra d'une secousse et bondit vers les marches où le corps frêle de Valentine venait de s'abattre, ses longs cheveux blonds répandus autour d'elle.

Le jeune prêtre qui avait dévalé les degrés en même temps qu'elle se releva et aida Valentine à se mettre debout. Mireille se jeta dans ses bras.

— Valentine ! Valentine ! cria-t-elle, horrifiée par le visage tuméfié et les lèvres fendues de sa cousine.

— Les pièces, chuchota Valentine en jetant un regard hagard sur la cour. Claude m'a dit où elles sont cachées. Six d'entre elles sont…

— Peu importe, dit Mireille en la serrant contre elle. Notre oncle est là, il va te délivrer…

— Non ! Ils vont me tuer, ma cousine. Ils savent pour les pièces… Souviens-toi du fantôme ! De Rémy, de Rémy, balbutia-t-elle en répétant son nom d'un air égaré.

Mireille tentait de la calmer quand un soldat les sépara et la maintint solidement contre lui. Son regard éperdu se fixa sur David qui, penché sur la table, parlait fiévreusement à l'horrible juge. Dans le même temps, deux hommes se saisirent de Valentine et la portèrent vers la table. Mireille essaya en vain de mordre le soldat qui la tenait pour se libérer. Valentine resta debout devant le tribunal, soutenue par les deux hommes. Pendant un instant, elle regarda Mireille par-delà la distance, le visage pâle et effrayé. Puis elle sourit, et ce fut comme un rayon de soleil trouant un ciel noir. Mireille cessa de se débattre et lui rendit son sourire. Et, brusquement, elle entendit les hommes assis à la table prononcer la sentence. Leur voix claqua comme un coup de fouet et parut se répercuter contre les murs de la cour.

— La mort !

Mireille hurla en se débattant et appela David qui s'était effondré sur la table en pleurant. Valentine fut traînée dans la cour, vers la parcelle d'herbe. Mireille se débattait maintenant comme un chat sauvage pour échapper aux bras d'acier qui la tenaient. Et puis, soudain, elle fut heurtée de côté, et tomba sur le sol avec le soldat. Le jeune prêtre qui avait dévalé les marches de la prison avec Valentine venait de se jeter sur le soldat pour lui venir en aide. Tandis que les deux hommes se battaient, Mireille s'échappa et se rua vers la table où était prostré le corps sanglotant de David. Agrippant à pleines mains la chemise répugnante du juge, elle lui cria au visage.

— Suspendez l'ordre !

Un rapide coup d'œil par-dessus son épaule lui permit de voir Valentine, clouée au sol par deux hommes robustes. Ils avaient ôté leur veste et retroussé les manches de leur chemise. Il n'y avait pas une seconde à perdre.

— Relâchez-la ! hurla-t-elle.

— Soit, acquiesça-t-il. Mais à condition que tu me dises ce que ta cousine a refusé de me révéler. Dis-moi où sont cachées les pièces du Jeu de Montglane. Je sais parfaitement à qui ton amie parlait quand elle a été arrêtée, figure-toi.

Il la fixait avec des yeux impitoyables et glacés. Les yeux d'un fou, songea Mireille. Elle réprima un mouvement de recul et lui rendit calmement son regard.

— Relâchez-la et je vous le dirai.

— Non, maintenant ! cria-t-il.

Mireille sentit son haleine fétide sur son visage tandis qu'il se penchait sur elle. David gémit tout près d'elle, mais elle ne lui prêta aucune attention. Priant mentalement pour que Valentine lui pardonnât, elle prit une profonde inspiration et articula lentement :

— Elles sont enterrées dans le jardin, derrière l'atelier de notre oncle.

— Aha ! s'exalta-t-il.

Une flamme inhumaine s'alluma dans son regard tandis qu'il se levait d'un bond et se penchait sur Mireille, à travers la table.

— J'espère pour toi que tu ne me mens pas. Sinon, je te pourchasserai jusqu'au bout du monde. Il me faut ces pièces !

— Monsieur, par pitié ! s'écria Mireille. Je vous ai dit la vérité !

— Alors je te crois.

Levant la main, il dirigea son regard vers la cour, là où les deux hommes maintenaient Valentine sur le sol, attendant ses ordres.

Mireille observa son atroce visage convulsé et se jura de ne jamais l'oublier, aussi longtemps qu'elle vivrait. Elle conserverait toujours le souvenir de cet homme grimaçant qui tenait la vie de sa bien-aimée cousine entre ses mains impitoyables. Il était à jamais gravé dans sa mémoire.

— Qui êtes-vous ? souffla-t-elle comme il continuait de fixer la cour.

Il pivota lentement vers elle, et la haine qui étincelait dans ses yeux la glaça jusqu'aux os.

— Je suis la rage du peuple, chuchota-t-il. La noblesse tombera. Le clergé tombera et la bourgeoisie aussi. Nous les écraserons sous nos talons. Je crache sur vous tous, car les souffrances que vous avez infligées se retourneront contre vous. J'aurai le Jeu de Montglane ! Il sera à moi, à moi seul ! Et si les pièces ne sont pas là où tu m'as dit, je te retrouverai et tu paieras !

Sa voix vénéneuse résonna dans les oreilles de Mireille.

— Procédez à l'exécution ! hurla-t-il tandis que la foule poussait à nouveau sa clameur hideuse. La mort ! La sentence est la mort !

— Non ! cria Mireille.

Un soldat l'empoigna, mais elle se dégagea et s'élança droit devant elle, avec une frénésie mêlée d'horreur. Le bas de sa robe traîna dans les flaques de sang qui ruisselaient entre les pavés disjoints de la cour. Au milieu d'un océan mouvant de visages vociférants, elle vit la hache à double tranchant se lever au-dessus du corps prostré de Valentine. Sa chevelure, presque argentée dans la lumière brûlante, se répandait dans l'herbe où elle gisait.

Mireille se rua en avant, traversant les rangées de spectateurs, le regard braqué sur la scène atroce qui dansait devant ses yeux, sur le meurtre qui allait être perpétré devant elle. D'un bond désespéré, elle se jeta en travers du corps de Valentine à la seconde même où la hache s'abattait.

LA FOURCHETTE

> Un homme doit toujours se placer en position de choisir entre deux alternatives.
>
> TALLEYRAND.

Le mercredi soir, je me retrouvai dans un taxi, filant au rendez-vous que Lily Rad m'avait fixé dans la 47ᵉ Rue, entre la Cinquième et la Sixième Avenue. Ça s'appelait le marché du livre new-yorkais, et je n'y étais encore jamais allée.

La veille, mardi, Nim m'avait ramenée en ville dans l'après-midi et m'avait donné un cours rapide sur l'art de piéger une porte d'appartement afin de savoir si quelqu'un était entré en votre absence. En vue de mon voyage en Algérie, il m'avait également communiqué un numéro de téléphone spécial, relié en permanence à son ordinateur central. (Une sacrée organisation de la part d'un homme qui ne se servait soi-disant jamais du téléphone !)

Nim connaissait une femme à Alger appelée Minnie Renselaas, veuve de l'ex-consul allemand en Algérie. Elle jouissait apparemment d'une certaine fortune, avait des relations un peu partout et pourrait m'aider dans mes recherches. Munie de cette information, je m'étais résignée sans enthousiasme à prévenir Llewellyn que j'étais prête à essayer de chercher en son nom les pièces du Jeu de Montglane. Je n'aimais pas beaucoup ça parce que c'était un mensonge, mais Nim avait réussi à me convaincre que me mettre en quête de ce fichu jeu d'échecs était ma seule chance de retrouver une certaine tranquillité d'esprit. Et de sauver ma peau.

Depuis trois jours cependant, j'étais préoccupée par autre chose que ma vie ou l'existence potentielle du jeu d'échecs. J'étais tourmentée par Saul. Son décès n'avait été mentionné dans aucun journal.

Il y avait bien eu trois articles sur les Nations unies dans les éditions de mardi, mais ils traitaient tous de la faim dans le monde et de la guerre du Vietnam. Pas le moindre indice permettant de supposer qu'on avait découvert un cadavre sur une dalle de pierre. Peut-être ne faisait-on jamais le ménage dans la salle de méditation… Tout ça me paraissait extrêmement bizarre. Ce n'était pas tout : s'il y avait bien eu un entrefilet concernant le décès de Fiske et l'interruption d'une semaine du tournoi d'échecs, rien ne laissait entendre que ce ne fût pas de mort naturelle.

C'était ce mercredi soir que je devais dîner chez Harry. Je n'avais pas reparlé avec Lily depuis dimanche, mais à l'heure actuelle ils devaient avoir été informés de sa mort. Après tout, Saul avait été leur employé pendant vingt-cinq ans. J'appréhendais la soirée. Avec quelqu'un comme Harry, ça risquait de tourner à la veillée funéraire. Il considérait son personnel comme des membres de la famille. J'allais avoir du mal à lui cacher ce que je savais.

Comme mon taxi tournait à l'angle de la Sixième Avenue, je vis les boutiquiers baisser les rideaux de fer. À l'intérieur des magasins, les employés retiraient les bijoux étincelants de leurs présentoirs. Je réalisai brusquement que je me trouvais au cœur même du quartier des diamantaires. En descendant du véhicule, j'aperçus des hommes qui déambulaient sur le trottoir par petits groupes. Tous portaient un manteau noir amidonné et un haut chapeau en feutrine, à large bord. Certains d'entre eux arboraient une barbe noire striée de gris, si longue qu'elle atteignait leur poitrine.

Le marché new-yorkais du livre se situait à une centaine de mètres de là. Je me frayai un passage jusqu'à l'entrée du bâtiment. Le rez-de-chaussée se composait d'un petit salon tendu de moquette rouge, comme dans les maisons victoriennes, avec un escalier conduisant au premier. Sur la gauche, deux marches descendaient vers la librairie. Le sol était en parquet et les plafonds bas étaient équipés sur toute leur longueur de conduites d'air chaud. Au fond, des portes livraient accès à plusieurs autres pièces, entièrement tapissées de livres. Les piles menaçaient de s'écrouler à chaque virage. Les lecteurs qui encombraient les allées étroites s'écartèrent en grognant pour me laisser passer, puis reprirent leur place, le tout probablement sans avoir sauté une ligne.

Lily était tout au bout de la pièce, vêtue d'un manteau de renard roux et de bas de laine tricotés. Elle était en grande conversation avec un vieux monsieur ratatiné qui mesurait la moitié de sa taille. Il arborait le même manteau noir et le même chapeau que les hommes dans la rue, mais son visage brun sillonné de rides ne portait pas de barbe. Ses épaisses lunettes à monture d'or lui faisaient un regard élargi et intense. Lily et lui formaient un drôle de couple.

En me voyant approcher, Lily posa la main sur le bras du vieux gentleman et lui dit quelque chose. Il se tourna vers moi.

— Cat, je voudrais vous présenter Mordecai. C'est un très vieil ami, et un expert en échecs. Je me suis dit que nous pourrions lui poser quelques questions au sujet du problème qui nous occupe.

Je supposai qu'elle faisait allusion à Solarin. Mais compte tenu de ce que j'avais appris ces derniers jours, j'aurais préféré pouvoir lui parler seule à seule de Saul avant d'affronter sa famille de lions dans l'arène.

— Mordecai est grand maître, bien qu'il ne joue plus, poursuivit Lily. C'est lui qui m'entraîne aux tournois. Il est très célèbre. Il a écrit plusieurs livres sur les échecs.

— Tu me flattes, dit modestement Mordecai en souriant. En réalité, je suis diamantaire. Les échecs sont seulement mon violon d'Ingres.

— Cat était avec moi au tournoi, dimanche dernier, l'informa Lily.

— Ah, commenta Mordecai en m'examinant plus intensément encore à travers ses verres épais. Je vois. Je propose que nous poursuivions cette conversation devant une tasse de thé. Je connais un endroit très tranquille, à deux pas d'ici.

— C'est-à-dire... je ne voudrais pas arriver en retard au dîner. Le père de Lily serait très déçu.

— J'insiste, dit-il aimablement mais avec fermeté.

Prenant mon bras, il me tira vers la porte.

— J'ai moi-même un rendez-vous important ce soir, mais je serais désolé de ne pas avoir votre avis sur la mort mystérieuse du grand maître Fiske. Je le connaissais bien. J'espère que votre opinion sera un peu moins tirée par les cheveux que celle que ma... mon amie Lily m'a exposée.

Notre irruption dans la première salle causa une certaine confusion. Mordecai dut me lâcher le bras tandis que nous remontions les allées étroites en file indienne, Lily fermant la marche. Ce fut un véritable soulagement de se retrouver enfin à l'air libre. Mordecai me prit à nouveau par le bras.

La plupart des marchands de diamants s'étaient dispersés maintenant, et les boutiques étaient plongées dans le noir.

— Lily me dit que vous êtes experte en ordinateurs ? déclara Mordecai en m'entraînant dans la rue.

— Vous vous intéressez aux ordinateurs ? lui demandai-je.

— Pas exactement. Je suis fasciné par ce qu'ils peuvent faire. Je suis ce qu'on pourrait appeler un étudiant en formules.

À ces mots, il gloussa joyeusement et ses traits se plissèrent dans un large sourire.

— J'ai été mathématicien, Lily vous en a parlé ?

Il jeta un coup d'œil par-dessus son épaule pour voir où traînait Lily, mais elle secoua la tête et hâta le pas pour revenir à notre hauteur.

— J'ai été un élève du Pr Einstein pendant un semestre, à Zurich. Il était si vif que personne d'entre nous ne comprenait un mot de ce qu'il disait ! Parfois, aussi, il lui arrivait d'oublier ce qu'il était en train de dire et de quitter la salle. Mais personne ne se moquait de lui. Il nous inspirait le plus grand respect.

Il s'arrêta pour prendre également le bras de Lily tandis que nous traversions la rue à sens unique.

— Un jour, alors que j'étais malade à Zurich, poursuivit-il, le Pr Einstein vint me rendre visite. Il s'assit à mon chevet et me parla de Mozart. Il adorait Mozart. Le Pr Einstein était un excellent violoniste, vous savez.

Mordecai me sourit à nouveau et Lily lui serra le bras.

— Mordecai a eu une vie passionnante, me dit-elle.

Je remarquai que Lily était tout sucre et tout miel avec lui. Je ne l'avais jamais vue aussi subjuguée par quelqu'un.

— Mais je n'ai pas choisi d'embrasser la carrière de mathématicien, précisa Mordecai. Il faut avoir la vocation pour ça, comme pour la prêtrise. À la place, j'ai choisi d'être marchand. Je n'en reste pas moins intéressé par tout ce qui se rapporte aux mathématiques. Ah, nous sommes arrivés.

Il me poussa ainsi que Lily de l'autre côté d'une double porte conduisant à un escalier. Tandis que nous commencions à monter, Mordecai ajouta :

— Oui, j'ai toujours considéré que les ordinateurs étaient la huitième merveille du monde !

Et il éclata à nouveau de ce rire qui ressemblait à un gloussement. Alors que je gravissais les marches, je me demandai si c'était par pure coïncidence qu'il avait manifesté cet intérêt pour les formules. Et dans un repli de mon esprit, j'entendis un refrain : « Le quatrième jour du quatrième mois viendra le huit. »

La petite cafétéria était perchée sur une mezzanine, dominant un immense bazar de petites bijouteries. En bas, tout était fermé pour la nuit, mais la cafétéria était prise d'assaut par les mêmes hommes qui bavardaient dans la rue une demi-heure plus tôt. Ils avaient retiré leur chapeau, et chacun d'eux portait une petite calotte. Certains arboraient de longues anglaises de chaque côté du visage, tout comme Mordecai.

On trouva une table libre, et Lily proposa d'aller chercher le thé pendant que nous bavardions. Mordecai m'avança une chaise et s'assit en face de moi.

— Ces boucles de cheveux s'appellent des *payess*, me dit-il. Une tradition religieuse. Les juifs ne sont pas supposés couper leurs boucles ni leur barbe, parce que dans le Lévitique il est dit : « Tu ne tondras pas en rond ta chevelure. Tu ne raseras point les côtés de ta barbe. »

Mordecai me sourit à nouveau.

— Mais vous n'avez pas de barbe, remarquai-je.

— Non, répondit Mordecai avec amertume. Comme il est dit dans la Bible : « Esau, mon frère, est velu, et moi, je ne le suis pas. » J'aimerais porter la barbe, car je pense que cela me rendrait plus séduisant…

Ses yeux pétillèrent de malice.

— Mais tout ce que je réussis à obtenir, c'est le proverbial champ de paille.

Lily apparut avec un plateau et disposa une tasse fumante devant chacun de nous tandis que Mordecai s'expliquait :

— Dans les temps reculés, les juifs avaient pour coutume de ne pas faucher les côtés de leurs champs, exactement comme les côtés de leur barbe, pour que les anciens du village ainsi que les voyageurs puissent trouver à glaner. Les voyageurs ont toujours fait l'objet d'un profond respect dans la religion juive. Il y a quelque chose de mystique attaché au concept du voyage. Mon amie Lily me dit que vous vous apprêtez à partir en voyage ?

— Oui, acquiesçai-je.

Mais je n'étais pas très sûre de sa réaction si je lui avouais que je m'apprêtais à passer un an dans un pays arabe.

— Prenez-vous de la crème avec votre thé ? me demanda Mordecai.

Je hochai la tête et esquissai le mouvement de me lever, mais il me prit de vitesse.

— Permettez… dit-il.

Dès qu'il fut parti, je me tournai vers Lily.

— Vite, pendant que nous sommes seules, chuchotai-je. Comment votre famille prend-elle la chose, pour Saul ?

— Oh, ils sont fous de rage, répondit-elle en faisant passer les petites cuillères. Surtout Harry. Il n'arrête pas de le traiter de bâtard ingrat.

— Fous de rage ! Mais enfin, ce n'est quand même pas de la faute de Saul s'il s'est fait assassiner !

— Qu'est-ce que vous racontez ? dit Lily en me regardant bizarrement.

— Vous ne croyez tout de même pas que Saul a organisé son propre assassinat ?

— Assassinat ? s'exclama Lily dont les yeux s'écarquillaient de seconde en seconde. Écoutez, j'admets que je me suis un peu laissé emporter quand j'ai parlé de kidnapping et tout. En fait, après ça, il est rentré à la maison. Il nous a tout simplement flanqué sa démission, et il est parti ! Après vingt-cinq ans de bons et loyaux services !

— Je vous dis qu'il est mort, insistai-je. Je l'ai vu. Lundi matin, il gisait en travers d'une dalle de pierre, dans la salle de méditation des Nations unies. Quelqu'un l'a tué !

Lily en resta bouche bée, sa petite cuillère à la main.

— Cette histoire devient franchement inquiétante, poursuivis-je. Je…

Lily me fit taire et fixa un point derrière mon épaule. Mordecai revenait vers nous, avec des petits pots de crème. Il s'assit entre Lily et moi.

— C'est pire qu'une extraction de dent, pour obtenir de la crème ! Le service se perd…

Il nous regarda tour à tour.

— Qu'est-ce qui se passe ? On dirait que quelqu'un vient de marcher sur votre tombe.

— Quelque chose comme ça, articula Lily, pâle comme un linge. Il semble que le chauffeur de mon père soit… décédé.

— Je suis désolé. Il était au service de ta famille depuis très longtemps, n'est-ce pas ?

— Avant ma naissance même.

Elle avait le regard vitreux et son esprit paraissait à des lieues de là.

— Ce n'était pas un homme jeune, alors ? J'espère qu'il n'avait pas une famille à nourrir ?

Mordecai observait Lily avec une étrange expression.

— Vous pouvez lui raconter ce que vous m'avez confié, me murmura-t-elle.

— Je ne pense pas que ce soit…

— Il sait pour Fiske. Dites-lui pour Saul.

Mordecai s'était tourné vers moi avec une expression polie.

— Se serait-il produit un drame ? me demanda-t-il d'un ton léger. Mon amie Lily semble penser que le grand maître Fiske n'est pas mort de mort naturelle… Peut-être partagez-vous son opinion ?

Il porta nonchalamment son thé à ses lèvres.

— Cat vient de m'avertir que Saul avait été assassiné, lâcha Lily.

Mordecai reposa sa tasse, les yeux baissés.

— Ah ! Je craignais que vous me disiez ça.

Il posa sur moi de gros yeux tristes, élargis par ses verres épais.

— Est-ce vrai ?

Je me tournai vers Lily.

— Écoutez, je ne crois vraiment pas que…

Mais Mordecai m'interrompit d'une voix polie.

— Comment se fait-il que vous soyez au courant, me demanda-t-il, alors que Lily et sa famille paraissent tout ignorer ?

— Parce que j'étais là.

Lily se mit à parler à toute vitesse, mais Mordecai la fit taire.

— Mesdames, mesdames ! Peut-être pourriez-vous commencer par le commencement. Voudriez-vous avoir la gentillesse de faire ça pour moi ? ajouta-t-il en se tournant vers moi.

Je me surpris à lui répéter l'histoire que j'avais déjà racontée à Nim. L'avertissement de Solarin avant le tournoi d'échecs, la mort de Fiske, la disparition mystérieuse de Saul, les impacts de balles dans la carrosserie de la voiture et, pour finir, le cadavre de Saul aux Nations unies. Naturellement, je gardai pour moi quelques détails comme la diseuse de bonne aventure, l'homme sur la bicyclette et le récit de Nim au sujet du Jeu de Montglane. D'abord parce que j'avais promis de n'en parler à personne, et puis parce que c'était trop bizarre pour être raconté.

— Vous vous êtes expliquée très clairement, me dit Mordecai comme j'achevais mon récit. D'après ce que vous m'avez dit, il est très probable que les morts de Fiske et de Saul soient liées. Mais il nous faut maintenant découvrir ce qui les relie et établir un fil conducteur.

— Solarin ! s'écria Lily. Il est mêlé à tous ces événements. Je suis sûre que c'est lui, le fil conducteur !

— Ma chère enfant, pourquoi Solarin ? demanda Mordecai. Quel serait son mobile ?

— Il voulait écarter toute personne susceptible de le battre. Comme ça, il n'aurait pas été obligé de dévoiler la formule de l'arme secrète.

— Solarin n'est pas un physicien en armement, intervins-je. Il s'est spécialisé dans l'acoustique.

Mordecai me lança un regard étrange. Puis il prit la parole :

— C'est exact. En effet, je connais Alexander Solarin. Je ne te l'ai jamais dit.

Lily resta silencieuse, les mains sur les genoux, visiblement blessée que son professeur d'échecs n'ait pas partagé tous ses secrets avec elle.

— C'était il y a très longtemps, alors que j'étais encore un diamantaire en activité. Je rentrais de la Bourse d'Amsterdam quand je me suis arrêté en Russie pour voir un ami. On me présenta alors un jeune garçon qui devait avoir environ seize ans. Il s'était rendu chez mon ami afin de prendre une leçon d'échecs…

— Mais Solarin était inscrit au Palais des jeunes pionniers, protestai-je.

— En effet, acquiesça Mordecai en me lançant à nouveau un regard étrange.

Il devenait par trop évident que j'avais mené une enquête assez poussée, aussi jugeai-je plus prudent de garder le silence.

— Mais en Russie tout le monde peut jouer aux échecs contre n'importe qui. Il n'y a pas grand-chose d'autre à faire, d'ailleurs. Je m'installai donc pour disputer une partie contre Alexander Solarin. J'étais assez stupide pour croire que je pourrais lui enseigner une chose ou deux. Naturellement, il me battit. Et à plate couture, encore. Ce garçon est le plus grand joueur d'échecs que j'aie jamais affronté. Ma chère, ajouta-t-il à l'adresse de Lily, le grand maître Fiske ou toi-même auriez *peut-être* pu le battre, mais j'en doute.

On resta tous silencieux pendant un moment. Dehors, le ciel avait viré au noir, et à part nous trois la cafétéria était déserte. Mordecai jeta un coup d'œil à sa montre de gousset et vida le reste de sa tasse.

— Et à part ça ? demanda-t-il d'un ton enjoué pour rompre le silence. Vous avez réfléchi à ce qui pourrait pousser quelqu'un à souhaiter la mort de tant de gens ?

Lily et moi secouâmes la tête, complètement hébétées.

— Pas de solution ? insista-t-il en se levant et en ramassant son chapeau. Je suis déjà en retard à mon rendez-vous, et vous aussi, mais je réfléchirai au problème à tête reposée. Je vais cependant vous confier d'ores et déjà mon opinion personnelle. Vous pourrez toujours la tenir au chaud, en attendant mieux. À mon avis, la mort du grand maître Fiske n'a rien à voir avec Solarin, et encore moins avec les échecs.

— Mais Solarin est la seule personne qui était *présente* avant chacun des deux meurtres ! cria Lily.

— Crois-tu ? dit Mordecai avec un sourire énigmatique. Une autre personne était également présente à chaque fois : ton amie Cat !

— Hé, une minute ! commençai-je.

Mais Mordecai m'interrompit.

— Vous ne trouvez pas pour le moins curieux que le tournoi d'échecs ait été interrompu une semaine entière « en hommage au grand maître Fiske », mais qu'il n'y ait pas eu la plus petite allusion au fait que la partie était truquée ? Vous ne trouvez pas bizarre que vous ayez vu le cadavre de Saul il y a deux jours dans un lieu public que les Nations unies, et que l'événement n'ait pas suscité la moindre publicité dans les médias ? Comment expliquez-vous ces étranges circonstances ?

— De la désinformation ! s'écria Lily.

— Peut-être, déclara Mordecai en haussant les épaules. Mais ton amie Cat et toi avez participé activement à cette désinformation… Pouvez-vous m'aider à comprendre pour quelle raison vous n'êtes pas allées à la police signaler qu'on venait de tirer sur ta voiture ? Et pourquoi Cat n'a pas informé les autorités qu'elle avait vu un cadavre, qui depuis s'est mystérieusement volatilisé ?

— Mais je t'ai déjà dit pourquoi je voulais… balbutia-t-elle.

— Je craignais que… bredouillai-je en même temps.

— Je vous en prie, nous interrompit Mordecai en levant la main. Ces bafouillements suffiraient à convaincre la police de votre culpabilité. Et le fait que ton amie ait été présente au moment de chaque meurtre paraît on ne peut plus suspect.

— Que suggérez-vous ? lui demandai-je.

Je ne pus m'empêcher d'entendre Nim me chuchoter : « Mais peut-être que quelqu'un croit que tu sais quelque chose. »

— Je suggère, répondit Mordecai, que, bien que *vous* n'ayez rien à voir avec ces meurtres, *ils* pourraient bien avoir quelque chose à voir avec vous.

Sur ce, il se pencha et embrassa Lily sur le front. Puis il se tourna vers moi, et, tandis que nous échangions une poignée de main polie, il me fit un clin d'œil ! Là-dessus il s'engouffra dans l'escalier et disparut dans la nuit noire.

UN PION AVANCE

> Alors elle apporta un échiquier et joua avec lui ; mais Sharrkan, au lieu de suivre le mouvement de ses pièces, gardait les yeux fixés sur sa bouche pulpeuse et plaçait un cavalier à la place d'un éléphant, et un éléphant à la place du cavalier.
>
> Elle éclata de rire et lui dit :
>
> — Si c'est là ta tactique, c'est que tu ne connais rien au jeu.
>
> — La partie ne fait que commencer, répondit-il. Ne te fie pas aux apparences.
>
> *Les Mille et Une Nuits.*

PARIS
3 SEPTEMBRE 1792

Une seule bougie brûlait dans le candélabre en cuivre posé dans le salon de la demeure de Danton. Minuit égrenait ses douze coups quand une silhouette enveloppée d'une cape noire actionna la cloche de la porte d'entrée. Le concierge traversa le salon en traînant les pieds et jeta un coup d'œil par le volet de la porte. L'homme sur le perron portait un chapeau à large bord qui dissimulait ses traits.

— Pour l'amour du ciel, Louis, ouvre-moi, dit l'homme. C'est moi, Camille.

Le verrou joua et le concierge ouvrit la porte.

— Je suis obligé de me montrer prudent, monsieur, s'excusa le vieil homme.

— Je comprends, acquiesça gravement Camille Desmoulins en franchissant le seuil.

Il ôta son chapeau et passa la main dans ses cheveux bouclés.

— J'arrive tout droit de la prison de la Force. Sais-tu ce qui s'est passé ?...

Desmoulins s'interrompit net en voyant une forme bouger dans l'ombre épaisse du salon.

— Qui est là ? lança-t-il avec effroi.

La haute silhouette se leva en silence, pâle et élégante malgré la chaleur étouffante. Elle sortit de l'ombre et tendit la main à Desmoulins.

— Mon cher Camille, dit Talleyrand, j'espère que je ne t'ai pas effrayé. J'attends que Danton rentre du Comité.

— Maurice ! s'écria Desmoulins en lui serrant la main tandis que le concierge s'éloignait. Qu'est-ce qui t'amène chez nous à une heure aussi tardive ?

En tant que secrétaire particulier de Danton, Desmoulins habitait depuis des années sous le même toit que son employeur.

— Danton a généreusement accepté de me procurer un sauf-conduit afin que je puisse quitter la France, lui expliqua calmement Talleyrand. Je pars pour l'Angleterre où je pourrai reprendre mes négociations. Comme tu le sais, les Anglais ont refusé de reconnaître notre nouveau gouvernement.

— À ta place, je ne compterais pas trop sur son retour cette nuit. Tu as appris ce qui s'est passé à Paris aujourd'hui ?

Talleyrand secoua lentement la tête.

— J'ai entendu dire que les Prussiens avaient fait demi-tour dans le plus grand désordre. Je crois qu'ils rentrent chez eux pour soigner leur dysenterie.

Il éclata de rire.

— Pas une armée au monde ne réussirait à marcher trois jours d'affilée en buvant les vins de Champagne !

— Les Prussiens sont en déroute, c'est exact, acquiesça Desmoulins sans se joindre à son rire. Mais c'est du massacre dont je te parle.

À l'expression de Talleyrand, il comprit qu'il en ignorait tout.

— Cela a commencé cet après-midi à l'abbaye. Maintenant la vague déferle vers la Force et la Conciergerie. On parle déjà de cinq cents morts, mais ce n'est qu'une estimation. C'est une véritable boucherie qui a eu lieu, et l'Assemblée est impuissante à les…

— Je ne savais rien de tout cela ! s'exclama Talleyrand. Que se passe-t-il, exactement ?

— Danton est à la Force en ce moment même. Le Comité a mis en place des tribunaux dans chaque prison afin d'essayer de canaliser le flot. Ils ont accepté de payer les juges et les bourreaux six francs par jour et de leur fournir les repas. C'était le seul moyen de donner l'illusion qu'ils contrôlaient la situation. Maurice, Paris est submergé par l'anarchie. Les gens appellent cela la Terreur.

— C'est impossible ! s'écria Talleyrand. Si cela vient à se savoir hors des frontières, nous n'aurons plus le moindre espoir d'opérer un rapprochement avec l'Angleterre. Nous aurons de la chance s'ils ne s'allient pas aux Prussiens pour nous déclarer la guerre. Il faut que je parte sans perdre une minute.

— Tu ne réussiras pas sans un laissez-passer, répondit Desmoulins en lui saisissant le bras. Cet après-midi même, Mme de Staël a été arrêtée alors qu'elle tentait de quitter le pays sous l'immunité diplomatique. Elle a eu beaucoup de chance que je puisse intervenir et sauver sa tête de la guillotine. Ils l'avaient emmenée à la Commune.

Le visage de Talleyrand indiqua qu'il comprenait la gravité de la situation. Desmoulins poursuivit :

— Ne crains rien, elle est ce soir en sécurité à l'ambassade. Mais *toi*, tu devrais être chez toi, à l'abri. Ce n'est pas une nuit pour sortir, surtout quand on est à la fois un membre de la noblesse et du clergé. Tu cours un double danger.

— Je vois, dit Talleyrand d'un ton calme. Je vois très bien…

*

Il était près d'une heure du matin quand Talleyrand regagna sa maison à pied, traversant les quartiers sombres de Paris sans attelage afin de ne pas attirer l'attention. Tandis qu'il remontait péniblement les rues faiblement éclairées, il vit quelques amateurs de théâtre qui rentraient chez eux en groupes, ainsi que des traînards revenant d'une fête. Leurs rires ricochèrent jusqu'à lui comme les attelages découverts passaient en zigzaguant, remplis de noceurs et de champagne.

Ils dansent au bord de l'abîme, songea Maurice. Ce n'était plus qu'une question de temps. Déjà il voyait se profiler le sombre chaos vers lequel glissait son pays. Il fallait qu'il parte, et vite.

Il s'alarma, en approchant des grilles de son jardin, de voir une lumière trembloter dans la cour intérieure. Il avait pourtant donné des ordres précis pour que tous les volets soient fermés et les tentures tirées, afin qu'on ne puisse pas soupçonner qu'il était chez lui. Il était dangereux de se trouver chez soi, actuellement. Comme il insérait sa clé dans la serrure, le lourd portail en fer forgé s'entrouvrit de quelques centimètres. Son valet Courtiade se tenait devant lui, et la faible lumière provenait de la bougie qu'il tenait à la main.

— Pour l'amour du ciel, Courtiade, chuchota Talleyrand. Je t'avais dit de ne pas allumer la moindre lumière. Tu m'as fait une peur bleue.

— Pardonnez-moi, Monseigneur, murmura Courtiade qui appelait toujours son maître par son titre religieux. J'ai bien peur d'avoir désobéi à une autre de vos instructions.

— Qu'est-ce que tu as fait ? demanda Talleyrand en franchissant le portail que le valet referma aussitôt derrière lui.

— Vous avez une visite, Monseigneur. J'ai pris sur moi de permettre à cette personne d'attendre votre retour à l'intérieur.

— C'est une plaisanterie ?

Talleyrand se figea et saisit le bras de son serviteur.

— Mme de Staël a été arrêtée par la foule cet après-midi, et ils l'ont emmenée de force à la Commune. Elle a failli y laisser la vie ! Dis-moi immédiatement qui tu as introduit chez moi !

— C'est Mlle Mireille, Monseigneur. Elle s'est présentée seule, il y a un court moment de cela.

— Mireille ? Seule à cette heure de la nuit ? Talleyrand hâta le pas, suivi par Courtiade.

— Monseigneur, elle est venue avec un bagage à main. Elle pouvait à peine parler. Sa robe était déchirée et tachée d'un liquide rouge qui m'a paru être du sang. Des litres de sang.

— Mon Dieu, murmura Talleyrand en boitillant aussi vite que possible vers l'entrée.

Le hall était désert et sombre. Courtiade le guida vers le salon. La pièce était encombrée par des caisses de livres à moitié pleines, en prévision de son départ. Au centre, Mireille gisait en travers du sofa tendu de velours pêche. Son visage était exsangue dans la faible clarté de la chandelle que Courtiade avait placée à côté d'elle.

Talleyrand s'agenouilla près d'elle avec une certaine difficulté, prit sa main inerte dans les deux siennes et lui frictionna vigoureusement les doigts.

— Dois-je aller chercher des sels, Monseigneur ? demanda Courtiade d'une voix inquiète. Il n'y a plus aucune servante dans la maison, puisque nous devions partir demain…

— Oui, oui, répondit le maître sans lâcher Mireille du regard, le cœur glacé d'effroi. Mais Danton n'a pas apporté le laissez-passer. Et maintenant…

Il leva les yeux vers Courtiade qui continuait à tenir un bougeoir.

— Va chercher les sels, Courtiade. Dès qu'elle aura repris connaissance, tu iras chez David. Il faut absolument que nous sachions ce qui s'est passé, et vite.

Talleyrand s'assit à côté de Mireille, l'esprit agité par mille pensées atroces. Saisissant le candélabre sur la table, il l'approcha de la jeune fille. Sa chevelure rousse et son visage étaient maculés de terre et de sang séché. Avec une infinie douceur, il repoussa ses cheveux et déposa un baiser sur son front. Comme il abaissait son regard sur elle, quelque chose l'émut au plus profond de lui-même. C'était étrange, songea-t-il. Des deux cousines, elle avait toujours été la plus sérieuse, la plus réservée.

Courtiade revint avec les sels et tendit la petite fiole en cristal à son maître. Soulevant avec précaution la tête de Mireille, Talleyrand agita la bouteille débouchée sous son nez, jusqu'à ce qu'elle se mît à tousser.

Ses yeux s'ouvrirent, et elle fixa les deux hommes avec horreur. Puis elle parut réaliser où elle se trouvait et s'assit précipitamment. Sa main agrippa la manche de Talleyrand avec fièvre.

— Combien de temps suis-je restée inconsciente ? s'écria-t-elle. Vous n'avez dit à personne que j'étais là ?

Son visage était d'une pâleur mortelle et ses doigts serraient son bras avec une force désespérée.

— Non, non, ma chère, dit Talleyrand d'une voix douce. Vous n'êtes pas ici depuis longtemps. Dès que vous vous sentirez mieux, Courtiade vous préparera un cognac chaud afin de vous calmer les nerfs, et nous enverrons chercher votre oncle.

— Non ! hurla Mireille. Personne ne doit savoir que je suis ici ! Surtout pas mon oncle ! C'est le dernier endroit où on pensera à venir me chercher. Ma vie est en grand danger. Jurez-moi que vous ne parlerez de moi à personne !

Elle tenta de se lever, mais Talleyrand et Courtiade l'en empêchèrent, le visage crispé d'inquiétude.

— Où est mon bagage ? cria-t-elle.

— Là, juste à côté de vous, répondit Talleyrand en tapotant le sac en cuir. Ma chère, il faut vous calmer et vous étendre. Vous parlerez quand vous vous sentirez mieux. Vous ne voulez pas que nous allions au moins chercher Valentine, afin de la rassurer sur votre santé ?

Au nom de Valentine, le visage de Mireille refléta une telle expression d'horreur et de douleur que Talleyrand recula.

— Non, murmura-t-il. Ce n'est pas possible. Pas Valentine. Dites-moi qu'il n'est rien arrivé à Valentine. Dites-le-moi !

Il avait saisi Mireille aux épaules et la secouait. Ses yeux se posèrent lentement sur lui. Ce qu'il lut dans leur profondeur lui causa un choc qui se répercuta jusqu'au tréfonds de son être. Il lui broya les épaules, la voix rauque.

— Je vous en supplie… dites-moi qu'il ne lui est rien arrivé. Il faut que vous me le disiez !

Mireille n'opposa aucune résistance tandis qu'il continuait à la secouer. Il semblait ne plus savoir ce qu'il faisait. Courtiade s'interposa avec douceur et posa la main sur le bras de son maître.

— Monseigneur, murmura-t-il. Monseigneur…

Mais Talleyrand regardait Mireille comme un homme qui a perdu la raison.

— Ce n'est pas vrai, articula-t-il comme si chaque mot lui causait une souffrance intolérable.

Mireille le regardait fixement. Il la lâcha et ses bras retombèrent sans force de chaque côté de son corps. Il était livide. Hébété de douleur.

Reculant, il se leva lentement et marcha vers la cheminée. Puis il ouvrit le cadran de sa précieuse horloge en bronze qui reposait sur le manteau de la cheminée et inséra la petite clé en or. Très doucement, il se mit à la remonter. Mireille entendit son tic-tac s'égrener dans l'obscurité.

*

Le soleil n'était pas encore levé, mais les premières lueurs de l'aube filtraient à travers les draperies en soie du boudoir de Talleyrand.

Il avait passé la moitié de la nuit debout, et cela avait été une nuit d'horreur. Il ne pouvait pas se résoudre à admettre que Valentine était morte. Il avait l'impression qu'on lui avait arraché le cœur et ne savait comment surmonter sa détresse. Il était un homme sans famille, un homme qui n'avait jamais ressenti le besoin d'un autre être humain. Peut-être était-ce mieux ainsi, songea-t-il avec amertume. Quand on ne connaît pas l'amour, on ne connaît pas les souffrances qu'il engendre.

Il ne cessait de revoir les cheveux blond pâle de Valentine dans la lueur du feu lorsqu'elle s'était penchée pour embrasser son pied et qu'elle lui avait caressé le visage de ses doigts fins. Il songea aux choses amusantes qu'elle lui avait dites et se rappela comme elle aimait à le choquer par son impertinence. Comment pouvait-elle être morte ? Comment ?

Mireille avait été incapable d'évoquer les circonstances de la mort de sa cousine. Courtiade lui avait préparé un bain ainsi qu'une boisson épicée à base de cognac chaud, dans laquelle il avait ajouté quelques gouttes de laudanum afin qu'elle pût trouver le sommeil. Talleyrand lui avait cédé l'immense lit de son propre boudoir, avec son baldaquin tendu de soie bleu pâle. La couleur des yeux de Valentine.

Lui-même était resté à la veiller la moitié de la nuit, assis sur une chaise en soie bleu pastel. Mireille avait sombré dans l'oubli à plusieurs reprises, mais s'était réveillée en frissonnant, les yeux agrandis par l'effroi, hurlant le nom de Valentine. Chaque fois, il s'était levé pour la réconforter. Puis il avait attendu qu'elle se rendormît et était retourné s'asseoir sur sa chaise, s'enveloppant dans les châles que Courtiade lui avait apportés.

Mais il n'y avait personne pour le réconforter, lui, et, tandis que l'aube striait le ciel de lueurs roses, Talleyrand continuait à s'agiter sur sa chaise, ses boucles blondes en désordre, ses yeux bleus voilés par le manque de sommeil.

À un moment, au cours de la nuit, Mireille avait crié : « J'irai avec toi à l'abbaye, ma cousine. Jamais je ne te laisserai seule dans le quartier des Cordeliers ! » Et il avait senti un frisson glacé lui parcourir l'épine dorsale. Mon Dieu, était-il possible que Valentine fût morte dans l'abbaye ? Il ne pouvait même pas imaginer ce qui s'était passé. Il était résolu à obtenir de Mireille l'entière vérité, dès qu'elle se serait reposée... et aussi douloureuse qu'elle puisse être pour eux.

Il était toujours assis sur sa chaise quand il perçut un son étouffé, un léger bruit de pas.

— Mireille ? chuchota-t-il.

Il n'obtint pas de réponse. Il se pencha et écarta les rideaux du lit.

Elle était partie.

S'enveloppant à la hâte de sa robe de chambre, Talleyrand boita vers son cabinet de toilette. Mais comme il passait devant la porte-fenêtre, il distingua à travers les tentures en soie l'ombre d'une silhouette dans la lumière rosée de l'aube. Il écarta les draperies qui masquaient la terrasse et se figea.

Mireille était débout, de dos, le regard fixé sur les jardins et la petite clairière qui s'étendait au pied du mur de pierre. Elle était entièrement nue, et sa peau crémeuse avait la douceur veloutée de la soie dans la clarté opaline de l'aube. Il revit le matin où il les avait aperçues sur l'échafaudage de l'atelier de David. Valentine et Mireille. Le choc brutal du souvenir lui causa une douleur si aiguë qu'il eut l'impression de recevoir un coup de poignard en plein cœur. Mais en même temps, il éprouvait autre chose. Quelque chose qui remontait lentement à la surface de sa souffrance brûlante. Et tandis que cette chose émergeait inexorablement, une horreur indicible s'empara de lui. Ce qu'il ressentait en cet instant précis était du désir. De la passion. Il voulait la faire sienne sur cette terrasse, dans la rosée humide de l'aube. La faire sienne à même le sol, mordre sa bouche et couvrir son corps de caresses, se libérer en elle de la souffrance intolérable qui le déchirait. Au moment même où cette idée s'imposait à lui, Mireille sentit sa présence et se retourna. Elle rougit violemment. Il était atrocement humilié et s'efforça de masquer son embarras.

— Ma chère enfant, vous allez prendre froid, dit-il très vite en ôtant sa robe de chambre pour lui couvrir les épaules. L'humidité est traîtresse, en cette saison.

Même à ses propres oreilles sa voix sonnait faux. Ses doigts effleurèrent ses épaules tandis qu'il drapait le vêtement autour d'elle, et une décharge électrique le traversa. Jamais il n'avait ressenti quelque chose d'aussi violent. Il essaya de garder son sang-froid, mais Mireille continuait à le fixer d'un regard insondable. Il détourna précipitamment les yeux. Il ne fallait surtout pas qu'elle lût dans ses pensées. C'était trop méprisable. Il s'efforça de faire le vide dans son cerveau afin de maîtriser la vague de désir qui avait déferlé sur lui si soudainement. Si violemment.

— Maurice, murmura-t-elle en levant la main vers son visage pour écarter une mèche de cheveux blonds. Je veux vous parler de Valentine, maintenant. Puis-je vous parler de Valentine ?

Sa chevelure rouge sombre effleurait sa poitrine dans la brise légère du matin. Il en ressentait la brûlure à travers le tissu de sa chemise. Ils étaient si proches l'un de l'autre qu'il respirait l'odeur subtile de sa peau. Il ferma les yeux, luttant pour se maîtriser. Il avait peur de croiser son regard, peur de ce qu'elle pourrait y déceler. La douleur lancinante qui l'habitait était envahissante. Comment pouvait-il être aussi monstrueux ?

Il s'obligea à rouvrir les yeux et à la regarder. Il essaya de sourire, mais ses lèvres ne réussirent qu'à esquisser une grimace crispée.

— Vous m'avez appelé Maurice, dit-il. Pas « oncle Maurice ». C'est la première fois...

Elle était si incroyablement belle, avec ses lèvres entrouvertes comme deux pétales de rose, meurtris et tremblants... Il chassa cette pensée de son esprit. Valentine. Elle voulait lui parler de Valentine. Avec douceur mais fermeté, il posa ses mains sur ses épaules. Il sentait la chaleur de sa peau sous la soie de la robe de chambre. Une veine bleutée palpitait à la base de son long cou blanc. Un peu plus bas, il apercevait le sillon qui séparait ses seins...

— Valentine vous aimait profondément, murmurait Mireille d'une voix entrecoupée. Je pouvais lire dans ses pensées comme dans ses sentiments. Je savais qu'elle voulait faire avec vous ces choses que les hommes font avec les femmes. Savez-vous de quelles choses je veux parler ?

Elle le regardait à nouveau dans les yeux. Sa bouche était si proche, son corps si... Il n'était pas certain d'avoir bien entendu.

— Je… je ne suis pas sûr… Je veux dire, oui, naturellement, je le sais, balbutia-t-il, les yeux rivés aux siens. Mais jamais je n'aurais imaginé…

Il se maudit de se comporter de façon aussi incohérente. Qu'essayait-elle de lui dire ?

— Mireille, reprit-il d'un ton ferme.

Il voulait être bienveillant. Paternel. Après tout, la jeune fille qui se tenait devant lui aurait pu être sa fille. Elle n'était encore qu'une enfant.

— Mireille, répéta-t-il en cherchant un moyen de ramener cette conversation sur un terrain moins brûlant.

Mais elle avait posé ses mains de chaque côté de son visage et glissait les doigts dans ses cheveux. Très lentement, elle attira sa bouche vers la sienne. Mon Dieu, songea-t-il. Je dois être devenu fou. Cela ne peut pas arriver.

— Mireille, murmura-t-il tandis que leurs lèvres se frôlaient, je ne peux pas… nous ne pouvons pas…

Il sentit ses défenses s'effondrer lorsque leurs bouches se joignirent, et un désir brûlant se déversa dans ses veines. Non. Il ne pouvait pas. Pas ça. Pas maintenant.

— N'oubliez pas, chuchota Mireille en se plaquant contre lui. Je l'aimais, moi aussi.

Il gémit et fit glisser le vêtement sur ses épaules tandis qu'il enfouissait son visage dans la chaleur de sa peau.

*

Il tombait, tombait. Il s'engloutissait dans le puits sombre de la passion, ses doigts parcourant sans fin la soie des longues jambes de Mireille. Ils gisaient sur les épaisses couvertures du lit, où il l'avait transportée depuis la terrasse, et il se sentait sombrer, sombrer. Lorsque leurs bouches se rencontrèrent, il perçut son impatience comme si son sang à lui passait en bouillonnant dans son corps à elle pour s'y répandre. La violence de sa passion était presque intolérable. Il essaya de se rappeler ce qu'il faisait, et pourquoi il ne devait pas le faire, mais il n'aspirait qu'à l'oubli. Mireille le provoquait avec une passion encore plus désespérée, encore plus violente que la sienne. Jamais il n'avait connu quelque chose de semblable. Il ne voulait pas que cela s'arrête. Jamais.

Mireille le regarda, ses yeux verts élargis et mystérieux, et il sut qu'elle ressentait la même chose. Chaque fois qu'il la touchait, qu'il la caressait, elle semblait se fondre davantage en lui, toujours plus loin, comme si elle voulait que leurs os, leurs nerfs, les moindres contours de leurs corps ne fassent plus qu'un. Comme si elle voulait l'entraîner avec elle au fond de l'abîme, où ils pourraient sombrer ensemble dans l'opium de leur passion. L'abîme du Léthé, de l'oubli. Et tandis qu'il flottait dans les lacs sombres de ses yeux verts, il sentit la passion le traverser comme une tempête sauvage, et il entendit le chant des sirènes l'appeler, l'appeler du plus profond de l'abîme mystérieux.

*

Maurice Talleyrand avait fait l'amour à tant de femmes qu'il aurait été bien incapable de les compter. Mais, tandis qu'il gisait sur les draps froissés, les longues jambes de Mireille emmêlées aux siennes, il ne pouvait même plus se souvenir d'une seule d'entre elles. Il savait qu'il ne revivrait jamais rien de comparable. Il avait connu une extase totale, comme peu d'humains en avaient l'expérience dans leur vie. Mais ce qu'il ressentait, maintenant, c'était une souffrance totale. Et une atroce culpabilité.

De la culpabilité. Car lorsqu'ils avaient roulé ensemble sur la courtepointe, étroitement enlacés, dans une étreinte plus violente que tout ce qu'il avait connu jusque-là… c'était le nom de Valentine qu'il avait crié. Valentine. À l'instant même où le plaisir l'avait consumé. Et Mireille avait chuchoté : « Oui. »

Il tourna la tête pour la regarder. Sa peau crémeuse et ses cheveux emmêlés étaient si beaux contre les draps frais ! Elle leva vers lui ses yeux vert sombre. Puis elle sourit.

— Je ne savais pas que ce serait ainsi, avoua-t-elle.

— Et tu as aimé ? demanda-t-il en lui caressant doucement les cheveux.

— Oui. J'ai aimé, acquiesça-t-elle dans un sourire avant de remarquer son trouble.

— Je suis désolé, souffla-t-il. Je ne voulais pas faire ça. Mais tu es si incroyablement belle. Et j'avais tellement envie de toi.

Il se pencha pour lui baiser les cheveux puis les lèvres.

— Je ne veux pas que vous vous sentiez désolé, dit Mireille en s'asseyant pour le regarder. Grâce à vous, j'ai eu l'impression qu'elle était toujours en vie. Comme si sa mort n'était qu'un mauvais rêve. Si Valentine vivait, elle aurait fait l'amour avec vous. Vous n'avez donc pas à vous sentir coupable parce que vous m'avez appelée par son nom.

Elle avait lu dans ses pensées. Il la dévisagea longuement, puis sourit.

D'un mouvement souple il la fit rouler sur lui. Son corps gracieux et élancé était frais contre sa peau. Ses cheveux roux croulaient sur ses épaules. Il buvait son parfum. Il eut à nouveau envie de lui faire l'amour. Mais il prit sur lui pour réfréner son désir. Il y avait quelque chose de plus urgent encore. Quelque chose qui supplantait tout le reste.

— Mireille, il faut que je te demande quelque chose, murmura-t-il, le visage enfoui dans ses cheveux.

Elle leva la tête pour le regarder.

— Je sais combien ce sera douloureux pour toi, mais je voudrais que tu me parles de Valentine. Je veux que tu me dises tout. Nous devons prendre contact avec ton oncle. Cette nuit, tu as parlé de l'abbaye dans ton sommeil…

— Mon oncle ne doit pas savoir où je suis ! l'interrompit-elle en se redressant dans un sursaut.

— Mais Valentine a droit à un enterrement décent, argua-t-il.

— Je ne sais même pas si nous pourrons retrouver son corps, répondit Mireille en butant douloureusement sur les mots. Mais si vous acceptez de m'aider, alors je vous dirai comment Valentine est morte. Et *pourquoi*.

Talleyrand lui lança un regard étrange.

— Que veux-tu dire ? Je pensais que vous aviez été prises dans la bousculade devant l'abbaye. Il n'y a sûrement…

— Elle est morte, articula Mireille, à cause de ça.

Elle se leva et se dirigea vers son bagage, que Courtiade avait posé devant la porte du cabinet de toilette. Le soulevant à grand-peine, elle le déposa sur le lit, puis elle l'ouvrit et fit signe à Talleyrand de regarder son contenu. À l'intérieur, couvertes de terre et de brins d'herbe, gisaient huit pièces du Jeu de Montglane.

Talleyrand plongea la main dans le sac en cuir usé et en retira une pièce qu'il tint à deux mains tandis qu'il s'asseyait à côté de Mireille, au milieu des draps froissés. Elle représentait un énorme éléphant en or, de la taille de sa main. Sa selle était entièrement incrustée de rubis polis et de saphirs noirs. Sa trompe et ses défenses en or étaient relevées en position de combat.

— L'aufin, chuchota-t-il. Cette pièce est baptisée aujourd'hui le fou, le conseiller du roi et de la reine.

Une par une, il sortit les pièces de la sacoche et les éparpilla sur le lit. Il y avait un chameau en or et un en argent. Un autre éléphant en or, un fringant coursier arabe dont les pattes fouettaient furieusement l'air, et trois soldats de la taille d'un doigt, portant toute une variété d'armes différentes, incrustés d'améthystes, de tourmalines, d'émeraudes et de jaspe.

Talleyrand saisit l'étalon et le fit tourner lentement dans ses mains. Frottant la terre collée sur le socle en or, il vit qu'un symbole y était gravé à l'intérieur. Il l'étudia attentivement. Puis il le montra à Mireille. C'était un cercle d'où jaillissait la tige d'une flèche.

— Mars, la planète rouge, dit-il. Le dieu de la guerre et de la destruction. « Alors il parut un autre cheval, couleur de feu. Celui qui le montait reçut le pouvoir de bannir la paix de la terre, afin que les hommes fussent entraînés à s'égorger les uns les autres ; et on lui donna une grande épée. »

Mais Mireille ne paraissait pas l'écouter. Elle regardait le symbole gravé dans le socle de l'étalon que Talleyrand tenait dans ses mains.

Elle semblait en transe. Puis il vit ses lèvres remuer et se pencha pour capter ses paroles :

— Et le nom de l'épée était Sar, chuchota-t-elle avant de fermer les yeux.

*

Talleyrand resta assis pendant près d'une heure, sa robe de chambre drapée sur lui, tandis que Mireille, nue au milieu des draps chiffonnés, lui racontait point par point son histoire.

Elle rapporta aussi fidèlement que possible le récit de l'abbesse, et comment les religieuses avaient exhumé le jeu des murs de l'abbaye. Elle lui raconta comment elles avaient dispersé les pièces dans toute l'Europe, et comment Valentine et elle devaient servir de point de ralliement si jamais les autres religieuses avaient besoin d'aide. Puis elle lui parla de sœur Claude, et de la façon dont Valentine s'était élancée dans la foule pour la rejoindre dans l'allée, devant la prison. Lorsque Mireille en arriva à l'épisode crucial où le tribunal avait condamné Valentine à mort tandis que David s'écroulait en pleurant, Talleyrand l'interrompit. Le visage de Mireille ruisselait de larmes, sa voix était étranglée.

— Tu veux dire que Valentine n'a pas été tuée par la foule ? s'écria-t-il.

— Elle a été condamnée ! Cet homme horrible… sanglota Mireille. Jamais je n'oublierai son visage. Cette grimace hideuse ! Il jubilait. Puisse-t-il pourrir de toutes ces purulences qui lui couvrent le visage !

— Qu'est-ce que tu dis ?

Talleyrand lui agrippa le bras et la secoua.

— Quel est le nom de cet homme ? Essaie de te souvenir !

— Je lui ai demandé son nom, répondit Mireille en le regardant à travers ses larmes, mais il n'a pas voulu me le dire. Il m'a seulement dit : « Je suis la rage du peuple ! »

— Marat ! s'exclama Talleyrand. J'aurais dû m'en douter ! Mais je ne peux pas croire…

— Marat ! répéta Mireille. Maintenant que je connais son nom, jamais je ne l'oublierai. Il a juré de me retrouver si jamais les pièces n'étaient pas là où je lui avais dit. Mais c'est moi qui le retrouverai !

— Ma pauvre enfant, tu as retiré les pièces de leur cachette. Marat va remuer ciel et terre pour te mettre la main dessus. Mais comment as-tu réussi à t'enfuir de la cour de la prison ?

— Grâce à oncle Jacques-Louis. Il se trouvait près de cet homme diabolique quand la sentence est tombée et il s'est jeté sur lui. Je me suis précipitée sur le corps de Valentine, mais ils m'ont tirée en arrière juste au moment où...

Mireille rassembla toutes ses forces pour poursuivre.

— Alors j'ai entendu mon oncle crier mon nom, me supplier de m'enfuir. J'ai couru droit devant moi. J'ignore comment j'ai réussi à franchir les portes. Je revois la scène comme un cauchemar. Tout ce que je sais, c'est que je me suis retrouvée soudain dans l'allée, et que je me suis précipitée vers le jardin de David.

— Tu es une enfant très courageuse, ma chérie. Je me demande si j'aurais eu la force de faire ce que tu as fait.

— Valentine est morte à cause de ces pièces, murmura Mireille d'une voix entrecoupée de sanglots. Je ne pouvais pas le laisser s'en emparer. Je les ai récupérées avant même qu'il ait pu quitter la prison. J'ai ramassé quelques vêtements dans ma chambre, chez David, ainsi que cette sacoche en cuir, et je suis allée...

— Mais il ne devait pas être plus de six heures quand tu as quitté David. Où étais-tu donc entre ce moment et celui où tu es arrivée ici, à minuit passé ?

— Il n'y avait que deux pièces dans le jardin de David, répondit Mireille. Celles que Valentine et moi avions emportées de Montglane : l'éléphant en or et le chameau en argent. Les six autres ont été apportées d'une autre abbaye par sœur Claude. Je savais par sa lettre que sœur Claude n'était à Paris que depuis hier matin. Elle n'avait donc disposé que de très peu de temps pour les cacher, et elle n'avait pas pu prendre le risque de les amener à notre rendez-vous. Mais sœur Claude était morte quand je l'ai rejointe, et seule Valentine avait pu apprendre de sa bouche où il fallait les chercher.

— Et cependant tu les as trouvées !

Talleyrand posa la main sur les pièces incrustées de joyaux toujours éparpillées sur les draps. Il lui sembla qu'il s'en dégageait une intense chaleur.

— Tu m'as dit que la prison grouillait de soldats et de membres du tribunal. Comment Valentine a-t-elle pu te révéler leur cachette ?

— Ses derniers mots furent : « Souviens-toi du fantôme. » Et puis elle se mit à répéter son nom.

— Le fantôme ? articula Talleyrand, perdu.

— J'ai tout de suite compris. Elle faisait allusion à l'histoire du fantôme de Richelieu que vous nous aviez racontée.

— Tu es sûre ? Tu dois avoir raison puisque les pièces sont devant nous. Mais je ne comprends toujours pas comment tu t'es servie de ces maigres informations pour les retrouver.

— Vous nous aviez raconté que vous aviez vu apparaître le fantôme de Richelieu dans la chapelle de la Sorbonne. Or le nom de famille de Valentine est de Rémy. Et je me suis immédiatement souvenu que le grand-père de Valentine, Gericauld de Rémy, était enterré dans la chapelle de la Sorbone, tout près de la tombe du cardinal de Richelieu ! C'était le message qu'elle essayait de me transmettre. Les pièces étaient enfouies là-bas.

» Je me rendis donc à la chapelle, et je vis qu'un cierge brûlait devant la tombe du grand-père de Valentine. Munie de ce seul cierge, je me mis à fouiller la chapelle. Il s'écoula des heures avant que je ne découvre qu'une dalle en partie masquée par les fonts baptismaux était descellée. Je la soulevai et retirai les pièces enfouies à même la terre. Puis je me précipitai du plus vite que je pus ici, rue de Beaune.

Mireille s'interrompit, hors d'haleine.

— Maurice, reprit-elle en appuyant sa tête contre sa poitrine pour qu'il pût sentir le battement précipité de son cœur. Je crois que Valentine avait une autre raison de mentionner le fantôme. Elle essayait de me dire que je devais chercher du secours auprès de vous, que je devais vous faire confiance.

— Mais comment pourrais-je t'aider ? soupira Talleyrand. Je suis moi-même prisonnier de la France tant que je n'aurai pas obtenu un laissez-passer. Ces pièces nous font encourir un grand danger, tu en es consciente ?

— Pas si nous découvrons leur secret, le secret du pouvoir qui s'y attache. Si nous le découvrons, nous aurons l'avantage, n'est-ce pas ?

Elle avait une expression si courageuse et si grave que Talleyrand ne put s'empêcher de sourire. Il se pencha pour déposer un baiser sur ses épaules nues. Et, malgré lui, il sentit le désir affluer à nouveau dans ses veines. Au même instant, on frappa doucement à la porte de la chambre.

— Monseigneur, fit la voix de Courtiade. Je regrette de vous déranger, mais il y a quelqu'un dans la cour.

— Je ne suis là pour personne, Courtiade. Tu le sais bien, répondit Talleyrand.

— Mais, Monseigneur, il s'agit d'un envoyé de M. Danton. Il a obtenu les laissez-passer.

*

À neuf heures, ce soir-là, Courtiade était agenouillé sur le plancher du bureau. La veste de sa livrée était pliée soigneusement sur le dossier d'une chaise, les manches amidonnées de sa chemise retroussées sur ses avant-bras. Il clouait la dernière fausse cloison des caisses de livres qui jonchaient le sol de la pièce. Des livres abandonnés étaient entassés un peu partout. Mireille et Talleyrand buvaient du cognac, assis au milieu des piles.

— Courtiade, dit Talleyrand, tu partiras pour Londres demain matin avec ces caisses. Dès ton arrivée, tu demanderas à voir les courtiers de Mme de Staël. Ils s'arrangeront pour te remettre les clés et te montrer les appartements que nous avons retenus. Quoi qu'il arrive, n'autorise personne à toucher aux caisses. Ne les perds pas de vue une seule seconde, et ne les ouvre pas avant que Mlle Mireille et moi soyons arrivés.

— Je vous ai déjà dit que je ne pouvais pas vous accompagner à Londres, trancha Mireille d'une voix ferme. Tout ce que je vous demande, c'est d'emporter les pièces du jeu hors de France.

— Nous en avons déjà parlé une centaine de fois, répondit Talleyrand en lui caressant les cheveux. J'insiste pour que tu utilises mon laissez-passer. J'en obtiendrai un autre très rapidement. Tu ne peux plus rester en France.

— Ma première tâche était d'empêcher le Jeu de Montglane de tomber entre les mains de cet homme horrible et de tous ceux qui pourraient l'utiliser à des fins malhonnêtes, rétorqua Mireille. Valentine aurait agi de même. Mais d'autres religieuses peuvent venir trouver refuge à Paris. Je dois rester pour les aider.

— Tu es une jeune femme très courageuse, acquiesça Talleyrand. Mais je refuse de te laisser seule à Paris et tu ne peux pas retourner chez ton oncle. Nous devons décider ensemble de ce que nous ferons des pièces lorsque nous serons à Londres…

— Vous ne m'avez pas comprise, dit paisiblement Mireille en se levant. Je n'ai jamais dit que j'avais l'intention de rester à Paris.

Retirant l'une des pièces de la sacoche en cuir, elle se dirigea vers Courtiade et la lui tendit. C'était le cavalier, le fougueux étalon qu'elle avait examiné le matin même. Courtiade s'empara précautionneusement de la pièce. Comme elle la lui remettait, elle en sentit le feu se propager jusque dans son bras. Courtiade la déposa à l'intérieur de la fausse cloison et la cala avec de la paille.

— Mademoiselle, déclara le sérieux Courtiade en clignant de l'œil, elles s'encastrent à la perfection. Je vous jure sur ma vie que vos livres arriveront sains et saufs à Londres.

Mireille lui tendit la main, et il la serra avec chaleur. Puis elle se tourna à nouveau vers Talleyrand.

— Je n'y comprends plus rien ! s'écria-t-il d'un ton irrité. D'abord tu as refusé de me suivre en Angleterre sous prétexte que tu devais rester à Paris. Et maintenant tu m'annonces que tu n'as pas l'intention d'y rester. Je t'en prie, explique-toi !

— Vous irez à Londres avec les pièces, répondit Mireille d'une voix étonnamment autoritaire. Mais moi, une autre mission m'attend. Je vais écrire à l'abbesse pour lui parler de mes projets. J'ai de l'argent. Valentine et moi étions orphelines. Sa fortune et son titre me reviennent donc de droit. Puis je lui demanderai d'envoyer une autre religieuse à Paris, le temps que j'achève ma tâche.

— Mais où iras-tu ? Que comptes-tu faire ? Tu es seule, tu n'as pas de famille…

— J'y ai longuement réfléchi depuis hier, répondit Mireille. J'ai un travail à finir. Je serai en danger tant que je n'aurai pas découvert le secret de ces pièces. Et il n'y a qu'un moyen de le découvrir. C'est d'aller sur leur lieu d'origine.

— Grand Dieu ! ragea Talleyrand. Tu m'as raconté qu'elles avaient été offertes à Charlemagne par le gouverneur maure de Barcelone ! Il y a presque mille ans de cela ! La piste a amplement eu le temps de s'effacer. En plus, Barcelone n'est pas aux portes de Paris ! Il est hors de question que je te laisse voyager seule en Europe !

— Je n'ai pas l'intention de rester en Europe, rectifia Mireille avec un sourire. Les Maures ne venaient pas d'Europe mais de Mauritanie, au bout du désert du Sahara. Il faut toujours remonter à la source pour découvrir le sens caché des choses…

Elle posa sur Talleyrand ses grands yeux verts insondables et il lui retourna un regard étonné.

— Je vais me rendre en Algérie. Car c'est là que commence le Sahara.

LE CENTRE DE L'ÉCHIQUIER

On trouve souvent des squelettes de souris à l'intérieur des noix de coco, parce qu'il leur est plus facile d'y entrer, quand elles sont maigres et affamées, que d'en ressortir, repues mais grasses.

Les échecs sont toute ma vie,
Viktor KORTCHNOÏ (grand maître russe).

La tactique consiste à savoir ce qu'il faut faire quand il y a quelque chose à faire. La stratégie consiste à savoir ce qu'il faut faire quand il n'y a rien à faire.

Savielly TARTAKOVER
(grand maître polonais).

Je me retrouvai dans le taxi qui m'emmenait chez Harry, plus troublée que jamais. Par sa démonstration, Mordecai avait réussi à renforcer la sensation effarante que tout ce cirque avait vraiment un rapport avec moi. Pourquoi Solarin et la diseuse de bonne aventure m'avaient-ils lancé un avertissement ? Pourquoi avais-je peint un homme sur une bicyclette, et pourquoi s'était-il matérialisé dans la vie réelle ?

Je regrettai de ne pas avoir posé plus de questions à Mordecai. Il semblait en savoir beaucoup plus long qu'il ne le laissait entendre. Par exemple, il avait admis avoir rencontré Solarin plusieurs années auparavant. Comment savoir si Solarin et lui n'étaient pas restés en contact ?

Lorsqu'on arriva chez Harry, le portier se précipita pour nous ouvrir la porte de l'immeuble. Nous n'avions pour ainsi dire pas desserré les dents du trajet. Mais comme nous pénétrions dans l'ascenseur, Lily déclara enfin :

— Je crois que vous avez produit une forte impression sur Mordecai.

— C'est un homme très complexe.

— Vous ignorez à quel point, répondit-elle tandis que les portes de la cabine se refermaient. Même quand je le bats aux échecs, je ne peux pas m'empêcher de me demander quelles combinaisons il *aurait pu* jouer. J'ai confiance en lui comme en personne d'autre, mais il a toujours eu un côté secret. À propos de secret, ne faites aucune allusion à la mort de Saul avant que nous en sachions plus long.

— Je devrais vraiment aller à la police, dis-je.

— Ils se demanderont pourquoi vous avez attendu si longtemps pour vous manifester, souligna Lily. Et votre départ en Algérie sera sérieusement retardé si vous écopez de dix ans de prison.

— Ils n'iraient quand même pas m'accuser de…

— Et pourquoi non ? déclara-t-elle comme nous atteignions l'appartement d'Harry.

— Les voilà ! s'écria Llewellyn depuis le salon tandis que nous entrions dans le gigantesque hall en marbre et que nous tendions nos manteaux à la bonne.

Le sol ressemblait à un échiquier, avec ses dalles noires et blanches. Les murs incurvés s'ornaient de piliers en marbre et de paysages italiens dans les tons gris-vert. Au centre jaillissait une petite fontaine, entourée de lierre.

De part et d'autre s'incurvait une double volée de marches en marbre. Celle de droite conduisait à la salle à manger, où une table en acajou avait été dressée pour cinq personnes. Celle de gauche donnait accès au salon, où Blanche trônait dans un imposant fauteuil recouvert de brocart rouge sombre. Un hideux secrétaire chinois en laque rouge avec des poignées dorées dominait le fond de la pièce. Le reste du salon était envahi d'objets coûteux et surchargés, venant tout droit de la boutique d'antiquités de Llewellyn. Llewellyn traversa le salon pour nous accueillir.

— Où étiez-vous passées toutes les deux ? demanda Blanche comme nous descendions les marches. Il y a près d'une heure que nous vous attendons pour servir les cocktails et les amuse-gueule.

Llewellyn me fit la bise et fila prévenir Harry de notre arrivée.

— Nous bavardions, répondit Lily en calant ses rondeurs sur une autre chaise tarabiscotée et en saisissant un magazine.

Harry jaillit de la cuisine, tenant à bout de bras un plateau rempli de toasts apéritifs. Il portait un tablier et une toque de chef cuisinier. On aurait dit une gigantesque publicité pour de la levure gonflante.

— Je vous ai entendues arriver, déclara-t-il avec un large sourire. J'ai donné congé à la moitié du personnel pour éviter qu'ils ne traînent dans mes pattes pendant que je cuisinais. Alors je vous apporte les amuse-gueule moi-même.

— Lily prétend qu'elles ont passé tout ce temps à *bavarder*, tu te rends compte ? ironisa Blanche tandis qu'Harry posait son plateau sur une table basse. Le dîner doit être complètement fichu.

— Laisse-les tranquilles, répondit Harry, qui profita de ce qu'il tournait le dos à Blanche pour me cligner de l'œil. Il est normal que des jeunes filles de leur âge aient envie de papoter un peu.

Harry nourrissait la pieuse illusion qu'en restant exposée suffisamment longtemps à mon contact, Lily serait « irradiée » par ma personnalité.

— Jetez un coup d'œil là-dessus, me dit-il en m'entraînant vers le plateau de toasts. Ici vous avez du caviar et du smetana. Là, des œufs et des oignons, et là ma recette secrète de foie poché dans du schmaltz. Ma mère me l'a transmise sur son lit de mort !

— Ça sent divinement bon, commentai-je.

— Et ici, vous avez la section saumon fumé avec fromage fondu, au cas où vous ne seriez pas très chaude pour le caviar. Je veux que ce plateau soit à moitié vide quand je reviendrai. Le dîner sera servi dans trente minutes.

Il m'adressa à nouveau un large sourire et quitta la pièce.

— Du saumon fumé, doux Jésus ! s'exclama Blanche comme si elle sentait poindre une migraine. Donnez-moi un de ceux-là.

Je lui en tendis un et me servis à mon tour.

Lily s'approcha du plateau et en liquida un certain nombre.

— Vous voulez du champagne, Cat ? Ou bien préférez-vous autre chose ? me demanda-t-elle.

— Du champagne sera parfait, lui répondis-je juste comme Llewellyn réapparaissait.

— Je m'occupe du service, dit-il en contournant le bar. Champagne pour Cat. Et pour mon adorable nièce, ce sera ?

— Un whisky soda. Où est Carioca ?

— Le petit trésor est interdit de séjour pour la soirée. Nous n'avons pas besoin qu'il vienne semer la pagaille dans les hors-d'œuvres.

Étant donné que Carioca essayait de lui mordre les mollets toutes les fois qu'il le voyait, son attitude était compréhensible. Tandis que Lily rongeait son frein, Llewellyn me tendit une flûte de champagne pétillant. Puis il retourna derrière le bar pour mélanger du whisky avec du soda.

Au bout de la demi-heure prescrite et d'une certaine déroute dans le plateau d'amuse-gueule, Harry sortit de la cuisine revêtu d'une veste de soirée en velours brun sombre et nous guida jusqu'à nos places. Lily et Llewellyn s'installèrent d'un côté de la table en acajou, Blanche et Harry chacun à un bout, ce qui laissa le côté restant pour moi toute seule. On s'assit, et Harry servit le vin.

— Je propose de porter un toast au départ de notre très chère amie Cat, et à sa première longue absence depuis que nous nous connaissons.

On leva nos verres pour trinquer, et Harry poursuivit :

— Avant que vous ne partiez, je vais vous donner une liste des meilleurs restaurants de Paris. Si vous allez chez Maxim's ou à La Tour d'argent, glissez mon nom au maître d'hôtel et vous serez servie comme une princesse.

Il fallait que je le lui dise. C'était maintenant ou jamais.

— En réalité, Harry, je ne fais que passer par Paris. Ma véritable destination est Alger.

Harry me regarda, son verre suspendu en l'air. Il le reposa lentement.

— Alger ? répéta-t-il.

— C'est là qu'on m'envoie travailler. J'y resterai un an.

— Vous allez vivre au milieu des Arabes ?

— En tout cas, je vais vivre en Algérie.

Un silence de mort tomba sur la table. Aucun des autres convives ne chercha à intervenir. Je leur en fus reconnaissante.

— Et pour quelle raison allez-vous en Algérie ? Vous avez subitement perdu la tête ? Ou bien y a-t-il une autre raison qui m'échappe ?

— J'y vais pour installer un système d'ordinateurs pour l'OPEP. C'est un consortium pétrolier. En clair, ça veut dire : Organisation des pays exportateurs de pétrole. Ils produisent et distribuent le pétrole, et l'une de leurs bases est justement à Alger.

— Consortium, hein ? ricana Harry. Dites plutôt une poignée d'imbéciles qui ne sont même pas fichus de savoir comment s'y prendre pour creuser un trou ! Pendant quatre mille ans les Arabes se sont contentés d'errer dans le désert, et de laisser chier leurs chameaux n'importe où. Ils n'ont rien produit, rien ! Et vous voudriez…

Par miracle, Valérie choisit précisément cet instant pour apparaître avec un chariot soutenant un énorme chaudron rempli de soupe au poulet. Elle le poussa jusqu'à Blanche et commença à servir.

— Mais enfin, Valérie, qu'est-ce que vous faites ? s'écria Harry. Pas maintenant !

— Monsieur Rad, répondit Valérie qui était de Marseille et savait comment s'y prendre avec les hommes, je travaille pour vous depuis dix ans. Durant toutes ces années, je ne vous ai jamais attendu pour décider quand la soupe devait être servie. Pourquoi changerais-je mes habitudes aujourd'hui ?

Et elle continua le service avec un aplomb remarquable.

Valérie eut le temps d'arriver jusqu'à moi avant qu'Harry ne recouvrît l'usage de la parole.

— Valérie, dit-il, puisque vous avez insisté pour servir la soupe, j'aimerais connaître votre opinion sur quelque chose.

— Oui ? répondit-elle, les lèvres pincées, tout en se déplaçant pour le servir.

— Vous connaissez bien Miss Velis, ici présente ?

— Très bien, oui, acquiesça Valérie.

— Eh bien, figurez-vous que Miss Velis, ici présente, vient de m'annoncer qu'elle partait pour l'Algérie. Qu'elle allait vivre au milieu des Arabes ! Qu'est-ce que vous pensez de ça ?

— L'Algérie est un pays merveilleux, déclara Valérie en servant Lily. J'ai un frère qui vit là-bas. Je lui ai rendu visite très souvent.

Elle m'adressa un petit signe de tête.

— Vous y mangerez très bien. Elle servit Llewellyn et s'en alla.

Le silence était total. On entendait juste les cuillères racler le fond des bols. Finalement, Harry parla.

— Comment trouvez-vous la soupe ?

— Elle est délicieuse, répondis-je.

— Vous ne trouverez pas de soupe comme ça en Algérie, c'est moi qui vous le dis !

C'était la façon d'Harry d'admettre qu'il avait perdu. Le soulagement déferla autour de la table sous la forme d'un énorme soupir.

*

Le dîner fut merveilleux. Harry avait préparé des galettes de pommes de terre accompagnées d'une sauce maison à base de pommes un peu acides qui avaient un goût d'orange. Il y eut un énorme rôti, confit dans son jus. Il se coupait à la fourchette. Il y eut aussi une tourte en cocotte qu'il appelait « kugel » et qui avait un couvercle en pâte. Il y eut des tonnes de légumes variés et quatre sortes de pains différents, servis avec de la crème aigre. En dessert, nous eûmes droit au meilleur strudel aux pommes que j'aie jamais mangé, criblé de raisins et encore tout fumant.

Blanche, Llewellyn et Lily avaient été inhabituellement silencieux pendant le dîner, se contentant d'échanger quelques mots du bout des lèvres et sans aucune conviction. Finalement, Harry se tourna vers moi et, remplissant mon verre, me dit :

— Promettez-moi au moins que si vous avez des ennuis vous m'appellerez. Je m'inquiète de vous savoir toute seule à Alger, sans personne vers qui vous tourner en dehors de ces Arabes et de ces païens qui vous exploitent.

— Merci, Harry, mais essayez de comprendre que je vais là-bas pour travailler et que c'est un pays parfaitement civilisé. Je veux dire… ce n'est pas comme si je partais à l'aventure dans la jungle, ou…

— Civilisé ? m'interrompit Harry. Les Arabes punissent encore les voleurs en leur coupant la main ! Et puis, d'ailleurs, même les pays civilisés ne sont plus sûrs, de nos jours. Je ne laisse pas Lily conduire la voiture dans New York, de peur qu'elle se fasse attaquer. Vous avez appris, je suppose, que Saul nous a plantés là ? Ce misérable ingrat…

J'échangeai un rapide regard avec Lily, puis nous détournâmes les yeux pendant qu'Harry continuait :

— Lily est toujours en lice dans ce fichu tournoi d'échecs et je n'ai plus personne pour l'y conduire. Je suis malade d'inquiétude à l'idée qu'elle puisse se promener toute seule dans les rues… Surtout depuis que j'ai appris que l'un des joueurs était mort pendant le tournoi.

— Ne sois pas ridicule, intervint Lily. Il s'agit d'un tournoi très important. Si jamais je gagne, je pourrai participer aux internationaux, contre les plus grands joueurs du monde ! Je ne vais sûrement pas me désister sous prétexte qu'un vieux type complètement cinglé s'est pendu.

— Pendu ? s'étrangla Harry.

Son regard pivota sur moi avant que j'aie eu le temps de prendre un air innocent.

— Alors là, c'est le bouquet ! Exactement ce que je redoutais ! Et comme si ce n'était pas suffisant, tu trouves le moyen d'être toujours fourrée dans la 47e Rue, à jouer aux échecs avec ce vieux fou à moitié gâteux ! Comment veux-tu espérer trouver un mari, après ça ?

— Vous voulez parler de Mordecai ? demandai-je.

Un silence assourdissant tomba sur la table. Harry s'était statufié. Llewellyn avait fermé les yeux et jouait avec sa serviette. Blanche regardait Harry avec un petit sourire assez déplaisant. Lily fixait son assiette tout en triturant sa petite cuillère.

— J'ai dit quelque chose qu'il ne fallait pas ? hasardai-je.

— Aucune importance, marmonna Harry. Ne vous inquiétez pas pour ça.

— Rien de grave, très chère, renchérit Blanche avec une amabilité forcée. C'est un sujet que nous abordons très rarement, voilà tout. Mordecai est le père d'Harry. Lily l'adore. Il lui a appris à jouer aux échecs alors qu'elle n'était encore qu'un bébé. Je crois qu'il l'a fait exprès pour m'ennuyer.

— C'est grotesque, mère, intervint Lily. Tu sais très bien que c'est moi qui le lui ai demandé.

— Tu étais à peine sortie de tes langes, à l'époque, rétorqua Blanche sans cesser de me regarder. Personnellement, je trouve que c'est un horrible vieillard. Il n'a pas mis les pieds dans cet appartement depuis qu'Harry m'a épousée, il y a de cela vingt-cinq ans. Je suis étonnée que Lily vous l'ait présenté.

— C'est mon grand-père, souligna Lily.

— Tu aurais pu me demander mon avis, déclara Harry.

Il avait l'air si profondément blessé que je crus pendant un instant qu'il allait se mettre à pleurer. Ses yeux de saint-bernard n'avaient jamais paru aussi tombants.

— Je suis sincèrement désolée, murmurai-je. C'est ma faute…

— Ce n'est *pas votre faute*, siffla Lily, alors fermez-la. Le *problème*, c'est que personne ici n'a jamais compris que je veux jouer aux échecs ! Je ne *veux* pas devenir une actrice, ni épouser un type bourré de fric. Je ne *veux* pas vivre aux crochets des autres comme Llewellyn…

Llewellyn leva brièvement la tête, vrilla sur Lily un regard acéré comme une dague, puis baissa à nouveau les yeux.

— Je veux jouer aux échecs, et il n'y a que Mordecai qui me comprenne !

— Chaque fois qu'on prononce le nom de *cet homme* dans cette maison, déclara Blanche d'une voix légèrement aiguë, on peut être sûr qu'un drame se déclenche.

— Je ne vois pas pourquoi je suis obligée de me cacher comme une coupable toutes les fois que je veux voir mon propre…

— Te cacher ? sursauta Harry. T'ai-je jamais demandé de te cacher ? Je te prête la voiture aussi souvent que tu en as besoin. Personne ne t'a jamais demandé de te cacher !

— Mais peut-être *voulait-elle* se cacher, glissa Llewellyn, intervenant pour la première fois dans la discussion. Peut-être notre chère Lily voulait-elle se défiler en douce avec Cat pour discuter du tournoi *auquel elles ont assisté toutes les deux*, dimanche dernier. Le fameux tournoi où Fiske a été tué. Après tout, Mordecai est un vieux compagnon de route du grand maître Fiske. Ou plutôt, il *l'était*.

Llewellyn souriait, comme quelqu'un qui a trouvé le défaut d'une cuirasse et vient d'y plonger sa lame. Je me demandai comment il pouvait être aussi proche de la vérité. J'essayai un peu de bluff.

— Ne soyez pas bête. Lily n'assiste jamais aux tournois.

— Oh, à quoi bon mentir ? intervint Lily. Les journaux ont dû raconter que j'y étais. Avec tous les journalistes qui grouillaient dans chaque coin, le contraire eût été étonnant.

— On ne me dit jamais rien ! explosa Harry dont le visage avait viré au rouge brique. Qu'est-ce que c'est que cette histoire ?

Il tourna vers nous un regard orageux. Jamais je ne l'avais vu aussi en colère.

— Cat et moi sommes allées au tournoi, dimanche. Fiske jouait contre un Russe. Fiske est mort et nous sommes parties. C'est tout. Il n'y a vraiment pas de quoi en faire un drame.

— Qui fait un drame ? dit Harry. Je voulais une explication. Maintenant que je l'ai, je suis satisfait. J'aurais simplement aimé que tu m'en parles avant, voilà tout. Cela dit, il est hors de question que tu continues à fréquenter des tournois où les gens se pendent.

— Ne t'inquiète pas, je m'arrangerai pour que tout le monde reste en vie, riposta Lily.

— Et que pense le brillant Mordecai de la mort de Fiske ? demanda Llewellyn, peu décidé à abandonner la partie. Il a sûrement une opinion sur la question. Il a toujours une opinion sur tout.

Blanche posa une main sur le bras de Llewellyn comme pour lui conseiller de laisser tomber.

— Mordecai pense que Fiske a été assassiné, déclara Lily en repoussant sa chaise.

Elle se leva et jeta sa serviette sur la table.

— Et si nous passions au salon pour boire un petit arsenic digestif ?

Elle quitta la pièce. Un silence gêné plana pendant quelques instants, puis Harry se pencha vers moi et me tapota l'épaule.

— Désolée, chérie. C'est votre soirée d'adieu et nous sommes tous là à nous entre-déchirer comme des hyènes. Venez boire un cognac, nous parlerons de choses plus agréables.

J'acquiesçai, et on passa tous au salon. Au bout de quelques instants, Blanche se plaignit d'une migraine et s'excusa. Llewellyn m'attira à l'écart et me demanda :

— Vous vous souvenez de la petite proposition que je vous avais faite concernant Alger ?

Comme je hochais la tête, il ajouta :

— Venez dans le bureau, nous en discuterons.

Je le suivis dans le long corridor qui menait à une pièce meublée douillettement dans les teintes brun clair, avec un éclairage tamisé. Llewellyn referma la porte derrière nous.

— Vous êtes d'accord pour m'aider ?

— Écoutez, je sais que c'est très important pour vous, répondis-je. J'y ai beaucoup réfléchi et je suis prête à chercher les pièces, mais je ne ferai rien d'illégal.

— Si je vous envoie l'argent, pourriez-vous les acheter ? Je veux dire, je peux vous mettre en contact avec une personne qui les… ferait sortir du pays.

— Vous voulez dire : qui les ferait passer en fraude ?

— Pourquoi présenter les choses de cette façon ?

— J'aimerais vous poser une question, Llewellyn. Si vous connaissez quelqu'un qui sait où se trouvent les pièces, quelqu'un qui est prêt à payer pour les acheter, et quelqu'un qui accepte de les faire passer en fraude, pourquoi avez-vous besoin de moi ?

Llewellyn resta silencieux un bon moment. De toute évidence, il cherchait une explication satisfaisante.

— Autant être franc, je n'en suis pas à ma première tentative, avoua-t-il finalement. Mais la personne qui les détient refuse de les vendre à mes émissaires. Elle refuse même de les rencontrer.

— En ce cas, pourquoi accepterait-il de traiter avec moi ?

Llewellyn sourit d'un air bizarre. Sa réponse vint, abrupte :

— Ce n'est pas un « il », mais un « elle ». Et nous avons de bonnes raisons de croire qu'elle ne traitera qu'avec une autre femme.

*

Llewellyn ne s'était pas montré très clair, mais, sachant que mes motivations personnelles n'étaient pas non plus des plus limpides, je préférai m'en tenir là avant de faire une gaffe.

Lorsqu'on retourna au salon, Lily était assise sur le sofa, Carioca sur ses genoux. Harry se tenait près de l'atroce secrétaire laqué, à l'autre bout de la pièce, et parlait au téléphone. Il était de dos, mais à la raideur de sa nuque je compris que quelque chose n'allait pas. Je regardai Lily, elle secoua la tête. Les oreilles de Carioca s'étaient dressées quand il avait aperçu Llewellyn, et un petit frémissement ébouriffa son poil duveteux. Llewellyn s'excusa précipitamment, m'embrassa sur la joue et se retira.

— C'était la police, dit Harry en raccrochant.

Il se tourna vers moi, les traits décomposés. Il avait les épaules voûtées et semblait sur le point d'éclater en sanglots.

— Ils ont repêché un corps dans l'East River. Ils veulent que je passe à la morgue pour l'identifier. Le défunt – il buta sur le mot – avait dans sa poche le portefeuille de Saul ainsi que son permis de conduire. Il faut que j'y aille.

Je me sentis verdir. Mordecai avait vu juste. Quelqu'un essayait d'étouffer le coup. Mais qui avait jeté le corps de Saul dans l'East River ? Je n'osais pas regarder Lily. Ni l'une ni l'autre nous ne trouvâmes le courage de parler, mais Harry ne sembla pas remarquer notre silence.

— J'ai eu le pressentiment que quelque chose n'allait pas, dimanche soir, poursuivit-il. À peine rentré, Saul s'est enfermé dans sa chambre et a refusé de parler à qui que ce soit. Il n'a même pas dîné. Vous ne pensez pas qu'il a pu se suicider ? J'aurais dû insister pour lui parler… Je me sens coupable de ne pas l'avoir fait.

— Tu n'es même pas sûr que c'est bien Saul qu'ils ont trouvé, intervint Lily.

Elle me lança un regard implorant, mais j'aurais été incapable de dire si c'était pour me supplier de lui révéler la vérité ou pour m'inciter à me taire.

— Voulez-vous que je vous accompagne ? lui proposai-je.

— Non, ma chérie, soupira Harry. Espérons que Lily a raison et qu'il s'agit d'une erreur. Mais si c'est vraiment Saul, je risque d'en avoir pour un certain temps. Il faut que je… que je prenne des dispositions pour son enterrement.

Harry m'embrassa, s'excusa à nouveau pour la tristesse de cette soirée et finalement s'éclipsa.

— Je me sens au-dessous de tout, murmura Lily après son départ.

Harry aimait Saul comme un fils.

— Je crois que nous devrions lui dire la vérité, décrétai-je.

— Laissez un peu tomber les grands sentiments. Comment voudriez-vous lui expliquer que vous avez vu le cadavre de Saul aux Nations unies il y a deux jours de cela et que vous avez oublié de lui en parler pendant le dîner ? Souvenez-vous de ce qu'a dit Mordecai.

— Mordecai était d'avis que ces meurtres avaient été étouffés. Je crois que ce serait une bonne chose d'en reparler avec lui.

Je lui demandai le numéro de Mordecai. Lily posa Carioca sur mes genoux et se dirigea vers le secrétaire. Carioca me lécha la main. Je le repoussai.

— Non mais vous avez vu un peu toutes ces horreurs que Lulu ramène à la maison ? marmonna Lily en se référant à l'affreux secrétaire rouge et or.

Lily appelait toujours Llewellyn « Lulu » quand elle était en colère.

— Les tiroirs se coincent en permanence, et le bouquet, ce sont ces abominables poignées dorées.

Elle nota le numéro de Mordecai sur un ticket de stationnement et me le tendit.

— Quand partez-vous ?

— Pour l'Algérie ? Samedi. Mais je doute que nous ayons le temps de bavarder d'ici là.

Je me levai et rendis Carioca à Lily. Elle le serra dans ses bras et frotta son nez contre sa truffe tandis qu'il gigotait pour s'échapper.

— Je ne pourrai pas vous revoir avant samedi, de toute façon. Je vais être trop occupée à m'entraîner aux échecs avec Mordecai, d'ici la reprise du tournoi. Mais au cas où j'aurais des nouvelles au sujet de la mort de Fiske et de… de Saul, comment puis-je vous joindre ?

— Je ne connais pas encore mon adresse. Vous n'avez qu'à m'écrire à mon bureau ici, ils feront suivre le courrier.

On décida de faire comme ça. Je descendis au rez-de-chaussée et le portier m'appela un taxi. Tandis que la voiture filait dans la nuit noire, j'essayais de repenser à tout ce qui s'était passé jusqu'ici pour tenter de comprendre ce que cela pouvait bien signifier. Mais mon cerveau était plus embrouillé qu'un peloton de fil, et mon estomac avait des petites contractions de frousse. Lorsqu'on atteignit la porte de mon immeuble, j'étais en proie à une panique totale.

Jetant un peu d'argent au chauffeur, je me ruai à l'intérieur du bâtiment. J'appuyais sauvagement sur le bouton d'appel de l'ascenseur quand on me tapa soudain sur l'épaule. Je fis un bond d'un mètre.

C'était l'employé de la réception. Il tenait des lettres à la main.

— Je suis désolé de vous avoir effrayée, s'excusa-t-il. Mais vous avez oublié votre courrier. J'ai appris que vous nous quittiez ce week-end ?

— En effet. Le propriétaire a l'adresse de mon bureau. Vous pourrez y envoyer tout mon courrier à partir de vendredi.

— Parfait, acquiesça-t-il avant de me souhaiter bonne nuit.

Je ne me rendis pas directement à mon appartement. J'appuyai sur le bouton du toit. Seuls les résidents de l'immeuble connaissaient l'existence de la porte conduisant à l'immense terrasse dallée qui dominait tout Manhattan. À mes pieds, et aussi loin que portait mon regard, scintillaient les lumières de la ville que j'allais être bientôt amenée à quitter. L'air était pur et sec. Je pouvais voir l'Empire State et les bureaux de la Chrysler miroiter dans le lointain.

Je restai là une dizaine de minutes, le temps de reprendre le contrôle de mes nerfs. Puis je regagnai l'ascenseur et descendis jusqu'à mon étage.

Le cheveu que j'avais fixé à ma porte était intact, signe indiscutable que personne n'était venu en mon absence. Mais je n'avais pas plutôt ouvert les verrous et franchi le seuil que je sus que quelque chose n'allait pas. Une faible lumière brillait dans la pièce, au bout du hall. Or je ne laissais jamais une lumière allumée quand je partais.

J'éclairai, inspirai un grand coup et m'avançai dans le couloir. Une petite lampe en forme de cône que j'utilisais pour déchiffrer des partitions avait été posée sur le piano. Elle était orientée de façon à éclairer le miroir décoré suspendu au-dessus de l'instrument. Même de là où je me tenais, je pouvais voir ce que la lampe éclairait : une feuille de papier fixée sur la glace.

Je traversai la pièce comme une somnambule, me frayant un chemin dans ma jungle. J'avais l'impression d'entendre les arbres remuer. Le faisceau lumineux brillait comme un fanal, m'attirant vers le miroir. Je contournai le piano et m'immobilisai devant le message. Tandis que je le déchiffrais, je sentis un frisson désormais familier me parcourir.

Je vous avais prévenue mais
vous ne m'avez pas écouté. Quand on
rencontre le danger, il ne sert à rien de se le cacher
en enfouissant sa tête dans le sable. Il y a beaucoup de sable en Algérie.

Je restai un long moment à contempler la note. Même sans le petit cavalier qui signait le texte, j'aurais reconnu l'écriture. C'était celle de Solarin.

Comment avait-il réussi à pénétrer dans mon appartement sans briser mon attrape-nigaud ? Mystère. À moins qu'il n'eût un truc pour escalader un mur de onze étages et s'introduire par la fenêtre…

Je fis appel à toute mon intelligence pour essayer de comprendre ce que cela signifiait. Qu'est-ce que Solarin attendait de moi ? Pourquoi prenait-il tous ces risques pour entrer en contact avec moi ? Deux fois déjà il était venu à moi pour me parler, pour me donner un avertissement, et chaque fois notre rencontre avait été suivie d'un meurtre. Mais qu'est-ce que cela avait à voir avec moi ? Et si j'étais vraiment en danger, que voulait-il que je fasse ?

Je retournai dans le hall pour verrouiller ma porte et mettre la chaîne. Puis je regardai derrière les plantes, dans les placards et dans l'office pour m'assurer qu'il n'y avait personne. Cela fait, je jetai mon courrier par terre, dépliai mon lit et m'assis au bord pour ôter mes chaussures et mes bas. Et brusquement, j'eus une illumination.

En face de moi, toujours éclairée par le rayon lumineux de la lampe, se trouvait la note. Mais la lampe n'avait pas été braquée exactement au centre de la feuille de papier. Elle n'en éclairait qu'un côté. Je me levai, mes bas à la main, et retournai l'examiner. La lumière était soigneusement dirigée sur le côté gauche de la note, de façon à éclairer uniquement le premier mot de chaque ligne. Et les premiers mots additionnés se combinaient pour former une nouvelle phrase :

Je vous rencontre en Algérie.

*

À deux heures du matin j'étais toujours étendue sur mon lit à contempler le plafond. Impossible de dormir. Mon cerveau n'arrêtait pas de fonctionner comme un ordinateur. Il y avait quelque chose qui clochait. J'avais en main plusieurs pièces d'un puzzle, mais je ne parvenais pas à les assembler. Et pourtant, j'étais certaine qu'elles devaient pouvoir coïncider. Je retournai le problème dans ma tête une bonne centaine de fois.

La diseuse de bonne aventure m'avait avertie que j'étais en danger. Solarin m'avait avertie que j'étais en danger. La diseuse de bonne aventure avait introduit un message codé à l'intérieur de sa prophétie. Solarin avait introduit un message caché dans sa note. Était-il possible qu'il y ait un lien entre Solarin et la diseuse de bonne aventure ?

Il y avait un détail auquel je n'avais pas accordé d'importance jusque-là, parce que cela semblait n'avoir aucun sens. Le message codé de la diseuse de bonne aventure disait : *« J'adoube CV. »* Comme Nim l'avait souligné, cela devait signifier qu'elle souhaitait me contacter. Mais si c'était le cas, pourquoi ne m'avait-elle toujours pas donné signe de vie ? Trois mois s'étaient écoulés, et elle semblait s'être volatilisée dans l'espace.

Je quittai mon lit et allumai la lumière. Puisque je n'arrivais pas à dormir, autant essayer d'y voir plus clair dans ce maudit embrouillamini. Je me dirigeai vers ma penderie et fouillai son contenu jusqu'à ce que je retrouve la serviette de cocktail et la feuille de papier pliée où Nim avait écrit le poème en détachant les vers. Puis j'allai à l'office, où je me servis une solide rasade de cognac. Enfin, je m'installai par terre, au milieu d'une pile de coussins.

Puisant un crayon dans un bocal, je me mis à compter les lettres et à les encercler comme me l'avait montré Nim. Si cette maudite bonne femme voulait tellement communiquer avec moi, peut-être qu'elle l'avait *déjà* fait. Peut-être qu'il y avait quelque chose d'autre de dissimulé dans cette prophétie. Quelque chose que je n'avais pas remarqué.

Sachant que la première lettre de chaque vers contenait un message, j'essayai de noter la dernière lettre de chaque vers. Malheureusement, tout ce que j'obtins fut : « érdedrsrs ».

Comme cela ne me paraissait pas hautement significatif, j'essayai toutes les premières lettres du deuxième mot de chaque vers, du troisième mot, et ainsi de suite. J'obtins des trucs comme « ctsjhdljs » et « cuutcbaal ». Le résultat me fit grincer des dents. J'essayai la première lettre du premier vers, la deuxième du deuxième, etc. Ce qui donna : « jpsceleec ». Rien ne semblait marcher. J'avalai une gorgée de cognac et continuai à tâtonner ainsi pendant une heure.

Il était trois heures et demie du matin quand j'eus l'idée de découper le poème en trois strophes et de chercher dans le premier tercet les lettres correspondant à un 1, dans le deuxième les lettres correspondant à un 2, et dans le troisième à un 3. Après de savantes additions et quelques cafouillages, je fus enfin récompensée de mes efforts. Ou tout du moins j'obtins quelque chose qui ressemblait à un mot : « JEREMIAHH ». Pas seulement un mot, mais un nom. Je me traînai dans la pièce, plongeant dans les piles de livres jusqu'à ce que j'exhume une vieille bible poussiéreuse. Je me reportai à la table récapitulative pour repérer Jérémie, le vingt-quatrième livre de l'Ancien Testament. Mais le message disait Jeremiah-H. Que signifiait ce H ? J'y réfléchis un moment avant de réaliser que « H » était la huitième lettre de l'alphabet. Et alors ?

Puis je remarquai que le *huitième* vers du poème disait : « Continue jusqu'à trente-trois et trois à chercher. » Je voulais bien être damnée si ça ne correspondait pas à un chapitre et à un verset.

Je regardai à Jérémie, XXXIII, 3. Gagné !

« Invoque-moi, et je te répondrai ; je te révélerai de grandes choses, des choses mystérieuses que tu ne connais pas. »

J'avais vu juste. Il y avait bien un autre message caché à l'intérieur de la prophétie. Je n'en étais pas plus avancée pour autant, voilà le problème. Où diable se dissimulaient ces choses grandes et mystérieuses que cette vieille sorcière avait souhaité me « révéler » ? Je n'en avais pas la moindre idée.

Dans une certaine mesure, c'était plutôt réconfortant de penser qu'une fille pas fichue de finir une grille de mots croisés du *New York Times* pouvait déchiffrer des prédictions à partir d'une serviette de cocktail. Mais, d'un autre côté, je me sentais plus frustrée que jamais. Car j'avais beau lever des voiles les uns après les autres, le résultat de mes recherches ne débouchait sur rien. Sauf sur d'autres messages.

Je soupirai, regardai à nouveau le maudit poème, vidai mon verre de cognac et décidai d'essayer encore. Si message il y avait, il fallait obligatoirement qu'il se trouve à l'intérieur du poème. Il ne pouvait pas être ailleurs.

Il était cinq heures du matin quand mon cerveau près d'exploser me dit que ce n'était plus la peine de m'acharner sur les lettres. Que le message était peut-être éparpillé dans les mots, comme dans la note de Solarin. Je ne m'étais pas plutôt fait cette réflexion que – le troisième verre de cognac aidant – mon regard tomba sur le premier vers de la prophétie.

« Juste comme ces lignes qui convergent pour former une clé… »

Lorsque la diseuse de bonne aventure avait prononcé ces mots, elle regardait ma main. Mais pourquoi les lignes *mêmes* du poème ne convergeraient-elles pas pour former la clé du message ?

Je ramassai le poème en vue d'une dernière tentative. Où était la clé ? Je décidai de prendre chaque mot dans sons sens littéral. Elle avait dit que les lignes *elles-mêmes* formaient une clé, tout comme le rythme des vers, une fois additionné, avait totalisé « 666 », le nombre de la Bête…

Il me serait difficile de dire que j'eus une soudaine illumination, sachant que je planchais sur ce maudit casse-tête depuis cinq heures, mais c'est l'effet que ça me fit. Je sus brusquement, et avec une certitude qui balayait mon manque de sommeil et ma triple ration de cognac, que j'avais trouvé la réponse.

Le rythme des vers ne formait pas seulement le nombre « 666 ». *Il était la clé du message caché.* Ma copie du poème était tellement gribouillée qu'elle ressemblait à une carte des relations intergalactiques de l'Univers. Retournant la feuille à l'envers, je recopiai à nouveau le poème et le schéma des rimes. Le schéma était : 1-2-3,

2-3-1, 3-1-2. Je choisis dans chaque vers le mot qui correspondait à ce chiffre. Le message disait : JUSTE-TEL-UN-JEU-CETTE-BATAILLE- ACHARNÉE-CONTINUE-SECRÈTEMENT.

Et je sus, avec l'assurance inébranlable de ma griserie alcoolique, ce que cela signifiait. Solarin ne m'avait-il pas déclaré que nous jouions une partie d'échecs ? La diseuse de bonne aventure me l'avait annoncé trois mois plus tôt.

J'adoube. Je te touche. Je t'ajuste, Catherine Velis. Invoque-moi et je te répondrai. Je te révélerai de grandes choses. Des choses mystérieuses que tu ne connais pas. Car une bataille est en cours et tu es l'un des pions du jeu. Une pièce sur l'échiquier de la vie.

Je souris, étirai mes jambes et tâtonnai pour trouver le téléphone. Je ne pouvais pas contacter Nim, mais je pouvais lui laisser un message sur son ordinateur. Nim était un maître en cryptographie. Peut-être même le génie absolu dans la spécialité. Il avait donné des cours et écrit des bouquins sur le sujet, non ? Pas étonnant qu'il m'ait arraché le poème des mains quand je lui avais parlé du schéma des rimes. Il avait immédiatement compris que c'était une clé. Mais plutôt que de me le dire, ce salaud avait attendu que je le découvre par moi-même. Je composai le numéro et laissai mon message d'adieu :

Un pion avance vers Alger.

Puis, comme dehors le ciel commençait à s'éclairer, je décidai de me coucher. Je ne voulais plus penser à quoi que ce soit, et mon cerveau était parfaitement d'accord avec moi. J'envoyais balader d'un coup de pied le courrier qui s'empilait toujours sur le sol, quand j'aperçus une enveloppe qui ne comportait ni adresse ni timbre. Elle avait été délivrée à domicile, et je ne reconnus pas l'écriture tarabiscotée et loufoque qui avait tracé mon nom. Je ramassai l'enveloppe et la décachetai. À l'intérieur se trouvait une carte en papier épais. Je m'assis sur le lit pour la lire.

Ma chère Catherine,

J'ai beaucoup apprécié notre brève rencontre. Je n'aurai plus l'occasion de parler avec vous d'ici votre départ, car je dois moi-même quitter la ville pour quelques semaines.

Après notre conversation, j'ai décidé d'envoyer Lily vous rejoindre à Alger. Deux têtes valent mieux qu'une lorsqu'on est confronté à un problème. Vous êtes d'accord avec moi ?

À propos, j'ai oublié de vous demander… Avez-vous apprécié votre rencontre avec mon amie, la diseuse de bonne aventure ? Elle vous envoie une salutation : Bienvenue dans le Jeu.

Avec mes plus sincères amitiés,
Mordecai Rad.

LE MILIEU DE LA PARTIE

> Dans les littératures anciennes, nous rencontrons ici et là des légendes évoquant des jeux mystérieux et sages qui furent conçus et expérimentés par des étudiants, des moines ou encore les courtisans de princes érudits. Ceux-ci pouvaient prendre la forme de jeux d'échecs, dont les pièces et les cases recélaient des significations secrètes, en plus de leurs fonctions habituelles.
>
> *Le Jeu des perles de verre*,
> Hermann HESSE.

> Je joue le jeu pour le seul plaisir du jeu.
>
> Sherlock HOLMES.

ALGER
AVRIL 1973

C'était un de ces crépuscules bleu lavande, éclairé par les stries en lambeaux du printemps. Le ciel lui-même semblait vrombir tandis que mon avion décrivait des cercles au milieu du brouillard épais qui enveloppait la côte méditerranéenne. À mes pieds s'étirait Alger. « Al-Djezair Beïda », pour les gens d'ici. L'Île blanche. Elle semblait avoir surgi de la mer, ruisselante, comme une ville de conte de fées, un mirage. Les sept pics légendaires étaient hérissés de buildings blancs qui croulaient les uns sur les autres comme le glaçage d'un gâteau de mariage. Mêmes les arbres avaient une forme mystique et exotique, et des couleurs venant d'un autre monde.

*

L'aéroport de Dar-el-Beïda (le Palais blanc) se trouve à la lisière d'Alger. La mer Méditerranée vient lécher sa courte piste d'atterrissage. Comme nous descendions de l'avion, juste devant le bâtiment à deux étages, une rangée de palmiers frissonnèrent comme de longues plumes sous la caresse paresseuse de la brise à l'odeur de moisi. Sur la façade en verre de l'aéroport avait été cloué un ruban peint à la main : ces boucles, ces points et ces traits qui ressemblaient à une peinture japonaise constituèrent mon premier contact avec la langue arabe. Sous les lettres, une traduction imprimée disait : *Bienvenue en Algérie**. Nos bagages avaient été empilés sur la chaussée afin de nous permettre de les identifier. Un porteur chargea les miens sur un chariot en métal tandis que je suivais le flot de passagers à l'intérieur de l'aéroport.

Tout en prenant la file du service de l'Immigration, je songeai au trajet parcouru depuis cette fameuse nuit où j'avais déchiffré la prophétie de la diseuse de bonne aventure. Une semaine s'était écoulée, et j'avais franchi l'intervalle sans l'aide de quiconque.

Cela n'avait pourtant pas été volontaire. Le matin qui avait suivi le décryptage du poème, j'avais désespérément tenté de joindre tous ceux qui faisaient partie de mon groupe hétéroclite d'amis. Mais une véritable conspiration du silence semblait se liguer contre moi. Lorsque j'avais appelé l'appartement d'Harry, Valérie m'avait répondu que Lily et Mordecai étaient cloîtrés quelque part pour étudier les mystères des échecs. De son côté, Harry avait quitté la ville pour emmener la dépouille de Saul chez de lointains parents qu'il avait localisés dans l'Ohio ou l'Oklahoma – quelque part à l'intérieur des terres. Quant à Blanche et Llewellyn, ils avaient profité de l'absence d'Harry pour filer à Londres dépenser une petite fortune à une vente aux enchères. Nim était bien entendu introuvable, et ne répondit à aucun de mes messages urgents. Mais samedi matin, alors que je guidais l'équipe de déménageurs dans la tâche difficile d'empaqueter mon fouillis, Boswell était apparu sur le seuil de mon appartement, m'apportant une boîte déposée par « le charmant jeune homme qui était là l'autre soir ».

La boîte était remplie de livres, avec une note fixée sur le couvercle qui disait : *Prie pour ton édification et cultive-toi.* Elle était signée *Les Sœurs de la Miséricorde*. J'avais fourré la pile entière dans mon sac de voyage et oublié leur existence. Comment aurais-je pu deviner alors que ces livres, qui tictaquaient dans ma sacoche comme une bombe à retardement, allaient avoir un tel impact sur les événements qui ne devaient pas tarder à se produire ? Mais Nim le savait. Peut-être l'avait-il toujours su. Avant même qu'il ait posé ses mains sur mes épaules en disant : *« J'adoube. »*

Parmi un fatras hétéroclite de vieux bouquins moisis, il y avait *La Légende de Charlemagne*, ainsi que des livres sur les échecs, sur les carrés magiques, et toute une série d'études mathématiques aussi variées que possible. Il y avait également un manuel à mourir d'ennui sur les études de marché, intitulé *Les Nombres de Fibonacci*, et écrit par un certain Dr Ladislaus Nim.

Il serait difficile de prétendre que je devins une experte aux échecs en l'espace du vol de sept heures qui m'amena de New York à Paris, mais j'en appris long sur le Jeu de Montglane et sur le rôle qu'il avait joué dans l'effondrement de l'empire de Charlemagne. Bien que son nom ne soit jamais mentionné de façon explicite, ce jeu d'échecs était impliqué dans la mort d'une bonne demi-douzaine de rois, de princes et de courtisans qui avaient tous eu le crâne fracassé par les pièces en « or massif ». Certains de ces homicides avaient déclenché des guerres, et après la mort de Charlemagne ses propres fils avaient réduit l'Empire franc en cendres pour s'approprier le mystérieux jeu d'échecs. À cet endroit du récit, Nim avait mis une note dans la marge : « Les échecs – le plus dangereux des jeux. »

J'avais appris un certain nombre de choses sur les échecs au cours de la semaine précédente, avant même d'avoir lu les manuels qu'il avait joints à son envoi : assez pour comprendre la différence qu'il y a entre la tactique et la stratégie. La tactique consiste en de rapides mouvements visant à se positionner. Mais la stratégie est ce par quoi on gagne la partie. Cette information devait se vérifier dès l'instant où j'atteignis Paris.

Mon voyage de l'autre côté de l'Atlantique me permit de constater que la Fulbright Cone n'avait rien perdu de sa patine, acquise par une longue succession de coups bas et de corruptions en tout genre. Le langage du jeu qu'ils jouaient avait peut-être changé, mais les mouvements étaient toujours les mêmes. À la seconde où je pénétrai dans la succursale parisienne, on m'annonça que l'expédition était compromise. Apparemment, ils n'avaient pas réussi à obtenir un contrat signé des types de l'OPEP.

À ce que je crus comprendre, ils avaient attendu en vain dans les antichambres des différentes ambassades d'Alger, multipliant à grands frais les allers-retours depuis Paris, pour revenir à chaque fois bredouilles.

Cette fois, le plus ancien associé de la firme, Jean-Philippe Pétard, avait résolu de prendre personnellement l'affaire en main. Me donnant ordre de ne rien faire avant son arrivée à Alger, prévue dès la fin de la semaine, il m'assura qu'on essaierait de me trouver une occupation en attendant que les choses se mettent en place. Son intonation faisait miroiter un peu de dactylographie, des sols et des fenêtres à nettoyer, et peut-être même quelques toilettes à récurer. Mais j'avais d'autres plans. La firme française n'avait peut-être pas réussi à obtenir un contrat signé de notre client, mais moi j'avais un billet d'avion pour Alger et, une fois là-bas, la perspective d'une semaine entière sur place sans supervision immédiate.

Tandis que je quittais la succursale parisienne de la Fulbright Cone et que je hélais un taxi pour Orly, je réalisai que Nim avait eu raison de me conseiller d'aiguiser mes instincts homicides. Je m'embourbais dans des tactiques d'approche depuis beaucoup trop longtemps. Trop de pièces gravitaient autour de moi, m'empêchant de distinguer l'échiquier.

Qui sait si l'heure n'était pas venue pour moi de faire place nette afin de dégager l'horizon ?

*

Il me fallut attendre près d'une demi-heure devant le bureau de la douane de Dar-el-Beïda. Nous étions tous agglutinés comme des mouches dans l'étroit passage délimité par des barrières en fer, à avancer pas à pas vers le contrôle des passeports.

J'atteignis enfin le bureau en verre. L'officier des passeports passa à l'inspection mon visa algérien, avec sa vignette rouge et blanc et la grosse signature qui s'étalait sur la page bleue. Il l'examina un long moment, avant de me regarder avec une expression que je qualifiai aussitôt de bizarre.

— Vous voyagez seule, me dit-il en français. (Ce n'était pas une question.) Vous avez un visa pour *affaires**, madame. Pour qui travaillerez-vous ?

— Je vais travailler pour l'OPEP, ânonnai-je dans un français approximatif.

Avant que j'aie pu ajouter quoi que ce soit, il appliqua précipitamment le tampon « Dar-el-Beïda » sur mon visa, puis fit un petit signe de tête à un porteur adossé paresseusement contre le mur. L'homme s'approcha pendant que l'officier de l'Immigration jetait un dernier coup d'œil sur mon visa et y glissait une déclaration de douane.

— OPEP, déclara l'officier. Très bien, madame. Veuillez noter ici les objets de valeur que vous transportez.

Tandis que je remplissais le formulaire, je le vis murmurer quelque chose au porteur en me désignant d'un petit signe du menton. L'autre me dévisagea, hocha la tête et s'éloigna.

— Où résiderez-vous durant votre séjour ? me demanda l'officier comme je glissais ma déclaration sous la cloison en verre.

— À l'hôtel El Riadh, répondis-je.

Le porteur s'était dirigé vers le bout de l'allée réservée à l'Immigration et, après m'avoir à nouveau regardée par-dessus son épaule, frappa à la porte en verre fumé de l'unique bureau qui se dressait le long du mur du fond. La porte s'ouvrit, et un homme taillé comme une armoire à glace en sortit. Ils regardaient tous les deux dans ma direction maintenant. Ce n'était pas un effet de mon imagination. Et le type costaud portait un revolver sur la hanche.

— Vos papiers sont en ordre, madame, m'informa calmement l'officier. Il ne vous reste plus qu'à passer à la douane.

Je marmonnai un bref merci, récupérai mes papiers et me dirigeai vers la pancarte « Douane ». De là où j'étais, je pouvais voir mes bagages immobilisés sur un tapis roulant. J'allais pour les récupérer quand le porteur qui m'avait regardée s'interposa.

— Pardon, madame, dit-il d'une voix feutrée et polie. Voulez-vous me suivre, je vous prie ?

Il m'indiqua la porte du bureau en verre fumé. Le type costaud, toujours posté devant l'entrée, caressait son arme. Mon estomac remonta jusque dans ma gorge.

— Certainement pas ! ripostai-je très fort, et en anglais.

Je lui tournai résolument le dos et me dirigeai vers mes valises sans plus m'occuper de lui.

— Je regrette, mais je suis obligé d'insister, déclara le porteur en posant une main ferme sur mon bras.

J'essayai de me souvenir que dans mon milieu professionnel j'étais connue pour avoir des nerfs d'acier. Mais je sentis l'affolement me gagner.

— Je ne vois pas où est le problème, dis-je, cette fois en français, tout en ôtant sa main de mon bras.

— Il n'y a pas de problème, répondit-il calmement, sans me quitter des yeux. Le *chef de la Sécurité** souhaite simplement vous poser quelques questions. Il n'en a pas pour longtemps. Vos bagages ne risquent rien. Je veillerai sur eux personnellement.

Ce n'étaient pas mes bagages qui me préoccupaient. Je n'avais aucune envie de quitter les lumières vives de la douane pour m'enfermer dans un local anonyme, gardé par un homme armé. Mais, apparemment, je n'avais pas le choix. Il m'escorta jusqu'à la porte, et le type au revolver s'écarta pour me permettre d'entrer.

C'était une pièce minuscule, juste assez grande pour contenir une table en fer et deux chaises disposées de façon à lui faire face. L'homme assis derrière le bureau se leva pour m'accueillir.

Âgé d'une trentaine d'années, il était musclé, bronzé et très beau. Il contourna la table avec la grâce d'un chat, ses muscles saillant sous la coupe impeccable de son costume gris anthracite. Avec ses épais cheveux noirs coiffés en arrière, son teint basané, son nez fin et ses lèvres pleines, il aurait pu passer pour un gigolo italien, ou pour une vedette du cinéma français.

— Ce sera tout, Achmet, dit-il d'une voix suave au spadassin armé qui continuait à barrer l'entrée.

Achmet s'effaça, refermant doucement la porte derrière lui.

— Mademoiselle Velis, je présume ? déclara mon hôte en m'invitant à m'asseoir. Je vous attendais.

— Pardon ?

Je restai debout et le fixai droit dans les yeux.

— Veuillez m'excuser, je n'avais pas l'intention de paraître mystérieux, sourit-il. Mon bureau procède à une vérification systématique des visas qui sont en passe d'être délivrés. Ce n'est pas si souvent qu'une femme désire un visa pour affaires. Je me demande même si vous n'êtes pas la première. Je dois vous avouer que j'étais curieux de rencontrer une telle femme.

— Eh bien, maintenant votre curiosité est satisfaite, ripostai-je en pivotant vers la porte.

— Chère mademoiselle, déclara-t-il, anticipant mon mouvement de fuite, je vous en prie, asseyez-vous. Je ne suis pas un ogre. Je ne vais pas vous manger. Je suis le chef de la Sécurité, ici. On m'appelle Sharrif.

Il m'offrit un sourire d'une blancheur aveuglante tandis que je m'installais à contrecœur sur la chaise qu'on m'offrait pour la troisième fois.

— Puis-je me permettre de vous dire que je trouve votre tenue de safari extrêmement appropriée ? Pas uniquement chic, mais aussi de circonstance dans un pays où le désert s'étend sur des milliers de kilomètres. Avez-vous l'intention de visiter le Sahara durant votre séjour, mademoiselle ? me demanda-t-il avec désinvolture tandis qu'il reprenait sa place derrière le bureau.

— J'irai là où mon client m'enverra.

— Ah oui, votre client, poursuivit le rusé personnage. Le Dr Kader, Emile Kamel Kader, le ministre du Pétrole. Un vieil ami. Transmettez-lui toutes mes amitiés. Si je me souviens bien, c'est lui qui vous a accordé votre visa. Puis-je voir votre passeport, s'il vous plaît ?

Il avait déjà la main tendue, et j'entrevis l'éclat brillant d'un bouton de manchette en or qu'il avait dû saisir à la douane. Peu d'officiers d'aéroport pouvaient s'offrir un tel luxe.

— C'est juste une formalité. Nous choisissons au hasard un certain nombre de passagers par avion, pour une enquête plus poussée. Cela ne vous arrivera peut-être plus d'ici une vingtaine de vols, ou même une centaine...

— Dans *mon* pays, rétorquai-je, on ne fait subir ce genre de « formalité » qu'aux personnes soupçonnées de passer une marchandise en fraude.

J'étais consciente d'aller un peu loin, mais je n'étais pas dupe un quart de seconde de son histoire en carton-pâte, de ses boutons de manchettes en or et de son sourire de vedette de cinéma. J'étais la seule personne de tout l'avion à avoir été interceptée et questionnée. Et j'avais vu la tête des officiers de l'aéroport au moment où ils me regardaient en chuchotant. C'était après moi qu'on en avait. Et pas seulement parce que j'étais une femme et que je débarquais dans un pays musulman pour travailler.

— Ah, commenta-t-il. Vous craignez que je vous prenne pour une contrebandière ? Hélas pour moi, seuls les officiers du sexe féminin sont autorisés à fouiller les femmes soupçonnées de passer de la marchandise en contrebande ! Non, c'est seulement votre passeport que je souhaite voir... du moins *pour le moment*.

Il examina le document avec le plus grand intérêt.

— Je n'aurais *jamais* deviné votre âge. Vous paraissez tout juste dix-huit ans, et à la lecture de votre passeport je constate que vous venez de fêter votre anniversaire. Vous avez vingt-quatre ans, et... Tiens, comme c'est intéressant. Saviez-vous que votre anniversaire, le 4 avril, est un jour saint dans la religion islamique ?

À la même seconde, les paroles de la diseuse de bonne aventure résonnèrent dans ma tête. Lorsqu'elle m'avait recommandé de ne pas mentionner ma date d'anniversaire, je n'avais pas pensé à des détails comme les passeports et les permis de conduire.

— J'espère que je ne vous ai pas alarmée ? ajouta-t-il en me regardant bizarrement.

— Absolument pas, répondis-je. Maintenant, si vous avez fini...

— Peut-être serez-vous intéressée d'en savoir plus long, poursuivit-il, aussi caressant qu'un chat, tout en s'emparant posément de mon sac à bandoulière.

Il s'agissait sans nul doute d'une autre « formalité », mais je commençais à me sentir vraiment très mal à l'aise. *Vous êtes en danger*, me souffla une petite voix intérieure. *Ne faites confiance à personne, et regardez toujours par-dessus votre épaule, car il est écrit : Le quatrième jour du quatrième mois – alors viendra le Huit.*

— Le 4 avril, murmura Sharrif comme pour lui-même tandis qu'il retirait de mon sac des tubes de rouge à lèvres, un peigne, une brosse, et les posait bien en évidence sur le bureau, comme des pièces à conviction dans un procès pour meurtre. Dans l'Islam, nous l'appelons « le jour de la Guérison ». Nous avons deux façons de calculer le temps : l'année islamique, qui est une année lunaire, et l'année solaire, qui commence le 21 mars du calendrier occidental. De nombreuses traditions s'attachent à chacune d'entre elles.

» Lorsque l'année solaire commence, poursuivit-il en sortant bloc-notes, stylos et crayons de mon sac et en les classant méthodiquement devant lui, Mahomet nous enjoint de réciter dix fois un passage du Coran, chaque jour de la première semaine. La seconde semaine, nous devons souffler dans un bol d'eau à notre lever, et boire dans ce même bol, pendant sept jours. *Puis* – le *huitième* jour...

Sharrif leva brusquement les yeux, comme s'il espérait me surprendre en train de me curer le nez. Il me sourit paisiblement, et j'en fis autant. Du moins, je m'y efforçai.

— Le huitième jour de la deuxième semaine de ce mois magique, lorsque tous les rituels de Mahomet ont été respectés, toute personne malade, et ce quelle que soit sa maladie, sera guérie. Cela devrait se produire le 4 avril. Les personnes nées ce jour-là sont tenues pour avoir un grand pouvoir de guérison sur autrui, presque comme si… Mais naturellement, en qualité d'Occidentale, vous ne devez pas accorder un grand intérêt à ces superstitions.

Était-ce un effet de mon imagination, ou bien me regardait-il réellement comme un chat guettant une souris ? Je me composais une expression adéquate quand il lâcha un petit cri qui me fit sursauter.

— Ah ! s'exclama-t-il en jetant quelque chose sur le bureau, de façon que cela atterrisse juste devant mon nez. Je vois que vous vous intéressez aux échecs !

Il s'agissait du petit échiquier miniature de Lily, que j'avais oublié au fond de mon sac à bandoulière. Maintenant, Sharrif entreprenait de sortir mes livres un à un et les empilait sur le bureau tout en déchiffrant minutieusement les titres.

— Les échecs, les jeux mathématiques, ah ! *Les Nombres de Fibonacci !* s'écria-t-il avec ce sourire qui me donnait à penser qu'il se payait ma tête.

Il tapota le livre ennuyeux que Nim avait écrit.

— Ainsi, vous vous intéressez aux mathématiques ? demanda-t-il en m'observant attentivement.

— Pas vraiment.

Je me levai et commençai à ranger mes affaires dans mon sac. Sharrif me les restitua une à une. Il était difficile d'imaginer qu'une fille aussi menue que moi pût transporter un fatras aussi inutile à l'autre bout du monde. Et pourtant…

— Que savez-vous exactement des nombres de Fibonacci ? me demanda-t-il comme je continuais à lester mon sac.

— Qu'on les utilise dans des études de marché, marmonnai-je. C'est ce qu'on appelle la vague Eliott, une théorie développée dans les années trente par un certain R. N. Eliott…

— Alors, vous n'avez pas d'affinités avec l'auteur ? m'interrompit Sharrif.

Je me sentis verdir et levai les yeux vers lui, une main crispée sur le livre.

— Je veux parler de Leonardo Fibonacci, ajouta Sharrif en me regardant avec sérieux. Un Italien né à Pise au XIIe siècle, mais élevé ici, à Alger. C'était un brillant disciple du fameux Maure al-Kwarizmi, qui a donné son nom à l'algorithme. Fibonacci a introduit les chiffres arabes en Europe, lesquels remplacèrent les vieux chiffres romains…

Bon sang. J'aurais dû *comprendre* que Nim ne m'avait pas donné ce livre dans le seul but de me fournir de la lecture, même si c'était lui qui l'avait écrit. Je regrettais maintenant de ne pas avoir soupçonné son importance, avant que la petite inquisition de Sharrif commençât. Une ampoule clignota dans ma tête, mais je fus incapable de déchiffrer les signaux en morse qu'elle m'envoyait.

Nim ne m'avait-il pas conseillé d'étudier les carrés magiques ? Solarin n'avait-il pas mis au point un Tour du cavalier ? La prophétie de la diseuse de bonne aventure ne reposait-elle pas sur une association de chiffres ? Alors pourquoi fallait-il que je sois bouchée au point de ne pas être fichue d'ajouter deux et deux ?

C'était un Maure, je m'en souvenais, qui à l'origine avait offert le Jeu de Montglane à Charlemagne. Je n'étais pas un génie en maths, mais je travaillais depuis suffisamment longtemps sur des ordinateurs pour savoir que c'étaient les Maures qui avaient introduit toutes les découvertes mathématiques importantes en Europe. Et ce avant même d'atteindre Séville, au VIIe siècle. La quête de ce jeu d'échecs mythique avait de toute évidence un rapport avec les mathématiques. Mais lequel ? Sharrif m'en avait dit davantage que ce que je *lui* avais révélé, mais j'étais incapable d'ajuster les morceaux. Raflant le dernier livre, je le fourrai dans mon sac en cuir.

— Puisque vous êtes à Alger pour un an, nous pourrons peut-être disputer une partie d'échecs de temps de temps, déclara-t-il. À une époque, j'ai moi-même concouru pour le titre junior de…

— En Occident, nous avons une expression qui pourrait vous être profitable, lançai-je par-dessus mon épaule en me dirigeant vers la sortie. Inutile de nous téléphoner, nous vous contacterons.

J'ouvris la porte. Achmet le spadassin me dévisagea d'un air stupéfait, puis tourna les yeux vers Sharrif qui esquissait juste le mouvement de se lever. Je claquai la porte derrière moi, avec une telle force que la vitre trembla. Je n'eus pas un regard en arrière.

Je me dirigeai rapidement vers la douane. À l'indifférence que manifesta le douanier quand je lui ouvris mes bagages, et au léger désordre de leur contenu, je compris qu'il les avait déjà examinés. Il les referma et y apposa une marque à la craie.

L'aéroport était quasiment désert maintenant, mais par chance le bureau de change était encore ouvert. Après avoir changé un peu d'argent, je fis signe à un porteur et sortis pour chercher un taxi. La pesanteur de l'air me saisit. Un lourd parfum de jasmin collait à la peau.

— Hôtel El Riadh, dis-je au chauffeur en m'engouffrant dans la voiture.

On s'engagea sous les lumières ambrées du boulevard qui menait à Alger.

Le visage du chauffeur, vieux et tanné comme un morceau de séquoia, me scruta pensivement dans le rétroviseur.

— Madame est déjà venue à Alger ? me demanda-t-il. Sinon, pour cent dinars je peux lui faire faire un rapide tour de la ville. Le prix inclut le trajet jusqu'à El Riadh, bien sûr.

Sachant que l'hôtel se situait à une trentaine de kilomètres à la sortie d'Alger, et que cent dinars correspondaient à seulement vingt-cinq dollars, je donnai mon accord. Après tout, ça me reviendrait moins cher que d'aller du centre de Manhattan jusqu'à l'aéroport Kennedy, à une heure de pointe.

On remonta la rue principale. Une haie immobile de gros palmiers dattiers bordait un côté de la chaussée. De l'autre se dressaient des habitations rehaussées de colonnades en forme d'arche de style colonial, donnant sur le port d'Alger. L'odeur humide et salée de la mer montait par bouffées.

Parvenus au milieu du port, face à l'hôtel Aletti, on bifurqua vers une avenue escarpée et sinueuse qui escaladait la colline. Plus la route s'élevait et plus les habitations semblaient à la fois gagner en taille et se refermer davantage sur nous. Leurs structures imposantes de style colonial, blanchies à la chaux, luisaient dans l'obscurité comme des fantômes se chuchotant des secrets au-dessus de nos têtes. Elles étaient si rapprochées les unes des autres qu'elles masquaient totalement la nuit étoilée. Autour de nous, l'obscurité était maintenant totale et silencieuse. Quelques rares réverbères projetaient l'ombre difforme des arbres sur les murs blancs et nus tandis que la route se faisait encore plus étroite et escarpée, serpentant jusqu'au cœur même d'Al-Djezair. L'Île.

À mi-hauteur de la colline, la chaussée s'élargit légèrement et s'aplanit pour former une place circulaire, avec une fontaine feuillue au milieu, sans doute pour marquer le point central de cette cité verticale. Comme nous arrivions aux abords de la place, je distinguai l'écheveau embrouillé de rues qui constituait le niveau supérieur de la ville. Le chauffeur négocia la courbe, et les phares de la voiture qui se trouvait derrière nous nous accompagnèrent tandis que le taxi s'enfonçait dans l'obscurité suffocante de la ville surélevée.

— Quelqu'un nous suit, dis-je au chauffeur.

— Oui, madame.

Il me lança un regard dans le rétroviseur et sourit nerveusement. Les dents en or qui constituaient le devant de sa dentition étincelèrent dans la lumière des phares de nos poursuivants.

— Ils ne nous lâchent pas depuis l'aéroport. Vous êtes peut-être une espionne ?

— Ne soyez pas ridicule.

— Si je dis ça, c'est que le véhicule derrière nous est la voiture spéciale du *chef de la Sécurité**.

— Le chef de la Sécurité ? Il m'a interrogée à l'aéroport. Sharrif.

— Lui-même, acquiesça le chauffeur, dont la nervosité augmentait de seconde en seconde.

Le taxi avait maintenant atteint le sommet de la ville, et la route se réduisit à un mince ruban qui sinuait dangereusement le long de la corniche dominant Alger. Mon chauffeur baissa les yeux vers la longue voiture noire qui prenait le virage, juste en dessous de nous. La capitale entière s'étalait sur le relief ondulé des collines, dans un fouillis de rues tortueuses dévalant les pentes comme des coulées de lave jusqu'au croissant de lumières qui signalait le port. Les bateaux scintillaient sur l'eau noire de la baie, oscillant au gré des mouvements de la mer.

Le chauffeur roulait à fond de train. Comme nous amorcions le virage suivant, Alger disparut complètement, et nous fûmes avalés par l'obscurité. La route parut plonger dans un trou noir, et il n'y eut plus devant nous qu'une épaisse et impénétrable forêt, imprégnée d'une lourde odeur de pin dont les effluves masquaient presque complètement ceux de la mer. Pas le moindre rayon de lune ne filtrait à travers la voûte touffue des arbres.

— Il n'y a rien que nous puissions faire pour le moment, me dit le chauffeur, l'œil toujours rivé sur son rétroviseur tandis qu'il fonçait à travers la forêt déserte.

J'aurais préféré qu'il regardât devant lui.

— Nous nous trouvons sur le site appelé « Les Pins ». Il n'y a rien d'autre que les pins entre El Riadh et nous. C'est ce que vous appelez un raccourci.

La route continuait à monter et à descendre à flanc de colline, comme des montagnes russes. Le chauffeur donna un nouveau coup d'accélérateur, et j'eus à plusieurs reprises la nette sensation que le taxi décollait de la chaussée, se servant des bosses comme d'un tremplin. Et on n'y voyait pas à vingt mètres.

— J'ai tout mon temps, précisai-je en m'agrippant aux accoudoirs pour éviter de me fracasser le crâne contre le plafond. Pourquoi ne ralentissez-vous pas ?

Les phares de nos poursuivants réapparaissaient régulièrement derrière nous, colline après colline.

— Cet homme, Sharrif, articula le chauffeur d'une voix tremblante, savez-vous pourquoi il vous a interrogée à l'aéroport ?

— Il ne m'a pas interrogée, rectifiai-je, sur la défensive. Il voulait simplement me poser quelques questions. Il n'y a pas tellement de femmes qui viennent à Alger pour affaires, après tout.

Même à mes oreilles, mon rire sonna affreusement faux.

— Le service de l'Immigration a bien le droit d'interroger qui il veut, non ?

— Madame, murmura le chauffeur en me regardant bizarrement dans le rétroviseur, cet homme, Sharrif, ne travaille pas pour l'Immigration. Il n'est pas chargé d'accueillir les gens qui débarquent à Alger. Il ne vous fait pas suivre pour s'assurer que vous arrivez bien à destination.

Il s'autorisa cette petite plaisanterie, bien que sa voix continuât à trembler.

— Son travail est beaucoup plus important que ça.

— Vraiment ? fis-je, surprise.

— Il ne vous l'a pas dit ? déclara-t-il sans cesser de poser sur le rétroviseur un regard effrayé. Cet homme, Sharrif, est le chef de la police secrète.

*

À en croire la description de mon chauffeur, la police secrète était un mélange de FBI, de CIA, de KGB et de Gestapo. Il parut plus que soulagé lorsque nous atteignîmes enfin l'hôtel El Riadh, une longue bâtisse unie cernée par un épais feuillage avec une petite piscine et une fontaine à l'entrée. Cachées aux regards par un bosquet d'arbres, à deux pas de la mer, sa longue allée et son entrée sculpturale scintillaient de lumières.

Comme je descendais du taxi, je vis les phares de l'autre voiture faire demi-tour et s'enfoncer à nouveau dans la forêt. Les mains noueuses de mon chauffeur tremblaient lorsqu'il empoigna mes bagages pour les porter à l'intérieur.

Je le suivis dans le hall et le payai. La pendule suspendue derrière le bureau de la réception indiquait dix heures moins le quart.

— Je suis désolée, madame, déclara le concierge. Je n'ai pas de réservation à votre nom. Et malheureusement, nous sommes complets.

Il haussa les épaules en souriant, puis me tourna le dos et se plongea à nouveau dans ses paperasses. Juste ce dont j'avais besoin à cette heure ! J'avais remarqué qu'il n'y avait pas exactement une cohue de taxis devant la porte de l'El Riadh, et retourner à Alger avec mes bagages sur le dos n'était pas vraiment l'idée que je me faisais d'une bonne blague.

— Il doit y avoir une erreur, insistai-je. Ma réservation a été confirmée il y a une semaine.

— Il doit s'agir d'un autre hôtel, déclara-t-il avec ce sourire poli qui semblait être une spécialité nationale.

Que je sois pendue s'il ne me refaisait pas le coup de me tourner le dos !

Je réalisai brusquement qu'il s'agissait peut-être d'une coutume locale. Peut-être cette indifférence ostentatoire n'était-elle qu'un prélude, une phase d'échauffement avant l'offensive de marchandage, dans le plus pur style arabe. Peut-être était-on supposé négocier à propos de tout : pas seulement pour obtenir des contrats d'expertise, mais aussi pour des réservations d'hôtel. Je décidai que ma théorie méritait au moins un essai. J'extirpai un billet de cinquante dinars de ma poche et l'aplatis sur le comptoir.

— Voudriez-vous avoir *l'extrême* obligeance de garder mes bagages ? Sharrif, le *chef de la Sécurité**, s'attend à me trouver ici. À son arrivée, vous seriez très aimable de lui indiquer que je suis au salon.

Après tout, ce n'était pas entièrement du bluff, raisonnai-je. Sharrif s'attendait vraiment à me trouver là, puisque ses spadassins avaient pris la peine de me filer jusqu'à l'entrée de l'hôtel. Et le concierge pouvait difficilement se permettre de téléphoner à un type comme Sharrif pour vérifier cette information.

— Toutes mes excuses, madame, déclara le concierge en consultant précipitamment son registre tout en empochant mon billet d'un geste rapide. Je m'aperçois que nous avons effectivement une réservation à votre nom.

Il la cocha d'un coup de crayon, puis me regarda avec le même charmant sourire.

— Voulez-vous que je fasse déposer vos bagages dans votre chambre ?

— Vous seriez très aimable, acquiesçai-je en glissant quelques billets au porteur qui s'avançait en trottinant. Je vais en profiter pour jeter un coup d'œil sur les lieux. Soyez assez gentil pour demander qu'on m'apporte ma clé au salon, quand ce sera fait.

— Certainement, madame, opina le concierge avec un grand sourire.

Jetant mon sac sur mon épaule, je traversai le hall. L'entrée de l'hôtel était basse de plafond et moderne, mais comme je tournais à l'angle, je découvris qu'il s'élargissait subitement, jusqu'à ressembler à un vaste atrium. Les murs blanchis à la chaux formaient des courbes sculptées qui s'élevaient jusqu'à un plafond en dôme d'une bonne quinzaine de mètres de haut, où des trouées permettaient de contempler le ciel étoilé.

Au-delà de la magnifique voûte du hall, suspendu à neuf mètres environ du mur du fond, s'étirait le salon en terrasse. Il paraissait flotter dans l'espace. Du balcon jaillissait une chute d'eau qui semblait surgir de nulle part. Elle cascadait, tel un mur liquide, ricochant parfois dans une gerbe d'éclaboussures sur des pierres qui saillaient du mur avant d'achever sa course dans une large piscine écumante, taillée dans le même marbre que le sol de l'entrée.

De chaque côté de la cascade, des escaliers montaient vers le salon, s'enroulant vers le ciel comme une double hélice. J'empruntai celui de gauche. Des arbres sauvages couverts de fleurs poussaient dans des cavités pratiquées dans les murs. De splendides tissages aux couleurs vives décoraient la cage d'escalier pour venir échouer quatre mètres cinquante plus bas en plis harmonieux.

Le sol en marbre étincelant formait de somptueux motifs aux nuances variées. Çà et là, des sièges étaient disposés au milieu de tapis persans, de plateaux en cuivre, d'ottomanes en cuir, d'épaisses couvertures en fourrure et de samovars pour le thé. En dépit des larges portes-fenêtres coulissantes surplombant la mer, le salon dégageait une merveilleuse sensation d'intimité.

Je pris place sur une ottomane en cuir et passai ma commande à un serveur qui me conseilla une bière locale, fraîchement brassée. Les fenêtres du salon étaient grandes ouvertes, et une brise humide effleurait la terrasse. La mer bruissait doucement, comme pour m'inviter à me relaxer. Pour la première fois depuis que j'avais quitté New York, je me sentis détendue.

Le serveur m'apporta ma bière sur un plateau, déjà servie. Juste à côté étaient posées la clé de ma chambre.

— Madame trouvera sa chambre à l'orée du jardin, me dit-il en me montrant un endroit au pied de la terrasse que je ne réussis pas à voir distinctement dans la clarté voilée de la lune. Madame n'aura qu'à suivre le buisson d'arbustes jusqu'à l'arbre de fleurs de lune. Chambre quarante-quatre, juste derrière le massif. Il y a une entrée privée.

La bière avait un goût de fleur très aromatique, avec une légère saveur boisée. Je finis par en commander une deuxième. Tout en la dégustant, je songeais aux questions étranges que m'avait posées Sharrif, puis décidai de ne pas me fatiguer en conjectures stériles, avant d'avoir sérieusement potassé le sujet auquel – je le comprenais maintenant – Nim avait *essayé* de me préparer. Je préférais réfléchir à mon travail. Quelle stratégie allais-je mettre en œuvre demain matin, lorsque je me rendrais au ministère ? Je récapitulai les problèmes qu'avait rencontrés la Fulbright Cone en tentant d'obtenir un contrat signé. C'était une curieuse histoire.

Une semaine plus tôt, le ministre de l'Industrie et de l'Énergie, un type du nom d'Abd el-Salam Belaïd, avait accepté d'organiser une réunion. Comme il s'agissait d'une cérémonie officielle visant à la signature du contrat, six associés s'étaient envolés pour Alger à grands frais, une caisse de Dom Pérignon dans leurs bagages. Le tout pour apprendre à leur arrivée au ministère que le ministre Belaïd était « à l'étranger pour affaires ». Bon gré, mal gré, ils avaient accepté d'être reçus par son représentant, un certain Emile Kamel Kader (le même Kader qui m'avait accordé mon visa, comme l'avait souligné Sharrif). Alors qu'ils patientaient dans l'une des innombrables antichambres, attendant que Kader pût les recevoir, un groupe de banquiers japonais avait descendu le couloir en direction des ascenseurs. Et qui se trouvait parmi eux ? Le ministre Belaïd en personne, celui-là même qui était censé être à l'étranger pour affaires.

Les associés de la Fulbright Cone n'étaient pas accoutumés à se faire planter là. Surtout pas les six à la fois, et encore moins de façon aussi flagrante. Ils avaient donc décidé de s'en plaindre énergiquement à Emile Kamel Kader dès qu'ils seraient admis dans son cabinet. Mais lorsque enfin on les fit entrer, ce fut pour trouver Kader occupé à sautiller dans le bureau, en short de tennis et polo, fouettant l'air de sa raquette.

— Désolé, leur dit-il, mais c'est aujourd'hui lundi. Et tous les lundis je joue au tennis avec un ancien camarade de collège. Je ne peux vraiment pas le décevoir.

Là-dessus, il avait filé, laissant derrière lui les six éminents associés de la Fulbright Cone bouche bée.

J'avais hâte de rencontrer les types qui avaient eu le cran de se payer la tête des associés de mon illustre firme. J'étais à peu près sûre qu'il s'agissait ni plus ni moins d'une nouvelle manifestation des méthodes de marchandage arabes. Mais, si six associés n'avaient pas réussi à obtenir un contrat signé, comment allais-je m'y prendre pour faire mieux ?

Mon verre de bière à la main, je franchis la porte-fenêtre. Mon regard se promena sur le jardin enveloppé d'ombre qui descendait jusqu'à la mer. Des allées recouvertes de gravillon blanc séparaient les touffes de cactus exotiques, de plantes grasses et de buissons, les feuillages tropicaux s'entrelaçant étroitement.

À la lisière de la plage se dessinait une terrasse en marbre, avec une gigantesque piscine dont l'eau éclairée par en dessous scintillait comme une turquoise. Juste derrière, une frise de murs immaculés formait des arches au travers desquelles on apercevait la plage de sable fin, léchée par des vagues ourlées de blanc. À l'angle de l'édifice ajouré comme de la dentelle se dressait une haute tour en brique surmontée d'un dôme en forme d'oignon, comme celles d'où les muezzins lancent leur appel à la prière.

Mes yeux erraient sur le jardin quand brusquement je la vis. Ce fut juste une lueur, un bref scintillement dans les lumières de la piscine, réfléchi par les rayons et la jante d'une des roues de la bicyclette. Puis elle s'évanouit dans les feuillages sombres.

Je me figeai sur la plus haute marche de la terrasse, mon regard fouillant le jardin, la piscine et la plage, l'oreille aux aguets pour tenter de capter un son. Mais je n'entendis rien. Pas le moindre mouvement. Une main se posa subitement sur mon épaule. Je m'envolai littéralement de mon enveloppe charnelle.

— Toutes mes excuses, madame, me dit le serveur en me regardant d'un air bizarre. Le concierge me charge de vous informer que vous avez reçu du courrier cet après-midi. Il a oublié de vous en informer.

Il me tendit un journal entouré d'une bande brune, et une enveloppe qui ressemblait à un télex.

— Je vous souhaite une agréable soirée, déclara-t-il avant de s'éloigner.

Je baissai à nouveau les yeux sur le jardin. Mon imagination me jouait peut-être des tours. Au reste, même si j'avais bien vu ce que je croyais, il y avait certainement un tas de gens en Algérie qui se déplaçaient à bicyclette, comme partout.

Je retournai au salon et m'assis avec ma bière. Puis j'ouvris le télex, qui disait : « Lecture hautement recommandée : rubrique G5. » Il n'y avait pas de signature, mais, tandis que je déchirais la bande du journal, je devinai sans peine qui me l'envoyait. Il s'agissait de l'édition de dimanche du *New York Times*. Comment avait-il pu me parvenir aussi vite ? Les Sœurs de la Miséricorde avaient décidément des méthodes aussi étranges que mystérieuses.

J'ouvris le journal à la rubrique G5, la rubrique des sports. Il y avait un article concernant le tournoi d'échecs :

UN TOURNOI D'ÉCHECS ANNULÉ
LE SUICIDE D'UN GM REMIS EN QUESTION

Le suicide du grand maître Antony Fiske survenu la semaine dernière, et qui devait stupéfier tous les cercles d'échecs de New York, suscite aujourd'hui une enquête sérieuse de la part de la Criminelle new-yorkaise. Le bureau du coroner vient de nous faire parvenir un communiqué, selon lequel il serait impossible que le GM anglais, âgé de soixante-sept ans, se soit lui-même donné la mort. Le décès proviendrait en effet « de la rupture des cervicales, due à une pression exercée simultanément sur les vertèbres proéminentes (C7) et le menton ». Or un homme ne peut en aucun cas se faire lui-même une telle fracture « à moins qu'il ne se tienne dans son propre dos pendant qu'il se brise la nuque », affirme le médecin du tournoi, le Dr Osgood, qui fut le premier à examiner Fiske et à émettre des doutes concernant les causes de sa mort.

Le GM russe, Alexander Solarin, était engagé dans une partie contre Fiske, lorsqu'il remarqua son « comportement étrange ». L'ambassade soviétique a réclamé l'immunité diplomatique pour le très controversé GM, qui s'est à nouveau singularisé en la refusant. (Voir notre article page A6.) Solarin est en effet la dernière personne à avoir vu Fiske vivant, et il a été interrogé par la police.

Le sponsor du tournoi, John Hermanold, qui fit paraître un communiqué de presse pour expliquer sa décision de suspendre le tournoi, allègue aujourd'hui que le GM Fiske fut pendant longtemps une victime de la drogue et que la police des stupéfiants devrait peut-être orienter ses recherches dans cette voie afin d'éclaircir les circonstances de ce meurtre inexplicable.

Afin de faire avancer l'enquête, les coordonnateurs du tournoi ont fourni à la police les noms et adresses de soixante-trois personnes, juges et joueurs inclus, présentes au Metropolitan Club ce dimanche-là.

(Voir le *Times* de dimanche prochain, pour une analyse approfondie : « Antony Fiske, vie d'un GM ».)

Ainsi donc, le grand mot était lâché, et la Criminelle était sur le sentier de la guerre. J'étais terrifiée d'apprendre que mon nom se trouvait actuellement entre les mains des flics de Manhattan, mais soulagée qu'ils ne puissent rien en faire, à moins de me faire extrader d'Afrique du Nord. Je me demandai si Lily avait également échappé à l'enquête. Solarin, en revanche, n'y avait visiblement pas coupé. Pour en apprendre un peu plus long sur son sort, je me reportai à la page A6.

Je fus surprise de découvrir une « interview exclusive » sur deux colonnes, intitulée, non sans provocation : LES SOVIÉTIQUES NIENT FORMELLEMENT LEUR IMPLICATION DANS LA MORT DU GM ANGLAIS.

Je passai sur les paragraphes élogieux décrivant Solarin comme un homme « charismatique » et « mystérieux », résumant sa carrière de joueur d'échecs et son brusque départ d'Espagne. Le corps même de l'article, en revanche, m'en apprit plus que je ne l'aurais pensé.

D'abord, ce n'était pas Solarin qui avait nié son implication dans la mort de Fiske. Jusqu'à présent, je n'avais pas réalisé qu'il s'était trouvé seul avec Fiske dans les toilettes, seulement quelques secondes avant le meurtre. Mais les Soviétiques, eux, l'avaient tellement bien compris qu'ils s'étaient affolés, réclamant l'immunité diplomatique et donnant du poing sur la table.

Solarin avait refusé l'immunité (apparemment cela devenait chez lui une habitude) et manifesté le désir de coopérer avec les autorités locales. Quand on lui demanda son avis sur le passé de drogué de Fiske, son commentaire me fit rire : « Peut-être John (Hermanold) a-t-il ses propres sources d'information ? L'autopsie n'a mentionné aucune trace de produits chimiques dans le corps. » Autrement dit, Hermanold était soit un menteur, soit un dealer.

Mais la lecture que je fis du récit du meurtre par Solarin me stupéfia. Selon son propre témoignage, il était quasiment impossible que quelqu'un soit entré dans les toilettes pour tuer Fiske, en dehors de lui. Il n'y avait eu ni le temps ni l'opportunité, puisque Solarin et les juges bloquaient la seule issue possible. Je regrettai maintenant de ne pas avoir étudié les lieux plus attentivement avant de quitter New York. Mais je pouvais encore y remédier si j'arrivais à joindre Nim. Il se rendrait au club et le ferait à ma place.

Pour l'instant, j'avais surtout envie de dormir. Mon horloge interne me disait qu'il était quatre heures de l'après-midi à New York, et je n'avais pas fermé l'œil depuis vingt-quatre heures. Raflant ma clé et mon courrier, je sortis sur la terrasse et descendis l'escalier. Près du mur voisin, je repérai l'arbre aux fleurs de lune, avec son feuillage d'un beau noir verni, qui dominait le jardin. Ses fleurs brillantes en forme de trompette ressemblaient à des lis, s'ouvrant dans le clair de lune pour exhaler leur parfum lourd et sensuel.

Je gravis les quelques marches qui menaient à ma chambre et déverrouillai la porte. Les lampes étaient déjà allumées. C'était une grande pièce avec un sol en dalles d'argile cuite, des murs en stuc et de larges portes-fenêtres donnant sur la mer, par-delà l'arbre aux fleurs de lune. Il y avait un dessus-de-lit en laine aussi épaisse que la toison d'un mouton, un petit tapis de la même matière, et quelques meubles.

La salle de bains contenait une grande baignoire, un lavabo, des toilettes et un bidet. Pas de douche. J'ouvris le robinet et une eau orange vif en jaillit. Je la laissai couler pendant quelques minutes, mais elle ne changea pas de couleur pour autant, pas plus qu'elle ne se réchauffa. Formidable. Ça allait être follement amusant de me baigner dans de la rouille glacée.

Je retournai dans la chambre et ouvris la penderie. Mes vêtements étaient déjà déballés et soigneusement pendus à l'intérieur, mes bagages vides rangés en dessous. Apparemment, on adorait fouiller dans les affaires des autres, ici, songeai-je. Mais je n'avais rien de confidentiel dans mes valises. L'épisode de la mallette m'avait servi de leçon.

Décrochant le téléphone, je demandai l'opérateur de l'hôtel et lui communiquai le numéro correspondant à l'ordinateur de Nim, à New York. Il me dit qu'il me rappellerait dès qu'il aurait la ligne. J'ôtai mes vêtements et retournai vers la baignoire dont le niveau d'eau avoisinait maintenant sept centimètres. Avec un soupir, je m'installai dans cette chose innommable et m'accroupis de façon aussi gracieuse que possible.

Je me rinçais pour évacuer la mousse du savon quand le téléphone sonna. Je m'enveloppai dans la serviette de bain élimée et pataugeai jusqu'à la chambre pour décrocher.

— Je suis désolée, madame, me dit l'opérateur. Mais votre numéro ne répond pas.

— Comment ça, il ne répond pas ? C'est le milieu de l'après-midi à New York. Et c'est un numéro professionnel que je vous demande.

L'ordinateur de Nim était connecté vingt-quatre heures sur vingt-quatre.

— Non, madame, c'est la *ville* qui ne répond pas.

— La ville ? La *ville* de New York ne répond pas ?

Elle ne pouvait quand même pas avoir disparu du globe en l'espace d'un jour !

— Vous plaisantez, je suppose ? Il y a dix millions d'habitants à New York !

— L'opératrice est peut-être allée se coucher, madame, me répondit-il avec un calme imperturbable. Ou bien, comme il est encore très tôt, peut-être est-elle allée dîner.

*Bienvenue en Algérie**, songeai-je. Remerciant brièvement l'opérateur, je raccrochai et traversai la pièce pour éteindre les lumières. Puis j'ouvris en grand la porte-fenêtre, de façon à laisser entrer le parfum embaumant de l'arbre aux fleurs de lune.

Je restai un long moment à regarder les étoiles au-dessus de la mer. D'ici, elles paraissaient aussi lointaines et froides que des pierres collées sur un tissu bleu nuit. Et je me mis à songer à mon propre isolement, si loin de mes repères habituels et des gens que je connaissais. Sans même m'en rendre compte, j'avais glissé dans un autre monde.

Je finis par rentrer et, me pelotonnant sous les draps en toile humide, je me laissai emporter peu à peu par le sommeil, les yeux fixés sur les étoiles suspendues au-dessus de la côte du continent africain.

*

Je crus d'abord que je rêvais. Ouvrant les yeux dans le noir, je regardai les aiguilles lumineuses de la pendule suspendue près de mon lit. Elles indiquaient minuit vingt. Mais il n'y avait pas de pendule dans mon appartement de New York. Puis je réalisai confusément où je me trouvais et me retournais pour me rendormir quand le bruit se produisit à nouveau, juste devant ma chambre : le cliquetis métallique d'un pédalier de bicyclette.

Et, comme une idiote, j'avais tout laissé ouvert ! Là, à moitié cachée par l'arbre, et soulignée par le clair de lune, se découpait la silhouette d'un homme, une main sur le guidon d'un vélo. Je n'avais pas été victime de mon imagination.

Mon cœur se mit à tambouriner à grands coups sourds tandis que je me coulais sans bruit hors de mon lit et me faufilais dans l'ombre pour fermer la fenêtre. Il y avait juste deux petits problèmes, compris-je très vite. Primo, je n'avais pas la moindre idée de l'endroit où se trouvaient les crochets de fermeture (s'il y en avait !). Et deuzio, je ne portais rien sur moi. Flûte. Il était trop tard maintenant pour fouiller la pièce à la recherche d'une chemise. J'atteignis le mur du fond et m'y aplatis en essayant de repérer le système de verrouillage.

Au même instant, le gravier crissa et l'ombre s'approcha, appuyant la bicyclette contre le mur extérieur.

— Je ne savais pas que vous dormiez nue, chuchota-t-il.

Le léger accent slave ne laissait aucune place au doute. C'était Solarin. Une rougeur brûlante m'envahit des pieds à la tête. Le salaud ! Déjà, il enjambait le rebord de la fenêtre. Doux Jésus, il allait entrer ! Avec un cri étouffé, je volai jusqu'au lit, arrachai le drap et l'entortillai autour de moi.

— Qu'est-ce que *vous* faites ici ? m'écriai-je tandis qu'il sautait posément dans la pièce.

— Vous n'avez pas eu mon message ? dit-il en tirant les rideaux avant de s'avancer vers moi dans l'obscurité.

— Vous avez une idée de l'heure qu'il est ? poursuivis-je tandis qu'il s'approchait de moi. Comment êtes-vous arrivé jusqu'ici ? Hier encore vous étiez à New York…

— Vous aussi, répondit Solarin, allumant la lumière.

Il me toisa des pieds à la tête avec un petit sourire et s'assit tranquillement sur le lit, comme si la chambre lui appartenait.

— Mais maintenant nous sommes ici, tous les deux. Seuls. Dans cet endroit ravissant. Vous ne trouvez pas ça follement romantique ?

Ses prunelles vertes étincelaient dans la lumière.

— Romantique ! sifflai-je en resserrant vertueusement mon drap autour de moi. Je ne veux pas de vous ici ! Chaque fois que je vous vois, quelqu'un se fait assassiner…

— Attention, m'interrompit-il. Les murs ont des oreilles. Habillez-vous. Je vous emmène dans un endroit où nous pourrons parler.

— Vous êtes complètement cinglé ! Il est hors de question que je sorte. Et surtout pas avec *vous* ! D'ailleurs…

D'un bond, il fut debout, devant moi. Agrippant d'une main le devant de mon drap comme pour l'arracher, il grimaça un sourire.

— Allez vous habiller ou c'est moi qui m'en charge.

Je sentis un petit picotement remonter le long de ma nuque. Je me dégageai et me dirigeai vers la porte d'une démarche très digne, raflant quelques vêtements au passage. Puis j'effectuai une retraite précipitée vers la salle de bains pour me changer. Je claquai rageusement la porte derrière moi. Ce sale type se croyait vraiment tout permis ! De quel droit surgissait-il dans ma chambre en pleine nuit, pour me terroriser dans mon sommeil et m'obliger à… Si seulement il n'était pas aussi beau !

Mais que voulait-il de moi ? Pourquoi m'avait-il suivie à l'autre bout du monde ? Et que diable faisait-il avec cette bicyclette ?

J'enfilai un jean, un ample sweater en cachemire rouge et mes espadrilles effilochées. Quand je revins dans la chambre, Solarin, assis sur les draps froissés, jouait aux échecs sur le petit échiquier miniature de Lily, qu'il avait découvert, sans nul doute, en fouillant dans mes affaires. Il leva les yeux et sourit.

— Qui gagne ? lui demandai-je.

— Moi, répondit-il avec sérieux. Je gagne toujours.

Il jeta un dernier coup d'œil à sa position sur l'échiquier, se leva, se dirigea vers la penderie d'où il décrocha une veste qu'il m'aida à enfiler.

— Vous êtes superbe, me dit-il. Pas aussi attirante que lorsque je suis entré, mais tout ce qu'il y a de convenable pour une promenade nocturne sur la plage.

— Vous devez être fou pour imaginer que je vais aller me promener sur une plage déserte avec vous.

— Je vous emmène dans un petit cabaret, pas très loin, enchaîna-t-il, exactement comme si je n'avais rien dit. Vous allez adorer ça. En Algérie, les femmes sont voilées, mais ce sont les hommes qui font la danse du ventre !

Je secouai la tête et le suivis dehors. Il verrouilla la porte à l'aide de ma clé et l'empocha tranquillement.

Le splendide clair de lune auréolait les cheveux blonds de Solarin de reflets argentés et rendait ses prunelles transparentes. Nous remontâmes lentement le long du fin ruban de la plage, d'où on pouvait apercevoir la courbe scintillante de la côte jusqu'à Alger. Les vagues léchaient délicatement le sable sombre.

— Vous avez lu le journal que je vous ai envoyé ? me demanda-t-il.

— C'est *vous* qui me l'avez envoyé ? Mais pourquoi ?

— Je voulais que vous sachiez qu'ils avaient découvert que Fiske a été assassiné. Exactement comme je vous l'avais dit.

— La mort de Fiske n'a rien à voir avec moi, répondis-je en vidant le sable de mes espadrilles.

— Elle a tout à voir avec vous, je ne cesse de vous le répéter. Vous vous imaginez peut-être que j'ai parcouru six mille kilomètres simplement pour pouvoir vous regarder à travers la fenêtre de votre chambre ? rétorqua-t-il avec impatience. Je vous ai avertie que vous étiez en danger. Je sais bien que mon anglais n'est pas parfait, mais vous faites vraiment exprès de ne pas comprendre !

— Si je dois redouter quelque chose de quelqu'un, c'est bien de *vous*, ripostai-je. Qui me dit que vous n'avez pas assassiné Fiske ? La dernière fois que je vous ai vu, vous avez volé ma mallette et vous m'avez laissée avec le cadavre du chauffeur de mon amie sur les bras. Qu'est-ce qui me prouve que vous n'avez pas également tué Saul et essayé de me faire porter le chapeau ?

— J'ai *effectivement* tué Saul, acquiesça calmement Solarin.

Comme je m'arrêtais net, il me dévisagea avec une certaine curiosité.

— Qui vouliez-vous que ce soit ?

J'en restai sans voix. Mes pieds étaient crispés sur le sable et mon sang s'était transformé en gélatine. J'étais en train de me promener sur une plage avec un assassin !

— Vous pourriez me remercier d'avoir emporté votre mallette avec moi, poursuivit Solarin. Sans ça, vous auriez pu être impliquée dans sa mort. D'autant que je me suis donné un mal de chien pour vous la rapporter.

Son attitude me rendit folle de rage. Je revoyais le visage blême de Saul sur la dalle en pierre, et je savais maintenant que c'était lui qui l'avait mis là.

— Oh, merci, merci infiniment ! sifflai-je. Vous avez un sérieux aplomb de m'emmener ici pour m'annoncer tranquillement que vous avez tué un innocent !

— Baissez la voix, dit Solarin avec un regard glacial tout en m'agrippant le bras. Vous auriez préféré que ce soit lui qui me tue ?

— Saul ? ricanai-je avec tout le dédain dont je fus capable.

Je repoussai violemment sa main et allai pour m'éloigner quand il me saisit à nouveau le bras et me força à me retourner.

— Pour reprendre une expression chère à vos compatriotes, je commence à en avoir plein le dos de vous protéger ! articula-t-il.

— Je n'ai pas besoin de protection, ripostai-je. Surtout pas venant d'un assassin. Je ne saurais que trop vous conseiller de filer et de dire à ceux qui vous ont envoyé…

— Ça suffit, articula Solarin d'une voix rageuse.

Ses mains s'abattirent sur mes épaules qu'il pétrit dans un mouvement qui ressemblait à un grincement de dents. Puis il leva les yeux vers la lune et exhala lentement son souffle. Il comptait visiblement jusqu'à dix.

— Bon, et si je vous disais que c'est *Saul* qui a tué Fiske ? Que j'étais la seule personne susceptible de le savoir et que c'est la raison pour laquelle il était sur *mes* traces ? Vous accepteriez de m'écouter ?

Ses yeux vert pâle étaient rivés aux miens, mais j'étais incapable d'aligner deux pensées cohérentes. Mon cerveau était complètement paralysé. Saul, un meurtrier ? Je fermai les paupières pour me concentrer, mais rien ne vint.

— Okay, ouvrez le feu, soupirai-je.

Je regrettai instantanément cette expression malheureuse. Solarin me sourit. Même dans la clarté blafarde de la lune, son sourire était éblouissant.

— Marchons alors, dit-il en gardant une main sur mon épaule pour me guider doucement. Je ne peux penser, parler ni jouer aux échecs que si je suis libre de bouger.

Nous avançâmes en silence tandis qu'il rassemblait ses idées.

— Je crois qu'il vaut mieux commencer par le commencement, déclara-t-il enfin.

Je hochai imperceptiblement la tête.

— D'abord, il faut que vous sachiez que ma participation à ce tournoi d'échecs n'était qu'une couverture, organisée par mon gouvernement. Elle devait me permettre de me rendre à New York, où j'avais un travail urgent à accomplir.

— Quel genre de travail ?

— Chaque chose en son temps.

Nous progressions le long de la plage, donnant des coups de pied dans l'eau, quand Solarin se pencha subitement pour ramasser un petit coquillage brun, à demi enfoui dans le sable. Il avait des reflets d'opale dans le clair de lune.

— La vie existe partout, murmura pensivement Solarin en me tendant le fragile coquillage. Même au plus profond des mers. Et partout elle est détruite par la stupidité des hommes.

— Cette palourde n'est pas morte d'une rupture des cervicales, soulignai-je. Êtes-vous une sorte de tueur professionnel ? Je ne parviens pas à comprendre comment on peut assassiner un homme de sang-froid.

Je lançai le coquillage aussi loin que je pus, au milieu des vagues. Solarin soupira et on se remit à marcher.

— Quand j'ai réalisé au cours de la partie que Fiske trichait, reprit-il d'une voix légèrement contrainte, j'ai voulu savoir qui l'y avait forcé, et pourquoi.

Ainsi Lily avait vu juste, songeai-je. Mais je gardai le silence.

— J'étais certain que plusieurs personnes le manipulaient, alors j'ai arrêté le jeu et je l'ai suivi dans les toilettes. Il a tout avoué en bloc. Il m'a dit qui était derrière tout ça, et pourquoi.

— Qui était-ce ?

— Il n'a pas mentionné son nom. Lui-même l'ignorait. Mais il m'a indiqué que l'homme qui le menaçait savait que je serais présent au tournoi. Or une seule personne était informée de mon arrivée : l'homme avec qui mon gouvernement avait traité. Le sponsor du tournoi…

— Hermanold ! m'écriai-je.

Solarin hocha la tête et poursuivit :

— Fiske m'a également appris qu'Hermanold ou ses contacts en avaient après une formule que, par plaisanterie, j'avais promis de dévoiler au cours d'un tournoi en Espagne. Je m'étais engagé à révéler une formule secrète à celui qui réussirait à me battre… Et ces fous, s'imaginant que l'offre était toujours valable, ont décidé de m'opposer Fiske, non sans avoir pris leurs dispositions pour qu'il ne puisse pas perdre. Au cas où les choses se passeraient mal pour Fiske, je suppose qu'Hermanold lui avait donné rendez-vous dans les toilettes du Club canadien, où ils seraient à l'abri des regards…

— Mais en réalité Hermanold n'avait pas la moindre intention de l'y rencontrer, devinai-je.

Les pièces du puzzle commençaient à s'assembler, mais je ne voyais toujours pas l'image reconstituée.

— En fait, il s'est arrangé pour envoyer quelqu'un d'autre à sa place. Quelqu'un dont l'absence ne se remarquerait pas. C'est ça ?

— Exactement, acquiesça Solarin. Mais ils n'avaient pas prévu que je suivrais Fiske dans les toilettes. J'étais sur ses talons quand il y est entré. Son assassin, tapi dans le couloir, a dû entendre tout ce que nous nous sommes dit. À partir de ce moment-là, il devenait inutile de menacer Fiske. La partie était jouée. Il fallait qu'il soit mis hors circuit immédiatement.

— Et adieu M. Fiske, soupirai-je.

Je réfléchis à ce que je venais d'entendre, les yeux fixés sur la mer sombre. C'était plausible, du moins tactiquement. Et je possédais des éléments d'information que Solarin ne pouvait pas connaître. Par exemple, Hermanold n'avait pas prévu l'arrivée de Lily, puisqu'elle n'assistait jamais aux tournois. Mais lorsqu'elle avait fait mine de partir, il l'avait pressée de rester parce qu'il avait peur qu'elle ne s'en allât avec sa voiture et son chauffeur. Son attitude pouvait s'expliquer de plusieurs façons, si vraiment il comptait sur Saul. Mais pourquoi Saul ?... Peut-être Saul en savait-il beaucoup plus long sur les échecs que je ne le pensais. Peut-être qu'il était assis dans la limousine, et qu'il dictait chaque coup à Fiske au moyen d'un émetteur ! À y bien réfléchir, dans quelle mesure connaissais-je *vraiment* le chauffeur d'Harry ?

Solarin m'expliquait minutieusement comment les choses s'étaient déroulées. Comment il avait remarqué la bague que portait Fiske. Comment il l'avait suivi dans les toilettes. Comment il avait appris que Fiske avait des contacts en Angleterre, et ce qu'ils cherchaient. Comment il s'était rué dehors quand Fiske avait arraché sa bague, parce qu'il la croyait reliée à une bombe. Il avait beau *savoir* qu'Hermanold était derrière la venue de Fiske au tournoi, ça ne pouvait *pas* être Hermanold qui avait tué Fiske et récupéré la bague dans le lavabo. Il n'avait pas quitté le Metropolitan Club, j'en étais témoin.

— Saul n'était pas dans la limousine quand Lily et moi sommes sorties, admis-je à regret. En fait, il *avait* la possibilité de tuer Fiske, encore que je ne parvienne pas à comprendre dans quel but il aurait fait ça... Ce qu'il y a de sûr, d'après votre version des faits, c'est qu'il n'avait *pas* la possibilité de *sortir* du Club canadien, puisque les juges et vous bloquiez la seule issue. Ça expliquerait son absence quand Lily et moi sommes retournées à la voiture...

Ça expliquerait même quelque chose d'autre, songeai-je. Ça expliquerait les impacts de balle dans la carrosserie !

Si la version de Solarin était exacte, si Hermanold avait réellement engagé Saul pour éliminer Fiske, il ne pouvait pas risquer que Lily et moi retournions à l'intérieur du club pour retrouver notre chauffeur ! En admettant qu'il soit remonté dans la salle de jeu et qu'il nous ait vues par la fenêtre hésiter devant la voiture, il lui avait fallu très vite trouver un moyen de nous effrayer pour nous forcer à partir !

— C'est *Hermanold* qui était dans la salle de jeu déserte, qui a saisi une arme et qui a tiré sur notre voiture ! m'écriai-je en agrippant le bras de Solarin.

Il me dévisagea avec stupeur en se demandant visiblement comment j'étais arrivée à cette conclusion.

— Ça expliquerait aussi pourquoi Hermanold a déclaré à la presse que Fiske était un drogué, ajoutai-je. Comme ça, non seulement il détournait les soupçons de lui, mais il lançait la police sur les traces d'un dealer anonyme !

Solarin se mit à rire.

— Je connais un type du nom de Brodski qui serait ravi de vous engager. Vous avez des prédispositions pour l'espionnage. Maintenant que vous en savez autant que moi, allons boire un verre.

Je pouvais maintenant distinguer au bout de la plage une large tente, plantée à même le sable, dont la silhouette était illuminée par une guirlande d'ampoules électriques.

— Pas si vite ! déclarai-je en le retenant par le bras. Même si on part du principe que Saul a éliminé Fiske, il reste encore beaucoup de questions sans réponse. Quelle était cette formule que vous déteniez en Espagne et qu'ils voulaient obtenir à tout prix ? Quel genre de travail veniez-vous accomplir à New York ? Et que faisait Saul aux Nations unies ?

La tente à rayures rouges et blanches avait des dimensions gigantesques. Elle devait mesurer au moins neuf mètres de diamètre. Deux gros palmiers dans des pots de cuivre montaient la garde devant l'entrée, et un long tapis à arabesques bleu et or s'étirait dans le sable, chapeauté par un dais, face à la mer. Nous nous dirigeâmes vers l'entrée.

— J'avais un rendez-vous important avec un contact, devant les Nations unies, m'expliqua Solarin. Je n'avais pas remarqué que Saul me filait, jusqu'à ce que vous vous interposiez entre nous deux.

— L'homme à la bicyclette, c'était vous ? m'écriai-je. Mais vos vêtements…

— J'ai rencontré mon contact, m'interrompit Solarin. Elle a vu que vous me suiviez, et Saul était juste derrière vous.

Alors la vieille dame aux pigeons, c'était son fameux contact ?

— Nous avons fait s'envoler les oiseaux pour opérer un camouflage, poursuivit Solarin. Je me suis caché près des marches à côté de l'ONU, jusqu'à ce que vous passiez. Puis j'ai fait demi-tour pour rattraper Saul. Il était entré dans le bâtiment, mais je ne savais pas où il se trouvait. J'ai retiré mon survêtement dans l'ascenseur, car j'avais mes vêtements en dessous. Lorsque je suis ressorti, je vous ai vue entrer dans la salle de méditation. J'ignorais alors que Saul était déjà là, à espionner tout ce que nous disions.

— Il était dans la salle de méditation ? m'exclamai-je.

Nous n'étions plus qu'à quelques mètres de la tente, maintenant. Nos jeans et nos sweaters étaient plutôt poisseux, mais nous continuâmes à avancer, exactement comme si nous descendions d'une limousine pour entrer à l'El Morocco.

— Ma chère, dit Solarin en m'ébouriffant les cheveux comme aurait pu le faire Nim, vous êtes vraiment très naïve. Et si *vous* n'avez pas pris au sérieux les avertissements que je vous ai lancés, soyez sûre que ce ne fut pas le cas de Saul. Quand vous êtes partie et qu'il a surgi de derrière cette dalle en pierre pour se jeter sur moi, j'ai tout de suite compris qu'il en savait assez pour que votre vie soit également en danger. J'ai emporté votre mallette pour que ses complices ne puissent pas deviner que vous vous étiez trouvée là. Un peu plus tard, mon contact m'a fait passer une note à mon hôtel, me disant comment vous la restituer.

— Mais comment savait-elle… commençai-je.

Solarin sourit et m'ébouriffa à nouveau les cheveux tandis que le maître d'hôtel s'avançait pour nous accueillir. Solarin lui glissa un billet de cent dinars. L'homme ouvrit des yeux aussi grands que les miens. Dans un pays où cinquante cents passaient pour un pourboire généreux, on avait des chances d'obtenir la meilleure table de la maison.

— Je suis un capitaliste dans l'âme, me chuchota Solarin à l'oreille comme nous suivions le majordome à l'intérieur de l'énorme cabaret.

Aussi loin que portait la vue, le sol était entièrement recouvert de nattes de paille, posées à même le sable. On y avait jeté de grands tapis persans aux couleurs vives, agrémentés de coussins aux broderies étincelantes. Des oasis miniatures séparaient les tables, composées de palmiers en pots mélangés à de gros bouquets de plumes de paon et d'autruche, qui scintillaient dans la lumière tamisée. Des lanternes en cuivre ornées de dessins estampés pendaient çà et là, projetant des reflets bizarres sur les paillettes en miroir des coussins. On avait l'impression d'entrer à l'intérieur d'un kaléidoscope.

Au centre se dressait une grande scène circulaire éclairée par des projecteurs, où un groupe de musiciens jouait une musique sauvage et frénétique, différente de tout ce que j'avais entendu jusque-là. Il y avait des timbales ovales en cuivre, d'énormes cornemuses en peau d'animaux, des flûtes, des clarinettes et des carillons de tailles différentes. Tout en jouant, les musiciens effectuaient une sorte de danse circulaire, très étrange.

On nous conduisit jusqu'à une pile de coussins près d'une table en cuivre, juste devant la scène. Les musiciens jouaient tellement fort que cela me dissuada de poser d'autres questions. Je me contentai donc de ruminer mes pensées tandis que Solarin hurlait un ordre à l'oreille d'un serveur.

Quelle était donc cette fameuse formule qu'Hermanold voulait s'approprier ? Qui était cette femme aux pigeons et comment avait-elle su où me restituer la mallette ? Quel travail Solarin était-il venu accomplir à New York ? Comment le corps de Saul avait-il pu quitter les Nations unies pour se retrouver dans l'East River ? Et enfin, qu'est-ce que tout cela avait à voir avec moi ?

Nos boissons arrivèrent au moment précis où l'orchestre s'accordait une pause. Deux grands verres à dégustation d'*amaretto*, chauffé comme du cognac, étaient accompagnés d'une théière avec un très long bec. Le serveur versa de très haut le thé dans deux verres posés en équilibre sur deux minuscules soucoupes. Le jet brûlant cascada jusque dans les verres sans qu'une seule goutte ne tombe à côté. Le serveur parti, Solarin leva vers moi son verre de thé à la menthe.

— Au jeu, me dit-il avec un sourire mystérieux.

Mon sang se glaça dans mes veines.

— Je ne vois pas du tout de quoi vous voulez parler, mentis-je tout en essayant de me rappeler ce que Nim m'avait dit au sujet des contre-attaques gagnantes.

— Mais si, ma chère, murmura-t-il d'une voix douce en glissant le verre de dégustation entre mes lèvres. Sinon, je ne serais pas là à boire en votre compagnie.

Le liquide ambré coula dans ma gorge, et une goutte roula sur mon menton. Solarin sourit et l'essuya d'un doigt avant de reposer le verre sur le plateau. Il ne me regardait pas, mais sa tête était suffisamment proche pour que je puisse capter chacun des mots qu'il me chuchotait.

— Le jeu le plus dangereux qui soit, murmura-t-il de façon presque inaudible, et nous avons été choisis, tous les deux, pour y prendre part…

— Que voulez-vous dire par *choisis* ? lui demandai-je.

Mais avant qu'il ait pu répondre, un violent coup de cymbales et de timbales retentit tandis que les musiciens reprenaient leur place sur la scène.

Ils étaient suivis par des danseurs hommes, revêtus de tuniques en velours bleu pâle semblables à celles des cosaques, et de pantalons enfoncés dans des bottes montantes, bouffants au niveau des genoux. Autour de leur taille étaient noués de lourds cordons torsadés avec des pompons au bout, qui se balançaient sur leurs hanches et rebondissaient tandis qu'ils se mouvaient sur un rythme lent et exotique. La musique s'enfla peu à peu, s'échappant des clarinettes et des tuyaux à anche, sinueuse et ondulante, telle la mélodie qui fait jaillir le cobra de son panier, raidi en une colonne oscillante.

— Ça vous plaît ? me chuchota Solarin à l'oreille.

J'acquiesçai d'un hochement de tête.

— C'est de la musique kabyle, m'expliqua-t-il tandis que les sons s'enroulaient autour de nous. Elle nous vient des hautes montagnes de l'Atlas, qui traversent l'Algérie et le Maroc. Vous voyez les cheveux blonds et les yeux pâles du danseur du centre ? Son nez aquilin, son menton accusé et son profil de médaille romaine ? Ce sont les traits caractéristiques des Kabyles. Ils n'ont rien de commun avec les Bédouins…

Une dame se leva dans le public et monta sur la scène, pour le plus grand amusement de l'assemblée qui se mit à l'encourager à grand renfort de feulements dont la signification était vraisemblablement la même dans toutes les langues. En dépit de la majesté de sa tenue, sa longue robe grise à panneaux et son voile empesé, elle se mouvait avec une étonnante légèreté et exhalait une sensualité qui, manifestement, ne laissait pas les danseurs indifférents. Ils faisaient cercle autour d'elle, balançant leurs hanches afin que les pompons de leur tunique l'effleurent comme une caresse.

L'audience était fascinée par ce spectacle, et la tension culmina lorsque la femme aux cheveux argentés se dirigea en ondulant vers le danseur de tête, sortit quelques billets des plis de sa robe et les glissa discrètement à l'intérieur de sa ceinture, tout près de l'aine. Pour le bénéfice des spectateurs, le danseur roula des yeux de façon suggestive avec un large sourire.

Une partie du public s'était levée et tapait sauvagement dans ses mains, accompagnant le rythme de la musique qui allait en s'accélérant tandis que la femme dansait au bord de la scène, ses pas décrivant des cercles. Elle était juste devant nous, la lumière l'éclairant par-derrière, les mains scandant un flamenco final, quand elle se tourna brusquement dans notre direction…

Pendant une fraction de seconde, je restai totalement pétrifiée. Je lançai un bref regard à Solarin, qui m'observait attentivement. Puis je sautai sur mes pieds à la seconde même où la femme, silhouette sombre dans la lumière argentée, descendait de la scène et se fondait au milieu de la foule bigarrée, des plumes d'autruche et des branches de palmier.

La main de Solarin était comme de l'acier sur mon bras. Il était contre moi, son corps pressé contre le mien.

— Lâchez-moi, sifflai-je entre mes dents serrées. Je vous dis de me lâcher ! Vous savez *qui* c'était ?

— Et vous ? me chuchota-t-il à l'oreille. Cessez d'attirer l'attention sur nous !

Comme je continuais à me débattre, il m'enveloppa de ses bras dans une étreinte d'acier qui de loin devait passer pour un geste affectueux.

— Vous nous mettez tous les deux en danger, souffla-t-il, si proche que je sentis le mélange d'amande et de menthe qui parfumait son haleine. Exactement comme le jour où vous êtes venue assister à ce tournoi d'échecs, et celui où vous m'avez suivi aux Nations unies. Vous n'avez pas la moindre idée des risques qu'elle a pris en venant ici pour vous voir. Ni de l'insouciance avec laquelle vous jouez avec la vie des autres.

— Non, je n'en sais rien !

J'avais littéralement hurlé, car la pression de ses doigts me faisait mal. Les danseurs continuaient à tournoyer sur la scène au rythme endiablé de la musique, qui déferlait jusqu'à nous en vagues cadencées.

— Tout ce que je sais, c'est que c'était la diseuse de bonne aventure et que je vais la retrouver !

— La diseuse de bonne aventure ? répéta Solarin.

Il avait l'air stupéfait, mais ne relâcha pas son étreinte pour autant. Ses yeux rivés aux miens étaient aussi verts que la mer, et aussi mystérieux. À nous voir si proches l'un de l'autre, on devait nous prendre pour des amoureux.

— J'ignore si elle dit la bonne aventure, reprit Solarin, mais ce qu'il y a de sûr, c'est qu'elle connaît l'avenir. C'est elle qui m'a fait venir à New York. C'est elle qui m'a fait vous suivre jusqu'à Alger. C'est elle qui vous a choisie…

— Choisie ! Choisie pour quoi ? Je ne connais même pas cette femme !

Solarin me prit au dépourvu en relâchant son étreinte. La musique nous enveloppa comme un voile frémissant tandis qu'il me saisissait le poignet. Portant lentement ma main à ses lèvres, paume ouverte, il déposa un long baiser à la naissance de ma paume, là où mon pouls palpitait follement. Pendant un instant, je sentis mon sang se déverser dans mes veines en un flot brûlant. Puis il releva la tête et me regarda dans les yeux. Les jambes soudain très faibles, je lui rendis son regard.

— Regardez, chuchota-t-il.

Je réalisai subitement que ses doigts traçaient un motif à la base de mon poignet. Je baissai très lentement les yeux, réticente à l'idée de détacher mon regard du sien.

— Regardez, chuchota-t-il à nouveau, alors que je fixais mon poignet.

Là, à l'endroit précis où commençait ma paume et où battait une veine bleue, deux lignes s'emmêlaient étroitement pour former le chiffre huit.

— Vous avez été choisie pour révéler la formule, murmura-t-il, remuant à peine les lèvres.

La formule ! Je retins ma respiration tandis que ses yeux plongeaient dans les miens.

— Quelle formule ? m'entendis-je souffler.

— La formule du Huit… commença-t-il.

Il s'interrompit aussitôt, le corps soudain raidi, le visage à nouveau rigide comme un masque. Ses yeux fixaient un point situé juste derrière mon épaule. Lâchant mon poignet, il recula d'un pas tandis que je me retournais pour voir ce qui l'avait troublé.

La musique continuait à imprimer son rythme primitif, les danseurs tournoyaient avec une frénésie sauvage. De l'autre côté de la scène, dos au rayonnement des projecteurs, une silhouette regardait le spectacle. Comme le projecteur décrivait une courbe pour suivre les danseurs, la lumière éclaboussa fugitivement la silhouette sombre. Sharrif !

Il me salua d'un petit signe de tête, avant que l'obscurité l'engloutît à nouveau. Je lançai un bref regard à Solarin. À l'endroit où il se tenait un instant auparavant, une branche de palmier se balançait doucement dans l'air.

L'ÎLE

Un jour, une mystérieuse colonie quitta l'Espagne et s'établit sur la langue de terre où elle vit encore aujourd'hui. Personne ne savait d'où elle venait, et elle parlait une langue inconnue. L'un de ses chefs, qui comprenait le provençal, supplia la commune de Marseille de leur céder ce promontoire nu et aride où, tels les anciens navigateurs, ils avaient amarré leurs bateaux…

Le Comte de Monte-Cristo,
Alexandre DUMAS décrivant la Corse.

J'ai le pressentiment que cette petite île étonnera l'Europe.

Du contrat social,
Jean-Jacques ROUSSEAU décrivant la Corse.

PARIS
4 SEPTEMBRE 1792

Il était juste un peu après minuit quand Mireille, sous le couvert de l'obscurité, quitta la maison de Talleyrand et disparut dans le velours moelleux et chaud de la nuit parisienne.

Comprenant qu'il ne pourrait pas l'empêcher de partir, Talleyrand lui avait donné un cheval vigoureux et résistant de son écurie, et lui avait remis la petite bourse contenant le peu d'argent qu'ils avaient pu réunir à cette heure. Vêtue de pièces de livrées dépareillées que Courtiade avait assemblées pour lui servir de déguisement, les cheveux attachés en une queue et légèrement poudrés comme ceux d'un garçon, elle était sortie discrètement par la cour de service et s'était enfoncée dans les rues obscures de Paris, en direction des barricades du bois de Boulogne – la route de Versailles.

Elle ne pouvait pas permettre à Talleyrand de l'accompagner. Son profil aristocratique était connu de tout Paris. Par ailleurs, ils avaient découvert que les laissez-passer envoyés par Danton n'étaient pas valables avant le 14 septembre. Soit pas avant deux semaines. La seule solution, ils en étaient convenus ensemble, était que Mireille parte seule, que Maurice reste à Paris comme si de rien n'était et que Courtiade s'en aille au cours de la même nuit avec les caisses de livres pour la Manche, où il attendrait que son laissez-passer l'autorise à gagner l'Angleterre.

Maintenant, tandis que son cheval traçait son chemin dans les passages étroits et ténébreux, Mireille avait enfin le temps de réfléchir à la périlleuse mission qui lui incombait.

Depuis l'instant où son attelage avait été arrêté devant les portes de l'abbaye, les événements s'étaient succédé à une telle cadence qu'elle n'avait rien pu faire d'autre que de suivre son instinct. L'horreur de l'exécution de Valentine, sa propre peur de mourir alors qu'elle s'enfuyait dans les rues ardentes de Paris, le visage de Marat, les grimaces des spectateurs pendant qu'ils assistaient au massacre… c'était comme si le fragile vernis de la civilisation s'était brusquement craquelé dans ses yeux, lui montrant la bestialité des hommes dans toute son horreur.

Depuis cet instant, le temps s'était immobilisé et les événements avaient déferlé sur elle, l'engloutissant comme les vagues dévorantes d'un incendie. Chacune de ces vagues était accompagnée d'un tourbillon d'émotions plus violent que tout ce qu'elle avait connu jusque-là. Cette passion brûlait encore en elle comme une flamme sombre, une flamme exaltée par les quelques heures passées dans les bras de Talleyrand. Une flamme qui attisait son désir de s'emparer des pièces du Jeu de Montglane.

Il lui semblait qu'une éternité s'était écoulée depuis que Valentine lui avait adressé ce sourire lumineux par-delà la cour de l'abbaye. Et pourtant, il n'y avait que trente-deux heures. Trente-deux, songea Mireille tandis qu'elle continuait son chemin solitaire dans Paris. Le nombre de pièces sur un échiquier. Le nombre qu'elle devait réunir pour déchiffrer l'énigme – et venger la mort de Valentine.

*

Elle n'avait croisé que très peu de monde jusqu'à présent, et même ici, dans les alentours de la ville baignés par le clair de lune, les rues étaient quasiment désertes. À cette heure, les Parisiens avaient entendu parler des massacres, et avaient décidé de rester à l'abri dans la sécurité relative de leur maison.

Bien qu'elle dût gagner l'est de façon à rallier Lyon et de là le port de Marseille, Mireille avait piqué à l'ouest vers Versailles dans un but bien précis. Là-bas se trouvait le couvent de Saint-Cyr fondé au siècle précédent par Mme de Maintenon, l'épouse de Louis XIV, afin d'assurer l'éducation des jeunes filles de la noblesse. Et c'était à Saint-Cyr que l'abbesse de Montglane avait fait halte avant de partir pour la Russie.

Peut-être trouverait-elle refuge là-bas. Peut-être l'aiderait-on à entrer en contact avec l'abbesse de Montglane, à rassembler les fonds nécessaires… et à quitter la France. La réputation de l'abbesse était le seul passeport pour la liberté dont disposait Mireille. Il ne lui restait qu'à prier pour qu'il accomplît un miracle.

Les barricades du bois de Boulogne avaient été montées à base de pierres, de sacs de terre et de meubles brisés, empilés les uns sur les autres. À quelques pas de là, Mireille aperçut la place, noire de monde. Ils étaient tous là avec leurs chars à bœufs, leurs attelages, leurs animaux, prêts à fuir aussitôt que les portes s'ouvriraient. Elle mit pied à terre et resta dans l'ombre de son cheval, afin que son déguisement ne soit pas percé à jour par la flamme frémissante des torchères qui illuminait l'endroit. La foule s'agita près de la barrière. Agrippant les rênes de sa monture, Mireille se mêla au groupe qui s'avançait vers la place. Au-delà des torchères, elle distingua des soldats qui escaladaient la barricade.

Quelqu'un approchait de l'extérieur.

Tout près de Mireille, des jeunes gens jouèrent des coudes, allongeant le cou pour mieux voir. Ils étaient une bonne douzaine, tous vêtus de dentelle et de velours, chaussés de souliers à haut talon incrustés de verroterie étincelante comme des pierres précieuses. Ils représentaient la *jeunesse dorée** dont Germaine de Staël avait si souvent parlé à Mireille, à l'Opéra. Mireille les entendit se plaindre à voix haute d'être mêlés aux paysans qui s'agglutinaient.

— Cette révolution devient vraiment impossible ! s'exclama l'un d'eux. Il n'y a plus aucune raison de garder les citoyens français en otages, maintenant que ces maudits Prussiens ont été chassés.

— Hé, vous, *soldat** ! cria un autre en agitant un mouchoir de dentelle en direction d'un soldat perché sur la barricade. Nous devons assister à une soirée à Versailles ! Combien de temps encore comptez-vous nous faire attendre ici ?

Le garde pointa sa baïonnette en direction du mouchoir, qui disparut en un clin d'œil.

Un brouhaha monta de l'assemblée tandis qu'on se demandait qui pouvait bien s'apprêter à franchir les retranchements. Personne n'ignorait que des voleurs de grand chemin sévissaient sur toutes les voies forestières. Les « pots de chambre », des groupes qui s'étaient désignés eux-mêmes comme inquisiteurs, voyageaient dans des véhicules aux formes bizarres qui leur avaient valu leur surnom. Bien qu'ils ne soient investis d'aucune mission officielle, ils étaient animés par le zèle que leur conférait leur titre tout neuf de citoyens de France. Ils arrêtaient un voyageur, prenaient son carrosse d'assaut comme un nuage de sauterelles, lui demandaient ses papiers et, si la requête lui déplaisait, ils mettaient le citoyen aux arrêts. Afin d'éviter d'éventuels ennuis, ils pouvaient même aller jusqu'à le pendre haut et court à un arbre voisin, pour faire l'exemple. Les barricades s'ouvrirent, laissant entrer un cortège de fiacres poussiéreux et de cabriolets. Les curieux encerclèrent les attelages pour tenter d'en apprendre plus long sur leurs occupants. Maintenant solidement son cheval, Mireille s'approcha de la première voiture de poste, dont la portière s'ouvrait pour laisser descendre les passagers.

Un jeune soldat, revêtu de l'uniforme rouge et bleu de l'armée, sauta au milieu de la foule et aida le cocher à descendre les caisses et les malles fixées sur le toit.

De là où elle se tenait, Mireille put constater que c'était un jeune homme d'une extraordinaire beauté. Ses longs cheveux châtains pendaient librement sur ses épaules. Ses grands yeux d'une nuance gris-bleu, ombrés de longs cils, exaltaient la pâleur transparente de son teint. Son nez romain, fin et droit, s'incurvait légèrement vers le bas. Ses lèvres, merveilleusement modelées, se relevèrent avec une expression dédaigneuse tandis qu'il lançait un bref regard autour de lui. Puis il se détourna et Mireille le vit aider quelqu'un à mettre pied à terre. Une ravissante enfant qui ne devait guère avoir plus de quinze ans, si pâle et fragile que Mireille eut peur pour elle. La jeune fille ressemblait tellement au soldat que Mireille supposa qu'ils devaient être frère et sœur, et la tendresse avec laquelle il aida sa jeune compagne à descendre de la voiture la confirma dans cette impression. Tous deux avaient une silhouette un peu frêle, mais bien proportionnée. Ils formaient un couple romantique, songea Mireille. Comme le héros et l'héroïne d'un conte de fées.

Les nouveaux arrivants qui époussetaient la poussière de leurs vêtements semblaient effrayés, mais ce n'était rien à côté de la jeune fille qui se tenait maintenant tout près de Mireille et semblait sur le point de défaillir. Le soldat l'aidait à se frayer un passage quand un vieil homme lui agrippa soudain le bras.

— Quel est l'état de la route de Versailles, l'ami ? demanda-t-il.

— À votre place, je n'essaierais pas de gagner Versailles cette nuit, répondit poliment le soldat, mais d'une voix suffisamment forte pour que tout le monde l'entendît. Les « pots de chambre » sont dehors en force, et ma sœur est très éprouvée. Notre voyage a duré près de huit heures, car nous avons été arrêtés une douzaine de fois depuis que nous avons quitté Saint-Cyr…

— Saint-Cyr ! s'écria Mireille. Vous venez de Saint-Cyr ? Mais c'est précisément là où je vais !

À ces mots, le soldat et sa jeune sœur se retournèrent, et la jeune fille ouvrit de grands yeux.

— Mais… mais c'est une *femme* ! s'exclama-t-elle en regardant le costume de Mireille et ses cheveux poudrés. Une femme déguisée en *homme* !

Le soldat enveloppa Mireille d'un regard appréciateur.

— Ainsi, vous allez à Saint-Cyr ? J'espère que vous n'avez pas l'intention d'entrer au couvent ?

— Venez-vous du couvent de Saint-Cyr ? demanda Mireille. Je dois absolument m'y rendre. Cette nuit même. C'est extrêmement important. Je vous en prie, donnez-moi des nouvelles de là-bas.

— Nous ne pouvons pas bavarder ici, trancha le soldat. Ma sœur n'est pas bien.

Jetant leur unique sac sur son épaule, il se fraya un passage dans la foule.

Mireille suivit le couple de près, les doigts crispés sur les rênes de son cheval. Comme tous les trois atteignaient enfin les derniers rangs du rassemblement, la jeune fille tourna ses yeux sombres vers Mireille.

— Vous devez avoir une raison vraiment sérieuse pour aller à Versailles cette nuit, murmura-t-elle. Les routes ne sont pas sûres. Vous êtes très courageuse de voyager seule pendant une période aussi troublée.

— Même avec un aussi splendide coursier, enchaîna le soldat en flattant les flancs du cheval de Mireille. Et même sous un déguisement. Si je n'avais pas pris congé de l'armée quand ils ont fermé le couvent pour escorter Maria-Anna jusqu'à la maison…

— Ils ont fermé Saint-Cyr ? cria Mireille en l'agrippant par la manche. Alors mon dernier espoir s'évanouit !

La petite Maria-Anna tenta de consoler Mireille en lui effleurant le bras.

— Aviez-vous des amies à Saint-Cyr ? lui demanda-t-elle gravement. Ou de la famille ? Il s'agit peut-être de quelqu'un que je connais…

— Je pensais trouver refuge là-bas, murmura Mireille en se demandant ce qu'elle pouvait révéler à ces étrangers.

Mais elle n'avait pas le choix. Si le couvent était fermé, son unique plan était anéanti et elle devait en former un autre. À quoi bon se soucier de savoir à qui elle se confiait quand sa situation était à ce point désespérée ?

— Bien que je ne l'aie jamais rencontrée, j'avais espéré que la surveillante de Saint-Cyr pourrait m'aider à contacter l'abbesse de mon ancien couvent, leur avoua Mireille. Son nom est Mme de Roque.

— Mme de Roque ! s'écria la jeune fille.

Bien que petite et frêle, elle agrippa le bras de Mireille avec une force insoupçonnée.

— L'abbesse de Montglane !

Elle lança un bref regard à son frère, qui posa leur bagage à terre et fixa Mireille de ses yeux bleu-gris.

— Ainsi, vous venez de l'abbaye de Montglane ?

Et comme Mireille, subitement sur ses gardes, acquiesçait lentement, il ajouta :

— Notre mère connaissait l'abbesse de Montglane… Elles ont été amies pendant longtemps. En fait, c'est sur le conseil de Mme de Roque que ma sœur a été envoyée à Saint-Cyr, il y a de cela huit ans.

— Oui, chuchota la jeune fille. Et moi-même je connais très bien l'abbesse. Au cours de l'une de ses visites à Saint-Cyr, il y a deux ans, elle s'est entretenue avec moi en privé. Mais avant de poursuivre... Puis-je savoir, mademoiselle, si vous étiez l'une de celles... qui quittèrent en dernier l'abbaye de Montglane ? Si c'est le cas, vous comprendrez pourquoi je vous pose cette question.

Et elle regarda à nouveau son frère.

Mireille entendit son cœur battre à toute volée dans ses oreilles. Était-ce juste une coïncidence si elle était tombée précisément sur des familiers de l'abbesse ? Y avait-il un espoir réel qu'ils aient recueilli les confidences de la religieuse ? Non, il était trop dangereux d'en arriver à cette conclusion.

Mais la jeune fille semblait avoir senti les réticences de Mireille.

— À votre visage, je devine que vous préférez ne pas aborder ce sujet ici, dit-elle. Et vous avez raison. Cependant, une discussion sérieuse pourrait nous être profitable à toutes deux. Car, voyez-vous, avant de quitter Saint-Cyr, votre abbesse m'a investie d'une mission spéciale. Peut-être voyez-vous ce dont je veux parler. Je suggère que vous nous accompagniez jusqu'à l'auberge voisine, où mon frère a réussi à nous loger pour la nuit. Nous y serons beaucoup plus à l'aise pour parler.

Le sang continuait à marteler les tempes de Mireille tandis qu'un millier de pensées contradictoires l'assaillaient. Même si elle décidait d'accorder sa confiance à ces deux étrangers et de les suivre, elle serait prise au piège dans Paris, alors que Marat était peut-être occupé à remuer ciel et terre pour la retrouver. D'un autre côté, elle n'était pas certaine de pouvoir quitter Paris sans aide. Et à qui pourrait-elle demander refuge, maintenant que le couvent était fermé ?

— Ma sœur a raison, dit le soldat, le regard toujours fixé sur Mireille. Nous ne pouvons pas rester ici. Mademoiselle, je vous offre notre protection.

Mireille s'émerveilla à nouveau de le voir si beau, avec ses abondants cheveux châtains dénoués et ses grands yeux mélancoliques. Quoique mince et d'une taille à peu près identique à la sienne, il dégageait une impression de force et d'assurance. Mireille décida finalement qu'elle pouvait lui faire confiance.

— Très bien, acquiesça-t-elle avec un sourire. Je vous accompagne à l'auberge, où nous pourrons discuter.

À ces mots, le visage de la jeune fille s'illumina et elle pressa la main de son frère. Tous deux échangèrent un regard débordant de tendresse. Puis le soldat ramassa leur bagage et saisit les rênes du cheval tandis que sa sœur prenait le bras de Mireille.

— Vous ne le regretterez pas, mademoiselle, dit-elle. Permettez-moi de me présenter. Mon nom est Maria-Anna, mais ma famille m'appelle Élisa. Et voici mon frère Napoléon, de la famille Bonaparte.

*

À l'auberge, les trois jeunes gens s'assirent autour d'une table en bois crevassé éclairée par une bougie. Une miche de pain noir et un pichet de bière constituaient leur repas frugal.

— Nous venons de Corse, expliqua Napoléon à Mireille, une île qui ne plie pas facilement sous le joug de la tyrannie. Ainsi que l'a dit Tite-Live il y a près de deux mille ans, nous autres Corses sommes aussi farouches que notre terre, et aussi ingouvernables que des bêtes sauvages. Il n'y a pas tout à fait quarante ans, notre chef Pasquale Paoli a chassé les Génois de nos rivages, libéré la Corse et obtenu que le grand philosophe Jean-Jacques Rousseau nous rédige une Constitution. Mais cette liberté n'a pas duré. En 1768, la France a racheté l'île à Gênes, envoyé trente mille soldats sur notre rocher le printemps suivant et noyé notre trône de liberté dans un bain de sang. Si je vous raconte tout cela, c'est parce que cette histoire et le rôle que notre famille y a joué sont à l'origine de notre rencontre avec l'abbesse de Montglane.

Mireille, qui avait eu l'intention de lui demander les raisons de ce rappel historique, garda un silence attentif. Rompant un morceau du pain noir, elle se mit à manger tout en écoutant.

— Nos parents combattirent vaillamment aux côtés de Paoli pour repousser les Français, poursuivit Napoléon. Ma mère fut une grande héroïne de la révolution. Une nuit, elle monta un cheval à cru et s'élança dans les collines sauvages de la Corse sous le feu des soldats français, pour apporter des munitions et des vivres à mon père ainsi qu'à ses compagnons à Il Corte – le Nid d'aigle. Elle était alors enceinte de sept mois… de *moi*. Ainsi qu'elle me l'a toujours dit, j'étais né pour devenir soldat. Mais lorsque je vis le jour, mon pays se mourait.

— Votre mère était une femme très courageuse, déclara Mireille en essayant d'imaginer comment cette révolutionnaire intrépide avait pu devenir l'amie de l'abbesse.

— Vous me faites penser à elle, répondit-il avec un sourire. Mais je néglige mon récit. Quand il fut clair que la révolution avait échoué et que Paoli fut exilé en Angleterre, la vieille noblesse corse désigna mon père pour représenter notre île devant les états généraux de Versailles. C'était en 1782, l'année même où notre mère Laetitia rencontra l'abbesse de Montglane. Je n'oublierai jamais combien notre mère était élégante, ni les commentaires que suscita sa beauté quand, à son retour de Versailles, elle vint nous voir à Autun…

— Autun ! s'écria Mireille en manquant de renverser son verre de bière. Étiez-vous à Autun quand Mr Talleyrand s'y trouvait ? Quand il était évêque ?

— Non, cela s'est passé après mon départ, car je partis très vite pour l'école militaire de Brienne. Mais c'est un très grand homme que j'aimerais rencontrer un jour. J'ai lu plusieurs fois le texte qu'il a mis au point avec Thomas Paine : la Déclaration des droits de l'homme. L'un des documents les plus magnifiques de la Révolution française…

— Continue ton récit, souffla Élisa en lui envoyant un petit coup de coude dans les côtes. Ni mademoiselle ni moi n'avons envie d'entendre parler politique toute la nuit.

— Je m'y efforce, dit Napoléon en regardant brièvement sa sœur. Nous ignorons les circonstances exactes de la rencontre de

Laetitia avec l'abbesse, si ce n'est qu'elle eut lieu à Saint-Cyr. Mais nous avons toutes les raisons de croire qu'elle produisit une forte impression sur cette femme, car de ce jour elle ne cessa d'apporter son aide à notre famille.

— Nous sommes issus d'une famille pauvre, mademoiselle, expliqua Élisa. Même lorsque mon père était encore en vie, l'argent filait entre ses doigts comme de l'eau. L'abbesse paya pour mon éducation depuis le jour où, il y a huit ans, j'entrai à Saint-Cyr.

— Elle devait éprouver une profonde affection pour votre mère, souligna Mireille.

— Plus que de l'affection, acquiesça Élisa. Jusqu'à ce que l'abbesse quitte la France, il ne s'est pas écoulé une seule semaine sans que ma mère et elle n'aient correspondu. Vous comprendrez lorsque je vous aurai expliqué de quelle mission l'abbesse m'a investie.

Dix ans, songea Mireille. Il s'était passé dix ans depuis le jour où ces deux femmes s'étaient rencontrées. Deux femmes totalement différentes, tant sur le plan du physique que de l'éducation. L'une avait vécu sur une île primitive et sauvage, luttant dans les montagnes aux côtés d'un mari à qui elle avait donné huit enfants. L'autre était une femme de Dieu, une recluse, de haute naissance et à l'éducation soignée. Quelles relations privilégiées avaient-elles pu entretenir pour que l'abbesse n'hésitât pas à confier un secret à l'enfant assise en face d'elle, une enfant qui, la dernière fois que l'abbesse l'avait vue, ne devait guère avoir plus de douze ou treize ans ?

Mais déjà Élisa s'expliquait :

— Le message que l'abbesse me chargea de transmettre à ma mère était si secret qu'elle ne souhaitait pas le lui communiquer par écrit. Je devais le lui répéter de vive voix dès que je la verrais… Mais, à l'époque, ni l'abbesse ni moi ne pouvions prévoir que cela prendrait deux longues années. Que la Révolution sèmerait le trouble dans nos existences et rendrait tout voyage impossible. J'ai peur que de ne pas avoir pu transmettre ce message plus tôt… Peut-être était-ce terriblement urgent. Car l'abbesse m'a révélé que certaines personnes tentaient de la déposséder d'un trésor secret, un trésor dont l'existence n'était connue que de quelques personnes… et qui était caché à Montglane !

La voix d'Élisa s'était réduite à un murmure, bien qu'il n'y eût qu'eux trois dans la salle. Mireille s'efforça de ne laisser paraître aucune réaction, mais son cœur battait si fort dans sa poitrine qu'elle songea que tout le monde devait l'entendre.

— Elle était venue à Saint-Cyr, tout près de Paris, poursuivit Élisa, dans l'espoir d'apprendre l'identité de ceux qui tentaient de le lui dérober. Elle m'avoua alors que pour protéger ce trésor elle l'avait fait emporter par les religieuses de l'abbaye.

— Et quelle était la nature de ce trésor ? demanda Mireille d'une voix faible. Vous l'a-t-elle dit ?

— Non, répondit Napoléon à la place de sa sœur, tout en observant attentivement Mireille.

Son long visage ovale était pâle dans la lumière feutrée qui mettait des reflets dorés dans ses cheveux châtain sombre.

— Mais vous connaissez les légendes qui entourent ces monastères situés dans les montagnes basques. Il y est toujours question de saintes reliques dissimulées entre leurs murs. À en croire Chrétien de Troyes, le Saint-Graal est caché à Montsalvat, également dans les Pyrénées…

— Mademoiselle, l'interrompit Élisa, c'est précisément pour cela que je voulais vous parler. Quand vous nous avez dit que vous veniez de Montglane, j'ai pensé que vous pourriez peut-être nous éclairer sur ce mystère.

— Quel était le message que l'abbesse vous a donné ?

— Le dernier jour de son séjour à Saint-Cyr, répondit Élisa en se penchant pour que la lumière dorée éclaire son visage, l'abbesse me convoqua dans une chambre privée. Elle me dit : « Élisa, je vais vous charger d'une mission secrète, car je sais que vous êtes le huitième enfant né de Charles Marie Bonaparte et de Letizia Ramolino. Quatre de vos sœurs sont mortes en bas âge ; vous êtes la première fille à avoir survécu. Cela vous rend très spéciale à mes yeux. On vous a baptisée Élisa en hommage à une grande souveraine, Élisa, que certains appelaient "la Rouge". Elle fonda une illustre cité appelée Q'ar, dont la réputation devait s'étendre dans le monde entier. Vous devez aller chez votre mère et lui dire ceci de ma part : "Élisa la Rouge s'est relevée – le Huit est de retour." C'est là mon seul message, mais Letizia Ramolino comprendra ce qu'il signifie, et ce qu'elle doit faire ! »

La jeune fille s'interrompit et regarda Mireille. Napoléon lui aussi semblait guetter sa réaction, mais Mireille ne parvenait pas à déceler le sens caché de ce message. Quel secret l'abbesse pouvait-elle communiquer, qui fût en relation avec le jeu d'échecs ? Quelque chose frémissait dans son esprit, mais elle ne réussit pas à le préciser. Napoléon se pencha pour remplir son gobelet, bien qu'elle n'eût aucun souvenir de l'avoir vidé.

— Qui était cette Élisa de Q'ar ? demanda-t-elle, en proie à la plus profonde confusion. Je ne connais ni ce nom, ni celui de la cité qu'elle a fondée.

— Moi si, déclara Napoléon.

Il recula sur son siège, le visage dans l'ombre, et tira un livre usagé de sa poche.

— Le conseil favori de notre mère a toujours été : « Ouvre ton Plutarque, feuillette ton Tite-Live », dit-il avec un sourire. J'ai fait mieux que cela, car j'ai trouvé notre Élisa ici, dans *L'Énéide* de Virgile. Encore que les Grecs et les Romains aient préféré l'appeler Didon. Elle vint de la cité de Tyr, dans l'ancienne Phénicie. Mais elle s'enfuit de cette cité quand son frère, le roi de Tyr, assassina son époux. Accostant sur les rivages de l'Afrique du Nord, elle fonda la cité de Q'ar, qu'elle baptisa ainsi en l'honneur de la grande déesse Car qui la protégeait. Cette cité, nous la connaissons aujourd'hui sous le nom de Carthage.

— Carthage ! s'écria Mireille.

Dans son cerveau enfiévré, les pièces du puzzle commençaient à s'assembler. La cité de Carthage, aujourd'hui appelée Tunis, se situait à moins de cinq cents kilomètres d'Alger ! Toutes les terres connues comme les États barbaresques – Tripoli, Tunis, l'Algérie et le Maroc – avaient un point en commun. Ils avaient tous été gouvernés par les Berbères, les ancêtres des Maures, pendant cinq mille ans. Cela ne pouvait pas être un accident si le message de l'abbesse désignait justement la terre où elle avait choisi de se rendre.

— Je constate que cela signifie quelque chose pour vous, déclara Napoléon, interrompant ses pensées. Peut-être pourriez-vous nous éclairer sur ce point ?

Mireille se mordit la lèvre, les yeux fixés sur la flamme de la bougie. Ils s'étaient confiés à elle, alors qu'elle ne leur avait encore rien dit. Cependant, pour avoir une chance de remporter la partie engagée, elle avait besoin d'alliés. Quel mal y aurait-il à leur révéler une portion de ce qu'elle savait, si cela pouvait lui permettre de se rapprocher de la vérité ?

— Il y *avait* un trésor à Montglane, dit-elle enfin. Je le sais, parce que j'ai aidé de mes propres mains à l'en retirer.

Les deux Bonaparte échangèrent un regard, puis reportèrent leur attention sur la jeune femme.

— Ce trésor était un objet très précieux, mais aussi infiniment dangereux, poursuivit Mireille. Il avait été apporté à Montglane, il y a de cela presque mille ans, par huit Maures dont les ancêtres provenaient de ces mêmes rivages d'Afrique du Nord dont vous m'avez parlé. J'ai moi-même l'intention de m'y rendre, afin de découvrir le secret qui s'y attache…

— Alors vous *devez* nous accompagner en Corse ! s'écria Élisa en se penchant avec excitation. Notre île est à mi-chemin de votre destination ! Vous profiterez de la protection de mon frère pendant le voyage, et du refuge de ma famille à votre arrivée.

Ce qu'elle disait était vrai, songea Mireille, et il y avait quelque chose d'autre à considérer. En Corse, alors qu'elle serait techniquement parlant toujours sur le sol français, elle se trouverait hors d'atteinte de Marat, qui en cet instant même la faisait peut-être chercher dans les rues de Paris.

Mais il y avait quelque chose de plus important encore. Tandis qu'elle regardait la bougie fondre dans une petite flaque de cire chaude, elle sentit la flamme sombre se rallumer dans son esprit. Et elle entendit le chuchotement de Talleyrand lorsqu'il avait tenu dans ses mains le fougueux coursier du Jeu de Montglane : « Alors il parut un autre cheval, couleur de feu. Celui qui le montait reçut le pouvoir de bannir la paix de la terre, afin que les hommes fussent entraînés à s'égorger les uns les autres ; et on lui donna une grande épée. »

— Et le nom de l'épée est Vengeance, dit Mireille à voix haute.

— L'épée ? demanda Napoléon. Quelle épée ?

— L'épée rouge de la rétribution.

Tandis que l'obscurité enveloppait peu à peu la pièce, Mireille revit les lettres qu'elles avaient vues, jour après jour, durant toutes les années de son enfance, gravées au-dessus du portail de l'abbaye de Montglane :

Maudit soit celui qui mettra ces murs à bas
Le roi n'est mis en échec que par la seule main de Dieu.

— Peut-être n'avons-nous pas seulement retiré un vieux trésor des murs de l'abbaye de Montglane, murmura-t-elle.

En dépit de la touffeur de la nuit, elle sentit un frisson la pénétrer jusqu'au cœur, comme si une main de glace se refermait sur elle.

— Peut-être avons-nous également réveillé une vieille malédiction.

CORSE
OCTOBRE 1792

La Corse, tout comme la Crète, nous chantent les poètes, est une île sertie tel un joyau « au sein de la mer couleur de vin sombre ». À une vingtaine de milles de la côte, et bien que l'on fût presque en hiver, Mireille pouvait sentir les lourds effluves du maquis, ce terrain de broussailles composé de sauge, de genêts, de romarin, de fenouil, de lavande et d'épines, qui couvrait l'île en grande abondance.

Debout sur le pont du petit bateau qui se frayait un passage dans la mer houleuse, elle voyait les épaisses écharpes de brume s'enrouler autour des hautes montagnes rocailleuses, gommant partiellement les boucles traîtresses des routes, et les cascades en éventail qui s'éparpillaient comme de la dentelle sur la surface du roc. Les chapes de brouillard étaient si denses qu'elle n'aurait su dire où finissait l'eau et où commençait l'île.

Mireille, enveloppée dans d'épaisses couvertures en laine, respirait l'air vivifiant à pleins poumons tandis qu'elle regardait l'île se dessiner peu à peu devant elle. Elle était malade, vraiment malade, et les mouvements saccadés de la mer n'y étaient pour rien. Ses nausées avaient commencé depuis qu'ils avaient quitté Lyon.

Debout à ses côtés, Élisa lui tenait la main pendant que les marins s'activaient pour ramener les voiles. Napoléon était descendu chercher leurs bagages avant qu'ils ne touchent au port.

Peut-être était-ce l'eau qu'elle avait bue à Lyon, songea Mireille. Ou bien la fatigue occasionnée par leur traversée de la vallée du Rhône, au milieu du feu des armées qui tentaient de se tailler un chemin jusqu'en Savoie – territoire appartenant au royaume de Sardaigne. Près de Givors, Napoléon avait vendu son cheval (qu'ils avaient emmené avec eux, attaché à leur chaise de poste) au 5ᵉ régiment de l'armée. Les officiers avaient perdu davantage de chevaux que d'hommes dans le feu de la bataille, de sorte que Mireille en avait tiré un bon prix. Suffisant en tout cas pour couvrir largement les frais de son voyage.

Dans le même temps, la maladie de Mireille s'était aggravée. Le visage d'Élisa s'assombrissait de jour en jour tandis qu'elle s'efforçait de faire avaler quelques cuillerées de soupe à « la demoiselle » et lui appliquait des compresses froides sur le front à chaque halte. Mais la demoiselle ne gardait jamais la soupe bien longtemps, et l'inquiétude avait commencé à la gagner à son tour, bien avant que leur bateau ne quittât la rade de Toulon et ne filât vers la Corse sur la mer belliqueuse. Elle était restée le plus possible sur le pont, mais même l'air salin n'avait pas réussi à faire renaître en elle la vigueur combative qui avait toujours été la sienne.

Alors qu'Élisa lui pressait la main et qu'elles se blottissaient l'une contre l'autre, Mireille secoua la tête pour s'éclaircir les idées et refouler une nouvelle vague de nausées. Elle ne pouvait pas se permettre d'être faible maintenant.

Comme si le ciel lui-même l'avait entendue, le brouillard se déchira légèrement et le soleil s'infiltra dans les trouées, formant des flaques de lumière qui léchaient la surface mouvante de l'eau, comme des marches en or lui montrant le chemin vers le port d'Ajaccio.

*

Napoléon avait sauté sur la jetée parmi les premiers pour aider à amarrer le bateau. Le port d'Ajaccio était en pleine effervescence. Plusieurs bateaux de guerre rôdaient dans les eaux portuaires. Des soldats français grouillaient autour des amarres et le long de la jetée, sous l'œil stupéfait de Mireille et d'Élisa.

Le gouvernement français avait ordonné à la Corse d'attaquer la Sardaigne, sa voisine. Tandis qu'ils déchargeaient les ravitaillements, Mireille entendit les soldats français et les Corses de la garde nationale revendiquer mutuellement la paternité de cette attaque – qui semblait imminente.

Un cri retentit sur le quai. Baissant les yeux, Mireille vit Napoléon s'élancer au milieu de la foule compacte, en direction d'une femme menue accompagnée de deux petits enfants. Comme Napoléon la serrait dans ses bras, elle entrevit une chevelure châtain roux et deux mains blanches qui se posaient sur sa nuque comme des colombes, tandis que les enfants s'agitaient autour des silhouettes enlacées de leur mère et de leur frère.

— Notre mère, Laetitia, chuchota Élisa en regardant Mireille avec un sourire. Ma sœur Caroline, âgée de dix ans, et le petit Jérôme, qui était encore un bébé quand je suis partie pour Saint-Cyr. Mais Napoléon a toujours été le favori de mère. Venez, je vais vous présenter.

Toutes deux s'élancèrent sur le port noir de monde.

Laetitia Bonaparte était une femme minuscule, aussi mince qu'un roseau, constata Mireille. Mais qui dégageait une incroyable impression de solidité. Elle regardait approcher Mireille et Élisa de ses yeux pâles, aussi translucides qu'un morceau de glace bleutée, le visage aussi serein et paisible qu'une fleur flottant sur un lac immobile. Bien que tout en elle exhalât une profonde placidité, sa présence était si imposante que Mireille en sentit le rayonnement malgré l'agitation indescriptible qui régnait autour d'eux. Et elle sentit qu'elle avait connu cette femme auparavant.

— Mère, déclara Élisa en l'embrassant, je vous présente notre nouvelle amie. Elle nous est envoyée par Mme de Roque, l'abbesse de Montglane.

Laetitia dévisagea Mireille pendant un long moment sans rien dire. Puis elle lui tendit la main.

— Oui, acquiesça-t-elle à voix basse. Je vous attendais.

— Vous m'attendiez ? répéta Mireille, stupéfaite.

— Vous avez un message pour moi, n'est-ce pas ? Un message d'une grande importance.

— Mère, *nous avons* un message ! intervint Élisa en tirant la manche de sa mère.

Laetitia regarda sa fille qui, à quinze ans, était déjà plus grande qu'elle.

— J'ai *personnellement* rencontré l'abbesse à Saint-Cyr, et elle m'a chargée d'une commission pour vous…

Élisa se pencha vers l'oreille de sa mère.

L'effet que les mots chuchotés produisirent sur cette femme impassible fut ahurissant. Le visage soudain assombri, les lèvres tremblantes d'émotion, elle recula tandis que sa main cherchait le soutien de l'épaule de Napoléon.

— Mère, qu'avez-vous ? s'écria-t-il en la regardant avec inquiétude.

— Madame, intervint Mireille d'une voix pressante, vous devez nous dire ce que signifie ce message. Mes actes à venir, ma vie même peuvent en dépendre. J'étais en route pour Alger, mais ma rencontre avec vos enfants m'a conduite ici. Ce message pourrait être…

Une nouvelle vague de nausées la saisit avant qu'elle n'ait eu le temps d'achever sa phrase. Laetitia tendit la main vers elle à la seconde où Napoléon la saisissait sous le bras pour l'empêcher de s'effondrer.

— Pardonnez-moi, murmura Mireille d'une voix faible, le visage baigné de sueur. Je crois qu'il faut que je m'étende… Je ne suis pas moi-même.

Laetitia parut presque soulagée de cette diversion. Elle effleura son front brûlant de fièvre, tâta le pouls fébrile, puis rassembla ses enfants d'une voix autoritaire tandis que Napoléon portait Mireille jusqu'à leur attelage. Lorsque Mireille fut installée à l'arrière, Laetitia paraissait avoir recouvré suffisamment de sang-froid pour aborder à nouveau le sujet.

— Mademoiselle, déclara-t-elle avec prudence tout en regardant autour d'elle pour s'assurer qu'on ne pouvait pas l'entendre, il y a trente ans que je m'attends à ces nouvelles, et aujourd'hui je découvre que je suis totalement démunie devant ce message. En dépit de ce que j'ai dit à mes enfants pour leur propre sécurité, j'ai connu votre abbesse lorsque j'avais l'âge d'Élisa. Ma mère était sa plus proche confidente. Je suis prête à répondre à vos questions. Mais d'abord, nous devons contacter Mme de Roque et lui demander quelles sont ses intentions à votre sujet.

— Mais je ne peux pas attendre aussi longtemps ! s'écria Mireille. Je dois me rendre à Alger !

— C'est hors de question, déclara Laetitia en montant dans la voiture et en saisissant le manche du fouet tandis qu'elle faisait signe à ses enfants de la suivre, vous n'êtes pas en état de voyager et, ce faisant, vous pourriez mettre plusieurs personnes en danger. Vous ignorez la nature du jeu auquel vous participez, et son enjeu même.

— Je viens de Montglane, trancha Mireille. J'ai touché les pièces de mes propres mains !

Laetitia se retourna vivement pour la regarder, et Napoléon comme Élisa l'observèrent attentivement tandis qu'ils aidaient le petit Jérôme à grimper. Car ils ignoraient toujours la nature exacte de ce trésor.

— Vous ne savez rien ! s'écria Laetitia avec force. Élisa de Carthage n'a pas voulu non plus écouter les avertissements. Elle est morte par le feu, immolée sur un bûcher funéraire, comme cet animal fabuleux dont les Phéniciens ont tiré leur identité.

— Pourtant, mère, intervint Élisa, si l'on en croit la légende, elle se jeta elle-même dans les flammes lorsque Énée l'abandonna.

— Peut-être, répondit Laetitia d'un ton mystérieux. Mais peut-être y avait-il une autre raison.

— Le Phénix ! chuchota Mireille, sans même remarquer qu'Élisa et Caroline s'asseyaient près d'elle. La reine Élisa s'est-elle *relevée* de ses cendres, comme cet oiseau mythique du désert ?

— Non, intervint Élisa de sa petite voix, puisque Énée vit ensuite son ombre dans les Hadès.

Les yeux bleus de Laetitia restaient fixés sur Mireille comme si elle était perdue dans ses pensées. Puis elle parla, et Mireille sentit un frisson la parcourir quand elle entendit ses paroles :

— Elle s'est relevée *aujourd'hui*, tout comme ont réapparu les pièces du Jeu de Montglane. Et nous ferions aussi bien de trembler, tous autant que nous sommes, car c'est la fin qui était prédite.

Se détournant, elle effleura la croupe du cheval de son fouet et ils se mirent en route en silence.

*

La maison de Laetitia Bonaparte était un petit édifice de deux étages, aux murs blanchis à la chaux, situé dans une rue étroite, au milieu des collines dominant Ajaccio. Deux oliviers étaient palissés le long de la façade et, en dépit de l'épais brouillard, quelques abeilles ambitieuses continuaient à travailler sur les tiges du romarin en fleur qui recouvrait à moitié la porte.

Personne n'avait parlé durant le trajet. Mais dès que tout le monde fut descendu de voiture, Caroline se vit confier la tâche d'installer Mireille, tandis que les autres s'activaient pour préparer le dîner. Toujours revêtue de la chemise de Courtiade, trop grande pour elle, et d'une jupe d'Élisa, trop petite, les cheveux collés par la poussière du voyage, le visage creusé par la maladie, Mireille éprouva un profond soulagement en voyant apparaître la petite Caroline avec deux brocs en cuivre remplis d'eau chaude pour son bain.

Une fois baignée et habillée de gros lainages qu'on lui avait prêtés, Mireille se sentit mieux. Pour le dîner, la table était couverte de spécialités locales : du brucciu, un fromage de chèvre crémeux, des petites galettes de maïs, des pains faits avec de la farine de châtaignes, de la confiture de cerises sauvages qui poussaient sur l'île, du miel de sauge, des petits calmars méditerranéens et des poulpes qu'ils avaient attrapés eux-mêmes, un lapin sauvage, préparé avec une sauce de la composition de Laetitia, et ce nouveau légume, récemment transplanté en Corse : la pomme de terre.

Après qu'ils eurent dîné et que les petits furent allés se coucher, Laetitia versa à chacun une petite coupe de liqueur de pomme, et les quatre « adultes » restèrent près du brasier de charbons ardents, dans la salle à manger.

— Avant toute chose, commença Laetitia, je veux m'excuser pour avoir perdu mon sang-froid, mademoiselle. Mes enfants m'ont raconté comment vous aviez quitté Paris pendant la Terreur, de nuit et seule. J'ai demandé à Napoléon et à Élisa de rester pour qu'ils sachent ce que j'attends d'eux, c'est-à-dire qu'ils vous traitent comme un membre de la famille. Quoi que l'avenir nous réserve, je souhaite qu'ils vous viennent en aide comme à l'un d'entre nous.

— Madame, dit Mireille en chauffant sa liqueur de pomme près du brasier, je ne suis venue en Corse que pour une raison : entendre de votre propre bouche la signification du message de l'abbesse. La mission dont je suis investie m'a été imposée par les événements. Le dernier membre de ma famille a été assassiné à cause du Jeu de Montglane et, sur ma vie, sur mon sang, je prends l'engagement de découvrir le sombre secret qui se cache derrière ces pièces.

Laetitia regarda Mireille, dont les cheveux d'or rouge scintillaient dans la lumière du brasier. La jeunesse de ses traits contrastait avec l'amertume de ses propos, et elle sentit son cœur se serrer d'anxiété à l'idée de ce qu'elle se préparait à faire. Elle pria mentalement pour que l'abbesse de Montglane l'approuvât.

— Je vais vous révéler ce que vous voulez savoir, déclara-t-elle enfin. Je suis dans ma quarante-deuxième année, et je n'ai encore jamais dévoilé à quiconque ce que je vais vous dire. Ayez de la patience, car ce n'est pas une histoire simple. Lorsque j'aurai fini, vous comprendrez le fardeau terrible que j'ai porté avec moi toutes ces années, et qu'aujourd'hui je vous transmets.

Récit de madame mère

Lorsque j'avais quatre ans, Pasquale Paoli libéra la Corse des Génois. Mon père étant décédé, ma mère se remaria avec un Suisse nommé Franz Fesch. Afin de l'épouser, il dut renoncer à la religion calviniste et devenir un catholique. Sa famille le renia et lui coupa totalement les vivres. Ce furent ces circonstances qui devaient amener l'abbesse de Montglane à entrer dans notre vie.

Rares sont ceux qui savent qu'Hélène de Roque descend d'une ancienne et noble famille de Savoie. Sa famille possédait des propriétés sur de nombreuses terres, et elle-même avait beaucoup voyagé. L'année où je la rencontrai, en 1764, elle s'était déjà élevée jusqu'à la dignité d'abbesse de Montglane, bien qu'elle n'eût pas encore quarante ans. Elle connaissait la famille de Fesch et – quoique de confession catholique – était tenue en haute estime par cette famille issue de la bourgeoisie. Ayant appris ce qui s'était passé, elle prit sur elle-même de jouer le rôle d'intermédiaire entre mon beau-père et sa famille. Un acte qui à l'époque apparut comme totalement désintéressé.

Mon beau-père Franz Fesch était un homme grand et mince, au visage rugueux mais charmant. En Suisse qui se respecte, il parlait doucement, exprimait rarement son opinion et ne faisait pour ainsi dire confiance à personne. Naturellement, il fut reconnaissant à Mme de Roque d'avoir arrangé une réconciliation avec sa famille et l'invita dans notre maison de Corse. Nous ne nous doutions pas, alors, que c'était l'objectif qu'elle poursuivait depuis le début.

Je n'oublierai jamais le jour où elle arriva dans notre vieille maison en pierre, perchée dans les montagnes à près de douze cents mètres au-dessus du niveau de la mer. Pour y accéder, il fallait traverser un terrain accidenté, jalonné de falaises, de ravins profonds, et affronter le maquis impénétrable qui par endroits formait de véritables murs de deux mètres de haut. Mais à son arrivée l'abbesse ne paraissait absolument pas fatiguée par le voyage. Dès les civilités d'usage accomplies, elle aborda le sujet qui la préoccupait.

— Si je suis ici, ce n'est pas seulement pour répondre à votre aimable invitation, Franz Fesch, commença-t-elle. Mais à cause d'une affaire de la plus haute importance. Il existe un homme, un Suisse comme vous, également converti à la foi catholique, qui m'inspire une profonde terreur, car il épie mes moindres gestes. Je crois qu'il essaie de découvrir un secret dont je suis la dépositaire. Un secret qui pourrait remonter à un millénaire. Toutes ses activités en sont la preuve : il a étudié la musique, il a même consacré un dictionnaire à ce sujet, et il a composé un opéra en collaboration avec le célèbre André Philidor. Il entretient des liens d'amitié avec les philosophes Grimm et Diderot, tous deux protégés par la cour de la Grande Catherine, en Russie. Il correspond également avec Voltaire, que pourtant il méprise ! Et aujourd'hui, bien qu'il soit trop malade pour voyager, il a loué les services d'un espion qui est en route pour la Corse. Je viens vous demander votre assistance. Je veux que vous me veniez en aide, comme je l'ai fait pour vous.

— Qui est ce Suisse ? demanda Fesch avec curiosité. Il se peut que je le connaisse.

— Que vous le connaissiez ou non, vous saurez tout au moins son nom, répondit l'abbesse. Il s'agit de Jean-Jacques Rousseau.

— Rousseau ! C'est impossible ! s'écria ma mère, Angela Maria. C'est un homme remarquable ! Ses théories sur les vertus naturelles sont à l'origine même de la révolution corse ! C'est à lui que Paoli a demandé d'écrire notre Constitution. Et c'est Rousseau qui a dit : « L'homme est né libre, mais il est partout dans les chaînes. »

— C'est une chose de louer les principes de la liberté et de la vertu, trancha l'abbesse d'un ton sec. Mais c'en est une autre de les mettre en application. Nous parlons d'un homme qui affirme que tous les livres sont des instruments diaboliques, et qui écrit six cents pages d'un seul jet. D'un homme qui déclare que les enfants doivent être nourris physiquement par leur mère et intellectuellement par leur père, et qui abandonne les siens sur les marches de l'Assistance publique ! Plus d'une révolution verra le jour au nom des « vertus » qu'il prêche, mais il convoite un instrument d'un tel pouvoir que tous les hommes seront dans les chaînes… Sauf, bien sûr, son possesseur !

Les yeux de l'abbesse étincelaient comme les charbons ardents de ce brasier. Fesch la dévisagea avec une certaine prudence.

— Vous voudriez savoir ce que je suis venue vous demander, reprit l'abbesse avec un sourire. Je comprends les Suisses, monsieur. Moi-même, j'en suis pour ainsi dire une. J'irai donc droit au but. Je veux des renseignements et de l'aide. Mais pour que vous puissiez me donner l'un et l'autre, je dois vous révéler le secret que je garde, et qui est enfoui dans les murs de l'abbaye de Montglane.

L'abbesse passa la plus grande partie de la journée à nous raconter une longue et miraculeuse histoire, où il était question d'un jeu d'échecs légendaire qui aurait appartenu à Charlemagne et qui serait censé être dissimulé à l'intérieur de l'abbaye depuis près de mille ans. Je dis « censé » parce que aucun être vivant ne l'a jamais *vu* de ses propres yeux, bien que nombre d'entre eux aient tenté de découvrir sa cachette et le secret de son pouvoir mystérieux. L'abbesse elle-même craignait, comme toutes celles qui l'avaient précédée, que le trésor doive être exhumé durant sa charge. Et elle ne voulait pas être celle qui serait responsable d'avoir ouvert la boîte de Pandore. Elle en était donc arrivée à redouter tous ceux qui s'approchaient un peu trop près d'elle, tout comme un joueur d'échecs observe avec méfiance les pièces susceptibles de le bloquer – y compris les siennes – et prépare à l'avance sa contre-attaque. C'était dans ce but qu'elle était venue en Corse.

— Je crois savoir ce que Rousseau cherche ici, poursuivit l'abbesse, car l'histoire de cette île est à la fois ancienne et mystérieuse. Comme je vous l'ai dit, le Jeu de Montglane fut remis entre les mains de Charlemagne par les Maures de Barcelone. Mais en l'an 809 – cinq ans avant le décès de Charles –, un autre groupe de Maures prit possession de la Corse.

» Il y a au moins autant de sectes dans la religion islamique que dans la religion chrétienne, continua-t-elle avec un sourire désabusé. Mahomet n'était pas plutôt mort que déjà sa propre famille se déclarait la guerre, reniant sa foi. La secte qui s'établit en Corse était celle des Chi'a, des mystiques qui prêchaient le Talim, une doctrine secrète incluant la venue d'un rédempteur. Ils fondèrent un culte mystique avec une loge, des rites secrets d'initiation et un grand maître – rituel dont s'est inspirée la Société des francs-maçons. Ils assujettirent Carthage et Tripoli, établissant là-bas de puissantes dynasties. Et l'un des membres de leur ordre, un Perse de Mésopotamie appelé Q'armat à cause de l'ancienne déesse Car, leva une armée qui attaqua La Mecque et vola le voile de la Kaaba ainsi que la pierre noire sacrée qu'il enveloppait. Pour finir, ils ont donné naissance aux Hachchachi, un groupe de meurtriers politiques, inspirés par la drogue, de qui nous vient le mot "assassin".

» Si je vous raconte tout cela, dit l'abbesse, c'est parce que cette secte violente et politiquement motivée des Chi'ites, qui s'était établie en Corse, connaissait l'existence du Jeu de Montglane. Ils avaient étudié les anciens manuscrits d'Égypte, de Babylone et de Sumer, qui évoquaient ses pouvoirs sombres et le fait qu'il recélait éventuellement une clé. Et ils voulurent le ramener avec eux.

» Au cours des siècles de guerre qui suivirent, ces mystiques clandestins furent sans cesse contrecarrés dans leurs tentatives pour localiser le jeu. Finalement, les Maures furent tous amenés à lâcher leurs points stratégiques pour se rendre en Italie et en Espagne. Affaiblis par des querelles internes, ils cessèrent d'être une force prépondérante dans l'Histoire.

Durant tout le récit de l'abbesse, ma mère était restée étrangement silencieuse. D'un naturel ouvert et impulsif, elle semblait subitement éteinte, sur ses gardes. Fesch et moi n'avions pas manqué de le remarquer ; il prit alors la parole, comme pour l'encourager à sortir de sa réserve.

— Ma famille et moi-même sommes passionnés par le récit que vous venez de nous faire, déclara-t-il, mais vous ne vous étonnerez pas, je pense, si nous vous demandons quel est le secret que M. Rousseau pourrait venir chercher sur notre île, et pourquoi vous nous avez choisis, *nous*, pour confidents.

— Bien que Rousseau, ainsi que je vous l'ai signalé, soit trop malade pour voyager, répondit l'abbesse, il chargera très probablement son agent d'aller saluer l'un de ses compatriotes suisses.

Quant au secret qu'il cherche, peut-être votre épouse, Angela Maria, pourrait-elle nous en dire plus. Ses racines ancestrales sont profondément enfouies dans le sol corse… Si je ne me trompe pas, je crois même qu'elles existaient avant l'arrivée des Maures.

En un éclair, je compris soudain pourquoi l'abbesse était venue ! Le visage doux et délicat de ma mère s'empourpra violemment tandis qu'elle lançait un bref regard à Fesch et un autre à moi. Elle se tordait les mains et ne semblait plus savoir vers qui se tourner.

— Je ne veux pas vous troubler, madame Fesch, reprit l'abbesse d'une voix calme, mais qui contenait juste ce qu'il fallait d'insistance. J'espérais néanmoins que le sens de l'honneur des Corses vous inciterait à me rendre le même service que celui que je vous ai rendu. Je reconnais vous avoir abusés en venant à votre aide alors que vous ne m'aviez rien demandé. Mais j'espère à présent que mes efforts n'auront pas été vains.

Fesch semblait perdu, mais moi je ne l'étais pas. Je vivais en Corse depuis ma naissance, et je connaissais les légendes qui se rapportaient à la famille de ma mère, les Pietra-Santa, installés sur l'île depuis l'aube même de sa création.

— Mère, dis-je, vous m'avez toujours répété qu'il ne s'agissait que de vieux mythes. Quelle différence cela fait-il si vous les partagez aujourd'hui avec Mme de Roque, après tout ce qu'elle a eu la bonté de faire pour nous ?

À ces mots, Fesch posa la main sur l'épaule de ma mère pour lui témoigner son soutien.

— Madame de Roque, murmura ma mère d'une voix tremblante, je vous dois une gratitude infinie, et j'appartiens à un peuple qui paye ses dettes. Mais le récit que vous nous avez fait m'a terrifiée. Les superstitions sont profondément ancrées en nous. Bien que la plupart des familles de cette île descendent d'Étrurie, de Lombardie ou de Sicile, la mienne fut la première à s'y installer. Nous venons de Phénicie, un ancien peuple de la côte est de la Méditerranée. Nous colonisâmes la Corse six cents ans avant la naissance du Christ.

L'abbesse hocha lentement la tête tandis que ma mère poursuivait :

— Ces Phéniciens étaient des négociants, des marchands, connus dans les récits anciens comme « le peuple de la mer ». Les Grecs les appelaient Phoinikes – ce qui signifie « sang rouge » –, peut-être à cause de la teinture pourpre qu'ils fabriquaient à l'aide de coquillages. Peut-être aussi à cause de l'oiseau de feu ou du palmier, tous deux appelés phoinix : « rouge comme le feu ». Certains pensent également qu'ils venaient de la mer Rouge, et qu'on les baptisa ainsi à cause de leur lieu d'origine. Mais aucune de ces explications n'est la bonne. Nous devons notre nom à la couleur de nos cheveux. Et toutes les tribus descendant des Phéniciens, telles que les Vénitiens, furent reconnues à ce signe flamboyant. Si j'insiste autant sur ce point, c'est que le rouge, que ce soit la couleur des flammes ou celle du sang, faisait l'objet d'un culte chez ces peuples primitifs et étranges.

» Bien que les Grecs les aient appelés Phoinikes, ils se baptisèrent eux-mêmes le peuple de Khna – ou Knossos – et plus tard les Canaanites. Par la Bible, nous savons qu'ils adoraient plusieurs dieux, les dieux de Babylone : le dieu Bel, qu'ils appelaient Ba'al ; Ishtar, qui devint Astarté ; et Melqart, que les Grecs appelaient Car, c'est-à-dire « Sort » ou « Destinée », et que mon peuple appelait Moloch.

— Moloch, souffla l'abbesse. Les Hébreux ont déploré ce culte païen, mais on les a accusés de l'encourager. Ils jetaient leurs enfants vivants dans le feu afin d'apaiser le dieu…

— Oui, acquiesça ma mère, et ils faisaient pire encore. Bien que la plupart des anciens peuples aient estimé que la vengeance était l'apanage des dieux, les Phéniciens croyaient qu'elle leur appartenait à eux. Les places qu'ils fondèrent – la Corse, la Sardaigne, Marseille, Venise, la Sicile – sont des lieux où la traîtrise n'est qu'un moyen de parvenir à ses fins. Où vengeance est synonyme de justice. Aujourd'hui encore, leurs descendants ravagent la Méditerranée. Ces pirates barbaresques ne descendaient pas des Berbères, mais de Barbarossa – « Barberousse » – et aujourd'hui encore, à Tunis et Alger, ils maintiennent vingt mille Européens en esclavage afin d'en obtenir une rançon, selon le principe qui a fait leur fortune. Ceux-là sont les authentiques Phéniciens : des hommes qui contrôlent les mers depuis leurs îles aménagées en forteresses, qui adorent le dieu des voleurs, vivent de leurs trahisons et meurent par la vendetta !

— Oui, intervint l'abbesse d'une voix fébrile. Tout comme le Maure a dit à Charlemagne que ce serait le jeu d'échecs qui transmettrait le Sar – la vengeance ! Mais quelle est-elle ? Quel est ce sombre secret que recherchaient les Maures et que peut-être connaissaient les Phéniciens ? Quel pouvoir renferment les pièces – un pouvoir aujourd'hui perdu sans la clé qui lui donne accès ?

— Je ne suis pas très sûre, répondit ma mère, mais d'après ce que vous m'avez dit, il se peut que j'aie un indice. Vous avez parlé de huit Maures qui apportèrent ce jeu d'échecs à Charlemagne et refusèrent de s'en séparer, allant jusqu'à le suivre à Montglane où on les soupçonna de s'adonner à de mystérieuses pratiques rituelles. Je crois savoir en quoi consistaient ces pratiques. Mes ancêtres les Phéniciens célébraient des rites d'initiation comme ceux que vous m'avez décrits. Ils adoraient une pierre sacrée, parfois une stèle ou un monolithe, censée contenir la voix de Dieu. Comme la pierre noire de la Kaaba à La Mecque, comme le dôme du Rocher à Jérusalem, il y avait un *masseboth* dans chaque chapelle phénicienne.

» Dans nos légendes, on raconte l'histoire d'une femme appelée Élisa, qui venait de Tyr. Son frère était roi et, lorsqu'il assassina son mari, elle vola les pierres sacrées et s'enfuit à Carthage, sur le rivage de l'Afrique du Nord. Son frère la poursuivit, car elle avait volé ses dieux. Dans notre version de l'histoire, elle se sacrifia sur le bûcher pour apaiser les dieux et sauver son peuple. Mais, avant de s'immoler, elle déclara qu'elle renaîtrait de ses cendres – tout comme le Phénix – le jour où les pierres se mettraient à chanter. Et ce serait un jour de rétribution pour la Terre.

L'abbesse resta silencieuse un long moment après que ma mère eut achevé son récit. Ni mon beau-père ni moi ne parlâmes, de peur d'interrompre sa réflexion. Finalement, elle exprima ses pensées à voix haute :

— Le mystère d'Orphée, murmura-t-elle, dont le chant avait le pouvoir d'insuffler la vie aux pierres et aux rochers. Si doux était son chant que même le sable du désert pleura des larmes de sang. Tout ceci n'est peut-être qu'un mythe, mais je sens que ce jour de rétribution est tout proche. Si le Jeu de Montglane reparaît en pleine lumière, alors Dieu puisse nous protéger tous. Car je crois qu'il contient la clé capable d'ouvrir les lèvres muettes de la Nature, et de libérer la voix des dieux.

Laetitia promena son regard sur la petite salle à manger. Les charbons rougeoyants du brasier n'étaient plus que cendres. Ses deux enfants la dévisageaient en silence, mais Mireille la considérait avec une attention soutenue.

— L'abbesse a-t-elle précisé comment le jeu d'échecs pourrait accomplir une telle chose ? demanda-t-elle.

Laetitia secoua la tête.

— Non. Mais son autre prédiction s'est accomplie. Celle concernant Rousseau. Car au cours de l'automne qui suivit sa visite, son agent arriva. Un jeune Écossais du nom de James Boswell. Sous le prétexte d'écrire une histoire de la Corse, il se lia d'amitié avec Paoli et dîna avec lui tous les soirs. L'abbesse nous avait demandé d'observer ses moindres faits et gestes et d'avertir tous ceux dont les ancêtres étaient phéniciens de ne pas lui souffler mot des vieilles légendes. Mais ce ne fut pas nécessaire car nous sommes par nature un peuple soudé et secret qui ne se livre pas aisément aux étrangers, sauf, comme dans le cas de l'abbesse, lorsque nous avons une dette envers quelqu'un. Ainsi qu'elle nous l'avait également annoncé, Boswell contacta Franz Fesch, mais son accueil glacial le refroidit quelque peu et valut à mon beau-père d'être traité en souriant de Suisse accompli. Lorsque par la suite son *Histoire de la Corse et vie de Pasquale Paoli* fut publiée, il parut difficile qu'il ait pu apprendre quoi que ce soit à Rousseau. Et aujourd'hui, naturellement, Rousseau est décédé…

— Mais le Jeu de Montglane a resurgi en pleine lumière, dit Mireille en se levant et en regardant Laetitia droit dans les yeux. Votre récit nous a éclairés sur le sens du message de l'abbesse et sur la nature de votre amitié, mais c'est tout. Vous n'espérez quand même pas, madame, que j'accepte cette histoire de pierres qui se mettent à chanter et de Phéniciens vengeurs ?

» Mes cheveux sont peut-être de la même couleur que ceux d'Élisa de Q'ar... mais j'ai également un cerveau et je sais l'utiliser ! L'abbesse n'est pas plus que moi une mystique, et je doute qu'elle se soit contentée de cette explication. En outre, son message ne s'arrête pas là. Elle a dit à votre fille que lorsque vous apprendriez ces nouvelles *vous sauriez ce que vous auriez à faire* ! Que voulait-elle dire par-là, madame Bonaparte ?... *Et en quoi cela est-il lié à la formule ?*

À ces mots, le visage de Laetitia devint d'une pâleur cendreuse et elle porta la main à son cœur. Élisa et Napoléon étaient figés sur leur chaise, mais Napoléon murmura dans le silence :

— Quelle formule ?

— La formule que Voltaire connaissait, que le cardinal de Richelieu connaissait, que Rousseau sans aucun doute aussi connaissait, et que votre mère connaît plus sûrement encore ! s'écria Mireille, dont la voix était montée par degrés.

Ses yeux verts étincelaient comme des émeraudes sombres tandis qu'elle fixait Laetitia, prostrée sur sa chaise, en état de choc.

Mireille traversa la pièce en deux enjambées et, agrippant Laetitia par les bras, la força à se lever. Napoléon et Élisa se dressèrent d'un bond, mais d'un geste Mireille leur intima de rester à l'écart.

— Répondez-moi, madame. Ces pièces ont déjà causé la mort de deux femmes sous mes yeux. J'ai vu l'âme hideuse et démoniaque de l'un des hommes qui tentaient de se les approprier. En ce moment même il me fait rechercher, et s'il me retrouve il me tuera à cause de ce que je sais. La boîte a été ouverte, et la Mort est en marche. Je l'ai vue de mes propres yeux – tout comme j'ai vu le Jeu de Montglane – et les symboles qui y sont gravés ! Je sais qu'il y a une formule. Maintenant, dites-moi *ce que l'abbesse attend que vous fassiez* !

Elle secouait presque Laetitia, les traits figés dans un masque de colère tandis qu'elle revoyait le visage de Valentine – Valentine qui avait été assassinée à cause de ces pièces.

Les lèvres de Laetitia tremblèrent. Cette femme d'acier, qui n'avait jamais versé une larme, se mit soudain à pleurer. Comme Mireille continuait à la secouer, Napoléon entoura sa mère de son bras et Élisa posa doucement sa main sur l'épaule de Mireille.

— Mère, murmura Napoléon, dites-lui ce qu'elle veut savoir. Mon Dieu, vous avez bravé une centaine de soldats français armés jusqu'aux dents... Ce secret est donc si terrible que vous ne puissiez l'évoquer ?

Laetitia essaya, les joues humides de larmes, tandis qu'elle luttait pour réprimer ses sanglots.

— J'ai juré... Nous avons toutes juré... de ne jamais en parler, dit-elle. Hélène... l'abbesse savait qu'il y avait une formule avant même d'avoir vu le jeu. Elle m'a dit que si elle devait être celle qui aurait à l'exhumer au grand jour après près de mille ans... elle noterait par écrit les symboles gravés sur les pièces et l'échiquier, et me les enverrait.

— À vous ? s'écria Mireille. Mais pourquoi à vous ? Vous étiez seulement une enfant à l'époque.

— Oui, une enfant, acquiesça Laetitia en souriant à travers ses larmes. Une enfant de quatorze ans qui était sur le point de se marier. Une enfant qui a mis au monde treize enfants et qui en a vu mourir cinq. Je suis toujours une enfant, car je n'ai pas compris à quels dangers m'exposait la promesse que je fis à l'abbesse.

— Dites-le-moi, souffla Mireille. Dites-moi ce que vous lui avez promis de faire.

— Toute ma vie j'ai étudié les récits anciens. J'ai promis à Hélène que, lorsqu'elle aurait toutes les pièces en sa possession, j'irais rejoindre le peuple de ma mère au nord de l'Afrique... que je me rendrais auprès des anciens muftis du désert. Et que je révélerais la formule.

— Vous connaissez donc là-bas des gens qui pourraient vous aider ? s'écria Mireille, au comble de l'exaltation. Mais, madame, c'est là que j'aspire à aller ! Oh, laissez-moi accomplir cette tâche ! C'est mon vœu le plus cher ! Je sais que j'ai été malade, mais je suis jeune et je me remettrai rapidement...

— Pas avant que nous ayons communiqué avec l'abbesse, déclara Laetitia en retrouvant un peu de son autorité. De surcroît, il vous faudra plus qu'une soirée pour assimiler tout ce que j'ai appris en quarante ans ! Et vous avez beau vous dire forte, vous n'êtes pas en état de voyager. Je connais suffisamment le genre de maladie dont vous êtes atteinte pour savoir qu'elle suivra son cours pendant les six ou sept mois à venir. C'est à peu près le temps dont vous aurez besoin pour apprendre…

— Six ou sept mois ! cria Mireille. Mais c'est impossible ! Je ne peux pas rester en Corse aussi longtemps !

— J'ai bien peur que si, répondit Laetitia avec un sourire. Voyez-vous, vous n'êtes absolument pas malade. Vous attendez un enfant.

LONDRES
NOVEMBRE 1792

À près de mille cinq cents kilomètres au nord de la Corse, le père de l'enfant de Mireille, Charles Maurice de Talleyrand-Périgord, pêchait sur la rive gelée de la Tamise.

Il était assis sur une pile de châles en laine protégés par un tissu huilé, posée sur l'herbe jaunie. Ses culottes étaient roulées au-dessus du genou et attachées à l'aide d'un ruban de gros-grain. Il avait rangé ses chaussures et ses bas soigneusement à côté de lui. Il portait un épais justaucorps en cuir, des bottes fourrées et un chapeau à large bord spécialement conçu pour empêcher l'eau de lui couler dans le cou.

Derrière lui, sous les branches enneigées d'un gros chêne, se tenait Courtiade, un panier en osier rempli de poissons sur un bras, la jaquette en velours de son maître pliée avec soin, sur l'autre. Tapissant le panier d'osier de façon à éponger le sang des poissons, il y avait les pages jaunies d'un journal français déjà vieux de deux mois, qui était resté épinglé sur le mur du bureau jusqu'à ce matin.

Courtiade savait ce que contenaient ces pages, et de voir Talleyrand les arracher brusquement du mur, et les fourrer dans le panier, avant de déclarer qu'il était l'heure d'aller à la pêche l'avait soulagé. Son maître s'était montré d'un calme inhabituel depuis que ces nouvelles étaient arrivées de France. Ils avaient lu à voix haute, tous les deux :

RECHERCHÉ POUR TRAHISON

Talleyrand, ancien évêque d'Autun, a émigré... Essayez d'obtenir des informations de ses parents ou amis susceptibles de lui donner asile. Description... visage allongé, yeux bleus, nez moyen, légèrement retroussé. Talleyrand-Périgord boite, du pied gauche ou du pied droit...

Les yeux de Courtiade suivirent les contours sombres des barges qui remontaient et descendaient le long des eaux grises et mornes de la Tamise. Des morceaux de glace arrachés à la rive dansaient sur l'eau comme des jouets, avalés peu à peu par le courant. La ligne de Talleyrand flottait au milieu des roseaux, entre les crevasses de la glace encrassée. Malgré le froid, Courtiade pouvait sentir l'odeur forte et salée du poisson. L'hiver, comme beaucoup d'autres choses, était venu trop tôt.

C'était le 23 septembre, à peine deux mois plus tôt, que Talleyrand était arrivé à Londres, dans la petite maison de Woodstock Street que Courtiade avait préparée pour sa venue. Il n'était que temps, car la veille le Comité avait ouvert l'« armoire de fer » du roi, aux Tuileries, et découvert les lettres de Mirabeau et Laporte, indiquant que des sommes importantes, provenant de Russie, d'Espagne, de Turquie – et même de Louis XVI –, avaient été versées à des membres de l'Assemblée.

Mirabeau avait de la chance : il était mort, songea Talleyrand tandis qu'il remontait sa ligne et faisait signe à Courtiade de lui apporter d'autres appâts. Cet homme d'État illustre, dont l'enterrement avait mobilisé près de trois cent mille personnes... Aujourd'hui son buste à l'Assemblée était recouvert d'un voile et ses cendres avaient été retirées du Panthéon. Pour ce qui était du roi, l'affaire irait beaucoup plus loin. Sa vie ne tenait déjà plus qu'à un fil, alors qu'il était incarcéré avec sa famille dans la tour des Chevaliers du Temple – cet ordre puissant des francs-maçons qui réclamait qu'on le traînât devant un tribunal.

Talleyrand avait également été jugé par un tribunal, en son absence, et déclaré coupable. Bien qu'on n'eût aucune preuve décisive contre lui, les lettres confisquées de Laporte suggéraient que son ami l'évêque, en tant qu'ancien président de l'Assemblée, n'hésiterait pas à servir les intérêts du roi, pour peu qu'on y mît le prix.

Talleyrand amorça son hameçon avec le petit morceau de gras que lui tendait Courtiade et lança à nouveau sa ligne dans les eaux sombres de la Tamise en soupirant. Toutes les précautions qu'il avait prises pour quitter la France avec un laissez-passer diplomatique avaient été vaines. Il était désormais un homme recherché dans son propre pays, et les portes de la noblesse anglaise s'étaient fermées devant lui. Même les émigrés ici, en Angleterre, le méprisaient pour avoir trahi sa propre classe en soutenant la Révolution. Mais le plus terrible de tout, c'était qu'il ne lui restait plus un sou. Et ses anciennes maîtresses, sur lesquelles il s'était jadis appuyé financièrement, étaient aujourd'hui sans ressources à Londres ; elles fabriquaient des chapeaux de paille pour survivre ou écrivaient des romans.

La vie était sombre. Trente-huit années de son existence venaient de sombrer dans le courant, tout comme l'hameçon qu'il avait lancé dans l'eau noire, sans laisser de traces. Mais il tenait toujours le manche de la canne. Bien qu'il n'en parlât que rarement, il ne pouvait pas oublier que ses ancêtres descendaient de Charles le Chauve, petit-fils de Charlemagne. Adalbert de Périgord avait placé Hugues Capet sur le trône de France. Taillefer était un héros de la bataille d'Hastings ; Élie de Talleyrand avait fait chausser à Jean XXII les souliers du pape. Il descendait de cette longue lignée de faiseurs de rois, dont la devise était « Reque Dieu » : Nous ne servons que Dieu. Lorsque la vie était par trop malveillante, les Talleyrand de Périgord préféraient jeter le gant plutôt que l'éponge.

Rembobinant sa ligne, il coupa l'hameçon et le jeta dans le panier de Courtiade. Le valet l'aida à se mettre debout.

— Courtiade, déclara Talleyrand en lui tendant sa canne à pêche, tu sais que dans quelques mois ce sera mon trente-neuvième anniversaire.

— Certainement, répondit le domestique. Monseigneur souhaite-t-il que je prépare une petite fête ?

À ces mots, Talleyrand renversa la tête en arrière et éclata de rire.

— Avant la fin de ce mois, je dois avoir quitté ma maison de Woodstock Street et emménagé dans un endroit plus petit, dans Kensington. D'ici la fin de l'année, si je ne me suis pas procuré d'argent, il me faudra vendre ma bibliothèque…

— Monseigneur oublie peut-être quelque chose, fit remarquer poliment Courtiade en aidant Talleyrand à enfiler sa jaquette. Quelque chose qui pourrait bien lui avoir été envoyé par le destin, pour l'aider à surmonter la situation pénible dans laquelle il se trouve. Je veux parler des objets actuellement rangés derrière les livres de Monseigneur, dans sa bibliothèque de Woodstock Street.

— Il n'est pas un seul jour où je n'y ai pensé, Courtiade, répondit Talleyrand. Mais je ne crois pas qu'ils soient destinés à être vendus.

— Que Monseigneur veuille bien me pardonner ma témérité, poursuivit Courtiade en pliant les affaires de Talleyrand et en ramassant ses escarpins brillants, mais puis-je lui demander s'il a reçu des nouvelles de Mlle Mireille ?

— Non, admit Talleyrand. Mais je ne suis pas prêt pour autant à rédiger son épitaphe. C'est une jeune femme courageuse, et elle est sur la bonne voie. Ce que j'entends par là, c'est que le trésor qui est en ma possession pourrait bien valoir beaucoup plus que son poids en or. Sinon, pourquoi chercherait-on à se l'approprier depuis si longtemps ? L'époque des illusions est morte en France. Le roi a été jeté dans la balance, et – comme tous les rois – il n'a pas supporté l'épreuve. Son procès ne sera probablement qu'une formalité. Mais l'anarchie ne peut pas se substituer à une autorité, même faible. Ce dont la France a besoin, maintenant, c'est d'un chef, et non d'un souverain. Et lorsqu'il viendra, je serai le premier à le reconnaître.

— Monseigneur veut dire quelqu'un qui servira la volonté de Dieu et rétablira la paix dans notre pays, commenta Courtiade en s'agenouillant pour mettre de la glace dans le panier à poisson.

— Non, Courtiade, soupira Talleyrand. Si Dieu voulait la paix sur Terre, nous l'aurions probablement déjà à l'heure actuelle. Un sauveur a dit un jour : « Je ne viens pas apporter la paix, mais une épée. » L'homme dont je te parle connaîtra la valeur du Jeu de Montglane – qui se résume en un seul mot : pouvoir. C'est cela que j'offre à celui qui très bientôt dirigera la France.

Comme Talleyrand et Courtiade remontaient le long de la rive de la Tamise, le serviteur posa d'un ton hésitant la question qui le tourmentait depuis qu'ils avaient reçu ce journal français, maintenant froissé sous la glace fondue et le poisson :

— Comment Monseigneur espère-t-il localiser un tel homme, quand l'accusation de trahison l'empêche de rentrer en France ?

Talleyrand sourit et posa sa main sur l'épaule de son valet avec une familiarité inhabituelle.

— Mon cher Courtiade, la notion de trahison n'est qu'une affaire de dates.

PARIS
DÉCEMBRE 1792

La date était le 11 décembre. L'événement : le procès de Louis XVI, roi de France. La charge retenue contre lui : la trahison.

Le club des Jacobins était plein à craquer quand Jacques-Louis David fit son entrée. Quelques retardataires, postés dans les derniers rangs de la salle d'audience, lui tapotèrent l'épaule au passage. Des bribes de conversation lui parvinrent. Des dames de la noblesse étaient installées dans les loges du tribunal et buvaient des liqueurs aromatisées. Des marchands ambulants vendaient des glaces dans le hall de la Convention. Les maîtresses du duc d'Orléans chuchotaient et pouffaient derrière leur éventail en dentelle. Le roi lui-même, confronté aux lettres provenant de son armoire de fer, prétendait ne les avoir jamais vues, refusait de reconnaître jusqu'à sa propre signature, alléguait sa mémoire défaillante quand on accumulait contre lui les preuves de sa trahison contre l'État. Les Jacobins s'accordaient à le traiter de bouffon bien dressé. Et la plupart d'entre eux avaient décidé de leur vote avant même d'avoir franchi les larges portes en chêne du club des Jacobins.

David traversait le sol dallé de l'ancien couvent où les Jacobins tenaient leurs réunions quand quelqu'un effleura sa manche. Il se retourna et croisa le regard froid et luisant de Maximilien de Robespierre. Très élégant, comme à son habitude, dans un costume gris argent rehaussé d'un col montant et rigide, les cheveux soigneusement poudrés, Robespierre paraissait plus pâle que la dernière fois où David l'avait vu, et peut-être plus sévère. Il salua David d'un signe de tête et, sortant une petite boîte de pastilles de la poche de sa veste, en prit une avant de la tendre à David.

— Mon cher David, déclara-t-il, nous ne t'avons guère vu ces derniers mois. J'ai entendu dire que tu travaillais sur une peinture du Jeu de paume. Je sais que tu es un artiste dévoué à son art, mais tu ne devrais pas rester si longtemps absent. La Révolution a besoin de toi.

C'était une façon subtile de lui rappeler qu'il n'était pas sans danger pour un révolutionnaire de se tenir à l'écart des événements. Cela pouvait être interprété comme un manque d'intérêt.

— Naturellement, j'ai appris la triste fin de ta pupille, à l'intérieur de l'abbaye. Permets-moi de t'exprimer ma plus profonde sympathie. Tu sais, je suppose, que Marat a été désavoué par les Girondins devant l'Assemblée entière ? Lorsqu'ils ont réclamé son châtiment à grands cris, il s'est dressé sur la Montagne, a sorti un pistolet et se l'est appliqué sur la tempe, comme s'il voulait se châtier lui-même ! Une mise en scène parfaitement répugnante, mais qui lui a sauvé la vie. Le roi ferait bien de suivre son exemple.

— Tu crois que la Convention va voter la mort du roi ? demanda David, préférant ne pas poursuivre sur le douloureux sujet du décès de Valentine, qui le hantait depuis des mois.

— Un roi en vie est un roi dangereux, répliqua Robespierre. Bien que je ne sois pas un partisan du régicide, sa correspondance ne laisse aucun doute possible sur le fait qu'il soit coupable de trahison envers l'État – tout comme l'est ton ami Talleyrand ! Tu vois aujourd'hui que mes soupçons à son sujet étaient fondés.

— Danton m'a envoyé un billet pour me demander d'être présent ce soir, expliqua David. Il serait question de statuer sur le sort du roi par un vote populaire.

— Oui, c'est pour cette raison que nous tenons réunion. Les Girondins, ces cœurs tendres, appuient dans ce sens. Mais si nous autorisons tous leurs représentants provinciaux à voter, j'ai peur qu'un raz de marée nous ramène la monarchie. À propos de Girondins, j'aimerais te présenter le jeune Anglais qui s'avance vers nous. C'est un ami du poète André Chénier. Je l'ai invité ce soir afin que ses illusions romantiques sur la Révolution ne résistent pas à la vue de l'aile gauche en action !

David regarda le jeune homme grand et maigre qui s'approchait d'eux. Il avait le teint brouillé, des cheveux plats et fins, coiffés en arrière, et une curieuse façon de tenir la tête penchée en avant, comme s'il errait dans un pâturage. Il portait une affreuse redingote marron sortie tout droit d'un sac de chiffonnier. Au lieu d'un foulard, il avait noué autour du cou un mouchoir noir, d'un effet déplorable. Mais ses yeux étaient brillants et vifs, son menton un peu mou contrebalancé par un nez puissant et proéminent, et ses jeunes mains présentaient ces callosités qui sont la marque de ceux qui ont été élevés à la campagne et ont dû se débrouiller par eux-mêmes.

— Voici William Wordsworth, un poète, annonça Robespierre comme le jeune homme les rejoignait. Il est à Paris depuis un mois maintenant, mais c'est sa première visite au club des Jacobins. Je vous présente le citoyen Jacques-Louis David, ancien président de l'Assemblée.

— Monsieur David ! s'écria Wordsworth en serrant chaleureusement la main de David. J'ai eu le grand honneur d'admirer votre tableau présenté à Londres, alors que j'arrivais de Cambridge : *La Mort de Socrate*. Vous êtes une merveilleuse source d'inspiration pour un homme qui, comme moi, n'aspire qu'à relater l'histoire en mouvement.

— Ainsi, vous écrivez ? commenta David. En ce cas, vous arrivez juste à temps pour assister à un grand événement : la chute de la monarchie française.

— Notre poète anglais, le mystique William Blake, a publié l'année dernière un poème intitulé « La Révolution française », dans lequel il retrace, tout comme dans la Bible, une vision prophétique de la Chute des rois. Peut-être l'avez-vous lu ?

— J'ai bien peur de ne m'adonner qu'à Hérodote, Plutarque et Tite-Live, répondit David en souriant. N'étant ni un mystique ni un poète, ce sont eux qui me fournissent le sujet de mes peintures.

— C'est étrange, dit Wordsworth. En Angleterre nous étions persuadés que les instigateurs de la Révolution française étaient les francs-maçons, qui sont sans aucun doute des mystiques.

— La plupart d'entre nous appartiennent effectivement à cette société, acquiesça Robespierre. En fait, le club des Jacobins fut à l'origine fondé par Talleyrand comme un ordre des francs-maçons. Mais en France les francs-maçons sont rarement des mystiques…

— Quelques-uns le sont, l'interrompit David. Marat, par exemple.

— Marat ? répéta Robespierre en haussant un sourcil. Tu dois plaisanter. Qu'est-ce qui a bien pu te donner cette idée ?

— En fait, si je suis là ce soir, ce n'est pas uniquement pour répondre à la demande de Danton, avoua David à contrecœur. Je suis venu pour te voir, parce que je pensais que tu pourrais peut-être m'aider. Tu as fait allusion à… l'accident… qui a coûté la vie à ma pupille dans la prison de l'abbaye. Mais sa mort n'avait rien d'un accident. Marat l'a fait délibérément interroger et exécuter parce qu'il croyait qu'elle détenait des informations sur… As-tu déjà entendu parler du Jeu de Montglane ?

À ces mots, Robespierre blêmit. Le jeune Wordsworth lança aux deux hommes un regard empli de confusion.

— Sais-tu bien ce que tu dis ? chuchota Robespierre en tirant David à l'écart.

Wordsworth les suivit tout en les écoutant avec une attention soutenue.

— Comment ta pupille aurait-elle pu être mêlée à cela ?

— Mes deux pupilles étaient d'anciennes novices de l'abbaye de Montglane, commença David, avant d'être à nouveau interrompu.

— Pourquoi ne m'en as-tu pas informé plus tôt ? s'écria Robespierre d'une voix tremblante. Bien sûr... Je comprends maintenant pourquoi l'évêque d'Autun s'est montré aussi empressé avec elles depuis le jour de leur arrivée ! Si seulement tu m'en avais parlé plus tôt ! Avant qu'il ne me file entre les doigts !

— Je ne croyais pas à cette histoire, Maximilien, répondit David. Je pensais qu'il s'agissait simplement d'une légende, d'une superstition. Mais Marat, lui, y croyait. Et Mireille, pour tenter de sauver sa cousine, lui a dit que le trésor fabuleux existait *réellement* ! Elle lui a révélé que sa cousine et elle *avaient* une partie du trésor et qu'elles l'avaient enterré dans mon jardin. Mais lorsqu'il est arrivé le lendemain avec une délégation pour le déterrer...

— Oui ? Oui ? haleta fiévreusement Robespierre en serrant le bras de David, tandis que Wordsworth ne perdait pas un mot de l'entretien.

— Mireille avait disparu, souffla David. Et près de la petite fontaine du jardin, il y avait un carré de terre fraîchement remuée.

— Où est ta pupille, maintenant ?

Dans son excitation, Robespierre avait presque crié.

— Il faut absolument l'interroger. Immédiatement !

— C'est justement à ce sujet que je suis venu te demander ton aide, dit David. J'ai perdu tout espoir de la revoir. Et j'ai pensé qu'avec tes contacts tu pourrais peut-être apprendre ce qu'elle est devenue ou si quelque chose... lui est arrivé.

— Nous la retrouverons, dussions-nous retourner la France entière, lui assura Robespierre. Il faut que tu me donnes une description d'elle, aussi détaillée que possible.

— Je peux faire beaucoup mieux que cela, répondit David. J'ai un tableau d'elle dans mon atelier.

CORSE
JANVIER 1793

Mais il était écrit que le modèle du tableau ne devait pas rester longtemps sur le sol français.

Il était minuit largement passé, vers la fin janvier, quand, dans la pièce qu'elle partageait avec Élisa, Mireille fut tirée de son profond sommeil par Laetitia Bonaparte. Mireille était en Corse depuis trois mois, maintenant. Elle avait beaucoup appris aux côtés de Laetitia, mais son enseignement était encore loin d'être achevé.

— Habillez-vous, vite, ordonna Laetitia à voix basse aux deux jeunes filles qui se frottaient les yeux, à moitié endormies.

À côté de Laetitia se tenaient ses deux jeunes enfants, Caroline et Jérôme, déjà revêtus comme leur mère d'une tenue de voyage.

— Que se passe-t-il ? s'écria Élisa.

— Nous devons fuir, expliqua Laetitia d'un ton calme. Les soldats de Paoli sont venus. Le roi de France est mort.

— Non ! cria Mireille en s'asseyant brusquement.

— Il a été exécuté à Paris il y a dix jours, répondit Laetitia en puisant des vêtements dans l'armoire et en les leur jetant pour qu'elles puissent s'habiller rapidement. Et Paoli a levé des troupes, ici en Corse, pour joindre ses forces à celles de la Sardaigne et de l'Espagne, et renverser le gouvernement français.

— Mais, mère, se plaignit Élisa, peu décidée à quitter la chaleur de son lit, en quoi cela nous concerne-t-il ?

— Vos frères Napoléon et Lucien se sont élevés contre la décision de Paoli cet après-midi, devant l'Assemblée, l'informa Laetitia avec un pâle sourire. Paoli a lancé un ordre de vendetta contre eux.

— De quoi s'agit-il ? demanda Mireille en enfilant par la tête les vêtements que Laetitia lui tendait.

— La vengeance collatérale ! souffla Élisa. Une coutume corse qui veut que lorsque quelqu'un vous a insulté on se venge sur sa famille tout entière ! Où sont mes frères, maintenant ?

— Lucien se cache chez mon frère, le cardinal Fesch, répondit Laetitia en lui faisant passer ses vêtements. Napoléon a quitté l'île.

Et maintenant, dépêchez-vous. Nous n'avons pas assez de chevaux pour atteindre Bocognano ce soir, même en prenant les enfants en croupe. Nous devons en voler et arriver là-bas avant l'aube.

Elle quitta la pièce, poussant devant elle les deux petits. Comme ils chuchotaient d'une voix effrayée, Mireille entendit Laetitia leur déclarer d'un ton ferme :

— *Je* ne pleure pas, n'est-ce pas ? Alors qu'avez-vous inventé pour vous mettre à pleurnicher ?

— Qu'y a-t-il à Bocognano ? chuchota Mireille à l'adresse d'Élisa tandis qu'elles se hâtaient hors de la pièce.

— Ma grand-mère, Angela Maria di Pietra-Santa, vit là-bas, dit Élisa. C'est dire que l'affaire est très grave.

Mireille en resta bouche bée de saisissement. Enfin elle allait voir la vieille dame dont elle avait tant entendu parler… L'amie de l'abbesse de Montglane.

Élisa enlaça la taille de Mireille tandis qu'elles s'enfonçaient dans la nuit noire.

— Angela Maria a toujours vécu en Corse. Rien qu'en réunissant ses frères, ses cousins et ses petits-neveux, elle pourrait lever une armée capable de balayer la moitié de l'île. C'est pour cette raison que mère se tourne vers elle. Cela signifie qu'elle accepte la vengeance collatérale !

*

Le village de Bocognano était une enceinte fortifiée, perchée haut dans les montagnes rugueuses et rocailleuses, à près de deux mille mètres au-dessus de la mer. L'aube n'était plus très loin lorsque leurs chevaux franchirent en file indienne le dernier pont, enjambant le torrent impétueux mêlé au brouillard qui bouillonnait à leurs pieds. Tout en gravissant l'ultime colline, Mireille aperçut la Méditerranée qui étirait vers l'est sa surface nacrée, et les petites îles de Pianosa, Formica, Elbe et Monte-Cristo qui semblaient flotter dans le ciel. Derrière elles, la côte étincelante de la Toscane se découpait au-dessus du brouillard.

Angela Maria di Pietra-Santa n'eut pas l'air réjouie de les voir.

— C'est donc ça ! grommela la petite femme, de la taille d'un gnome, en sortant de sa maison pour accueillir les voyageurs épuisés, les mains sur les hanches. Ils sont encore dans les ennuis, ces enfants de Charles Bonaparte ! J'aurais dû me douter qu'à cause d'eux nous finirions un jour par en arriver là.

Si Laetitia fut surprise que sa mère connût la raison de leur arrivée, elle n'en montra rien. Le visage toujours serein et paisible, exempt de toute trace d'émotion, elle sauta à bas de son cheval et se pencha pour embrasser son irascible parente sur les deux joues.

— Ça va, ça va, trancha la vieille dame. Assez de formalités. Fais plutôt descendre ces enfants de cheval. Ils ont l'air à moitié morts ! Tu ne les nourris donc pas ? On dirait des poulets plumés !

À ces mots, elle bondit vers les enfants, les arracha à leur monture et les posa à terre. Parvenue devant Mireille, elle s'immobilisa et la regarda descendre de cheval. Puis elle s'approcha et lui saisit le menton avec rudesse, tournant son visage vers elle pour mieux l'observer.

— Voici donc celle dont tu m'as parlé ? demanda-t-elle en jetant un bref regard à Laetitia. Celle qui attend un enfant ? Celle qui vient de Montglane ?

Mireille était enceinte de presque cinq mois, maintenant, et avait retrouvé toute sa vitalité, ainsi que l'avait prédit Laetitia.

— Nous devons lui faire quitter l'île au plus tôt, mère, déclara Laetitia. Nous ne pouvons plus assurer sa protection, même si c'est ce que l'abbesse souhaitait.

— Qu'a-t-elle appris, jusqu'ici ? demanda la vieille femme.

— Tout ce qu'il m'a été possible de lui enseigner dans un délai aussi court, répondit Laetitia, dont le regard bleu pâle effleura Mireille. Mais ce n'est pas suffisant.

— Nous ferions mieux de rentrer au lieu de jacasser ici où n'importe qui peut nous entendre ! grommela la vieille femme.

Se tournant vers Mireille, elle l'attira de ses bras desséchés pour l'embrasser.

— Venez avec moi, jeune femme. Hélène de Roque me maudira peut-être pour ce que je vais faire… Mais cela lui apprendra à répondre un peu plus rapidement à son courrier ! Depuis trois mois que vous êtes là, elle ne m'a pas donné le plus petit signe de vie.

» J'ai pris des arrangements, poursuivit-elle dans un chuchotement mystérieux tout en guidant Mireille vers la maison. Ce soir, un bateau viendra vous chercher sous couvert de l'obscurité. Il vous conduira auprès de l'un de mes amis qui veillera sur vous jusqu'à ce que le danger soit écarté.

— Mais, madame, protesta Mireille, votre fille n'a pas achevé mon éducation. Si je dois quitter l'île et rester cachée jusqu'à la fin des affrontements, ma mission sera considérablement retardée. Je ne peux pas me permettre d'attendre plus longtemps.

— Qui vous demande d'attendre ?

Elle effleura le ventre de Mireille et sourit.

— Au reste, j'ai besoin que vous vous rendiez là où je vous envoie… et je ne crois pas que ce sera pour vous déplaire. L'ami qui vous protégera est averti de votre arrivée, bien qu'il ne vous attende pas si tôt. Son nom est Shahin – un bien joli nom. En arabe, cela signifie : « le Faucon pèlerin ». Il poursuivra votre éducation à Alger.

ANALYSE POSITIONNELLE

Les échecs sont l'art de l'analyse.

Mikhaïl BOTVINNIK
(grand maître soviétique/champion du monde).

Les échecs sont l'imagination.

David BRONSTEIN
(grand maître soviétique).

Wenn ihr's nicht fühlt, irh werdet's nicht erjagen.
(Si tu ne le sens pas, tu ne l'obtiendras jamais.)

Faust,
GOETHE.

La route côtière s'enroulait en longues boucles au-dessus de la mer, chaque virage dévoilant une vue à couper le souffle sur l'à-pic hérissé de brisants. Des plantes grasses en fleurs et des lichens ruisselaient sur les récifs, éclaboussés par les embruns. Les ficoïdes glaciales tapissées de perles scintillantes et de fleurs rose vif et or formaient des motifs compliqués qui escaladaient les rochers incrustés de sel. La mer était d'un vert métallique – la couleur des yeux de Solarin.

Je ne prêtai toutefois qu'une attention distraite à la vue, tant j'étais obnubilée par les pensées confuses qui m'assaillaient depuis la veille au soir. Je m'efforçais de les mettre en ordre tandis que mon taxi glissait le long de la corniche en direction d'Alger.

Chaque fois que j'essayais de poser deux et deux, j'obtenais invariablement huit. Il y avait des huit partout. D'abord, la diseuse de bonne aventure avait associé ce chiffre à ma date de naissance. Puis Mordecai, Sharrif et Solarin l'avaient évoqué comme un signe magique : non seulement il y avait un huit gravé dans ma paume, mais Solarin avait mentionné une *formule* du Huit. Encore que je n'eusse pas la moindre idée de ce que cela pouvait bien signifier. Cela avait été ses derniers mots, avant qu'il ne disparût dans la nuit, laissant Sharrif me raccompagner chez moi… sans la clé de ma chambre, puisque Solarin l'avait empochée.

Naturellement, Sharrif s'était montré curieux de savoir qui était mon beau compagnon au cabaret et pourquoi il avait disparu si soudainement. Sur quoi je lui avais répondu que c'était absolument merveilleux pour une jeune femme d'avoir *deux* hommes empressés à ses côtés, et seulement quelques heures après avoir posé le pied sur un continent étranger. Puis je l'avais abandonné à ses propres pensées, tandis que son chauffeur patibulaire me ramenait à l'hôtel dans la voiture de police.

À mon arrivée, je découvris que ma clé m'attendait au bureau d'accueil, et que la bicyclette de Solarin n'était plus appuyée sous ma fenêtre. Ma nuit paisible étant plus que compromise, je décidai de consacrer ce qu'il en restait à faire des recherches.

Je savais maintenant qu'il y avait une formule, et que ce n'était pas un simple Tour du cavalier. Comme Lily l'avait deviné, il s'agissait d'une formule d'un tout autre genre, une formule que Solarin lui-même n'avait pas déchiffrée. Et j'étais certaine qu'elle avait un rapport avec le Jeu de Montglane.

Nim avait essayé de me prévenir, non ? Il m'avait envoyé tout exprès des livres consacrés à des jeux et à des formules mathématiques. Je décidai de commencer par celui qui avait semblé intéresser le plus Sharrif, celui que Nim en personne avait écrit – *Les Nombres de Fibonacci*. Je m'y plongeai jusqu'à l'aube, et ma détermination fut récompensée, encore que je ne sache pas très bien de quelle façon. Les nombres de Fibonacci, apparemment, n'étaient pas seulement utilisés pour des études de marché. Ils fonctionnaient de la façon suivante :

Leanardo Fibonacci était l'inventeur de la fameuse suite dite de Fibonacci, dans laquelle chaque terme est égal à la somme des deux termes précédents. Ainsi, un plus zéro donnait un. Un et un = deux. Deux et un = trois. Trois et deux = cinq. Cinq et trois = huit… et ainsi de suite.

Fibonacci était une sorte de mystique qui avait fait ses études chez les Arabes, pour qui tous les nombres avaient des propriétés magiques. Il avait découvert que la formule décrivant les relations entre chacun de ses nombres – égale à un demi de la racine de cinq moins un [$1/2(\sqrt{5}-1)$] – décrivait également la structure de tout ce qui dans l'univers formait une spirale.

À en croire le livre de Nim, les botanistes n'avaient pas tardé à constater que toutes les plantes dont les pétales ou le pétiole étaient en forme de spirale coïncidaient avec la suite de Fibonacci. Les biologistes savaient que la coquille du nautile et toutes les formes en spirale de la faune aquatique suivaient le même schéma. Les astronomes affirmaient que l'organisation des planètes dans le système solaire – y compris la structure de la Voie lactée – était reproduite par la suite de Fibonacci. Mais, moi, j'avais remarqué quelque chose d'autre, avant même que le livre de Nim ne le mît en avant. Pas à cause de mes connaissances en mathématiques, mais parce que j'étais sortie major de ma classe de musique. Voyez-vous, cette petite formule n'avait *pas* été inventée par Leonardo Fibonacci. Elle avait été découverte, deux mille ans auparavant, par un homme appelé Pythagore. Les Grecs l'appelaient l'*aurio sectio* : le juste milieu.

Pour résumer, le juste milieu décrit tout point sur une droite pour lequel le rapport entre la plus petite section et la plus grande section est égal au rapport entre la plus grande section et la droite tout entière. Ce rapport fut utilisé par toutes les civilisations anciennes en architecture, en peinture et en musique. Pour Platon et Aristote, c'était le « parfait » équilibre, destiné à déterminer l'esthétique du beau. Mais pour Pythagore, cela allait beaucoup plus loin.

Pythagore était un homme dont la dévotion au mysticisme faisait de Fibonacci lui-même un pâle amateur. Les Grecs l'appelaient « Pythagore de Samos » parce qu'il venait de l'île de Samos, qu'il avait quittée pour fuir des problèmes d'ordre politique. Mais, selon ses propres contemporains, il était né à Tyr, une cité de l'ancienne Phénicie – aujourd'hui le Liban. Grand voyageur, il avait vécu vingt et un ans en Égypte, douze en Mésopotamie, pour se fixer enfin à Crotone à l'âge de cinquante ans. Sous couvert de créer une école, il y fonda une société mystique où ses disciples apprenaient les secrets qu'il avait glanés au cours de son errance. Ces secrets tournaient autour de deux pôles : les mathématiques et la musique.

C'était Pythagore qui avait découvert que la base de l'échelle musicale en Occident était l'octave, parce qu'une corde pincée divisée par moitié donnait exactement le même son huit tons plus haut qu'une corde deux fois plus longue. La fréquence de vibration d'une corde est inversement proportionnelle à sa longueur. L'un de ses secrets consistait dans le fait qu'une quinte musicale (cinq notes diatoniques, ou le juste milieu d'une octave) répétée douze fois dans une séquence ascendante reproduisait la note originale huit octaves plus haut et inversement – de sorte que l'échelle ascendante formait également une spirale.

Mais le secret le plus essentiel de tous, c'était la théorie pythagoricienne selon laquelle l'univers est construit à partir de nombres, chacun étant doté de propriétés divines. Ces rapports magiques entre les nombres apparaissent partout dans la nature, y compris – selon Pythagore – dans les sons produits par les vibrations des planètes lorsqu'elles se déplacent dans l'espace : « La géométrie est présente dans le bruissement des cordes. La musique est présente dans la disposition des planètes. »

Mais quel pouvait donc être le rapport avec le Jeu de Montglane ? Je savais qu'un jeu d'échecs comprenait huit pions et huit pièces pour chaque couleur. Et que l'échiquier lui-même comprenait soixante-quatre cases – le carré de huit… Pas de doute : il y avait bel et bien une formule. Solarin l'avait appelée la formule du Huit. Mais où aurait-elle été mieux cachée que dans un jeu d'échecs composé entièrement de huit ? Tout comme le juste milieu, tout comme la suite de Fibonacci, tout comme la spirale sans cesse ascendante, le Jeu de Montglane dépassait la somme de ses parties.

Je sortis vivement un papier de ma mallette, et malgré les cahots de la voiture j'y traçai le chiffre huit. Puis je tournai la feuille sur le côté. Il formait maintenant le symbole de l'infini. Une voix résonna dans ma tête tandis que je fixais la forme qui était apparue sous mes yeux. La voix disait : *Juste tel un jeu… cette bataille acharnée continue secrètement.*

*

Mais avant de me jeter dans la mêlée, j'avais un problème de taille à régler : pour rester à Alger, il fallait que je sois certaine d'avoir un travail – un travail auréolé d'un éclat suffisant pour me permettre d'être la maîtresse de mon propre destin. Mon copain Sharrif m'avait donné un aperçu de l'hospitalité nord-africaine, et je voulais être sûre que lors des empoignades à venir mes lettres de créance vaudraient les siennes. Mais comment espérer me lancer à la recherche du Jeu de Montglane, alors que, d'ici la fin de la semaine, j'aurais le directeur Pétard sur le dos ?

J'avais besoin d'avoir les mains libres, et une seule personne pouvait arranger cela pour moi. En ce moment même, je roulais en direction des interminables salles d'attente où il me faudrait patienter bien sagement dans l'espoir qu'il daignât me recevoir. Cet homme était celui qui m'avait accordé mon visa, mais qui avait planté là les associés de la Fulbright Cone pour aller jouer au tennis. Celui qui paierait la note pour un expert en ordinateurs… dès qu'on aurait réussi à lui faire signer le contrat. Obscurément, je sentais que son appui me serait indispensable pour les multiples démarches qui m'attendaient. J'ignorais alors à quel point son aide me serait indispensable... Cet homme avait pour nom Emile Kamel Kader.

Le taxi descendit en bas d'Alger, le long de la courbe du port. Face à la mer se dressait la haute arcade composée d'arches blanches qui formait la façade des bâtiments du gouvernement. On se gara devant le ministère de l'Industrie et de l'Énergie.

Comme je pénétrais dans le hall en marbre, à la fois immense, sombre et froid, mes yeux s'accoutumèrent lentement à la lumière. Des groupes d'hommes déambulaient çà et là, certains en complets-veston, d'autres revêtus d'amples robes blanches ou de djellabas noires – ces robes à capuchon qui protègent des changements de climat éprouvants du désert. Quelques-uns portaient des coiffes à carreaux rouges et blancs qui ressemblaient à des nappes italiennes. Tous les yeux se tournèrent vers moi pour m'observer tandis que j'entrais dans le hall, et il ne me fut pas difficile de deviner la raison de cette curiosité. J'étais presque la seule à porter un pantalon.

Il n'y avait ni panneau d'information, ni bureau d'accueil, et il y avait trois chargements complets de types pour chaque ascenseur disponible. N'ayant aucune envie de monter et de descendre en compagnie de plusieurs paires d'yeux ronds, et vu que je ne savais exactement quel département je cherchais, je me dirigeai vers le large escalier en marbre qui menait au premier. Je fus aussitôt interceptée par un homme basané, en complet-veston.

— Puis-je vous renseigner ? demanda-t-il abruptement en s'interposant entre l'escalier et moi.

— J'ai un rendez-vous, répondis-je en tentant de passer. Avec M. Kader. Emile Kamel Kader. Il m'attend.

— Le ministre du Pétrole ? dit-il en me regardant d'un air incrédule.

À ma grande horreur, il hocha poliment la tête et déclara :

— Certainement, madame. Je vais vous conduire jusqu'à lui.

Eh merde ! Je ne pouvais malheureusement rien faire d'autre que de le laisser m'escorter jusqu'aux ascenseurs. Il avait posé une main sous mon coude et écartait la foule devant moi comme si j'étais la reine mère en personne. Je me demandai ce qui se passerait quand il apprendrait que je n'avais pas de rendez-vous.

Pour comble de malchance, je réalisai brusquement, alors qu'il faisait appeler un ascenseur privé rien que pour nous deux, que j'étais loin de parler aussi bien le français que lui l'anglais. Tant pis, je pourrais toujours mettre au point une stratégie durant les quelques heures d'attente qui, selon Pétard, étaient de rigueur. Ça me donnerait le temps de réfléchir.

Lorsque nous descendîmes de l'ascenseur, au dernier étage, un essaim d'habitants du désert en robes blanches bourdonnait autour du bureau d'accueil, attendant que le petit réceptionniste à turban ait vérifié que leurs mallettes ne contenaient pas d'armes à feu. Assis derrière le bureau surélevé, une radio portable beuglant de la musique posée à côté de lui, il inspectait nonchalamment chaque mallette d'un vague geste de la main. La foule qui l'entourait était franchement impressionnante. Leurs vêtements avaient beau ressembler à des draps de lit, les cabochons en or et en rubis ornant leurs doigts auraient fait tomber Louis Tiffany en syncope.

Mon guide m'entraîna dans la foule, distribuant des excuses tandis qu'il se glissait au milieu des rangées de linceuls. Il dit quelques mots en arabe au réceptionniste qui jaillit de derrière son bureau et se dirigea en trottinant vers le fond du couloir. Je le vis parler à un soldat, fusil à l'épaule. Tous deux se retournèrent pour me regarder, puis le soldat disparut à l'angle. Au bout d'un moment, il réapparut et me fit signe d'approcher. Le type qui m'avait servi d'escorte hocha la tête et se tourna vers moi.

— Le ministre va vous recevoir, m'informa-t-il.

Jetant un dernier coup d'œil au Ku Klux Klan qui m'environnait, je saisis mon attaché-case et le suivis dans le hall.

Au bout du couloir, le soldat m'invita à le suivre. Il vira à l'angle, remonta un nouveau couloir encore plus long, jusqu'à une double porte sculptée qui devait bien mesurer trois mètres cinquante de haut.

Là, il s'immobilisa, se mit au garde-à-vous et attendit que j'entre. Prenant une profonde inspiration, j'ouvris l'un des battants.

Je débouchai dans un gigantesque vestibule dallé de marbre gris sombre, orné d'une énorme étoile en marbre rose au milieu. En face, une double porte ouverte dévoilait un immense bureau, entièrement tapissé de moquette noire, fleurie de gros chrysanthèmes roses. Tout le mur de façade n'était qu'une suite de portes-fenêtres, formant un gracieux arrondi. Elles n'étaient pas fermées, et les voilages transparents flottaient à l'intérieur de la pièce. Dehors, les têtes des hauts palmiers dattiers masquaient partiellement la vue sur la mer.

Appuyé à la rambarde en fer forgé du balcon, un homme de haute taille, mince, avec des cheveux couleur sable, contemplait la mer. Il se retourna à mon entrée.

— Mademoiselle, déclara-t-il aimablement, contournant la table de travail, la main tendue. Permettez-moi de me présenter. Je suis Emile Kamel Kader, le ministre du Pétrole. Je souhaitais vivement vous rencontrer.

Ces premiers mots étaient intégralement délivrés en anglais. Je faillis en tomber par terre. Quel soulagement !

— Vous êtes étonnée de m'entendre parler aussi bien l'anglais, constata-t-il avec un sourire.

Cela n'avait rien du sourire « officiel » auquel j'avais eu droit jusque-là. C'était même l'un des sourires les plus chaleureux que j'aie jamais eu l'occasion de voir. Sa poignée de main se prolongea un peu plus longuement que nécessaire.

— J'ai été élevé en Angleterre, et j'ai fait mes études à Cambridge, m'expliqua-t-il. Au ministère, tout le monde parle *un peu* l'anglais. Après tout, c'est la langue du pétrole.

Il avait une voix merveilleusement chaude, riche et dorée comme du miel. Sa couleur me faisait également penser au miel : des yeux d'ambre, des cheveux ondulés d'un blond cendré et une peau mate à reflets d'or. Quand il souriait, ce qui lui arrivait souvent, un réseau de rides aussi fin qu'une toile d'araignée apparaissait autour de ses yeux, signe qu'il s'exposait trop souvent au soleil. Je pensai au match de tennis et lui rendis son sourire.

— Je vous en prie, asseyez-vous, dit-il en m'installant sur une splendide chaise en bois de rose sculpté.

Allant à son bureau, il pressa l'interphone et prononça quelques mots en arabe.

— J'ai commandé du thé, m'expliqua-t-il. Vous êtes descendue à l'El Riadh, je crois. On vous y sert généralement des conserves d'un goût douteux. Mais l'hôtel lui-même est charmant. Si vous n'avez rien prévu d'autre, j'aimerais vous emmener déjeuner après notre conversation. Cela vous fournira l'occasion de découvrir la ville.

J'étais de plus en plus stupéfaite par la cordialité de son accueil, et cela dut se voir sur mon visage, car il ajouta :

— Vous devez vous demander pourquoi vous avez été introduite si rapidement dans mon bureau.

— J'avoue que oui. On m'avait dit que cela prendrait un peu plus de temps.

— Voyez-vous, mademoiselle... Puis-je vous appeler Catherine ? Parfait, de votre côté vous devez m'appeler Kamel, mon nom de baptême, comme on dit. Dans notre culture, refuser quoi que ce soit à une femme est considéré comme une grossièreté inqualifiable. Indigne d'un homme, vraiment. Si une dame déclare qu'elle a un rendez-vous avec un ministre, vous ne la laissez pas dépérir dans une salle d'attente, vous la faites entrer immédiatement !

Il rit de sa merveilleuse voix chaude.

— Maintenant que vous connaissez la recette du succès, vous pourriez quitter le pays après avoir commis un meurtre.

Son long nez romain et son front haut lui conféraient un profil de médaille ancienne. Quelque chose en lui m'était vaguement familier.

— Vous êtes kabyle ? lui demandai-je soudain.

— Ma foi, oui.

Il avait l'air ravi.

— Comment le savez-vous ?

— Juste une intuition.

— Une excellente intuition. Beaucoup de ministres sont kabyles. Bien que nous représentions moins de quinze pour cent de la population algérienne, nous détenons quatre-vingts pour cent des postes officiels de haut niveau. Nos yeux dorés nous trahissent toujours. C'est ce qui arrive quand on regarde trop d'argent, trop souvent.

Il éclata de rire.

Il paraissait de si bonne humeur que je décidai d'aborder sans plus attendre un sujet beaucoup plus délicat… Même si je n'avais pas la moindre idée sur la façon dont je devais m'y prendre. Après tout, la firme s'était fait mettre à la porte parce qu'elle avait interrompu une partie de tennis. Qu'est-ce qui me disait qu'on n'allait pas me jeter dehors sous prétexte que j'étais atteinte de fièvre aphteuse ? Ce dont j'étais sûre, en revanche, c'était que je me trouvais dans le sanctuaire, et qu'une chance pareille ne se représenterait peut-être jamais. Je décidai donc de pousser mon avantage.

— Écoutez, il y a une chose dont je voudrais discuter avec vous, avant l'arrivée de mon collègue, à la fin de la semaine, commençai-je.

— Votre collègue ? répéta-t-il en s'asseyant derrière son bureau.

Peut-être était-ce un effet de mon imagination, mais il me parut subitement sur ses gardes.

— Mon directeur, pour être précise. Ma firme a décidé que, dans la mesure où nous n'avions pas de contrat signé, la présence de ce directeur était indispensable. En fait, j'ai désobéi aux ordres en venant ici aujourd'hui. Mais j'ai lu le contrat, ajoutai-je en sortant une copie de ma mallette et en la posant sur son bureau, et je ne vois pas très bien en quoi il nécessite une telle supervision.

Kamel baissa les yeux sur le contrat, puis les leva à nouveau vers moi. Croisant les mains dans une attitude de prière, il y appuya son front comme pour réfléchir. Maintenant, j'étais sûre d'être allée trop loin. Finalement, il prit la parole.

— Ainsi, vous êtes de celles qui n'hésitent pas à déroger aux règles ? dit-il. C'est très intéressant… Puis-je vous demander *pourquoi* ?

— Ceci est un « contrat global » concernant les services d'un expert, répondis-je en désignant d'un geste la liasse de papiers qui reposait sur le bureau. Il stipule que je dois procéder à une analyse des ressources pétrolières à partir des gisements et des barils. La seule chose dont j'aie besoin pour ces analyses, c'est d'un ordinateur et d'un contrat signé. Un patron ne pourrait que me mettre des bâtons dans les roues.

— Je vois, lâcha Kamel, toujours sans sourire. Vous m'avez donné une explication qui ne répond pas à ma question. Permettez-moi de vous en poser une autre. Êtes-vous familiarisée avec les nombres de Fibonacci ?

Je pris sur moi pour ne pas broncher.

— Un peu, admis-je. On les utilise pour des études de marché. Puis-je savoir d'où vous vient cet intérêt pour un sujet aussi... disons érudit ?

— Certainement, acquiesça Kamel en appuyant sur le bouton-poussoir de son bureau.

Un instant s'écoula, puis un employé entra avec une serviette en cuir. Il la tendit à Kamel et sortit.

— Le gouvernement algérien, déclara Kamel en y puisant un document qu'il me fit passer, estime que notre pays ne dispose que de ressources limitées en pétrole. Selon lui, elles ne devraient pas durer plus de huit ans. Peut-être en découvrirons-nous d'autres dans le désert, peut-être pas. Le pétrole constitue actuellement notre principale source d'exportation. Il paye entièrement les importations dont nous sommes tributaires, y compris l'alimentation. Vous constaterez bientôt par vous-même que les terres arables sont rares, par ici. Nous importons notre lait, notre viande, nos céréales, notre bois de construction... et même le sable.

— Le sable ? dis-je en levant les yeux du document que j'avais commencé à parcourir.

L'Algérie comptait des centaines de milliers de kilomètres carrés de désert !

— Du sable de qualité à usage industriel. Le sable du désert n'est pas exploitable de ce point de vue. Nous sommes donc totalement dépendants du pétrole. Nous n'avons aucune réserve, mais nous disposons d'importantes nappes de gaz naturel. Si importantes, même, que nous pourrions un jour devenir les plus grands exportateurs de ce produit... à condition toutefois de trouver un moyen pour le transporter.

— Mais quel rapport cela a-t-il avec mon projet ? dis-je tout en feuilletant rapidement les pages du document qui, bien que rédigé en français, ne comportait pas la moindre référence au pétrole ni au *gaz naturel**.

— L'Algérie est un pays membre du cartel de l'OPEP. Chaque pays membre négocie couramment des contrats et fixe indépendamment les prix du pétrole, selon un barème variable pour les différents pays. Ce qui donne libre cours à la subjectivité et à des marchandages désorganisés. En tant que pays d'accueil de l'OPEP, nous nous proposons de convaincre nos membres de recourir à une négociation collective. Ceci dans deux buts bien précis. D'abord, cela accroîtra de façon importante le prix du baril de pétrole, tout en maintenant le coût fixé pour son exploitation. Ensuite, nous pourrons investir cet argent dans le progrès technologique, exactement comme l'ont fait les Israéliens avec les fonds occidentaux.

— Vous faites allusion à l'armement ?

— Non, répondit Kamel avec un sourire, encore que nous engloutissions tous des sommes considérables dans ce département. Je faisais allusion aux progrès technologiques, et à plus important encore. Nous pouvons amener l'eau dans le désert. L'irrigation est le fondement même de toute civilisation, comme vous le savez.

— Mais je ne vois rien dans ce document qui reflète vos propos.

Au même instant, un serviteur à gants blancs apporta le thé sur un chariot. Il versa le thé à la menthe désormais familier dans un long jet fumant qui ruissela dans les verres minuscules avec un sifflement.

— C'est la façon traditionnelle de servir le thé, m'expliqua Kamel. Les feuilles de menthe verte sont écrasées avant de macérer dans l'eau bouillante. Elle contient autant de sucre qu'elle peut en absorber. Certains considèrent que c'est un tonique pour la santé, d'autres que c'est un aphrodisiaque.

Il éclata de rire tandis que nous entrechoquions nos verres et que nous buvions à petites gorgées le thé richement parfumé.

— Pour en revenir à notre conversation, dis-je comme la porte se refermait derrière le serviteur, vous avez établi un contrat non signé avec ma firme, stipulant que vous souhaitiez faire évaluer vos réserves de pétrole. Et ce document atteste que vous voulez faire chiffrer vos importations de sable et de matières premières. Or vous devez avoir un projet bien précis en tête, sinon vous n'auriez pas évoqué les nombres de Fibonacci. Alors, laquelle de ces histoires est la bonne ?

— Il n'y a qu'une histoire, dit Kamel en reposant son verre de thé et en m'observant attentivement. Le ministre Belaïd et moi-même avons étudié votre *curriculum vitae* avec la plus grande attention. Nous en avons conclu que vous étiez exactement celle qu'il nous fallait pour mener à bien ce projet. Votre parcours prouve que vous n'avez pas peur d'envoyer promener le règlement…

Son sourire s'élargit à ces mots.

— Voyez-vous, ma chère Catherine, j'ai refusé d'accorder un visa à votre directeur, M. Pétard, pas plus tard que ce matin.

Saisissant ma copie du contrat qui était restée au milieu du bureau, il s'empara d'un stylo et apposa sa signature au bas de la page.

— Maintenant, vous avez un contrat signé expliquant votre mission ici, dit-il en me tendant la feuille.

Je regardai la signature quelques instants, puis je lui souris. Il me rendit mon sourire.

— Parfait, patron, dis-je. Quelqu'un pourrait-il avoir enfin l'obligeance de m'expliquer ce que je suis supposée faire ?

— Nous voulons un prototype d'ordinateur, déclara-t-il d'une voix douce. Mais conçu dans le plus grand secret.

— Et à quoi servira ce prototype ?

Je serrai le contrat signé sur mon cœur en regrettant de ne pas pouvoir voir la tête de Pétard quand il l'ouvrirait à Paris… Le fameux contrat qu'une escouade d'associés n'avait pas été capable de décrocher.

— Nous aimerions pouvoir prévoir, répondit Kamel, ce que le monde fera, économiquement parlant, lorsque nous cesserons de l'approvisionner en pétrole.

*

Les collines d'Alger sont encore plus escarpées que celles de Rome ou de San Francisco. Il y a même des endroits où il est difficile de se tenir debout. J'étais à bout de souffle quand nous atteignîmes enfin le restaurant, une petite salle située au deuxième étage d'une maison donnant sur une place découverte. Il s'appelait El Bacour, ce que Kamel me traduisit par « La Selle de chameau ». De rudes selles de chameau en cuir étaient effectivement disséminées un peu partout dans la petite entrée et le bar, chacune d'entre elles arborant de magnifiques broderies en couleur représentant des feuilles et des fleurs.

La salle principale avait des tables recouvertes de nappes immaculées fraîchement amidonnées, et des rideaux en dentelle blanche remuaient doucement dans la brise. À l'extérieur, les branches des acacias sauvages tapaient contre les vitres.

On s'installa à une table nichée dans le renfoncement d'une fenêtre ronde, et Kamel commanda des pastillas au pigeon : un pâté enrobé d'une fine croûte plongée dans de la cannelle et du sucre, farci d'un succulent mélange de chair de pigeon, d'œufs brouillés finement hachés, de raisins, d'amandes grillées et d'épices exotiques. Tandis que nous dégustions les cinq plats qui composent traditionnellement les repas méditerranéens – accompagnés de vins du cru qui coulaient comme de l'eau –, Kamel me régala avec des récits du nord de l'Afrique.

Je ne connaissais pas encore l'incroyable culture historique de ce pays que j'appelais maintenant mon foyer. D'abord, il y avait eu les Touaregs, les Kabyles et les Maures – ces tribus d'anciens Berbères qui avaient colonisé la côte. Puis étaient venus les Minoens et les Phéniciens qui y avaient établi des garnisons. Puis les colonies romaines ; les Espagnols qui s'étaient emparés des terres maures après avoir reconquis les leurs ; et l'Empire ottoman, qui avait imprimé sa domination sur les pirates de la côte de la Barbarie pendant trois cents ans. À partir de 1830, ces terres étaient tombées sous la coupe de la France, jusqu'à la révolution algérienne qui, dix ans avant mon arrivée, avait mis fin à l'autorité étrangère.

Dans l'intervalle, il y avait eu plus de dynasties de deys et de beys que je ne pouvais en compter, toutes auréolées de noms aux sonorités exotiques, et de pratiques plus exotiques encore. Les harems et les décapitations semblaient à l'ordre du jour. Avec l'application de la loi musulmane, les choses s'étaient un peu calmées. Bien que j'aie remarqué que Kamel avait bu sa part de vin rouge avec son tournedos et son riz au safran, et du vin blanc pour faire passer la salade, il ne s'en considérait pas moins comme un adepte de l'Islam.

— Islam, remarquai-je comme on nous servait le café noir et sirupeux avec le dessert, cela signifie « paix », n'est-ce pas ?

— Dans un sens, répondit Kamel.

Il coupa le rahat-loukoum en plusieurs parts : une confiserie ressemblant à de la gelée, enrobée de sucre glace et parfumée au jasmin et aux amandes.

— C'est le même mot que « shalom » en hébreu : la paix soit avec toi. En Arabe, c'est « salaam », accompagné d'une profonde inclination du corps, jusqu'à ce que la tête touche le sol. Cela signifie une totale prosternation devant la volonté d'Allah. C'est-à-dire une complète soumission.

Il me tendit un morceau du rahat-loukoum avec un sourire.

— Parfois la soumission à la volonté d'Allah signifie la paix, parfois non.

— Plus souvent non, précisai-je. Mais Kamal me regarda avec sérieux.

— N'oubliez pas que de tous les grands prophètes de l'Histoire – Moise, Bouddha, Jean le Baptiste, Zarathoustra, le Christ – Mahomet est le seul à être entré en guerre. Il a levé une armée de quarante mille hommes et, bondissant à cheval, il a attaqué La Mecque. Et il l'a reconquise !

— Et Jeanne d'Arc ? soulignai-je avec un sourire.

— Elle n'a pas fondé une religion, mais elle avait l'âme d'un chef spirituel. Quoi qu'il en soit, le jihad n'est pas ce que vous autres Occidentaux estimez qu'il est. Avez-vous lu le Coran ?

Comme je secouais négativement la tête, il ajouta :

— Je vous en ferai parvenir un exemplaire. En anglais. Je pense que vous trouverez cette lecture intéressante. Et différente de ce que vous pourriez imaginer.

Kamel ramassa la note, et nous descendîmes dans la rue.

— Et maintenant, en route pour le tour d'Alger que je vous ai promis, déclara-t-il. J'aimerais commencer par vous montrer la Poste centrale.

Nous nous dirigeâmes vers les bureaux de la grosse Poste centrale, située sur le front de mer. Tout en cheminant, Kamel m'expliqua :

— Toutes les lignes de téléphone sont reliées à la Poste centrale. C'est encore un système que nous avons hérité de la France, où tout converge vers le centre, mais rien ne peut repartir en sens inverse. Exactement comme leurs rues. Les appels internationaux sont transmis manuellement. Ça vous plaira. D'autant que vous devrez composer avec ce système téléphonique archaïque pour concevoir votre prototype d'ordinateur. La plupart des données que vous aurez à rassembler vous seront transmises par téléphone.

Je ne voyais pas très bien en quoi le prototype qu'il m'avait commandé nécessiterait l'usage des télécommunications, mais comme nous étions convenus de ne pas en parler en public, je dis simplement :

— En effet, j'ai eu quelques problèmes pour obtenir un appel longue distance, la nuit dernière.

Nous gravîmes les marches de la Poste centrale. Comme les autres bâtiments, elle était vaste, sombre, avec du marbre sur le sol et de hauts plafonds. Des lustres élaborés pendaient du plafond comme dans un bureau de banque des années vingt. Des photos encadrées de Houari Boumediene, le président d'Algérie, étaient accrochées dans tous les coins. Il avait un visage allongé, des grands yeux tristes et une grosse moustache victorienne.

Il y avait beaucoup d'espace libre dans les bâtisses que j'avais visitées jusque-là, et la poste ne faisait pas exception. Bien qu'Alger fût une grande ville, on avait toujours l'impression qu'il n'y avait pas assez d'habitants pour remplir l'espace, même dans les rues. Pour quelqu'un qui, comme moi, venait de New York, cela faisait une drôle d'impression. Tandis que nous traversions la poste, le cliquetis de nos talons résonna contre les murs. Les gens chuchotaient à voix basse, comme dans une bibliothèque publique.

Tout au fond, dans un espace ouvert à tous, était installé un standard pas plus grand qu'une table de cuisine. Il donnait l'impression d'avoir été dessiné par Alexander Graham Bell. Une petite femme d'une quarantaine d'années, au visage pincé, avec un cataplasme de cheveux teints au henné empilé au sommet de sa tête, était assise aux commandes. Sa bouche était une balafre de rouge à lèvres couleur sang, un coloris qui ne se faisait plus depuis la Seconde Guerre mondiale, et sa robe en voile fleuri était également millésimée. Une énorme boîte de chocolats à l'emballage défait était posée sur le bord du standard.

— Mais que vois-je ? Monsieur le ministre en personne ! s'écria-t-elle, retirant une fiche de son standard et se levant pour l'accueillir.

Elle lui tendit ses deux mains, que Kamel serra dans les siennes.

— J'ai reçu vos chocolats, dit-elle en désignant la boîte. De Suisse ! Vous ne faites jamais rien à moitié.

Elle avait une voix grave et un peu vulgaire, comme une chanteuse de cabaret à Montmartre. Il y avait en elle quelque chose de très nature qui me plut tout de suite. Elle parlait le français comme ces marins marseillais que Valérie, la bonne d'Harry, imitait si bien.

— Thérèse, je voudrais vous présenter Mlle Catherine Velis, lui dit Kamel. Mademoiselle est chargée d'un travail important pour le compte du ministère – ou plutôt pour l'OPEP. J'ai pensé qu'il lui serait utile de faire votre connaissance.

— Ahhh, l'OPEP ! s'écria Thérèse qui ouvrit de grands yeux et secoua les doigts. Très grand. Très important. Elle doit être très intelligente ! ajouta-t-elle en parlant de moi. Cette OPEP, elle va faire du bruit avant peu, croyez-moi.

— Rien n'échappe à Thérèse, dit Kamel dans un éclat de rire. Elle écoute tous les appels transcontinentaux. Elle en sait plus long que le ministre lui-même.

— C'est sûr, approuva-t-elle. Qui veillerait au grain, si je n'étais pas là ?

— Thérèse est *pied-noir**, me dit Kamel.

— Je suis née en Afrique, mais je ne suis pas une de ces Arabes. Ma famille vient du Liban.

Il était dit que je ne comprendrais jamais rien aux distinctions génétiques que faisaient les Algériens entre eux, mais cela avait l'air très important à leurs yeux.

— Mlle Velis a eu quelques difficultés pour obtenir un numéro de téléphone la nuit dernière, l'informa Kamel.

— Quelle heure était-il ? voulut-elle savoir.

— Environ vingt-trois heures, répondis-je. J'ai essayé d'appeler New York depuis l'hôtel El Riadh.

— Pourtant j'étais là ! s'écria-t-elle.

Puis, secouant la tête, elle m'expliqua :

— Ces « types » qui travaillent aux standards de l'hôtel sont des paresseux. Ils coupent les communications. Il faut parfois attendre huit heures pour obtenir un numéro. La prochaine fois prévenez-moi, et je m'en occuperai personnellement. Voulez-vous donner un coup de fil ce soir ? Dites un seul mot, et c'est comme si c'était fait.

— J'aimerais envoyer un message à un ordinateur de New York, afin de faire savoir à quelqu'un que je suis bien arrivée. L'appareil enregistre la voix et la transcrit digitalement.

— Très moderne, déclara Thérèse. Je peux le transmettre pour vous en anglais, si vous voulez.

J'acceptai et rédigeai par écrit mon message à Nim, lui expliquant que j'étais bien arrivée et que je comptais me rendre très bientôt dans les montagnes. Il comprendrait ce que cela signifiait : j'allais rencontrer le marchand d'antiquités de Llewellyn.

— Excellent, dit Thérèse en pliant la note. Je m'en occupe immédiatement. Maintenant que je vous connais, vos appels seront toujours passés en priorité. Venez me voir de temps en temps.

Tandis que nous quittions la poste, Kamel déclara :

— Thérèse est la personne la plus importante d'Algérie. Elle peut faire ou briser une carrière politique rien qu'en débranchant quelqu'un qu'elle n'aime pas. Je crois que vous lui avez plu. Vous savez, elle pourrait même faire de vous une présidente ! conclut-il dans un éclat de rire.

Nous longions à nouveau le front de mer en direction du ministère, et il commenta négligemment :

— J'ai remarqué que dans votre message vous parliez de vous rendre dans les montagnes. Vous pensez à un endroit précis ?

— Je veux seulement rencontrer l'ami d'un ami, répondis-je sans me compromettre. Et visiter un peu la région.

— Je vous demande ça parce que les montagnes sont le fief des Kabyles. J'y ai été élevé et je connais très bien les lieux. Si vous le souhaitez, je peux vous envoyer une voiture ou encore vous y conduire moi-même.

Sa proposition était formulée sur un ton désinvolte, mais quelque chose était passé dans sa voix, que je ne réussis pas à identifier.

— Je croyais que vous aviez été élevé en Angleterre ?

— J'y suis allé à l'âge de quinze ans pour entrer dans un collège privé. Mais avant cela, j'ai couru pieds nus dans les collines, comme un chevreau sauvage. Vous devriez vraiment faire appel à un guide. C'est une région magnifique, mais où l'on se perd facilement. Les cartes routières d'Algérie ne sont pas toutes fiables.

Il me proposait ses services, et je me dis qu'il ne serait peut-être pas très judicieux de refuser.

— J'aurais peut-être avantage à y aller avec vous, acquiesçai-je. Vous savez, en quittant l'aéroport, hier soir, j'ai été suivie par la police. Un type appelé Sharrif. Qu'est-ce que cela signifie, à votre avis ?

Kamel s'arrêta net. Nous étions face au port, et les énormes paquebots oscillaient doucement sur l'eau calme.

— Comment savez-vous qu'il s'agissait de Sharrif ? demanda-t-il abruptement.

— Je l'ai rencontré. Il... il m'a convoquée dans son bureau, à l'aéroport, au moment où j'allais franchir la douane. Il m'a posé quelques questions, très aimablement d'ailleurs, et puis il m'a laissée partir. Mais il m'a fait suivre…

— Quel genre de questions ? m'interrompit Kamel.

Son teint était devenu terreux. Je m'efforçai de me rappeler tout ce qui s'était passé et le racontai à Kamel. Je lui répétai même les commentaires du chauffeur de taxi.

Quand j'eus fini, Kamel resta silencieux. Il avait l'air de réfléchir à quelque chose. Enfin, il déclara :

— J'aimerais que vous ne parliez de tout ceci à personne d'autre. Je vais me renseigner, mais je ne pense pas qu'il y ait lieu de s'inquiéter. Il s'agit très probablement d'une erreur d'identité.

Nous nous dirigeâmes vers le ministère. Comme nous atteignions l'entrée, Kamel me dit :

— Si jamais Sharrif vous contacte à nouveau pour une raison ou une autre, dites-lui que vous m'avez mis au courant.

Il posa la main sur mon épaule.

— Et dites-lui que *je* vous emmènerai chez les Kabyles.

LE SON DU DÉSERT

> Mais le Désert écoute, bien que les hommes n'entendent pas, et sera transformé un jour en un Désert de sons.
>
> Miguel de UNAMUNO Y JUGO.

LE SAHARA
FÉVRIER 1793

Immobile sur l'erg, Mireille contemplait le vaste désert rouge.

Au sud s'étendaient les dunes d'Ez-Zemoul el-Akbar, dont les vagues ondulantes atteignaient trente mètres de haut. À cette distance et dans la lumière du matin, elles évoquaient des griffes couleur de sang fouillant le sable.

Derrière elle se dressaient les montagnes de l'Atlas encore teintées de mauve par les ombres du petit jour, et voilées de nuages bas, chargés de neige. Ils flottaient au-dessus de ce désert vide, le plus vaste et le plus aride du monde : des centaines de milliers de kilomètres carrés de sable couleur de brique effritée, et où rien ne bougeait, hormis les cristaux agités par le souffle de Dieu.

« Sahara » était son nom. Le Sud. La terre inculte. Le royaume des Aroubi – les Arabes, les Voyageurs du Désert.

Mais l'homme qui l'avait conduite ici n'était pas un Aroubi. Shahin avait le teint clair, avec des cheveux et des yeux couleur vieux bronze. Son peuple parlait la langue des anciens Berbères qui avaient régné sur ce désert aride pendant plus de cinq mille ans. Ils étaient venus, lui avait-il dit, des montagnes et des ergs – cette chaîne immobile de plateaux séparant les montagnes qui s'élevaient derrière elle des sables qui s'étiraient devant elle. Cette chaîne de plateaux, ils l'avaient baptisée « Areg » : la Dune. Et ils s'étaient appelés eux-mêmes les Tou-Areg. Ceux qui sont liés à la Dune. Les Touaregs connaissaient un secret aussi ancien que leur lignage, un secret enfoui dans les sables du temps. C'était pour découvrir ce secret que Mireille avait voyagé si longtemps et si loin.

Un mois seulement s'était écoulé depuis la nuit où elle avait suivi Laetitia jusqu'à une petite baie secrète du rivage corse. Là, elle avait embarqué sur un bateau de pêche et avait traversé une mer démontée, en direction de l'Afrique où son guide Shahin, le Faucon, l'attendait dans le port de Dar-el-Beïda pour l'emmener dans le Maghreb. Il était revêtu d'une longue tunique noire, le visage dissimulé par le litham indigo, un double voile qui lui permettait de voir sans être vu. Car Shahin était l'un des « Hommes bleus », ces tribus sacrées du Hoggar où seuls les hommes portent des voiles pour se protéger du vent du désert, teintant leur peau de reflets d'un bleu surnaturel. Les nomades appelaient cette secte spéciale les Maghribi – Magiciens –, ceux qui ont le pouvoir de pénétrer les secrets du Maghreb, la terre du Soleil couchant. Ils savaient où trouver la clé du Jeu de Montglane.

C'était pour cette raison que Laetitia et sa mère l'avaient envoyée en Afrique, pour cette raison que Mireille avait traversé le Haut Atlas en plein hiver – cinq cents kilomètres à travers le blizzard et un terrain aux multiples traîtrises. Car une fois qu'elle aurait découvert le secret, elle serait la seule personne vivante à avoir touché les pièces et à connaître la clé de leur pouvoir.

Le secret n'était pas dissimulé sous un roc du désert. Pas plus qu'il n'était enfoui dans une bibliothèque poussiéreuse. Il était tapi à l'intérieur des récits chuchotés de ces nomades. Glissant la nuit sur le sable, se transmettant de bouche à oreille, le secret s'était dilué comme les étincelles mourantes d'un feu de camp qu'on éparpille sur le sable silencieux et que l'ombre absorbe. Le secret était enfoui dans les sons mêmes du désert, dans les récits de son peuple – dans les chuchotements mystérieux des rochers et de la pierre.

*

Shahin était étendu à plat ventre dans la tranchée tapissée de broussailles qu'ils avaient creusée dans le sable. Au-dessus de leurs têtes, le faucon tournoyait en une lente spirale, scrutant les buissons, à l'affût du moindre mouvement. Tapie aux côtés de Shahin, Mireille osait à peine respirer. Elle observait le profil tendu de son compagnon : le long nez, busqué comme celui du faucon pèlerin qui lui avait donné son nom, les pâles yeux jaunes, la bouche sévère et les longs cheveux nattés qui tombaient dans son dos. Il avait retiré son traditionnel voile noir, tout comme Mireille, et ne portait qu'une souple djellaba de laine, teinte en roux clair grâce au jus du bois d'abal, la couleur du désert. Le faucon qui tournoyait au-dessus d'eux ne pouvait pas les distinguer au milieu du sable et des broussailles qui leur servaient de camouflage.

— C'est un hurr – un faucon sacre, chuchota Shahin à Mireille. Il est moins rapide et agressif que le pèlerin, mais il est plus intelligent et sa vision est meilleure. Il fera un bon oiseau pour vous.

Mireille devait attraper et dresser un faucon, lui avait-il expliqué, avant qu'ils ne traversent l'Ez-Zemoul el-Akbar, à la lisière du Grand Erg oriental – la plus vaste et la plus haute étendue de dunes du monde. Il ne s'agissait pas seulement d'un test destiné à prouver qu'elle était capable de se plier aux coutumes des Touaregs

– où les femmes chassaient et commandaient –, c'était aussi une question de survie.

Car devant eux se profilaient quinze jours, peut-être même vingt, de marche dans les dunes, brûlantes le jour et glacées la nuit. Leurs chameaux ne pouvaient parcourir qu'un kilomètre et demi par heure, à cause du sable rouge sombre qui se dérobait sous eux. À Ghardaïa ils avaient acheté des provisions : du café, de la farine, du miel et des dattes – et des sacs de sardines séchées et malodorantes pour nourrir les chameaux. Mais maintenant qu'ils avaient quitté les marais salants et la hamada caillouteuse avec ses ultimes points d'eau agonisants, ils ne disposaient plus de la moindre nourriture, à moins qu'ils ne puissent chasser. Or aucune race sur terre ne possédait l'endurance, la vue, la ténacité et l'instinct prédateur nécessaires pour chasser sur cette terre sauvage et nue – excepté le faucon.

Mireille gardait les yeux fixés sur le rapace qui semblait planer sans effort dans la brise brûlante du désert. Shahin plongea la main dans son sac et en tira le pigeon apprivoisé qu'ils avaient acheté. Il noua un fin lien autour de sa patte et attacha l'autre extrémité à une pierre. Puis il lâcha l'oiseau dans les airs. Le pigeon monta droit dans le ciel. En une fraction de seconde, le faucon le repéra et parut s'immobiliser en plein vol, préparant son attaque. Il fondit comme un boulet sur sa proie et frappa. Des plumes voltigèrent dans toutes les directions tandis que les deux oiseaux s'abattaient sur le sol.

Mireille amorça le mouvement de se relever, mais Shahin la retint de la main.

— Laissez-le goûter le sang, chuchota-t-il. Le sang annihile la mémoire et la prudence.

Le faucon était à terre et déchiquetait le pigeon quand Shahin commença à tirer le fil à lui. Le faucon battit des ailes, mais resta au sol, hésitant. Shahin tira à nouveau le lien, comme pour lui faire croire que le pigeon blessé se traînait sur le sol. Et, comme il l'avait prédit, le faucon se précipita sur sa proie pour se rassasier de sa chair tiède.

— Approchez-vous le plus près possible, souffla-t-il à Mireille. Quand il ne sera plus qu'à un mètre, attrapez-le par la patte.

Mireille le regarda comme s'il était fou, mais rampa vers l'extrémité des broussailles, prête à bondir. Son cœur battait à tout rompre tandis que Shahin tirait peu à peu le pigeon vers elle. Le faucon n'était plus qu'à un mètre quand Shahin lui tapa brusquement sur le bras. D'une détente, elle jaillit des branchages et saisit le faucon par la patte. Il battit furieusement des ailes et, avec un cri, planta son bec acéré dans son poignet.

Shahin était déjà à ses côtés. Attrapant le rapace, il le chaperonna d'un geste expert et l'attacha avec une corde en soie à la sangle de cuir qu'il avait déjà fixée au poignet valide de Mireille.

Mireille suça le sang qui jaillissait de son poignet entaillé, éclaboussant ses cheveux et son visage. Claquant la langue, Shahin déchira une bande de mousseline et la noua là où le faucon avait lacéré la peau. Le bec du rapace avait frôlé une artère.

— Vous l'avez capturé pour qu'il vous procure à manger, dit-il avec un sourire ironique, mais il s'en est fallu de peu qu'il ne *vous* mange.

Saisissant son bras bandé, il lui fit poser la main sur le faucon aveuglé qui s'agrippait de ses griffes à la sangle de son autre poignet.

— Caressez-le, lui conseilla-t-il. Montrez-lui qui est le maître. Il faut en général une lune et trois quartiers pour apprivoiser un hurr, mais si vous vivez avec lui, si vous mangez avec lui, si vous le caressez et que vous lui parlez, et si même vous dormez avec lui, il vous sera tout acquis dès la prochaine lune. Quel nom voulez-vous lui donner, pour qu'il puisse l'apprendre ?

Mireille regarda avec fierté la créature sauvage qui s'accrochait à son bras en tremblant. Pendant un instant, elle en oublia la douleur lancinante de son poignet.

— Charles, dit-elle. Petit Charles. J'ai capturé un petit Charlemagne venu du ciel.

Shahin la dévisagea silencieusement de ses yeux jaunes, puis il remonta lentement son voile indigo afin de dissimuler la moitié inférieure de son visage. Lorsqu'il parla à nouveau, le voile ondula dans l'air asséché du désert.

— Ce soir, nous lui apposerons votre marque, afin qu'il sache qu'il n'appartient qu'à vous.

— Ma marque ? s'étonna Mireille.

Shahin fit glisser une bague de son doigt et la pressa dans la main de Mireille. Elle regarda le sceau, un bloc d'or brut qui reposait dans sa paume. Le chiffre huit était gravé en son centre.

Sans un mot, elle suivit Shahin jusqu'au talus où les attendaient leurs chameaux, au pied d'une dune, agenouillés sur leurs pattes repliées. Elle regarda Shahin poser le genou sur la selle du chameau qui se leva d'un seul mouvement et le souleva comme une plume. Mireille fit de même, le faucon juché sur son poignet dressé, et ils s'éloignèrent dans le sable rouge.

*

Les braises rougeoyaient doucement dans le feu quand Shahin se pencha pour placer la bague dans les cendres ardentes. Il parlait peu et souriait rarement. Elle n'avait pas appris grand-chose sur lui depuis un mois qu'ils vivaient ensemble. Leur principal souci était de survivre. Elle savait uniquement qu'ils atteindraient le Hoggar – ces montagnes de lave qui étaient le domaine des Touaregs Kel Ahaggar – avant la naissance de son enfant. À toutes ses autres questions, Shahin s'obstinait à répondre : « Vous verrez bientôt. »

Ce fut donc avec une surprise légitime qu'elle le vit détacher son voile pour lui parler, tandis qu'il regardait la bague absorber la chaleur des cendres.

— Vous êtes ce que nous appelons une *thayyib*, déclara-t-il. Une femme qui n'a connu un homme qu'une seule fois, et qui cependant porte un enfant. Peut-être avez-vous remarqué la façon dont on vous a dévisagée à Ghardaïa quand nous nous y sommes arrêtés. Une légende circule chez nous. Sept mille ans avant l'Hégire, une femme vint de l'est. Elle parcourut des milliers de kilomètres dans le désert de sel, seule, avant d'atteindre les Touaregs Kel Rela. Elle avait été bannie par son peuple, car elle attendait un enfant. Ses cheveux étaient de la couleur du désert, comme les vôtres. Son nom était Daïa, ce qui signifie « la source vive ». Elle chercha refuge dans une grotte. Le jour où elle donna naissance à son enfant, l'eau jaillit des parois de la grotte. Elle continue à jaillir aujourd'hui encore, à Q'ar Daïa – la grotte de Daïa, la déesse des puits.

Ainsi Ghardaïa, où ils s'étaient arrêtés pour acheter les chameaux et les vivres, avait greffé son nom sur celui de la mystérieuse déesse Q'ar – exactement comme Carthage, songea Mireille. Cette Daïa – ou Didon – évoquait-elle la même légende ? Ou la même personne ?

— Pourquoi me racontez-vous cela ? demanda Mireille, le regard fixé sur le feu, en caressant Charles toujours perché sur son bras.

— Il est écrit, répondit Shahin, qu'un jour un Nabi, ou prophète, viendra de Bahr al-Azraq – la mer d'Azur. Un Kalim – quelqu'un qui converse avec les esprits, qui suit le Tarikat, c'est-à-dire le chemin mystique du savoir. Cet homme sera tout cela à la fois, et il sera un Za'ar – quelqu'un qui a la peau claire, les yeux bleus et les cheveux rouges. Pour mon peuple, il s'agit d'un présage, et c'est pour cela qu'ils vous ont dévisagée.

— Mais je ne suis pas un homme, dit Mireille en levant les yeux vers lui. Et mes yeux sont verts, non pas bleus.

— Ce n'est pas vous dont je parle.

Il se pencha sur le feu, ouvrit son *bousaadi* – un long couteau mince – et retira la bague incandescente des braises brûlantes.

— C'est votre fils que nous attendions. Celui qui naîtra sous les yeux de la déesse, exactement comme c'était prédit.

Mireille ne demanda pas à Shahin comment il pouvait savoir que son enfant serait de sexe masculin. Un million de pensées assaillaient son esprit tandis qu'elle le regardait envelopper l'anneau de la bague dans une bande de cuir. Elle s'autorisa à penser à l'enfant qu'elle portait. À près de six mois de grossesse, elle pouvait le sentir bouger en elle. Qu'adviendrait-il de cet enfant, né dans ce lieu immense et sauvage, aux multiples dangers, si loin de son peuple ? Pourquoi Shahin pensait-il qu'il devait accomplir cette prophétie primitive ? Pourquoi lui avait-il raconté la légende de Daïa – et quel rapport avait-elle avec le secret qu'elle voulait découvrir ? Elle chassa ces pensées de son esprit tandis qu'il lui tendait la bague brûlante.

— Appliquez-la rapidement mais fermement sur son bec, juste ici, lui indiqua-t-il comme elle saisissait la bague enveloppée de cuir. Il ne sentira qu'une douleur fugitive, mais il s'en souviendra.

Mireille regarda le faucon aveuglé qui reposait avec confiance sur son bras, les griffes enfouies dans la sangle épaisse qui entourait son poignet. Elle approcha la bague brûlante du bec exposé. Puis elle interrompit son mouvement.

— Je ne peux pas, dit-elle en laissant retomber sa main.

La lueur rougeoyante brilla dans la nuit froide.

— Vous devez le faire, déclara Shahin d'un ton ferme. Comment pouvez-vous espérer avoir la force de tuer un *homme* si vous n'avez pas celle d'apposer votre marque sur un oiseau ?

— Tuer un homme, moi ? Jamais ? s'écria Mireille.

Sa protestation amena un lent sourire sur les lèvres de Shahin, tandis que ses prunelles brillaient d'un éclat doré dans la lueur étrange. Les Bédouins avaient raison, songea-t-elle, quand ils parlaient du pouvoir terrifiant d'un sourire.

— Ne me dites pas que vous ne tuerez pas cet homme, murmura Shahin d'une voix douce. Vous connaissez son nom – vous le prononcez dans votre sommeil. Je sens la vengeance qui est en vous, tout comme on flaire de loin le parfum de l'eau dans le désert. C'est cela qui vous a conduite ici, et qui vous a conservée en vie : la soif de vengeance.

— Non, dit Mireille, malgré le sang qui battait derrière ses paupières, tandis qu'elle refermait les doigts sur la bague. Je suis venue ici pour découvrir un secret. Vous le savez. Et au lieu de m'aider, vous me racontez la légende d'une femme aux cheveux rouges qui est morte depuis des milliers d'années…

— Je n'ai jamais dit qu'elle était morte, trancha Shahin, le visage dénué de toute expression. Elle vit, comme les sables qui chantent dans le désert. Et comme les anciens mystères, elle parle. Les dieux ne pouvaient pas supporter l'idée de la voir mourir, alors ils l'ont métamorphosée en une pierre vivante. Depuis huit mille ans elle attend, car vous êtes l'instrument de sa rétribution – vous et votre fils –, exactement comme c'était prédit.

Je renaîtrai à la vie, comme le Phénix de ses cendres, le jour où les rochers et les pierres se mettront à chanter… et le sable du désert pleurera des larmes de sang… Et ce sera un jour de rétribution pour la Terre…

Les paroles chuchotées de Laetitia lui revinrent en mémoire, ainsi que la réponse de l'abbesse : le Jeu de Montglane recèle la clé qui ouvrira les lèvres muettes de la Nature – qui libérera la voix des dieux.

Son regard se posa sur l'étendue de sable, d'un rose pâle et surnaturel dans la lueur du feu, qui ondoyait sous le vaste océan des étoiles. La bague rougeoyante était toujours dans sa main. S'adressant à mi-voix au faucon, elle prit une profonde inspiration et appliqua le sceau brûlant sur son bec. L'oiseau frémit, trembla, mais ne bougea pas tandis qu'une âcre odeur de cartilage brûlé emplissait ses narines. Elle se sentait malade quand elle lâcha la bague sur le sol. Mais elle caressa le dos et les ailes repliées du faucon. Les plumes soyeuses frémirent sous ses doigts. Un huit parfait était imprimé sur le bec.

Shahin se pencha et posa la main sur son épaule alors qu'elle caressait le faucon. C'était la première fois qu'il la touchait, et il la regarda droit dans les yeux.

— Lorsqu'elle vint vers nous du désert, dit-il, nous lui avons donné le nom de Daïa. Mais à présent elle vit dans le Tassili, là où je vous emmène. Elle se dresse sur six mètres de haut, dominant sur un kilomètre la vallée de Jabbaren et les géants de la terre, qu'elle gouverne. Nous l'appelons la Reine blanche.

*

Ils progressèrent dans les dunes pendant des semaines, s'arrêtant seulement pour chasser du petit gibier, lâchant l'un des faucons pour le rabattre. C'était la seule nourriture fraîche dont ils disposaient. Le lait douceâtre et salé des chameaux constituait leur seule boisson.

Il était midi, le dix-huitième jour, quand Mireille arriva au terme de l'ascension, son chameau dérapant dans le sable. Elle découvrit alors pour la première fois les *zauba'ah*, ces tourbillons sauvages qui ravagent le désert. À une quinzaine de kilomètres de là, ils se cabraient à près de trois cents mètres du sol, telles des colonnes rouges et ocre tournoyant lourdement dans le vent. À leur base, le sable était soulevé dans l'air à trente mètres, véritable mer bouillonnante de rochers, de sable et de plantes entraînés dans un kaléidoscope déchaîné, comme des petites pastilles colorées de confettis. À un kilomètre de hauteur, ils produisaient un gigantesque nuage rouge qui recouvrait le ciel et brouillait le soleil de midi.

L'échafaudage en forme de tente qui les protégeait contre la réverbération du désert claquait au-dessus de la selle des chameaux, comme les voiles d'un navire traversant la mer du désert. C'était l'unique son que Mireille percevait, ce claquement sec, tandis qu'au loin, le désert se déchirait silencieusement.

Puis elle entendit le bruit – un long bourdonnement, étouffé et terrifiant comme un mystérieux gong oriental. Les chameaux commencèrent à s'agiter, tirant sur leurs rênes, se cabrant farouchement. Le sable glissait sous leurs pattes.

Shahin sauta à bas de son chameau et agrippa les rênes pour contenir ses ruades.

— Ils ont peur des sables chantants, lui cria-t-il en saisissant ses rênes tandis qu'elle glissait à terre pour démonter l'échafaudage.

Shahin banda les yeux des chameaux, qui faisaient des écarts en poussant des cris de leur voix rauque et stridente. Il les attacha à l'aide d'un *ta'kil* – entravant leur patte antérieure au-dessus du genou – et les força à se coucher dans le sable pendant que Mireille ôtait leur harnachement. Le vent brûlant poursuivait sa route, les sables chantants devenaient plus forts.

— Ils sont à une quinzaine de kilomètres, cria Shahin, mais ils progressent très rapidement. Dans vingt minutes, trente maximum, ils seront sur nous !

Il fixait au sol des piquets à grands coups de maillet, étalant les toiles des tentes sur leurs affaires tandis que les chameaux blatéraient désespérément, agitant leurs pattes ligotées pour tenter de prendre appui sur le sable mouvant. Mireille coupa les *sibak*, les cordes en soie qui retenaient les faucons à leur perche, attrapa les oiseaux et les enfouit dans un sac qu'elle mit à l'abri sous l'un des pans de la tente plaquée au sol. Puis elle rampa avec Shahin sous la toile déjà à moitié recouverte d'une épaisse couche de sable couleur brique.

Une fois sous la toile, Shahin lui enveloppa la tête et le visage dans de la mousseline. Même ici, sous la tente, elle sentait le picotement douloureux lui érafler la peau, se frayer un passage jusque dans sa bouche, son nez et ses oreilles. Elle s'aplatit sur le sable et s'efforça de ne plus respirer tandis que le bruit s'amplifiait, tel le mugissement de la mer.

— La queue du serpent, dit Shahin en plaçant son bras en travers de ses épaules afin de lui ménager une poche d'air, alors que le sable pesait de plus en plus lourd sur eux. Il se lève pour protéger la porte. Cela signifie que – si Allah nous prête vie – nous atteindrons le Tassili demain.

SAINT-PETERSBOURG, RUSSIE
MARS 1793

L'abbesse de Montglane était assise dans l'immense salon de ses appartements, au palais impérial de Saint-Pétersbourg. Les lourdes tentures qui tapissaient les portes et les fenêtres masquaient toute lumière et donnaient une sensation de sécurité. Jusqu'à ce matin, l'abbesse avait *cru* être en sécurité, s'être préparée à toute éventualité. Maintenant, elle comprenait qu'elle s'était trompée.

Tout autour d'elle se pressait la demi-douzaine de *femmes de chambre** que la tsarine Catherine lui avait assignée afin de s'occuper d'elle. Muettes, la tête inclinée sur leurs broderies, elles la guettaient du coin de l'œil afin de pouvoir rapporter plus tard le moindre de ses gestes. L'abbesse remuait les lèvres, murmurant un acte d'espérance et un Credo afin qu'on la crût abîmée en prière.

Dans le même temps, elle ouvrit sa bible reliée en cuir posée sur le secrétaire français à incrustations, et relut pour la troisième fois la lettre que l'ambassadeur de France lui avait fait passer le matin même, juste avant que le traîneau ne le ramenât en France.

La lettre était de Jacques-Louis David. Mireille avait disparu. Elle s'était enfuie de Paris pendant la Terreur – il était même possible qu'elle ait quitté le sol français. Mais Valentine, la douce Valentine était morte. Et où étaient les pièces ? se demandait l'abbesse avec désespoir. Cela, naturellement, la lettre ne le disait pas.

À cet instant précis, un fracas retentissant éclata dans l'antichambre voisine. Il y eut un bruit métallique suivi de cris alarmés. La voix de stentor de la tsarine les dominait largement.

L'abbesse referma sa bible sur la lettre. Les femmes de chambre échangeaient des regards inquiets quand la porte du salon s'ouvrit à la volée. La tenture se détacha du mur et tomba sur le sol dans un cliquetis d'anneaux en cuivre.

Les dames se levèrent d'un bond désordonné qui renversa pêle-mêle boîtes à ouvrage, fils et étoffes, tandis que Catherine faisait irruption dans la pièce, une troupe de gardes effarés dans son sillage.

— Dehors ! Dehors ! Dehors ! cria-t-elle comme elle traversait le salon en frappant un rouleau de parchemin dans sa paume ouverte.

Les dames s'écartèrent craintivement devant elle, ramassant maladroitement leurs affaires avant de refluer vers la porte en se bousculant. Il y eut une certaine confusion dans l'antichambre quand, dans leur hâte à échapper aux foudres de la souveraine, elles entrèrent en collision avec les gardes. Puis la porte se referma avec un bruit sourd juste comme l'impératrice atteignait le secrétaire.

L'abbesse lui sourit calmement, sa bible fermée posée devant elle.

— Ma chère Sophie, murmura-t-elle avec douceur, après toutes ces années, tu te décides enfin à venir dire matines avec moi. Je propose que nous commencions par l'acte de contrition…

L'impératrice abattit le parchemin sur la bible de l'abbesse. Ses yeux étincelaient de fureur.

— Commence par ton acte de contrition ! hurla-t-elle. Comment *oses-tu* me défier ? Comment *oses-tu* refuser d'obéir ? Ma volonté fait loi dans cet État ! Un État qui te donne asile depuis plus d'un an, en dépit des avertissements de mes conseillers, et contre mon propre jugement ! Comment oses-tu refuser de te plier à mes ordres ?

Ouvrant rageusement le parchemin, elle l'agita devant le visage de l'abbesse.

— Signe-le ! cria-t-elle, le visage noir de colère, en arrachant une plume dans l'encrier d'une main tremblante qui éclaboussa le secrétaire d'encre. Signe-le !

— Ma chère Sophie, déclara tranquillement l'abbesse en s'emparant du parchemin, j'ignore de quoi tu veux parler.

Elle examina le papier comme si elle ne l'avait jamais vu.

— Platon Zubov m'a dit que tu refusais de le signer ! cria Catherine, la plume continuant à goutter entre ses doigts, tandis que l'abbesse poursuivait sa lecture. J'attends tes explications, avant que je ne te fasse jeter en prison !

— Si je dois être jetée en prison, répondit l'abbesse avec un sourire, je ne vois pas très bien en quoi mes explications pourraient modifier mon sort... Même si elles pouvaient se révéler d'un intérêt vital pour toi.

Elle baissa à nouveau ses yeux sur le papier.

— Que veux-tu dire ? demanda l'impératrice en reposant la plume dans l'encrier. Tu sais parfaitement ce que signifie ce document. Refuser de le signer revient à commettre un acte de trahison envers l'État ! Tous les Français émigrés qui voudront continuer à jouir de ma protection devront signer cet accord. Ce peuple de scélérats a assassiné son roi ! J'ai chassé l'ambassadeur Genet de ma cour, j'ai coupé toutes relations diplomatiques avec ce gouvernement de pantins et de fous, j'ai interdit aux bateaux français de pénétrer dans les ports de Russie !

— Oui, oui, acquiesça l'abbesse avec un peu d'impatience. Mais quel rapport cela a-t-il avec moi ? Je n'ai rien à voir avec les émigrés. J'ai quitté la France bien avant qu'elle ne ferme ses portes. Pourquoi devrais-je couper toute relation avec mon pays et renoncer à une correspondance amicale qui ne fait de tort à personne ?

— En refusant, tu admets implicitement que tu es de mèche avec ces démons ! s'écria Catherine avec horreur. Réalises-tu bien qu'ils ont *voté* l'exécution d'un roi ? De quel droit ont-ils commis un tel acte ? Ces pouilleux des rues – ils l'ont assassiné de sang-froid, comme un vulgaire criminel ! Ils lui ont coupé les cheveux, ne lui ont laissé que sa chemise sur le dos et l'ont traîné dans les rues dans une charrette en bois pour que la racaille puisse lui cracher au visage ! Une fois sur l'échafaud, quand il a voulu parler – pardonner leurs péchés à ceux qui s'apprêtaient à le massacrer comme un animal –, ils lui ont placé de force la tête sur le billot et ont ordonné aux tambours de rouler…

— Je sais, intervint l'abbesse. Je sais.

Elle posa le parchemin sur le secrétaire et se leva pour faire face à son amie.

— Mais je ne peux pas cesser de communiquer avec la France, malgré tous les ukases que tu pourras lancer. Il vient de se produire quelque chose de pire – de plus terrible encore que la mort d'un roi, ou même de *tous* les rois.

Catherine la dévisagea avec perplexité tandis que l'abbesse ouvrait à contrecœur sa bible, en sortait la lettre et la lui tendait.

— Certaines pièces du Jeu de Montglane ont disparu, dit-elle.

*

La Grande Catherine, impératrice de toutes les Russies, était assise devant l'échiquier noir et blanc, en face de l'abbesse. Elle saisit un cavalier et le plaça au centre. Elle paraissait fatiguée et malade.

— Je ne comprends pas, articula-t-elle à voix basse. Si tu as toujours su où se trouvaient les pièces, pourquoi ne me l'as-tu pas dit ? Pourquoi ne m'as-tu pas fait confiance ? Je croyais qu'elles avaient été dispersées…

— Elles *étaient* dispersées, répondit l'abbesse en étudiant l'échiquier. Mais par des mains que je croyais contrôler. Il semble que je me sois trompée. L'une des joueuses s'est volatilisée avec certaines des pièces. Je dois les récupérer.

— Sans aucun doute, acquiesça l'impératrice. Cela te prouve en tout cas que tu aurais mieux fait de te reposer sur moi depuis le début. J'ai des agents dans tous les pays. Si quelqu'un est capable de retrouver ce qui a disparu, c'est bien moi.

— Ne sois pas ridicule, dit l'abbesse en avançant sa reine et en prenant un pion. Huit pièces se trouvaient à Paris quand cette jeune femme a quitté la scène. Jamais elle n'aurait commis la folie de les emmener avec elle. Elle est la seule à savoir où elles sont cachées et elle ne se confiera à personne, excepté à quelqu'un dont elle aura la *certitude* qu'il est envoyé par moi. Dans ce but, j'ai écrit à Mlle Corday, qui dirigeait le couvent de Caen. Je lui ai demandé de se rendre à Paris en mon nom, et de repérer la trace de la fuyarde avant qu'il ne soit trop tard. Si elle vient à mourir, tout espoir de retrouver ces pièces mourra avec elle. Maintenant que tu as exilé mon facteur, l'ambassadeur Genet, je n'ai plus d'autre recours que de faire appel à ton aide pour continuer à communiquer avec la France. Ma dernière lettre est partie avec sa valise diplomatique.

— Hélène, tu es beaucoup trop intelligente pour moi, dit la tsarine avec un large sourire. J'aurais dû deviner d'où venait le courrier que j'ai réussi à te confisquer.

— Confisquer ! s'écria l'abbesse en regardant Catherine éliminer son fou de l'échiquier.

— Rien d'intéressant, commenta la tsarine. Mais maintenant que tu m'as témoigné suffisamment de confiance pour me révéler le contenu de cette lettre, peut-être franchiras-tu le pas suivant en m'autorisant à t'aider, ainsi que je te l'ai toujours proposé. Bien que je soupçonne le départ de Genet d'être à l'origine de ta décision de me parler, je suis toujours ton amie. Je veux le Jeu de Montglane. Je dois l'avoir avant que moins scrupuleux que moi ne s'en emparent. Tu as placé ta vie entre mes mains en venant ici, mais jusqu'à aujourd'hui tu n'as jamais partagé ce que tu savais avec moi. Pourquoi n'aurais-je pas subtilisé tes lettres, puisque tu te méfiais de moi ?

— Comment aurais-je pu me fier à toi ? s'écria farouchement l'abbesse. Crois-tu que je sois aveugle ? Tu as signé un pacte avec ton *ennemi*, la Prusse, pour un nouveau partage de ton *alliée*, la Pologne. Ta vie est menacée par un millier d'adversaires, au sein même de ta Cour. Tu sais pertinemment que ton propre fils, Paul, entraîne des troupes sur sa propriété de Gatchina, et qu'il prépare un coup d'État contre toi. Chacun de tes mouvements dans ce jeu dangereux suggère que tu ne recherches le Jeu de Montglane que pour servir tes intérêts : le pouvoir. Comment puis-je être sûre que tu ne me trahiras pas, comme tu en as trahi tant d'autres ? Et quand bien même tu serais de mon côté, comme je veux le croire, que se passera-t-il si nous amenons le jeu ici ? Ton pouvoir, aussi indéniable soit-il, ne s'étendra pas par-delà ta mort. Si tu viens à disparaître, je n'ose même pas penser à l'usage que ton fils Paul fera de ces pièces !

— Tu n'as rien à redouter de Paul, ricana la tsarine tandis que l'abbesse roquait. Sa puissance n'ira jamais plus loin que ces misérables petites troupes dans leur uniforme ridicule qu'il remue dans tous les sens. C'est mon petit-fils Alexandre qui sera tsar après moi. Je l'ai formé moi-même, et il fera exactement ce que…

Au même instant, l'abbesse porta un doigt à ses lèvres et indiqua une tenture masquant l'un des murs. Suivant son geste, la tsarine se leva furtivement. Les deux femmes fixèrent le rideau tandis que l'abbesse continuait à parler.

— Ah, voilà un coup intéressant, improvisa-t-elle, et qui pose problème…

La tsarine traversa la pièce d'un pas décidé. D'un mouvement vif, elle écarta brusquement la tenture, dévoilant le prince héritier, rouge de honte. Paralysé par le choc, il regarda sa mère, puis baissa la tête.

— Mère, je venais vous rendre visite… commença-t-il, sans parvenir à lever les yeux vers elle. Je veux dire… Votre Majesté, je… Je venais rendre visite à la Révérende Mère abbesse pour…

Il tripota les boutons de sa veste.

— Je constate que tu as l'esprit aussi alerte que ton défunt père, siffla-t-elle. Penser que j'ai porté dans mon sein un prince héritier dont le seul talent est d'écouter aux portes ! Disparais ! Ta simple vue me donne la nausée !

Elle se détourna, mais l'abbesse surprit le regard haineux qu'il plantait dans le dos de sa mère. Catherine jouait un jeu dangereux avec ce garçon. Il était loin d'être aussi bête qu'elle l'imaginait.

— Je supplie la Révérende Mère et Votre Majesté de me pardonner cette intervention inopportune, osa-t-il doucement.

Puis il s'inclina très bas devant le dos de sa mère et quitta silencieusement la pièce.

La tsarine garda le silence, mais resta près de la porte, le regard rivé sur l'échiquier.

— Qu'a-t-il pu surprendre, à ton avis ? demanda-t-elle enfin, lisant dans les pensées de l'abbesse.

— Partons du principe qu'il a tout entendu, répondit l'abbesse. Nous devons agir immédiatement.

— Quoi, parce qu'un garçon stupide a appris qu'il ne serait pas le futur roi ? rétorqua Catherine avec un sourire amer. Je suis certaine qu'il l'a deviné depuis longtemps.

— Non, répondit l'abbesse, parce qu'il a appris l'existence du jeu.

— Nous aurons formé un plan bien avant qu'il y ait du danger. Et la seule pièce que tu as apportée *ici* est dans mon caveau. Si cela peut te rassurer, nous la cacherons dans un endroit où personne ne pensera à aller regarder. Les ouvriers coulent de nouvelles fondations en béton pour la dernière aile du palais d'Hiver. Il est en construction depuis cinquante ans… Je n'ose même pas penser aux ossements qui doivent déjà y être dissimulés !

— Pourrons-nous nous en charger nous-mêmes ? demanda l'abbesse comme la tsarine traversait la pièce.

— Tu veux rire, j'espère ?

Catherine reprit sa place derrière l'échiquier.

— Tu nous vois, nous glissant furtivement dans la nuit pour cacher une petite pièce d'échecs de quinze centimètres de haut ? Je doute qu'il y ait une raison de s'alarmer à ce point.

Mais l'abbesse ne la regardait plus. Ses yeux étaient fixés sur l'échiquier qui les séparait, encombré par la partie en cours – une table de jeu quadrillée de carreaux noirs et blancs, qu'elle avait apportée avec elle de France. Levant lentement la main, elle balaya le plateau d'un large mouvement du bras qui envoya les pièces rouler sur le tapis d'Astrakhan. Puis elle frappa la surface de l'échiquier de ses doigts repliés. Cela produisit un son grave et assourdi, comme étouffé par une couche de rembourrage – comme si les fins carreaux émaillés recouvraient quelque chose, caché en dessous. Les yeux de la tsarine s'écarquillèrent tandis qu'elle avançait la main pour toucher le plateau de l'échiquier. Elle se leva, le cœur battant, et s'approcha d'un brasero tout proche, dont le charbon s'était depuis longtemps effrité en cendres. Saisissant un lourd tisonnier en fer, elle le leva au-dessus de sa tête et le projeta sur la table d'échecs. Quelques-uns des carreaux se fendirent. Lâchant le tisonnier, elle enleva les morceaux cassés avec ses mains, ainsi que les épaisseurs de coton reposant sous la surface émaillée. Sous le capitonnage, elle aperçut une lueur sourde qui semblait rayonner d'une flamme intérieure. L'abbesse était immobile sur sa chaise, le visage pâle et tendu.

— L'échiquier du Jeu de Montglane ! chuchota la tsarine, le regard fixé sur les cases sculptées en or et en argent qui scintillaient de l'autre côté du trou béant. Tu l'avais depuis le début ! Je ne m'étonne plus de ton silence. Il faut retirer ces carreaux et le rembourrage, et le dégager de la table afin que je puisse baigner mes yeux de son rayonnement. Ah, comme je brûle de le voir !

— Je me l'étais imaginé en rêve, murmura l'abbesse. Mais quand enfin il a été exhumé du sol, quand je l'ai vu luire dans la pâle lumière de l'abbaye, quand j'ai touché de mes doigts les pierres ciselées et les étranges symboles magiques, j'ai senti une force me parcourir, plus terrifiante que tout ce que j'avais jamais connu. Maintenant, tu comprends pourquoi je veux le cacher – cette nuit même – dans un lieu où personne ne pourra le découvrir, jusqu'à ce que les autres pièces aient été retrouvées. Y a-t-il quelqu'un à qui nous puissions demander en toute confiance de nous aider ?

Catherine la regarda longuement, ressentant pour la première fois depuis très longtemps la solitude du destin qu'elle avait choisi. Une impératrice ne pouvait pas se permettre d'avoir des amis ou des confidents.

— Non, avoua-t-elle à son amie avec un sourire malicieux de petite fille, mais ce ne sera pas la première fois que nous satisferons un dangereux caprice, n'est-ce pas, Hélène ? Nous pourrions souper ensemble, ce soir, à minuit – et qui sait alors si une petite promenade dans les jardins ne nous fera pas du bien ?

— Nous pourrions avoir envie d'effectuer *plusieurs* promenades, acquiesça l'abbesse. Avant de faire encastrer l'échiquier dans cette table, je l'ai soigneusement fait découper en quatre morceaux, afin qu'il puisse être déplacé sans nécessiter de trop nombreux bras. Je revois ce jour...

Utilisant le tisonnier en fer comme un levier, Catherine avait déjà commencé à fracturer les carreaux fragiles. L'abbesse souleva les morceaux, dévoilant de larges portions du splendide échiquier. Chaque case contenait un étrange symbole mystique, dans une alternance d'or et d'argent. Les côtés étaient rehaussés de pierres précieuses rares et non taillées, polies comme des œufs, et serties selon des motifs curieusement sculptés.

— Après le dîner, dit l'abbesse en levant les yeux vers Catherine, pourrai-je lire mes... lettres confisquées ?

— Naturellement... Je te les ferai apporter, répondit l'impératrice en couvant l'échiquier d'un regard émerveillé. Elles ne contiennent rien d'intéressant. Elles viennent toutes de l'une de tes vieilles amies – et ne parlent pour ainsi dire que du temps qu'il fait en Corse...

LE TASSILI
AVRIL 1793

Mais Mireille était déjà à des milliers de kilomètres des rivages corses. Et comme elle atteignait l'ultime éminence d'Ez-Zemoul el-Akbar, elle découvrit devant elle, tout au bout de l'étendue de sable, le Tassili – le royaume de la Reine blanche.

Le Tassili n'Ajjer, ou plateau des Gouffres, jaillissait du désert tel un long ruban de pierre bleue qui s'étendait sur cinq cents kilomètres depuis l'Algérie jusque dans le royaume de Tripoli, contournant le

Hoggar et les oasis verdoyantes qui parsemaient le sud du désert. C'était dans les entrailles de ces plateaux qu'était tapie la clé de l'ancien mystère.

Comme Mireille suivait Shahin dans la bouche de l'étroit défilé ouest, elle sentit la température baisser rapidement et, pour la première fois depuis plus d'un mois, elle respira les lourdes senteurs de l'eau fraîche. En pénétrant dans le passage encastré dans les hauts murs en roc, elle vit des filets d'eau suinter de la pierre lépreuse. Les parois étaient couvertes de lauriers-roses qui chuchotaient dans l'ombre, et quelques palmiers dattiers jalonnaient çà et là le lit de la rivière, leurs frondes plumeuses s'élançant vers les fragments scintillants du ciel.

Tandis que leurs chameaux progressaient le long de la gorge exiguë, les pierres bleues étranglées s'élargirent peu à peu pour laisser la place à une vallée fertile, où des fleuves profonds désaltéraient des clairières de pêchers, de figuiers et d'abricotiers. Mireille, qui ne s'était nourrie pendant des semaines que de lézards, de salamandres et de busards cuits dans la braise, cueillit des pêches à même les branches touffues, et les chameaux happèrent de larges rations de feuilles vert sombre. Chaque vallée s'ouvrait sur des douzaines d'autres vallées et de gorges tortueuses, chacune jouissant d'un climat et d'une végétation particuliers. Formé des millions d'années plus tôt par des rivières souterraines qui s'étaient taillé un chemin à travers les couches bigarrées de roches, le Tassili était sculpté à la façon des grottes et des gouffres d'une mer souterraine. La rivière découpait des gorges dont les parois dentelées de roches rose et blanc évoquaient des barrières de corail, et de vastes vallées hérissées d'aiguilles en spirale pointées vers le ciel. Tout autour de ces mesas semblables à des châteaux en sable rouge pétrifié, s'étalaient les énormes plateaux en grès bleu-gris, tels des murs de forteresse, s'élevant depuis le désert jusqu'à un kilomètre de hauteur, en direction de l'azur.

Mireille et Shahin ne rencontrèrent personne, jusqu'à ce que, bien au-delà des plates-formes rocheuses d'Aabaraka Tafilalet, ils atteignent Tamrit – le village des Tentes. Là, des cyprès vieux de mille ans dominaient le lit de la rivière froid et profond, et la température s'effondra si soudainement que Mireille en oublia les quelque cinquante degrés de chaleur qu'ils avaient dû supporter pendant un mois, dans les dunes nues et arides.

À Tamrit, ils avaient abandonné leurs chameaux et continué à pied, avec juste les provisions qu'ils pouvaient transporter. Car ils avaient pénétré à présent dans cette portion du labyrinthe où, selon Shahin, les à-pics et les parois étaient si traîtres que même les chèvres sauvages et les mouflons ne s'y aventuraient que rarement.

Ils avaient obtenu du peuple des Tentes qu'ils abreuvent leurs chameaux. Nombre d'entre eux s'étaient approchés pour regarder avec des yeux écarquillés les tresses rouges de Mireille transformées en flammes de feu par le soleil couchant.

— Nous passerons la nuit ici, lui dit Shahin. Le labyrinthe ne peut être affronté que de jour. Au cœur du labyrinthe se trouve la clé…

Il étendit le bras pour lui montrer l'extrémité de la gorge, là où les murs de pierre décrivaient une courbe déjà ensevelie par l'ombre d'un noir bleuté, tandis que le soleil glissait sous la couronne du canyon.

— La Reine blanche, chuchota Mireille, le regard fixé sur les roches contorsionnées qui semblaient se tordre dans l'ombre rampante. Shahin, vous ne croyez pas réellement qu'il y a une femme de pierre là-bas… Je veux dire, une personne vivante ?

Elle sentit un frisson la parcourir tandis que le soleil plongeait sous l'horizon et que l'air s'imprégnait d'un froid presque palpable.

— Je le sais, chuchota-t-il comme si quelqu'un avait pu les entendre. Ils disent que parfois, au coucher du soleil, quand il n'y a personne dans les alentours, on l'entend de très loin – chanter une étrange mélodie. Peut-être… chantera-t-elle pour vous.

*

À Sefar l'air était froid et transparent. Ils y rencontrèrent leurs premières peintures rupestres – encore qu'elles ne fussent pas les plus anciennes – de petits démons coiffés de cornes comme celles des chèvres, faisant des cabrioles sur les bas-reliefs. Elles avaient été peintes vers 1500 av. J.-C. Plus ils grimpaient, plus l'accès devenait difficile et plus les fresques étaient anciennes – plus magiques, mystérieuses et complexes.

Mireille eut le sentiment de remonter le temps tandis qu'elle escaladait les saillies escarpées taillées à même le roc. À chaque fois qu'ils franchissaient une boucle du canyon, les peintures qui éclaboussaient la face sombre des rochers racontaient l'histoire des hommes dont la vie avait été étroitement liée à celle de ces gouffres – une marée de civilisation, vague après vague – qui remontait jusqu'à huit mille ans en arrière.

L'art était partout, dans les ocres rouges et carminés, jaunes et bruns, peint et crayonné sur les parois abruptes, cuit en couleurs sauvages dans les anfractuosités des fissures et des cavernes, des milliers et des milliers de peintures, aussi loin que portaient les yeux. Tapies dans les recoins inexplorés de la nature, dessinées dans les replis et les sommets qui ne pouvaient être atteints que par des montagnards expérimentés ou – comme l'avait dit Shahin – par une chèvre, elles ne racontaient pas seulement l'histoire d'un homme, mais celle de la vie même.

Le deuxième jour, ils virent les chariots des Hyksos, le peuple de la mer qui avait conquis l'Égypte et le Sahara 2 000 ans avant Jésus-Christ, et qui, grâce à la supériorité de son armement – des véhicules tirés par des chevaux et des armures –, avait eu le dessus sur les chameaux peints des combattants indigènes. Les tableaux de cette conquête étaient aussi explicites qu'un livre ouvert tandis qu'ils passaient entre les murs du canyon comme des prédateurs traversent le vaste désert rouge. Mireille sourit intérieurement en se demandant ce que son oncle Jacques-Louis penserait en voyant le travail de ces artistes anonymes, dont les noms s'étaient dilués dans le brouillard du temps mais dont les œuvres avaient traversé des millénaires.

Chaque soir, lorsque le soleil disparaissait derrière le cratère du canyon, il leur fallait trouver un refuge. Lorsqu'il n'y avait pas de caverne à proximité, ils s'enveloppaient ensemble dans des couvertures en laine que Shahin arrimait au canyon avec les pieux des tentes, pour éviter qu'ils ne tombent dans l'à-pic pendant leur sommeil.

Le troisième jour, ils atteignirent les cavernes de Tan Zoumaitok – si noires et si profondes que pour y voir ils durent s'éclairer avec des torches, fabriquées à l'aide de broussailles arrachées aux fissures des rochers. Il y avait là des peintures colorées, parfaitement conservées, d'hommes sans visage à la tête ronde, conversant avec des poissons pourvus de jambes. Car les anciennes peuplades, lui expliqua Shahin, croyaient que leurs ancêtres étaient sortis de la mer à l'état de poissons, marchant sur des jambes pour quitter les eaux primitives. Il y avait aussi des peintures des rites magiques auxquels ils avaient recours pour apaiser les esprits de la nature – une danse en spirale pratiquée par un *djenoun*, ou génie, qui paraissait en transe –, décrivant des cercles dans le sens contraire des aiguilles d'une montre, de plus en plus rapprochés, autour d'un centre constitué par une pierre sacrée. Mireille contempla l'image un long moment, Shahin se tenant silencieusement à ses côtés, avant qu'ils ne se remettent en route.

Le matin du quatrième jour, ils approchèrent du sommet du plateau. Comme ils longeaient la courbe de la gorge, les parois s'élargirent et s'ouvrirent sur une vaste et profonde vallée complètement recouverte de fresques. C'était la Vallée des Géants. Plus de cinq mille peintures décoraient les murs de la gorge, de haut en bas. Mireille retint son souffle tandis que ses yeux erraient sur ce gigantesque déploiement d'art – le plus ancien qu'ils aient vu –, si clair dans sa simplicité qu'il paraissait avoir été peint la veille. Tout comme les œuvres des plus grands maîtres, celles-ci étaient intemporelles.

Elle resta un long moment à la même place. Les récits de ces murs semblaient l'envelopper, l'aspirer dans un autre monde, primitif et mystérieux. Entre la terre et le ciel il n'y avait rien d'autre qu'un univers de couleurs et de formes – couleurs qui semblaient s'insinuer dans ses veines comme une drogue tandis qu'elle était immobile sur la haute plate-forme, suspendue dans l'espace. Ce fut alors qu'elle entendit le son.

Tout d'abord, elle crut qu'il s'agissait du vent – un sifflement aigu comme celui de l'air soufflant dans le goulot d'une bouteille. Levant les yeux, elle aperçut une saillie rocheuse, suspendue à une trentaine de mètres au-dessus de la gorge sauvage et aride. Une étroite fissure s'ouvrait dans la face du roc. Mireille jeta un bref regard à Shahin. Lui aussi regardait la fente d'où s'échappait le son. Il remonta ses voiles sur son visage et d'un signe de la tête l'engagea à le précéder sur la piste étroite.

La sente s'élevait en une pente abrupte. Elle devint bientôt si escarpée et la corniche si friable que Mireille, parvenue au-delà de son huitième mois de grossesse, lutta pour conserver et son souffle et son équilibre. À un moment, son pied glissa et elle tomba sur les genoux. Les cailloux qui s'effritèrent sous elle roulèrent au fond de la gorge quinze mètres plus bas. Avalant péniblement sa salive, elle se releva – car la passe était si étroite que Shahin ne pouvait pas l'aider – et poursuivit son ascension sans regarder du côté du vide. Le son s'amplifiait de plus en plus.

Il était constitué de trois notes, constamment reprises selon des combinaisons différentes, qui montaient de plus en plus haut. Plus elle se rapprochait de la fissure, et moins le son ressemblait à celui du vent. La tonalité magnifique et pure s'apparentait à une voix humaine. Mireille continua à se hisser le long de la corniche friable. La saillie se dressait à trente mètres au-dessus de la vallée. Ce qui d'en bas lui était apparu comme une mince fente s'avérait brusquement être une gigantesque crevasse – l'entrée d'une caverne, ou de quelque chose dans le genre. Haute de cent cinquante mètres sur soixante mètres de large, elle déchirait le roc comme une balafre, entre la corniche et le sommet. Mireille attendit que Shahin parvînt à son niveau et, saisissant sa main, se glissa avec lui à l'intérieur.

Le son devint assourdissant, s'enroulant autour d'eux et ricochant contre les parois de la fissure. Comme elle plongeait dans les ténèbres de la crevasse, Mireille eut l'impression qu'il imprégnait chaque particule de son corps. Elle entrevit une lueur, tout au fond, et pénétra de plus belle dans l'obscurité tandis que la musique semblait l'engloutir. Agrippant toujours la main de Shahin, elle parvint au bout de la fissure et sortit.

Ce qu'elle avait pris pour une grotte était en réalité une autre petite vallée, ouverte sur le ciel. La lumière y pleuvait, projetant sur toute chose un reflet d'une blancheur irréelle. Sur les murs concaves des parois étaient représentés les géants. Hauts de six mètres, ils flottaient au-dessus d'elle dans des couleurs pâles et éthérées. Des dieux aux cornes de bélier en spirale, des hommes en vêtements bouffants, le visage dissimulé sous un casque dont les grilles masquaient les traits. Ils étaient assis sur des chaises dont les étranges dossiers soutenaient leur tête. Devant eux se trouvaient des manettes et instruments circulaires comme des cadrans d'horloge ou de baromètre. Ils accomplissaient tous des tâches étranges et inconnues de Mireille. Et au centre régnait la Reine blanche.

La musique s'était tue. Peut-être ne s'était-il agi finalement que d'un effet du vent – ou de son imagination. Les silhouettes étincelaient dans la lumière diaphane. Mireille regarda la Reine blanche.

Elle siégeait en haut de la paroi, étrange et terrifiante, écrasant tous les autres de sa taille. Telle Némésis, elle s'élevait au-dessus de l'à-pic dans un nuage blanc – son visage grossièrement suggéré par quelques lignes sauvages et rudes –, ses cornes recourbées semblables à des points d'interrogation qui paraissaient jaillir de la pierre. Sa bouche était ouverte sur un cri, comme une personne sans langue luttant pour s'exprimer. Mais elle ne parlait pas.

Mireille la contemplait avec une hébétude voisine de la terreur. Oppressée par un silence plus effrayant qu'un hurlement, elle jeta un coup d'œil sur Shahin, immobile à ses côtés. Avec sa longue robe noire et ses voiles bleus, il semblait lui aussi appartenir à ces rocs sans âge. Dans le ruissellement de la lumière éclatante, cernée par les parois froides de la gorge, Mireille se sentit terrifiée et éperdue tandis qu'elle ramenait lentement ses yeux sur le mur. Et puis elle le vit.

Dans sa main levée, la Reine blanche tenait un long bâton – et tout autour de ce bâton s'enroulaient des serpents. Comme le caducée de la guérison, ils formaient le chiffre huit. Elle crut alors entendre une voix, mais elle ne provenait pas de la pierre – elle venait de l'intérieur. Cette voix disait : *Regarde encore. Regarde attentivement. Vois.*

Mireille contempla les silhouettes alignées sur le mur. Elles représentaient toutes des hommes. Toutes, sauf la Reine blanche. Et brusquement, comme si une brume se dissipait devant ses yeux, elle vit la scène d'une façon totalement différente. Ce n'était plus une succession d'hommes occupés à des activités étranges et incompréhensibles – c'était un *seul et même homme*. Comme une peinture en mouvement qui se déroulait d'un point à un autre, cela montrait la progression de cet homme étape par étape – une transmutation d'une chose en une autre.

Sous le bâton de commandement de la Reine blanche, il se déplaçait le long du mur, évoluant de dessin en dessin, exactement comme l'homme à la tête ronde qui avait surgi de la mer à l'état de poisson. Il était revêtu d'habits rituels – peut-être dans le but de se protéger. Il actionnait des leviers dans ses mains, comme un navigateur qui pilote un bateau, ou un chimiste qui pile une poudre dans un mortier. Et enfin, après de nombreuses métamorphoses, quand le grand œuvre était achevé, il se levait de sa chaise et rejoignait la Reine blanche, recevant pour prix de ses efforts les cornes sacrées de Mars – le dieu de la guerre et de la destruction. À ce stade, il était devenu un dieu.

— J'ai compris, dit Mireille à voix haute – et l'écho de sa voix se répercuta à l'infini contre les parois et le sol de l'abîme, brisant en éclats la lumière du soleil.

Ce fut à cet instant précis qu'elle ressentit la première douleur. Elle se cassa en deux sous la souffrance, et Shahin l'aida à s'étendre par terre.

Elle était trempée de sueurs froides, et son cœur battait à grands coups désordonnés. Shahin arracha ses voiles et posa la main sur son ventre comme la deuxième contraction se produisait.

— C'est l'heure, annonça-t-il doucement.

LE TASSILI
JUIN 1793

Depuis le haut plateau dominant Tamrit, Mireille pouvait surveiller jusqu'à trente kilomètres par-delà les dunes. Le vent soulevait ses cheveux dénoués, de la couleur du sable rouge. Le doux tissu de son caftan était délacé, et l'enfant se nourrissait à son sein. Comme Shahin l'avait prédit, il était né sous les yeux de la déesse – et c'était un garçon. Elle l'avait appelé Charles, comme son faucon. Il avait maintenant presque six semaines.

Contre l'horizon, elle vit les doux panaches de sable rouge, qui dénonçaient les cavaliers venus de Bahr al-Azrak. Lorsqu'elle plissait les yeux, elle réussissait à dénombrer quatre hommes montés sur des chameaux, descendant la courbe en pente d'une gigantesque dune duveteuse, comme des petits bateaux de bois s'abîmant dans le creux d'une vague. Les colonnes de chaleur brouillaient les contours des dunes, obscurcissant les silhouettes dès qu'elles s'en approchaient.

Il leur faudrait presque un jour pour atteindre Tamrit, retranché à l'intérieur des canyons du Tassili, mais Mireille n'avait nul besoin d'attendre. Elle savait qu'ils venaient pour elle. Elle le sentait depuis plusieurs jours, maintenant. Déposant un baiser sur la tête de son fils, elle l'enveloppa dans le sac qu'elle avait suspendu à son cou et commença à descendre la montagne – pour y attendre la lettre. Même si ce n'était pas pour aujourd'hui, ce serait pour bientôt. La lettre de l'abbesse de Montglane, lui disant qu'elle devait rentrer.

LES MONTAGNES MAGIQUES

> Qu'est-ce que l'avenir ? Qu'est-ce que le passé ? Que sommes-nous ? Quel est le fluide magique qui nous entoure et nous cache les choses que nous avons le plus besoin de connaître ? Nous vivons et nous mourons dans un émerveillement perpétuel.
>
> Napoléon BONAPARTE.

LA KABYLIE
JUIN 1973

Nous partîmes donc pour les Montagnes magiques, Kamel et moi. À travers la Kabylie. Plus nous pénétrions à l'intérieur de cette région abandonnée, plus je perdais le contact avec la réalité.

Nul ne sait exactement où commence et où finit la Kabylie. Un labyrinthe inextricable de pics pointus et de gorges profondes, pris en sandwich entre les monts de la Medjerda au nord de Constantine, et ceux du Hodna, en dessous de Bouira ; ces vastes franges montagneuses du Haut Atlas – la Grande et la Petite Kabylie – qui s'étendent sur plus de quarante-huit mille kilomètres carrés, avant de plonger dans la mer, près de Bejaïa.

Tandis que Kamel pilotait sa Citroën noire de ministre le long de la route poussiéreuse qui serpentait entre les colonnes de vieux eucalyptus, les collines bleues se profilaient devant nous, majestueuses, chapeautées de neige et mystérieuses. À leurs pieds s'étirait le Tizi-Ouzou – la Gorge de la Gorse – que la bruyère sauvage algérienne peignait en rose fuchsia, leurs lourdes fleurs ondulant comme la mer sous la brise toujours suffocante. L'odeur entêtante dont elle imprégnait l'air avait quelque chose de magique.

Les eaux bleu clair de l'oued Sebaou clapotaient autour des pieds de bruyères qui bordaient la route. Cette rivière, alimentée par la fonte des neiges de printemps, déroulait ses méandres sur près de cinq mille kilomètres jusqu'au cap Bengut, baignant le Tizi-Ouzou tout au long de l'été brûlant. Il était difficile d'imaginer que nous ne nous trouvions qu'à une cinquantaine de kilomètres des rivages brumeux de la Méditerranée, et à cent cinquante kilomètres au nord du plus vaste désert du monde.

Kamel était resté étrangement silencieux depuis qu'il était venu me chercher à l'hôtel, quatre heures plus tôt. Il lui avait fallu un certain temps pour se décider enfin à m'emmener ici – presque deux mois après qu'il m'en eut fait la promesse. Durant cette période, il m'avait envoyée accomplir toutes sortes de missions – plus ou moins réalisables. J'avais inspecté des raffineries, des égreneuses de coton et des moulins. J'avais vu des femmes au visage voilé et aux pieds nus, occupées à trier le couscous, assises au milieu d'un tapis de plants de semoule. J'avais eu les yeux brûlés par l'air surchauffé et rempli de fibres des usines textiles. Les poumons suffoqués par mon inspection des sites d'extraction. Et j'avais failli dégringoler de l'échafaudage précaire d'une raffinerie et tomber la tête la première dans une cuve d'acier en fusion. Kamel m'avait envoyée un peu partout dans la région ouest de l'État : Oran, Tlemcen, Sidi-bel-Abbès – afin que je puisse réunir les données dont j'aurais besoin pour concevoir son prototype. Mais jamais vers l'est, où se trouvait la Kabylie. En sept semaines, j'avais emmagasiné un maximum d'informations concernant chaque industrie dans les gros ordinateurs de Sonatrach, le conglomérat pétrolier. J'avais même enrôlé Thérèse, l'opératrice de la Poste centrale, pour qu'elle rassemblât toutes les statistiques du gouvernement concernant la production pétrolière ainsi que la consommation des autres pays, afin que je puisse comparer les balances commerciales et définir qui serait le plus durement touché. Comme je l'avais fait remarquer à Kamel, ce n'était pas évident de mettre au point un système performant dans un pays où la moitié des communications passaient par un standard datant de la Première Guerre mondiale, et où l'autre moitié arrivait par chameau. Mais je fis de mon mieux.

En contrepartie, j'avais l'impression de m'être plus écartée que jamais de mon but : traquer les pièces du Jeu de Montglane. Je n'avais eu aucun signe de vie de Solarin, ni de son acolyte, la mystérieuse diseuse de bonne aventure. Thérèse avait transmis tous les messages possibles et imaginables à Nim, Lily et Mordecai, sans résultat. Il y avait un véritable black-out organisé autour de moi. Et Kamel m'avait tellement envoyée à droite et à gauche que j'en étais arrivée à croire qu'il *connaissait* mes intentions. C'était seulement ce matin qu'il était apparu à mon hôtel, m'offrant « ce voyage que je vous avais promis ».

— Vous avez grandi dans cette région ? demandai-je, tout en baissant la vitre teintée pour mieux profiter du paysage.

— Plus à l'intérieur, répondit Kamel. La plupart des villages ici sont perchés sur des pics montagneux et jouissent d'une vue splendide. Vous souhaitez voir un endroit particulier, ou vous préférez le circuit traditionnel ?

— En fait, il y a un marchand d'antiquités que j'aimerais rencontrer – un collègue d'un ami de New York. Je lui ai promis d'aller voir sa boutique, si cela ne nous impose pas un trop grand détour…

Je jugeai préférable de présenter la chose avec désinvolture, puisque je ne savais pour ainsi dire rien du contact de Llewellyn. Je n'avais pu trouver le village sur aucune carte, mais – comme m'en avait averti Kamel – les *cartes géographiques** algériennes étaient vraiment symboliques.

— Un marchand d'antiquités ? répéta Kamel. Il n'y en a pas beaucoup. Tout ce qui avait de la valeur est rassemblé dans les musées depuis longtemps. Quel est le nom de la boutique ?

— Je ne sais pas. Mais le village s'appelle Aïn Ka'abah, répondis-je. Llewellyn m'a dit qu'il s'agissait de l'unique magasin d'antiquités de la région.

— C'est curieux, déclara Kamel, le regard toujours fixé sur la route. Aïn Ka'abah est le village d'où je viens. C'est un endroit minuscule, très peu fréquenté. Et il n'y a pas la moindre boutique d'antiquités. J'en suis absolument certain.

Sortant mon livre d'adresses de ma sacoche, je le feuilletai rapidement jusqu'à ce que je repère la page où j'avais griffonné les instructions de Llewellyn.

— Voilà. Il n'y a pas d'adresse, mais il se trouve au nord du village. Il semble qu'il soit spécialisé dans les *tapis* anciens. Le nom du propriétaire est El-Marad.

Peut-être était-ce un effet de mon imagination, mais il me sembla que Kamel avait blêmi à ces mots. Ses mâchoires s'étaient crispées, et ce fut d'une voix contrainte qu'il reprit la parole.

— El-Marad. Je le connais. C'est l'un des plus gros marchands de la région. Il est réputé pour ses tapis. Vous seriez acheteuse ?

— En fait, non, répondis-je, cette fois avec prudence.

Kamel ne me disait pas tout, mais à son expression je voyais bien que quelque chose n'allait pas.

— Mon ami de New York m'a simplement demandé de m'arrêter et de bavarder quelques instants avec lui. Mais si cela pose un problème, je peux très bien revenir un autre jour, par mes propres moyens.

Kamel garda le silence pendant plusieurs minutes. Il semblait plongé dans ses pensées. Nous étions parvenus au bout de la vallée, et entamions maintenant l'ascension des montagnes. Les prairies tapissées d'herbe tendre ondulaient sous les arbres fruitiers en fleur. Sur le bord de la route, des petits garçons vendaient des bottes d'asperges sauvages, de gros champignons noirs et des narcisses parfumés. Kamel s'arrêta, sortit la tête par la vitre et marchanda pendant plusieurs minutes dans une langue étrange – un dialecte berbère qui évoquait le doux gazouillis d'un oiseau. Puis il se tourna vers moi et me tendit un bouquet de fleurs délicatement parfumées.

— Si vous comptez rencontrer El-Marad, me dit-il en retrouvant le sourire, j'espère que vous savez marchander. Il est aussi impitoyable qu'un Bédouin, et dix fois plus riche. Je ne l'ai pas revu... En fait, je ne suis pas retourné chez moi depuis la mort de mon père. J'ai de nombreux souvenirs dans mon village.

— Nous ne sommes pas obligés d'y aller, lui répétai-je.

— Nous irons, naturellement, déclara Kamel avec fermeté, bien que son intonation fût loin d'être enthousiaste. Sans moi, vous ne trouveriez jamais l'endroit. Et puis El-Marad sera pour le moins surpris de me voir. Il est le chef du village depuis que mon père est mort.

Kamel se tut à nouveau, le visage fermé. Je me demandais ce qui se préparait.

— Et à quoi ressemble-t-il, ce marchand de tapis ? demandai-je dans l'espoir de détendre l'atmosphère.

— En Algérie, les noms vous renseignent assez bien sur la personnalité d'un homme, répondit Kamel en négociant avec habileté les virages de plus en plus serrés. Par exemple, *ibn* signifie « fils de ». Quelques noms évoquent des lieux, comme Yamini – Homme du Yemen ; ou Jabal-Tarik – Montagne de Tarik, ou Gibraltar. Les mots *el*, *al* et *bel* se réfèrent à Allah ou Ba'al – c'est-à-dire à Dieu – comme Hanniba'al : Ascète de Dieu ; Al'a-ddin : Serviteur d'Allah ; etc.

— Que signifie alors El-Marad ? Maraudeur de Dieu ? plaisantai-je.

— Vous n'êtes pas tombée loin, admit Kamel avec un rire contraint. C'est un nom qui n'est ni arabe, ni berbère – mais akkadien, la langue des anciens peuples de Mésopotamie. Un diminutif d'al-Nimarad, ou Nimrod, l'un des premiers rois de Babylone. C'est lui qui a construit la fameuse tour de Babel, conçue pour monter jusqu'au ciel, jusqu'aux portes mêmes des cieux. C'est d'ailleurs ce que signifie Bab-el – la Porte de Dieu. Et Nimrod signifie le Rebelle : Celui qui viole les lois divines.

— Quel nom pour un marchand de tapis ! dis-je en souriant.

Mais naturellement, j'avais noté la ressemblance avec une *certaine* personne de ma connaissance.

— En effet, acquiesça-t-il, à supposer qu'il le soit *réellement*.

*

Il était deux heures quand nous atteignîmes le petit relais de Beni Yenni, et mon estomac criait famine. La minuscule auberge perchée au sommet d'une montagne ne payait vraiment pas de mine, mais les cyprès d'Italie, qui formaient des volutes contre les murs ocre, et le toit en tuiles rouges en faisaient un refuge charmant.

Nous déjeunâmes sur la petite terrasse en ardoise ceinturée par un balcon blanc qui surplombait le sommet de la montagne. Des aigles effleuraient la vallée en contrebas, les taches dorées de leurs ailes scintillant dans le fin brouillard bleuté qui montait de l'oued Aïssi. Tout autour de nous se dessinaient les aspérités traîtresses du terrain : les routes tordues comme des rubans effilés qui semblaient près de tomber de la montagne, des villages semblables à de gros éboulis de pierres rouges, posés en équilibre instable sur chaque colline surélevée. Bien qu'on fût déjà en juin, l'air était assez froid pour que je supporte mon pull-over. Il devait faire facilement dix degrés de moins que sur la côte, que nous avions quittée le matin même. Au-delà de la vallée, je distinguais les sommets enneigés du massif Djurdjura et des nuages bas, qui paraissaient dangereusement lourds – juste dans la direction que nous nous proposions de suivre.

Il n'y avait que nous sur la terrasse, et le serveur manifesta une certaine mauvaise humeur tandis qu'il nous apportait nos boissons et notre déjeuner de la cuisine chauffée. Je me demandais s'il y avait d'autres clients à l'auberge. Le tourisme en Algérie était loin d'être suffisant pour enrichir les relais, même plus accessibles que celui-ci, qui jalonnaient la côte.

Nous bûmes un Byrrh rouge et amer, avec du citron et de la glace pilée. Puis on mangea en silence. Une soupe de légumes passés, de la baguette croustillante et du poulet poché avec de la mayonnaise. Kamel semblait toujours perdu dans ses pensées.

Avant de quitter Beni Yenni, il ouvrit le coffre de la voiture pour y prendre une pile de plaids en laine. Tout comme moi, il s'inquiétait du temps menaçant. L'état de la route empira dès notre départ. Mais j'ignorais alors que ce n'était qu'une plaisanterie à côté de ce qui nous attendait.

Il y avait seulement une heure de trajet entre Beni Yenni et Tikjda, mais cela me parut une éternité. Nous n'échangeâmes pour ainsi dire pas un mot. Au début, l'itinéraire serpenta en direction de la vallée, puis ce fut la traversée d'une petite rivière, suivie de l'escalade de ce qui semblait être une longue colline tout en ondulations. Mais plus nous avancions, plus elle devenait abrupte. La Citroën n'en pouvait plus en arrivant au sommet. Je regardai en bas. À mes pieds béait un à-pic de six cents mètres – un labyrinthe de gorges déchiquetées, arrachées au roc. Et notre route – ou du moins ce qui en tenait lieu – n'était qu'un amas d'éboulis qui semblait sur le point de se détacher de la crête. Pour ajouter à l'horreur, ce raidillon taillé dans le roc, tordu et filandreux comme un nœud marin, plongeait *également* dans le vide, à flanc de montagne, dans une pente à cinquante pour cent, jusqu'à Tikjda.

Comme Kamel guidait la grosse Citroën sur le raidillon, je fermai fort les yeux et récitai quelques prières. Lorsque je les rouvris, nous avions négocié la courbe, et la voie ne semblait plus reliée à rien, comme si nous étions suspendus dans l'espace, au milieu des nuages. Les gorges ouvraient un abîme de plus de trente mètres de chaque côté de la voiture. Des montagnes nappées de neige se dressaient comme des stalagmites depuis le fond de la vallée. Un vent sauvage et tourbillonnant écorchait les parois noires des ravins, projetant de la neige sur notre passage et brouillant la route. J'aurais voulu qu'on fasse demi-tour, mais il n'y avait pas la place pour tourner.

Mes genoux s'entrechoquèrent et mes pieds se crispèrent sur le plancher, en prévision du moment inévitable où nous allions quitter la chaussée et tomber dans le vide. Kamel ralentit progressivement l'allure à cinquante kilomètres-heure, puis trente, jusqu'à ce que nous nous traînions finalement à vingt à l'heure.

Bizarrement, plus nous descendions et plus la neige tombait dru. De temps à autre, au détour d'un virage, nous rencontrions une charrette à foin ou l'épave d'une fourgonnette, abandonnées sur le bas-côté.

— Enfin, quoi, nous sommes en *juin* ! m'écriai-je comme nous essuyions une bourrasque de neige particulièrement violente.

— Ce ne sont que quelques petits flocons, répondit calmement Kamel. Il ne neige pas encore…

— Comment ça, *pas encore* ?

— J'espère que vous aimerez ses tapis, dit Kamel avec un sourire ironique. Parce qu'ils risquent de vous coûter très cher. Même si nous échappons à la neige, si la route ne s'effondre pas – et si nous atteignons Tikjda avant la nuit –, il nous faudra encore traverser le pont.

— Avant la *nuit* ? répétai-je en ouvrant ma carte totalement inutile de la Kabylie. À en croire cette chose, Tikjda est seulement à cinquante kilomètres d'ici, et le pont est juste au bout.

— Oui, acquiesça Kamel, mais les cartes ne tiennent compte que des distances *horizontales*. Ce qui semble tout proche sur deux dimensions est parfois très différent dans la réalité.

Nous atteignîmes Tikjda à sept heures juste. Le soleil, que grâce au ciel nous pouvions enfin voir, était en équilibre sur la dernière crête, près de plonger derrière le Rif. Il nous avait fallu trois heures pour parcourir cinquante kilomètres. Kamel avait marqué sur la carte l'emplacement d'Aïn Ka'abah, près de Tikjda, et, à première vue, il suffisait d'un saut de puce pour s'y rendre. Mais les apparences devaient se révéler trompeuses.

Nous quittâmes Tikjda après avoir fait le plein d'essence et d'oxygène. Le temps avait changé, en mieux : le ciel était couleur pêche, l'air doux comme de la soie, et au loin, au-delà des pins en forme de prisme, se déroulait une vallée aux frais reflets bleutés. En son centre, à environ dix ou douze kilomètres, tout auréolée des reflets pourpres et dorés des derniers rayons du soleil couchant, jaillissait une gigantesque montagne, au sommet décapité comme un plateau. Elle se dressait en solitaire, au milieu de la vaste vallée.

— Aïn Ka'abah, dit Kamel en pointant le doigt par la vitre ouverte.

— Là-haut ? m'exclamai-je. Mais je ne vois pas de route…

— Il n'y a pas de route – seulement un sentier pédestre. Il traverse les marécages, puis escalade l'à-pic. Mais avant d'arriver là, nous devons franchir le pont.

Le pont n'était qu'à huit kilomètres de Tikjda – mais douze cents mètres plus bas. Au crépuscule – le moment de la journée où la lumière est le plus imprécise – il était difficile de percer les ombres pourpres projetées par les parois abruptes. Mais sur notre droite, la vallée était toujours éclaboussée de lumière, transformant la montagne d'Aïn Ka'abah en un bloc d'or. Juste devant nous s'offrait une vue qui me coupa le souffle. Notre chemin tombait, tombait, presque jusqu'au niveau de la vallée – mais à cent cinquante mètres au-dessus du sol, jeté en travers du torrent abrupt d'une rivière, se trouvait le pont.

L'édifice fragile et branlant donnait l'impression d'avoir été construit à l'aide d'un Meccano pour enfant. Il pouvait tout aussi bien dater d'un siècle que de dix ans. La passerelle, surélevée et étroite, était tout juste assez large pour laisser passer une voiture, et il se pouvait bien que la nôtre fût la dernière à l'emprunter. En dessous, la rivière tourbillonnait et se heurtait aux piliers invisibles, dans un bouillonnement impétueux qui dégringolait des gorges.

Kamel introduisit sa grosse limousine noire sur la passerelle rabotée. Je sentis le pont tressaillir sous nos roues.

— Vous n'allez peut-être pas me croire, articula Kamel dans un souffle, comme si la simple vibration de sa voix pouvait être le déclic fatal, mais, au cœur de l'été, cette rivière n'est qu'un frémissement caillouteux, avalé par les marécages. Rien que du gravier et de la toundra pendant la saison chaude.

— Combien de temps dure la saison chaude ? Environ quinze minutes ? demandai-je, la bouche desséchée par la peur, tandis que la voiture continuait à avancer au milieu des craquements.

Un tronc ou quelque chose d'autre heurta les piliers en dessous, et le pont se mit à trembler comme si nous étions pris dans un séisme. Je m'agrippai à mon siège jusqu'à ce que cela cessât.

Lorsque les roues avant de la Citroën mordirent enfin la terre ferme, je recommençai à respirer. Mais mes doigts restèrent croisés jusqu'à ce que les roues arrière aient également franchi l'obstacle. Kamel stoppa la voiture et me grimaça un sourire de soulagement.

— Ce que les femmes nous font faire, quand même ! soupira-t-il. Juste pour un peu de shopping !

Le sol de la vallée paraissait trop mou pour la voiture. On l'abandonna donc sur la dernière plate-forme rocheuse après le pont. Des empreintes de chèvres striaient les marécages, sillonnant l'herbe haute et rêche. On distinguait leurs crottes et les traces de leurs sabots dans la boue molle.

— Une chance que je porte les chaussures adéquates, remarquai-je en contemplant d'un œil sombre mes sandales à lanières dorées, totalement inadaptées à ce genre d'excursion.

— Cet exercice vous fera le plus grand bien, dit Kamel. Les femmes kabyles parcourent des kilomètres à pied chaque jour – avec des charges de trente kilos sur le dos.

Il me décocha un large sourire.

— Je me demande pourquoi je vous fais confiance, grommelai-je. Ce doit être parce que j'aime votre sourire. Je ne vois pas d'autre explication possible.

— À quoi reconnaissez-vous un Bédouin d'un Kabyle ? me demanda-t-il tandis que nous nous enfoncions dans l'herbe mouillée.

J'éclatai de rire.

— C'est un jeu ethnique ?

— Non, je suis sérieux. Vous reconnaissez un Bédouin parce qu'il ne montre jamais ses dents quand il rit. C'est impoli de montrer les dents du bas – ça porte malheur. Observez El-Marad, et vous verrez.

— Il n'est pas kabyle ? demandai-je.

Nous nous frayions un chemin à travers la rivière sombre et marécageuse de la vallée. La montagne d'Aïn Ka'abah nous dominait de toute sa hauteur, continuant à capter les derniers rayons du soleil. Là où l'herbe avait été piétinée, on apercevait des touffes de fleurs sauvages dans les pourpres, jaunes et rouges, qui se fermaient pour la nuit.

— Nul ne le sait, me répondit Kamel en m'ouvrant la route. Il est arrivé en Kabylie il y a des années de cela – je n'ai jamais pu apprendre d'où il venait – et s'est établi à Aïn Ka'abah. C'est un homme aux origines mystérieuses.

— J'ai l'impression que vous ne l'aimez pas beaucoup, dis-je.

Kamel marcha en silence pendant quelques instants.

— Il est difficile d'estimer un homme, répondit-il enfin, que vous tenez pour responsable de l'assassinat de votre père.

— L'assassinat ! criai-je en redoublant d'efforts pour me maintenir à sa hauteur.

L'une de mes sandales me quitta et disparut dans l'herbe. Kamel s'arrêta tandis que je lui donnais la chasse.

— Que voulez-vous dire ? demandai-je du fin fond de la végétation.

— Mon père et El-Marad étaient associés en affaires, m'expliqua-t-il lorsque j'eus retrouvé ma chaussure. Mon père se rendit en Angleterre pour mener une négociation. Il fut détroussé et assassiné par des bandits dans les rues de Londres.

— El-Marad n'a donc pas participé personnellement à sa mort ?

— Non. En fait, il a payé mes études avec les bénéfices de l'affaire de mon père, afin que je puisse rester en Angleterre. Il s'est approprié l'affaire, soit dit en passant. Je ne lui ai jamais envoyé un mot de remerciement. C'est pourquoi je vous ai dit qu'il sera surpris de me voir.

— Pourquoi le croyez-vous responsable de la mort de votre père ? lui demandai-je d'une voix pressante.

Il était clair que Kamel ne souhaitait pas en parler. Chaque mot lui coûtait.

— Je ne sais pas, dit-il calmement, comme s'il regrettait d'avoir évoqué le sujet. Peut-être ai-je le sentiment qu'il aurait dû y aller à sa place.

On garda le silence pendant le reste de la traversée de la vallée. La route jusqu'à Aïn Ka'abah était une longue spirale enroulée autour de la montagne. L'ascension représentait une demi-heure de marche – les derniers cinquante mètres étant constitués de larges marches taillées à même le roc, et usées par un passage fréquent.

— Comment les gens d'ici font-ils pour subsister ? haletai-je comme nous atteignions le sommet.

Les quatre cinquièmes de l'Algérie étaient occupés par le désert, il n'y avait pas de bois de construction, et la seule terre arable se situait à cent vingt-cinq kilomètres de là, le long de la côte.

— Ils fabriquent des tapis, répondit Kamel. Ainsi que des bijoux en argent dont ils font le commerce. Il y a des pierres précieuses et semi-précieuses dans la montagne – des cornalines, des opales et quelques turquoises. Tout le reste vient de la côte.

Le village d'Aïn Ka'abah était traversé d'une longue rue avec des maisons en stuc de chaque côté. On s'arrêta au milieu de la rue poussiéreuse, devant une grande maison coiffée d'un toit de chaume. Des cigognes avaient fait leur nid sur la cheminée, et il y avait un couple perché sur le toit.

— Le cottage du tisserand, m'expliqua Kamel.

Tandis que nous remontions la rue, je m'aperçus que le soleil avait complètement disparu. C'était un charmant crépuscule bleu lavande, mais déjà l'air devenait glacé.

Il y avait plusieurs charrettes dans la rue, avec des balles de foin, quelques ânes et des petits troupeaux de chèvres. Je supposai qu'il était plus facile de faire gravir la montagne à un âne tirant une charrette qu'à une limousine.

Au bout du village, Kamel s'immobilisa devant une grande maison. Il resta à la contempler un long moment. Elle était en stuc, comme les autres, mais peut-être deux fois plus grande, avec un balcon qui courait le long de la façade. Une femme s'y trouvait, occupée à battre un tapis. Elle était brune, vêtue d'habits colorés. À côté d'elle se tenait une petite fille aux cheveux bouclés et dorés, vêtue d'une robe blanche et d'un tablier. Des petites nattes ornaient le dessus de sa tête et tombaient librement sur ses épaules en formant des anglaises. Elle dévala l'escalier en nous voyant et s'approcha de moi.

Kamel appela la femme, qui pendant un moment se contenta de le regarder sans rien dire. Puis elle m'aperçut et sa bouche s'ouvrit dans un sourire qui dévoila plusieurs dents en or. Elle rentra dans la maison.

— C'est la demeure d'El-Marad, dit Kamel. Cette femme est la plus âgée de ses épouses. Ils ont eu cette enfant sur le tard – alors que tout le monde la croyait depuis longtemps stérile. On considère que c'est un signe d'Allah. Que l'enfant a été « choisie ».

— Comment savez-vous toutes ces choses si vous êtes resté absent plus de dix ans ? Cette gamine doit avoir à peine cinq ans.

Kamel prit la main de la petite fille tout en se dirigeant vers la maison et posa sur elle un regard affectueux.

— Je ne l'avais jamais vue, admit-il. Mais je suis avec intérêt tout ce qui se passe dans mon village. Sa naissance a été un véritable événement. J'aurais dû lui apporter quelque chose… Après tout, elle n'est pas responsable des sentiments que m'inspire son père.

Je fourrageai dans mon sac pour voir si je n'avais rien qui fît l'affaire. Une pièce du jeu d'échecs miniature de Lily roula sous mes doigts. C'était juste une pièce en plastique – la reine blanche. Mais elle ressemblait à une poupée miniature. Je la tendis à l'enfant. Tout excitée, elle s'élança dans la maison pour montrer le jouet à sa mère. Kamel me remercia d'un sourire.

La femme apparut sur le seuil et nous introduisit dans la maison plongée dans l'ombre. La pièce d'échecs dans la main, elle s'adressa en berbère à Kamel, fixant sur moi un regard étincelant. Peut-être lui posait-elle des questions à mon sujet. Elle me touchait de temps en temps avec des doigts aussi légers que des plumes.

Kamel lui dit quelques mots, et elle s'éloigna.

— Je lui ai demandé d'aller chercher son mari, m'expliqua-t-il. Nous pouvons entrer dans la boutique et nous asseoir. L'une de ses épouses nous apportera du café.

La boutique de tapis était une pièce assez vaste, qui occupait la majeure partie du rez-de-chaussée. Des tapis étaient empilés partout, pliés en tas ou formant de longs rouleaux appuyés contre les murs. Des spécimens mesurant dix mètres de long jonchaient le sol, d'autres étaient suspendus aux murs ou jetés en travers de la balustrade intérieure du premier étage. On s'assit par terre en tailleur. Deux jeunes femmes entrèrent. L'une portait un plateau avec un samovar et des tasses, l'autre un support pour y poser le plateau. Elles mirent tout en place, puis servirent le café. Elles pouffaient en me regardant, puis détournaient très vite les yeux. Après quelques instants, elles s'éclipsèrent.

— El-Marad a trois épouses, me dit Kamel. La religion islamique autorise jusqu'à quatre épouses, mais je ne pense pas qu'il ait l'intention de se remarier. Il doit approcher des quatre-vingts ans.

— Mais vous, vous n'êtes pas marié ? lui demandai-je.

— Un ministre n'a droit qu'à une seule épouse, par décret. Cela incite à la prudence.

Il me sourit, mais sans se départir de sa réserve. De toute évidence, il était tendu.

— J'ai l'impression que je les amuse, dis-je dans l'espoir de détendre l'atmosphère. Elles n'ont pas cessé de rire en me regardant.

— C'est peut-être la première fois qu'elles voient une Occidentale. En tout cas, c'est sans aucun doute la première fois qu'elles voient une femme en pantalon. Elles meurent probablement d'envie de vous poser une foule de questions, mais elles n'osent pas.

Au même instant, les rideaux tendus sous la balustrade s'écartèrent, et un homme très grand, à l'allure imposante, entra dans la pièce. Il dépassait le mètre quatre-vingts, avait un long nez pointu, recourbé comme celui d'un aigle, des sourcils proéminents surmontant des yeux noirs et perçants, et une crinière de cheveux noirs striés de blanc. Il portait un long caftan à rayures rouges et blanches en laine et s'avançait d'une démarche volontaire. Il ne paraissait pas plus de cinquante ans. Kamel se leva pour l'accueillir, et ils s'embrassèrent sur chaque joue avant de porter leurs doigts à leur front et à leur poitrine. Kamel prononça quelques mots en arabe, et l'homme se tourna vers moi. Sa voix était plus aiguë que je ne l'avais pensé, et très douce – presque un murmure.

— Je suis El-Marad. Tous les amis de Kamel Kader sont les bienvenus dans ma demeure.

Il m'offrit un siège et s'assit en face de moi, en tailleur, sur une ottomane. Malgré ce que m'avait dit Kamel, je ne décelai aucun signe de tension entre ces deux hommes qui, après tout, ne s'étaient pas parlé depuis dix ans. El-Marad avait étalé sa robe autour de lui et m'observait avec intérêt.

— Je te présente Mlle Catherine Velis, déclara Kamel avec une politesse toute formelle. Elle est venue d'Amérique et travaille pour l'OPEP.

— L'OPEP, répéta El-Marad en hochant la tête. Par chance, nous n'avons pas de pétrole dans les montagnes, sinon nous aurions également été contraints de changer notre mode de vie. J'espère que vous apprécierez votre séjour sur nos terres et que grâce à votre travail – si Allah le veut – nous connaîtrons la prospérité.

Il fit un geste, et la mère entra, tenant la petite fille par la main. Elle donna la pièce d'échecs à son mari, et il la brandit dans ma direction.

— Vous avez fait un cadeau à ma fille, me dit-on. Je suis donc votre débiteur. Choisissez le tapis que vous souhaitez emporter avec vous.

Il fit à nouveau un geste, et la mère et l'enfant disparurent aussi silencieusement qu'elles étaient venues.

— Je vous en prie, non, protestai-je. Ce n'est qu'un jouet en plastique.

Il regardait la pièce posée dans le creux de sa main sans paraître m'entendre. Puis il leva vers moi ses yeux d'aigle surmontés de sourcils impressionnants.

— La reine blanche ! souffla-t-il en lançant un bref regard à Kamel avant de reporter son attention sur moi. Qui vous a envoyée ? Et pourquoi l'avez-vous amenée avec vous ?

Cette question me prit complètement par surprise et je regardai Kamel. Puis je compris. Il savait pourquoi j'étais là – peut-être la pièce d'échecs avait-elle été une sorte de signal, lui indiquant que je venais de la part de Llewellyn. Si c'était le cas, Llewellyn ne m'en avait rien dit.

— Je suis terriblement désolée, déclarai-je afin d'aplanir les choses. C'est l'un de mes amis, un marchand d'antiquités de New York, qui m'a demandé de passer vous voir. Kamel a eu l'extrême gentillesse de me conduire jusqu'ici.

El-Marad resta silencieux et se contenta de me regarder d'un air furieux, les sourcils plus touffus que jamais. Il continuait à jouer avec la petite pièce d'échecs comme s'il s'agissait d'un chapelet. Finalement, il se tourna vers Kamel et murmura quelques mots en berbère. Kamel hocha la tête et se leva.

— Je crois que je vais sortir prendre un peu l'air. Il semble qu'El-Marad souhaite vous entretenir en particulier.

Il me sourit pour me montrer qu'il ne se souciait pas de la grossièreté de cet homme étrange. Puis, à l'adresse d'El-Marad, il ajouta :

— Mais Catherine est *dalbil-ak*, tu sais…

— Impossible ! cria El-Marad en se dressant d'un bond. C'est une femme !

— Qu'est-ce que ça veut dire ? demandai-je, mais Kamel avait déjà disparu de l'autre côté de la porte et je me retrouvai seule avec le marchand de tapis.

— Il dit que vous êtes sous sa protection, déclara El-Marad en se tournant vers moi, après s'être assuré que Kamel était bien parti. Une tradition bédouine. Un homme qui est poursuivi peut agripper la chemise d'un autre homme dans le désert. Le fardeau de la protection lui incombe alors, même s'ils n'appartiennent pas à la même tribu. Mais c'est rarement offert sans demande préalable – et ce n'est *jamais* accordé à une femme.

— Peut-être a-t-il pensé que me laisser en tête à tête avec vous nécessitait des mesures exceptionnelles ? suggérai-je.

El-Marad me dévisagea avec stupéfaction.

— Vous avez un certain courage pour trouver la force de plaisanter dans un moment pareil, dit-il d'une voix lente tout en décrivant un cercle autour de moi pour mieux me jauger. Il ne vous a pas dit que je l'avais élevé comme mon propre fils ?

El-Marad cessa de faire les cent pas et me lança un regard las.

— Nous sommes *nahnu malihin* – liés par le sel. Partager le sel avec quelqu'un dans le désert est plus précieux que l'or.

— Vous êtes donc un Bédouin, conclus-je. Vous connaissez les coutumes du désert, et vous ne riez jamais... Je me demande si Llewellyn est au courant de ça ? Il faudra que je lui envoie une note pour l'informer que les Bédouins ne sont pas aussi polis que les Berbères.

À l'évocation du nom de Llewellyn, El-Marad avait pâli.

— C'est donc lui qui vous envoie, dit-il. Pourquoi n'êtes-vous pas venue seule ?

Je lâchai un soupir et regardai la pièce d'échecs qu'il tenait toujours dans sa main.

— Pourquoi ne me dites-vous pas où elles sont ? demandai-je. Vous savez très bien pourquoi je suis venue ici.

— Parfait.

Il s'assit, versa une giclée de café du samovar dans une petite tasse et la sirota.

— Nous avons localisé les pièces et tenté de les acheter – sans résultat. La femme qui les détient refuse même de nous rencontrer. Elle vit dans la Casbah à Alger, mais elle est très riche. Bien qu'elle ne possède pas le jeu entier, nous avons des raisons de croire qu'elle détient un assez grand nombre de pièces. Nous pouvons rassembler les fonds nécessaires afin de les acheter – si vous réussissez à la voir.

— Pourquoi refuse-t-elle de vous rencontrer ? dis-je, répétant la question que j'avais déjà posée à Llewellyn.

— Elle vit dans un harem. Elle y est séquestrée. Le mot « harem » signifie « sanctuaire interdit ». Aucun homme, en dehors du maître, n'est autorisé à y entrer.

— Alors pourquoi ne pas négocier avec son mari ?

— Il n'est plus en vie, répondit El-Marad en reposant sa tasse d'un geste impatient. Il est mort et elle est riche. Ses fils la protègent, mais ils ne sont pas *ses* fils. Ils ignorent qu'elle a les pièces. *Tout le monde* l'ignore.

— En ce cas, comment le savez-vous ? demandai-je en élevant la voix. Écoutez, j'ai accepté de rendre un petit service à un ami, mais vous ne m'êtes d'aucune aide. Vous ne m'avez même pas indiqué le nom de cette femme ni son adresse.

Il m'observa avec la plus grande attention.

— Son nom est Mokhfi Mokhtar, déclara-t-il. Il n'y a pas de nom de rues dans la Casbah, mais ce n'est pas très grand, vous la trouverez aisément. Quand ce sera fait, elle vous vendra tout ce que vous voudrez si vous lui répétez le message secret que je vais vous confier. Il vous ouvrira toutes les portes.

— Okay, acquiesçai-je avec une certaine impatience.

— Dites-lui que *vous* êtes née le jour saint, le jour de la Guérison. Dites-lui que vous êtes née, selon le calendrier occidental, le 4 avril…

Cette fois, ce fut à mon tour d'écarquiller les yeux. Mon sang s'était glacé dans mes veines et mon cœur battait la chamade. Même Llewellyn ignorait ma date de naissance.

— Pourquoi devrais-je lui dire ça ? demandai-je aussi calmement que possible.

— C'est le jour de la naissance de Charlemagne, me répondit-il d'une voix douce. Le jour où le jeu d'échecs a resurgi à la lumière – une date très importante, directement associée aux pièces que nous cherchons. Il est annoncé que la personne destinée à rassembler les pièces, à les réunir après toutes ces années, sera née ce jour-là. Mokhfi Mokhtar connaît la légende – et elle acceptera de vous voir.

— L'avez-vous déjà vue ?

— Une seule fois, il y a très longtemps, répondit-il, le visage soudain transformé tandis qu'il évoquait le passé.

Je me demandais qui était réellement cet homme – un homme qui traitait des affaires avec une gravure de mode comme Llewellyn, un homme que Kamel soupçonnait de s'être approprié l'affaire de son père et peut-être de l'avoir fait assassiner, mais qui avait financé les études de Kamel afin qu'il pût devenir l'un des ministres les plus influents de son pays. Il vivait ici en ermite, à des kilomètres et des kilomètres de tout, avec un essaim d'épouses – et cependant, il avait des contacts d'affaires avec Londres et New York.

— Elle était très belle, alors, me dit-il. Elle doit être âgée maintenant. Je l'ai rencontrée, mais seulement un court instant. Naturellement, j'ignorais à cette époque qu'elle avait les pièces en sa possession – et qu'un jour elle serait… Mais elle avait les mêmes yeux que vous. Cela, je me le rappelle très bien.

Il redevint brusquement attentif.

— Est-ce tout ce que vous voulez savoir ?

— Comment obtiendrai-je l'argent, si je parviens à acheter les pièces ? lui demandai-je, ramenant la conversation sur un plan professionnel.

— Nous nous occuperons de tout, répondit-il d'un ton brusque. Vous pourrez me contacter par cette boîte postale.

Il me tendit un morceau de papier sur lequel était inscrit un numéro. À ce moment précis, l'une de ses épouses passa la tête par la draperie, et nous aperçûmes Kamel, juste derrière elle.

— Vous avez terminé vos tractations ? demanda-t-il en entrant dans la pièce.

— Presque, acquiesça El-Marad qui m'aida à me lever. Ton amie est dure en affaires. Elle réclame l'*al-basharah* pour un autre tapis.

Il retira deux tapis roulés, en poil de chameau, de leur enveloppe. Ils avaient de magnifiques couleurs.

— Qu'est-ce que je réclame ? demandai-je avec un sourire.

— Le présent dû à celui qui est porteur de bonnes nouvelles, m'expliqua Kamel en hissant les tapis sur son dos. Je peux savoir en quoi consistent ces bonnes nouvelles ? Ou bien s'agit-il également d'un secret ?

— Elle m'a apporté un message d'un ami, dit doucement El-Marad. Je peux demander à un ânier de vous raccompagner, si vous voulez, ajouta-t-il.

Kamel déclara que ce serait appréciable, et on envoya chercher un petit garçon et une charrette. El-Marad nous accompagna sur le seuil.

— *Al-safar zafar !* cria-t-il en agitant la main.

— Un vieux proverbe arabe, expliqua Kamel. Le voyage apporte la victoire. Il vous souhaite bonne chance.

— Finalement, il n'est pas aussi bourru que je le pensais, admis-je. Mais je persiste à ne pas lui faire confiance.

Kamel éclata de rire. Il avait l'air beaucoup plus détendu.

— Vous jouez bien le jeu, approuva-t-il.

Mon cœur stoppa ses battements, mais je continuai à progresser dans la nuit noire. Je fus soulagée qu'il ne pût pas voir mon visage.

— Que voulez-vous dire ?

— Vous avez obtenu gratuitement deux tapis du marchand le plus âpre au gain de toute l'Algérie. Si la chose vient à s'ébruiter, il sera perdu de réputation.

Nous marchâmes en silence pendant un moment, écoutant le grincement des roues de la charrette qui nous précédait dans l'ombre.

— Je crois que nous allons passer la nuit au monastère de Bouira, déclara Kamel. C'est à une dizaine de kilomètres d'ici, sur la route. Ils ont des chambres très agréables. Nous rentrerons à Alger demain – à moins que vous ne préfériez affronter les montagnes ce soir ?

— Pas pour un empire ! répondis-je.

D'autant que les chambres du monastère devaient être équipées de baignoires et de tout le luxe dont j'étais sevrée depuis des mois. L'hôtel El Riadh avait beau être charmant, son charme commençait à s'émousser après deux mois d'eau froide teintée de rouille. Ce fut seulement après avoir regagné la voiture, glissé un pourboire au petit ânier et mis le cap sur Bouira que je sortis mon dictionnaire arabe afin de vérifier quelque chose qui me chiffonnait.

Comme je le soupçonnais, Mokhfi Mokhtar n'était pas un nom usuel. Cela signifiait l'élue cachée. Celle qui a été choisie en secret.

LE CHÂTEAU

> *Alice :* C'est une grande partie d'échecs qui est en train de se jouer, à l'échelle du monde entier… Oh que c'est amusant ! Comme je *voudrais* être une de ces pièces ! Cela me serait égal d'être un simple pion, pourvu que je puisse participer à la partie – mais évidemment, cela me *plairait* encore plus d'être une reine.
>
> *La reine rouge :* Rien de plus facile. Si vous le voulez, vous pouvez être le pion de la reine blanche, puisque Lily est trop jeune pour jouer – et pour commencer vous allez vous placer dans la seconde case. Quand vous atteindrez la huitième case, vous serez une reine.
>
> *De l'autre côté du miroir,*
> Lewis CARROL.

Le lundi matin qui suivit notre excursion en Kabylie, tous les diables se déchaînèrent. Cela avait commencé la veille au soir, quand Kamel me déposa à mon hôtel – et lâcha sa bombe avant de repartir. Apparemment, une conférence de l'OPEP était prévue pour très bientôt, et il avait l'intention d'y présenter les conclusions de mon prototype d'ordinateur – un prototype qui n'était pas encore construit… Thérèse avait rassemblé pour moi plus de trente pages de données concernant l'exportation des barils de pétrole par mois et par pays. Il me restait à faire entrer ces informations dans mon ordinateur et à constituer ma propre banque de données afin d'établir les tendances de la production, de la consommation et de la distribution. Puis il me faudrait mettre en place les programmes qui les analyseraient – le tout avant que cette conférence eût lieu.

D'un autre côté, avec l'OPEP on ne pouvait jamais vraiment savoir ce que signifiait « bientôt ». Les dates et les lieux de chaque conférence étaient tenus secrets jusqu'à la dernière minute – avec l'espoir qu'un emploi du temps aussi mal fagoté poserait encore davantage de problèmes aux terroristes qu'aux ministres de l'OPEP. Toujours est-il que Kamel se proposait tout simplement de démontrer devant cette noble assemblée l'importance capitale de mon prototype… Ce qui voulait dire que c'était pour moi une question de vie ou de mort de fournir ces informations en temps voulu.

Un malheur n'arrivant jamais seul, à peine revenue au centre de données de la Sonatrach, je découvris une enveloppe officielle posée sur la console où je travaillais. Elle provenait du ministère du Logement : ils m'avaient enfin trouvé un appartement. Je pouvais emménager dès ce soir. Ou plutôt, je *devais* emménager le soir même, ou bien lui dire adieu. Les logements sont rares à Alger – cela faisait maintenant deux mois que j'attendais celui-là. J'allais donc devoir me ruer à l'hôtel, embarquer mes affaires et prendre possession de mon nouveau logis dès que la sonnerie aurait annoncé la fin de la journée. Avec tout ça, comment allais-je trouver le temps de traquer Mokhfi Mokhtar dans la Casbah ?

Les horaires de bureau à Alger vont de sept heures du matin à sept heures du soir, avec trois heures de pause pour le déjeuner et la sieste. Je décidai donc de mettre à profit ces heures de liberté pour commencer mes recherches.

Comme dans toutes les villes arabes, la Casbah est le plus vieux quartier d'Alger, jadis fortifié par mesure de sécurité. La Casbah d'Alger est une sorte de labyrinthe en forme de puzzle, de rues étroites et pavées, et de vieilles maisons en pierre qui tombent en désordre au bas des versants des collines. Bien qu'elle ne couvre que deux mille mètres carrés environ de la montagne, elle est criblée de douzaines de mosquées, de cimetières, de bains turcs, et d'étourdissantes volées de marches qui s'embranchent à chaque angle comme des artères. Sur le million d'habitants que concentrait Alger, près de vingt pour cent vivaient dans ce quartier minuscule : silhouettes fantomatiques revêtues de longues robes et de voiles qui apparaissaient et s'enfonçaient dans l'ombre épaisse et reculée des porches. On pouvait disparaître dans la Casbah sans laisser de traces. C'était le repaire idéal pour une femme qui se faisait appeler « l'élue secrète ».

Malheureusement, c'était également l'endroit idéal pour se perdre. Bien qu'il n'y eût que vingt minutes de marche de mon bureau au palais de la Casbah, je vécus l'heure suivante comme un rat dans un labyrinthe. Toutes les rues tortueuses que j'empruntais me ramenaient invariablement au cimetière des Princesses. Toutes les personnes auxquelles je demandais la route des harems locaux me lançaient invariablement le même regard vide – dilaté par la drogue –, quand elles ne me répondaient pas par une bordée d'insultes ou de faux renseignements. En entendant prononcer le nom de Mokhfi Mokhtar, on me riait au nez.

À la fin de la « sieste », épuisée et bredouille, je fis un crochet par la Poste centrale pour voir Thérèse. Il était peu probable que ma proie figurât dans l'annuaire – je n'avais aperçu aucune ligne téléphonique dans la Casbah – mais Thérèse connaissait tout le monde à Alger. Tout le monde, sauf celle que je cherchais.

— Pourquoi quelqu'un porterait-il un nom aussi ridicule ? me demanda-t-elle en m'offrant des bonbons. En tout cas, je suis bien contente que vous soyez passée me voir aujourd'hui ! J'ai un télex pour vous...

Elle fouilla une liasse de papiers empilés sur l'étagère de son standard.

— Ces Arabes ! marmonna-t-elle. Avec eux tout est *b'adghedoua* – demain il fera jour ! Si je vous l'avais envoyé à l'El Riadh, vous auriez pu vous estimer heureuse de le recevoir dans un mois.

Elle retrouva le télex et me le tendit dans un grand geste. Réduisant sa voix à un murmure, elle ajouta :

— Il vient d'un couvent, mais je le soupçonne d'être écrit en langage codé.

De fait, il émanait de sœur Mary Magdelene, du couvent de Saint-Ladislaus, à New York. Elle avait certainement passé pas mal de temps à l'écrire. Je déchiffrai le message, tout en maudissant Nim d'être aussi fourbe :

AIDE SOUHAITÉE POUR MOT CROISÉ N.Y. TIMES STOP TOUT TROUVÉ SAUF CE QUI SUIT STOP CONSEIL D'HAMLET À SA PETITE AMIE STOP CHAUSSE LES MULES DU PAPE STOP FRONTIÈRE DE L'EMPIRE DE TAMERLAN STOP CE QUE FAIT L'ÉLITE QUAND ELLE A FAIM STOP CHANTEUR MÉDIÉVAL ALLEMAND STOP CŒUR DE RÉACTEUR EXPOSÉ STOP ŒUVRE DE TCHAIKOVSKI STOP LETTRES SONT 4-7-7-7-5-8-11.

RÉPONSE SOUHAITÉE PAR SŒUR MARY MAGDALENE
COUVENT DE SAINT-LADISLAUS N.Y.

Merveilleux. Un mot croisé en forme de puzzle. Je les avais en horreur, ainsi que le savait fort bien Nim. Il m'avait envoyé celui-ci juste pour me torturer. Exactement ce dont j'avais besoin : une nouvelle corvée débile envoyée par le roi de l'absurde.

Je remerciai Thérèse de sa diligence et l'abandonnai à son standard tentaculaire. En fait, mon quotient de déchiffrage devait avoir augmenté ces derniers mois, car j'avais *déjà* trouvé quelques-unes des réponses pendant que j'étais à la Poste centrale. Le conseil d'Hamlet à Ophélie, par exemple, était : « Va au couvent. » Et ce que faisait l'élite quand elle a faim était « cherche à manger ». Naturellement, il faudrait que je tronçonne les messages pour obtenir le nombre de lettres voulues, mais l'ensemble était assez clair, même pour un esprit simple comme le mien.

Une autre surprise de taille m'attendait ce soir-là, lorsque je rentrai à l'hôtel à huit heures. Là, garée devant l'entrée, dans la lueur crépusculaire, se trouvait… la Rolls Corniche bleu métallisé de Lily. Entourée par un essaim de porteurs émerveillés, de serveurs et de valets de chambre, qui n'en finissaient pas de caresser les chromes et le cuir velouté du tableau de bord.

Je passai droit devant la voiture en essayant de me persuader qu'il s'agissait d'une hallucination. Durant ces deux derniers mois, j'avais envoyé une bonne dizaine de télégrammes à Mordecai pour le supplier de ne *pas* envoyer Lily à Alger. Mais, de toute évidence, cette voiture n'avait pas atterri ici toute seule…

Je me dirigeais vers le bureau de la réception pour prendre ma clé et avertir le concierge que je déménageais quand je reçus un nouveau choc. Accoudé au comptoir en marbre et discutant avec le réceptionniste se tenait le séduisant mais sinistre Sharrif – le chef de la police secrète. Il me repéra avant que j'aie pu opérer une sortie discrète.

— Mademoiselle Velis ! s'écria-t-il en me gratifiant de l'un de ses sourires de vedette de cinéma. Vous arrivez à point pour nous aider à éclaircir un petit problème. Peut-être avez-vous remarqué la voiture de l'un de vos compatriotes, garée devant l'entrée ?

— C'est curieux – à moi elle m'a fait l'effet d'une voiture anglaise, répondis-je d'un ton désinvolte tandis que le réceptionniste me tendait ma clé.

— Mais ses plaques sont immatriculées à New York ! souligna Sharrif en haussant un sourcil.

— New York est une grande ville…

Je me détournai pour filer dans ma chambre, mais Sharrif n'avait pas terminé.

— Lorsqu'elle est passée à la douane, cet après-midi, quelqu'un l'a fait enregistrer sous votre nom et à cette adresse. Peut-être pourriez-vous m'expliquer ce que cela signifie ?

Merde ! J'allais étrangler Lily dès que je lui aurais mis la main dessus. Elle devait déjà avoir trouvé le moyen de se glisser dans ma chambre, moyennant rétribution.

— Dites, c'est formidable, lui répondis-je. Un cadeau anonyme d'un chic type de New York. Moi qui avais justement besoin d'une voiture…

Je me dirigeai vers les jardins, mais Sharrif me collait aux talons.

— En ce moment même, Interpol enquête à partir du numéro des plaques, me dit-il en pressant le pas pour se maintenir à ma hauteur. Cela m'étonnerait fort que le propriétaire ait payé cash le droit de douane – qui représente cent pour cent de la valeur de la voiture – pour la faire livrer à quelqu'un qu'il ne connaît même pas. C'est un chauffeur de location qui l'a récupérée pour l'amener ici. Et vous êtes la seule Américaine enregistrée à l'hôtel.

— J'étais, rectifiai-je en m'engageant sur l'allée gravillonnée. Je règle ma note dans une demi-heure pour emménager à Sidi-Fredj, comme ont déjà dû vous en informer vos *jarousis*.

Les *jarousis* étaient des espions – ou des indicateurs – travaillant pour la police secrète. Sharrif reçut l'allusion cinq sur cinq. Plissant les yeux, il m'agrippa le bras et je pilai net. Abaissant sur sa main un regard dédaigneux, je l'écartai avec soin.

— Mes *agents*, déclara-t-il, toujours pointilleux sur les questions de sémantique, ont déjà vérifié si vous aviez eu des visites, de même que la liste des passagers à destination d'Alger et d'Oran. Nous attendons celles des autres ports d'accès. Comme vous le savez, nous avons des frontières communes avec sept autres pays, plus la zone côtière. Ce serait tellement plus simple si vous nous disiez à qui appartient cette voiture.

— Où est le problème ? demandai-je en recommençant à marcher. Si le droit de douane a été payé et que les papiers sont en règle, pourquoi devrais-je m'en mêler ? Et puis d'ailleurs, qu'est-ce que cela peut bien vous faire de savoir à qui appartient ce véhicule ? Il n'y a pas de quota sur les voitures importées dans un pays qui n'en fabrique pas, n'est-ce pas ?

Il ne trouva rien à répondre à ça. Il ne pouvait quand même pas admettre que ses *jarousis* me suivaient partout et qu'on lui rapportait fidèlement combien de fois j'avais éternué dans la journée. Ce que je cherchais avant tout, c'était à lui rendre la tâche le plus difficile possible jusqu'à ce que j'aie retrouvé Lily – mais ça me paraissait quand même bizarre. Si elle n'était pas dans ma chambre et si elle n'était pas enregistrée à l'hôtel, alors où était-elle ? J'eus la réponse dans la seconde qui suivit.

De l'autre côté de la piscine se dressait le minaret décoratif en brique qui séparait le jardin de la plage. Je perçus un bruit étrangement familier – le raclement de petites pattes griffues contre la porte en bois, accompagné d'un grognement plaintif, difficilement oubliable. Dans la lumière tamisée de la piscine, je vis la porte s'entrouvrir d'un centimètre – et en jaillir une petite boule de poils à l'aspect féroce. Contournant la piscine comme une fusée, elle fonça sur nous. Même dans la nuit claire, il était impossible à première vue de reconnaître quelle sorte d'animal était Carioca – et je vis Sharrif ouvrir des yeux comme des soucoupes tandis que la bête se jetait tête baissée contre ses chevilles et enfonçait ses dents pointues dans une jambe gainée de soie. Sharrif laissa échapper un cri d'horreur, sautillant sur sa jambe valide tout en essayant de secouer Carioca avec l'autre.

Je récupérai la petite bête d'un geste vif et la serrai contre ma poitrine. Elle gigota et me lécha le menton.

— Au nom du ciel, qu'est-ce que c'est que ça ! cria Sharrif en lançant un regard meurtrier au remuant petit monstre angora.

— Le propriétaire de la voiture, avouai-je avec un soupir, comprenant que la comédie était terminée. Vous voulez rencontrer son associée ?

Sharrif me suivit en boitant et releva le bas de son pantalon pour examiner son mollet meurtri.

— Cette créature a peut-être la rage, geignit-il comme nous atteignions le minaret. Les animaux atteints de cette maladie attaquent les gens sans raison.

— Il n'est pas enragé – simplement allergique, répondis-je.

Nous franchîmes la porte, qui était ouverte, et gravîmes l'escalier baignant dans l'ombre qui menait au premier. C'était une large pièce avec des banquettes un peu partout. Lily était enfoncée au milieu des coussins comme un pacha, les pieds en l'air, un morceau de coton entre chaque orteil. Elle s'appliquait minutieusement une couche de vernis rouge sang sur les ongles. Elle était vêtue d'une microscopique minijupe ornée de caniches roses frétillants, et elle me lança un regard glacial, en partie masqué par les cheveux blonds et frisés qui lui tombaient dans les yeux. Carioca réclama bruyamment d'être posé sur le sol. Je le fis taire d'une secousse.

— Ce n'est pas trop tôt ! commença-t-elle d'un ton indigné. Vous ne pouvez pas imaginer les problèmes que j'ai eus pour venir ici !

Elle dévisagea Sharrif par-dessus mon épaule.

— *Vous* avez eu des problèmes ? ironisai-je. Permettez-moi de vous présenter mon compagnon : Sharrif, le chef de la police secrète.

Lily lâcha un soupir exaspéré.

— Combien de fois faudra-t-il que je vous dise que nous n'avons *pas* besoin de la police ! Nous pouvons très bien nous débrouiller toutes seules…

— J'ai dit : de la police secrète, l'interrompis-je.

— Et alors, quelle différence ? Personne n'est censé savoir que c'est un flic ? Oh flûte ! Mon vernis a bavé, grogna Lily en se penchant sur son pied.

Je jetai Carioca sur ses genoux et elle me foudroya à nouveau du regard.

— Je constate que vous connaissez cette femme, conclut Sharrif à mon intention.

Il s'avança vers Lily, la main tendue.

— Puis-je voir vos papiers, je vous prie ? Il n'y a aucune trace de votre entrée dans ce pays, vous avez enregistré une voiture de luxe sous un autre nom et vous possédez un chien qui, de toute évidence, représente un danger pour la population.

— Oh, allez au diable, riposta Lily en repoussant Carioca et en baissant les pieds pour se mettre debout face à lui. Ça m'a coûté les yeux de la tête pour faire entrer ma voiture dans ce pays, et d'ailleurs, qu'est-ce qui vous permet d'affirmer que je suis entrée illégalement ? Vous ne savez même pas qui je suis !

Elle traversa la pièce sur ses talons afin que le coton placé entre ses orteils ne se colle pas au vernis. Extirpant quelques papiers d'une pile de bagages luxueux en cuir, elle les agita sous le nez de Sharrif. Il les lui arracha des mains, et Carioca se mit à aboyer.

— Je me suis arrêtée dans votre maudit pays avant de me rendre en Tunisie, l'informa-t-elle. Il se trouve que je suis une grande joueuse d'échecs et que je vais y disputer un important tournoi.

— Il n'y a pas de tournoi d'échecs en Tunisie avant septembre, déclara Sharrif en examinant son passeport.

Il prit un air soupçonneux.

— Vous vous appelez Rad... Seriez-vous par hasard apparentée à...

— Oui, siffla Lily.

Je me souvins que Shariff était un mordu des échecs. De toute évidence, il avait entendu parler de Mordecai. Peut-être même avait-il lu ses ouvrages.

— Votre visa n'a pas été validé lors de votre entrée en Algérie, souligna-t-il. Je le garde jusqu'à ce que nous ayons tiré cette histoire au clair. Mademoiselle, il est hors de question que vous quittiez ces lieux.

J'attendis jusqu'à ce que la porte d'en bas claque.

— Vous avez le don de vous faire des amis en pays étranger, déclarai-je tandis que Lily retournait s'asseoir près de la fenêtre. Qu'allez-vous faire, maintenant qu'il a pris votre passeport ?

— J'en ai un autre, répondit-elle d'un ton maussade tout en retirant les morceaux de coton de ses orteils. Je suis née à Londres d'une mère anglaise. Les citoyens britanniques ont droit à la double nationalité, vous savez.

Je ne savais pas, mais j'avais des questions plus urgentes.

— Pourquoi avez-vous fait enregistrer votre maudite voiture sous mon nom ? Et comment avez-vous réussi à entrer si vous n'êtes pas passée par l'Immigration ?

— J'ai affrété un hydravion, à Palma. Ils m'ont larguée pas très loin de la plage. Il fallait bien que je donne le nom d'un résident pour faire enregistrer la voiture, puisqu'elle est partie avant moi. Mordecai m'a recommandé d'arriver ici le plus discrètement possible.

— Alors là, bravo, c'est réussi ! Je doute que quiconque soit au courant de votre arrivée dans le pays, sauf les services d'Immigration de toutes les frontières, la police secrète et probablement le président ! Vous pouvez m'expliquer ce que vous êtes censée ficher ici, ou bien Mordecai a-t-il oublié ce détail ?

— Il m'a dit d'aller à votre secours et que Solarin jouait en Tunisie ce mois-ci. L'abominable menteur ! Vous pourriez peut-être me trouver un cheeseburger ou quelque chose de substantiel à manger. Je meurs de faim. Il n'y a pas de garçon d'étage ici, et je n'ai même pas le téléphone.

— Je vais voir ce que je peux faire. Mais je quitte cet hôtel. J'ai obtenu un appartement à Sidi-Fredj, à environ une demi-heure de marche de la plage. Je vais prendre la voiture pour déménager mes affaires et je vous préparerai à dîner pour dans une heure. Vous pourrez sortir d'ici quand la nuit sera tombée et vous glisser jusqu'à la plage. Un peu de marche vous fera le plus grand bien.

Lily donna son accord à contrecœur, et je la quittai pour rassembler mes affaires, les clés de la Rolls dans ma poche. J'étais sûre que Kamel nous arrangerait le coup pour son entrée illégale et puisque de toute façon j'étais condamnée à avoir Lily sur le dos, autant profiter de sa voiture. Par ailleurs, je n'avais pas eu de nouvelles de Mordecai depuis son message énigmatique au sujet de la diseuse de bonne aventure. Il faudrait que je cuisine Lily pour essayer de savoir ce qu'elle avait appris en mon absence.

*

L'appartement ministériel de Sidi-Fredj était magnifique – deux pièces avec des plafonds voûtés, des sols en marbre, entièrement meublé y compris les draps, avec un balcon dominant le port et la Méditerranée. Je soudoyai le restaurant en plein air situé sous ma terrasse pour qu'on me fît monter à manger et du vin, puis je m'assis dehors pour déchiffrer le mot croisé de Nim tout en guettant l'arrivée de Lily le long de la plage. Le message se lisait de la façon suivante :

CONSEIL D'HAMLET À SA PETITE AMIE	(4)
FRONTIÈRE DE L'EMPIRE DE TAMERLAN	(7)
QUI CHAUSSE LES MULES DU PAPE	(7)
CE QUE FAIT L'ÉLITE QUAND ELLE A FAIM	(7)
CHANTEUR MÉDIÉVAL ALLEMAND	(5)
CŒUR DE RÉACTEUR EXPOSÉ	(8)
ŒUVRE DE TCHAIKOVSKI	(11)

Je n'avais pas l'intention de passer autant de temps sur cet exercice que sur la serviette de cocktail de la diseuse de bonne aventure, mais j'étais avantagée par mon éducation musicale. Il n'y avait que deux sortes de troubadours allemands : les Meistersingers et les Minnesingers. Je connaissais également toutes les œuvres composées par Tchaïkovski – et il n'y en avait pas tant que ça en onze lettres.

Ma première tentative me donna : « Va au, Caspienne, Pêcheur, Cherche, Minne, Fondu, *Jeanne d'Arc.* » C'était assez proche pour mériter d'être creusé. Une autre des frontières de l'empire de Tamerlan étaient les *marches* de Russie, ce qui contrairement à Caspienne avait l'avantage de faire sept lettres. Et un réacteur nucléaire qui fondait entrait dans la phase « critique » – qui avait huit lettres. Le message était donc : « Va aux marches du Pêcheur ; Cherche Minne ; Critique ! » Bien que je n'eusse pas la moindre idée de ce que *Jeanne d'Arc* venait faire là au milieu, il y avait bel et bien un endroit à Alger appelé les Escaliers de la Pêcherie. Et un bref coup d'œil à mon carnet d'adresses m'apprit que Minnie Renselaas, la femme du consul hollandais et l'amie de Nim – à laquelle il m'avait demandé de téléphoner si j'avais besoin d'aide –, habitait précisément au numéro 1 de ces Escaliers de la Pêcherie. Bien qu'à ma connaissance je n'eusse pas besoin d'aide, il avait l'air urgent à ses yeux que je la rencontre. J'essayai de me rappeler le livret de *Jeanne d'Arc*, mais tout ce dont je parvins à me souvenir, c'était qu'elle mourait brûlée vive sur un bûcher. J'espérais que Nim ne me réservait pas ce sort.

Je connaissais les Escaliers de la Pêcherie – une interminable envolée de pierre qui s'étendait entre le boulevard Anatole-France et une rue appelée Bab-el-Oued, ou Rivergate. La mosquée du Pêcheur était bâtie tout en haut, près de l'entrée de la Casbah – mais il n'y avait rien qui ressemblât à un consulat hollandais. *Au contraire**, les ambassades se situaient à l'autre bout de la ville, dans un quartier résidentiel.

Je rentrai donc à l'appartement, décrochai le téléphone et appelai Thérèse, qui était toujours de service à neuf heures du soir.

— Bien sûr, je connais Mme Renselaas ! cria-t-elle de sa voix éraillée.

Nous n'étions qu'à une vingtaine de kilomètres l'une de l'autre et sur la terre ferme, mais la ligne donnait l'impression que nous nous trouvions au fond de la mer.

— Tout le monde à Alger la connaît – une femme charmante. Elle m'apportait fréquemment des chocolats et ces petites sucreries de Hollande avec une fleur au milieu. Elle était l'épouse du consul des Pays-Bas, vous savez.

— Que voulez-vous dire par *était* ? criai-je en retour.

— Oh, c'était avant la révolution, mon petit. Il y a dix ans, peut-être quinze, que son mari est mort. Mais elle est toujours là, du moins à ce qu'on dit. En tout cas, elle n'a pas le téléphone, j'en serais la première informée.

— Comment puis-je la joindre ? hurlai-je tandis que les bruits marins submergeaient la ligne. (Pas besoin de micros : on devait entendre notre conversation depuis le port.) Je n'ai que son adresse : 1, Escaliers de la Pêcherie. Mais il n'y a aucune maison près de la mosquée.

— Non, cria Thérèse. Il n'y a pas de numéro 1 là-bas. Vous êtes sûre de ne pas vous tromper ?

— Attendez, je vous le lis. C'est *Wahad*, Escaliers de la Pêcherie.

— Wahad ! s'esclaffa Thérèse. Ça veut effectivement dire numéro 1, mais ce n'est pas une adresse – c'est une personne. C'est un guide touristique qui habite près de la Casbah. Vous connaissez le stand de fleurs près de la mosquée ? Demandez au fleuriste de vous l'appeler. Pour cinquante dinars, il vous promène dans la ville. Le surnom Wahad, c'est comme *« numero uno »*, vous comprenez ?

Thérèse raccrocha avant que j'aie pu lui demander pourquoi il fallait louer les services d'un guide pour trouver Minnie. Mais à Alger, on ne faisait visiblement pas les choses comme ailleurs.

Je venais de planifier mon excursion pour la pause déjeuner du lendemain quand j'entendis un raclement de pattes griffues sur le sol en marbre du vestibule. On frappa un coup bref à ma porte, et Lily fit irruption. Carioca et elle se dirigèrent d'un même mouvement vers la cuisine d'où s'échappait le fumet de notre dîner : *rougets** grillés, huîtres à la vapeur et couscous.

— Il faut que je mange, lança Lily par-dessus son épaule.

Lorsque je la rejoignis, elle avait déjà soulevé le couvercle des casseroles et trempait les doigts dans les plats.

— Pas besoin d'assiettes, me dit-elle en jetant des miettes à Carioca qui s'empressa de les gober tout rond.

Avec un soupir, je regardai Lily s'empiffrer, spectacle qui avait toujours le don de me couper l'appétit.

— Je me demande vraiment pourquoi Mordecai vous a envoyée ici. Je lui ai écrit tout exprès pour qu'il vous tienne à l'écart.

Lily se retourna et me fixa de ses grands yeux gris. Un morceau d'agneau du couscous gouttait dans ses doigts.

— Vous allez être épatée, m'informa-t-elle. Nous avons élucidé le mystère entier en votre absence !

— Racontez, dis-je, pas le moins du monde impressionnée.

Je débouchai une bouteille d'un excellent vin rouge algérien et remplis deux verres tandis qu'elle parlait.

— Mordecai essayait d'acheter ces pièces d'échecs rares et précieuses pour le compte d'un musée quand Llewellyn a découvert le pot aux roses et tenté de lui mettre des bâtons dans les roues. Mordecai soupçonne Llewellyn d'avoir soudoyé Saul pour qu'il en apprenne plus long sur ces pièces. Quand Saul l'a menacé de tout raconter, Llewellyn a paniqué et engagé un tueur pour le faire assassiner !

Elle paraissait très contente de son explication.

— Soit Mordecai est mal informé, soit il s'est payé votre tête, répondis-je. Llewellyn n'a rien à voir avec la mort de Saul. C'est Solarin qui l'a tué. Il me l'a avoué lui-même. Solarin est ici, en Algérie.

Lily lâcha son huître dans la marmite de couscous. Avançant la main vers son verre, elle avala une grande gorgée de vin.

— Redites-moi ça ? murmura-t-elle.

Je lui racontai toute l'histoire, telle que je l'avais reconstituée peu à peu, sans rien omettre. Je lui relatai comment Llewellyn m'avait demandé de lui rapporter les pièces, comment la diseuse de bonne aventure avait caché un message dans sa prophétie, comment Mordecai m'avait écrit pour me révéler qu'il connaissait la diseuse de bonne aventure, comment Solarin m'était apparu à Alger, m'expliquant que Saul avait tué Fiske avant de tenter de le tuer *lui*. Tout cela, à cause des pièces. Je lui dis que j'en étais arrivée à la conclusion qu'il existait bel et bien une formule, exactement comme elle le pensait. Elle était dissimulée dans le fameux jeu d'échecs dont tout le monde cherchait à s'emparer. Je conclus en lui racontant ma visite au copain de Llewellyn, le marchand de tapis – et son allusion à la mystérieuse Mokhfi Mokhtar de la Casbah.

Lorsque je terminai mon récit, Lily était bouche bée.

— Pourquoi ne m'avez-vous pas raconté tout ça plus tôt ? me demanda-t-elle.

Carioca était couché sur le dos, les quatre pattes en l'air, jouant au moribond. Je le soulevai de terre et le déposai dans l'évier, faisant couler un peu d'eau pour qu'il puisse boire.

— J'en ignorais à peu près tout avant d'arriver ici. Si je vous en parle aujourd'hui, c'est uniquement parce que vous pouvez m'être d'une aide précieuse. Tout porte à croire qu'une partie d'échecs se déroule en ce moment même, et que des inconnus en règlent les mouvements. Je n'ai pas la moindre idée de la façon dont la partie se joue, mais vous êtes une experte en la matière. Et il faut que je le découvre si je veux trouver ces pièces.

— Vous ne parlez pas sérieusement ? s'écria Lily. Vous voulez dire, une *vraie* partie d'échecs ? Avec des êtres vivants à la place des pièces ? Si bien qu'à chaque fois que quelqu'un se fait tuer – c'est comme quand on évacue une pièce de l'échiquier ?

Elle s'avança vers l'évier et se rinça les mains, aspergeant Carioca. Puis elle le cala sous son bras, encore tout mouillé, et se dirigea vers le living-room. Je la suivis avec le vin et les verres. Elle semblait avoir complètement oublié le dîner.

— Vous savez, dit-elle, je crois que si nous parvenions à déterminer qui sont les pièces, nous pourrions trouver la solution du problème. Rien qu'en regardant un échiquier, même au milieu d'une partie, je suis capable de reconstituer tous les coups qui ont précédé. Par exemple, je pense que nous pouvons affirmer sans trop de risques que Saul et Fiske étaient des pions...

— Tout comme vous et moi, acquiesçai-je.

Les yeux de Lily brillaient comme ceux d'un chien de meute qui a flairé un renard. Je l'avais rarement vue aussi excitée.

— Llewellyn et Mordecai pourraient être des pièces eux aussi...

— Hermanold également, ajoutai-je très vite. C'est lui qui a tiré sur notre voiture !

— Et il ne faut pas oublier Solarin, ajouta-t-elle. Il est l'un des joueurs, ça ne fait aucun doute. Je vous assure que si nous pouvions mettre tout ça à plat, en reprenant les événements un à un, je pourrais transposer les mouvements sur un échiquier et aboutir à quelque chose.

— Vous feriez peut-être aussi bien de rester ici cette nuit, suggérai-je. Sharrif est très capable d'envoyer ses sbires vous arrêter dès qu'il aura la preuve que vous êtes entrée illégalement. Je vous infiltrerai clandestinement dans la ville demain. Mon client, Kamel, peut tirer quelques sonnettes pour vous éviter la prison. Pendant ce temps, nous en profiterons pour tenter d'élucider ce puzzle.

Nous passâmes la moitié de la nuit à reconstituer les événements et à déplacer les pièces du petit jeu d'échecs miniature de Lily – en nous servant d'une allumette pour remplacer la reine blanche manquante. Mais Lily se sentait frustrée.

— Si seulement nous avions davantage de données ! se désola-t-elle tandis que nous regardions le ciel virer au bleu lavande du petit jour.

— En fait, je connais quelqu'un qui pourrait nous en fournir, admis-je. Un ami très proche qui m'a déjà aidée à démêler ce puzzle. Mais encore faut-il que je parvienne à le joindre. C'est un véritable génie en ordinateurs, et il joue également beaucoup aux échecs. Il a une amie à Alger, une femme qui jouit d'une grande influence. La veuve de l'ancien consul hollandais. J'espère la rencontrer demain. Vous pourriez m'accompagner – si on arrive à s'arranger pour votre visa.

Tombées d'accord, nous nous mîmes au lit pour essayer de dormir un peu. Je ne pouvais pas me douter alors que, quelques heures plus tard, il se produirait un événement qui me ferait passer du rang de pion à celui de pièce maîtresse du jeu…

*

La darse était le quai situé à l'extrémité nord-ouest du port d'Alger, où étaient amarrés les bateaux de pêche. C'était une longue digue en pierre qui reliait les terres à cette petite île qui avait donné son nom à Alger – El-Djezair.

Le parking réservé aux ministres s'y trouvait, mais la voiture de Kamel était absente, si bien que je me garai dans son box personnel, laissant un mot sur le pare-brise. Je me sentais un peu gênée d'introduire une voiture de tourisme pastel au milieu de toutes ces longues limousines noires, mais cela valait mieux que de l'abandonner dans les rues.

Je remontai le front de mer aux côtés de Lily, le long du boulevard Anatole-France, puis on traversa l'avenue Ernesto-Che-Guevara en direction des escaliers qui conduisaient à la mosquée de la Pêcherie. Lily n'avait pas escaladé le tiers des marches qu'elle s'assit sur les pierres plates et froides, baignée de sueur malgré la fraîcheur du matin.

— Vous voulez ma mort ! gémit-elle. Qu'est-ce que c'est que cet endroit ? Les rues sont toutes à la verticale. Ils auraient dû tout raser avec des bulldozers et recommencer à zéro.

— Moi je trouve ça charmant, répondis-je en la tirant par le bras.

Carioca était affalé sur les marches à côté d'elle, dégoulinant, la langue pendante.

— De toute façon, il n'y a pas d'endroit pour se garer près de la Casbah. Alors bougez-vous un peu.

Après d'innombrables gémissements et de nombreuses pauses, nous atteignîmes enfin le sommet, là où la rue Bab-el-Oued séparait la mosquée de la Pêcherie de la Casbah. Sur notre gauche se dressait la place des Martyrs, une large place remplie de vieux messieurs assis sur des bancs, où se trouvait le stand de fleurs. Lily se laissa choir sur le premier banc disponible.

— Je cherche Wahad, le guide touristique, dis-je au fleuriste bourru.

Il me toisa des pieds à la tête et agita la main. Un petit garçon noir de crasse s'approcha au trot, habillé comme un vagabond, une cigarette empestant le haschich collée à ses lèvres exsangues.

— Wahad, une cliente pour toi, dit le fleuriste au petit garçon.

Je le regardai de plus près.

— C'est *vous* le guide touristique ? demandai-je, ébahie.

La petite créature crasseuse ne paraissait pas avoir plus de dix ans, et pourtant elle était déjà ridée, décrépite et infestée de poux. Il se gratta, se lécha les doigts pour éteindre sa cigarette et la coinça derrière son oreille.

— Je prends cinquante dinars minimum pour la visite de la Casbah, m'annonça-t-il. Pour cent dinars, je vous montre la ville.

— Je viens pas pour visiter, dis-je en saisissant prudemment la manche de sa chemise en haillons pour le tirer à l'écart. Je cherche Mme Renselaas – Minnie Renselaas, la femme de l'ancien consul hollandais. Un ami m'a dit que…

— Je sais qui elle est, m'interrompit-il en plissant un œil pour me scruter.

— Naturellement, je vous paierai pour me conduire à elle – vous avez dit cinquante dinars ?

Je fourrageai dans mon sac pour y puiser de la monnaie.

— Personne ne peut voir la dame, à moins qu'elle ne m'en donne la consigne, répondit-il. Vous avez une invitation ou quelque chose ?

Une invitation ? Avec le sentiment d'être complètement folle, je sortis le télex de Nim et le lui tendis, avec l'espoir que ça ferait l'affaire. Il le contempla un bon moment, en le tournant dans tous les sens. Finalement, il dit :

— Je ne sais pas lire. Qu'est-ce que ça raconte ?

Il me fallut expliquer au gamin répugnant que l'un de mes amis me l'avait envoyé en code. Je lui livrai la traduction que j'en avais faite : Va aux Escaliers de la Pêcherie. Cherche Minnie. Critique.

— C'est tout ? me demanda-t-il, comme s'il avait ce genre de conversation tous les jours. Il n'y a rien d'autre ? Quelque chose qui ressemblerait à un mot secret ?

— Jeanne d'Arc, déclarai-je. Il parle de Jeanne d'Arc.

— Ce n'est pas le bon mot.

Il reprit sa cigarette et l'alluma. Je tournai les yeux vers Lily, assise sur son banc. Elle me retourna un regard qui disait clairement que j'étais cinglée. Je me creusai la cervelle, essayant de trouver une autre œuvre de Tchaïkovski en onze lettres, en vain. Wahad continuait à fixer le papier qu'il tenait dans les mains.

— Je sais lire les chiffres, dit-il enfin. Il y a un numéro de téléphone, ici.

Je baissai les yeux sur le papier et contemplai les chiffres notés par Nim. Je me sentis tout excitée.

— C'est *son* numéro de téléphone ! m'écriai-je. Nous pourrions l'appeler et lui demander…

— Non, dit Wahad, d'un air mystérieux. Ce n'est pas son numéro de téléphone. C'est le mien.

— Le *vôtre* ?

Lily et le fleuriste nous regardaient tous les deux, à présent. Lily se leva et se dirigea vers moi.

— Mais… n'est-ce pas la preuve que… commençai-je.

— C'est la preuve que quelqu'un sait que je peux trouver la dame. Mais je ne le ferai *pas*, à moins que vous connaissiez le bon mot.

Affreux nabot têtu ! Je maudissais mentalement Nim d'être aussi sibyllin, quand brusquement j'eus l'illumination. Un autre opéra de Tchaïkovski en onze lettres. J'agrippai Wahad par le col de sa chemise juste comme Lily nous rejoignait.

— La dame de pique ! criai-je. La réponse est la dame de pique !

Wahad me sourit avec ses dents mal plantées.

— Exact, jeune dame, acquiesça-t-il. La reine noire.

Écrasant sa cigarette sur le sol, il nous fit signe de traverser Bab-el-Oued et de le suivre dans la Casbah.

*

Wahad nous fit descendre et monter des venelles que je n'aurais jamais réussi à découvrir toute seule. Lily soufflait et haletait derrière nous. Je finis par ramasser Carioca et le fourrer dans mon sac à bandoulière pour qu'il cessât de couiner. Après une demi-heure de zigzags au milieu des rues tortueuses et tarabiscotées, on finit par déboucher dans un cul-de-sac enclavé dans de hauts murs en brique qui absorbaient toute la lumière du jour. Wahad s'arrêta pour permettre à Lily de nous rattraper, et je sentis un frisson glacé me parcourir le dos. J'avais une désagréable sensation de déjà-vu. Puis je réalisai que c'était exactement comme dans mon rêve, chez Nim, lorsque je m'étais réveillée en sueur. J'étais terrifiée. Je fonçai sur Wahad et l'agrippai par l'épaule.

— Où nous emmenez-vous ? m'écriai-je.

— Suivez-moi, répondit-il en ouvrant une lourde porte en bois encastrée dans le mur en brique.

Je jetai un bref regard à Lily, haussai les épaules, et nous franchîmes la porte. À l'intérieur se profilait un escalier sombre, qui donnait l'impression de monter vers un donjon.

— Vous êtes sûr de connaître le chemin ? criai-je à l'adresse de Wahad, qui disparaissait déjà dans l'ombre.

— Comment pouvons-nous être sûres qu'on n'est pas en train de nous kidnapper ? me chuchota Lily comme nous nous engagions dans l'escalier.

Elle avait la main sur mon épaule, et Carioca pleurnichait faiblement dans mon sac.

— J'ai entendu dire que les femmes blondes se vendaient très cher sur les marchés d'esclaves…

Ils obtiendraient même le double pour elle, s'ils la vendaient au poids, songeai-je. À voix haute, je répondis :

— Fermez-la et arrêtez de vous agripper à moi.

Mais je n'en menais pas large. Je savais que je n'arriverais jamais à retrouver mon chemin pour sortir d'ici.

Wahad nous attendait en haut, et je me cognai à lui dans l'obscurité. Lily était toujours accrochée à moi quand nous entendîmes Wahad tirer le verrou de la porte. Le battant s'entrebâilla, libérant un faible rai de lumière.

Il me poussa dans une vaste cave sombre où une bonne douzaine d'hommes jouaient aux dés, assis à même le sol sur des coussins. Quelques-uns d'entre eux levèrent vers nous un regard trouble tandis que nous traversions la pièce enfumée, mais personne n'essaya de nous arrêter.

— Qu'est-ce que c'est que cette odeur effroyable ? me demanda Lily d'une voix étouffée. On dirait des chairs en décomposition.

— Haschisch, chuchotai-je en observant les hommes qui tiraient sur leurs tuyaux tout en faisant rouler les dés d'ivoire.

Doux Jésus, mais où nous emmenait Wahad ? Nous le suivîmes jusqu'à une autre porte, et de là dans le passage sombre et en pente d'une arrière-boutique. La boutique elle-même était remplie d'oiseaux – des oiseaux exotiques, perchés sur des branches, qui voletaient dans des cages.

Seule une fenêtre tapissée de vigne laissait entrer la lumière du jour. Les pendeloques en verre des chandeliers projetaient des reflets or, vert et bleu sur les murs et les visages voilés de la demi-douzaine de femmes qui allaient et venaient dans la pièce. À l'instar des hommes à l'étage en dessous, ces femmes nous ignorèrent comme si nous faisions partie du papier peint.

Wahad nous entraîna à travers le labyrinthe d'arbres et de perchoirs, jusqu'à une petite arche située à l'autre bout de la boutique. Elle s'ouvrait sur une allée étroite et pavée, fermée de toute part, sans autre accès que celui que nous venions d'emprunter. De hauts murs moussus encadraient la lourde porte, face à nous.

Wahad traversa la cour et tira une corde qui pendait à côté de la porte. Il se passa un certain temps avant qu'il y eût une réaction, Je regardai Lily, toujours agrippée à moi. Elle retenait son souffle, le visage aussi blême que devait l'être le mien. Mon malaise se muait en horreur.

Le visage d'un homme apparut finalement derrière l'imposte. Il dévisagea Wahad sans parler. Puis ses yeux pivotèrent vers Lily et moi, serrées l'une contre l'autre à l'entrée de la cour. Même Carioca était silencieux. Wahad murmura quelque chose et, malgré la distance, je perçus ses paroles :

— Mokhfi Mokhtar, souffla-t-il. Je lui ai amené la jeune femme.

*

Nous franchîmes la massive porte en bois pour nous retrouver dans un jardin à la française entouré d'un petit mur en brique. Le sol en dalles vernies formait des motifs variés, qui ne semblaient jamais se répéter. Des fontaines bruissaient au milieu du feuillage. Des oiseaux gazouillaient dans la lumière mouchetée. Au bout de la cour se dressait une terrasse fermée par des portes-fenêtres et tapissée de vigne. À travers les vitres, j'aperçus une pièce somptueusement décorée de tapis marocains, de vases chinois, où le cuir travaillé se mêlait au bois sculpté.

Wahad s'éclipsa par le portail, derrière nous. Lily se retourna et cria :

— Ne laissez pas ce petit saligaud s'enfuir ! Nous ne pourrons jamais ressortir d'ici !

Mais il avait déjà disparu. L'homme qui nous avait ouvert la porte était parti lui aussi, si bien qu'il n'y avait plus que nous deux dans la cour envahie par l'ombre et la fraîcheur, où des senteurs de fleurs et d'herbe tournoyaient dans l'air. Je notai avec hébétude le clapotis musical des fontaines, se perdant sur les murs moussus.

Puis je distinguai une silhouette à travers les portes-fenêtres. Elle se déplaçait derrière les lourds drapés du jasmin et du lierre. Lily me broya la main. Figées à côté des fontaines, nous avions les yeux fixés sur la forme argentée qui passait sous une arche pour gagner le jardin, flottant dans la semi-pénombre verte – une femme mince et merveilleusement belle, dont la robe translucide semblait chuchoter à chacun de ses pas. Ses doux cheveux cascadaient le long de son visage en partie voilé, comme les ailes argentées d'un oiseau. Lorsqu'elle parla, sa voix évoqua le murmure frais et musical d'un ruisseau effleurant des pierres polies.

— Je suis Minnie Renselaas, déclara-t-elle en s'arrêtant devant nous dans une immobilité spectrale.

Mais avant même qu'elle ôtât le voile argenté qui masquait son visage, je sus qui elle était. C'était la diseuse de bonne aventure.

LA MORT DES ROIS

Au nom du ciel, asseyons-nous à terre
Et disons les tristes histoires de la mort des rois :
Comment les uns ont été destitués, d'autres tués
à la guerre
D'autres hantés par les spectres de ceux qu'ils
avaient destitués
D'autres empoisonnés par leur épouse, d'autres
égorgés pendant leur sommeil
Tous assassinés. Car dans la couronne creuse
Qui enserre les tempes mortelles d'un roi
La Mort tient sa cour et avec une petite épingle
Elle perce le rempart, et adieu roi !

Richard II,
William SHAKESPEARE.

PARIS
10 JUILLET 1793

Mireille s'arrêta sous les branches feuillues des châtaigniers, à l'entrée de la cour de Jacques-Louis David, et inspecta les lieux à travers le portail en fer forgé. Enveloppée dans sa longue tunique noire, le visage dissimulé sous le voile en mousseline, elle ressemblait à l'un des personnages immortalisés par le peintre dans ses célèbres toiles exotiques. Mais surtout, et c'était là le plus important, personne ne pouvait la reconnaître sous ce déguisement. Couverte de poussière et épuisée par un voyage exténuant, elle tira la chaîne et entendit l'écho de la cloche résonner à l'intérieur des murs.

Moins de six semaines plus tôt, elle avait reçu la lettre de l'abbesse. Une lettre chargée d'angoisse et de conseils. Elle avait mis très longtemps à lui parvenir, car elle avait tout d'abord transité par la Corse et de là vers l'unique membre de la famille d'Élisa et de Napoléon qui n'ait pas fui l'île – leur vieille grand-mère, Angela Maria di Pietra-Santa. La missive ordonnait à Mireille de rentrer immédiatement en France :

> *En apprenant votre départ de Paris, j'ai craint non seulement pour votre vie, mais aussi pour le sort de ce que Dieu a placé sous votre garde, une responsabilité que – d'après ce que l'on m'a dit – vous avez rejetée. Je redoute le pire pour celles d'entre vos sœurs qui se sont peut-être réfugiées dans cette ville pensant vous demander de l'aide alors que vous n'étiez pas là pour leur prêter assistance. Vous savez ce à quoi je fais allusion.*
>
> *Je vous rappelle que nous avons affaire à des adversaires puissants qui ne reculeront devant rien pour atteindre leur but – et qui ont organisé leur offensive quand nous étions balayées par le souffle du destin. L'heure est venue pour vous de prendre les rênes, de redresser la barre en notre faveur et de rassembler ce que le sort a dispersé.*
>
> *Je vous demande de regagner sur le champ Paris. Quelqu'un a été envoyé là-bas afin de vous y chercher, avec des instructions spécifiques concernant votre mission, qui est critique.*
>
> *Mon cœur est près de vous dans la perte cruelle de votre bien-aimée cousine.*
>
> *Puisse Dieu vous assister dans cette tâche.*

La lettre n'était ni datée, ni signée. Mireille reconnut l'écriture de l'abbesse, mais rien n'indiquait quand elle avait été rédigée. Bien que blessée de se voir accusée de désertion, Mireille avait parfaitement saisi le sens profond du message de l'abbesse. D'autres pièces étaient en danger, d'autres religieuses en péril – à cause de ces mêmes forces démoniaques qui avaient détruit Valentine. Il fallait qu'elle rentre en France.

Shahin accepta de l'accompagner jusqu'à la mer. Mais son fils, âgé d'un mois, était trop jeune pour supporter un voyage aussi éprouvant. À Djanet, le peuple de Shahin promit de veiller sur lui jusqu'à son retour, car ils regardaient déjà le bébé aux cheveux rouges comme le prophète qui leur avait été annoncé. Après des adieux déchirants, Mireille l'avait abandonné aux bras de la nourrice, et elle était partie.

Pendant vingt-cinq jours ils avaient traversé le Deban Ubari, la bordure occidentale du désert de Libye, coupant à travers les montagnes et les dunes traîtresses pour rallier la côte à Tripoli. Là, Shahin la fit monter dans une goélette à deux mâts, à destination de la France. Ces bateaux, les plus rapides du monde, cinglaient dans le vent à la vitesse de quatorze nœuds, effectuant le trajet de Tripoli à Saint-Nazaire, à l'embouchure de la Loire, en dix jours seulement. Mireille était de retour en France.

Et maintenant, immobile devant la grille de David, épuisée par le voyage, elle regardait à travers les barreaux la cour dont elle s'était échappée moins d'un an auparavant. Il lui semblait qu'un siècle s'était écoulé depuis cet après-midi où Valentine et elle avaient escaladé le mur du jardin, riant de leur témérité, avant de s'enfuir vers le quartier des Cordeliers pour rencontrer sœur Claude... Chassant résolument ces souvenirs de son esprit, Mireille agita à nouveau la cloche. Pierre, le vieux serviteur, émergea enfin de la loge et s'approcha d'un pas traînant du portail en fer forgé derrière lequel elle se tenait silencieusement, dans l'ombre des châtaigniers.

— Madame, déclara-t-il sans la reconnaître, le maître ne reçoit personne avant le déjeuner – et jamais sans rendez-vous.

— Je suis certaine qu'il acceptera de me voir, répondit Mireille en retirant son voile.

Les yeux de Pierre s'écarquillèrent et son menton se mit à trembler. Il chercha à tâtons ses lourdes clés.

— Mademoiselle, souffla-t-il. Nous avons prié pour vous tous les jours !…

Des larmes de joie montèrent à ses paupières tandis qu'il ouvrait la grille. Mireille l'embrassa rapidement puis ils traversèrent très vite la cour.

David, tout seul dans son atelier, sculptait une pièce de bois – une allégorie de l'Athéisme qui serait brûlée le mois suivant lors de la fête de l'Être suprême. Une odeur de bois fraîchement coupé flottait dans l'air. Des piles de copeaux jonchaient le sol, et de la sciure couvrait le velours épais de sa veste.

Il se tourna en entendant la porte derrière lui et se leva d'un bond, renversant le tabouret. Son burin lui échappa des doigts.

— Je rêve… Ou alors je deviens fou ! s'écria-t-il.

Un nuage de sciure se répandit autour de lui tandis qu'il s'élançait vers Mireille pour la serrer contre lui.

— Grâce à Dieu, vous êtes sauve !

Il la tint à bout de bras pour mieux la regarder.

— Après votre départ, Marat est venu ici avec sa bande de ministres et de délégués. Ils ont fouillé chaque centimètre du jardin, comme des porcs cherchant des truffes ! Je n'avais pas la moindre idée de l'existence de ces pièces d'échecs ! Si vous vous étiez confiée à moi, j'aurais pu vous aider…

— Vous le pouvez aujourd'hui, répondit Mireille en s'affalant sur une chaise, à bout de forces. Quelqu'un m'a-t-il demandée ? J'attends un émissaire de l'abbesse.

— Ma chère enfant, admit David d'une voix contrainte, on a essayé de vous contacter à plusieurs reprises, pendant votre absence. Des jeunes femmes qui écrivaient pour solliciter une entrevue avec vous, ou avec Valentine. Mais j'étais malade d'inquiétude à votre sujet. J'ai transmis ces lettres à Robespierre, dans l'espoir qu'il m'aiderait à vous retrouver.

— Robespierre ! Mon Dieu, qu'avez-vous fait ! s'enflamma Mireille.

— C'est un ami sincère, on peut lui faire confiance, affirma très vite David. On l'appelle « l'Incorruptible ». Rien ni personne ne pourrait le détourner de son devoir. Mireille, je lui ai parlé de vos liens avec le Jeu de Montglane. Il vous cherchait lui aussi…

— Non ! cria Mireille. Nul ne doit savoir que je suis ici, ni même que vous m'avez vue ! Vous ne comprenez donc pas ?… Valentine a été assassinée à cause de ces pièces. Je cours le même péril. Combien y avait-il de jeunes femmes dont vous avez remis les lettres à cet homme ?

David pâlit d'effroi tandis qu'il rassemblait ses souvenirs. Se pouvait-il qu'elle eût raison ? Il avait peut-être commis une erreur irréparable…

— Il y en a eu cinq, répondit-il. J'ai noté leur nom sur un livre qui se trouve dans mon bureau.

— Cinq religieuses, souffla-t-elle. Cinq malheureuses, mortes par ma faute. Parce que je n'étais pas là.

Ses yeux élargis fixaient le vide.

— Mortes ? répéta David. Mais il ne les a jamais interrogées. Elles s'étaient volatilisées. Toutes les cinq.

— Il ne nous reste plus qu'à implorer Dieu que ce soit vrai, déclara Mireille en posant son regard sur lui. Mon oncle, ces pièces sont dangereuses à un point que vous ne pouvez même pas imaginer. Nous devons nous renseigner sur l'intérêt que leur porte Robespierre, sans lui faire savoir que je suis ici. Et Marat, où se trouve-t-il ? Si jamais il a eu vent de tout cela, même nos prières seront impuissantes.

— Il est à son domicile, gravement malade, chuchota David. Malade, mais plus puissant que jamais. Il y a trois mois, les Girondins l'ont fait comparaître devant un tribunal pour avoir prêché le meurtre et la dictature, bafoué les symboles de la Révolution – liberté, égalité, fraternité. Mais Marat a été acquitté par un jury terrifié, couronné de lauriers par la populace, porté dans les rues par la foule en délire et élu président du club des Jacobins. Maintenant, il reste chez lui, où il dénonce les Girondins qui se sont élevés contre lui. Un grand nombre d'entre eux ont déjà été arrêtés. Les autres ont fui en province. Il dirige l'État depuis sa baignoire, en se servant de la peur comme arme. Ce qu'on dit de notre Révolution semble se confirmer – le feu qui détruit ne peut pas construire.

— Mais il peut dévorer d'une flamme plus vorace encore, déclara Mireille. Et cette flamme est le Jeu de Montglane. Une fois reconstitué, il consumera jusqu'à Marat lui-même. Je suis rentrée à Paris pour juguler cette force. Et je compte sur votre aide.

— Vous n'avez donc pas compris ce que je vous ai dit ? cria David. C'est la vengeance et la trahison qui ont saccagé ce pays ! Où cela finira-t-il ? Si nous croyons en Dieu, nous pouvons seulement espérer que tôt ou tard la justice divine ramènera la raison dans notre patrie.

— Je n'ai pas le temps, répondit Mireille. Je ne peux pas attendre que Dieu se manifeste.

*

11 JUILLET 1793

Une autre religieuse ne pouvait pas patienter plus longtemps, et au même moment se hâtait vers Paris.

Charlotte Corday arriva dans la ville en chaise de poste à dix heures du matin. Après s'être inscrite dans un petit hôtel voisin, elle se dirigea vers la Convention nationale.

La lettre de l'abbesse, qui lui avait été remise par l'entremise de l'ambassadeur Genet, avait été longue à lui parvenir, mais claire dans son message. Les pièces que sœur Claude avait emportées à Paris en septembre dernier avaient disparu. Une autre religieuse avait rejoint Claude dans la mort pendant la Terreur – la jeune Valentine. Et la cousine de Valentine s'était volatilisée sans laisser de traces. Charlotte avait contacté la faction girondine – les délégués de l'ancienne Convention, maintenant réfugiés à Caen – dans l'espoir d'apprendre si l'un d'entre eux s'était trouvé à la prison de l'abbaye, le dernier endroit où l'on ait remarqué Mireille, avant qu'on ne la perde de vue.

Les Girondins n'avaient pas entendu parler d'une jeune femme rousse qui aurait disparu dans la tourmente, mais leur chef, le beau Barbaroux, sympathisa avec cette ancienne religieuse qui cherchait l'une de ses amies. Le laissez-passer qu'il lui fournit lui garantissait un entretien avec le député Lauze Duperret, qui la rencontra à la Convention, dans l'antichambre réservée aux visiteurs.

— J'arrive de Caen, déclara Charlotte aussitôt que l'élégant député se fut assis en face d'elle, derrière la table vernie. Je suis en quête d'une amie dont je n'ai plus de nouvelles depuis les troubles de septembre dernier. Tout comme moi, elle était religieuse dans une abbaye qui a dû fermer ses portes.

— Charles-Jean-Marie Barbaroux aurait pu s'abstenir de vous adresser à moi, riposta le député en haussant un sourcil cynique. C'est un homme recherché – au cas où vous l'ignoreriez. Que veut-il exactement ? Qu'on lance également un mandat d'arrêt contre moi ? J'ai suffisamment d'ennuis comme cela, vous pourrez le lui dire lorsque vous rentrerez à Caen, ce qui, je l'espère, ne saurait tarder.

Il esquissa le mouvement de se lever.

— Je vous en prie, insista Charlotte en levant la main. Mon amie se trouvait dans l'abbaye lorsque les événements ont commencé. Son corps n'a jamais été retrouvé. Nous avons de bonnes raisons de croire qu'elle s'est échappée, mais nous ignorons où. Il faut *absolument* que vous me disiez le nom des membres de l'Assemblée qui ont présidé ces jugements.

Duperret marqua une pause, puis sourit. Mais son expression n'était guère plaisante.

— Personne ne s'est échappé de l'abbaye, répondit-il d'un ton bref. Quelques-uns ont été acquittés – je pourrais les compter sur les doigts de mes deux mains. Si vous avez été assez insensée pour venir ici, peut-être serez-vous assez folle pour interroger l'homme qui a été responsable de la Terreur. Mais je ne vous le conseille pas. Son nom est Marat.

12 JUILLET 1793

Mireille, maintenant revêtue d'une robe rouge et blanc et d'un chapeau de paille orné de rubans colorés, descendit de l'attelage découvert de David et demanda au cocher de l'attendre. D'un pas rapide, elle se dirigea vers le marché des Halles, l'un des plus anciens quartiers de la ville.

Depuis deux jours qu'elle se trouvait à Paris, elle en avait appris suffisamment pour décider de passer à l'action sans plus tarder. Elle n'avait aucun besoin d'attendre des instructions de l'abbesse. Non seulement cinq religieuses avaient disparu mais, à en croire David, beaucoup de gens connaissaient l'existence du Jeu de Montglane – et le rôle qu'elle-même avait joué. Beaucoup trop de gens : Robespierre, Marat, ainsi qu'André Philidor, le maître d'échecs et le compositeur de l'opéra auquel elle avait assisté en compagnie de Mme de Staël. Philidor, lui avait révélé David, s'était réfugié en Angleterre. Mais juste avant de partir, il lui avait fait le récit de sa rencontre avec le célèbre mathématicien Leonhard Euler et un compositeur appelé Bach. Bach avait mis en musique la formule du Tour du cavalier inventée par Euler. Ces hommes pensaient que le secret du Jeu de Montglane avait un rapport avec la musique. Combien d'autres encore étaient parvenus à ces mêmes conclusions ?

Mireille traversa le marché à ciel ouvert, se faufilant entre les étalages colorés de légumes, de viande, de fruits de mer, dont seuls les riches pouvaient profiter. Son cœur battait sourdement, ses pensées tournoyaient dans son esprit. Elle devait agir sans perdre un instant, pendant qu'*elle* connaissait leur retraite, mais avant qu'ils ne découvrent la sienne. Ils étaient tous semblables à des pions sur un échiquier, poussés vers un centre inconnu, dans une partie aussi inexorable que le destin. L'abbesse ne s'était pas trompée en affirmant qu'ils devaient reprendre les rênes en main. Mais c'était à Mireille et à elle seule qu'incombait cette tâche. Car, elle le comprenait maintenant, elle en savait beaucoup plus que l'abbesse elle-même – peut-être même que quiconque – sur le Jeu de Montglane.

Le récit de Philidor corroborait ce que lui avait dit Talleyrand et confirmait les propos de Laetitia Bonaparte : il y *avait* une formule à l'intérieur du jeu. Un point que l'abbesse n'avait jamais mentionné. Mais Mireille, elle, le savait. Devant ses yeux flottait sans cesse l'étrange représentation de la reine blanche – le bâton du Huit serré dans son poing levé.

Mireille descendit dans le labyrinthe, cette portion des Halles qui avait autrefois abrité des catacombes romaines, mais qui aujourd'hui était convertie en marché souterrain. Là s'entassaient des échoppes d'articles en cuivre, de rubans, d'épices et de pièces de soie venues d'Orient. Elle passa devant un petit café dont les tables encombraient l'étroit passage, et où un groupe de bouchers en tenue de travail mangeaient de la soupe aux choux en jouant aux dominos. Son regard se fixa sur leurs bras et leurs tabliers maculés de sang. Fermant les yeux, elle s'enfonça plus avant dans l'étroit labyrinthe.

Au bout du deuxième passage se dressait une boutique de coutellerie. Examinant les objets, elle testa la solidité et le tranchant de chacun d'entre eux avant de choisir celui qui lui convenait – un couteau de table pourvu d'une lame de quinze centimètres, semblable au *bousaadi* dont elle s'était servie avec tant d'habileté dans le désert. Elle demanda au vendeur de l'affûter jusqu'à ce qu'il fût capable de couper un cheveu.

Il ne restait plus qu'un problème, désormais. Comment s'introduire dans la place ? Elle regarda le marchand envelopper le couteau gainé dans un papier brun, lui donna deux francs, glissa le paquet sous son bras et partit.

13 JUILLET 1793

La solution à son problème se présenta d'elle-même le lendemain après-midi, alors qu'elle discutait âprement avec David, dans la petite salle à manger située derrière l'atelier. En tant que délégué de la Convention, David *avait* les moyens de l'introduire chez Marat. Mais il s'y refusait – il avait trop peur. Le ton montait quand ils furent interrompus par Pierre, le serviteur.

— Une dame attend devant la grille, monsieur. Elle souhaite s'entretenir avec vous au sujet de Mlle Mireille.

— Qui est-ce ? demanda Mireille après avoir échangé un bref regard avec David.

— Une jeune femme de votre taille, mademoiselle, répondit Pierre, avec des cheveux roux. Elle dit s'appeler Corday.

— Faites-la entrer, ordonna Mireille, à la vive surprise de David.

Ainsi donc, c'était elle, l'émissaire de l'abbesse, songea Mireille tandis que Pierre s'éloignait. Elle se souvenait de la froide et fière compagne d'Alexandrine de Forbin, qui s'était présentée à l'abbaye de Montglane trois ans plus tôt pour les informer que les pièces du Jeu de Montglane étaient en danger. Aujourd'hui, elle lui était envoyée par l'abbesse – mais elle arrivait trop tard.

Charlotte Corday entra dans la salle à manger et se figea en découvrant Mireille. S'approchant d'un air hésitant du siège que lui avançait David, elle s'assit sans détacher de Mireille son regard incrédule. Voilà donc la femme qui était à l'origine de l'exhumation du Jeu de Montglane, songea Mireille. Le temps les avait transformées toutes les deux, mais elles étaient restées très proches physiquement – même taille, même charpente carrée, mêmes boucles cuivrées encadrant leur visage. Assez proches pour pouvoir passer pour deux sœurs. Et cependant si différentes !

— Je suis venue ici parce que je ne savais plus vers qui me tourner, commença Charlotte. Je ne disposais d'aucune piste pour vous retrouver. Toutes les portes se fermaient devant moi. Je dois vous parler en privé...

Elle lança un regard gêné à David qui s'excusa. Lorsqu'il fut parti, elle chuchota :

— Les pièces – sont-elles en sûreté ?

— Les pièces ! répéta Mireille avec amertume. Toujours les pièces ! Je m'émerveille de la ténacité de notre abbesse – une femme à qui Dieu avait confié la garde de cinquante âmes, cinquante femmes retirées du monde, qui croyaient en elle comme en leur propre vie. Elle nous a dit que les pièces étaient dangereuses, mais pas que nous serions traquées et assassinées à cause d'elles ! Quel sorte de berger est-elle pour avoir conduit ses propres brebis à l'abattoir ?

— Je comprends. Vous êtes toujours sous le coup de la mort de votre cousine, murmura Charlotte. Mais c'était un accident ! Elle a été happée par la foule au cours d'une émeute, comme ma bien-aimée sœur Claude. Cette tragédie ne doit pas altérer votre foi. L'abbesse vous a choisie pour une mission...

— Désormais c'est *moi* qui choisis mes missions ! cria Mireille, ses yeux verts étincelants d'exaltation. Et pour commencer, je veux affronter l'homme qui a assassiné ma cousine – car cela n'avait rien d'un accident ! Cinq autres religieuses ont disparu au cours de cette année. Je suis persuadée qu'il sait ce qu'il est advenu d'elles, et des pièces dont elles avaient la garde. Il devra me répondre de ses crimes !

Charlotte avait porté une main à sa poitrine. Son visage était devenu d'une pâleur mortelle en l'écoutant. Sa voix vacilla.

— Marat ! souffla-t-elle. On m'a informée de son implication – mais je ne me doutais pas… L'abbesse ignore tout de ces religieuses manquantes.

— J'ai l'impression que ce n'est pas la seule chose que notre abbesse ignore, répondit Mireille. Mais moi je sais. Et bien que je n'aie pas l'intention de me mettre en travers de ses projets, vous comprendrez que j'aie des préoccupations plus urgentes. Serez-vous avec moi – ou contre moi ?

Charlotte la dévisagea, ses yeux bleus assombris par l'émotion. Puis elle posa sa main sur celle de Mireille, qui sentit un léger tremblement la parcourir.

— Nous triompherons ! affirma Charlotte avec force. Vous pouvez me demander n'importe quoi, je serai toujours à vos côtés – comme l'abbesse l'aurait voulu.

— Vous avez entendu parler de l'implication de Marat, reprit Mireille d'une voix tendue. Qu'avez-vous appris d'autre ?

— J'ai essayé de le rencontrer, dans une ultime tentative pour vous retrouver, répondit Charlotte en baissant la voix. Le concierge ne m'a pas laissée entrer chez lui. Mais je lui ai écrit pour obtenir un rendez-vous – ce soir même.

— Vit-il seul ? la pressa Mireille, surexcitée.

— Il partage son logement avec sa sœur Albertine – et Simone Évrard, sa femme « naturelle ». Vous ne projetez pas d'y aller vous-même, j'espère ? Dès qu'ils sauront qui vous êtes, ils vous feront arrêter et…

— Je n'ai pas l'intention de me présenter sous mon nom, déclara Mireille avec un lent sourire. Mais sous le vôtre.

*

Le soleil se couchait lorsque le cabriolet transportant Mireille et Charlotte déboucha dans l'*allée** menant à la demeure de Marat. Les reflets du ciel teignaient les vitres en rouge sang. Le soleil agonisant badigeonnait les pavés de lueurs pourpres.

— Il faut que je sache quel prétexte vous avez invoqué dans votre lettre pour obtenir ce rendez-vous, demanda Mireille à Charlotte.

— Je lui ai écrit que je venais de Caen, répondit Charlotte, afin de dénoncer les activités des Girondins contre le gouvernement. J'ai prétendu détenir des informations concernant un complot.

— Donnez-moi vos papiers, dit Mireille, la main tendue. Au cas où j'aurais besoin de preuves pour entrer.

— Mes prières vous accompagnent, murmura Charlotte en lui remettant les documents, que Mireille enfouit dans son corsage, à côté du couteau. J'attendrai ici votre retour.

Mireille traversa la rue et gravit les marches de la maison en pierre délabrée. Elle s'immobilisa devant l'entrée, où était clouée une carte écornée.

JEAN-PAUL MARAT : PHYSICIEN

Puis elle prit une profonde inspiration et frappa le heurtoir en métal contre la porte. Le son se répercuta à l'intérieur des murs. Enfin, elle entendit approcher un pas traînant – la porte s'ouvrit brusquement.

Devant elle se dressait une femme imposante, au visage plissé de rides. Elle repoussa du poignet une mèche filasse qui pendait de sa tignasse hirsute. Tout en essuyant ses mains couvertes de farine sur le torchon noué autour de son ample taille, elle toisa Mireille de haut en bas, observant la robe froncée, le bonnet à rubans et les douces boucles qui cascadaient sur ses épaules crémeuses.

— Qu'est-ce que vous voulez ? grogna-t-elle en reniflant dédaigneusement.

— Mon nom est Corday. Le citoyen Marat m'attend, répondit Mireille.

— Il est malade, siffla la femme.

Elle fit mine de refermer la porte, mais Mireille bloqua le battant de l'épaule tout en la forçant à reculer.

— J'insiste ! Il faut absolument que je le voie !

— Qu'est-ce que c'est, Simone ? demanda une femme qui venait d'apparaître du fond du couloir.

— Une visiteuse, Albertine – pour votre frère. Je lui ai *dit* qu'il était malade…

— Le citoyen Marat acceptera de me recevoir, cria Mireille, quand il saura que je lui apporte des nouvelles de Caen – et de Montglane.

Une voix masculine s'éleva d'une porte entrouverte, située à mi-chemin du couloir.

— Une visiteuse, Simone ? Fais-la entrer à l'instant !

Simone haussa les épaules et indiqua à Mireille de la suivre.

C'était une grande pièce dallée, avec seulement une petite fenêtre élevée, où elle aperçut le ciel rouge, sanguinolent sur fond de gris. L'endroit empestait les potions astringentes et la putréfaction. Dans un coin était installée une baignoire sabot en cuivre. Là, éclairé par l'unique flamme d'une bougie fixée sur une planchette à écrire posée en travers de ses genoux, était assis Marat. Sa tête était enveloppée d'un linge humide, et sa peau couverte de pustules luisait d'un éclat maladif dans la clarté de la bougie. Penché sur la tablette, il écrivait fébrilement. Il ne leva pas les yeux de ses papiers tandis que Simone introduisait Mireille dans la pièce et lui commandait d'un geste de s'asseoir sur un siège proche de la baignoire. Mireille ne pouvait détacher son regard de cet homme, le cœur battant à tout rompre. Elle mourait d'envie de l'empoigner, de lui enfoncer la tête sous l'eau croupie de son bain et de l'y maintenir jusqu'à ce que… Mais Simone s'obstinait à rester derrière elle.

— Tu arrives au bon moment ! s'écria Marat, sans cesser d'écrire. Je suis justement en train de dresser une liste de Girondins soupçonnés d'être des agitateurs dans les provinces. Puisque tu viens de Caen, tu pourras m'aider à la compléter. Mais tu as déclaré détenir également des informations sur Montglane…

Il leva les yeux et se tut, le regard soudain élargi. Puis il se tourna vers Simone.

— Tu peux nous laisser maintenant, ma bonne amie.

Simone ne bougea pas d'un centimètre. Mais sous le regard pénétrant de Marat, elle finit par sortir, refermant la porte derrière elle.

Mireille fixait Marat sans parler. C'était étrange, songea-t-elle. Devant elle se tenait l'incarnation même du démon – l'homme dont le visage hideux avait hanté ses cauchemars nuit après nuit – assis dans une baignoire en cuivre remplie de sels malodorants où il pourrissait comme une charogne en décomposition. Un vieil homme racorni, qui mourait du mal dont il était imprégné. Elle aurait pu éprouver de la compassion pour lui s'il y avait eu de la place pour la pitié dans son cœur. Mais il n'y en avait pas.

— Ainsi, chuchota-t-il sans cesser de la regarder, tu t'es enfin décidée à venir. J'ai su, quand les pièces ont disparu, qu'un jour tu reviendrais !

Ses yeux étincelaient dans la lueur de la bougie. Mireille sentit son sang se glacer dans ses veines.

— Où sont-elles ? articula-t-elle.

— C'est exactement la question que j'allais te poser, répondit-il calmement. Tu as commis une grave erreur en te présentant ici, même sous un nom d'emprunt. Tu ne quitteras jamais cette maison vivante – à moins que tu me dises ce que tu as fait des pièces que tu as déterrées du jardin de David.

— Vous non plus, déclara Mireille qui sentit un grand calme l'envahir tandis qu'elle tirait le couteau de son corsage. Cinq de mes sœurs sont portées manquantes. Je veux savoir si elles ont subi le même sort que ma cousine.

— Ah, tu es venue me tuer ! dit Marat avec un sourire terrifiant. Mais je ne crois pas que tu le feras. Je suis mourant, vois-tu. Je n'ai pas besoin de l'avis des médecins pour en être sûr. Je suis physicien, ne l'oublie pas.

Mireille appuya un doigt sur le tranchant de la lame.

Saisissant une plume sur la tablette, Marat en appliqua la pointe sur son torse nu.

— Frappe ici. À gauche, entre la deuxième et la troisième côte. Tu sectionneras l'aorte. C'est rapide et sûr, mais avant de me tuer, cela pourrait t'intéresser d'apprendre que les pièces sont en ma possession. Je n'en ai pas cinq, comme tu te l'imagines, mais huit. À nous deux, nous contrôlons la moitié de l'échiquier.

Mireille s'obligea à rester impassible, mais son cœur avait repris ses battements fous. L'adrénaline se déversait dans ses veines comme une drogue.

— Je ne vous crois pas ! cria-t-elle.

— Demande donc à ton amie, Mlle Corday, combien de religieuses sont allées à elle en ton absence. Mlle Beaumont, Mlle Defresnay, Mlle d'Armentières – ces noms te rappellent-ils quelque chose ?

C'était toutes des religieuses de Montglane. Que voulait-il dire ? Aucune d'elles ne s'était rendue à Paris – aucune d'elles n'avait écrit les lettres que David avait transmises à Robespierre…

— Elles sont allées à Caen, dit Marat, lisant dans les pensées de Mireille. Elles croyaient y trouver Corday. Comme c'est bête… Elles n'ont pas tardé à comprendre que la femme qui les avait interceptées n'était pas une religieuse.

— Une femme ? s'écria Mireille.

Au même instant, on frappa à la porte et le battant s'ouvrit. Simone Évrard entra, chargée d'un plat de rognons fumants et de ris de veau. Elle traversa la pièce, jetant un regard sombre à Marat et à sa visiteuse, et posa le plat sur le rebord de la fenêtre.

— Je les mets à refroidir. Comme ça on pourra en faire du hachis, déclara-t-elle abruptement, tout en tournant ses yeux perçants vers Mireille, qui avait dissimulé précipitamment son couteau dans les plis de sa robe.

— Veille à ne plus nous déranger, lui intima Marat d'une voix sèche.

Simone le dévisagea avec une surprise douloureuse, puis quitta rapidement la pièce, une expression blessée sur ses traits épais.

— Ferme la porte à clé, dit Marat à Mireille, qui ne put réprimer un tressaillement de surprise.

Il s'adossa au rebord de la baignoire, la respiration sifflante.

— La maladie est partout en moi. Si tu veux me tuer, il faudra te hâter. Mais je sais que tu n'en feras rien avant d'avoir obtenu davantage d'informations. Ferme la porte, et je te dirai ce que je sais.

Mireille se dirigea vers la porte, le couteau toujours serré dans sa main, et tourna la clé jusqu'à ce qu'elle entendît jouer la serrure. Le sang battait douloureusement à ses tempes. Qui était cette femme dont il lui avait parlé ? Celle qui avait abusé les religieuses trop confiantes ?

— Vous les avez tuées. Vous et cette horrible prostituée, cria-t-elle. Vous les avez assassinées pour vous emparer des pièces !

— Je suis un invalide, répondit-il avec un atroce sourire, son visage livide flottant dans l'ombre. Mais tout comme le roi sur un échiquier, la pièce la plus faible peut aussi être celle qui a le plus de prix. Je les ai tuées, c'est exact – mais seulement après leur avoir fait dire ce que je voulais entendre. Je savais qui elles étaient et où, une fois traquées, elles iraient se réfugier. Ton abbesse était une folle. Ce fut un jeu d'enfant de retrouver le nom des religieuses de Montglane. Mais je ne les ai pas tuées de ma main, pas plus que Simone. Je te révélerai qui s'en est chargé quand tu m'auras appris ce que tu as fait des pièces que tu as emportées. Je t'expliquerai même où sont les pièces dont nous nous sommes emparé, bien que cela ne te serve à rien.

Un mélange de doute et de peur s'empara de Mireille. Comment se résoudre à lui faire confiance, alors que la dernière fois qu'il lui avait donné sa parole, il avait assassiné Valentine ?

— Dites-moi le nom de la femme et où sont les pièces, répondit-elle en s'avançant vers la baignoire. Sinon, rien.

— Tu tiens le couteau dans ta main, rétorqua Marat d'une voix grinçante, mais mon alliée est la plus puissante du jeu ! Tu ne pourras jamais la détruire – jamais ! Ta seule chance est de joindre tes forces aux nôtres, et de réunir les pièces. Individuellement, elles n'ont aucune valeur. Mais rassemblées, elles détiennent un pouvoir sans limite. Interroge ton abbesse si tu ne me crois pas. Elle sait qui est cette femme. Elle connaît l'étendue de son pouvoir. Son nom est Catherine – et elle est la reine blanche !

— Catherine ! s'écria Mireille, tandis qu'un millier de pensées contradictoires se bousculaient dans son esprit.

L'abbesse était partie en Russie ! Son amie d'enfance… Le récit de Talleyrand… La femme qui avait acheté la bibliothèque de Voltaire… La Grande Catherine, tsarine de toutes les Russies ! Mais comment cette femme pouvait-elle être à la fois l'amie de l'abbesse et l'alliée de Marat ?

— Vous mentez, dit-elle. Où est-elle maintenant ? Et où sont les pièces ?

— Je t'ai dit son nom, cria-t-il, le visage blême de passion. Mais si tu veux en savoir plus, à toi de me témoigner la même confiance. Où sont les pièces que tu as déterrées du jardin de David ? Réponds !

Mireille prit une profonde inspiration, le couteau serré dans son poing fermé.

— Je les ai envoyées hors du pays, articula-t-elle lentement. Elles sont en sécurité en Angleterre.

Le visage de Marat s'illumina à ces mots. Sous ses yeux, elle vit ses traits se contorsionner pour devenir le masque démoniaque qui hantait ses rêves.

— Bien sûr ! exulta-t-il. J'ai été stupide ! Tu les as confiées à Talleyrand ! Mon Dieu, je n'en espérais pas tant !

Il tenta de se lever.

— Il est en Angleterre ! s'écria-t-il. En *Angleterre* ! Elle peut les avoir !

Il essaya de repousser l'écritoire de ses bras privés de forces. L'eau clapota dans la baignoire.

— Ma bonne amie ! À moi ! À moi !

— Non ! cria Mireille. Vous avez promis de me dire où étaient les pièces !

— Petite idiote !

Il éclata de rire et balaya l'écritoire qui tomba sur le sol, éclaboussant d'encre les jupes de Mireille. Elle entendit des pas dans le couloir, la poignée de la porte qui s'agitait. Elle renversa Marat dans la baignoire. D'une main, elle agrippa ses cheveux grisonnants tandis que, de l'autre, elle pointait le couteau sur sa poitrine.

— Dites-moi où elles sont ! hurla-t-elle tandis que des poings furieux martelaient la porte. Dites-le-moi !

— Petite lâche ! siffla-t-il, la bave aux lèvres. Fais-le, ou sois damnée ! Il est trop tard… trop tard !

Mireille le regarda fixement tandis que les coups retentissaient de plus belle. Des cris de femmes lui emplirent les oreilles et elle contempla l'horrible visage grimaçant qui lui faisait face. Il voulait qu'elle le tue, réalisa-t-elle avec terreur. *Comment aurez-vous la force de tuer un homme ?… Je sens la vengeance en vous, comme on flaire le parfum de l'eau dans le désert.* La voix de Shahin chuchota dans sa mémoire, étouffant les cris des femmes et les coups sourds contre la porte. Que voulait-il dire par « trop tard » ? Que signifiait son allusion au fait que Talleyrand était en Angleterre ? Qu'entendait-il par « *elle* peut les avoir » ?

La porte cédait sous les poussées furieuses de Simone Évrard. Le bois éclatait tout autour de la serrure. Mireille regarda le visage recouvert de pustules de Marat. Prenant une profonde inspiration, elle enfonça le couteau. Le sang gicla de la plaie, éclaboussant sa robe. Elle plongea la lame jusqu'au manche.

— Félicitations, juste au bon endroit… souffla-t-il, le sang moussant à ses lèvres.

Sa tête tomba sur son épaule. Le sang jaillissait à gros bouillons, à chacune de ses pulsations cardiaques. Mireille retira le couteau et le lâcha sur le sol au moment précis où la porte s'ouvrait.

Simone Évrard jaillit dans la pièce, Albertine sur ses talons. La sœur de Marat jeta un regard à la baignoire, hurla et s'évanouit. Simone poussa des cris aigus tandis que Mireille s'éloignait lentement.

— Mon Dieu ! Vous l'avez tué ! Vous l'avez tué ! cria-t-elle en s'élançant vers la baignoire pour tenter d'étancher le sang avec sa serviette.

Mireille continua à marcher comme dans un rêve. Des voisins se ruèrent dans l'appartement. Mireille les croisa dans l'entrée – comme en transe, son visage et ses vêtements éclaboussés de sang. Des cris et des gémissements retentirent derrière elle. Pourquoi lui avait-il dit qu'elle arrivait trop tard ?

Elle avait la main sur la poignée de la porte quand le coup l'atteignit par-derrière. Elle ressentit une douleur fulgurante, perçut un bruit de bois éclaté et s'écroula. Les morceaux de la chaise qui l'avait frappée jonchaient le sol poussiéreux. La tête douloureuse, elle essaya de se redresser. Un homme l'attrapa par le devant de sa robe, griffant ses seins, et la mit debout. Puis il la propulsa contre le mur où elle se cogna à nouveau la tête et s'effondra. Cette fois, elle fut incapable de se relever. Elle entendit des pas précipités, les lattes du plancher qui grinçaient tandis qu'on affluait de toutes parts dans la maison, les cris, les hurlements des hommes, les sanglots d'une femme.

Elle gisait à terre, incapable de bouger. Au bout d'un long moment, elle sentit des mains sous elle – quelqu'un essayait de la soulever. Des hommes en uniforme sombre, qui tentaient de la mettre debout. Sa tête lui faisait mal, elle ressentait une atroce douleur le long de sa nuque et de sa colonne vertébrale. Ils la soutenaient sous les coudes, la traînant vers la porte tandis qu'elle essayait de marcher.

Dehors, une foule se pressait autour de la maison. Le regard trouble, Mireille aperçut une haie de visages, des centaines de visages qui ondoyaient devant elle comme un océan. Ils se noyaient, tous, songea-t-elle. Tous. La police faisait reculer la foule. Elle entendit des hurlements et des cris : « Assassin ! Meurtrière ! » Et dans le lointain, de l'autre côté de la rue, une tache blême flottait dans l'encadrement de la fenêtre d'un attelage. Mireille essaya d'ajuster sa vision. Pendant une fraction de seconde, elle entrevit les yeux bleus terrifiés, les lèvres exsangues, les doigts crispés sur la portière de la voiture – Charlotte Corday. Puis tout devint noir.

14 JUILLET 1793

Il était huit heures du soir quand Jacques-Louis David rentra de la Convention. Les gens commençaient déjà à allumer des feux d'artifice et à courir dans les rues comme des fous abrutis par l'alcool tandis que son attelage pénétrait dans la cour.

C'était l'anniversaire de la prise de la Bastille, mais il n'avait pas l'esprit à cela. Le matin même, en arrivant dans le hall de la Convention, il avait appris que Marat avait été assassiné la veille au soir ! Et la femme qu'ils retenaient, la meurtrière, n'était autre que la jeune femme qui avait rendu visite à Mireille la veille – Charlotte Corday ! Mireille n'était pas rentrée de la nuit. David était malade de peur.

La Commune de Paris avait le bras assez long pour refermer son étau sur lui, si jamais on découvrait que le complot avait été tramé dans sa propre salle à manger. Si seulement il pouvait retrouver Mireille – et l'envoyer hors de Paris avant que les gens aient additionné deux et deux…

Sautant de la voiture, il brossa son chapeau orné de la cocarde tricolore, conçue par ses soins pour les délégués de la Convention afin de représenter l'esprit de la Révolution. Comme il contournait l'attelage pour refermer les grilles, une silhouette mince se glissa hors de l'ombre et s'avança vers lui. David sursauta d'horreur tandis que l'homme lui agrippait le bras. Une fusée lumineuse éclaboussa le ciel, lui permettant de reconnaître le visage pâle – et les yeux vert d'eau de Maximilien de Robespierre.

— Nous avons à parler, citoyen, chuchota Robespierre d'une voix feutrée et glaçante, tandis que les feux d'artifice crépitaient dans le ciel nocturne. Tu as manqué le jugement de cet après-midi…

— J'étais à la Convention ! cria David d'une voix effrayée, car il savait très bien de quel jugement Robespierre voulait parler. Que fais-tu, tapi dans l'ombre ? ajouta-t-il en s'efforçant de masquer la cause réelle de son effroi. Si tu veux me parler, entre donc.

— Ce que j'ai à te dire est trop grave pour que nous risquions d'être surpris par un serviteur, répondit Robespierre d'un air sombre.

— Mes serviteurs ont quartier libre aujourd'hui : c'est l'anniversaire de la prise de la Bastille. Pourquoi crois-tu que je ferme les grilles moi-même ?

Il tremblait et fut soulagé que l'obscurité les enveloppât tandis qu'ils traversaient la cour.

— C'est vraiment très dommage que tu n'aies pas pu assister à l'audience, déclara Robespierre comme ils pénétraient dans la maison. Vois-tu, la femme qu'ils ont arrêtée n'est pas Charlotte Corday. C'est la jeune fille dont tu m'as montré le portrait, celle que j'ai fait rechercher partout en France pendant plusieurs mois. Mon cher David – c'est ta pupille qui a assassiné Marat !

*

David était glacé jusqu'aux os, en dépit de la chaleur de juillet. Il s'assit dans la petite salle à manger, en face de Robespierre, tandis que ce dernier allumait une lampe à huile et s'emparait d'un carafon de cognac pour le servir. David tremblait tellement qu'il put à peine tenir le verre dans ses deux mains.

— Pour l'instant, personne n'est au courant. Je voulais te parler d'abord, déclara Robespierre. J'ai besoin de ton aide. Je sais pourquoi ta pupille est allée voir Marat : elle essaie de percer le secret du Jeu de Montglane. Je *dois* découvrir ce qui a transpiré de leur entretien, et si elle a eu l'opportunité d'informer quelqu'un de ce qu'elle avait appris.

— Mais je me tue à te répéter que j'ignore tout de ces événements tragiques ! s'écria David en regardant Robespierre avec horreur. Je n'ai jamais cru que le Jeu de Montglane existait, jusqu'à ce jour où j'ai quitté le Café de la Régence avec André Philidor – tu te souviens ? C'est lui qui m'en a parlé. Mais quand j'ai répété son récit à Mireille...

Robespierre se pencha en travers de la table et l'agrippa par le bras.

— Elle était là ? Tu lui as parlé ? Mon Dieu, pourquoi ne m'as-tu pas prévenu !

— Elle m'a dit que personne ne devait savoir qu'elle était là, souffla David, la tête dans ses mains. Elle est arrivée il y a quatre jours de Dieu sait où – habillée comme une Arabe...

— Elle est allée dans le désert ! s'écria Robespierre.

Il se leva d'un bond et se mit à marcher de long en large dans la pièce.

— Mon cher David, ta pupille n'a rien d'une innocente couventine. Ce secret est lié aux Maures – et au désert. C'est après le secret qui s'attache aux pièces qu'elle en a. Elle a assassiné Marat de sang-froid pour ces pièces. Elle est au centre même de ce jeu impitoyable et dangereux ! Tu dois me révéler ce qu'elle t'a appris d'autre, avant qu'il ne soit trop tard.

— C'est parce que je t'ai dit la vérité que cette abomination est arrivée ! cria David, presque en larmes. Et je suis un homme mort si jamais on découvre qui elle est. De son vivant, Marat était peut-être craint et haï, mais maintenant qu'il est mort, ils vont déposer ses cendres au Panthéon et son cœur sera entreposé comme une relique sainte dans le club des Jacobins.

— Je sais, dit Robespierre de cette voix douce qui envoyait des frissons le long de la colonne vertébrale de David. C'est pourquoi je suis là. Mon cher David, je peux peut-être vous venir en aide à tous les deux… à condition que tu me rendes un petit service. Ta pupille a confiance en toi, n'est-ce pas ? Elle n'hésitera pas à te parler. Si je pouvais t'introduire secrètement dans la prison…

— Ne me demande pas ça ! s'affola David. Je ferais n'importe quoi pour t'aider, mais ce que tu suggères pourrait bien nous coûter notre tête à tous !

— Tu ne comprends pas, dit Robespierre en se rasseyant, cette fois à côté de David.

Il prit la main de l'artiste dans les siennes.

— Mon cher, je sais que tu es un révolutionnaire dévoué. Mais tu ignores que le Jeu de Montglane est au centre même de la tempête qui balaye la monarchie à travers toute l'Europe – et qui secoura le joug de l'oppression pour toujours.

Il se dirigea vers le buffet et se servit un verre de porto avant de poursuivre :

— Peut-être comprendras-tu si je t'explique comment *je* suis entré dans le jeu. Car une partie se joue en ce moment même, mon cher David, une partie dangereuse et mortelle qui détruit jusqu'au pouvoir des rois. Le Jeu de Montglane doit être rassemblé et contrôlé par ceux qui – comme nous – se serviront de sa puissance pour mettre en application les vertus innocentes que Jean-Jacques Rousseau a prônées. Car c'est Rousseau en personne qui m'a choisi pour le Jeu.

— Rousseau ! s'écria David d'une voix étouffée. Il convoitait donc le Jeu de Montglane ?

— Philidor le connaissait, et moi aussi, répondit Robespierre en tirant un carnet de sa poche et en cherchant des yeux quelque chose pour écrire.

David fouilla dans les tiroirs du buffet, lui tendit un crayon, et Robespierre continua à parler tout en dessinant un diagramme.

— Il y a quinze ans, alors que j'étais un jeune juriste postulant pour les états généraux à Paris, j'appris que l'illustre philosophe Rousseau était gravement malade aux abords de Paris. Organisant rapidement une entrevue, je partis à cheval rencontrer l'homme qui, à soixante-six ans, laissait un legs capable de changer l'avenir du monde. Ce qu'il me dit ce jour-là changea irrémédiablement le cours de *mon* destin, tout comme il changera probablement le tien.

David garda le silence tandis que les feux d'artifice se déployaient derrière les fenêtres enveloppées d'ombre comme des chrysanthèmes épanouis. Et Robespierre, la tête penchée sur son dessin, commença son récit…

Récit de Robespierre

À une cinquantaine de kilomètres de Paris, près d'Ermenonville, s'étendait la propriété du marquis de Girardin où Rousseau et sa maîtresse, Thérèse Levasseur, vivaient depuis mai 1778.

Nous étions alors en juin. Le parfum de l'herbe fraîchement coupée et des roses épanouies embaumait l'air. Il y avait une petite île, l'île des Peupliers, au centre d'un lac appartenant à la propriété. Ce fut là que je trouvai Rousseau, vêtu comme à son habitude d'un costume maure : un long caftan pourpre, un châle vert bordé de franges, des chaussures rouges marocaines, une grande sacoche en cuir jaune pendue à son épaule, et un bonnet doublé de fourrure enserrant son visage sombre et intense. Un homme mystérieux, exotique, qui se déplaçait au milieu des arbres entourés d'eau, comme guidé par une musique qu'il aurait été le seul à entendre.

Traversant le petit pont, je le saluai, tout en me désolant d'interrompre sa méditation. Je l'ignorais alors, mais Rousseau songeait à sa rencontre avec l'éternité, qui n'était plus qu'une question de semaines.

— Je vous attendais, me déclara-t-il sereinement en guise de bienvenue. On m'a dit, monsieur de Robespierre, que vous étiez un adepte des vertus naturelles que je prône. Lorsqu'on est au seuil de la mort, il est réconfortant de savoir qu'on partage ses convictions avec au moins un être humain !

J'avais vingt ans à l'époque, et j'étais un fervent admirateur de Rousseau – un homme qui avait été renvoyé de Caïphe à Pilate, exilé de son propre pays, contraint à vivre de la charité des autres en dépit de sa réputation et de la force de ses idées. Je ne sais pas au juste à quoi je m'attendais en allant lui rendre visite – peut-être à une intense réflexion philosophique, à un discours élevé sur la politique, ou à une illustration romantique de *La Nouvelle Héloïse*. Mais Rousseau, sentant l'imminence de sa mort, semblait avoir tout autre chose en tête.

— Voltaire est décédé la semaine dernière, commença-t-il. Nos deux vies étaient liées comme celles des deux chevaux dont nous parle Platon – l'un tirant vers la terre, l'autre vers le ciel. Voltaire tirait vers la Raison, alors que je défendais la Nature. Nos deux philosophies conjuguées serviront à écarteler et démanteler le chariot de l'Église et de l'État.

— Je croyais que vous détestiez cet homme ? m'étonnai-je.

— Je le haïssais et je l'aimais tout à la fois. Je ne regrette pas de l'avoir rencontré. Mais une chose est certaine : je ne lui survivrai pas longtemps. Et le drame, c'est que Voltaire détenait la clé d'un mystère que j'ai, toute ma vie durant, tenté de percer. Du fait de son entêtement à ne croire qu'au rationnel, il n'a jamais compris la valeur de ce qu'il avait découvert. Maintenant il est trop tard. Il est mort. Et avec lui est mort le secret du Jeu de Montglane.

J'avais senti une exaltation monter en moi tandis qu'il parlait. Le jeu d'échecs de Charlemagne ! Tous les étudiants connaissaient son histoire – mais était-il possible que ce ne fût pas seulement une légende ? Je retins mon souffle, priant pour qu'il continuât à parler.

Rousseau s'était assis sur une souche d'arbre et fouillait dans sa sacoche en cuir marocain jaune. À ma vive surprise, il en tira une fine broderie garnie de dentelle faite à la main et, tout en continuant à parler, il se mit à l'ouvrage avec une petite aiguille en argent.

— Lorsque j'étais jeune, je subvenais à mes besoins en vendant mes dentelles et mes broderies à Paris, car personne ne s'intéressait aux opéras que j'écrivais. Bien que mon rêve fût de devenir un grand compositeur, je passais tous mes après-midi à jouer aux échecs avec Denis Diderot et André Philidor qui, tout comme moi, n'avaient pas un sou en poche. Fort à propos, Diderot me trouva une situation de secrétaire chez le comte de Montaigu, l'ambassadeur de France à Venise. C'était le printemps 1743 – je ne l'oublierai jamais. Car à Venise, cette année-là, je devais être le témoin d'une chose que je revois encore aujourd'hui, avec autant de force que si cela avait eu lieu hier. Un secret qui touchait à l'existence même du Jeu de Montglane.

Rousseau avait une expression lointaine, comme s'il était plongé dans un rêve. La broderie lui échappa des doigts. Il se pencha pour la ramasser et se remit à l'ouvrage.

— Vous dites avoir été le *témoin* de quelque chose ? insistai-je d'une voix pressante. Cette chose avait-elle un rapport avec le jeu d'échecs de Charlemagne ?

Le vieux philosophe revint lentement à la réalité.

— Oui... Venise était déjà à cette époque une vieille cité enveloppée de mystère, se souvint-il rêveusement. Bien qu'elle flotte au milieu de l'eau et des lumières, il y avait en elle quelque chose de sombre et de sinistre. Je sentais cette noirceur s'insinuer partout tandis que je me promenais dans le labyrinthe tortueux des rues, franchissais les vieux ponts en pierre et me laissais glisser en gondole le long des canaux brumeux, où seul le clapotis de l'eau troublait le silence de ma méditation...

— Ce devait être un de ces lieux où l'on est tenté de croire au surnaturel ? suggérai-je.

— Précisément, acquiesça-t-il en riant. Une nuit, je me rendis seul au San Samuele – le plus charmant théâtre de Venise – pour voir une nouvelle comédie de Goldoni intitulée *La Donna di Garbo*.

Le théâtre ressemblait à un joyau miniature : des étages de loges bleu glacier et or montaient jusqu'au plafond, chacune d'entre elles ornée d'un panier de fruits et de fleurs peint à la main, et de petites lumières de façon que l'on puisse aussi bien voir le public que les acteurs.

» Le théâtre était rempli jusqu'aux combles de gondoliers en tenue colorée, de courtisans coiffés de plumes et de bourgeois couverts de bijoux. Un public diamétralement opposé à l'assistance sophistiquée et blasée des théâtres parisiens – et qui participait au spectacle à pleins poumons. Des sifflets, des rires, des acclamations ponctuaient chaque réplique, de sorte que l'on entendait à peine les acteurs.

» Je partageais ma loge avec un jeune homme qui devait avoir seize ans environ, tout comme André Philidor, mais dont le visage était peint en blanc, et les lèvres en rouge rubis. Il portait une perruque lourdement poudrée, et ce chapeau à plumes alors tellement à la mode à Venise. Il se présenta comme étant Giovanni Casanova.

» Casanova avait fait des études de juriste, comme vous, mais il avait beaucoup d'autres talents. Fils de deux comédiens vénitiens qui avaient traîné leurs guêtres jusqu'à Saint-Pétersbourg, il gagnait sa vie en jouant du violon dans plusieurs théâtres locaux. Il ne me cacha pas son enthousiasme en apprenant que j'arrivais de Paris. Il mourait d'envie de visiter cette ville, connue pour sa splendeur et sa décadence – deux traits pour lesquels il avait une prédilection. Il me dit s'intéresser à la cour de Louis XV, car le monarque était célèbre pour son extravagance, ses maîtresses, son immoralité et son penchant pour les sciences occultes. Casanova s'intéressait tout particulièrement à ce dernier point, et il me posa toute une série de questions sur les francs-maçons, dont la confrérie était très populaire à Paris à ce moment-là. Comme je lui avouais mon ignorance en ce domaine, il me proposa de parfaire mon éducation le lendemain matin – à l'occasion du dimanche de Pâques.

» Nous nous retrouvâmes comme prévu à l'aube, là où s'était déjà amassée une foule gigantesque, devant la Porta della Carta – la porte qui sépare la fameuse cathédrale San Marco du palais des Doges.

La foule, dépouillée des costumes colorés qu'elle portait la semaine précédente au cours du *carnavale*, était cette fois entièrement vêtue de noir – et semblait attendre quelque chose en chuchotant.

» – Vous allez assister au plus vieux rituel de Venise, me dit Casanova. Chaque dimanche de Pâques, au lever du jour, le doge de Venise conduit une procession à travers la piazzetta et revient à Saint-Marc. On l'appelle "la Longue Marche" – une cérémonie aussi ancienne que Venise elle-même.

» – Mais Venise est probablement plus ancienne que Pâques – plus ancienne que le christianisme, soulignai-je tandis que nous nous tenions au milieu des spectateurs canalisés par des cordons de velours.

» – Je n'ai jamais dit qu'il s'agissait d'un rituel chrétien, répondit Casanova avec un sourire mystérieux. Venise a été fondée par les Phéniciens – d'où nous vient notre nom. La Phénicie était une civilisation bâtie sur des îles. Ils adoraient la déesse de la lune, Car. Tout comme la lune contrôle les marées, les Phéniciens contrôlaient les mers, d'où a jailli le plus grand des mystères – la vie.

» Un rituel phénicien. Cela me rappelait vaguement quelque chose. Mais au même instant le public fit silence. Un ensemble de musiciens s'avança sur les marches et souffla dans des cors. Le doge de Venise, couronné de joyaux et drapé de satin pourpre, émergea de la Porta della Carta entouré d'instrumentistes jouant du luth, de la flûte et de la lyre d'une façon si merveilleuse qu'ils semblaient inspirés par Dieu. Ils furent suivis par les émissaires du Saint-Siège, revêtus de longues chasubles raides et blanches, leur mitre incrustée de bijoux entrelacés de fils d'or.

» D'un coup de coude, Casanova m'engagea à observer attentivement le rituel tandis que les participants descendaient vers la piazzetta, s'arrêtant devant le Lieu de la Justice – un mur décoré de scènes bibliques du Jugement, où on avait pendu des hérétiques à l'époque de l'Inquisition. Là se trouvaient les colonnades d'Acre, rapportées des rivages de l'ancienne Phénicie à l'époque des croisades. Devait-on interpréter comme un signe le fait que le doge et ses compagnons se soient justement arrêtés à cet endroit-là ?

» Ils finirent par s'éloigner, aux accents célestes de la musique. Les cordons retenant la foule furent abaissés afin que nous puissions suivre la procession. Comme Casanova et moi nous prenions par le bras pour suivre la foule, je commençai à ressentir une sensation étrange – que je ne réussis pas à m'expliquer. Le sentiment que j'étais en train d'assister à quelque chose d'aussi vieux que le temps lui-même. Quelque chose de sombre et de mystérieux, riche d'histoire et de symbolisme. Quelque chose de dangereux.

» Tandis que la procession poursuivait sa progression reptilienne à travers la piazzetta puis à nouveau en direction de la colonnade, j'eus l'impression que nous nous enfoncions de plus en plus profondément dans les boyaux d'un labyrinthe obscur, où il n'existait aucune issue. J'étais parfaitement en sécurité, dans la lumière du soleil, entouré par des centaines de personnes – et cependant j'avais peur. Il s'écoula un certain temps avant que je comprenne que c'était la musique – le mouvement –, la cérémonie elle-même, qui m'effrayait. Chaque fois que nous nous arrêtions dans le sillage du doge, devant un objet façonné ou une sculpture, je sentais mon sang couler plus vite dans mes veines. C'était comme si un message avait essayé de se frayer un passage jusqu'à mon cerveau, à l'aide d'un code secret que je ne parvenais pas à déchiffrer. Casanova m'observait attentivement. Le doge venait à nouveau de s'arrêter.

» – La statue de Mercure, le messager des dieux, m'expliqua Casanova comme nous parvenions devant le personnage dansant en bronze. En Égypte, ils l'appellent Thoth – le juge. En Grèce, ils l'appellent Hermès – le guide des âmes – car c'est lui qui conduit les âmes aux Enfers, et qui parfois dupe les dieux eux-mêmes en les leur dérobant à nouveau. Le Prince des Fourbes, le Joker, le Bouffon, le Fou du jeu de Tarot – c'était le dieu des voleurs et de la ruse. C'est Hermès qui a inventé la lyre à sept cordes, l'octave, dont la musique faisait pleurer les dieux de ravissement.

» Je contemplai la statue pendant un long moment avant de passer mon chemin. Voilà donc celui qui avait le pouvoir de délivrer les gens du royaume de la mort. Avec ses chaussures ailées et son caducée brillant – ce bâton composé de serpents emmêlés formant le chiffre huit –, il régnait sur le royaume du rêve, sur le monde de la magie, sur l'univers de la chance, de la réussite, et d'une multitude de jeux. Était-ce une coïncidence si sa statue défiait la solennité de la procession avec son sourire moqueur et rusé ? Ou bien s'agissait-il, par-delà les brumes du temps, de *son* rituel ?

» Le doge et sa suite avaient fait plusieurs haltes au cours de ce tour transcendantal. Seize en tout. Comme nous continuions à avancer, le schéma commença à se préciser dans mon esprit. Ce ne fut pas avant la dixième station – le mur du Castello – que je commençai à entrevoir une explication.

» Le mur était épais de trois mètres cinquante et recouvert de pierres multicolores. L'inscription, rédigée dans le plus ancien vénitien, me fut traduite par Casanova :

> Si l'homme pouvait parler et agir comme il pense, Il verrait alors combien il pourrait être transformé.

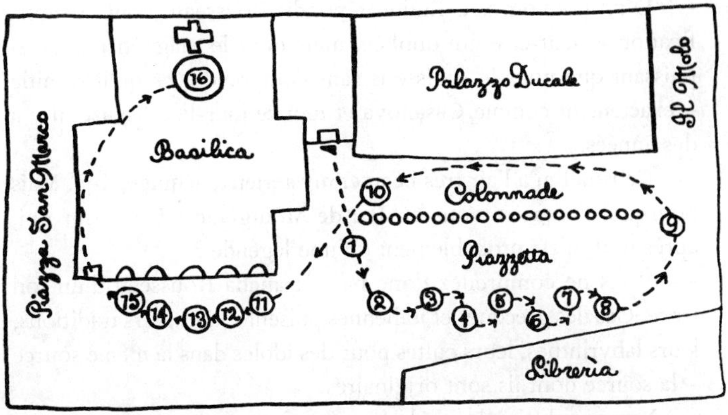

» Et là, juste au centre du mur, était encastrée une simple pierre blanche, que le doge et son entourage contemplaient comme si elle recélait une sorte de miracle. Brusquement, je sentis un frisson glacé me parcourir. Ce fut comme si un voile venait d'être arraché de mes yeux, me permettant d'acquérir une vision d'ensemble.

Ce n'était pas un simple rituel, mais une *transmutation* qui s'accomplissait devant nous, chaque halte symbolisant une *étape* dans le déroulement de cette transformation d'un état à un autre. C'était comme une formule, mais une formule pour quoi ? Et subitement, je sus.

Rousseau interrompit son récit et sortit de sa sacoche en cuir jaune un plan effacé par le temps. Le dépliant avec soin, il me le tendit.

— C'est le plan que j'ai fait de la Longue Marche, en y notant l'emplacement des seize haltes, le nombre de pièces noires ou blanches sur un échiquier. Vous remarquerez que l'itinéraire trace le chiffre huit, comme les serpents emmêlés sur le bâton d'Hermès, comme le Huitième Chemin que Bouddha préconise de suivre afin d'atteindre le Nirvana, comme les huit étages de la tour de Babel conçue pour s'élever jusqu'aux dieux. Comme la formule que l'on dit avoir été apportée à Charlemagne par huit Maures, cachée à l'intérieur du Jeu de Montglane…

— Une formule ? répétai-je d'un ton surpris.

— D'un pouvoir sans limite, répondit Rousseau, dont la signification a peut-être été oubliée, mais dont le magnétisme est si puissant que nous le subissons sans comprendre ce qu'il signifie – exactement comme Casanova et moi ce jour-là à Venise, il y a des années.

— Ce rituel m'a l'air très beau et mystérieux, acquiesçai-je. Mais pourquoi l'associez-vous au Jeu de Montglane ? Un trésor qui, après tout, n'est probablement qu'une légende ?

— Vous ne comprenez donc pas ? trancha Rousseau d'un ton irrité. Ces îles grecques et italiennes puisent toutes leurs traditions, leurs labyrinthes, leurs cultes pour des idoles dans la même source – la source dont ils sont originaires.

— Vous voulez parler de la Phénicie ?

— Je veux parler de l'Île sombre, répondit-il d'un air énigmatique, l'île que les Arabes ont commencé par baptiser El-Djezair. L'île située entre deux fleuves qui s'entrelacent comme le bâton d'Hermès pour former un huit – des fleuves qui ont baigné le berceau de l'humanité : le Tigre et l'Euphrate…

— Vous voulez dire que ce rituel – cette formule – viendrait de Mésopotamie ? m'écriai-je.

— Toute ma vie durant, j'ai essayé de la découvrir ! dit Rousseau en se levant et en m'agrippant le bras. J'ai envoyé Casanova, puis Boswell et enfin Diderot pour tenter d'en percer le mystère. Maintenant, c'est votre tour. Je vous charge de trouver la clé de cette formule, car il y a trente-cinq ans que j'essaie de comprendre les signes qui se cachent sous les signes. Il est presque trop tard...

— Mais, monsieur ! protestai-je, éperdu. Même si vous réussissiez à la déchiffrer, qu'en feriez-vous ? Vous qui avez vanté les mérites de la vie à la campagne, et l'égalité entre tous les hommes... de quelle utilité vous serait une telle arme ?

— Je suis l'ennemi des rois ! cria Rousseau d'un ton désespéré. La formule contenue dans le Jeu de Montglane entraînera la fin des rois – de *tous* les rois – pour toujours ! Ah, si seulement je pouvais vivre assez longtemps pour la tenir entre mes mains !

J'avais beaucoup de questions à lui poser, mais déjà il était blême de fatigue, le front baigné de sueur. Il reposa sa broderie, m'indiquant par là que l'entretien était terminé. Puis il me lança un ultime regard, comme s'il glissait dans une dimension où je ne pouvais le suivre.

— Il y eut jadis un grand roi, reprit-il doucement. Le roi le plus puissant du monde. On disait de lui qu'il ne mourrait jamais, qu'il était immortel. On l'appelait al-Ksandr, le dieu à deux cornes. On frappa des pièces d'or à son effigie, le représentant avec, sur le front, les cornes de bélier, symboles de la divinité. L'Histoire se souvient de lui comme d'Alexandre le Grand, le conquérant du monde. Il mourut à l'âge de trente-trois ans à Babylone, en Mésopotamie – alors qu'il cherchait la formule. Ainsi mourraient-ils tous, si seulement le secret était nôtre...

— Je me mets à votre service, dis-je en l'aidant à traverser la passerelle, tandis qu'il s'appuyait lourdement sur mon épaule. À nous deux, nous découvrirons la cachette du Jeu de Montglane, s'il existe vraiment, et nous apprendrons la signification de la formule.

— Il est trop tard pour moi, dit Rousseau en secouant tristement la tête. Je vous confie ma carte, qui est le seul véritable indice dont nous disposions. La légende veut que le Jeu de Montglane soit enterré dans le palais de Charlemagne, à Aix-la-Chapelle – ou dans l'abbaye de Montglane. Votre mission est de le retrouver.

Robespierre s'interrompit brusquement et regarda par-dessus son épaule. Devant lui, sur la table éclairée par la lampe, était posé le dessin de l'étrange rituel des Vénitiens qu'il avait reproduit de mémoire. David, qui l'examinait, leva les yeux.

— Tu n'as pas entendu un bruit ? demanda Robespierre, dont les prunelles vertes réfléchirent un soudain flamboiement d'étincelles du feu d'artifice.

— C'est seulement dans ton imagination, dit David d'un ton abrupt. Je ne m'étonne pas que tu sois nerveux, après une histoire comme celle-là. Je me demande dans quelle mesure ce que tu m'as raconté était le fruit de la sénilité ?

— Tu as entendu l'histoire de Philidor, et maintenant celle de Rousseau, répondit Robespierre avec irritation. Ta pupille Mireille possède une partie des pièces, elle l'a admis à l'abbaye. Tu *dois* m'accompagner à la prison, l'inciter à se confesser. Alors seulement je pourrai t'aider.

David perçut très bien la menace voilée qui se cachait derrière ces mots : sans l'aide de Robespierre, la condamnation à mort de Mireille serait inéluctable, tout comme celle de David. L'influence déterminante dont jouissait Robespierre pouvait très bien se retourner *contre eux*, et David était déjà compromis au-delà de l'imaginable. Il comprit brusquement que Mireille avait eu raison de le mettre en garde contre son « ami ».

— Tu *étais* de mèche avec Marat ! cria-t-il. Exactement comme le craignait Mireille ! Ces religieuses dont je t'ai fait parvenir les lettres… Qu'est-il advenu d'elles ?

— Tu continues à ne pas comprendre, s'impatienta Robespierre. Ce Jeu ne se limite pas à toi ou moi, ni à ta pupille ou à ces religieuses stupides. Il vaut mieux être l'allié que l'adversaire de la femme que je sers, crois-moi. Tâche de t'en souvenir, si tu tiens à ta tête. J'ignore ce qui est arrivé aux religieuses. Tout ce que je sais, c'est *qu'elle* s'efforce de réunir les pièces du Jeu de Montglane, tout comme Rousseau, pour le bien de l'humanité...

— Elle ? demanda David, mais Robespierre s'était déjà levé pour partir.

— La reine blanche, dit-il avec un sourire mystérieux. Telle une déesse, elle prend ce qui lui revient de droit et accorde ce qu'elle veut. Retiens bien ce que je te dis : si tu fais ce que je te demande, tu seras largement récompensé. Elle y veillera.

— Je ne veux ni protection ni récompense, déclara David avec amertume, en se levant à son tour.

Quel Judas il était ! Il n'avait pas d'autre choix que d'obéir – mais c'était la peur qui l'y contraignait.

Il saisit la lampe à huile pour escorter Robespierre jusqu'à la porte et lui offrit de l'accompagner jusqu'aux grilles, puisqu'il n'y avait pas de serviteurs.

— Si tu fais ce qu'on te dit, tu pourras demander n'importe quoi en retour, insista Robespierre d'une voix tendue. Dès qu'elle sera rentrée de Londres, je te présenterai. Je n'ai pas encore le droit de te dévoiler son nom, mais on l'appelle la Femme de l'Inde...

Leurs voix s'éloignèrent dans le hall. Lorsque la pièce fut à nouveau plongée dans l'obscurité, la petite porte conduisant à l'atelier s'entrouvrit. Illuminée fugitivement par la lueur des feux d'artifice qui crépitaient à l'extérieur, une ombre se glissa dans la pièce et se dirigea vers la table derrière laquelle s'étaient assis les deux hommes. Dans la clarté luminescente des flammèches colorées, la haute silhouette de Charlotte Corday se découpa brièvement, penchée sur la table. Sous son bras étaient coincés une boîte de peinture et un ballot de vêtements volés dans l'atelier.

Elle regarda longuement la carte semblable à un plan, devant elle. Pliant soigneusement le dessin du rituel vénitien, elle le glissa dans son corsage. Puis elle se coula dans le couloir et disparut dans la nuit peuplée d'ombres.

17 JUILLET 1793

Il faisait sombre à l'intérieur du cachot. Une petite fenêtre à barreaux, trop haute pour être atteinte, laissait entrer un mince filet de lumière qui faisait paraître la cellule plus lugubre encore. De l'eau gouttait de la pierre moussue, formant des flaques qui sentaient le moisi et l'urine.

Il y avait maintenant trois jours qu'elle était enfermée dans ce caveau humide. Elle n'en était sortie que pour assister à son procès, l'après-midi. Le verdict n'avait pas été long à tomber : la mort. Dans deux heures, elle quitterait de nouveau sa cellule, cette fois pour ne plus y revenir.

Elle s'assit sur la paillasse, sans toucher au morceau de pain rassis ni au petit gobelet d'eau qu'on lui avait apportés pour son dernier repas. Elle pensa à son fils, Charles, qu'elle avait laissé dans le désert et qu'elle ne reverrait jamais. Elle se demanda ce qu'elle éprouverait devant la guillotine, quand les tambours rouleraient et que la lame s'abattrait. Dans deux heures, elle le saurait. Ce serait même la dernière chose qu'elle saurait. Elle pensa à Valentine.

Elle ressentait toujours le coup à la tête qu'elle avait reçu au moment de son arrestation. La blessure s'était cicatrisée, mais elle avait encore une bosse douloureuse, à la base de son crâne. Son procès avait été encore plus brutal que son interpellation. Le procureur de la République avait ouvert son corsage devant toute la cour, arrachant les papiers de Charlotte Corday qu'elle y avait glissés. Maintenant, le monde entier la prenait pour Charlotte Corday – et si elle rétablissait la vérité, la vie de chacune des religieuses de Montglane serait en danger. Si seulement elle pouvait divulguer ce qu'elle savait à quelqu'un de l'extérieur – ce que Marat lui avait révélé au sujet de la reine blanche !

Elle entendit un grincement à l'extérieur de la cellule, le bruit d'un verrou rouillé que l'on tire. La porte s'ouvrit, et dès que ses yeux se furent accoutumés à la lumière, elle entrevit deux silhouettes dans la semi-pénombre. L'une était celle de son geôlier. L'autre était revêtue d'une culotte, de bas de soie, d'escarpins, d'une ample veste floue et d'un foulard. Un chapeau à large bord masquait en partie ses traits. Le geôlier s'avança, et Mireille se leva d'un bond.

— Le tribunal envoie un peintre, afin qu'il fasse un portrait de vous pour les archives, annonça-t-il. Il dit que vous avez donné votre accord…

— Oui, oui ! répondit fébrilement Mireille. Faites-le entrer !

C'était sa dernière chance, songea-t-elle. Il fallait absolument qu'elle parvînt à convaincre cet homme de risquer sa vie en faisant passer un message à l'extérieur. Elle attendit que le geôlier fût parti, puis se précipita vers le peintre.

— Monsieur ! Donnez-moi une feuille de papier ou n'importe quoi pour que je puisse écrire ! Je dois absolument faire parvenir une lettre à quelqu'un – quelqu'un en qui j'ai confiance – avant de mourir ! Son nom, tout comme le mien, est Corday…

— Ne me reconnaissez-vous pas, Mireille ? murmura le peintre d'une voix douce.

Mireille le dévisagea fixement tandis qu'il ôtait sa veste, puis son chapeau. Un flot de boucles rousses cascada sur la poitrine de Charlotte Corday !

— Dépêchons-nous. Nous n'avons pas beaucoup de temps. Il faut que nous échangions nos vêtements sans perdre un instant.

— Je ne comprends pas… Que faites-vous ? souffla Mireille d'une voix rauque.

— Je suis allée chez David, poursuivit Charlotte en lui agrippant le bras. Il est complice de Robespierre, ce démon. Je les ai entendus. Sont-ils venus ici ?

— Ici ? s'écria Mireille, éperdue.

— Ils savent que *vous* avez tué Marat, et davantage encore. Il y a une femme derrière tout cela – ils l'appellent la Femme de l'Inde. Elle est la reine blanche, et elle est partie pour Londres…

— Londres ! s'exclama Mireille.

Voilà pourquoi Marat lui avait dit qu'il était trop tard. Il ne s'agissait pas de la Grande Catherine, mais d'une femme qui se trouvait à Londres, là où Mireille avait envoyé les pièces ! La Femme de l'Inde…

— Pressez-vous, insista Charlotte. Il faut vous déshabiller et enfiler ces vêtements que j'ai volés chez David.

— Êtes-vous folle ? Vous pouvez transmettre ces informations à l'abbesse. Mais il n'est plus temps de tenter quoi que ce soit. Et j'ai beaucoup de choses à vous révéler avant que…

— Je vous en prie, hâtez-vous, l'interrompit Charlotte d'une voix grave. *J'ai* beaucoup à dire, et peu de temps devant moi. Regardez plutôt ce dessin, et dites-moi s'il vous rappelle quelque chose.

Elle tendit à Mireille le plan que Robespierre avait tracé, puis s'assit sur la paillasse pour retirer ses chaussures et ses bas. Mireille étudia le croquis avec la plus grande attention.

— On dirait une carte, murmura-t-elle en levant les yeux, tandis que quelque chose jaillissait soudain de sa mémoire. Je me souviens ! Il y avait un tissu avec les pièces que nous avons déterrées. Un tissu bleu nuit, qui enveloppait le Jeu de Montglane ! Le motif était semblable à cette carte !

— En effet, acquiesça Charlotte. Et il y a une histoire qui va avec. Déshabillez-vous, et vite.

— Si vous avez l'intention de changer de place avec moi, c'est impossible ! s'écria Mireille. Dans deux heures, ils doivent me faire monter dans le tombereau. Vous ne réussirez jamais à vous échapper.

— Écoutez-moi bien, déclara gravement Charlotte en dénouant son foulard. L'abbesse m'a envoyée pour que je vous protège à n'importe quel prix. Nous savions qui vous étiez bien avant que je ne risque ma vie en venant à Montglane. Si ce n'avait été pour *vous* jamais l'abbesse n'aurait retiré le jeu des murs de l'abbaye. Ce n'est pas votre cousine Valentine qu'elle a choisie lorsqu'elle vous a envoyées toutes les deux à Paris. Mais elle savait que vous ne partiriez jamais sans elle, et c'était *vous* qu'elle voulait – vous qui pouviez nous donner la victoire…

Charlotte dégrafait la robe de Mireille. Cette dernière lui agrippa le bras.

— Que voulez-vous dire ? Pourquoi m'aurait-elle choisie ? murmura-t-elle. Et pourquoi aurait-elle exhumé les pièces à cause de moi ?

— Ne soyez pas aveugle ! riposta Charlotte avec colère.

Elle saisit la main de Mireille et l'approcha de la lanterne.

— Cette marque dans votre paume ! Votre anniversaire est le 4 avril ! Vous êtes celle qui était annoncée – celle qui doit réunir les pièces du Jeu de Montglane !

— Mon Dieu ! s'écria Mireille en se dégageant. Vous rendez-vous compte de ce que vous dites ? Valentine est morte à cause de cela ! Et pour une prédiction insensée vous êtes prête à risquer votre vie…

— Non, ma chère, répondit calmement Charlotte. Je *donne* ma vie.

Mireille lui lança un regard horrifié. Comment accepter un tel sacrifice ? Elle songea à son fils, abandonné dans le désert…

— Non ! cria-t-elle. Ces maudites pièces ne feront pas une victime de plus ! Pas après toutes ces horreurs dont elles sont déjà responsables !

— Préférez-vous que nous mourions toutes les deux ? demanda Charlotte en continuant à déshabiller Mireille, les yeux baissés pour cacher ses larmes.

Mireille saisit le menton de Charlotte et leva son visage jusqu'à ce que leurs regards se fondent l'un dans l'autre. Après un long silence, Charlotte reprit la parole d'une voix tremblante.

— Nous devons les anéantir. Et vous êtes la seule qui puisse le faire. Ne comprenez-vous pas, même maintenant ? Mireille, vous *êtes* la reine noire !

*

Deux heures s'étaient écoulées quand Charlotte entendit le grincement du verrou lui annonçant que les gardes venaient l'emmener. Agenouillée dans l'ombre, à côté de la paillasse, elle priait.

Mireille avait emporté la lampe à huile et les quelques esquisses qu'elle avait faites de Charlotte – des esquisses qu'elle devrait montrer pour pouvoir quitter la prison. Après les larmes de leur séparation, Charlotte s'était réfugiée en elle-même, avec ses pensées et ses souvenirs. Elle éprouvait un sentiment de plénitude, d'irrévocabilité. Au plus profond d'elle-même, elle s'était construit un petit havre de paix et de sérénité que même la lame acérée de la guillotine n'aurait pas le pouvoir de détruire. Bientôt, elle ne ferait plus qu'un avec Dieu.

Derrière elle, la porte s'était ouverte et refermée. Tout n'était que ténèbres dans la cellule – mais elle percevait un bruit de respiration. Qui était là ? Pourquoi ne l'emmenait-on pas ? Elle attendit en silence. Il y eut le frottement d'une pierre à feu, puis une bouffée de pétrole s'éleva tandis que la flamme d'une lanterne palpitait à l'intérieur de la cellule.

— Permettez-moi de me présenter, fit une voix douce.

Charlotte sentit un frisson la parcourir au son de cette voix, puis elle se souvint où elle l'avait entendue – et se figea, le dos tourné.

— Mon nom est Maximilien de Robespierre.

Le visage baissé, elle se mit à trembler. La clarté de la lanterne se déplaça le long des murs, se rapprocha d'elle, puis il y eut le raclement d'une chaise, tout près de l'endroit où elle était agenouillée – ainsi qu'un autre bruit qu'elle ne réussit pas à identifier. Y avait-il quelqu'un d'autre dans la pièce ? Elle n'osait pas se retourner pour regarder.

— Inutile de vous présenter, poursuivit calmement Robespierre. J'étais présent à votre procès, cet après-midi, ainsi qu'à l'acte d'accusation. Ces papiers, que le procureur de la République vous a arrachés… ce n'étaient pas les vôtres.

Elle perçut alors un pas étouffé. Ils n'étaient donc pas seuls. Elle sursauta et faillit hurler de terreur en sentant une main se poser doucement sur son épaule.

— Mireille, pardonnez-moi ! s'écria la voix aisément reconnaissable du peintre David. J'étais obligé de l'amener ici. Je n'avais pas le choix. Ma chère enfant…

David la retourna vers lui, enfouissant son visage dans son cou. Par-dessus son épaule, elle vit le long visage ovale, la perruque poudrée, les yeux verts luisants de Maximilien de Robespierre. Son sourire insidieux céda la place à une expression de stupeur, puis de fureur tandis qu'il levait précipitamment la lanterne vers elle.

— Imbécile ! hurla-t-il d'une voix haut perchée.

Écartant le peintre en larmes de l'endroit où il était tombé à genoux, il pointa un doigt accusateur vers Charlotte.

— Je t'avais dit que nous arriverions trop tard ! Mais non, il a fallu que tu attendes la fin du procès ! Comme si elle pouvait être acquittée ! Maintenant, par ta faute, elle nous a échappé !

Il jeta la lanterne sur la table, renversant une partie de l'huile, et agrippa Charlotte qu'il releva brutalement. Poussant David sur le côté, il leva le bras et la frappa au visage.

— Où est-elle ? cria-t-il. N'espère pas avoir la vie sauve, tu mourras à sa place ! Je te le jure ! À moins que tu ne te confesses !

Charlotte laissa le sang couler de sa bouche tandis qu'elle se redressait fièrement pour regarder Robespierre dans les yeux. Puis elle sourit.

— C'est bien mon intention, dit-elle calmement.

LONDRES

30 JUILLET 1793

Il était près de minuit quand Talleyrand rentra du théâtre. Jetant sa cape sur une chaise du hall, il se dirigea vers le cabinet à liqueurs pour se servir un sherry. Courtiade le rattrapa en chemin.

— Monseigneur, chuchota-t-il, vous avez une visiteuse. Je l'ai installée dans le bureau. Cela a l'air urgent. Elle dit qu'elle apporte des nouvelles de Mlle Mireille.

— Enfin ! Merci mon Dieu, s'écria Talleyrand en se précipitant dans le bureau.

Une mince silhouette se découpait dans la lueur du feu, étroitement enveloppée dans une cape en velours noir. Elle tendait les mains vers les flammes pour se réchauffer. En entendant entrer Talleyrand, elle rejeta en arrière le capuchon de sa cape et laissa le vêtement glisser sur ses épaules nues. Ses cheveux d'un blond presque argenté ruisselèrent sur ses seins à demi découverts. Maintenant, il pouvait voir sa peau frissonnante, son profil ciselé dans la lumière dorée, son petit nez retroussé, le décolleté plongeant de sa robe en velours noir qui soulignait ses formes adorables. Le souffle lui manqua – une main de glace lui comprima le cœur tandis qu'il se figeait sur le seuil.

— Valentine, souffla-t-il.

Mon Dieu, comment était-ce possible ? Comment pouvait-elle être sortie de sa tombe ?

Elle se tourna vers lui et sourit, ses yeux bleus étincelants, ses cheveux pâles nimbés par la lueur ondoyante du feu. D'un mouvement aussi fluide et rapide qu'un bruissement d'eau, elle se dirigea vers Talleyrand, toujours pétrifié, et s'agenouilla devant lui, pressant son visage contre sa main. Il posa son autre main sur ses cheveux et les caressa doucement. Il ferma les yeux. Son cœur se brisait. Comment était-ce possible ?

— Monsieur, je suis en grand danger, chuchota-t-elle d'une voix grave.

Ce n'était pas la voix de Valentine. Il ouvrit les yeux et regarda le visage levé vers lui – si beau, si semblable à celui de Valentine. Mais ce n'était pas elle.

Ses yeux errèrent sur ses cheveux d'or, sur sa peau veloutée, sur le doux sillon qui séparait ses seins, sur ses bras nus… Un choc violent le fit sursauter tandis qu'il découvrait ce qu'elle tenait dans ses paumes – ce qu'elle lui tendait dans la lueur du feu. Un soldat d'or, étincelant de joyaux – un pion du Jeu de Montglane !

— Je remets mon sort entre vos mains, Monseigneur, chuchota-t-elle. J'ai besoin de votre aide. Mon nom est Catherine Grand – et je viens de l'Inde…

LA REINE NOIRE

Der Hölle Rache kocht in meinem Herzen
Tod und Verzweiflung flammet um mich her !...
Verstossen sei auf ewig, verlassen sei auf ewig,
Zertrümmert sein auf ewig alle Bande der Natur.

(Mon cœur est tout brûlant de vengeance infernale,
La mort et le désespoir lancent leurs flammes autour de moi !...
Que soient brisés pour toujours, abandonnés pour toujours,
Détruits pour toujours les liens de la Nature.)

La Reine de la nuit,
La Flûte enchantée,
Emmanuel SCHIKANEDER et
Wolfgang Amadeus MOZART.

ALGER
JUIN 1973

Ainsi donc, Minnie Renselaas était la diseuse de bonne aventure. Nous étions installées dans la pièce à panneaux vitrés, séparées de la cour par un rideau de vigne. De la nourriture arriva de la cuisine, servie sur la table basse en bronze par un essaim de femmes voilées qui disparurent aussi silencieusement qu'elles étaient apparues. Affalée à même le sol au milieu d'une pile de coussins, Lily grignotait des graines de grenade. J'étais assise tout près d'elle, sur une chaise en cuir marocain, dégustant une part de tarte aux kiwis et aux kakis. Et en face de moi, lovée sur un divan en velours vert, se trouvait Minnie Renselaas. Elle était enfin devant moi, la diseuse de bonne aventure qui, six mois plus tôt, m'avait entraînée dans ce jeu dangereux. Une femme aux multiples visages. Pour Nim, elle était tout à la fois une amie, l'épouse de l'ancien consul hollandais et celle qui devait me venir en aide si j'avais des ennuis. Pour Thérèse, elle était un personnage très populaire à Alger. Pour Solarin, un contact. Pour Mordecai, une alliée et une vieille amie. Et pour El-Marad, Mokhfi Mokhtar de la Casbah – la femme qui détenait les pièces du Jeu de Montglane. Nombreuses étaient ses facettes, mais elles aboutissaient toutes à la même conclusion.

— Vous êtes la reine noire, dis-je.

Minnie Renselaas sourit mystérieusement.

— Bienvenue dans le jeu, déclara-t-elle.

— C'est donc ça ce truc à propos de la dame de pique ! s'écria Lily en s'asseyant toute droite au milieu des coussins. Mais alors, si elle est une des pièces du jeu, elle connaît forcément leurs déplacements !

— Une pièce centrale, acquiesçai-je, sans cesser d'observer Minnie. Elle est la diseuse de bonne aventure que votre grand-père s'est arrangé pour me faire rencontrer. Et si je ne me trompe pas, sa connaissance du jeu dépasse le simple déplacement des pièces.

— Vous ne vous trompez pas, approuva Minnie avec son sourire énigmatique.

C'était incroyable cette aptitude qu'elle avait de changer d'aspect à chacune de nos rencontres. Avec ses voiles argentés qui scintillaient contre le velours vert du divan, sa peau crémeuse et lisse, elle paraissait beaucoup plus jeune que la dernière fois que je l'avais vue – dansant dans le cabaret. Aucun rapport non plus avec la diseuse de bonne aventure en oripeaux et lunettes à paillettes, ni avec la femme aux pigeons des Nations unies, emmaillotée de noir. Elle était comme un caméléon. Mais qui était-elle, réellement ?

— Enfin, vous êtes venue, murmura-t-elle de cette voix douce et feutrée qui me faisait penser à l'écoulement de l'eau, avec cette pointe d'accent que je ne parvenais pas à situer. Je vous attends depuis si longtemps. Mais maintenant, vous allez pouvoir m'aider…

Ma patience commençait à s'effriter.

— *Vous aider ?* Écoutez, madame, je ne vous ai pas demandé de me « choisir » pour ce jeu. Mais je vous ai invoquée et vous m'avez répondu, exactement comme le disait votre poème. Maintenant, je suppose que vous allez me « révéler ces grandes choses mystérieuses que je ne connais pas ». Parce que question mystère et intrigue, je suis servie. On m'a tiré dessus, j'ai été pourchassée par la police secrète, et j'ai vu deux personnes assassinées. Quant à Lily, elle est recherchée par le service de l'Immigration et sur le point d'être jetée dans une prison algérienne – tout ça à cause de ce jeu de malheur !

Je m'arrêtai pour reprendre mon souffle, le son de ma voix ricochant contre les hauts murs. Carioca sauta sur les genoux de Minnie pour y chercher refuge, et Lily le foudroya des yeux.

— Je constate avec plaisir que vous avez du tempérament, déclara calmement Minnie.

Elle caressa Carioca et le petit traître se mit aussitôt à ronronner dans son giron comme un chat angora.

— Cependant, l'arme la plus efficace aux échecs est la patience, votre amie Lily vous le dira. J'ai fait preuve d'une patience exceptionnelle pendant que je vous attendais. Je me suis rendue à New York au péril de ma vie, rien que pour vous rencontrer. Avant ce voyage, je n'avais pas quitté la Casbah depuis dix ans, depuis la révolution algérienne. Dans un sens, je suis prisonnière ici. Mais vous allez me rendre ma liberté.

— Prisonnière !

Lily et moi avions crié d'une seule voix.

— Je vous trouve plutôt mobile pour une prisonnière, soulignai-je. Qui vous enchaîne à ce lieu ?

— La question n'est pas « qui », mais « quoi », répondit-elle en se penchant pour servir le thé, sans déranger Carioca. Il y a dix ans, quelque chose s'est produit – quelque chose que je ne pouvais pas prévoir, et qui a faussé l'équilibre précaire du pouvoir. Mon époux est mort, et la révolution a éclaté.

— Les Algériens ont chassé les Français en 1963, expliquai-je à Lily. Ce fut un véritable bain de sang.

Puis, me tournant vers Minnie, j'ajoutai :

— Avec la fermeture des ambassades, vous avez dû vous retrouver dans une situation critique. Mais je suppose que le gouvernement hollandais aurait pu vous rapatrier. Comment se fait-il que vous soyez toujours là ? La révolution est terminée depuis dix ans.

Minnie reposa sa tasse dans sa soucoupe avec un bruit mat. Balayant Carioca sur le côté, elle se leva.

— Je suis bloquée, comme un vulgaire pion en retrait, articula-t-elle en serrant les poings. Ce qui s'est produit durant l'été 1963 n'a rien à voir avec le décès de mon mari ou la révolution. Cela n'a fait qu'exacerber les choses, c'est tout. Il y a dix ans, en Russie, des ouvriers qui restauraient le palais d'Hiver ont découvert les morceaux de l'échiquier… du Jeu de Montglane !

Lily et moi nous lançâmes un regard brillant d'excitation. Enfin quelque chose de concret !

— Passionnant, dis-je. Mais comment l'avez-vous appris ? On ne peut pas dire que ça ait fait la une des journaux… Et quel rapport avec le fait que vous soyez prisonnière ?

— Écoutez, et vous comprendrez ! s'écria-t-elle en arpentant la pièce.

Carioca sauta aussitôt à terre et se mit à trottiner derrière les voiles argentés de sa robe, essayant vainement de les attraper entre ses pattes.

— S'ils ont l'échiquier, cela veut dire qu'ils ont le tiers de la formule !

Elle sauva le bas de sa robe des dents de Carioca et pivota pour nous faire face.

— Vous voulez parler des Russes ? demandai-je. Mais s'ils appartiennent à l'équipe adverse, comment se fait-il que vous soyez aussi amie avec Solarin ?

Dans le même temps, mon cerveau fonctionnait à toute vitesse. Elle avait parlé d'un tiers de la formule. Ça voulait dire qu'elle connaissait le nombre exact de termes !

— Solarin ? répéta Minnie avec un rire. Comment croyez-vous que j'aie appris la nouvelle ? Pourquoi imaginez-vous que je l'aie choisi comme joueur ? Pourquoi, à votre avis, ma vie est-elle en danger ? Pourquoi suis-je bloquée en Algérie, et pourquoi ai-je tant besoin de vous deux ?

— Parce que les Russes détiennent un tiers de la formule ? répondis-je. Pourtant ce ne sont sûrement pas les uniques joueurs de l'équipe adverse ?

— Non, acquiesça Minnie. Mais ce sont eux qui ont découvert que je détiens le reste.

Elle s'éclipsa pour aller chercher quelque chose qu'elle souhaitait nous montrer, nous laissant en proie à la plus profonde excitation. Carioca se mit à bondir dans la pièce comme une balle en caoutchouc, jusqu'à ce que je l'aplatisse sous mon pied.

Lily sortit son jeu d'échecs miniature de mon sac et le posa sur la table en bronze pendant que nous essayions de faire le point. Qui étaient nos adversaires ? me demandai-je. Comment les Russes avaient-ils su que Minnie était l'un des joueurs et qu'est-ce qui l'avait clouée ici pendant dix ans ?

— Vous vous souvenez de ce que nous a raconté Mordecai ? déclara Lily. Il nous a dit qu'il était allé en Russie et qu'il avait joué aux échecs contre Solarin. C'était il y a une dizaine d'années, non ?

— Vous pensez qu'il l'aurait recruté comme joueur à cette époque ?

— Mais quelle pièce est-il ? murmura Lily en contemplant l'échiquier.

— Le cavalier ! m'écriai-je soudainement. Solarin a dessiné ce symbole sur la note qu'il a laissée dans mon appartement !

— Donc, si Minnie est la reine noire, nous sommes tous dans l'équipe des noirs – vous et moi, Mordecai et Solarin. Les types au chapeau noir sont les gentils. Si Mordecai a choisi Solarin, c'est peut-être que Mordecai est le roi noir – ce qui ferait de Solarin le cavalier du roi.

— Vous et moi sommes des pions, ajoutai-je très vite. Et Saul et Fiske…

— Des pions qui ont été évacués de l'échiquier, conclut Lily en éliminant deux pions.

Elle déplaçait les pièces comme si elle jouait une partie imaginaire, tandis que j'essayais de suivre son raisonnement.

Mais quelque chose me turlupinait, depuis l'instant où j'avais reconnu en Minnie ma diseuse de bonne aventure. Brusquement, je sus ce que c'était. Ce n'était pas Minnie qui m'avait entraînée dans ce jeu. C'était Nim – c'était Nim depuis le début. Sans lui, jamais je ne me serais souciée de déchiffrer ce puzzle, jamais je n'aurais eu le moindre soupçon concernant ma date de naissance et ces assassinats, jamais je ne me serais laissé convaincre de chercher les pièces du Jeu de Montglane. Maintenant que j'y réfléchissais, c'était Nim qui m'avait mise en contact avec la firme d'Harry, trois ans plus tôt, alors que nous travaillions tous les deux pour Triple-M ! Et c'était également Nim qui m'avait envoyée à Minnie Renselaas…

Au même instant, Minnie réapparut avec une grande boîte en métal et un petit livre relié en cuir, attaché à l'aide d'un morceau de corde. Elle déposa les deux objets sur la table.

— Nim *savait* que vous étiez la diseuse de bonne aventure ! lui dis-je. Il le savait déjà quand il m'a aidée à décoder votre message !

— Votre ami de New York ? intervint Lily. Quelle pièce est-il ?

— Une tour, répondit Minnie en examinant le jeu que Lily mettait petit à petit en place.

— Bien sûr ! s'écria Lily. Il reste à New York pour pouvoir roquer avec le roi !

— Je n'ai rencontré Ladislaus Nim qu'une seule fois, m'expliqua Minnie, lorsque je l'ai choisi comme joueur, tout comme je vous ai choisie. Bien qu'il vous ait recommandée avec beaucoup d'insistance, il ignorait que je me rendrais à New York pour vous voir. Je devais m'assurer que vous étiez bien celle dont j'avais besoin, que vous aviez les aptitudes requises.

— *Quelles* aptitudes ? demanda Lily en continuant à déplacer les pièces. Elle ne sait même pas jouer aux échecs.

— Non, mais vous, oui, déclara Minnie. À vous deux, vous formez une équipe parfaite.

— Une équipe ? m'écriai-je.

J'étais aussi enthousiaste à l'idée de faire équipe avec Lily qu'un bœuf pourrait l'être de se retrouver attelé avec un kangourou.

— Nous avons donc une reine, un cavalier, une tour et une poignée de pions, commenta Lily en se tournant vers Minnie. Et pour l'autre équipe ? Comment se définissent John Hermanold, qui a tiré sur ma voiture, ou mon oncle Llewellyn, ou son copain, le marchand de tapis… comment s'appelle-t-il, déjà ?

— El-Marad, répondis-je.

Et subitement, je compris le rôle qu'il jouait. Ce n'était pas difficile à deviner – un type qui vivait comme un ermite dans les montagnes, qui ne quittait jamais son repaire, et qui pourtant menait ses affaires dans le monde entier, à la fois haï et redouté par tous ceux qui le connaissaient… et qui cherchait à s'emparer des pièces.

— Il est le roi blanc ! devinai-je.

Minnie était devenue d'une pâleur mortelle. Elle s'effondra sur un siège, à côté de moi.

— Vous avez rencontré El-Marad ? me demanda-t-elle d'une voix à peine audible.

— Il y a quelques jours, en Kabylie, acquiesçai-je. Il a l'air d'en connaître un bout à *votre* sujet. Il m'a dit que votre nom était Mokhfi Mokhtar, que vous viviez dans la Casbah et que vous possédiez les pièces du Jeu de Montglane. Il m'a également dit que vous me les donneriez si je vous disais que mon anniversaire était le quatrième jour du quatrième mois.

— Alors, il en sait beaucoup plus que je ne le pensais, murmura Minnie, visiblement bouleversée.

Elle prit une clé et entreprit d'ouvrir la boîte en métal qu'elle avait apportée.

— Mais de toute évidence, il y a une chose qu'il ignore, sinon il n'aurait jamais accepté de vous recevoir. Il ignore *qui vous êtes* !

— Qui je suis ? répétai-je, totalement déroutée. Je n'ai strictement rien à voir avec ce jeu. Des tas de gens sont nés le même jour que moi et des tas de gens ont des signes bizarres dans la main. Toute cette histoire est ridicule. Je suis d'accord avec Lily : je ne vois vraiment pas comment je peux vous aider.

— Je ne veux pas que vous m'aidiez, répondit Minnie d'un ton ferme tout en ouvrant la boîte. Je veux que vous preniez ma place.

Elle se pencha vers l'échiquier, écarta la main de Lily, saisit la reine noire et la fit avancer.

Lily contempla tour à tour la pièce et l'échiquier. Puis brusquement, elle m'agrippa le genou.

— C'est ça ! hurla-t-elle en bondissant au milieu des coussins.

Carioca en profita pour rafler un feuilleté au fromage et l'emporta dans son antre, sous la table.

— Vous voyez ? Dans ce cas de figure, la reine noire peut mettre les blancs en échec, en forçant le roi à sortir sur l'échiquier, mais uniquement en s'exposant elle-même. La seule pièce qui la protège est ce petit pion…

Je m'efforçai de comprendre. Là, sur l'échiquier, huit des pièces noires occupaient des cases noires, les autres se trouvant sur des cases blanches. Et devant toutes ces pièces, au bout du territoire des blancs, se dressait un unique petit pion noir, protégé par une tour et un cavalier.

— Je savais que vous feriez du bon travail ensemble, acquiesça Minnie avec un sourire. Ceci est presque la reconstitution exacte du jeu tel qu'il se présente aujourd'hui.

Se tournant vers moi, elle ajouta :

— Pourquoi ne demandez-vous pas à la petite-fille de Mordecai Rad *quelle* est la pièce pivot sur laquelle la partie entière repose, maintenant ?

Je regardai Lily. Elle tapotait en souriant le petit pion isolé de son ongle laqué de rouge.

— La seule pièce qui peut remplacer une reine est une autre reine, déclara Lily. Et il semble que ce soit vous.

— Je croyais que j'étais un pion ? m'étonnai-je.

— En effet. Mais lorsqu'un pion franchit les lignes ennemies et qu'il réussit à atteindre la huitième case, côté adverse, il peut se transformer en la pièce de son choix. Même en une reine. Si ce pion atteint la huitième case, celle de la reine, il peut remplacer la reine noire !

— Ou la venger, dit Minnie, les yeux étincelants. Un pion isolé pénètre dans Alger – l'Île blanche. Juste comme vous avez pénétré dans le territoire des blancs, vous pénétrerez le mystère. Le secret du Huit.

*

Mon humeur montait et baissait comme un baromètre pendant la mousson. J'étais la reine noire, moi ? Qu'est-ce que ça voulait dire ? Bien que Lily ait spécifié qu'il pouvait y avoir *plus* d'une reine de la même couleur sur un échiquier, Minnie avait laissé entendre que je devais la *remplacer*. Cela signifiait-il qu'elle avait l'intention de sortir du jeu ?

Et puis d'ailleurs, si elle avait besoin d'une remplaçante, pourquoi pas Lily ? Lily avait réussi à reconstituer la partie en cours sur son petit échiquier, en identifiant chaque pièce par rapport à chaque joueur, et en retraçant les mouvements par rapport aux événements. Sachant que j'étais nulle aux échecs, quelle aptitude spéciale avais-je donc ? De plus, ce pion avait encore un long chemin à parcourir avant d'atteindre la case de la reine. Il était peut-être trop tard pour que les autres pions puissent s'interposer, mais il pouvait encore être supprimé par des pièces jouissant d'une plus grande liberté de mouvement. Même moi je savais ça.

Minnie avait vidé le contenu de la boîte en métal devant nous. Maintenant, elle déployait un lourd tissu qu'elle étala sur la large table en bronze. Le tissu était bleu sombre, presque noir. Dessus étaient éparpillés des morceaux de verre colorés – quelques-uns de forme ronde, d'autres de forme ovale – de la taille d'une pièce de vingt-cinq cents. L'étoffe était brodée d'une sorte de fil métallique avec des dessins bizarres. Ils ressemblaient aux symboles du zodiaque. Ils me rappelaient également quelque chose de vaguement familier, mais que je ne réussis pas à identifier. Au centre s'étalait une grosse broderie représentant deux serpents qui se mordaient la queue. Ils formaient le chiffre huit.

— Qu'est-ce que c'est ? demandai-je en examinant l'étrange tissu avec curiosité.

Lily s'était rapprochée pour le toucher.

— Ça me rappelle quelque chose, dit-elle.

— C'est le tissu qui, à l'origine, enveloppait le Jeu de Montglane, déclara Minnie en nous regardant attentivement. Il fut enseveli avec les pièces pendant mille ans, jusqu'à la Révolution française, et ils furent exhumés par les religieuses de l'abbaye de Montglane, dans le sud de la France. Ce tissu est passé ensuite par bien des mains. Il aurait même été envoyé en Russie pendant le règne de la Grande Catherine, avec les morceaux de l'échiquier qui ont été découverts, comme je vous l'ai dit.

— Où avez-vous puisé ces informations ? demandai-je, sans parvenir à détourner les yeux du velours bleu nuit déployé devant nous.

L'enveloppe du Jeu de Montglane – vieille d'un millier d'années, et cependant intacte ! Elle semblait luire sourdement dans la lumière verte qui filtrait à travers la vigne.

— Et comment se trouve-t-elle en votre possession ? ajoutai-je en approchant les doigts pour toucher les pierres, comme le faisait Lily.

— J'ai eu l'occasion de voir des pierres précieuses non taillées chez mon grand-père, murmura cette dernière. J'ai l'impression que ces cailloux sont tout ce qu'il y a de plus *vrai*.

— Ils le sont, acquiesça Minnie d'une voix qui me fit frissonner malgré moi. Tout ce qui concerne ce redoutable jeu d'échecs est réel. Comme vous l'avez appris, le Jeu de Montglane recèle une formule, une formule d'un grand pouvoir, une force démoniaque qui se concrétisera entre les mains de ceux qui sauront comment l'utiliser.

— Pourquoi serait-elle fatalement démoniaque ? dis-je.

Ce tissu avait vraiment *quelque chose*. C'était peut-être un effet de mon imagination, mais on aurait dit qu'il éclairait le visage de Minnie par en dessous tandis qu'elle se penchait sur lui dans la lumière tamisée.

— La vraie question est plutôt : pourquoi le mal est-il une fatalité ? rectifia Minnie d'un ton froid. Mais il existait bien avant que le Jeu de Montglane apparaisse. Tout comme la formule. Regardez attentivement le tissu, et vous comprendrez.

Elle sourit avec une étrange amertume tandis qu'elle nous servait à nouveau du thé. Son beau visage paraissait soudain durci et las. Pour la première fois, j'entrevis le lourd tribut qu'elle avait dû payer à cause de ce jeu d'échecs.

Carioca me bavait son feuilleté au fromage sur le pied. Je le tirai de sous la table et le posai sur ma chaise avant de me pencher sur l'enveloppe pour l'examiner avec un regain d'attention.

Là, dans la lumière feutrée, se détachait l'éclat doré du chiffre huit, avec les deux serpents qui s'entrelaçaient sur le velours bleu sombre, comme une comète tordue dans un ciel nocturne. Et tout autour dansaient les symboles – Mars et Vénus, le Soleil et la Lune, Saturne et Mercure… Et brusquement je compris. Je vis ce qu'ils représentaient réellement.

— Ce sont des éléments ! criai-je.

Minnie sourit et hocha la tête.

— La loi de l'octave, souffla-t-elle.

Maintenant, tout prenait un sens. Ces morceaux de gemmes non taillées et ces broderies d'or formaient les symboles utilisés depuis des temps immémoriaux par des philosophes et des scientifiques pour décrire les structures mêmes de la nature. Le fer et le cuivre, l'argent et l'or ; le soufre, le mercure, le plomb et l'antimoine ; l'hydrogène, l'oxygène, le sel et les acides. En bref, tout ce qui composait la matière, vivante ou morte. Je me mis à marcher de long en large.

— La loi de l'octave, expliquai-je à Lily qui me regardait comme si j'étais cinglée, est la loi sur laquelle fut fondée la *Table périodique des éléments*. En 1860, avant que Mendeleiev établisse ses tables, John Newlands, le chimiste anglais, découvrit que si l'on range les éléments dans un ordre ascendant à partir de leur poids atomique, chaque élément qui se place en *huitième* position est en quelque sorte une reprise du premier, exactement comme la huitième note d'une octave musicale. Il lui a donné son nom d'après la théorie de Pythagore parce qu'il pensait que les propriétés moléculaires des éléments offraient les mêmes rapports relationnels que les notes dans une échelle musicale !

— Et c'est vrai ? demanda Lily.

— Comment voulez-vous que *je* le sache ? J'ai été flanquée à la porte de mon lycée parce que j'avais fait sauter le labo de chimie !

— Ce que vous avez appris est correct, acquiesça Minnie en riant. Vous souvenez-vous de quelque chose d'autre ?

Qu'est-ce que c'était donc ? Je continuais à fixer le tissu quand ça me revint. Les ondes et les particules – les particules et les ondes. Quelque chose à propos de l'atomicité et des électrons tourbillonnait sur les rives de ma mémoire. Mais Minnie avait repris la parole :

— Je peux peut-être vous rafraîchir la mémoire. Cette formule est presque aussi ancienne que la civilisation elle-même, car on en trouve des traces dans des écrits datant de 4000 av. J.-C. Permettez-moi de vous en raconter l'histoire…

Je m'assis sur un siège à côté d'elle tandis qu'elle se penchait en avant, traçant du bout des doigts le chiffre huit. Elle semblait en transe lorsqu'elle commença son récit.

— Il y a six mille ans vivaient des civilisations déjà très avancées, sur les rives des fleuves les plus célèbres du monde – le Nil, le Gange, l'Indus et l'Euphrate. Elles pratiquaient un art secret qui plus tard devait donner naissance à la religion et à la science. Cet art mystérieux était si secret qu'il fallait une vie entière pour devenir un initié, pour accéder à sa signification profonde.

» Le rituel d'initiation était souvent cruel, et parfois mortel. Ce rituel s'est perpétué jusqu'aux temps modernes ; il apparaît encore dans la grand-messe catholique, dans les rites cabalistiques, dans les cérémonies des rose-croix et des francs-maçons. Mais sa signification a sombré dans l'oubli. Ce rituel n'est rien d'autre qu'une application du processus de la formule qui était connue des Anciens, une application qui leur permettait de passer du stade du savoir à celui de l'acte. Il est en effet interdit de la consigner par écrit.

Minnie leva vers moi son regard vert sombre, comme si elle voulait puiser quelque chose au plus profond de moi.

— Les Phéniciens comprenaient le rituel. Les Grecs aussi. Même Pythagore interdisait à ses disciples de l'écrire, tant on le tenait pour dangereux. La grosse erreur des Maures fut qu'ils désobéirent à l'ordre. Ils inscrivirent les symboles de la formule à l'intérieur du Jeu de Montglane. Bien qu'il soit en langage codé, toute personne possédant les éléments qui le composent est susceptible d'en déchiffrer la signification – sans être tenue d'en passer par l'initiation qui la forçait à jurer de ne jamais l'utiliser dans un but maléfique, même au prix de la torture ou de la mort.

» Les terres où cette science mystérieuse se développa – où elle fleurit – furent baptisées par les Arabes du nom de la boue noire qui se déposait sur les rives de leurs fleuves porteurs de vie au printemps, la saison où le rite prenait place. Ils les appelèrent "al-Khem", les Terres noires. Et la science secrète fut appelée "al-Khemie", l'Art noir.

— *L'alchimie ?* s'écria Lily. Vous voulez parler de ce truc qui permet de changer le plomb en or ?

— L'art de la transmutation, oui, acquiesça Minnie avec un étrange sourire. Ils affirmaient pouvoir transformer des métaux de base comme l'étain et le cuivre en métaux précieux, tels que l'argent et l'or – et plus, beaucoup plus encore.

— C'est une blague ? s'indigna Lily. Vous voulez dire qu'on a parcouru des milliers de kilomètres et qu'on s'est attiré tous ces ennuis simplement pour apprendre que le secret de ce jeu d'échecs n'est rien d'autre qu'un fatras de magie bidon inventée par une poignée de prêtres primitifs ?

Je continuais à examiner le tissu. Quelque chose commençait à voir le jour en moi.

— L'alchimie n'est pas de la magie, murmurai-je en commençant à ressentir une profonde excitation. Du moins, elle ne l'était pas au départ. C'est un amalgame récent. En fait, elle est à l'origine de la chimie moderne et de la physique. Tous les scientifiques du Moyen Âge l'ont étudiée, et même plus tard. Galilée aida le duc de Toscane et le pape Urbain VIII dans leurs expériences de base. La mère de Johannes Kepler faillit être brûlée vive comme sorcière pour lui avoir enseigné des secrets mystiques…

Minnie m'écoutait en hochant la tête, tandis que je déambulais dans la pièce.

— On raconte qu'Isaac Newton passait plus de temps dans son labo de Cambridge à concocter des produits chimiques qu'à écrire les *Principia Mathematica*. Paracelse était peut-être un mystique, mais c'est aussi le père de la chimie moderne. En fait, nous utilisons les principes alchimiques qu'il a découverts dans nos installations modernes de fusion et de fractionnement. Vous savez comment ils produisent les matières plastiques, l'asphalte et les fibres synthétiques à partir du pétrole ? Ils fractionnent les molécules, ils les séparent par la chaleur et les catalysent – exactement ce que faisaient les alchimistes des siècles passés qui prétendaient changer le mercure en or. En fait, il n'y a qu'un petit problème…

— Seulement un ? ricana Lily, toujours sceptique.

— Il y a six mille ans, on ne possédait pas d'accélérateurs de particules en Mésopotamie – ni d'appareils de fractionnement en Palestine. Ils ne pouvaient guère faire plus que transformer du cuivre en laiton et en bronze.

— Peut-être, admit Minnie avec un calme imperturbable. Mais si ces anciens prêtres de la science ne possédaient pas un secret rare et dangereux, pourquoi auraient-ils pris la peine de l'envelopper d'un tel voile de mystère ? Pourquoi exiger de l'initié une vie entière de discipline, une litanie de vœux et de promesses, un culte rituel de souffrance et de mort, avant qu'il ait le droit d'être admis dans l'ordre…

— De l'élu caché ? ironisai-je. De celui qui a été choisi en secret ?

Minnie ne sourit pas. Elle me regarda, puis baissa les yeux sur le tissu. Il s'écoula un long moment avant qu'elle ne parlât, mais quand elle le fit, sa voix me traversa comme un couteau.

— Dans l'ordre du Huit, dit-elle calmement. De ceux qui savent déchiffrer la musique des sphères.

Clic. La dernière pièce venait de s'ajuster. Maintenant, je savais pourquoi Nim m'avait recommandée, pourquoi Mordecai avait arrangé notre entrevue, pourquoi Minnie m'avait « choisie ». Ce n'était pas uniquement à cause de ma brillante personnalité, de ma date de naissance ou de la paume de ma main – bien qu'ils aient tout fait pour que je le croie. Le mysticisme n'avait rien à voir là-dedans. C'était de science qu'il était question. Et la musique *était* une science – plus ancienne que l'acoustique, que Solarin avait étudiée, ou que la physique, la spécialité de Nim. J'étais sortie major en musique, aussi étais-je bien placée pour le savoir. Ce n'était pas un hasard si Pythagore l'avait enseignée sur le même plan que les mathématiques et l'astronomie. Il pensait que des ondes sonores emplissaient l'univers, englobant tout ce qui existait, de l'infiniment grand à l'infiniment petit. Et il était loin d'avoir tort.

— Ce sont les ondes, dis-je, qui soudent les molécules ensemble, les ondes qui envoient un électron d'une enveloppe à une autre enveloppe, permettant ainsi une réaction chimique avec les autres molécules.

— Exactement ! s'écria Minnie d'une voix exaltée. Les ondes lumineuses et sonores qui renferment l'univers. Je savais que j'avais raison de vous choisir. Vous êtes déjà sur la bonne piste.

Son visage empourpré la faisait paraître à nouveau jeune, et je songeai qu'elle avait dû être merveilleusement belle, il n'y avait pas si longtemps.

— Mais nos ennemis aussi, ajouta-t-elle. Je vous ai dit que la formule était tronçonnée en trois – l'échiquier, qui est maintenant entre les mains de l'équipe adverse, et l'enveloppe qui est déployée devant vous. La portion centrale est incluse dans les pièces.

— Mais je croyais que vous les aviez ? intervint Lily.

— Je possède le plus gros dépôt depuis que le jeu a été exhumé : vingt pièces éparpillées dans des cachettes où j'espérais qu'elles ne seraient pas découvertes avant encore un millier d'années. Mais je me trompais. Dès que les Russes ont appris que je possédais les pièces, les forces blanches ont immédiatement soupçonné que certaines d'entre elles se trouvaient en Algérie, où je vivais. Et, malheureusement pour moi, ils avaient raison. El-Marad regroupe ses forces. Il a ici des émissaires dont la mission est de récupérer les pièces.

C'était donc cela qu'elle avait voulu dire en déclarant qu'El-Marad ignorait qui j'étais ! Bien sûr – il m'avait choisie comme émissaire, sans se douter une seconde que j'étais déjà réquisitionnée par l'autre équipe. Mais j'avais encore beaucoup à apprendre.

— Alors vos pièces sont ici, en Algérie ? demandai-je. Qui détient les autres ? El-Marad ? Les Russes ?

— Ils en ont quelques-unes, j'ignore combien exactement. Les autres ont été dispersées ou perdues après la Révolution française. Elles peuvent être n'importe où – en Europe, en Extrême-Orient, même en Amérique. Peut-être ne les retrouvera-t-on jamais. J'ai consacré ma vie à rassembler celles que je possède. Certaines d'entre elles sont en sécurité à l'étranger, mais, sur les vingt, huit sont cachées ici, dans le désert – dans le Tassili. Il faut absolument que vous les récupériez et que vous me les apportiez avant qu'il ne soit trop tard.

Le visage toujours empourpré d'excitation, elle me saisit le bras.

— Pas si vite, protestai-je. Écoutez : le Tassili est à près de deux mille kilomètres d'ici. Lily est entrée illégalement dans le pays, et j'ai un travail important et urgent à accomplir. Est-ce que ça ne peut pas attendre...

— Rien n'est plus urgent que ce que je vous demande ! s'écria-t-elle. Si vous n'allez pas chercher ces pièces, elles tomberont entre d'autres mains. Le monde entier pourrait devenir un cauchemar. Vous ne voyez donc pas les conséquences d'une telle formule ?

Je les voyais très bien. Un autre procédé utilisait la transmutation des éléments : la création des éléments transuraniques. Des éléments chargés d'un poids atomique supérieur à celui de l'uranium.

— Vous voulez dire qu'avec cette formule quelqu'un pourrait fabriquer du plutonium ? suggérai-je.

Maintenant, je comprenais pourquoi Nim affirmait que la chose la plus importante pour un physicien nucléaire était l'éthique. Et je m'expliquais la hâte de Minnie.

— Je vais vous dessiner une carte, déclara Minnie, comme si notre expédition était un fait accompli. Vous l'apprendrez par cœur, puis nous la détruirons. Je veux également vous remettre un document d'une grande importance, d'une grande valeur.

Elle me tendit le livre en cuir entouré d'une ficelle qu'elle avait apporté en même temps que le tissu. Pendant qu'elle commençait à dessiner la carte, je cherchai dans mon sac ma paire de ciseaux à ongles afin de couper le lien.

Le livre était petit – de la taille d'un livre de poche un peu épais – et, à en croire son état, très ancien. La reliure était en cuir marocain, doux au toucher mais très usé, estampé de marques qui semblaient avoir été faites à l'aide d'un tison brûlant – comme un blason ciselé dans le cuir au lieu de la cire – et qui représentaient le chiffre huit. Je sentis un frisson glacé me parcourir tandis que je le contemplais. Puis je cisaillai la ficelle rêche, et le livre s'ouvrit.

Il était manuscrit. Le papier était transparent comme une pelure d'oignon, mais aussi doux et crémeux qu'un tissu, et si fin qu'il devait comporter beaucoup plus de pages que je ne l'avais pensé. Peut-être six ou sept cents, entièrement écrites à la main.

L'écriture était petite et serrée avec des fioritures typiques des écrits anciens. Les feuillets étaient noircis recto verso, si bien que l'encre avait traversé le papier, rendant la lecture d'autant plus difficile. Mais je ne me laissai pas décourager. Il s'agissait d'un journal rédigé en français, et j'ignorais la signification de certains mots, mais je compris très vite le message.

Tandis que Minnie parlait à voix basse à Lily, lui détaillant la carte qu'elle dessinait, je sentis mon cœur se glacer d'effroi. *Maintenant*, je comprenais où elle avait puisé tout ce qu'elle nous avait appris.

C'est en mille sept cent quatre-vingt-treize, dans le Tassili n'Ajjer du Sahara, que je commence à raconter cette histoire. Mon nom est Mireille, et je viens de France…

Comme je me mettais à lire à voix haute, traduisant au fur et à mesure, Lily releva la tête. Minnie était immobile, comme en transe. Elle semblait écouter une voix surgie des brouillards du temps – une voix qui traversait les millénaires.

Après avoir passé huit années de ma jeunesse à l'abbaye de Montglane, dans les Pyrénées, je vis un étrange mal déferler sur le monde – un mal que je commence seulement à comprendre. C'est son histoire que je veux raconter ici. On l'appelle le Jeu de Montglane, et tout commence avec Charlemagne, le grand Roi qui fit construire notre abbaye…

LE CONTINENT PERDU

> À dix jours de marche, il y a un tumulus de sable, une source et une étendue de terre inhabitée. Juste à côté se dresse le mont Atlas, effilé comme un cône, si haut qu'il paraît qu'on ne peut jamais voir son sommet car en été comme en hiver il est toujours environné de nuages.
>
> Les natifs de ce lieu se nomment « Atlantes » à cause de cette montagne, qu'ils appellent « le Pilier du Ciel ». On dit que ces gens ne mangent pas de créatures vivantes et qu'ils ne rêvent jamais.
>
> *Le Peuple de la ceinture de sable*,
> *Histoires* (454 av. J.-C.),
> HÉRODOTE.

Tandis que la grosse Corniche de Lily glissait de l'erg jusqu'à l'oasis de Ghardaïa, je découvris les kilomètres de sable rouge qui se déployaient à l'infini dans toutes les directions.

Sur une carte, la géographie de l'Algérie est tout ce qu'il y a de simple : elle ressemble à une cruche inclinée. Le bec, situé à la lisière de la frontière marocaine, semble déverser de l'eau sur les pays voisins du Sahara occidental et de la Mauritanie. L'anse est constituée par deux langues de terrain : un ruban de terres irriguées long de quatre-vingts kilomètres qui suit la côte nord, et un autre ruban de quatre cent quatre-vingts kilomètres de montagnes, juste au sud du précédent. Le reste du pays – soit environ un million de kilomètres carrés – est occupé par le désert.

Lily conduisait. Nous roulions depuis cinq heures, et nous avions couvert cinq cent quatre-vingts kilomètres de virages montagneux en épingles à cheveux en direction du désert. Je traduisais à voix haute le journal que nous avait remis Minnie – un récit où il était question d'un sombre mystère, de la Terreur sous la Révolution française, et surtout de la quête poursuivie deux cents ans plus tôt par Mireille, une religieuse française, afin de découvrir le secret du Jeu de Montglane. Une quête identique à celle que nous menions aujourd'hui.

Maintenant, il ne subsistait plus aucun doute sur la façon dont Minnie avait découvert l'histoire du jeu d'échecs, son mystérieux pouvoir, la formule qu'il recélait et la convoitise mortelle qu'il avait suscitée. Une partie fatale qui s'était poursuivie de générations en générations, entraînant les joueurs dans sa mécanique impitoyable, tout comme Lily et moi – ou encore Nim et Solarin, et peut-être même Minnie – l'étions. Une partie d'échecs disputée sur le terrain que nous traversions en cet instant.

— Le Sahara, déclarai-je en levant les yeux du livre comme nous amorcions la descente en direction de Ghardaïa. Vous savez, il n'a pas toujours été le plus grand désert du monde. Il y a des millions d'années, le Sahara était la plus grande *mer* intérieure du monde. C'est comme ça que les gisements de pétrole et de gaz naturel se sont formés – par la décomposition gazeuse des animaux marins et des plantes. Une alchimie de la nature.

— Vous m'en direz tant ! commenta sèchement Lily. En tout cas, ma jauge d'essence indique qu'il est grand temps de faire le plein de décomposition aquatique. Il vaudrait peut-être mieux s'arrêter à Ghardaïa. La carte de Minnie n'indiquait pas beaucoup d'autres villes sur cette route.

— Je ne l'ai pas vue, dis-je en songeant à la carte que Minnie avait dessinée puis détruite. J'espère que vous avez une bonne mémoire.

— Je suis une joueuse d'échecs, répondit Lily comme si ça expliquait tout.

— Cette ville, Ghardaïa, s'appelait autrefois Khardaïa, précisai-je en me plongeant à nouveau dans le journal. Il semble que notre amie Mireille s'y soit arrêtée en 1793.

Je lus :

Nous arrivâmes alors dans le lieu dit de Khardaïa, baptisé ainsi à cause de la déesse berbère Kar – la Lune – que les Arabes appelaient « Libye » – ruisselante de pluie. Elle régnait sur la mer intérieure, du Nil à l'océan Atlantique. Son fils Phœnix fonda l'Empire phénicien. On disait que son père était Poséïdon en personne. Elle a plusieurs noms dans différents pays : Ishtar, Astarté, Kali, Cybèle. C'est par elle que la vie a pu surgir de la mer. Dans ce territoire, on l'appelle la reine blanche.

— Mon Dieu ! s'exclama Lily en ralentissant pour négocier la courbe menant à Ghardaïa. Vous voulez dire que cette ville a tiré son nom de notre grande ennemie ? Mais alors, ça signifie peut-être que nous allons débarquer sur une case blanche !

Nous étions tellement occupées avec le journal pour tenter d'y découvrir davantage de détails que je remarquai la Renault gris sombre seulement quand elle freina à mort pour négocier le virage derrière nous.

— Nous n'avons pas déjà vu cette voiture quelque part ? demandai-je à Lily.

Elle hocha la tête, les yeux toujours rivés sur la route.

— À Alger, répondit-elle calmement. Elle était garée à trois voitures de nous, dans le parking réservé aux ministres. Et c'était les deux mêmes types qui étaient à l'intérieur. Ils nous ont croisées dans les montagnes, il y a environ une heure. J'en ai profité pour bien les regarder. Ils ne nous ont pas lâchées depuis. Vous croyez que notre copain Sharrif y est pour quelque chose ?

— Non, répondis-je en les observant dans mon rétroviseur extérieur. C'est une voiture ministérielle.

Et je savais qui l'avait envoyée.

*

En fait, j'étais inquiète depuis Alger. Après avoir quitté Minnie dans la Casbah, j'avais téléphoné à Kamel depuis une cabine publique de la place pour l'informer que je m'absentais quelques jours. Il sauta au plafond.

— Vous êtes folle, hurla-t-il dans la ligne brouillée. Vous savez combien le bilan du prototype est capital pour moi ! Je dois avoir ces chiffres avant la fin de la semaine ! Votre projet a atteint le seuil d'urgence absolue !

— Il n'y en a pas pour longtemps, répondis-je. D'ailleurs, tout est prêt. J'ai rassemblé les données de tous les pays que vous m'aviez spécifiés, et je les ai introduites dans les ordinateurs de Sonatrach. Si vous voulez, je peux vous laisser une liste d'instructions pour vous expliquer comment sortir les programmes…

— Où êtes-vous, en ce moment ? m'interrompit Kamel d'une voix qui sembla jaillir de l'écouteur pour me sauter à la gorge. Il est treize heures passées. Vous devriez être au travail depuis longtemps. J'ai trouvé cette voiture ridicule sur mon emplacement de parking, avec une note dessus. Et il y a un instant, Sharrif était dans mon bureau, à votre recherche. Il m'a parlé d'un véhicule que vous auriez fait passer en fraude, d'une immigrante illégale que vous auriez recueillie – et d'un chien vicieux ! Pourriez-vous avoir *l'extrême* obligeance de m'expliquer ce que ça signifie ?

Formidable. Si jamais je tombais sur Sharrif avant d'avoir mené à bien cette mission, mon compte était bon… J'allais devoir jouer cartes sur table avec Kamel – du moins jusqu'à un certain point. Je commençais à être à court d'alliés.

— Okay, dis-je. Une de mes amies a des ennuis. Elle est venue me rendre visite, mais son visa n'est pas tamponné.

— Son passeport est devant moi, sur mon bureau ! rugit Kamel. Sharrif me l'a apporté. Elle n'a même *pas* de visa !

— Simple détail technique, dis-je très vite. Elle a la double nationalité – donc un autre passeport. Vous pourriez y donner un petit coup de tampon, comme si elle était entrée légalement. Grâce à vous, Sharrif aura l'air d'un imbécile, et…

La voix de Kamel se fit cassante.

— Je n'ai pas pour ambition, mademoiselle, de faire passer le chef de la police secrète pour un imbécile !

Puis il sembla se radoucir un peu.

— Bien que ce soit contraire au bon sens, je vais essayer de vous aider. Soit dit en passant, je sais qui est la jeune femme en question. J'ai connu son grand-père. C'était un ami intime de mon père. Ils ont joué aux échecs ensemble, en Angleterre.

Ça alors… L'affaire se corsait ! Je fis signe à Lily, qui essaya d'introduire ses rondeurs dans la cabine et approcha son oreille de l'écouteur.

— Votre père a joué avec Mordecai ? répétai-je. Était-il bon joueur ?

— Ne le sommes-nous pas tous ? répondit évasivement Kamel.

Il garda le silence quelques instants. Il semblait réfléchir. Lorsqu'il parla à nouveau, Lily se raidit près de moi, et je sentis mon estomac faire un saut périlleux.

— Je devine ce que vous avez en tête. Vous l'avez rencontrée, n'est-ce pas ?

— Qui ça ? demandai-je avec toute l'innocence dont je fus capable.

— Ne me prenez pas pour un idiot. Je suis votre ami. Je sais ce qu'El-Marad vous a dit – je sais ce que vous cherchez. Ma chère enfant, vous jouez un jeu dangereux. Ces gens sont des assassins, tous autant qu'ils sont. Il n'est pas bien difficile de deviner où vous vous rendez – je sais par les rumeurs ce qui est censé être caché là-bas. Vous ne voyez donc pas que dès qu'il aura la certitude que vous vous êtes volatilisée, Shariff s'empressera de vous rattraper ?

Lily et moi échangeâmes un regard par-dessus le combiné. Cela signifiait-il que Kamel faisait partie des joueurs, lui aussi ?

— Je vais essayer de vous couvrir, poursuivit-il. Mais je compte sur vous pour être de retour à la fin de la semaine. Quoi que vous fassiez, ne vous montrez pas à mon bureau ni au vôtre avant ce moment-là – et évitez les aéroports. Si jamais vous aviez quelque chose à me dire concernant votre… projet… passez plutôt par la Poste centrale.

À son intonation, je compris ce que cela signifiait : Thérèse nous servirait d'intermédiaire. Il me suffirait de lui confier le visa de Lily et mes instructions pour l'OPEP avant de partir.

Au moment de raccrocher, Kamel me souhaita bonne chance, et il ajouta :

— Je vais m'efforcer de veiller sur vous de mon mieux. Mais si jamais vous vous attirez de *vrais* ennuis, vous vous retrouverez toute seule…

— Ne le sommes-nous pas tous ? répondis-je en riant. Puis je citai El-Marad : « *El-salar zalar !* »

Le voyage apporte la victoire.

J'espérais que ce vieux proverbe arabe se vérifierait, mais j'avais quelques sérieux doutes. Comme je raccrochais, j'eus le sentiment que mon dernier lien avec la réalité venait de se rompre.

*

La voiture ministérielle qui se faufilait à notre suite dans Ghardaïa était donc envoyée par Kamel. J'en étais certaine. Sans doute des gardes du corps dépêchés pour assurer notre protection. Mais on ne pouvait pas les traîner derrière nous dans le désert. Je devais absolument trouver une solution.

Je ne connaissais pas cette région de l'Algérie, mais je savais que Ghardaïa faisait partie des fameuses Pentapolis, ou « Cinq Cités du M'zab ». Tandis que Lily cherchait une station d'essence, je les vis appuyées aux falaises pourpre, rose et rouge tout autour de nous, telles des formations de roche cristalline qui auraient jailli du sable. Ces cités figuraient dans tous les livres relatifs au désert. Le Corbusier disait d'elles qu'elles fleurissaient avec « le rythme naturel de la vie ». Frank Lloyd Wright en parlait comme des plus belles villes du monde, dont les structures en sable rouge avaient « la couleur du sang – la couleur de la création ». Mais le journal de la religieuse Mireille contenait une information plus intéressante encore à leur sujet :

Ces cités furent fondées il y a un millier d'années par les Ibadites – « Ceux qui sont possédés par Dieu ». Ils croyaient qu'elles étaient possédées par l'esprit de la mystérieuse déesse de la Lune et en son honneur les baptisèrent : la Lumineuse, Melika – la reine.

— Quelle merde ! jura Lily en s'arrêtant à la station d'essence.

La voiture qui nous suivait nous dépassa, effectua un demi-tour et revint sur ses pas pour faire également le plein.

— Nous sommes au milieu de nulle part avec deux cerbères à nos trousses, il y a des millions de kilomètres de sable devant nous et nous n'avons pas la moindre idée de ce que nous cherchons, même quand nous avons le nez dessus !

Je fus forcée d'admettre que la situation n'avait rien de réjouissant. Mais les choses ne devaient pas tarder à s'aggraver.

— Je crois que nous avons intérêt à faire des réserves de carburant, grogna Lily en sautant de la voiture.

Elle sortit une liasse de billets et acheta deux bidons de quinze litres d'essence, ainsi que deux bidons supplémentaires d'eau tandis qu'un employé remplissait le réservoir de la Rolls à ras bord.

— Vous n'aviez pas besoin de faire ça, dis-je comme elle revenait s'asseoir au volant après avoir rangé les bidons dans le coffre. La route vers le Tassili traverse les gisements de pétrole de Hassi-Messaoud. Il y a des derricks et des pipe-lines tout le long du chemin.

— Ce n'est pas *par là* que nous allons, m'informa-t-elle en lançant le moteur. Vous auriez dû jeter un coup d'œil à cette carte.

Je commençai à me sentir franchement mal. De l'endroit où nous nous trouvions, deux routes seulement menaient au Tassili. L'une piquait à l'est vers Ouargla à travers les gisements de pétrole, puis bifurquait au sud vers les hauteurs. Même elle était difficilement praticable sans un quatre-quatre. L'autre, peut-être deux fois plus longue, passait à travers la plaine nue de Tidikelt – l'une des parties les plus arides et les plus dangereuses du désert. Des piquets de dix mètres de haut la balisaient, afin d'en marquer l'emplacement lorsqu'elle disparaissait sous les sables, ce qui était fréquent. La Corniche avait beau ressembler à un tank, elle n'était pas pourvue des chenilles qui nous auraient permis de franchir les dunes.

— Je préfère croire que vous plaisantez, croassai-je comme Lily quittait le poste d'essence, nos gardes du corps aux trousses. Arrêtez-vous dans le restaurant le plus proche. Nous avons à parler.

— Et à élaborer une stratégie, approuva-t-elle en jetant un coup d'œil dans le rétroviseur. Ces types me rendent nerveuse.

Nous trouvâmes un petit restaurant à la sortie de Ghardaïa. Nous traversâmes la salle délicieusement fraîche en direction de la cour intérieure. Les parasols étaient déployés au-dessus des tables et les palmiers dattiers chevelus étendaient leur ombre sur la lueur rouge du soir. Les tables étaient toutes inoccupées – il n'était que six heures – mais je trouvai un serveur et commandai des crudités, ainsi qu'un tajine d'agneau épicé accompagné de couscous.

Lily piochait des légumes dans le plat noyé d'huile quand nos anges gardiens apparurent et s'installèrent discrètement à une distance respectable.

— Comment comptez-vous nous débarrasser de ces individus ? me demanda Lily en lâchant un morceau d'agneau dans la gueule de Carioca, installé sur ses genoux.

— Commençons par parler de notre itinéraire. Il doit y avoir environ six cents kilomètres d'ici au Tassili. Mais si nous prenons par le sud, ça en fera au moins le double, sur une route où il n'y a quasiment pas de nourriture, pas d'essence et pas d'habitations. Rien que du sable, à perte de vue.

— Qu'est-ce que c'est que douze cents kilomètres ? déclara Lily. Il n'y aura que du plat. Avec moi au volant, nous serons sur place avant le matin.

Elle claqua des doigts pour appeler le serveur et commanda six grandes bouteilles de Ben Haroun, le Perrier du Sud.

— De toute façon, c'est la seule route qui nous amène là où nous allons. J'ai appris l'itinéraire par cœur, vous vous souvenez ?

Avant que j'aie pu répliquer quoi que ce soit, mon regard se posa sur l'entrée du patio et je lâchai un gémissement étouffé.

— Ne regardez pas maintenant, soufflai-je, mais nous avons de la visite.

Deux types baraqués venaient de franchir le rideau de perles. Ils traversèrent la cour et s'assirent à proximité de nous. Ils nous observaient sans en avoir l'air, mais les gardes du corps de Kamel s'étaient raidis. Ils dévisagèrent les nouveaux arrivants, puis se consultèrent du regard. Je savais pourquoi. La dernière fois que j'avais vu l'un de ces types, il caressait son revolver à l'aéroport d'Alger. Quant à l'autre, c'était celui qui m'avait raccompagnée en voiture du cabaret à l'hôtel, le soir de mon arrivée à Alger.

— Sharrif ne nous a pas oubliées, informai-je Lily en mangeant du bout des lèvres. Je n'oublie jamais un visage, et il a sans doute choisi ces deux-là pour les mêmes raisons. Ils m'ont déjà vue avant aujourd'hui, tous les deux.

— Mais ils n'ont pas pu nous suivre sur cette route déserte, souffla Lily. Je les aurais remarqués, comme j'ai remarqué les autres.

— Nous ne pistons plus le gibier en collant son nez sur le sol depuis Sherlock Holmes, soulignai-je.

— Vous voulez dire qu'ils auraient fixé quelque chose à notre voiture – un émetteur ? chuchota Lily de sa voix rauque.

— Gagné, mon cher Watson, acquiesçai-je à mi-voix. Secouez-les pendant vingt minutes pour faire tomber le petit mouchard, et je me charge de le désamorcer. L'électronique est mon dada.

— J'ai quelques talents personnels, moi aussi, chuchota Lily avec un clin d'œil. Si vous voulez bien m'excuser, je crois que je vais aller me repoudrer le nez.

Elle se leva avec un sourire et déposa Carioca sur mes genoux. Le spadassin qui s'était levé pour la suivre stoppa net son mouvement lorsqu'elle appela le serveur pour lui demander d'une voix forte où se trouvaient *les toilettes**. Le spadassin se rassit.

Je restai donc avec Carioca, qui semblait avoir un goût marqué pour le tajine. Lorsque Lily réapparut enfin, elle agrippa le petit chien, le fourra dans mon sac, répartit les bouteilles d'eau entre nous deux et se dirigea vers la porte.

— À quoi jouons-nous ? chuchotai-je.

Nos quatre compagnons réglaient hâtivement leur note, juste derrière nous.

— Aux sales gosses, répondit-elle tandis que nous regagnions la voiture. Une lime à ongles en acier et une pierre font un excellent petit poinçon. J'ai perforé le tuyau d'essence et le piston des freins de leurs voitures. Pas des gros trous, juste des fuites. Nous allons les balader dans le désert jusqu'à ce qu'ils tombent en panne, et puis je rejoindrai la route.

— C'est ce que nous appelons faire d'une pierre… et d'une lime deux coups, dis-je avec chaleur en m'installant dans la Corniche. Bien joué !

Mais comme nous démarrions, je remarquai qu'il y avait une demi-douzaine de voitures garées à côté de nous, sans doute celles des employés du restaurant ou des cafés voisins.

— Comment avez-vous su laquelle appartenait à la police secrète ?

— Je n'en ai pas la moindre idée.

Lily m'adressa un sourire canaille tandis qu'elle s'engageait dans la rue.

— Je les ai toutes sabotées.

*

Je m'étais montrée optimiste en supposant qu'il y avait douze cents kilomètres par la route du sud. Le panneau à la sortie de Ghardaïa en annonçait mille six cent trente-sept pour atteindre Djanet, la porte sud du Tassili. Lily avait beau conduire vite, combien de temps mettrait-elle, alors que nous n'étions même pas sur la route ?

Ainsi qu'elle l'avait prédit, les gardes du corps de Kamel s'étaient retrouvés sans moyen de locomotion après nous avoir suivies pendant une heure dans la lumière déclinante du M'zab. Et ainsi que *je* l'avais prédit, les hommes de Sharrif s'étaient maintenus trop loin de nous pour que nous ayons la satisfaction de voir comment ils allaient décevoir la confiance de leur chef en s'arrêtant sur le bas-côté. Une fois débarrassées de notre double escorte, nous nous garâmes dans la poussière, et nous rampâmes sous la Corniche. Avec l'aide d'une lampe torche, il nous fallut seulement cinq minutes pour découvrir l'émetteur fixé sous l'essieu arrière. Je le réduisis en miettes avec le cric que me tendit Lily.

Puis, respirant l'air frais de la nuit, nous nous donnâmes des claques dans le dos en sautant de joie pour nous féliciter mutuellement de notre intelligence, tandis que Carioca caracolait autour de nous en aboyant à tue-tête. Enfin, nous sommes remontées dans la voiture et avons mis toute la gomme.

J'avais fini par changer d'avis au sujet de l'itinéraire de Minnie. La route du nord aurait sans nul doute été plus facile, mais nous avions si bien embrouillé nos poursuivants qu'ils ne pouvaient pas savoir quelle direction nous avions prise. Aucun Arabe sain d'esprit ne pouvait imaginer que deux femmes livrées à elles-mêmes aient choisi cette route – moi-même j'avais du mal à m'en persuader. Malheureusement, nous avions perdu tellement de temps pour semer ces types que lorsque nous quittâmes le M'zab il était neuf heures passées et il faisait joliment sombre. Trop sombre pour lire le livre posé sur mes genoux, trop sombre pour regarder le paysage vide. Pendant que Lily filait droit devant elle sur la route dégagée, je m'autorisai un petit somme afin de pouvoir prendre la relève le moment venu.

Lorsque nous traversâmes la hamada et que nous piquâmes au sud en direction des dunes du Touat, dix heures s'étaient écoulées ; c'était déjà l'aube. Heureusement, le trajet s'était déroulé sans aucun incident – peut-être même trop facilement. J'avais la désagréable sensation que notre chance allait tourner. Je m'étais mise à penser au désert.

Les montagnes que nous avions franchies la veille à midi affichaient une température raisonnable de trente degrés. Ghardaïa au coucher du soleil affichait déjà dix degrés de plus, et les dunes à minuit, même fin juin, étaient humides de rosée. Mais maintenant c'était l'aube dans la plaine de Tidikelt, la lisière du vrai désert – celui où le sable et le vent remplaçaient les palmiers, les plantes et l'eau – et il nous restait encore sept cent vingt kilomètres à parcourir. Nous n'avions pas d'autres vêtements que ceux que nous portions sur le dos, et pas de nourriture en dehors de nos bouteilles d'eau gazeuse. Mais le pire était encore à venir… Lily interrompit mes réflexions.

— Il y a un barrage routier, plus haut, m'annonça-t-elle d'une voix tendue, en scrutant la route à travers le pare-brise moucheté d'insectes, éclaboussé par la lumière crue du soleil levant. On dirait un poste-frontière… Je ne sais pas ce que c'est, au juste. Qu'est-ce que nous faisons ? Nous tentons notre chance ?

De fait, il y avait bel et bien une petite guérite avec une barrière à rayures, assorties d'un avant-poste de l'Immigration, planté au milieu du désert. Il paraissait incroyablement déplacé dans cette immense étendue sauvage et vide.

— Il semble que nous n'ayons pas le choix, répondis-je.

Nous avions dépassé le dernier chemin de traverse il y avait de cela une centaine de kilomètres. Et nous étions sur l'unique route de la contrée…

— Pourquoi auraient-ils installé un barrage routier ici ? demanda Lily d'une voix tendue.

— Il s'agit peut-être d'un contrôle médical, rétorquai-je avec un humour qui sonna faux. Il ne doit pas y avoir beaucoup de cinglés qui franchissent cette limite. Vous savez ce qu'il y a au-delà ?

— Rien ? devina Lily.

Notre rire atténua un peu la tension. Nous étions toutes deux obsédées par la même question : à quoi ressemblaient les prisons dans cette région du désert ? Car c'était ce qui nous attendait si jamais on découvrait qui nous étions, et ce que nous avions fait à la voiture de fonction d'un ministre de l'OPEP et du chef de la police secrète.

— Ne nous affolons pas, murmurai-je comme nous nous arrêtions devant la barrière.

Le garde sortit de sa guérite. C'était un petit moustachu qui donnait l'impression d'avoir été oublié quand la Légion étrangère avait pris ses cliques et ses claques. Après une longue conversation dans mon français hésitant, il devint clair qu'il fallait lui montrer une sorte de permis pour pouvoir passer.

— Un permis ? hurla Lily, qui sembla se retenir à grand-peine de lui cracher au visage. Nous avons besoin d'une *permission* pour entrer dans ce bled perdu et pouilleux ?

Je déclarai poliment en français :

— Puis-je savoir, monsieur, quel genre de permis vous exigez ?

— Pour El-Tanezrouft – le Pays de la soif –, m'assura-t-il, votre voiture doit être révisée et avoir un certificat de contrôle technique validé par le gouvernement.

— Il craint que notre voiture ne tienne pas le coup, expliquai-je à Lily. Refilons-lui une pièce, laissons-le fouiner un peu, et puis nous partirons.

Après avoir vu la couleur de notre argent et quelques larmes dans les yeux de Lily, le garde décida qu'il avait toute latitude pour nous accorder la bénédiction du gouvernement. Il examina nos bidons d'essence et d'eau, s'émerveilla devant les vignettes apposées au pare-chocs qui disaient « Suisse » et « F » pour France. Tout semblait se passer comme sur des roulettes, jusqu'au moment où il nous demanda de rabattre la capote.

Lily me regarda d'un air affreusement gêné. Je ne voyais pas très bien où était le problème.

— En français, ça veut bien dire ce que je crois ? murmura-t-elle.

— Il nous autorise à partir, la rassurai-je en me dirigeant vers la voiture.

— Je veux parler de la capote. Il faut vraiment que je la rabatte ?

— Évidemment. Nous sommes dans le désert. D'ici quelques heures, il va faire quelque chose comme cinquante degrés à l'ombre – sauf qu'il n'y a pas d'ombre. Sans parler de l'effet du sable sur nos coiffures…

— Je ne peux pas ! me souffla-t-elle. Il n'y a *pas* de toit fermant.

— Une minute… Vous voulez dire que nous avons parcouru douze cents kilomètres depuis Alger à bord d'une voiture qui n'est pas en état de traverser le désert ?

J'avais haussé le ton. Le garde, rentré dans sa guérite pour ouvrir la barrière, suspendit son geste.

— Bien sûr que si, elle est en état ! me répondit Lily avec indignation. C'est la voiture la plus parfaite qui ait jamais été construite. Mais il n'y a pas de toit. Il est cassé. Harry répétait sans cesse qu'il le ferait réparer, mais… Quoi qu'il en soit, notre problème immédiat, c'est de…

— Notre problème immédiat, criai-je, c'est que vous avez l'intention de nous emmener dans le plus grand désert du monde à bord d'une voiture sans toit ! Vous allez nous tuer !

Notre petit garde ne comprenait peut-être pas l'anglais, mais il *sentit* qu'il se passait quelque chose. À cet instant précis, un gros semi-remorque se gara derrière nous et actionna sa trompe. Lily agita la main, mit le contact et rangea la Corniche sur le côté pour permettre à l'énorme camion de se garer devant nous. Le garde sortit de sa guérite pour examiner les papiers du camionneur.

— Je ne vois vraiment pas ce qui vous met dans un état pareil, déclara Lily. Après tout, la voiture a l'air conditionné.

— *L'air conditionné !* hurlai-je de plus belle. L'air conditionné ! Ça va nous faire une belle jambe face aux coups de soleil et aux tempêtes de sable !…

J'étais partie pour une longue tirade quand le garde revint vers sa guérite pour soulever la barrière devant le camionneur, qui, sans aucun doute, avait eu l'intelligence de faire examiner son véhicule avant de descendre dans le septième cercle de l'enfer.

Avant que je comprenne ce qui se passait, Lily écrasa l'accélérateur. Projetant du sable partout, elle fonça de l'autre côté de la barrière, juste derrière le semi-remorque. Je courbai la tête en voyant la barre d'acier s'abattre à quelques centimètres de ma nuque et heurter l'arrière de la Corniche avec un grand bang. Il y eut un affreux bruit de ferraille tordue. J'entendis le garde jaillir de sa hutte en hurlant des imprécations en arabe – mais ma propre voix couvrit la sienne.

— Vous avez failli me décapiter ! m'égosillai-je.

La voiture vacillait dangereusement sur le bord de la route. Je fus projetée contre ma portière ; puis, à ma grande horreur, nous quittâmes la route et nous plongeâmes dans l'épais sable rouge.

La terreur me submergea. Je ne voyais absolument rien. J'avais du sable dans les yeux, dans le nez, dans la gorge. Le nuage pourpre volait autour de moi. Les seuls bruits que je percevais provenaient de Carioca qui toussait comme un perdu sous mon siège, et de la trompe assourdissante du camion géant, qui me parut dangereusement proche de mon oreille.

Quand nous émergeâmes à nouveau dans la lumière étincelante du jour, du sable dégoulinait des ailes de la Corniche, nos roues mordaient l'asphalte et, par un miracle inexplicable, la voiture se trouvait à trente mètres *devant* le semi-remorque, qui continuait à obstruer toute la route. J'étais folle de rage contre Lily, mais en même temps stupéfaite.

— Comment avons-nous atterri là ? demandai-je en passant les doigts dans mes cheveux pour faire tomber le sable.

— Je ne sais pas pourquoi Harry a fait tant d'histoires pour que j'aie un chauffeur, déclara joyeusement Lily comme si de rien n'était.

Son visage, ses cheveux et ses vêtements étaient entièrement recouverts d'une fine pellicule rouge.

— J'ai toujours *adoré* conduire. C'est chouette d'être ici. Je suis sûre que j'ai pulvérisé le record de vitesse local des joueurs d'échecs…

— Il ne vous est pas venu à l'idée, l'interrompis-je, que même si nous en avons réchappé, le petit homme du poste dispose sans doute du téléphone ? Que ferons-nous s'il donne notre signalement ? Et si on se lance à nos trousses ?

— Où ça, à nos trousses ? ricana Lily d'un ton dédaigneux. Vous voyez des patrouilles de police, vous ?

Elle avait raison, évidemment. Personne n'allait s'exciter et nous prendre en chasse au beau milieu de nulle part, simplement parce que nous avions forcé un barrage d'inspection.

Je me plongeai à nouveau dans le journal de la religieuse Mireille et repris ma lecture là où je l'avais interrompue la veille :

Je me dirigeai alors à l'est de Ghardaïa à travers le Chebka desséché et les plaines rocailleuses de la hamada, en direction du Tassili n'Ajjer qui s'étendait le long de la bordure du désert de Libye. Comme je me mettais en route, le soleil se leva sur les dunes rouges pour me guider vers ce que je cherchais…

L'est – là où le soleil se levait chaque matin sur la frontière libyenne, de l'autre côté des canyons du Tassili où nous nous rendions. Mais si le soleil se levait à l'est, pourquoi n'avais-je pas remarqué au moment où nous franchissions la barrière à Aïn-Salah, qu'il montait de l'horizon, tel un gros ballon rouge, du côté de ce qui ressemblait étrangement au nord ?

*

Lily filait depuis des heures sur la route à deux voies qui se déroulait comme un long, long serpent au milieu des dunes. La chaleur me rendait de plus en plus somnolente, et Lily – qui conduisait depuis près de vingt heures et n'avait pas fermé l'œil depuis vingt-quatre heures – prenait un vilain teint verdâtre tandis que le bout de son nez rougissait sous la brûlure du soleil.

Depuis quatre heures que nous avions franchi la barrière, la température s'était élevée progressivement. Maintenant, il était dix heures du matin et le thermomètre fixé au tableau de bord affichait cinquante degrés, tandis que l'altimètre indiquait que nous nous trouvions à quinze cents mètres au-dessus du niveau de la mer. Ça ne pouvait pas être vrai. Je frottai mes yeux brûlants, et regardai à nouveau.

— Quelque chose cloche, dis-je à Lily. Les plaines que nous avons quittées avoisinaient sans doute le niveau de la mer, mais il s'est écoulé quatre heures depuis Aïn-Salah. Nous devrions être beaucoup plus haut, maintenant, et pénétrer dans le haut désert. Et puis, il fait beaucoup plus chaud qu'il ne devrait à cette heure-ci.

— Ce n'est pas tout, acquiesça Lily d'une voix éraillée. D'après les instructions de Minnie, nous aurions dû rencontrer un chemin de traverse depuis au moins une demi-heure. Mais nous n'avons rien vu de tel…

C'est alors que je remarquai la direction du soleil :

— Pourquoi ce type nous a-t-il dit que nous devions montrer un permis pour la voiture ? déclarai-je d'une voix légèrement hystérique. Il a parlé d'El-Tanezrouft – le Pays de la soif… Oh mon Dieu !

Bien que les panneaux de signalisation aient tous été écrits en arabe et que je n'aie pas une grande pratique des cartes du Sahara, un doute horrible était en train de s'insinuer en moi.

— Quoi ? s'écria Lily, en me lançant un regard nerveux.

— Le barrage que vous avez forcé n'était pas Aïn-Salah, réalisai-je brusquement. Je pense que nous nous sommes trompées de route pendant la nuit. Nous filons plein sud au milieu du désert de sel. Nous roulons en direction du Mali !

Lily arrêta la voiture au milieu de la route. Son visage, déjà douloureusement brûlé par le soleil, s'était crispé de désespoir. Elle appuya son front sur le volant, et je posai ma main sur son épaule. Nous savions toutes les deux que j'avais raison. Seigneur, qu'allions-nous faire, maintenant ?

Lorsque nous avions déclaré par plaisanterie qu'il n'y avait rien derrière ce barrage, nous avions ri trop tôt. J'avais entendu parler du Pays de la soif. C'était la région la plus effroyable de la terre.

Même le fameux Quart vide en Arabie pouvait être traversé à dos de chameau. Mais ici, nous étions au bout du monde, dans un désert où aucune forme de vie ne pouvait subsister. À côté, le plateau que nous avions tragiquement manqué ressemblait à un paradis. Ici, quand on descendait au-dessous du niveau de la mer, on racontait que la température montait si haut qu'on pouvait faire frire un œuf sur le sable et que l'eau se transformait instantanément en vapeur.

— Je crois que nous devrions faire demi-tour, dis-je à Lily, toujours prostrée sur son siège, la tête sur le volant. Je vais conduire. Nous brancherons l'air conditionné. Vous avez l'air malade.

— Non. Nous ne réussirions qu'à surchauffer le moteur, répondit-elle d'une voix tendue en redressant la tête. Je ne comprends pas comment j'ai raté cette maudite route. Vous pouvez conduire, mais si nous rebroussons chemin, c'est fichu.

Elle avait raison, mais que faire d'autre ? Je la regardai et je vis que ses lèvres s'étaient fendillées sous l'effet de la chaleur. Descendant de la voiture, j'ouvris la malle arrière. Il y avait deux plaids à l'intérieur. J'en drapai un sur ma tête et mes épaules, puis je pris l'autre pour envelopper Lily. Je tirai Carioca de sous le siège ; sa petite langue pendait et elle était presque sèche. Je lui ouvris la gueule et versai un peu d'eau dans sa gorge. Puis j'allai jeter un coup d'œil sous le capot.

Je fis plusieurs allers et retours pour remplir le réservoir d'essence et le radiateur. Je ne voulais pas déprimer davantage Lily, mais son erreur de la veille était un véritable désastre. À en croire la façon dont le radiateur engloutit le premier bidon d'eau, il était clair que la voiture ne tiendrait pas le coup, même si nous faisions demi-tour. Dans ces conditions, autant aller de l'avant.

— Il y a un semi-remorque qui nous suit, n'est-ce pas ? déclarai-je en me glissant derrière le volant et en remettant le contact. Au pire, si nous tombons en panne, nous pourrons toujours l'attendre. Il n'y a pas eu de sortie depuis trois cents kilomètres.

— Si tu es partante, je le suis aussi, murmura Lily faiblement.

Puis elle me regarda avec un sourire qui craquela un peu plus ses lèvres desséchées.

— Si Harry pouvait nous voir en ce moment...

— Oui, nous sommes finalement devenues amies – comme il l'a toujours espéré.

Je lui rendis son sourire avec une bravoure forcée.

— Ouais, acquiesça Lily. Mais quelle horrible façon de mourir.

— Nous ne sommes pas encore mortes ! répliquai-je.

Mais comme je levais les yeux vers le soleil aveuglant qui continuait à monter dans le ciel blanc et rôti, je me demandai combien de temps ça prendrait.

*

Voilà donc à quoi ressemblaient un million six cent mille kilomètres de sable, songeais-je tandis que je maintenais la Corniche à soixante à l'heure pour éviter de faire bouillir l'eau du radiateur. Ça ressemblait à un immense océan rouge. Pourquoi n'était-il ni jaune, ni blanc, ni gris sale comme les autres déserts ? Les pierres pulvérisées étincelaient comme du cristal sous la lumière intense du soleil, plus luisantes que du grès, plus sombres que la cannelle. Tandis que j'écoutais le moteur boire notre eau, un œil rivé sur l'aiguille du thermostat, tout autour de nous le désert attendait en silence, attentif comme une éternité rouge foncé.

Je m'arrêtais régulièrement pour permettre au moteur de refroidir, mais le thermomètre indiquait maintenant cinquante-cinq degrés, une température que j'avais du mal à imaginer à l'extérieur d'un four. Comme je stoppais pour soulever le capot, je vis que la peinture avant de la Corniche s'était écaillée et craquelée. Mes chaussures étaient molles et détrempées de sueur, mais lorsque je me penchai pour les ôter, ce ne fut pas de la transpiration que je découvris. La peau de mes pieds meurtris avait éclaté sous l'effet de la chaleur – mes chaussures étaient remplies de sang. Je sentis une nausée monter dans ma gorge. Enfilant à nouveau mes chaussures, je me glissai derrière le volant sans un mot et remis le contact.

Il y avait déjà un moment que j'avais retiré ma chemise pour la draper autour du volant où le cuir s'était décollé et pendait.

Mon cerveau bouillait. La chaleur suffocante brûlait mes poumons. Si seulement nous arrivions à tenir jusqu'au crépuscule ! Nous aurions une chance de survivre un jour de plus. Peut-être quelqu'un viendrait-il à notre secours. Peut-être ce semi-remorque nous rejoindrait-il. Mais même le gigantesque camion que nous avions doublé ce matin me semblait être le fruit de mon imagination, le mirage de ma mémoire.

Il était deux heures de l'après-midi – le thermomètre indiquait que nous approchions des soixante degrés – quand je remarquai quelque chose d'insolite. Tout d'abord, je crus que mon esprit déraillait et que j'étais en proie à une hallucination, que je voyais *réellement* un mirage. Il me semblait avoir vu le sable bouger.

Il n'y avait pas un souffle de vent pour agiter l'air, alors comment le sable aurait-il pu bouger ? Et pourtant c'était le cas. Je ralentis l'allure, puis je stoppai complètement. Lily dormait profondément sur la banquette, emmitouflée dans le plaid avec Carioca.

Je reniflai l'air et tendis l'oreille. Il régnait cette immobilité oppressante qui annonce une tempête – ce silence étouffant, cette absence terrifiante de bruit qui ne se manifeste qu'avant les pires tempêtes : les tornades… les ouragans. *Quelque chose* se préparait. Mais quoi ?

Je sautai hors de la voiture, arrachai ma couverture et la jetai sur le capot bouillant afin de pouvoir monter dessus. Me hissant sur la pointe des pieds, je scrutai l'horizon. Il n'y avait absolument rien dans le ciel, mais partout, aussi loin que portait ma vue, les sables bougeaient – ils rampaient lentement comme une créature vivante. En dépit de la chaleur atroce, je me mis à frissonner.

Sautant à terre, je me dirigeai vers Lily pour la réveiller et lui retirai son plaid protecteur. Elle s'assit maladroitement, le visage déjà sérieusement boursouflé par le soleil.

— Nous sommes en panne d'essence ! cria-t-elle, effrayée.

Sa voix était cassée, ses lèvres et sa langue enflées.

— La voiture est okay, répondis-je. Mais quelque chose se prépare. Je ne sais pas quoi.

Carioca, qui avait rampé hors de la couverture, se mit à gémir en observant d'un œil soupçonneux le sable qui bougeait tout autour de nous. Lily le regarda, puis leva vers moi des yeux effrayés.

— Une tempête ?

Je hochai la tête.

— J'en ai l'impression. Je suppose qu'il est inutile d'espérer de la pluie ici – ce sera donc une tempête de sable. Il se peut qu'elle soit assez moche.

Je n'insistai pas sur le fait qu'à cause d'elle nous ne disposions d'aucun abri. De toute façon, cela n'aurait sans doute rien changé. Sachant que les routes pouvaient être englouties sous neuf mètres de sable, nous n'avions guère de chances de nous en sortir vivantes. Même si cette maudite voiture avait eu un toit, notre situation aurait été la même. Et il ne nous servirait à rien de nous glisser sous la voiture.

— Je crois que nous devrions essayer de la contourner, annonçai-je d'une voix ferme, comme si je savais de quoi je parlais.

— Elle arrive de quelle direction ? demanda Lily.

Je haussai les épaules.

— Je ne la vois pas. Pas plus que je ne la sens. Ne me demande pas comment, mais je sais qu'elle est là.

Tout comme Carioca, qui tremblait de toutes ses petites pattes. Nous ne pouvions pas nous tromper tous les deux.

Je remis le contact et poussai le moteur à fond. Tandis que nous foncions à travers la chaleur torride, une peur atroce me vrilla l'estomac. Tel Ichabod Crane fuyant l'horrible fantôme sans tête de Sleepy Hollow, je détalais devant la tempête que je ne pouvais ni voir ni entendre. L'air devenait de plus en plus étouffant, suffocant comme une couverture bouillante plaquée sur nos visages. Lily et Carioca étaient assis à côté de moi, le regard braqué sur le pare-brise criblé de sable tandis que la voiture continuait à s'enfoncer dans l'éblouissante lumière rouge. Et puis, j'entendis le bruit.

Tout d'abord, je crus que c'était un effet de mon imagination, une sorte de bourdonnement d'oreilles, dû sans doute au frottement constant du sable contre le métal de la voiture. Il avait décapé, avalé la peinture du capot et de la calandre, laissant le métal à vif. Mais le bruit s'amplifia peu à peu, un faible sifflement rappelant celui d'une scie ou d'une mouche. Je continuai à accélérer, mais j'avais peur. Lily avait entendu, elle aussi, et se tourna vers moi. Je ne voulais pas m'arrêter pour découvrir de quoi il s'agissait. J'étais terrifiée par ce que je savais déjà.

Le bruit s'intensifia au point de submerger tout ce qui nous entourait. De chaque côté de la route, le sable se soulevait par petites secousses à présent, projetant des rafales sur l'asphalte. Le bruit continuait à grossir, à grossir, jusqu'à en être assourdissant. Et puis soudain, je lâchai l'accélérateur et Lily s'agrippa au tableau de bord de ses ongles laqués de rouge. Le bruit éclata au-dessus de nos têtes, et je faillis quitter la route avant de trouver les freins.

— Un avion ! hurla Lily.

Et je me mis à hurler, moi aussi. Nous nous agrippions l'une à l'autre, les yeux brûlants de larmes. Un avion avait surgi au-dessus de nos têtes et se posait devant nous, à une centaine de mètres seulement, sur une piste d'atterrissage !

*

— Mesdames, déclara le *fonctionnaire** du terrain d'atterrissage de la Compagnie aérienne de Debnane, vous avez eu beaucoup de chance de me trouver. Nous ne recevons qu'un vol par jour, en provenance d'Alger. Lorsque aucun vol privé n'est annoncé, ce poste est fermé. Il y a plus de cent kilomètres d'ici à la prochaine pompe à essence, et vous ne l'auriez jamais atteinte.

Il remplissait notre réservoir et notre radiateur à l'aide des pompes installées en bordure de la piste d'envol. Le gros avion de transport qui avait vrombi au-dessus de nos têtes était immobile sur la piste, ses moteurs fumant dans l'air brûlant. Carioca dans ses bras, Lily regardait notre sauveur bourru comme s'il était l'archange Gabriel en personne. En fait, il était le seul être vivant visible à des kilomètres à la ronde. Le pilote de l'avion s'était retiré dans la hutte en métal pour s'offrir une petite sieste. La poussière voletait sur la piste ; le vent se levait. Ma gorge était contractée par la sécheresse et le soulagement. Je décidai que je croyais en Dieu.

— À quoi sert cette piste d'atterrissage, au beau milieu de nulle part ? me demanda Lily.

Je traduisis sa question au *fonctionnaire*.

— Transport du courrier, répondit-il. Apport de vivres aux équipes qui travaillent pour le développement du gaz naturel, dans des baraquements à l'est d'ici. Ils font la navette entre le Hoggar et Alger.

Lily avait compris.

— Le Hoggar, lui expliquai-je, sont des montagnes volcaniques qui se trouvent au sud. Je crois qu'elles ne sont pas très éloignées du Tassili.

— Demande-lui quand ils vont faire décoller ce coucou, dit Lily en se dirigeant vers la hutte, Carioca sautillant derrière elle pour ne pas se brûler les pattes sur le goudron bouillant.

— Bientôt, répondit l'homme quand je lui eus traduit la question en français.

Il pointa un doigt vers le désert.

— Il faut qu'il soit en l'air avant que les sables se déchaînent. Ce ne sera pas long.

J'avais donc vu juste. Une tempête se préparait.

— Où vas-tu ? criai-je à Lily.

— Demander combien ça me coûtera pour emporter la voiture, lança-t-elle par-dessus son épaule.

*

Il était quatre heures de l'après-midi quand notre voiture descendit la rampe de l'avion et se posa sur la piste d'atterrissage de Tamanrasset. Les palmiers dattiers frissonnaient dans la brise tiède et, tout autour de nous, les montagnes bleu nuit ondulaient dans le ciel.

— Le pouvoir de l'argent m'étonnera toujours, commentai-je comme Lily payait le pilote ravi et que nous montions dans la Corniche.

— Le type m'a même donné une carte ! déclara Lily en franchissant les grilles en treillis métallique. Comme ça, la prochaine fois que nous nous perdrons, nous saurons au moins où nous sommes.

Je n'aurais pas pu dire qui, de Lily ou de la Corniche, était en plus piteux état : sa peau claire était en lambeaux, et la peinture bleue de la voiture s'était volatilisée sous l'effet conjugué du soleil et du sable. Mais le moteur s'obstinait à ronronner comme un chat. J'étais abasourdie.

— Voilà où nous allons.

Lily me montra un point sur la carte qu'elle avait déployée sur le tableau de bord.

— Calcule les kilomètres et convertis-les-moi en miles. Nous établirons ensuite l'itinéraire le plus court.

Il n'existait qu'une route longue de sept cent vingt kilomètres – et elle passait obligatoirement par les montagnes. Au carrefour de Djanet, on s'arrêta dans un *moulin** sur le bas-côté de la route pour y prendre notre premier repas depuis près de vingt-quatre heures. J'étais affamée, et j'engloutis deux assiettes de potage au poulet avec de la crème et des légumes, dans lequel je trempai des morceaux de pain rassis. Un pichet de vin et une solide ration de poisson et de pommes de terre m'aida à endiguer l'agonie de mon estomac. J'achetai un litre de café sirupeux pour la route.

— Nous aurions dû lire ce journal avant, déclarai-je à Lily tandis que nous roulions sur la route sinueuse en direction de Djanet. Cette religieuse, Mireille, semble avoir campé sur chaque centimètre carré de ce territoire. Elle le connaissait comme sa poche. Tu savais que les Grecs avaient baptisé ces montagnes « Atlas » bien avant qu'on donne ce nom à celles qui se trouvent plus au nord ? Et que les gens qui vivaient ici, à en croire l'historien Hérodote, s'appelaient les Atlantes ? Nous traversons en ce moment le royaume de l'Atlantide disparue !

— Je croyais qu'elle était engloutie sous l'océan, dit Lily. Ta Mireille ne précise pas où sont cachées les pièces ?

— Non. Je crois qu'elle sait ce qui leur est arrivé, mais elle cherchait avant tout le secret qu'elles recélaient – la formule.

— Eh bien, continue à lire, très chère. Mais cette fois dis-moi où je dois tourner.

Nous roulâmes tout l'après-midi et la soirée. Il était minuit quand nous atteignîmes Djanet, et les piles de la lampe torche étaient à bout de souffle à cause de ma lecture prolongée. Mais maintenant nous savions exactement où nous allions. Et pourquoi.

— Seigneur… articula Lily comme je refermais le livre.

Elle gara la voiture sur le côté de la route et coupa le moteur. Nous restâmes à contempler le ciel piqueté d'étoiles, et le clair de lune qui ruisselait comme du lait sur les hauts plateaux du Tassili, sur notre gauche.

— Je ne parviens pas à y croire ! Cette fille a traversé le désert à dos de chameau au milieu d'une tempête de sable, escaladé ces plateaux à pied, donné naissance à un enfant dans les montagnes, aux pieds de la reine blanche ? Mais qu'est-ce que c'est que cette nana ?

— Nous n'y sommes pas allées non plus avec le dos de la cuillère, lançai-je dans un éclat de rire. Nous devrions peut-être dormir un peu en attendant le jour.

— Écoute, c'est la pleine lune. J'ai des piles de rechange dans le coffre. Continuons jusqu'au col et suivons la piste. J'ai bu trop de café pour avoir sommeil. Nous n'avons qu'à emporter les couvertures, juste au cas où. Il vaut mieux tenter notre chance maintenant, pendant qu'il n'y a personne.

À une vingtaine de kilomètres après Djanet, nous débouchâmes sur une longue route poussiéreuse qui s'enfonçait au milieu des canyons. Elle portait l'indication « Tamrit » avec en dessous un dessin représentant cinq chameaux et l'inscription « Piste chamelière ». Nous la prîmes quand même.

— C'est encore loin ? demandai-je. C'est toi qui as appris l'itinéraire par cœur.

— Il y a un campement. Je crois qu'il s'agit de Tamrit, le village des Tentes. À partir de là, les touristes continuent à pied pour aller voir les peintures préhistoriques. Elle a parlé d'une vingtaine de kilomètres.

— Ça représente quatre heures de marche. Mais pas avec ces souliers.

Nous n'étions pas vraiment équipées pour une expédition dans la montagne, songeai-je avec amertume. Mais il était trop tard pour nous mettre en quête d'un magasin de chaussures.

Nous nous étions garées sur la piste poussiéreuse à l'embranchement de Tamrit et avions abandonné la Corniche sous un taillis. Lily remplaça les piles de la torche et prit les couvertures. J'enfouis Carioca dans mon sac et on s'engagea sur le sentier. Environ tous les cinquante mètres étaient fixés des petits panneaux avec des inscriptions tarabiscotées en arabe, et la traduction française en dessous.

— Ce chemin est mieux balisé que leurs routes, chuchota Lily.

Le seul bruit perceptible à des lieues à la ronde était le crr-crr des criquets et le crissement des cailloux sous nos pas, mais nous ne pouvions pas nous empêcher de marcher sur la pointe des pieds et de chuchoter comme des bandits s'apprêtant à dévaliser une banque. De fait, c'était à peu près ce que nous nous proposions de faire…

Le ciel était si limpide et le clair de lune si lumineux que nous n'avions pas besoin de la torche pour lire les panneaux. Le sentier devint progressivement plus escarpé tandis que nous avancions en direction du sud-est. Nous traversions un étroit canyon bordé par un ruisseau glougloutant quand je remarquai un fouillis de panneaux pointés vers des directions différentes : Sefar, Aouanrhet, In Itinen…

— Et maintenant ? demandai-je en libérant Carioca.

Il fila aussitôt vers l'arbre le plus proche et le baptisa.

— Nous y sommes ! cria Lily en faisant des petits bonds joyeux. Les voilà !

Les arbres qu'elle me désignait du doigt, et que Carioca continuait à renifler, avaient poussé dans le lit même de la rivière – un bouquet de cyprès gigantesques, dont le tronc mesurait au moins cinq mètres de circonférence, et dont la cime montait si haut qu'elle masquait le ciel nocturne.

— D'abord les arbres géants, dit Lily, et ensuite nous devrions découvrir des lacs réflecteurs.

Effectivement, à moins de cinquante mètres de là, nous vîmes les petits trous d'eau, leur surface limpide réfléchissant la lune. Carioca se précipita vers l'une des mares pour boire. Sa petite langue brouilla la surface de l'eau en un million de rides lumineuses.

— Ils nous montrent la direction à suivre, déclara Lily. Nous devons suivre ce canyon jusqu'à un lieu appelé la forêt de pierre...

Nous descendions le long du lit de la rivière quand je vis un autre panneau, pointé vers un étroit défilé : « La forêt de pierre. »

— Par là, dis-je à Lily en lui agrippant le bras et en commençant à gravir la colline.

Le sol du défilé était jonché de scories volcaniques qui craquaient sous nos pieds. J'entendais Lily s'exclamer « ouille ! » tous les mètres, quand une pierre se glissait dans ses petites sandales. Et comme chaque fois qu'une pierre se détachait, Carioca se cassait la figure, je finis par le remettre dans mon sac et le portai jusqu'au sommet.

Il nous fallut une bonne demi-heure pour venir à bout de ce chemin escarpé. En haut, le canyon s'évasait en un large plateau – une vallée au sommet de la montagne. Sur toute l'étendue plane baignée par le clair de lune, les aiguilles de roc en spirale jaillissaient du plateau comme le squelette recourbé d'un dinosaure dressé en travers de la vallée.

— La forêt de pierre ! souffla Lily. Exactement à l'endroit prévu.

Elle respirait bruyamment. J'étais moi-même encore pantelante de notre ascension au milieu de la rocaille, et cependant tout me paraissait presque facile.

Mais j'avais peut-être parlé un peu trop vite...

Nous traversâmes la forêt de pierre. Les splendides roches tordues prenaient des couleurs hallucinantes dans le clair de lune. À l'extrémité du plateau, on découvrit un autre groupe de panneaux, pointés dans toutes les directions.

— Et maintenant ? demandai-je à Lily.

— Nous devrions voir un signe, me répondit-elle d'un ton mystérieux.

— Ce n'est pas ce qui manque. Il y en a au moins une demi-douzaine. Je montrai les petites flèches criblées d'inscriptions.

— Pas ce *genre* de signe. Il s'agit d'un signe qui doit nous indiquer où sont les pièces.

— À quoi ressemble-t-il ?

— Je n'en sais trop rien, répondit Lily en regardant autour d'elle. Il se trouve juste après la forêt de pierre…

— Comment ça, *tu n'en sais trop rien* ? m'écriai-je en réprimant une violente envie de la secouer. Tu m'as affirmé que tout était enregistré dans ta mémoire, comme une partie d'échecs aveugle – « un paysage recréé dans ton imagination », à ce que tu me disais. Je croyais que tu étais capable de visualiser chaque coin et recoin de ce terrain !

— Naturellement, j'en suis capable, répliqua Lily avec colère. C'est grâce à moi si nous sommes là, non ? Au lieu de râler, tu ferais mieux de m'aider à résoudre ce problème !

— Donc, tu admets que tu es perdue.

— Je ne suis *pas* perdue ! cria Lily, sa voix ricochant contre la forêt étincelante de monolithes. Je cherche quelque chose – quelque chose de précis. Un signe. Elle a dit qu'il y aurait un signe qui *signifierait* quelque chose, juste à cet endroit.

— Qui signifierait quelque chose pour qui ? déclarai-je lentement.

Lily me regarda sans un mot.

— Je veux dire : un signe de quel genre ? Un arc-en-ciel ? Un coup de tonnerre ? Un graffiti ?

Nous nous regardâmes. La même idée nous traversa en même temps. Elle alluma la torche et la dirigea vers la falaise devant nous, au bout du long plateau – et nous la vîmes.

Une gigantesque peinture s'étendait sur la paroi tout entière. Des antilopes sauvages fuyaient dans une plaine, dans des coloris qui semblaient lumineux, même dans la lumière artificielle. Et au milieu d'elles, sur un char volant à une allure vertigineuse, se dressait une chasseresse – une femme entièrement vêtue de blanc.

Nous contemplâmes la peinture pendant très longtemps, promenant le faisceau lumineux sur la fresque afin d'en apprécier tous les détails. La paroi était haute et large, incurvée vers l'intérieur comme le fragment d'un arc brisé. Là, au centre de cette fuite éperdue à travers les plaines anciennes, se découpait le chariot du ciel, en forme de croissant de lune, avec ses deux roues ornées de huit rayons, tiré par une troïka de chevaux écumants dont les flancs étaient éclaboussés de couleurs : rouge, blanc et noir. Un homme noir avec une tête d'ibis était agenouillé sur le devant du char, tenant les rênes serrées tandis que les chevaux bondissaient dans la toundra. Derrière, deux rubans serpentins flottaient au vent, se tordant ensemble pour former le chiffre huit. Au centre, dominant la silhouette de l'homme et celle des animaux, telle l'incarnation de la vengeance, se dressait la déesse. Son immobilité offrait un contraste saisissant avec la frénésie qui régnait autour d'elle – elle était dos à nous, ses cheveux voletant dans la brise, le corps figé. Ses bras étaient levés comme s'ils s'apprêtaient à frapper quelque chose. La longue, longue lance qu'elle brandissait n'était pas dirigée vers l'antilope affolée qui courait à droite et à gauche, mais pointée plus haut, vers le ciel étoilé. Son corps lui-même présentait la forme triangulaire d'un huit, qui semblait gravé dans la pierre.

— C'est bien ça, murmura Lily, le souffle court, en contemplant la peinture. Tu sais ce que signifie cette forme, je suppose ? Ce double triangle taillé comme un sablier ?

Elle balaya le roc de sa lampe torche pour capturer le signe : ⧖.

— Depuis que j'ai vu ce tissu chez Minnie, j'essaie de me rappeler ce qu'il m'évoque, poursuivit-elle. Maintenant, je sais. Il s'agit d'une ancienne double hache appelée *labrys*, dont la forme ressemble à celle d'un huit. Elle était utilisée en Crète par les anciens Minoens.

— Quel rapport cela a-t-il avec notre présence ici ?

— Je l'ai vue dans un livre d'échecs que m'a montré Mordecai. Le plus ancien jeu d'échecs jamais découvert fut trouvé dans le palais du roi Minos, en Crète – là où fut construit le fameux labyrinthe, qui a tiré son nom de cette hache sacrée. Le jeu d'échecs en question remonte à 2000 av. J.-C. Il était composé d'argent, d'or et de joyaux, tout comme le Jeu de Montglane. Et au centre était gravé un *labrys*.

— Comme sur le tissu de Minnie, intervins-je.

Lily hocha la tête tout en agitant la torche avec excitation.

— Mais je croyais que les échecs n'avaient été inventés que six ou sept cents ans après Jésus-Christ, ajoutai-je. Nous disons toujours qu'ils sont venus de Perse ou des Indes. Comment ce jeu minoen pourrait-il être aussi vieux ?

— Mordecai a lui-même écrit de nombreux ouvrages sur l'histoire des échecs, déclara Lily en braquant la torche sur la femme en blanc, debout sur le char en forme de lune, sa lance brandie vers le ciel. Il pense que ce jeu découvert en Crète fut conçu par le fameux type qui a construit le labyrinthe – l'architecte Dédale…

Maintenant, les pièces commençaient à se mettre en place. Prenant la torche des mains de Lily, je fis courir le rayon lumineux sur la falaise.

— La déesse de la lune, chuchotai-je. Le rituel du labyrinthe… « Il y a une terre appelée Crète au milieu de la mer aux reflets pourpres, une terre riche et belle, encerclée par l'eau… »

Une île, je m'en souvenais maintenant, qui, comme celles de la Méditerranée, avait été colonisée par les Phéniciens. Et dont le peuple, tout comme les Phéniciens, adorait la lune. Je regardai la forme tracée sur la paroi.

— Pourquoi cette hache était-elle gravée sur l'échiquier ? demandai-je à Lily, bien que je connaisse déjà la réponse. Comment Mordecai explique-t-il cette connexion ?

J'avais beau y être préparée, ses paroles suscitèrent en moi le même frisson glacé que la silhouette blanche immobile devant moi sur la paroi de la falaise.

— C'est le but même du jeu qui est la connexion, me répondit-elle calmement : tuer le roi.

*

La hache sacrée était utilisée pour tuer le roi. Le rituel était le même depuis le commencement des temps. Le jeu d'échecs n'en était qu'une reconstitution. Pourquoi ne l'avais-je pas compris plus tôt ?

Kamel m'avait conseillé de lire le Coran. Et Sharrif, le jour même de mon arrivée à Alger, avait mentionné l'importance de ma date de naissance dans le calendrier islamique, qui, comme la plupart des calendriers, était lunaire, ou du moins reposait sur les cycles de la lune. Mais je n'avais pas été fichue de faire le rapprochement.

Le rituel était le même pour toutes les civilisations dont la survie était liée à la mer – donc à la déesse de la lune qui commandait aux marées et décidait de la crue et de la décrue des fleuves. Une déesse qui réclamait le sacrifice du sang. On lui choisissait pour époux un mortel, mais la durée de son règne faisait l'objet d'un rituel très précis. Il gouvernait pendant une « grande année », soit huit ans – le temps nécessaire pour que les calendriers solaire et lunaire se rejoignent dans le même cycle, cent mois lunaires étant l'équivalent de huit années solaires. Au terme de cette période, le roi était sacrifié afin d'apaiser la déesse, et un nouveau roi était choisi avec la nouvelle lune.

Ce rituel de mort et de renaissance était toujours célébré au printemps, lorsque le soleil se trouvait entre les constellations zodiacales du Bélier et du Taureau – c'est-à-dire, selon le calcul moderne, le 4 avril. C'était *le jour où ils tuaient le roi* !

Tel était le culte de la triple déesse Car auquel on sacrifiait, de Karkemish à Carcassone, de Carthage à Khartoum. Aujourd'hui encore, son ombre flottait sur les dolmens de Carnac, dans les grottes de Carlsbad et Karelia et jusque dans les montagnes des Carpates.

Les mots forgés autour de son nom fleurissaient dans mon esprit tandis que je tenais la torche, le regard fixé sur sa forme monolithique immortalisée dans le roc. Pourquoi n'y avais-je jamais prêté attention auparavant ? Elle était présente dans carmin, cardinal et cardiaque, dans charnel, carnivore et karma – le cycle sans fin de l'incarnation, de la transformation et de l'oubli. Elle était le mot fait chair, la vibration du destin lovée comme la *kundalini* au cœur de la vie même – la caracole, ou la force de la spirale, à l'origine même de l'univers. En elle était concentrée la force libérée par le Jeu de Montglane.

Je me tournai vers Lily, la torche tremblant dans ma main, et nous nous serrâmes frileusement l'une contre l'autre pendant que le clair de lune se déversait sur nous comme un bain glacé.

— Je sais vers quoi elle pointe sa lance, déclara faiblement Lily en désignant la peinture. Elle ne vise pas la lune – ce n'est pas le signe. C'est quelque chose que le clair de lune éclaire, en haut de cette falaise.

Elle paraissait au moins aussi effrayée que moi à l'idée de monter là-haut en pleine nuit. Il devait bien y avoir cent vingt mètres jusqu'au sommet.

— Possible, acquiesçai-je. Mais dans mon boulot, nous avons une maxime : « Ne fonce pas comme une brute, réfléchis d'abord. » Nous avons repéré le signe – nous savons que les pièces sont quelque part à proximité. Mais le signe ne s'arrête pas là, et tu l'as très bien senti.

— Moi ? dit Lily en écarquillant ses yeux gris. Quand ça ?

— Observe la dame. Elle lance son char à travers un océan d'antilopes. Mais elle ne les remarque même pas – elle a les yeux fixés à l'opposé de nous et elle pointe sa lance vers le ciel. Pourtant elle ne *regarde pas* le ciel…

— Elle regarde la falaise ! s'écria Lily. C'est *à l'intérieur* de cette falaise !

Son enthousiasme retomba un peu tandis qu'elle examinait les lieux.

— Que sommes-nous censées faire ? La réduire en poudre ? J'ai oublié mon flacon de nitroglycérine.

— Réfléchis un peu. Nous nous trouvons dans la forêt de pierre. Comment crois-tu que ces rochers taillés en spirale ont pu prendre une forme qui ressemble autant à des arbres ? Le sable ne découpe pas la pierre de cette façon, quelle que soit la violence avec laquelle il frappe. Il l'use, il la polit. Il n'y a qu'une chose capable de découper le roc avec autant de précision : *l'eau.* Ce plateau tout entier a été façonné par des rivières souterraines ou des océans. C'est le seul phénomène qui puisse expliquer sa forme actuelle. L'eau creuse des trous dans le roc… Tu vois où je veux en venir ?

— Un labyrinthe ! s'écria Lily. Tu penses qu'il y a un labyrinthe à l'intérieur de cette falaise ! C'est pour ça qu'ils ont représenté la déesse de la lune sous la forme d'un *labrys* ! C'est un message, comme une marque sur une route. Mais la lance est toujours pointée vers le ciel. L'eau a dû s'infiltrer et le creuser par le haut.

— Peut-être, fis-je d'un ton réticent. Pourtant, observe attentivement la paroi, sa forme. Elle est incurvée vers *l'intérieur*, elle est évidée comme un bol. Exactement comme la mer découpe une falaise. C'est de cette façon que toutes les grottes sous-marines se forment. Et c'est ainsi qu'elles apparaissent tout le long de la côte, de Carmel à Capri. Je crois que l'entrée est en bas. En tout cas, nous ferions mieux de vérifier avant de nous tuer en essayant d'escalader ce roc.

Lily prit la torche et nous avançâmes à tâtons le long de la paroi pendant une demi-heure. Il y avait plusieurs crevasses, mais aucune n'était assez large pour nous permettre de nous y glisser. Je commençais à penser que je m'étais trompée quand j'aperçus une petite déclivité dans la roche. Par chance, j'eus l'idée d'y faire courir mes doigts. Au lieu de se resserrer comme on pouvait le croire, la surface du rocher continuait à s'enfoncer vers l'intérieur. Je suivis la faille, et elle continua à décrire un demi-cercle, comme si elle s'apprêtait à rejoindre l'autre face du roc. Mais sans jamais l'atteindre.

— Je crois que j'ai trouvé, criai-je à Lily en m'enfonçant à l'intérieur de l'anfractuosité.

Elle me suivit en s'aidant de la torche. Lorsqu'elle fut près de moi, je lui pris la lampe des mains et la promenai sur le roc. La faille formait une courbe en spirale, qui s'enfonçait de plus en plus profondément à l'intérieur de la falaise.

Les deux sections du roc semblaient s'enrouler l'une autour de l'autre comme les spirales d'un nautile évidé. Plus nous progressions, plus l'obscurité s'épaississait, de sorte que le faible rayon lumineux de notre torche ne portait qu'à un mètre.

Un bruit éclata tout à coup, et je décollai littéralement du sol. Puis je réalisai que c'était Carioca, enfermé à l'intérieur de mon sac, qui venait de lâcher un aboiement. Avec l'écho, on aurait dit le rugissement d'un lion.

— Cette grotte est beaucoup plus importante qu'il n'y paraît, dis-je à Lily tout en libérant Carioca. Les sons se répercutent très loin.

— Ne le pose pas par terre – il y a peut-être des araignées, où même des serpents.

— Si tu t'imagines que je vais le laisser faire ses besoins dans mon sac, tu te trompes, rétorquai-je. Et puis, s'il y a vraiment des serpents, je préfère que ce soit lui qui y passe, plutôt que moi.

Lily me foudroya du regard dans la faible clarté de la lampe. Je posai Carioca sur le sol, où il assouvit instantanément un besoin pressant. Je regardai Lily, un sourcil levé, puis repérai les lieux.

Nous fîmes lentement le tour de la grotte, qui ne mesurait qu'une dizaine de mètres. Mais sans trouver le moindre indice. Au bout d'un moment, Lily posa les couvertures qu'elle avait emportées et s'assit par terre.

— Elles sont forcément quelque part par là, dit-elle. C'est trop génial qu'on ait trouvé cet endroit, encore qu'il ne corresponde pas vraiment à l'idée que je me faisais de ce labyrinthe.

Elle se redressa brusquement, toute droite.

— Où est Carioca ?

Je regardai autour de moi, mais le petit chien avait disparu.

— Mon Dieu ! murmurai-je en essayant de rester calme. Il n'y a qu'un chemin pour sortir – celui que nous avons pris pour entrer. Pourquoi ne l'appelles-tu pas ?

Elle l'appela. Au bout d'un long moment très pénible, nous entendîmes ses petits jappements. À notre vif soulagement, ils venaient de l'entrée de la falaise.

— Je vais le chercher, déclarai-je.

Mais Lily était déjà debout.

— Pas question ! s'écria-t-elle, sa voix ricochant dans l'ombre. Si tu crois que je vais rester toute seule dans le noir !

Elle était juste sur mes talons, ce qui explique qu'elle tomba sur moi dans le trou. Il me sembla que notre chute n'en finissait pas.

Tout près de l'entrée en spirale de la grotte, masquée par la courbe du mur, il y avait une pente abrupte qui descendait à une dizaine de mètres à l'intérieur du plateau. Lorsque je réussis à dégager mon corps douloureux du poids de Lily, je levai la torche. La lumière éclaboussa les parois et le plafond cristallisés de la caverne la plus gigantesque qu'il m'ait été donné de voir. Nous restâmes assises à contempler les myriades de couleurs qui nous entouraient tandis que Carioca bondissait joyeusement autour de nous, visiblement peu impressionné par sa chute.

— Bon travail ! m'écriai-je en lui flattant la tête. Pour une fois, c'est une chance que tu sois un tel diablotin, mon compagnon à fourrure !

Je me levai et m'époussetai tandis que Lily ramassait les couvertures et les objets qui avaient roulé de mon sac. Nous restions bouche bée devant les dimensions de la grotte. Quelle que soit la direction vers laquelle nous dirigions notre torche, elle semblait s'étirer à l'infini.

— Je crois qu'on est dans le pétrin.

La voix de Lily jaillit de l'ombre, juste derrière moi.

— J'ai comme l'impression que la pente que nous venons de dévaler est trop abrupte pour que nous puissions la remonter sans une grue. J'ai également l'impression qu'on risque salement de se perdre dans cet endroit, à moins de semer une traînée de miettes de pain derrière nous…

Elle avait raison sur les deux tableaux, mais mon cerveau fonctionnait maintenant en heures supplémentaires et tournait au ralenti.

— Asseyons-nous et réfléchissons, murmurai-je d'une voix lasse. Tu vas essayer de te souvenir d'un indice pendant que moi, j'essaie de trouver un moyen de sortir d'ici.

Puis j'entendis un bruit – un vague chuchotis, comme des feuilles mortes voletant dans une allée déserte.

Je promenai le faisceau de la torche tout autour de nous quand Carioca se mit à faire des bonds, aboyant furieusement au plafond de la grotte. Au même instant, un cri aussi assourdissant que le hurlement d'un millier de harpies me déchira les tympans.

— Les couvertures ! hurlai-je à Lily par-dessus le bruit. Attrape ces maudites couvertures !

J'agrippai Carioca, qui continuait à sauter en l'air, le coinçai sous mon bras et bondis vers Lily. Je lui arrachai les couvertures des mains à la seconde où elle se mettait à hurler. Je lui lançai une couverture sur la tête, tentai de me couvrir à mon tour et m'aplatis sur le sol juste au moment où les chauves-souris s'abattaient sur nous.

Au bruit qu'elles faisaient, il devait y en avoir un millier. On se recroquevilla sur le sol tandis qu'elles se jetaient sur les couvertures comme de minuscules pilotes kamikazes – flac, flac, flac. Par-dessus le battement de leurs ailes, j'entendais les hurlements de Lily. Elle devenait hystérique, et Carioca se trémoussait furieusement sous mon bras. Il semblait vouloir anéantir à lui tout seul la population chauve-souris du Sahara. Ses aboiements aigus, mêlés aux cris de Lily, ricochaient sur les hautes parois.

— Je hais ces bestioles ! hurla Lily d'une voix hystérique en s'accrochant à mon bras tandis que je l'entraînais dans la grotte, écartant ma couverture pour repérer le terrain. Je les hais ! Je les hais !

— Elles n'ont pas l'air de t'adorer non plus, criai-je au milieu du vacarme.

Mais je savais que ces animaux étaient inoffensifs, à moins qu'ils ne s'emmêlent dans les cheveux.

Nous courions à demi courbées vers l'une des artères de la gigantesque grotte quand Carioca échappa à mon étreinte et s'élança sur le sol en courant. Les sales bêtes continuaient à voleter partout.

— Mon Dieu ! Carioca, reviens !

Tenant ma couverture au-dessus de ma tête, je lâchai Lily et me ruai sur ses traces, en agitant la torche dans l'espoir d'effrayer les chauves-souris.

— Ne me laisse pas ! hurla Lily.

Je l'entendais piétiner les cailloux, juste derrière moi. Je courais de plus en plus vite, mais Carioca tourna à un angle et disparut.

Une longue grotte s'étirait devant nous comme un corridor. Les chauves-souris semblaient s'être volatilisées. Je me tournai vers Lily, qui était recroquevillée derrière moi, toute tremblante, sa couverture drapée autour de la tête.

— Il est mort, pleurnicha-t-elle. Tu l'as lâché, et elles l'ont tué. Qu'est-ce que nous allons devenir, maintenant ?

Sa voix était blanche de frousse.

— Tu sais toujours quoi faire. Harry dit…

— Je me contrefiche de ce que dit Harry ! rétorquai-je sèchement.

Un début de panique commença à m'envahir, mais je m'obligeai à respirer à fond. Ça ne servait à rien de s'affoler. Huckleberry Finn avait réussi à sortir d'une grotte comme celle-là, non ? Ou bien était-ce Tom Sawyer ? Je me mis à rire nerveusement.

— Pourquoi ris-tu ? s'écria Lily d'une voix aiguë. Qu'allons-nous faire ?

— Éteindre la torche, pour commencer, répondis-je en joignant le geste à la parole. Ça nous évitera de tomber en panne de piles dans ce trou oublié de Dieu…

À la même seconde je la vis.

À l'autre extrémité du couloir où nous nous tenions miroitait une faible lueur. Très faible mais, dans le noir total qui nous enveloppait, elle ressemblait à la lumière d'un phare brillant sur une mer hivernale.

— Qu'est-ce que c'est ? souffla Lily.

Notre ultime espoir de salut, songeai-je en lui agrippant le bras. Se pouvait-il qu'il y ait une autre entrée pour accéder à cette grotte ?

J'ignore exactement combien de temps nous avons marché. Dans le noir, on perd très vite toute notion de temps et de distance. Mais nous nous dirigeâmes vers la lueur sans l'aide de la torche pendant ce qui nous sembla être une éternité. Enfin, nous débouchâmes dans une salle aux dimensions impressionnantes – avec un plafond haut de quinze mètres au moins, et des parois incrustées d'étranges formes scintillantes. Un trou découpé dans le plafond permettait au clair de lune de déverser généreusement ses rayons. Lily se mit à pleurer.

— Je n'aurais jamais cru que je serais aussi heureuse de voir le ciel, sanglota-t-elle.

Je partageais entièrement son avis. Le soulagement se répandait en moi comme une drogue. Je me demandais comment nous allions nous hisser jusqu'à un trou perché à quinze mètres de hauteur quand j'entendis un grattement familier. J'allumai à nouveau la torche. Là, dans l'angle de la grotte, creusant le sol comme pour déterrer un os, il y avait Carioca.

Lily voulut s'élancer, mais je la retins par le bras. Que faisait-il ? Nous l'observâmes dans la lumière surnaturelle.

Il forait fébrilement un petit éboulis de pierres et de cailloux. Mais ce monticule avait quelque chose de bizarre… J'éteignis la torche, afin que les lieux ne soient plus éclairés que par le clair de lune. Je vis alors ce qui m'avait intriguée. Les pierres luisaient – quelque chose les éclairait par en dessous, de l'intérieur. Et juste au-dessus, gravé dans la paroi de la grotte, un gigantesque caducée avec le chiffre huit semblait flotter dans la pâle clarté de la lune.

Lily et moi étions déjà à genoux sur le sol, déblayant les cailloux aux côtés de Carioca. Il ne nous fallut que quelques minutes pour mettre à nu la première pièce. Je la déterrai et la tins dans mes deux mains – elle représentait un cheval, dressé sur ses membres postérieurs. Elle devait mesurer dans les treize centimètres de haut et pesait beaucoup plus lourd qu'il n'y paraissait. J'allumai la torche et la passai à Lily afin de l'examiner plus à fond. La minutie du travail était stupéfiante. Chaque détail était ciselé dans un métal qui ressemblait à une forme très pure d'argent. Tout, depuis les naseaux frémissants jusqu'aux sabots délicatement ouvrés, trahissait l'œuvre d'un maître orfèvre. Les franges de la selle d'apparat étaient reproduites fil par fil. La selle elle-même, ainsi que le socle de la pièce et les yeux du cheval étaient en pierres précieuses polies mais non taillées. Leurs couleurs lumineuses étincelaient dans la lueur de la torche.

— C'est incroyable ! chuchota Lily dans le silence entrecoupé par le grattement des pattes de Carioca. Déterrons vite les autres.

Nous continuâmes à fouiller l'amas de pierres jusqu'à ce que nous les ayons toutes exhumées. Huit pièces du Jeu de Montglane gisaient maintenant sur la caillasse, luisant doucement dans le clair de lune. Il y avait le cavalier d'argent et quatre petits pions de sept centimètres chacun. Ils portaient des toges bizarres avec un panneau sur le devant et brandissaient des lances à la pointe acérée. Il y avait également un chameau en or, portant une tour sur son dos.

Les deux dernières pièces étaient de loin les plus stupéfiantes. La première représentait un homme juché sur un éléphant à la trompe dressée. Elle était entièrement en or et identique à la reproduction en ivoire dont Llewellyn m'avait montré la photo plusieurs mois auparavant – mais sans les soldats regroupés à sa base. L'homme semblait sculpté d'après un modèle vivant, et non comme les personnages stylisés qui apparaissent le plus souvent sur les pièces d'échecs. Son visage empreint de noblesse présentait un nez romain, mais des narines épatées comme celles des têtes négroïdes découvertes à Ife, au Nigeria. Ses longs cheveux cascadaient dans son dos, formant çà et là des tresses parsemées de petits joyaux. Le roi.

La dernière pièce, presque aussi grande que le roi, mesurait environ quinze centimètres. Elle représentait une chaise à porteurs aux tentures relevées. Au centre, une créature siégeait dans la position du lotus, le visage tourné vers l'extérieur. Ses yeux d'émeraude avaient une expression hautaine, presque féroce. Je dis « une créature » parce que si la sculpture portait une barbe, elle avait aussi les seins d'une femme.

— La reine, dit Lily à mi-voix. En Égypte et en Perse, elle porte la barbe, symbole de son aptitude à gouverner. À l'origine, cette pièce avait moins de pouvoir que dans le jeu moderne. Mais sa puissance s'est accrue.

Nous nous regardâmes mutuellement dans la pâle clarté de la lune, par-dessus les pièces lumineuses du Jeu de Montglane. En souriant.

— Nous avons réussi ! soupira Lily. Maintenant, il ne nous reste plus qu'à trouver un moyen de sortir d'ici.

Je fis courir le rayon de la torche sur les parois. Ça paraissait difficile, mais pas impossible.

— Il me semble voir des prises sur cette paroi, déclarai-je. En déchirant les couvertures en lanières, nous pourrions fabriquer une corde. Je la lancerai quand je serai arrivée en haut. Tu n'auras qu'à attacher mon sac à l'extrémité, et je hisserai Carioca et les pièces.

— Parfait, acquiesça Lily. Mais moi, qu'est-ce que je deviens dans tout ça ?

— Je ne peux pas te tirer. Il faudra que tu grimpes toute seule.

Je retirai mes chaussures pendant que Lily déchirait les couvertures en s'aidant de mes ciseaux à ongles. Le ciel pâlissait au-dessus de nos têtes quand nous achevâmes de découper l'épais tissu en laine.

Les parois étaient suffisamment rugueuses pour offrir de bonnes prises pour les pieds, et la crevasse de lumière allait en s'élargissant de part et d'autre de la grotte. Il me fallut près d'une demi-heure pour arriver en haut avec ma corde. Lorsque j'émergeai enfin, pantelante, dans la lumière du jour, je me trouvais au sommet de la falaise où nous nous étions infiltrées par la base durant la nuit. Lily attacha le sac à l'extrémité de la corde, et je hissai Carioca puis les pièces hors du trou. Maintenant, c'était le tour de Lily. Je remuai doucement mes orteils sanguinolents : mes plaies s'étaient rouvertes.

— J'ai peur, me cria Lily. Et si je tombe et que je me casse une jambe ?

— Je serai forcée de te donner le coup de grâce. Ne discute pas, grimpe. Et évite de regarder en bas.

Elle commença à escalader la paroi, tâtonnant le roc de ses pieds nus pour trouver les prises. À mi-hauteur, elle s'arrêta brusquement.

— Continue, criai-je. Tu ne peux pas flancher maintenant !

Elle était figée contre la paroi, agrippée à la roche comme une arapède, terrifiée. Incapable de bouger ou de parler. Je me mis à paniquer.

— Écoute, imagine que c'est une partie d'échecs. Tu es clouée sur une case, et tu ne vois pas d'issue. Mais il *faut* qu'il y ait une issue, sinon tu perds la partie ! Je ne sais pas comment vous appelez ça, quand toutes les pièces sont bloquées sur l'échiquier… mais c'est là que tu en es, à moins que tu ne trouves un endroit où poser ton pied.

Je vis sa main se déplacer légèrement. Elle lâcha sa prise et glissa un peu. Puis elle recommença lentement à monter. Je lâchai un énorme soupir de soulagement, mais ne soufflai mot de peur de la déconcentrer. Après ce qui me parut être un siècle, ses mains agrippèrent le rebord de la falaise. J'empoignai la corde que je lui avais fait nouer autour de la taille et je la hissai à l'air libre.

Lily s'affala sur la pierre, pantelante. Elle avait les yeux fermés. Elle resta sans parler pendant un long moment. Finalement, elle souleva les paupières, regarda l'aube, puis moi.

— Ça s'appelle zugzwang, haleta-t-elle. Mon Dieu, on l'a fait.

*

Nous n'étions pas au bout de nos épreuves.

Après avoir remis nos chaussures, nous suivîmes la plate-forme rocheuse jusqu'en bas. Puis nous traversâmes à nouveau la forêt de pierre. Il nous fallut seulement deux heures de marche pour rejoindre la colline où nous nous étions garées.

Nous étions toutes deux ivres de fatigue, et j'expliquais justement à Lily que je donnerais n'importe quoi pour un petit déjeuner avec des œufs brouillés – un luxe impossible dans une région comme celle-là – quand elle m'attrapa le bras.

— Je n'arrive pas à y croire, chuchota-t-elle en me montrant la route où nous avions abandonné la voiture, derrière un taillis.

Deux véhicules de police étaient garés de chaque côté de la Corniche, plus un troisième qu'il me sembla reconnaître. Quand je vis les deux spadassins de Sharrif investir la Corniche pour la passer au peigne fin, je sus que je ne m'étais pas trompée.

— Comment ont-ils pu arriver ici ? souffla Lily. Nous sommes à des centaines de kilomètres de l'endroit où on les a semés.

— À ton avis, il y a combien de Corniche bleues en Algérie ? répondis-je. Et combien de routes en direction du Tassili ?

Nous restâmes là une minute, à regarder la scène à travers des branchages.

— Tu n'as pas dilapidé tout l'argent d'Harry, au moins ? murmurai-je.

Elle secoua la tête tout en examinant ce qu'il lui restait.

— Bon, alors je propose qu'on aille à pied jusqu'à Tamrit, le village des Tentes que nous avons dépassé. Nous pourrions peut-être y acheter des ânes pour rentrer à Djanet.

— Et abandonner ma voiture aux mains de ces porcs ? siffla Lily.

— J'aurais dû te laisser accrochée à la paroi de la grotte ! grommelai-je. En plein zugzwang.

ZUGZWANG

Il est toujours préférable de sacrifier ses adversaires.

Savielly TARTAKOVER
(grand maître polonais).

Il était midi juste quand on quitta le plateau ondulé du Tassili pour descendre jusqu'aux plaines d'Admer, quelque trois cents mètres plus bas, à la lisière de Djanet.

On avait trouvé à boire en cours de route grâce aux multiples rivières qui irriguent le Tassili, et j'avais acheté des branches chargées de *dhar* fraîches, ces dattes sirupeuses qui vous collent aux doigts et à l'estomac. C'était tout ce que nous avions eu à manger depuis le dîner de la veille.

Nous avions loué des ânes à un guide de Tamrit, le village des Tentes que nous avions croisé de nuit à l'entrée du Tassili.

Les ânes sont moins confortables que les chevaux. À mes pieds déchiquetés, il fallait maintenant ajouter un derrière en compote et une colonne vertébrale douloureuse, conséquences de plusieurs heures de trot à travers les dunes caillouteuses ; des mains lacérées par l'ascension de la falaise ; un mal de crâne à tout casser, sans doute causé par un coup de soleil. Mais en dépit de tout ça, mon moral était au beau fixe. Nous avions enfin les pièces – et nous étions en route pour Alger. Du moins, je le croyais.

On laissa les ânes chez l'oncle du guide, à Djanet, quatre heures plus tard. Il nous emmena jusqu'à l'aéroport dans sa charrette à foin. Bien que Kamel nous ait conseillé d'éviter les aéroports, nous n'avions plus le choix, désormais. Notre voiture avait été découverte et se trouvait sous bonne garde. Dénicher un véhicule de location dans une ville pareille était hors de question. Comment étions-nous donc censées rentrer ? En montgolfière ?

— Ça m'embête d'atterrir à Alger, dit Lily comme nous époussetions la paille de nos vêtements et franchissions les portes en verre de l'aéroport de Djanet. Tu ne m'as pas dit que Sharrif avait un bureau, là-bas ?

— Juste à côté du service d'Immigration, acquiesçai-je.

Mais nous ne devions pas nous inquiéter longtemps de notre atterrissage à Alger.

— Il n'y a plus de vols aujourd'hui, annonça la dame du comptoir des billets. Le dernier est parti il y a une heure. Le suivant décolle demain matin.

Qu'aurions-nous pu espérer d'autre dans une ville qui comptait deux millions de palmiers et deux rues ?

— Doux Jésus ! souffla Lily en m'attirant à l'écart. On ne peut absolument pas passer la nuit dans ce bled. Si on essaie de s'inscrire dans un hôtel, on va nous demander nos papiers et je n'en ai pas. Ils ont trouvé notre voiture, donc ils *savent* que nous sommes ici. Je crois que nous avons besoin d'un nouveau plan.

Il fallait qu'on fiche le camp d'ici – et vite. Et qu'on rapporte les pièces à Minnie avant qu'il se produise une nouvelle catastrophe. Je m'approchai à nouveau du guichet, Lily sur mes talons.

— Y a-t-il d'autres vols en partance cet après-midi, quelle que soit leur destination ? demandai-je à l'employée.

— Seulement un vol charter pour Oran. Il a été affrété par un groupe d'étudiants japonais qui se rendent au Maroc. Il décolle dans quelques minutes, porte numéro quatre.

Lily filait déjà vers la porte numéro quatre, Carioca coincé sous son bras comme une boule de pain, et j'étais juste derrière elle. Si un peuple comprenait le langage de l'argent, c'était bien les Japonais, songeai-je. Et Lily en avait assez pour communiquer dans n'importe quel idiome.

L'organisateur du voyage, un monsieur coquet vêtu d'un blazer bleu avec un badge où l'on pouvait lire « Hiroshi », était en train de pousser les étudiants tapageurs vers l'embarquement quand on arriva, hors d'haleine. Lily lui expliqua notre situation en anglais pendant que je traduisais en simultané en français.

— Cinq cents dollars, conclut-elle. Payés cash et nets d'impôts.
— Sept cent cinquante, lâcha-t-il d'un ton cassant.
— Adjugé, acquiesça Lily en comptant les billets sous son nez.
Il les empocha plus vite qu'un dealer de Las Vegas. Nous étions enfin en route.

Jusqu'à ce vol, je m'étais toujours représenté les Japonais comme un peuple à la culture raffinée, sophistiqué à l'extrême, qui jouait de la musique douce et buvait du thé selon un cérémonial paisible. Mais ces trois heures d'avion m'amenèrent à modifier mon opinion. Ces étudiants passèrent leur temps à arpenter les allées en courant, à se raconter des blagues assez grasses et à chanter des chansons des Beatles en japonais – une cacophonie miauleuse qui me rappela fortement les cris des chauves-souris dans les grottes du Tassili.

Lily était indifférente à tout cela. Retranchée à l'arrière de l'avion, elle était plongée dans une partie de go avec l'organisateur du voyage, lui infligeant une défaite d'autant plus humiliante que c'est le sport national des Japonais.

Je fus soulagée lorsque, depuis le hublot de l'avion, je repérai l'immense cathédrale en stuc rose dominant la ville d'Oran. Comme Lily et moi descendions de notre vol charter, je songeai brusquement à un problème qui ne m'avait pas effleurée à l'aéroport de

Djanet : comment franchir le détecteur de métaux, si nous changions d'avion ?

C'est pourquoi, à peine débarquée, je me dirigeai tout droit vers l'agence de location de voitures. J'avais un alibi plausible : il y avait une raffinerie de pétrole dans la ville voisine d'Arzew.

— Je travaille pour le ministre du Pétrole, déclarai-je à l'employé en exhibant mon badge ministériel. J'ai besoin d'un véhicule pour visiter les raffineries d'Arzew. C'est extrêmement urgent – la voiture du ministre est tombée en panne.

— Je regrette, mademoiselle, répondit l'agent en secouant la tête, nous n'avons pas de voiture disponible avant au moins une semaine.

— Une semaine ? C'est hors de question ! Il m'en faut une aujourd'hui même. Il y en a plein dehors, dans votre parking. Vous n'allez quand même pas me dire qu'elles sont toutes louées ?

— Hélas, si. Nous avons des clients qui attendent depuis des semaines, et ce sont tous des VIP. Comme celui-ci…

Il puisa un jeu de clés dans le bureau et les fit tournoyer.

— Il y a seulement une heure, le consulat soviétique nous a téléphoné. Leur délégué chargé des liaisons pétrolières arrive par le prochain vol en provenance d'Alger.

— Un délégué russe, chargé du pétrole ? sifflai-je. Vous devez plaisanter. Peut-être devriez-vous téléphoner au ministre algérien du Pétrole et lui expliquer que je suis dans l'incapacité d'inspecter la production d'Arzew pendant une semaine parce que les Russes – qui ne connaissent strictement rien au pétrole – ont volé la dernière voiture disponible.

Lily et moi nous regardâmes avec indignation et hochâmes la tête tandis que l'employé devenait nerveux. Il regrettait d'avoir essayé de m'impressionner avec sa clientèle, mais il était encore plus ennuyé d'avoir mentionné qu'il s'agissait d'un Russe.

— Vous avez parfaitement raison ! s'écria-t-il en me tendant des formulaires à remplir. Je me demande bien pourquoi l'ambassade soviétique a tellement besoin d'une voiture. Tenez, signez là, je vais vous avancer votre voiture.

Lorsqu'il revint vers nous, les clés de contact à la main, je lui demandai la permission de me servir de son téléphone pour appeler le standard d'Alger, tout en lui assurant que la communication ne lui serait pas comptabilisée. Il me mit en relation avec Thérèse, et je pris le combiné.

— Mon Dieu, mon petit, qu'avez-vous fait ? s'écria-t-elle à travers les parasites de la ligne. La moitié d'Alger est à votre recherche. J'en sais quelque chose – j'ai écouté toutes les communications. Le ministre m'a dit que si j'avais de vos nouvelles, je devais vous dire qu'il n'est pas joignable. Et que vous ne deviez *surtout pas* approcher du ministère en son absence.

— Où est-il ? demandai-je tout en lançant un coup d'œil nerveux à l'employé qui n'en perdait pas une miette tout en affectant de ne pas comprendre l'anglais.

— Il est en réunion, déclara Thérèse d'un ton lourd de sous-entendus.

Merde ! Est-ce que ça voulait dire que la conférence de l'OPEP avait déjà commencé ?

— Où êtes-vous, s'il a besoin de vous joindre ?

— Je suis en route pour inspecter les raffineries d'Arzew, répondis-je tout fort, et en français. Notre voiture est tombée en panne, mais grâce à la présence d'esprit du responsable de l'agence de location, ici, à l'aéroport d'Oran, nous avons pu obtenir un autre véhicule. Informez le ministre que je lui ferai mon rapport demain.

— Ne rentrez surtout *pas* maintenant ! s'écria Thérèse. Ce *salaud** venu de Perse sait où vous êtes allée – et qui vous y a envoyée. Quittez cet endroit aussi vite que possible. Les aéroports sont surveillés par ses hommes !

Le salaud perse auquel elle faisait allusion n'était autre que Sharrif, qui de toute évidence savait que nous nous étions rendues dans le Tassili. Mais comment Thérèse pouvait-elle être au courant ? Et surtout, comment avait-elle deviné qui m'y avait envoyée ? Je me rappelai brusquement m'être renseignée auprès de Thérèse quand je cherchais à rencontrer Minnie Renselaas.

— Thérèse, murmurai-je en continuant à observer l'employé tandis que je revenais à l'anglais, est-ce vous qui avez informé le ministre que j'avais un rendez-vous dans la Casbah ?

— Oui, chuchota-t-elle. Je vois que vous l'avez trouvée. Puisse le ciel vous venir en aide, mon petit.

Elle baissa tellement la voix que je dus tendre l'oreille pour l'entendre.

— Ils ont compris *qui vous êtes* !

La ligne fut silencieuse pendant un moment, puis j'entendis la tonalité. Je raccrochai, le cœur battant, et saisis les clés de la voiture sur le bureau.

— Bien ! déclarai-je d'un ton brusque en serrant la main de l'employé. Le ministre sera enchanté d'apprendre que j'ai quand même pu visiter les raffineries d'Arzew. Je ne sais comment vous remercier de votre aide.

Une fois dehors, Lily sauta dans la Renault avec Carioca, et je m'installai au volant. Je pris la route côtière sans faire le moindre commentaire. Malgré les avertissements de Thérèse, j'allais à Alger. Que faire d'autre ? Mais tandis que la voiture avalait les kilomètres, mon esprit voguait à des lieues de là. Si Thérèse avait vraiment voulu dire ce que je croyais, ma vie ne valait pas un clou. Je bombai comme un bolide jusqu'à la route à deux voies qui conduisait à Alger.

Après avoir dépassé les raffineries d'Arzew, je cessai enfin de regarder anxieusement dans le rétroviseur et passai le volant à Lily afin de poursuivre ma traduction du journal de Mireille.

Ouvrant la couverture en cuir, je tournai délicatement les fragiles feuillets pour reprendre ma lecture là où je l'avais interrompue. C'était déjà l'après-midi, et le soleil liséré de pourpre s'inclinait au-dessus de la mer sombre, projetant des arcs-en-ciel dans l'écume qui se brisait sur les récifs. Les branches noires des oliviers jaillissaient de la falaise dans la lumière oblique, leurs feuilles frissonnant avec un bruissement métallique.

Comme je détournais mon regard du paysage ondoyant, je me sentis aspirée à nouveau dans l'étrange univers du récit. Bizarrement, ce livre m'était devenu plus réel que la réalité même des dangers qui m'entouraient. Cette religieuse française, Mireille, était devenue pour moi une compagne sur la route de notre aventure.

Son histoire se déployait devant nous – en nous – comme une fleur sombre et mystérieuse.

Tandis que Lily conduisait en silence, je continuai ma traduction. J'avais l'impression d'entendre le récit de ma propre quête, raconté par quelqu'un qui se trouvait à côté de moi – une femme impliquée dans une mission que j'étais la seule à pouvoir comprendre – comme si la voix que j'entendais était la mienne. Comme si, à un certain moment de mon aventure, la quête de Mireille était devenue la mienne. Je continuai à lire…

Je quittai la prison en proie à une profonde excitation. Dans la boîte de peinture que je transportais se trouvait une lettre de l'abbesse, ainsi qu'une grosse somme d'argent destinée à m'aider dans ma mission. Une lettre de crédit, m'informait-elle, serait établie à mon nom, afin de me donner accès à la fortune de ma cousine, dans une banque anglaise. Mais je n'avais pas l'intention de me rendre en Angleterre pour l'instant – une tâche plus importante m'attendait. Mon enfant était resté dans le désert. Charles, que ce matin encore je pensais ne jamais revoir. Il était né sous le regard de la Déesse. Il était né dans le Jeu…

*

Lily ralentit, et je levai le nez de mon livre. Il faisait sombre, mes yeux me brûlaient dans la lumière défaillante. Je mis plusieurs secondes avant de comprendre pourquoi elle s'était arrêtée si soudainement sur le bas-côté, coupant les lumières. Dans la semi-pénombre, j'aperçus des voitures de police et des véhicules militaires stationnés tout le long de la route – et les automobilistes qu'ils avaient arrêtés pour procéder à une vérification d'identité. Je n'étais pas certaine qu'ils nous aient vues.

— Où sommes-nous ? demandai-je.

— À huit kilomètres environ de ton appartement et de mon hôtel. Et à une quarantaine de kilomètres d'Alger. On était presque arrivées. Qu'est-ce qu'on fait, maintenant ?

— Ce qu'il y a de sûr, c'est qu'on ne peut pas rester là, répondis-je. Et on ne peut pas non plus continuer. Même si nous cachons les pièces, ils les trouveront.

Je m'accordai une minute de réflexion.

— Il y a un petit port de pêche tout près d'ici. Il n'est mentionné sur aucune carte, mais je m'y suis rendue pour acheter du poisson et du homard. C'est le seul endroit où nous puissions bifurquer sans avoir l'air de prendre la fuite et attirer l'attention. Il s'appelle La Madrague. On peut toujours s'y réfugier le temps de chercher une solution.

Nous roulâmes tout doucement le long de la route venteuse jusqu'au chemin poussiéreux qui quittait la voie principale. Il faisait presque complètement nuit maintenant, et le bourg se réduisait à une rue minuscule longeant le petit port. On se gara devant l'unique auberge du village, une maison de pêcheur où, je le savais, on servait une excellente bouillabaisse. Des rais de lumière filtraient à travers les volets fermés et la porte masquée par un rideau de perles.

— C'est le seul endroit à des kilomètres qui dispose du téléphone, expliquai-je à Lily tandis qu'elle coupait le moteur. Et qui sert à manger. J'ai l'impression de n'avoir rien avalé depuis des mois. J'essaierai de joindre Kamel pour lui demander s'il peut nous tirer de là. Je ne sais pas ce que tu en penses, mais j'ai l'impression que nous sommes à nouveau en plein zugzwang.

Je lui grimaçai un sourire dans l'obscurité.

— Et si on n'arrive pas à le contacter ? demanda-t-elle. Combien de temps vont durer les recherches, à ton avis ? On ne peut pas passer toute la nuit dans ce restaurant.

— Il y a toujours la possibilité d'abandonner la voiture et de continuer à pied par la plage. Mon appartement n'est qu'à quelques kilomètres. Ça nous permettrait de contourner le barrage. Mais ça signifie qu'on se retrouvera bloquées à Sidi-Fredj sans moyen de locomotion…

L'auberge de La Madrague était une maison de pêcheur – ceux qui se tournèrent vers nous quand on fit notre entrée semblaient sortis tout droit du film *L'Île au trésor*. Carioca se recroquevilla dans les bras de Lily en soufflant du nez comme s'il essayait d'exorciser une odeur démoniaque.

— Ça me revient brusquement, murmurai-je comme nous nous immobilisions devant la porte. Pendant le jour, La Madrague est un port de pêche, mais la nuit c'est le repaire de la mafia algérienne.

On opta donc pour la première solution et on entra dans l'auberge, commettant sans le savoir la pire erreur depuis le début de notre équipée.

— J'espère que tu plaisantes, répondit Lily en redressant le menton tandis que nous avancions vers le bar. Mais je n'en ai pas tellement l'impression…

Au même instant mon estomac fit un tour complet. Le visage que je venais d'entrevoir ne m'était, hélas ! que trop familier. Il sourit et adressa un signe au propriétaire du bar. Celui-ci se pencha vers nous.

— Vous êtes invitées à vous asseoir à la table du coin. Dites-moi ce que vous voulez boire, je vous servirai là-bas.

— Nous payons nous-mêmes nos consommations, commença Lily d'un ton hautain.

Mais je lui agrippai le bras.

— Nous sommes dans la merde jusqu'au cou, lui soufflai-je à l'oreille. Ne regarde pas maintenant, mais notre hôte, Long John Silver, est très très loin de chez lui.

Là-dessus, je la guidai au milieu des pêcheurs silencieux, qui s'écartèrent devant nous comme la mer Rouge, jusqu'à l'homme assis à l'autre bout de la salle. Le marchand de tapis, El-Marad.

Je ne pouvais pas m'empêcher de penser à ce qui était caché à l'intérieur de mon sac, et à ce que ce type nous ferait s'il venait à le découvrir.

— On a déjà fait le coup d'aller se repoudrer le nez, chuchotai-je à Lily. J'espère que tu as une solution de rechange parce que le type que tu vas rencontrer est le roi blanc en personne, et il y a fort à parier qu'il sait très exactement qui nous sommes, et d'où nous revenons.

El-Marad était installé à une table isolée, une poignée d'allumettes devant lui. Il les sortait d'une boîte et les disposait de façon à dessiner une pyramide. Il ne leva même pas les yeux quand on s'immobilisa devant lui.

— Bonsoir, mesdames, murmura-t-il de son horrible voix feutrée. Je vous attendais. Voulez-vous vous joindre à moi pour une partie de nim ?

Je sursautai, mais il semblait n'avoir mis aucune malice dans sa question.

— C'est un vieux jeu anglais, poursuivit-il. En argot anglais, *nim* signifie « piquer, chiper, voler ». Mais peut-être le saviez-vous déjà ?

Il leva vers moi ses yeux d'un noir de jais, dépourvus de pupilles.

— C'est un jeu très simple, vraiment. Chaque joueur retire une allumette, ou plus, de la pyramide, mais seulement sur une même rangée. Celui qui est obligé de prendre la dernière allumette a perdu.

— Merci de m'avoir expliqué la règle, déclarai-je en tirant une chaise à moi pour m'asseoir, tandis que Lily en faisait autant. Ce n'est pas vous qui avez organisé ce barrage routier, si ?

— Non, mais puisqu'il était en place, il aurait été stupide de ne pas en profiter. C'était le seul endroit où vous pouviez vous réfugier, une fois que vous vous seriez décidée à réapparaître.

Évidemment. Quelle idiote j'avais été ! Il n'y avait pas d'autre ville avant des kilomètres de ce côté de Sidi-Fredj.

— Vous ne nous avez pas fait venir ici pour jouer à un jeu, je suppose ? demandai-je en regardant dédaigneusement la pyramide d'allumettes. Que voulez-vous ?

— Détrompez-vous, vous êtes *bien ici* pour jouer à un jeu, rectifia-t-il avec un sourire sinistre. Mais peut-être devrais-je dire *le* Jeu ? Si je ne m'abuse, c'est là la petite-fille de Mordecai Rad, grand expert en la matière – surtout quand il s'agit de recourir au vol !

Sa voix avait pris des accents déplaisants tandis qu'il fixait Lily de ses petits yeux haineux.

— Elle est aussi la nièce de votre « associé » Llewellyn, qui a organisé notre rencontre, lui dis-je. Quel est son rôle exactement ?

— Qu'avez-vous pensé de votre entrevue avec Mokhfi Mokhtar ? demanda El-Marad. C'est elle qui vous a confié cette petite mission dont vous revenez à l'instant, si je ne me trompe ?

Il avança la main et retira une allumette de la rangée du haut, puis m'indiqua d'un signe de la tête que c'était à mon tour de jouer.

— Elle vous envoie son meilleur souvenir, répondis-je en ôtant deux allumettes de la rangée suivante.

Mon esprit réfléchissait à cent choses à la fois, mais en même temps j'étais attentive à la partie qui se déroulait devant moi – le jeu de nim. Cinq rangées d'allumettes, avec une unique allumette en haut, et une allumette supplémentaire dans chaque rangée suivante. Ça me rappelait vaguement quelque chose… mais quoi ? Et brusquement, ça me revint.

— À moi ? dit El-Marad, qui me parut soudain un peu mal à l'aise. Vous devez faire erreur.

— Vous êtes le roi blanc, n'est-ce pas ? répondis-je calmement en regardant blêmir sa peau tannée. Vous êtes flambé, mon vieux. Franchement, je m'étonne que vous ayez quitté vos montagnes, où vous étiez tellement en sécurité, pour vous lancer dans un tel voyage – atterrir comme ça au milieu de l'échiquier, sans la moindre protection… Vous avez mal joué votre coup.

Lily me regarda tandis qu'El-Marad avalait péniblement sa salive, baissait les yeux et retirait une autre allumette de la pyramide.

Brusquement, elle me pressa le genou sous la table. Elle avait compris où je voulais en venir.

— Là encore, vous avez mal joué, repris-je en désignant les allumettes. Je suis une experte en ordinateurs, et ce jeu de nim est un système binaire. Cela signifie qu'il y a une formule pour gagner comme pour perdre. Or je viens justement de gagner.

— Vous voulez dire… que tout ça n'était qu'un piège ? chuchota El-Marad d'une voix horrifiée.

Il se leva d'un bond, éparpillant des allumettes partout.

— Elle vous aurait envoyée dans le désert juste pour me faire sortir de ma retraite ? Non ! Je ne vous crois pas !

— Okay, vous ne me croyez pas, déclarai-je. Vous êtes bien tranquillement à l'abri chez vous, sur la huitième case, protégé sur vos flancs. Vous n'êtes pas assis ici, offert comme un perdreau…

— En face de la nouvelle reine noire, intervint joyeusement Lily.

El-Marad la fixa puis ramena les yeux sur moi. Je me levai comme pour me préparer à partir, mais il m'agrippa le bras.

— Vous ! cria-t-il en lançant des regards affolés autour de lui. Alors… elle a quitté le jeu ! Elle m'a floué…

Je me dirigeai vers la sortie, Lily derrière moi. El-Marad me rattrapa et me saisit à nouveau le bras.

— Vous avez les pièces, siffla-t-il. Tout ça, c'est des histoires destinées à m'embrouiller. Mais vous les avez. Vous ne seriez jamais rentrée du Tassili sans elles.

— Évidemment, je les ai, acquiesçai-je. Mais elles sont dans un endroit où vous ne penserez *jamais* à regarder.

Je devais sortir d'ici avant qu'il devine où elles étaient. Encore quelques mètres et nous serions sauvées.

Juste à cette seconde Carioca sauta des bras de Lily, dérapa sur le linoléum glissant, retrouva son équilibre et se rua vers la porte en aboyant furieusement.

Mon regard s'écarquilla d'horreur tandis que le battant s'ouvrait brusquement, livrant passage à Sharrif, entouré d'une brigade de spadassins en tenue officielle. Ils bloquaient la seule issue possible d'un bloc d'épaules solides.

— Au nom de la loi, je vous ar… commença-t-il.

Ce fut tout ce qu'il eut le temps de dire : Carioca venait de se jeter sur son mollet préféré. Sharrif poussa un hurlement et recula précipitamment de l'autre côté de la porte, entraînant une partie de ses sbires avec lui. Je fonçai derrière lui et le renversai. Lily et moi courions maintenant vers la voiture avec El-Marad et la moitié du bar sur nos talons.

— L'eau ! criai-je par-dessus mon épaule. L'eau !

Car jamais nous ne réussirions à atteindre la voiture avec suffisamment d'avance pour nous y enfermer et démarrer. Je ne regardai pas en arrière – je me contentai de courir à toutes jambes en direction du petit port. Une flotille de bateaux de pêche était amarrée mollement aux piliers. Parvenue au bout de la jetée, je me retournai enfin.

Le quai était en ébullition. El-Marad était juste derrière Lily. Sharrif avait détaché de sa jambe un Carioca aux babines férocement retroussées, et il luttait avec lui tout en scrutant l'obscurité, à l'affût d'une cible. Trois types remontaient la jetée à ma poursuite. Je bloquai ma respiration et sautai.

La dernière chose que je vis avant de toucher l'eau, ce fut le petit corps de Carioca qui volait dans l'air, projeté par Sharrif, et tombait à la mer. Puis les eaux noires de la Méditerranée se refermèrent sur moi, et le poids du Jeu de Montglane m'entraîna loin, loin, tout au fond de la mer.

LE TERRITOIRE BLANC

La terre que les Bretons belliqueux aujourd'hui possèdent,
Et où leur puissant empire s'est érigé
Était jadis une terre sauvage et abandonnée
Inhabitée, inculte, inéprouvée, sans gloire…

Elle ne méritait pas alors de porter un nom
Jusqu'à ce que le marin aventureux s'y risque,
Guidant habilement son bateau entre ces rocs blancs,
Qui tout le long de la côte sud se hérissent
Transformant le téméraire en épave, l'insouciant en ruine ;
Pour plus de sécurité il y apposa sa marque,
Et la baptisa Albion.

La Reine des fées (1590),
Edmund SPENSER.

Ah, perfide, perfide Albion !

NAPOLÉON
(citant Jacques Bénigne Bossuet).

LONDRES
NOVEMBRE 1793

Il était quatre heures du matin quand les soldats de William Pitt frappèrent bruyamment à la porte de la demeure de Talleyrand, à Kensington. Courtiade passa un vêtement et descendit rapidement l'escalier pour connaître la cause d'un tel remue-ménage. Comme il ouvrait la porte, il vit des lumières s'allumer dans les maisons voisines et quelques curieux observer derrière leurs rideaux le groupe de soldats impériaux qui se tenait devant lui sur le seuil. Le vieux domestique retint son souffle.

Ils redoutaient depuis si longtemps qu'une telle chose se produisît… Cette fois, c'était bel et bien arrivé. Déjà Talleyrand descendait l'escalier, drapé dans sa longue robe de chambre en soie. Ses traits se figèrent en un masque glacial tandis qu'il traversait le petit hall pour se porter au-devant des soldats.

— Monseigneur Talleyrand ? demanda l'officier en charge.

— Comme vous le voyez.

Talleyrand s'inclina avec un sourire froid.

— Le Premier ministre Pitt vous exprime tous ses regrets de n'avoir pu vous remettre personnellement ces papiers, déclara l'officier comme s'il récitait un discours appris par cœur.

Tirant un paquet de sa veste, il le tendit à Talleyrand avant de poursuivre :

— La République de France, un groupe d'anarchistes non reconnus, a déclaré la guerre au royaume souverain de Grande-Bretagne. Tous les émigrés qui ont soutenu ce soi-disant gouvernement, ou qui sont convaincus de l'avoir fait par le passé, se voient désormais refuser le droit d'asile et la protection de la maison de Hanovre ainsi que de Sa Majesté George III. Charles Maurice de Talleyrand-Périgord, vous êtes reconnu coupable d'actes séditieux envers le royaume de Grande-Bretagne, et de conspiration durant votre précédente charge d'assistant du ministre des Affaires étrangères dans ledit pays, contre la souveraineté…

— Mon cher ami, trancha Talleyrand en effleurant les documents d'un regard cynique, tout ceci est absurde. La France a déclaré la guerre à l'Angleterre depuis bientôt un an ! Et Pitt sait parfaitement que j'ai fait tout ce qui était en mon pouvoir pour tenter de l'empêcher. Je suis recherché en France pour haute trahison, n'est-ce pas suffisamment clair ?

Mais sa réponse fut lettre morte pour les soldats qui se tenaient devant sa porte.

— Le ministre Pitt vous informe que vous avez trois jours pour quitter l'Angleterre. Je viens de vous remettre vos papiers de déportation et votre permis de voyager. Je vous souhaite le bonjour, Monseigneur.

Donnant à ses hommes l'ordre de faire demi-tour, il tourna les talons. Talleyrand regarda en silence le groupe de soldats descendre l'allée de pierre au pas cadencé. Puis il se détourna. Courtiade referma la porte.

— *Albus perfide decipare*, murmura Talleyrand dans un souffle. C'est une citation de Bossuet, mon cher Courtiade, l'un des plus grands orateurs que la France ait jamais connus. Il l'appelait « la Terre blanche qui trompe par la confiance » : Perfide Albion. Un peuple qui n'a jamais été gouverné par sa propre race ; il y a eu tout d'abord les Saxons teutoniques, puis les Normands et les Écossais, et maintenant les Allemands, qu'ils exècrent, bien qu'ils leur ressemblent à s'y méprendre. Ils nous maudissent, mais ils ont la mémoire courte, car ils ont également tué un roi à l'époque de Cromwell. Aujourd'hui ils chassent de leurs rivages le seul allié français qui ne souhaite pas être leur maître.

Il baissa la tête. Courtiade s'éclaircit la gorge.

— Si Monseigneur a choisi une destination, je pourrais commencer à prendre dès maintenant des dispositions pour le voyage…

— Trois jours ne suffisent pas, déclara Talleyrand en émergeant de sa rêverie. Dès l'aube j'irai trouver Pitt pour lui demander un délai. Je dois rassembler des fonds et trouver un pays qui accepte de m'accueillir.

— Et Mme de Staël ? demanda poliment Courtiade.

— Germaine a fait tout ce qui était en son pouvoir pour qu'on me reçoive à Genève, mais le gouvernement refuse. Je suis un traître pour tout le monde, à ce qu'il paraît. Ah, Courtiade, comme le torrent du possible se gèle vite au contact d'une vie qui entre dans l'hiver !

— Monseigneur est encore très loin de l'hiver, protesta le vieux domestique.

Talleyrand le regarda, une lueur cynique au fond de ses yeux bleus.

— J'ai quarante ans et je suis un homme fini. Que te faut-il de plus ?

— Pas fini pour tout, dit une voix douce.

Les deux hommes levèrent la tête vers l'escalier. Là, sur le palier, appuyée contre la balustrade dans un léger déshabillé en soie, ses cheveux blonds cascadant sur ses épaules nues, se tenait Catherine Grand.

— Le Premier ministre vous arrachera à moi à l'aube, c'est bien assez tôt, murmura-t-elle avec un sourire sensuel. Mais cette nuit, vous m'appartenez.

*

Catherine Grand était entrée dans la vie de Talleyrand quatre mois auparavant. Elle était arrivée chez lui à minuit, apportant avec elle un pion en or du Jeu de Montglane. Et depuis ce jour, elle n'était pas repartie. Elle était venue se réfugier auprès de lui dans un acte désespéré, lui avait-elle dit. Mireille avait été envoyée à la guillotine, et avant de mourir elle avait supplié Catherine de remettre cette pièce d'échecs à Talleyrand, afin qu'il pût la cacher avec les autres. Ceci, du moins, était sa version.

Elle avait tremblé dans ses bras, des larmes scintillant au bord de ses longs cils, son corps souple et tiède pressé contre le sien. Comme elle avait paru touchée par la mort de Mireille ! Comme elle s'était montrée réconfortante envers Talleyrand, tout à la douleur que lui infligeait cette nouvelle – et comme elle était belle, tandis qu'elle tombait à ses genoux pour implorer son aide…

Maurice avait toujours été sensible à la beauté, qu'il s'agît d'objets d'art, de bêtes de race ou, encore plus, de femmes. Tout, en Catherine Grand, était un hymne à la grâce : son teint sans défaut, son corps splendide drapé dans des toilettes ravissantes et des joyaux de prix, son haleine parfumée à la violette, sa cascade de cheveux blond pâle. Et tout en elle lui rappelait Valentine. À un détail près : c'était une menteuse.

Mais une splendide menteuse. Comment une créature aussi parfaite pouvait-elle être aussi dangereuse, aussi traîtresse, aussi fausse ? Les Français affirmaient que c'était dans un lit qu'on découvrait la vraie nature des gens. Maurice devait admettre qu'il était très tenté de vérifier la chose.

Plus il apprenait à la connaître, et plus elle semblait faite en tout point pour lui. Peut-être trop, justement. Elle aimait les vins de Madère, la musique de Haydn et de Mozart, et elle préférait sur sa peau la caresse des soies chinoises à celles de France. Elle aimait les chiens, comme lui, et se baignait deux fois par jour, une pratique qu'il pensait être le seul à observer. À croire qu'elle avait étudié ses préférences dans les moindres détails – en réalité, il était certain qu'elle l'avait fait. Elle en savait plus long sur ses habitudes que Courtiade lui-même. Mais dès qu'il l'interrogeait sur son passé, sur ses relations avec Mireille ou sur ce qu'elle savait du Jeu de Montglane, ses réponses sonnaient faux. Il avait donc décidé de se renseigner sur elle comme elle s'était renseignée sur lui. Il avait écrit aux quelques rares personnes en France qu'il pouvait encore honorer de sa confiance, et son enquête avait rapidement porté ses fruits.

Elle était née Catherine Noël Worlée – quatre ans plus tôt qu'elle ne le prétendait –, de parents français, dans la colonie danoise de Tranquebar, en Inde. À quinze ans, on l'avait mariée à un Anglais beaucoup plus âgé qu'elle – un certain George Grand. Lorsqu'elle avait eu dix-sept ans, son amant, que son époux avait menacé de tuer, avait versé les cinquante mille roupies lui permettant de quitter l'Inde pour toujours. Cet argent devait lui permettre de vivre très confortablement, à Londres d'abord, puis à Paris.

À Paris, on l'avait soupçonnée d'être une espionne à la solde des Anglais. Peu avant la Terreur, son concierge avait été abattu sur le seuil même de sa maison, et Catherine avait disparu. Et moins d'un an plus tard, elle avait rejoint Talleyrand dans son exil – un homme sans titre, sans argent ni patrie, et sans grand espoir de voir sa situation s'améliorer. Pourquoi ?

Tandis qu'il dénouait les rubans roses de son déshabillé et le faisait glisser sur ses épaules nues, Talleyrand sourit en lui-même. Après tout, il avait construit sa carrière entière grâce à son pouvoir de séduction. Les femmes lui avaient apporté l'argent, la position sociale et le pouvoir. Comment aurait-il pu reprocher à Catherine Grand de se servir de ses charmes dans un but identique ? Mais qu'attendait-elle de lui exactement ? Talleyrand avait sa petite idée là-dessus. Il ne possédait qu'une seule chose susceptible de l'intéresser – elle voulait le Jeu de Montglane.

Mais lui, il la voulait, *elle*. Il avait beau savoir qu'elle était trop expérimentée pour être innocente, trop calculatrice pour être sincèrement passionnée, trop perfide pour être digne de confiance, il la voulait avec une force qu'il ne pouvait pas contrôler. Même si tout en elle n'était qu'artifice et faux-semblant, il la voulait.

Valentine était morte. Si Mireille avait également été tuée, alors le Jeu de Montglane lui aurait ravi les deux seules femmes qu'il ait jamais aimées. Pourquoi ce jeu maudit ne lui apporterait-il pas quelque chose en compensation ?

Il l'enlaça avec une passion aussi avide et dévorante qu'une soif intense. Elle serait à lui – et que les démons qui le torturaient soient damnés !

JANVIER 1794

Mais Mireille n'était pas morte. Elle se trouvait non loin de Londres à bord d'un navire marchand qui fendait les eaux sombres de la Manche tandis qu'une tempête menaçait à l'horizon. Comme il brassait l'écume agitée du détroit, elle distingua bientôt les falaises blanches de Douvres.

Depuis qu'elle avait échangé sa place avec Charlotte Corday, six mois plus tôt, Mireille avait beaucoup voyagé, et loin. Avec l'argent envoyé par l'abbesse, caché dans la boîte de peinture, elle avait loué un petit bateau de pêche près du port de la Bastille et avait remonté la Seine jusqu'à ce qu'elle trouvât enfin un bâtiment en partance pour Tripoli, et obtenu secrètement d'être prise à bord.

Tandis que la côte française se diluait dans le lointain, Mireille avait eu dans les oreilles le grincement des roues de la charrette conduisant Charlotte à la guillotine. Elle avait suivi mentalement le bruit de ses pas gravissant l'échafaud, le roulement des tambours, le sifflement de la lame s'abattant de très haut, les applaudissements de la foule massée sur la place de la Révolution. Avec le tranchant glacé de la lame, c'était ce qui subsistait en elle de jeunesse et d'innocence qui avait été impitoyablement fauché. Elle n'avait plus qu'une tâche fatale à accomplir, la mission pour laquelle elle avait été choisie – détruire la reine blanche et rassembler les pièces.

Mais avant cela, un autre devoir lui incombait. Elle devait se rendre dans le désert pour ramener son fils. S'il le fallait, elle aurait raison de l'insistance de Shahin qui désirait garder l'enfant comme Kalim – comme prophète pour son peuple. S'il est vraiment un prophète, songeait Mireille, qu'au moins nos deux destinées soient unies.

Maintenant, alors que les vents de la mer du Nord chargés de pluie cinglaient les voiles, Mireille se demandait avec anxiété si elle n'avait pas attendu trop longtemps pour se rendre en Angleterre – chez Talleyrand, le gardien des pièces. Assise sur le pont, elle serrait dans les siennes les petites mains de Charles, installé sur ses genoux. Shahin se tenait debout près d'eux, le regard fixé sur un autre bateau qui franchissait la Manche tumultueuse. Shahin, dans ses longs voiles noirs, qui avait refusé d'être séparé du petit prophète qu'il avait aidé à mettre au monde. Maintenant il levait ses bras immenses vers les nuages bas pesant sur les falaises crayeuses.

— Le Territoire blanc, déclara-t-il paisiblement. Le domaine de la reine blanche. Elle attend, je sens sa présence, malgré la distance.

— Je prie pour que nous n'arrivions pas trop tard, murmura Mireille.

— Je sens le danger, répondit Shahin. Il se manifeste toujours avec les tempêtes, comme un cadeau empoisonné des dieux...

Il continuait à regarder le bateau qui, les voiles gonflées par le vent, s'engloutissait dans l'ombre de la mer turbulente. Le bateau qui – à leur insu – emportait Talleyrand vers l'Amérique.

*

Ce n'était pas à Catherine Grand que pensait Talleyrand tandis que son bateau s'enfonçait dans l'obscurité, mais à Mireille. L'âge des illusions était terminé, tout comme l'était peut-être la vie de Mireille. Et pour lui, cependant, commençait une nouvelle existence.

Après tout, songea Talleyrand tout en rassemblant ses papiers dans sa cabine, la vie n'était peut-être pas finie à quarante ans. Pas plus que les Amériques n'étaient le bout du monde. Armé de ses lettres d'introduction auprès du président Washington et du secrétaire du Trésor Alexander Hamilton, il pouvait au moins espérer se trouver en bonne compagnie à Philadelphie. Et il avait bien connu Jefferson, qui venait de démissionner de sa charge de secrétaire d'État, lorsqu'il était lui-même ambassadeur de France.

Bien qu'il n'eût pas de réels atouts, en dehors de son excellente santé et de l'argent liquide qu'il avait obtenu en vendant sa bibliothèque, il avait au moins la satisfaction de posséder désormais neuf pièces du Jeu de Montglane, au lieu des huit initiales. Car en dépit des réticences de l'adorable Catherine Grand, il avait réussi à la convaincre que sa cachette serait également l'endroit le plus sûr pour le pion en or qu'elle lui avait confié. Il sourit en se remémorant son expression lors de leurs adieux déchirants – lorsqu'il avait tenté de la persuader de l'accompagner, plutôt que de se tourmenter pour les pièces qu'il avait cachées si soigneusement en Angleterre !

Bien évidemment, elles étaient à bord du bateau, dans sa malle, grâce à l'esprit plein de ressources de son zélé Courtiade. Désormais, elles auraient un nouveau foyer. Il en était là de ses réflexions quand le premier assaut fut porté.

Il leva un regard surpris tandis que le plancher du bateau oscillait violemment. Il s'apprêtait à sonner pour demander assistance quand Courtiade s'engouffra dans la cabine.

— Monseigneur, nous sommes priés de monter sur le pont à l'instant même, déclara le valet avec son calme habituel.

Mais la rapidité avec laquelle il sortit les pièces du Jeu de Montglane de leur cachette trahit l'urgence de la situation.

— Le capitaine craint que nous ne nous brisions sur les récifs. Nous devons nous préparer à embarquer dans les canots de sauvetage. Ils vont dégager le pont supérieur afin de permettre une plus grande liberté de mouvement aux marins, mais nous devons nous tenir prêts pour le cas où nous ne réussirions pas à éviter les hauts-fonds.

— *Quels* hauts-fonds ! s'écria Talleyrand en se levant si précipitamment qu'il faillit renverser ses plumes et son encrier.

— Nous avons dépassé la pointe Barfleur, Monseigneur, répondit calmement Courtiade en lui présentant son manteau du matin, tandis que le bateau tanguait de plus en plus fort. Nous sommes poussés vers la côte normande.

Il se pencha pour déposer les pièces dans un sac de voyage.

— Mon Dieu, souffla Talleyrand en empoignant la sacoche.

Il traversait la cabine en boitant, appuyé sur l'épaule de Courtiade, quand un violent coup de roulis à tribord les projeta violemment contre la porte. Réussissant tant bien que mal à l'ouvrir, ils se faufilèrent dans l'étroit passage, où des femmes à moitié hystériques hurlaient à leurs enfants de se dépêcher. Le pont inférieur était pris d'assaut par les passagers terrorisés. Leurs appels à l'aide, leurs sanglots, leurs gémissements effrayés se mêlaient au piétinement et aux cris des marins sur le pont supérieur, et aux chocs répétés des vagues contre la coque du navire.

Et puis soudain, le bateau sombra sous leurs pieds, les projetant les uns sur les autres, comme des œufs ballottés dans un panier. Leur chute interminable semblait ne jamais devoir s'arrêter. Puis la coque toucha quelque chose et ils entendirent l'horrible éclatement du bois. L'eau s'engouffra dans la déchirure, s'abattant en trombes sur eux tandis que le gigantesque navire s'empalait sur les récifs.

*

Une pluie glacée crépitait sur les rues pavées de Kensington quand Mireille s'approcha du jardin de Talleyrand. Shahin la suivait, sa longue robe noire ruisselante, portant délicatement le petit Charles dans ses bras.

À aucun moment, Mireille n'avait envisagé que Talleyrand pût avoir quitté l'Angleterre. Mais avant même d'ouvrir le portail, son cœur se serra à la vue du jardin et du belvédère déserts, des planches clouées en travers des fenêtres, de la barre de fer scellant l'entrée. Elle poussa néanmoins la grille et remonta l'allée en pierre, le bas de sa robe traînant dans les flaques.

Les coups qu'elle asséna contre la porte résonnèrent dans la maison vide. Et tandis que la pluie trempait son visage, elle entendit la voix hideuse de Marat qui chuchotait : « Il est trop tard – trop tard ! » Elle s'adossa contre le battant, laissant le déluge transpercer ses vêtements, jusqu'à ce qu'elle sentît la main de Shahin sous son bras. Il l'entraîna loin de la pelouse inondée, vers le refuge du belvédère.

Dans un mouvement désespéré, elle se jeta sur le banc en bois et sanglota jusqu'à ce que son cœur lui fît mal. Shahin posa Charles sur le sol, et l'enfant rampa jusqu'à Mireille, s'agrippant à ses jupes mouillées pour se tenir debout sur ses jambes mal assurées. Il referma sa petite main sur son doigt et le serra de toutes ses forces.

— Bah ! déclara-t-il comme Mireille plongeait son regard dans ses incroyables yeux bleus.

Il fronçait les sourcils, son visage sage et sérieux dégoulinant sous la capuche mouillée de sa minuscule djellaba.

Mireille se mit à rire.

— Bah, *toi**, dit-elle en abaissant la capuche pour ébouriffer le duvet roux de ses cheveux. Ton père a disparu. Puisque tu es censé être un prophète, pourquoi ne l'as-tu pas prévu ?

Charles la regarda gravement.

— Bah, répéta-t-il.

Shahin s'assit à côté d'elle sur le banc. Son visage de rapace, teinté de reflets bleu pâle comme tous ceux de sa race, paraissait encore plus mystérieux dans la lumière surnaturelle que dégageait la tempête, de l'autre côté du treillis.

— Dans le désert, déclara-t-il d'une voix douce, on peut retrouver un homme en suivant les traces de son chameau, car chaque animal laisse derrière lui une empreinte aussi reconnaissable qu'un visage. Ici, la piste sera plus difficile à suivre. Mais un homme, comme un chameau, a ses propres marques – ses lieux de prédilection, ses habitudes, sa démarche…

Mireille éclata de rire sans retenue à l'idée de traquer les empreintes du pied bot de Talleyrand à travers les rues de Londres. Puis elle comprit ce que Shahin voulait dire.

— Un loup revient toujours dans ses repaires favoris ?

— Du moins assez longtemps pour y laisser son odeur, acquiesça Shahin.

*

Mais le loup dont ils cherchaient l'odeur avait quitté non seulement Londres, mais aussi le navire maintenant solidement arrimé au récif sur lequel il s'était empalé. Comme tous les autres passagers, Talleyrand et Courtiade avaient pris place dans l'un des canots qui souquaient en direction de la côte sombre des îles Anglo-Normandes, seul refuge possible dans la tempête.

Un refuge qui convenait doublement à Talleyrand, car cette chaîne de petits îlots, nichée si près des eaux territoriales françaises, était en réalité anglaise, et ce depuis l'époque de Guillaume le Conquérant.

Les habitants continuaient à parler une forme ancienne de normand, que même les Français ne pouvaient comprendre. Bien qu'ils paient la dîme aux Anglais pour se protéger des pillards, ils conservaient leur ancienne loi normande, couplée avec cet esprit si farouchement indépendant qui les rendait précieux et les enrichissait en période de guerre. Les îles Anglo-Normandes étaient réputées pour leurs naufrages – et pour leurs chantiers navals capables de réaliser n'importe quelle commande, des navires de guerre aux bâtiments armés en corsaires. C'était donc vers ce territoire que le bateau de Talleyrand serait halé pour y être réparé. Dans l'intervalle, et bien que l'endroit manquât de confort, il serait au moins à l'abri d'une arrestation des Français.

Leurs canots à rames contournèrent les récifs sombres de granit et de *grès pourpre** qui jalonnaient la côte. Les marins luttèrent contre les déferlantes, avant d'apercevoir enfin une petite bande de plage caillouteuse et d'y accoster. Les naufragés épuisés s'éloignèrent sous la pluie, gravissant les sentiers boueux qui traversaient de gigantesques champs de lin et de bruyère, en direction de la ville la plus proche.

Munis de la sacoche contenant les pièces, miraculeusement intacte, Talleyrand et Courtiade s'arrêtèrent dans une auberge pour se réchauffer devant le feu en buvant un bon cognac. Ils s'occuperaient plus tard de chercher un abri permanent. Nul ne savait combien de semaines ou de mois ils resteraient bloqués ici, avant de pouvoir poursuivre leur voyage. Talleyrand demanda au patron de l'auberge combien de temps il faudrait aux chantiers navals pour réparer un navire dont la quille et la coque étaient aussi sérieusement endommagées.

— Demandez au contremaître, répondit-il. Il a justement assisté au naufrage. Il boit une pinte dans le coin, là-bas.

Talleyrand se leva et traversa la salle en direction d'un homme rude, âgé d'une cinquantaine d'années, qui serrait une chope de bière dans ses deux mains. Il leva les yeux, découvrit Talleyrand et Courtiade devant lui, et leur fit signe de s'asseoir.

— Vous faites partie des naufragés, c'est bien ça ? demanda-t-il. On dit que le bateau devait se rendre en Amérique. Sale endroit. J'en reviens. Je ne comprendrai jamais pourquoi, vous autres Français, vous vous précipitez tous là-bas, comme si c'était la Terre promise.

Ses propos semblaient indiquer qu'il était de bonne naissance et doté d'une certaine éducation, et son maintien suggérait qu'il avait passé davantage d'heures sur une selle que dans un chantier naval. Son attitude était celle d'un homme habitué à commander. Cependant, les inflexions de sa voix trahissaient une lassitude et une amertume profondes à l'égard de la vie. Talleyrand résolut d'en savoir plus.

— À mes yeux, l'Amérique est une terre promise, déclara-t-il. De toute façon, je n'ai guère d'autre choix. Si je retourne sur mon sol natal, j'aurai tôt fait de goûter à la guillotine. Et grâce au ministre Pitt, j'ai récemment été prié de quitter également le sol anglais. Mais j'ai des lettres d'introduction auprès de certains de vos plus illustres compatriotes, le secrétaire Hamilton et le président Washington. Peut-être trouveront-ils quelque utilité à un Français vieillissant et sans travail.

— Je les connais très bien tous les deux, répondit son compagnon. J'ai servi longtemps sous le commandement de Washington. C'est lui qui m'a fait général et m'a donné le commandement de Philadelphie.

— Vraiment ? s'écria Talleyrand, stupéfait.

Si cet homme avait réellement eu de telles responsabilités, que faisait-il ici, à réparer des navires endommagés et à fournir des bâtiments aux corsaires ?

— Mais alors, vous pourriez peut-être faire parvenir une autre lettre de recommandation à votre président ? J'ai cru comprendre qu'il était très difficile d'obtenir une entrevue...

— Je regrette, mais une recommandation de moi ne réussirait qu'à vous interdire sa porte, j'en ai peur, répondit l'homme avec un sourire sinistre. Permettez-moi de me présenter. Je suis Benedict Arnold.

*

L'opéra, les casinos, les clubs de jeu, les salons… C'était là les lieux que Talleyrand devait avoir fréquentés avec le plus d'assiduité, songeait Mireille. Et c'était là qu'elle devait s'infiltrer pour retrouver sa trace.

Mais comme elle regagnait son auberge, une affichette placardée sur un mur modifia ses projets avant même qu'elle les ait mis à exécution :

PLUS STUPÉFIANT QUE L'HYPNOTISME !
Une incroyable prouesse de mémorisation !
Encensé par les philosophes français !
Vainqueur de Frédéric le Grand,
de Philippe Stamma comme du sire Legal !
Ce soir !
le célèbre maître d'échecs
ANDRÉ PHILIDOR se livre à une
DÉMONSTRATION LES YEUX BANDÉS
au Parsloe's Coffee House
St James Street

Le Parsloe's Coffee House, dans St James Street, était un cabaret dont les échecs étaient la principale activité. On y rencontrait l'élite non seulement des cercles d'échecs londoniens, mais de l'Europe tout entière. Et la plus grande attraction était représentée par André Philidor, le joueur d'échecs français dont la réputation s'était propagée à travers toute l'Europe.

Lorsque Mireille franchit les lourdes portes du Parsloe's, ce soir-là, elle eut la sensation de pénétrer dans un autre univers – un univers de luxe et de silence. Autour d'elle ce n'était que boiseries polies, moire vert sombre, épais tapis indiens, caressés par la lueur veloutée des lampes à pétrole, dans leurs globes de verre fumé.

La pièce était quasiment déserte, à l'exception de quelques serveurs qui disposaient les verres sur le bar, et d'un homme solitaire, d'une cinquantaine d'années, assis près de la porte sur une chaise rembourrée. Il était lui-même assez enveloppé, avec un estomac proéminent, des bajoues tombantes et un double menton qui débordait sur son foulard à galon d'or. Sa veste en velours cramoisi était assortie à son nez couperosé. Ses yeux perçants, enfoncés dans ses bourrelets graisseux, observaient Mireille avec intérêt – et avec plus d'intérêt encore l'étrange géant au visage bleuté qui se tenait derrière elle dans sa robe pourpre, portant dans ses bras un petit enfant aux cheveux roux !

Vidant d'un trait un reste de liqueur, il reposa son verre avec un bruit mat et cria au barman de le resservir. Puis il se leva et se dirigea vers Mireille d'une démarche floue, comme s'il traversait le pont instable d'un bateau.

— Une jeune femme rousse, et de surcroît la plus jolie qu'il m'ait jamais été donné de voir, déclara-t-il d'une voix pâteuse. Ses boucles d'or rouge brisent le cœur des hommes et déclenchent des guerres, comme Deirdre des Douleurs.

Il arracha sa perruque ridicule et l'agita sous son estomac dans une révérence comique. Puis, l'esprit embrouillé par les vapeurs de l'alcool, il fourra ses faux cheveux dans sa poche, saisit la main de Mireille et la porta galamment à ses lèvres.

— Une créature mystérieuse, accompagnée d'un factotum exotique ! Je me présente : James Boswell d'Affleck, avocat par vocation, historien par force et descendant des gentils rois Stuart.

Il branla du chef, réprima un hoquet et lui présenta son bras. Mireille lança un regard à Shahin dont le visage était plus impassible que jamais, car il ne comprenait pas l'anglais.

— Ne me dites pas que vous êtes le James Boswell qui a écrit le célèbre *Relations de la Corse* ? demanda Mireille avec son charmant accent.

La coïncidence était par trop incroyable. D'abord Philidor, puis Boswell dont Laetitia Bonaparte lui avait si longuement parlé… Tous deux réunis dans ce même club.

— Lui-même, répondit l'ivrogne en s'appuyant sur le bras de Mireille comme si c'était à *elle* de le soutenir. Votre accent me donne à penser que vous êtes française. Je suppose que vous n'approuvez pas les vues libérales que j'ai professées contre votre gouvernement, durant ma jeunesse ?

— Au contraire, monsieur, assura Mireille. Je trouve vos opinions fascinantes. La France a du reste un nouveau gouvernement, à présent, beaucoup plus en accord avec ce que M. Rousseau et vous-même proposiez par le passé. Vous étiez assez lié avec le philosophe, je crois ?

— Je les connaissais tous, déclara-t-il nonchalamment. J'ai rencontré les plus grands – Rousseau, Paoli, Garrick, Sheridan, Johnson – à un moment de leur vie. Tel un voyageur errant, j'ai fait mon lit dans la boue de l'Histoire.

Il lui donna une petite tape sous le menton.

— Et dans des lieux plus délectables, ajouta-t-il avec un rire gras.

Ils se trouvaient maintenant devant sa table, où une nouvelle consommation l'attendait déjà. Levant son verre, il s'octroya une rasade généreuse. Mireille l'évalua hardiment. Il était peut-être ivre, mais c'était loin d'être un sot. Et ce n'était certainement pas un hasard si deux hommes en rapport avec le Jeu de Montglane étaient ici ce soir. Elle se promit de se tenir sur ses gardes, car il se pouvait qu'il y en eût d'autres.

— Et M. Philidor, qui se produit ce soir, vous le connaissez également ? lui demanda-t-elle d'un ton volontairement innocent, en dépit des battements effrénés de son cœur.

— Toute personne qui s'intéresse aux échecs s'intéresse à votre célèbre compatriote, répondit Boswell, son verre à mi-chemin de ses lèvres. C'est sa première apparition en public depuis un certain temps. Il n'est pas en très bonne santé. Mais peut-être le savez-vous ? Puisque vous êtes ici ce soir, je dois probablement en conclure que *vous* êtes une spécialiste du jeu ?

Ses yeux perçants étaient parfaitement lucides en dépit de son ivresse, et le double sens de sa question par trop flagrant.

— C'est pour cela que je suis venue, monsieur, répondit Mireille, abandonnant son charme de jeune collégienne pour lui adresser un sourire sibyllin. Et puisque vous connaissez le gentilhomme en question, peut-être aurez-vous l'extrême amabilité de nous présenter lorsqu'il arrivera ?

— J'en serai charmé, affirma Boswell, bien qu'il n'en eût pas l'air. En fait, il est déjà ici. Ils finissent les préparatifs dans la pièce d'à côté.

Lui offrant son bras, il la conduisit jusqu'à une salle lambrissée, éclairée par des chandeliers en cuivre. Shahin les suivit silencieusement. Plusieurs hommes étaient rassemblés dans la pièce. Un grand jeune homme dégingandé, à peu près de l'âge de Mireille, avec le teint pâle et un nez semblable à un bec, disposait les pièces sur l'un des échiquiers situés au centre de la salle. À côté des tables se tenait un homme d'une trentaine d'années, petit, robuste, avec une épaisse chevelure couleur sable. Il parlait avec un homme âgé, dont Mireille ne voyait que le dos voûté.

Boswell la guida vers les tables.

— Mon cher Philidor, s'écria-t-il en tapant le vieil homme sur l'épaule, je vous interromps, mais c'est pour vous présenter cette jeune beauté qui nous arrive de votre patrie.

Il ignora Shahin, qui observait la scène avec les yeux noirs d'un faucon, immobile près de la porte.

Le vieil homme se retourna. Habillé à l'ancienne mode de Louis XV, Philidor était un homme au maintien plein de dignité et de noblesse. Bien que de haute taille, il paraissait aussi fragile qu'un pétale de fleur séchée, et sa peau translucide était presque aussi blanche que sa perruque poudrée. Il s'inclina légèrement et porta la main de Mireille à ses lèvres. Puis il s'adressa à elle avec la plus grande sincérité.

— Il est rare de trouver une beauté si rayonnante près d'un échiquier, madame.

— Il est encore plus rare qu'elle soit suspendue au bras d'un vieil ivrogne dégénéré comme Boswell, intervint l'homme aux cheveux couleur sable, en tournant son regard sombre et intense vers Mireille.

Comme il s'inclinait pour lui baiser la main à son tour, le jeune homme au nez en forme de bec s'approcha rapidement pour ne pas être en reste.

— Je n'avais pas eu le plaisir de rencontrer M. Boswell avant d'entrer dans ce club, leur déclara Mireille. C'est M. Philidor que je suis venue voir. Je suis l'une de ses ferventes admiratrices.

— Exactement comme nous ! s'écria le premier jeune homme. Mon nom est William Blake, et la grande chèvre qui gratte le sol du pied à côté de moi est William Wordsworth. Deux William pour le prix d'un.

— Une maisonnée d'écrivains, ajouta Philidor. Autrement dit une maisonnée de pauvres. Car ces William font tous deux profession d'être poètes.

Le cerveau de Mireille réfléchissait à toute vitesse tandis qu'elle essayait de se remémorer ce qu'elle savait de ces deux poètes. Le plus jeune, Wordsworth, avait rencontré au club des Jacobins David et Robespierre, qui connaissaient tous deux Philidor. David le lui avait dit. Elle se souvenait également que Blake, dont le nom était déjà célèbre en France, avait écrit des œuvres d'un grand mysticisme, certaines ayant pour thème la Révolution française. Mais quel était le lien entre eux ?

— Vous êtes venue assister à la démonstration aveugle ? lui demanda Blake. C'est un exploit si remarquable que Diderot l'a immortalisé dans *L'Encyclopédie*. Ça ne devrait pas tarder à commencer. En attendant, nous allons rassembler nos maigres ressources pour vous offrir un cognac…

— Je préférerais des informations, intervint Mireille, décidée à garder l'initiative.

Elle n'aurait probablement plus l'occasion de voir ces hommes réunis dans une même pièce, et il y avait certainement une explication à leur présence ici ce soir.

— Voyez-vous, c'est à un autre jeu que je m'intéresse, ainsi que M. Boswell l'a déjà deviné. Je sais ce qu'il a tenté de découvrir en Corse, il y a des années de cela, et ce que Jean-Jacques Rousseau cherchait. Je sais aussi ce que M. Philidor a appris du grand mathématicien Euler alors qu'il se trouvait en Prusse, et ce que vous, monsieur Wordsworth, avez appris de David et de Robespierre.

— Je n'ai pas la moindre idée de ce dont vous voulez parler ! déclara Boswell, alors que Philidor avait pâli et tâtonnait pour trouver un siège.

— Mais si, messieurs. Vous comprenez parfaitement, répondit Mireille, profitant de ce que les quatre hommes la regardaient pour pousser son avantage. Je parle du Jeu de Montglane, pour lequel vous avez pris la peine de vous réunir ici ce soir… Je vous en prie, ne me dévisagez pas avec cette mine horrifiée. Croyez-vous que je serais ici, si j'ignorais vos plans ?

— Elle bluffe, affirma Boswell. Le public commence à affluer. Je suggère que nous remettions cette conversation à plus tard…

Wordsworth avait rempli un verre d'eau et le tendait maintenant à Philidor, qui paraissait sur le point de s'évanouir.

— Qui êtes-vous ? demanda le maître d'échecs en fixant Mireille comme s'il voyait un revenant.

Mireille prit une profonde inspiration.

— Mon nom est Mireille et je viens de Montglane. Je sais que le Jeu de Montglane existe, car j'ai tenu ses pièces entre mes mains.

— Vous êtes la pupille de David ! s'exclama Philidor avec un cri étouffé.

— Celle qui a disparu ! renchérit Wordsworth. Celle que tout le monde recherchait…

— Il y a quelqu'un que nous devons consulter, intervint hâtivement Boswell, avant d'aller plus loin…

— Je n'ai pas le temps d'attendre, trancha Mireille. Si vous me dites ce que vous savez, je me confierai également à vous. Mais c'est maintenant ou jamais.

— Un marché, en quelque sorte, réfléchit Blake en marchant de long en large d'un air rêveur. J'avoue que je m'intéresse à ce jeu d'échecs pour des raisons personnelles. Quels que soient les souhaits de vos amis, mon cher Boswell, ils ne me concernent pas. J'ai appris l'existence du jeu d'une autre façon, à travers une voix surgie du néant et qui m'appelait…

— Vous n'êtes qu'un fou ! s'écria Boswell en frappant la table de son poing fermé d'ivrogne. Vous croyez que le fantôme de votre frère vous donne des droits sur ce jeu d'échecs. Mais d'autres que vous connaissent sa valeur, et ils ne sombrent pas dans le mysticisme, eux !

— Si vous estimiez réellement que mes motivations sont trop pures, siffla Blake, vous ne m'auriez pas invité à me joindre à votre cabale, ce soir.

Avec un sourire froid, il se tourna vers Mireille.

— Mon frère Robert est mort il y a quelques années. Il était ce que j'avais de plus précieux sur cette terre. En quittant son corps, son âme m'a parlé dans un soupir, et elle m'a dit de chercher le Jeu de Montglane, la source de tous les mystères depuis le commencement des Temps. Mademoiselle, si vous savez quelque chose à ce sujet, je serais heureux de partager avec vous le peu d'informations dont *je* dispose. Et Wordsworth également, si je ne me trompe pas.

Horrifié, Boswell se détourna et quitta rapidement la salle. Philidor lança un regard aigu à Blake, posant la main sur son bras comme pour l'exhorter à la prudence.

— Peut-être l'âme de mon frère pourra-t-elle enfin reposer en paix, dit Blake.

Il fit asseoir Mireille au fond de la salle et partit lui chercher un cognac pendant que Wordsworth installait Philidor à la table centrale. Tandis que la pièce se remplissait peu à peu de spectateurs, Shahin vint s'asseoir à côté de Mireille, Charles dans les bras.

— L'ivrogne a quitté la maison, annonça-t-il calmement. Je sens le danger. Al-Kalim le sent, lui aussi. Nous devons partir au plus vite.

— Pas encore, répondit Mireille. Il y a quelque chose que je dois entendre, auparavant.

Blake reparut avec le cognac de Mireille et s'assit près d'elle. Les derniers invités prenaient place quand Wordsworth les rejoignit. Un homme expliqua les règles du jeu à l'assistance alors que Philidor était assis devant l'échiquier, les yeux bandés. Les deux poètes se penchèrent vers Mireille, et Blake se mit à parler à voix basse.

— Une histoire circule en Angleterre au sujet du célèbre philosophe français François-Marie Arouet, connu sous le nom de Voltaire. Vers l'époque de Noël, en 1725, Voltaire accompagna un soir la comédienne Adrienne Lecouvreur à la Comédie-Française. Durant l'entracte, Voltaire fut publiquement insulté par le chevalier de Rohan-Chabot, qui cria dans le foyer : « Monsieur de Voltaire, monsieur Arouet, pourquoi ne choisissez-vous pas votre nom une fois pour toutes ? » Voltaire, qui n'était jamais à court de reparties, lui cria en retour : « Mon nom commence avec moi, tandis que le vôtre finit avec vous. » Peu après, à cause de cela, le chevalier le fit rosser par six larrons.

— Malgré l'arrêté interdisant les duels, poursuivit Blake, Voltaire se rendit à Versailles où il demanda ouvertement réparation au chevalier. Pour sa peine, on l'emprisonna à la Bastille. Tandis qu'il croupissait dans sa cellule, il lui vint une idée. Faisant appel aux autorités pour qu'on ne le laisse pas moisir en prison, il proposa de partir en exil volontaire – en Angleterre.

— On raconte, intervint Wordsworth, que lors de son premier séjour à la Bastille Voltaire avait décrypté un manuscrit codé lié au Jeu de Montglane. Son intention était donc de se rendre en Angleterre afin de présenter cette espèce de puzzle à notre célèbre mathématicien et homme de science sir Isaac Newton, dont il avait lu les travaux avec admiration. Newton, vieux et las, avait perdu tout intérêt pour son travail dont il n'attendait plus grand-chose. Voltaire se proposa de ranimer son enthousiasme en le mettant non seulement au défi de déchiffrer le manuscrit comme il l'avait fait avant lui, mais surtout de percer le mystère de sa signification. Car on dit, madame, que ce manuscrit dévoilait un terrible secret caché à l'intérieur du Jeu de Montglane – une formule d'un immense pouvoir…

— Je sais, souffla Mireille tout en écartant les petits doigts de Charles qui s'agrippaient à ses cheveux.

Le reste de l'audience avait les yeux rivés sur la table centrale, où Philidor, les yeux bandés, écoutait les mouvements de ses adversaires, dos à l'échiquier, et énonçait ses ripostes.

— Sir Isaac a-t-il réussi à résoudre l'énigme ? demanda-t-elle avec impatience, consciente de la tension grandissante de Shahin.

— Oui, répondit Blake. Et c'est justement ce dont je voulais vous parler. Ce fut la dernière chose qu'il fit, car il mourut l'année suivante…

Le récit des deux poètes

Voltaire avait trente et un ans – et Newton quatre-vingt-trois – quand les deux hommes se rencontrèrent à Londres en mai 1726. Newton était tombé gravement malade une trentaine d'années plus tôt, et n'avait presque plus rien publié d'important depuis lors.

Lorsqu'ils se rencontrèrent, Voltaire le cynique, à l'esprit acéré comme une dague, dut être déconcerté par Newton, qui était alors un homme gras et rougeaud, avec des cheveux d'un blanc neigeux et des airs languissants, presque placides. Bien que la société lui ait apporté la gloire, Newton était en réalité un solitaire qui parlait peu et gardait jalousement ses pensées – à l'opposé de son jeune admirateur français emprisonné deux fois déjà à la Bastille, à cause de son caractère insolent et bravache.

Mais Newton adorait résoudre des problèmes, qu'ils fussent d'ordre scientifique ou mystique. Lorsque Voltaire lui apporta son manuscrit mystérieux, le vieux sir Isaac s'enferma dans ses appartements, où il disparut pendant plusieurs jours, laissant le poète sur des charbons ardents. Finalement, il invita Voltaire dans son bureau, une pièce remplie d'instruments optiques et dont les murs étaient recouverts de livres moisis.

— Je n'ai publié qu'un fragment de mon travail, déclara le savant au philosophe. Et ce uniquement à cause de l'insistance de la Société royale. Maintenant je suis vieux et riche, je peux faire ce que je veux, mais je me refuse toujours à publier mes travaux. Votre compatriote le cardinal de Richelieu devait partager ma réserve, puisqu'il a rédigé son journal en langage codé.

— Vous l'avez donc déchiffré ? demanda Voltaire.

— J'ai fait mieux que cela, répondit le mathématicien avec un sourire.

Il emmena Voltaire dans un coin de la pièce où se trouvait un grand coffre en métal. Tirant une clé de sa poche, il regarda attentivement le Français.

— La boîte de Pandore. Allons-nous l'ouvrir ?

Comme Voltaire l'en priait avec insistance, ils tournèrent la clé dans la serrure rouillée.

À l'intérieur étaient entassés des manuscrits vieux de plusieurs siècles, certains tombaient presque en poussière. Mais la plus grande partie était en bon état, et Voltaire soupçonna qu'ils étaient de la main même de Newton. Tandis que sir Isaac les retirait avec amour du coffre en métal, Voltaire déchiffra leurs titres avec stupeur : *De Occulta Philosophia, Museum Hermeticam, De Transmutatione Metallorum*… Des livres hérétiques écrits par Al-Jabir, Paracelse, Villanova, Agrippa, Lulle. Des manuels de magie noire interdits par toutes les Églises chrétiennes. Des ouvrages d'alchimie – par douzaines – et en dessous, soigneusement enveloppées de papier, des milliers de pages contenant des notes expérimentales et des analyses rédigées par Newton en personne.

— Mais vous êtes le plus grand défenseur de la raison de notre siècle ! s'écria Voltaire en contemplant le contenu du coffre avec incrédulité. Comment pouvez-vous ajouter foi à ce fatras de mysticisme et de magie ?

— Pas de magie, rectifia Newton, de science. La plus dangereuse de toutes les sciences, qui a pour but d'altérer le développement de la nature. La raison ne fut inventée par l'homme que pour l'aider à déchiffrer les formules créées par Dieu. Pour chaque élément de la nature il y a un code – et pour chaque code une clé. J'ai recréé de nombreuses expériences des anciens alchimistes, mais le document que vous m'avez apporté révèle que la clé finale est contenue dans le Jeu de Montglane. Si c'est exact, je donnerais sans hésiter tout ce que j'ai découvert – tout ce que j'ai inventé – pour rester seul une heure avec ces pièces.

— Qu'est-ce donc que cette « clé finale » dévoilerait, que vous n'ayez déjà découvert à travers toutes vos recherches et vos expériences ? demanda Voltaire.

— La pierre, répondit Newton. La clé de *tous* les secrets.

Comme les deux poètes s'interrompaient pour reprendre leur souffle, Mireille se tourna vers Blake. Les murmures montant de l'assistance tandis que la partie d'échecs en aveugle se poursuivait avaient parfaitement masqué le bruit de leurs voix.

— Que voulait-il dire par *la pierre* ? demanda-t-elle en saisissant avec force le bras du poète.

— C'est vrai, vous ne pouvez pas savoir, s'excusa Blake. En fait, le but de toute expérience alchimique consiste à découvrir une solution qui se réduise à un pain de poudre rouge. Du moins, c'est ainsi qu'on la définit. J'ai lu les papiers de Newton. Bien qu'ils n'aient pas été publiés – personne ne pouvait croire qu'il ait consacré autant de temps à des sottises –, la chance voulut qu'ils ne soient jamais détruits.

— Mais qu'est-ce que c'est que ce pain de poudre rouge ? insista Mireille d'une voix pressante.

Elle était si anxieuse qu'elle aurait pu se mettre à hurler. Derrière elle, Charles la tirait avec insistance. Elle n'avait pas besoin d'un prophète pour savoir qu'elle ne s'était que trop attardée.

— Voilà la question, déclara Wordsworth en se penchant, les yeux brillants d'excitation. Ce pain est la pierre. Un morceau de cette pierre combiné avec un métal de base se transforme en or. Si on la dissout et qu'on l'avale, elle est censée guérir n'importe quelle maladie. Ils l'appellent la pierre philosophale…

Dans le cerveau de Mireille défila tout ce qu'elle avait appris. Les pierres sacrées adorées par les Phéniciens, la pierre blanche décrite par Rousseau, incrustée dans le mur de Venise : « Si l'homme pouvait parler et agir comme il pense, disait l'inscription, il verrait alors combien il pourrait être transformé. » La reine blanche flotta devant ses yeux, transformant un homme en un dieu…

Mireille se leva brusquement. Wordsworth et Blake la dévisagèrent avec stupéfaction.

— Que se passe-t-il ? chuchota très vite Wordsworth.

Plusieurs personnes s'étaient tournées vers eux, irritées d'être dérangées.

— Je dois partir, dit Mireille en lui plantant un baiser sur la joue tandis qu'il rougissait violemment.

Elle se tourna vers Blake et lui saisit la main.

— Je suis en danger, je ne puis rester. Mais je ne vous oublierai pas.

Elle se détourna et quitta la pièce, imitée par Shahin qui se glissa derrière elle comme une ombre.

— Nous devrions peut-être la suivre, murmura Blake. Mais quelque chose me dit que nous la reverrons. Une femme remarquable, tu ne trouves pas ?

— Si, acquiesça Wordsworth. Je l'imagine déjà dans un poème.

Puis il se mit à rire devant l'expression contrariée de Blake.

— Oh, pas dans l'un des miens ! Dans l'un des tiens…

Mireille et Shahin se dirigèrent rapidement vers la sortie, leurs pieds s'enfonçant dans les épais tapis. Les serviteurs qui s'activaient dans le bar ne les remarquèrent même pas tandis qu'ils passaient comme des spectres. Alors qu'ils débouchaient dans la rue, Shahin saisit brusquement Mireille par le bras et l'attira dans l'ombre du mur. Charles, dans les bras de Shahin, fixait l'obscurité humide avec des yeux de chat.

— Qu'y a-t-il ? chuchota Mireille.

Shahin posa un doigt sur ses lèvres. Elle scruta l'obscurité, puis perçut un léger bruit de pas sur les pavés mouillés. Deux silhouettes se dessinèrent dans le brouillard.

Les ombres s'avancèrent jusqu'à la porte du Parsloe's, à quelques pas seulement de l'endroit où étaient tapis Shahin et Mireille, retenant leur souffle. Même Charles était aussi silencieux qu'une souris. La porte du club s'ouvrit, libérant un rai de lumière – qui illumina les formes immobiles sur le seuil. L'une était celle de l'ivrogne Boswell, drapé dans une longue cape sombre. Et l'autre… Mireille ouvrit la bouche sans proférer un son tandis que Boswell se retournait pour lui offrir son bras.

C'était une femme, mince et belle, qui rejeta en arrière le capuchon de sa cape. Les longs cheveux blonds de Valentine s'en échappèrent ! C'était Valentine ! Mireille lâcha un sanglot étouffé et voulut s'élancer dans la lumière, mais Shahin la retint d'une main de fer. Comme elle pivotait vers lui avec colère, il se pencha rapidement vers son oreille.

— La reine blanche, chuchota-t-il.

Mireille se retourna avec horreur. La porte du club se refermait déjà, les laissant à nouveau dans l'obscurité.

LES ÎLES ANGLO-NORMANDES
FÉVRIER 1794

Au cours des semaines nécessaires à la réparation du bateau, Talleyrand eut de nombreuses occasions de faire plus ample connaissance avec Benedict Arnold, le célèbre espion à la solde du gouvernement anglais.

Il y avait quelque chose d'étrange dans le tableau qu'offraient ces deux hommes attablés l'un en face de l'autre dans l'auberge, devant un jeu de dames ou d'échecs. Tous deux avaient derrière eux une carrière prometteuse, une position élevée, et avaient su forcer le respect de leurs égaux comme de leurs supérieurs. Mais tous deux s'étaient également attiré des inimitiés qui leur avaient coûté leur position sociale et leur réputation. Rentré en Angleterre après que ses activités d'espionnage eurent été découvertes, Arnold s'était aperçu qu'aucun poste ne l'attendait dans l'armée. Méprisé de tous, il s'était vu contraint de se débrouiller seul pour survivre. Ce qui expliquait la situation dans laquelle l'avait trouvé Talleyrand.

Mais si Arnold n'était pas en mesure de donner une lettre de référence aux Américains, Talleyrand constata qu'il pouvait tout au moins lui fournir des renseignements précieux sur le pays où il débarquerait bientôt. De semaine en semaine il avait assailli de questions le contremaître des chantiers navals. Et maintenant, à la veille de son départ pour le Nouveau Monde, Talleyrand l'interrogeait de plus belle tandis qu'ils disputaient une partie d'échecs.

— En quoi consiste la vie sociale en Amérique ? demanda-t-il. Tiennent-ils des salons comme en Angleterre ou en France ?

— Lorsque vous aurez quitté Philadelphie ou New York – qui regorgent d'immigrants hollandais –, vous ne rencontrerez plus guère que des villes frontières. Le soir, les gens s'installent pour lire devant le feu, ou bien ils jouent aux échecs comme nous le faisons en ce moment. Les loisirs sont fort peu développés en dehors de la côte. Mais les échecs sont presque le passe-temps national. On dit même que les trappeurs emportent un jeu avec eux quand ils partent en expédition.

— Vraiment ? s'étonna Talleyrand. Je n'aurais pas pensé à une telle pratique intellectuelle dans une région du monde qui, encore récemment, n'était qu'une suite de colonies isolées.

— Il ne s'agit pas d'intellect mais de morale, rectifia Arnold. Du moins, c'est ainsi qu'ils voient la chose. Peut-être avez-vous lu cet ouvrage de Ben Franklin, si populaire en Amérique, qui s'intitule *La Moralité des échecs*. Il développe l'idée selon laquelle une étude approfondie du jeu pourrait trouver une application dans la vie même.

Il lâcha un petit rire amer, puis leva les yeux de l'échiquier et regarda Talleyrand bien en face.

— C'est Franklin, vous savez, qui fut si empressé de résoudre l'énigme du Jeu de Montglane.

Talleyrand lui lança un regard incisif.

— Vous voulez dire que cette légende ridicule s'est propagée jusque de l'autre côté de l'Atlantique ? lui demanda-t-il.

— Ridicule ou non, répondit Arnold avec un sourire insondable, on raconte que le vieux Ben Franklin a essayé de déchiffrer l'énigme toute sa vie durant. Il s'est même rendu à Montglane lorsqu'il était ambassadeur à Paris. Le lieu se trouve dans le sud de la France.

— Je sais où ça se trouve, trancha Talleyrand. Que cherchait-il donc, là-bas ?

— Eh bien, l'échiquier de Charlemagne. Je croyais que dans votre pays tout le monde était au courant. On prétend qu'il fut caché à Montglane. Benjamin Franklin était un excellent mathématicien et un joueur d'échecs. Il inventa un Tour du cavalier qui, selon lui, retraçait la disposition du Jeu de Montglane.

— Sa disposition ? murmura Talleyrand.

Un frisson d'effroi le parcourut tandis qu'il prenait conscience de ce que signifiaient les propos de cet homme. Même en Amérique, à des milliers de kilomètres des atrocités de l'Europe, il ne serait pas à l'abri de l'horrible emprise de ce jeu d'échecs, qui avait déjà si douloureusement affecté sa vie.

— Oui, acquiesça Arnold en déplaçant une pièce sur l'échiquier. Vous n'aurez qu'à interroger Alexander Hamilton, un membre de la confrérie des francs-maçons. Ils affirment que Franklin a décodé une partie de la formule – et qu'il la leur a transmise avant de mourir…

LA HUITIÈME CASE

> La huitième case, enfin ! s'écria-t-elle… Oh, comme je suis contente d'être arrivée ici ! Et qu'est-ce donc qui se trouve sur ma tête ? s'exclama-t-elle avec effarement… tandis qu'elle soulevait l'objet et le posait sur ses genoux pour voir ce dont il pouvait bien s'agir.
>
> C'était une couronne d'or.
>
> *De l'autre côté du miroir*,
> Lewis CARROLL.

Je me traînai hors de l'eau jusqu'à la plage caillouteuse en forme de croissant qui bordait la pinède, au bord de la nausée à cause de toute l'eau que j'avais avalée, mais vivante. Et c'était le Jeu de Montglane qui m'avait sauvée.

Avant même que je puisse nager, le poids des pièces enfouies dans mon sac à bandoulière m'avait entraînée comme une pierre, hors de portée des projectiles en plomb qui criblaient la surface, juste au-dessus de moi, déversés par les revolvers des compagnons de Sharrif. Le port n'ayant que trois mètres de fond, j'avais pu progresser sur le lit sablonneux, remorquant le sac derrière moi.

Je m'étais frayé un passage au milieu des bateaux, jusqu'à ce que je puisse sortir le nez pour respirer. Continuant à me servir de la flottille comme d'un camouflage, et de mon sac comme d'une ancre, je m'étais éloignée dans l'ombre humide de la nuit.

Ce fut seulement une fois sur la plage que je m'autorisai à regarder autour de moi pour tenter de comprendre où j'avais échoué. Bien qu'il fût neuf heures du soir et qu'il fît presque complètement nuit, je distinguais une grappe de lumières clignotantes qui ressemblaient au port de Sidi-Fredj, à environ trois kilomètres de là. J'avais une chance d'y parvenir à pied, si je ne me faisais pas capturer entre-temps, mais où était Lily ?

Je tâtai mon sac dégoulinant et fouillai à l'intérieur. Les pièces étaient toujours là. Dieu seul savait ce que j'avais pu perdre en tirant ce sac dans la vase, mais mon précieux manuscrit vieux de deux cents ans était bien à l'abri dans la trousse étanche où je rangeais mon maquillage. Si toutefois elle n'avait pas une fuite.

Je m'apprêtais à me lever quand j'aperçus un objet barbotant à la surface de l'eau, à quelques mètres de la plage. Dans la lumière violette ça ressemblait à un poulet fraîchement plumé, mais le petit jappement qu'il émit en trébuchant sur le sable et en sautant sur mes genoux ne me laissa aucun doute – c'était un Carioca trempé. Faute de pouvoir le sécher vu que j'étais dans le même état que lui, je le coinçai sous mon bras et me faufilai dans la pinède – un raccourci pour rentrer chez moi.

Comme j'avais perdu une chaussure dans la bataille, je retirai l'autre et m'avançai pieds nus sur le doux tapis d'aiguilles de pin, faisant appel à mon sens de l'orientation pour localiser le port. Je marchais depuis un quart d'heure quand j'entendis une branche craquer tout près de moi. Je me figeai sur place et caressai Carioca en faisant des vœux pour qu'il ne recommençât pas le même coup qu'avec les chauves-souris.

Mais mes efforts pour me fondre dans le décor ne servirent à rien : quelques secondes plus tard, je recevais en pleine figure le rayon lumineux d'une torche. Je restai à loucher, éblouie, le cœur glacé d'effroi. Puis un soldat en treillis apparut dans la lumière et s'avança vers moi. Il tenait une grosse mitrailleuse. Une ceinture de cartouches peu sympathiques pendait de l'engin dont le canon était pointé droit sur mon estomac.

— Halte ! cria-t-il de façon parfaitement inutile. Qui êtes-vous ? Que faites-vous ici ? Répondez !

— Je suis allée faire prendre un bain à mon chien, déclarai-je en brandissant Carioca dans la lumière pour prouver ma bonne foi. Je m'appelle Catherine Velis. Si vous voulez, je peux vous montrer mes papiers d'identité...

Mauvais plan : les papiers dont je lui parlais devaient être trempés, et je ne voulais pas qu'il fouillât mon sac. Je me mis à parler très vite.

— Je promenais mon chien du côté de Sidi-Fredj quand il est tombé à la mer. J'ai plongé pour le secourir, mais le courant nous a poussés jusqu'ici...

Dieu ! Il n'y avait *pas* de courant dans la Méditerranée. Je continuai précipitamment.

— Je travaille pour l'OPEP, pour le ministre Kader. Il se portera garant de moi. J'habite juste à côté d'ici.

Je levai la main, et il m'agita son arme sous le nez.

Je décidai alors de recourir à une autre méthode – l'intimidation à l'américaine.

— Je dois voir le ministre Kader de toute urgence ! lançai-je d'une voix cinglante, tout en me drapant dans une dignité qui devait être grotesque, compte tenu de mes vêtements dégoulinants. Savez-vous seulement *à qui vous avez affaire* ?

Le soldat lança un coup d'œil par-dessus son épaule en direction de son acolyte, invisible derrière la torche.

— Vous faites partie de la conférence, peut-être ? demanda-t-il en se tournant à nouveau vers moi.

Mais bien sûr ! Je comprenais maintenant pourquoi ces soldats patrouillaient dans les bois ! Et la raison du barrage sur la route ! Et pourquoi Kamel avait tellement insisté pour que je sois de retour avant la fin de la semaine. La conférence de l'OPEP avait commencé !

— Absolument, assurai-je. Je suis l'un des délégués les plus importants. Ils vont se demander ce que je suis devenue.

Le soldat contourna le faisceau lumineux et discuta à voix basse en arabe avec son compagnon. Au bout de quelques minutes, ils éteignirent la lampe. Le soldat s'excusa platement.

— Madame, permettez-moi de vous conduire jusqu'à votre groupe. Les délégués sont en ce moment même réunis au Restaurant du port. Peut-être souhaitez-vous rentrer d'abord chez vous pour vous changer ?

Je répondis que c'était une excellente idée. Une demi-heure plus tard, j'arrivais à l'appartement avec mon escorte. Tandis qu'il attendait devant la porte, je changeai rapidement de tenue, séchai mes cheveux avec mon séchoir et frictionnai Carioca du mieux que je pus.

Comme il était hors de question que je laisse les pièces dans l'appartement, je sortis un sac marin du placard et les y fourrai avec Carioca par-dessus. Le livre que Minnie m'avait donné était humide, mais grâce à la pochette étanche il n'était pas endommagé. Je lui donnai également un coup de séchoir, puis le rangeai dans le sac et rejoignis l'un des gardes qui m'accompagna jusqu'au port.

Le Restaurant du port était une grande bâtisse avec des plafonds hauts et un sol dallé de marbre, où j'avais souvent déjeuné lorsque je logeais encore à l'hôtel El Riadh. On passa sous la longue colonnade en forme d'arche puis on gravit la volée de marches qui prenait naissance au pied de l'eau pour s'élever jusqu'aux baies vitrées illuminées du restaurant. Il y avait des soldats tous les vingt mètres, face au port, les mains croisées dans le dos, le fusil en bandoulière. Comme nous atteignions l'entrée, je scrutai l'intérieur à travers les baies afin d'essayer de localiser Kamel.

On avait complètement modifié les lieux, de façon à former cinq immenses rangées de tables déployées sur toute la longueur de la salle, dont l'extrémité se situait à quelque trente mètres de l'endroit où je me tenais. Au niveau supérieur, une terrasse en forme de U rehaussée de rampes en cuivre abritait les dignitaires les plus importants. Même de loin, le déploiement de personnalités était impressionnant. Il y avait là non seulement les ministres du pétrole, mais aussi les souverains de chaque pays de l'OPEP. Les uniformes à galons d'or, les robes brodées, les toques en léopard, les tuniques blanches, les complets anthracite voisinaient dans un mélange coloré.

Le garde revêche en faction devant la porte confisqua l'arme de mon soldat puis nous montra la terrasse en marbre qui surplombait la foule. Mon garde du corps me précéda entre les tables tendues de nappes blanches jusqu'à l'escalier central. Tandis que nous traversions la salle, je vis une expression horrifiée se peindre sur les traits de Kamel. Je m'arrêtai devant lui, le soldat claqua des talons et Kamel se leva.

— Mademoiselle Velis ! s'écria-t-il avant de se tourner vers le soldat. Merci d'avoir escorté notre inestimable associée jusqu'à notre table, officier. Était-elle perdue ?

Il me regardait du coin de l'œil en parlant, comme pour me faire sentir que j'aurais bientôt quelques petites explications à lui fournir.

— Dans la pinède, monsieur le ministre, répondit le soldat. Un malencontreux incident dû à un chien. Nous avons cru comprendre qu'elle était attendue à votre table…

Il regarda la table en question, occupée exclusivement par des hommes où, bien évidemment, aucune place n'était prévue pour moi.

— Vous avez très bien fait, officier, déclara Kamel. Vous pouvez retourner à votre poste. Votre présence d'esprit ne sera pas oubliée.

Le soldat claqua à nouveau des talons et s'éloigna.

Kamel fit signe à un serveur et lui demanda d'apporter un siège supplémentaire. Il resta debout jusqu'à l'arrivée de la chaise, puis on s'assit et il entreprit de me présenter à ses voisins.

— Le ministre Yamini, déclara-t-il en me désignant l'homme grassouillet au visage rose et angélique qui se tenait à ma droite, et qui n'était autre que le ministre de l'OPEP de l'Arabie Saoudite.

Celui-ci hocha poliment la tête et se leva à demi.

— Mlle Velis est l'experte américaine qui a conçu le brillant système d'ordinateur dont j'ai parlé cet après-midi pendant la réunion, ajouta-t-il.

Le ministre Yamini haussa un sourcil pour indiquer qu'il était impressionné.

— Vous connaissez déjà le ministre Belaïd, je crois, poursuivit Kamel tandis qu'Abd el-Salam Belaïd, qui avait signé mon contrat, se levait pour me serrer la main, une lueur malicieuse au fond des yeux.

Avec son teint foncé, sa peau lisse, ses tempes argentées et son front dégarni, il me fit penser à un élégant chef de la mafia.

Le ministre Belaïd se tourna vers la droite pour adresser la parole à son compagnon de table, qui était lui-même en grande conversation avec son voisin immédiat. Les deux hommes s'interrompirent pour le regarder et je me sentis verdir en les reconnaissant.

— Mlle Velis, notre spécialiste en ordinateurs, annonça Belaïd de sa voix feutrée.

Le long visage triste du président d'Algérie, Houari Boumediene, se tourna vers moi, puis à nouveau vers son ministre comme s'il se demandait ce que je fichais là. Belaïd haussa les épaules avec un sourire diplomate.

— *Enchanté**, articula le président.

— Le roi Fayçal d'Arabie Saoudite, poursuivit Belaïd, désignant l'homme au visage d'oiseau de proie qui m'observait sous sa coiffe blanche.

Il ne sourit pas, se contentant de m'adresser un petit signe de tête. Je saisis le verre de vin devant moi et en avalai une grande gorgée sans respirer. Comment diable allais-je faire pour informer Kamel de ce qui se passait, et pour voler au secours de Lily ? Avec de tels compagnons de table, je pouvais difficilement m'excuser, même pour aller aux toilettes.

À ce moment précis, un remue-ménage se produisit au rez-de-chaussée, à quelques mètres au-dessous de nous. Tout le monde se retourna pour voir ce qui se passait. La salle était comble – il devait y avoir au moins six cents hommes attablés. Ils étaient tous assis, à l'exception des serveurs qui couraient dans tous les sens pour apporter des corbeilles de pain, des assiettes de crudités, et remplir les verres d'eau et de vin. Mais un homme grand et brun venait d'entrer, revêtu d'une longue robe blanche. Son beau visage était crispé en un masque de colère tandis qu'il parcourait la salle en faisant siffler une cravache. Les serveurs, qui s'étaient regroupés en tremblant, n'esquissaient pas un geste pour l'arrêter. Stupéfaite, je le vis balayer les tables avec sa cravache, projetant rageusement les bouteilles de vin sur le sol. Tous les convives restèrent figés à leur place alors qu'il continuait à avancer, les bouteilles s'écrasant de tous côtés sur son passage. Avec un soupir, Boumediene se leva et glissa rapidement quelques mots au majordome qui s'était précipité à ses côtés. Puis le président d'Algérie descendit au rez-de-chaussée où il attendit que le nouveau venu le rejoignît.

— Qui est ce type ? demandai-je à Kamel dans un souffle.

— Mouammar al-Kadhafi, de Libye, répondit calmement Kamel. Il a prononcé un discours aujourd'hui à la conférence, sur l'interdiction qui est faite aux musulmans de boire de l'alcool. Apparemment il a décidé de mettre ses théories en pratique. C'est un fou. On dit qu'il a engagé des tueurs en Europe afin de supprimer les ministres les plus importants de l'OPEP.

— Je sais, intervint Yamini avec un sourire creusé de fossettes. Mon nom figure en tête de liste.

Ça ne paraissait pas l'inquiéter outre mesure. Il s'empara d'une branche de céleri et la croqua complaisamment.

— Mais pourquoi ? chuchotai-je à l'oreille de Kamel. Simplement parce qu'ils boivent ?

— Parce que nous insistons pour établir un embargo économique plutôt que politique, répondit-il.

Baissant la voix, il murmura entre ses dents serrées :

— Puisque nous avons un répit, expliquez-moi ce qui se passe. Où étiez-vous ? Sharrif a mis le pays sens dessus dessous pour vous retrouver. Bien qu'il puisse difficilement vous faire arrêter ici, vous êtes dans de sales draps.

— Je sais, acquiesçai-je, le regard fixé sur Boumediene qui discutait calmement avec Kadhafi, son visage baissé m'empêchant de distinguer son expression.

Les invités ramassaient les bouteilles cassées et les tendaient, encore dégoulinantes, aux serveurs qui les remplaçaient discrètement par des bouteilles pleines.

— Il faut absolument que je vous parle, poursuivis-je. Votre copain perse a capturé mon amie. Il y a seulement une demi-heure, je barbotais le long de la côte. Il y a un chien mouillé dans mon sac – et quelque chose qui pourrait bien vous intéresser. Je dois quitter cet endroit à tout prix…

— Seigneur, souffla Kamel d'une voix incrédule. Vous voulez dire que vous les avez ? Qu'elles sont ici ?

Il regarda ses compagnons de table, camouflant son affolement derrière un sourire enjoué.

— Donc, vous faites partie du jeu, vous aussi, ripostai-je tout bas en me mettant également à sourire.

— Pourquoi croyez-vous que je vous ai fait venir ici ? articula Kamel. J'ai eu suffisamment de problèmes pour expliquer votre disparition juste avant la conférence.

— Nous en discuterons plus tard. La seule chose qui m'importe pour l'instant, c'est de sortir d'ici et de sauver Lily.

— Je vais trouver un prétexte. Où est-elle ?

— La Madrague, lâchai-je dans un souffle.

Kamel ouvrit grand la bouche, mais au même instant Houari Boumediene reprit sa place à table. Tout le monde lui sourit, et le roi Fayçal s'exprima en anglais.

— Notre colonel Kadhafi n'est pas aussi fou qu'il y paraît, déclara-t-il, ses grands yeux de faucon fixés sur le président algérien. Vous souvenez-vous de ses paroles, lors de la conférence des nations rebelles, lorsque quelqu'un s'est plaint de la présence de Castro ?

Le roi se tourna vers son ministre Yamini, assis à ma droite.

— Le colonel Kadhafi a dit que si un pays devait être radié du tiers monde sous prétexte qu'il reçoit de l'argent des deux grandes puissances, alors nous pouvions tous plier bagages et rentrer chez nous. Pour finir il a lu une liste des arrangements financiers et militaires contractés par la moitié des pays présents – assez exacte, je dois l'avouer. Personnellement, je me garderais bien de ne voir en lui qu'un fanatique religieux.

Boumediene me regardait, à présent. C'était un homme mystérieux. Personne ne connaissait son âge, ses origines, ni même son lieu de naissance. Depuis qu'il avait lancé avec succès la révolution, dix ans plus tôt, et le coup d'État militaire qui l'avait amené à la présidence du pays, il avait hissé l'Algérie à la première place de l'OPEP et en avait fait la Suisse du tiers monde.

— Mademoiselle Velis, déclara-t-il, s'adressant directement à moi pour la première fois, durant votre travail au ministère, avez-vous été amenée à rencontrer le colonel Kadhafi ?

— Jamais, répondis-je.

— C'est étrange, dit Boumediene. Car il vous a aperçue pendant que nous parlions en bas, et il m'a dit quelque chose laissant entendre le contraire.

Je sentis Kamel se raidir près de moi. Il me serra très fort le bras sous la table.

— Vraiment ? fit-il calmement. Et de quoi s'agissait-il, monsieur le président ?

— Il se sera trompé, probablement, répondit le président en tournant ses grands yeux sombres vers Kamel. Il m'a demandé si c'était elle.

— Elle ? répéta le ministre Belaïd, perplexe. Qu'est-ce que cela peut bien signifier ?

— Je suppose, répondit nonchalamment le président, qu'il aura voulu dire celle qui a conçu tous les plans d'ordinateur dont Kamel Kader nous a si longuement entretenus.

Et il se détourna.

Je voulus m'adresser à voix basse à Kamel, mais il secoua la tête et se tourna vers son patron, Belaïd.

— Catherine et moi aimerions avoir l'opportunité de vérifier les chiffres avant qu'ils vous soient présentés demain. Verriez-vous un inconvénient à ce que nous quittions le banquet ? Je crains que dans le cas contraire nous ne soyons obligés d'y passer toute la nuit.

À son expression, il était clair que Belaïd ne crut pas un mot de son explication.

— J'aimerais vous parler auparavant, déclara-t-il en repoussant sa chaise et en attirant Kamel à l'écart.

Je me levai également et jouai nerveusement avec ma serviette. Yamini se pencha vers moi.

— Je suis très honoré de vous avoir eue à ma table, même si ce fut trop bref, déclara-t-il avec son sourire à fossettes.

Belaïd continuait à discuter à voix basse avec Kamel tandis que des serveurs empressés apportaient des plats fumants. Comme je m'approchais, il déclara :

— Mademoiselle, nous vous sommes infiniment reconnaissants du travail que vous avez effectué pour nous. Ne retenez pas Kamel Kader trop longtemps, ajouta-t-il en regagnant sa place.

— On peut y aller, maintenant ? chuchotai-je à Kamel.

— Dépêchons-nous, acquiesça-t-il en me prenant par le bras pour m'entraîner dans l'escalier. Abd el-Salam a reçu un message de la police secrète l'informant que vous étiez recherchée. Ils disent que vous vous êtes échappée alors que vous alliez être arrêtée à La Madrague. Il l'a appris pendant le dîner. Mais il a préféré vous placer sous ma responsabilité plutôt que de vous faire arrêter à l'instant. J'espère que vous êtes consciente de la situation dans laquelle vous me mettrez si jamais vous disparaissez à nouveau.

— Pour l'amour du ciel ! sifflai-je tandis que nous nous frayions un passage à travers les tables. Vous savez parfaitement pourquoi je suis allée dans le désert ! Et vous savez où nous allons, maintenant ! Ce serait plutôt à moi de poser les questions. Pourquoi ne m'avez-vous pas dit que vous étiez impliqué dans le jeu ? Belaïd est-il l'un des joueurs, lui aussi ? Et Thérèse ? Et ce colonel de Libye qui dit me connaître, qu'est-ce que tout ça signifie ?

— J'aimerais bien le savoir, répondit Kamel d'un air sombre.

Il adressa un petit signe au garde qui s'inclinait sur notre passage.

— Nous allons prendre ma voiture pour aller à La Madrague. Vous devez me raconter exactement ce qui s'est passé si vous voulez que nous sauvions votre amie.

Kamel se glissa au volant du véhicule garé dans le parking faiblement éclairé et tourna son regard vers moi. Dans l'ombre de l'habitacle, seuls ses yeux jaunes reflétaient la lueur des réverbères. Je le renseignai rapidement sur la situation de Lily, puis je l'interrogeai au sujet de Minnie Renselaas.

— Je connais Mokhfi Mokhtar depuis l'enfance, avoua-t-il. Elle a choisi mon père pour une mission – former une alliance avec El-Marad et pénétrer sur le Territoire blanc. Cette mission lui a coûté la vie. Thérèse travaillait pour mon père. Aujourd'hui, bien qu'elle soit employée à la Poste centrale, elle sert en réalité Mokhfi Mokhtar. Tout comme ses enfants, d'ailleurs.

— Ses enfants ? dis-je en essayant d'imaginer la flamboyante opératrice en mère de famille.

— Valérie et Michel, répondit Kamel. Vous avez rencontré Michel, je crois. Il se fait appeler Wahad…

Ainsi, Wahad était le fils de Thérèse ! Cette histoire était aussi épaisse qu'une purée de pois. Comme je ne croyais plus aux coïncidences, je notai dans un coin de mon cerveau que Valérie était également le prénom d'une employée de maison d'Harry Rad. Mais j'avais plus urgent à faire qu'à repérer tous les pions isolés.

— Je ne comprends toujours pas, l'interrompis-je. Si votre père était en mission et qu'il a échoué, ça veut dire que les blancs se sont emparés des pièces qu'il cherchait, non ? Alors, quand le Jeu prendra-t-il fin ? Quand quelqu'un aura réussi à réunir toutes les pièces ?

— Parfois, je me dis qu'il n'aura jamais de fin, murmura Kamel avec amertume en mettant le contact.

Il s'engagea sur la route longeant les hauts murs de cactus pour sortir de Sidi-Fredj.

— Mais la vie de votre amie ne pèsera pas lourd si nous ne parvenons pas rapidement à La Madrague, ajouta-t-il.

— Vous croyez être en mesure d'obtenir qu'il la laisse partir ?

Le sourire de Kamel était glacé dans le reflet des lumières du tableau de bord. Nous approchions du barrage que Lily et moi avions repéré dans l'autre sens. Il présenta son laissez-passer par la vitre et le garde lui fit signe d'avancer.

— La seule chose qui pourrait convaincre El-Marad de libérer votre amie, déclara-t-il calmement, c'est ce que vous transportez dans votre sac de marin. Et je ne fais pas allusion au chien. Cela vous paraît-il équitable ?

— Vous voulez dire : lui livrer les pièces en échange de Lily ? balbutiai-je, consternée.

Puis je compris que c'était probablement le seul moyen que nous avions de ressortir vivants de l'auberge.

— Et si on lui en donnait seulement *une* ? suggérai-je.

Kamel éclata de rire et me serra affectueusement l'épaule.

— Dès qu'il saura qu'elles sont en votre possession, El-Marad nous fera disparaître de l'échiquier.

Pourquoi n'avions-nous pas emmené une escouade de soldats avec nous ? Ou même quelques délégués de l'OPEP ? J'aurais très bien vu ce Kadhafi fanatique dans le tableau, balayant ses ennemis avec sa cravache, comme une horde de Mongols à lui tout seul. Au lieu de cela, je n'avais avec moi que le charmant Kamel, qui allait à la mort avec une sérénité et une dignité parfaites, exactement comme son père avait dû le faire avant lui, dix ans plus tôt.

Plutôt que de s'arrêter devant l'auberge illuminée, où notre voiture de location était toujours garée, Kamel continua en direction du port, jusqu'au petit pâté de maisons désert qui composait le bourg. Il stoppa au bout, là où une volée de marches escaladait la falaise escarpée dominant la petite anse du port. Il n'y avait pas une âme en vue et, le vent s'étant levé, des nuages galopaient devant le disque brillant de la lune. On descendit de voiture, et Kamel pointa un doigt vers le sommet de la falaise, où une maison minuscule mais adorable se lovait au milieu des plantes grasses tapissant la paroi rocheuse. Face à la mer, la roche coupée à vif plongeait dans l'eau, une trentaine de mètres plus bas.

— La résidence d'été d'El-Marad, annonça Kamel d'une voix douce.

Il y avait de la lumière dans la maison, et comme nous commencions à gravir les marches délabrées, un bruit de gifle claqua de l'intérieur, dont l'écho se répercuta longuement contre la paroi de la falaise. La voix de Lily s'éleva, dominant le fracas des vagues.

— Pose seulement la main sur moi, sale pourriture de tueur de chiens, criait-elle, et ce sera la dernière chose que tu auras jamais faite !

Kamel me regarda en souriant dans le clair de lune.

— Je me demande si elle a vraiment besoin de notre aide, dit-il.

— Elle s'adresse à Sharrif, lui expliquai-je. C'est lui qui a jeté son chien à l'eau.

Carioca émettait déjà des grondements menaçants à l'intérieur de mon sac. J'y plongeai la main pour lui gratter la tête.

— C'est le moment de nous montrer ce que tu sais faire, petite peluche, lui chuchotai-je en le sortant du sac.

— Je crois que vous devriez retourner en bas et mettre le moteur en route, souffla Kamel en me tendant les clés de la voiture. Je me charge du reste.

— Hors de question, rétorquai-je en sentant ma colère grandir au fur et à mesure que, de la bâtisse, nous parvenaient des bruits de bagarre. Prenons-les par surprise.

Je posai Carioca par terre, et il se mit à sauter de marche en marche comme une balle de ping-pong devenue folle. Kamel et moi montions juste derrière lui. Je serrais les clés de la voiture dans ma main.

On accédait à la maison par la baie vitrée, face à la mer. L'étroit chemin longeait l'à-pic, séparé du vide par un simple muret en pierre, tapissé de capucines. J'en pris bonne note, en me disant que ça pourrait peut-être nous servir.

Carioca usait déjà ses petites griffes sur les panneaux vitrés lorsque je le rejoignis. Je jetai un coup d'œil à l'intérieur pour étudier les lieux. Trois bandits étaient adossés contre le mur de gauche, leur veste ouverte dévoilant le holster qu'ils portaient sur l'épaule. Le sol était en carrelage verni bleu et or. Au centre, sur une chaise, était assise Lily. Sharrif était penché sur elle. Elle se leva d'un bond en entendant le vacarme que faisait Carioca, mais Sharrif la força brutalement à se rasseoir. Il me sembla qu'elle avait un hématome sur la joue. Dans le coin le plus reculé de la pièce se tenait El-Marad, trônant au milieu d'une pile de coussins. Il déplaçait paresseusement une pièce sur un échiquier posé devant lui, sur une table basse en cuivre.

Sharrif avait pivoté vers la baie vitrée, derrière laquelle nous nous découpions, inondés par le clair de lune. J'avalai péniblement ma salive et pressai mon visage contre la vitre afin qu'il me vît.

— Ils sont cinq, et nous trois et demi, chuchotai-je à Kamel, immobile près de moi.

Sharrif s'avança vers la porte, après avoir fait signe à ses acolytes de ne pas dégainer.

— Occupez-vous des affreux. Je me charge d'El-Marad. Je crois que Carioca a déjà choisi son poison, ajoutai-je comme Sharrif entrebâillait la porte-fenêtre.

Les yeux fixés sur son ennemi miniature, il déclara :

— Vous entrez tous les deux, mais cette *chose* reste dehors.

Je repoussai Carioca afin de pouvoir me glisser à l'intérieur avec Kamel.

— Tu l'as sauvé ! s'écria Lily en m'adressant un sourire radieux.

Puis, se tournant vers Sharrif, elle ajouta d'un ton méprisant :

— Les gens qui s'attaquent à des animaux sans défense essaient seulement de masquer leur propre impuissance…

Sharrif se dirigeait droit sur elle dans l'intention évidente de la gifler à nouveau quand El-Marad prit la parole en me dévisageant avec un sourire sinistre.

— Mademoiselle Velis, quelle chance que vous soyez revenue… avec une escorte. Je croyais Kamel Kader trop intelligent pour vous conduire à moi une deuxième fois. Mais puisque nous sommes tous réunis…

— Trêve de plaisanterie, tranchai-je en traversant la pièce.

En passant devant Lily, je pressai les clés de la voiture dans sa main et soufflai :

— La porte. Maintenant.

— Vous savez pourquoi nous sommes ici, poursuivis-je en continuant à avancer vers El-Marad.

— Et vous savez ce que je veux, répondit-il. Appelons cela un marché, voulez-vous ?

Je m'immobilisai devant la table basse et jetai un coup d'œil par-dessus mon épaule. Kamel s'était approché des tueurs, une cigarette à la main, et demandait à l'un d'eux s'il n'avait pas du feu. Lily était accroupie devant la baie vitrée, Sharrif juste derrière elle. Elle tambourinait sur la fenêtre avec ses longs ongles laqués de rouge tandis que la petite langue baveuse de Carioca léchait l'autre côté de la vitre. Nous étions tous en place – c'était maintenant où jamais.

— Mon ami le ministre trouve que vous n'êtes pas assez honnête pour respecter un marché, déclarai-je au marchand de tapis.

Il leva les yeux vers moi et voulut parler, mais je ne lui en laissai pas le temps.

— Mais si ce sont les pièces que vous voulez, les voilà !

Empoignant à deux mains mon sac de marin, je le soulevai au-dessus de ma tête dans un arc de cercle parfait, avant de l'abattre de toutes mes forces et de tout son poids sur son crâne. Ses yeux se révulsèrent et il s'effondra sur le côté tandis que je pirouettais pour vérifier ce qui se passait derrière moi.

Lily avait ouvert la porte-fenêtre, et Carioca fonçait dans la pièce. Je me ruai sur les spadassins en faisant tournoyer mon sac comme une fronde. L'un d'eux avait à moitié dégainé son revolver quand je l'assommai. Un autre était cassé en deux sous l'effet du coup de poing que Kamel venait de lui envoyer dans l'estomac. Nous étions tous pêle-mêle par terre quand le troisième tira son arme de son holster et la braqua sur moi.

— Par ici, crétin ! cria Sharrif en bombardant Carioca de coups de pied pour tenter de le tenir à distance.

Lily était déjà en train de prendre la poudre d'escampette, de l'autre côté de la porte-fenêtre. L'homme leva son arme, la visa et pressa la détente – à l'instant précis où Kamel lui sautait dessus, le projetant contre le mur.

Sharrif tournoya sous l'impact de la balle et poussa un hurlement de douleur, une main crispée sur son épaule. Carioca décrivait des cercles fous autour de sa jambe tandis que l'un des deux autres bandits se relevait lentement. Je levai mon sac et le frappai à nouveau. Cette fois, il resta par terre. Puis, pour faire bonne mesure, j'assommai dans la foulée l'adversaire de Kamel d'un grand coup sur la nuque. Il s'écroula, et Kamel s'empara de son arme.

On se rua vers la porte ; je sentis une main m'agripper par-derrière et je me dégageai. C'était Sharrif. Le chien était agrippé à son mollet, mais il parvenait quand même à se déplacer. Il trébucha vers la porte, le sang giclant de sa blessure. Deux de ses acolytes avaient réussi à se relever et le serraient de près tandis que je m'élançais non vers l'escalier, mais vers la paroi en à-pic de la falaise. En dessous de moi, j'aperçus Kamel au milieu de l'escalier, qui me lançait un regard angoissé. La silhouette de Lily se découpa dans le clair de lune. Elle avait atteint la dernière marche et courait vers la voiture de Kamel.

Sans m'accorder le temps de réfléchir, je sautai par-dessus le muret de protection et m'aplatis sur le sol, tandis que Sharrif et ses sbires jaillissaient de la maison et se ruaient dans l'escalier. Le Jeu de Montglane pesait de tout son poids au bout de ma main douloureuse, suspendu au-dessus du précipice. Je faillis le lâcher. Une trentaine de mètres plus bas, je voyais les vagues poussées par le vent se briser sur les rochers acérés. Je retins mon souffle et remontai progressivement le sac, en faisant appel à toute mon énergie.

— La voiture ! entendis-je hurler Sharrif. Ils vont à la voiture ! J'entendis leur piétinement sur les marches vermoulues. Je commençais à me redresser quand je perçus un craquement tout près de mon oreille. Je levai un œil vers le rebord du muret, et la petite langue de Carioca me débarbouilla le visage. J'allais sortir de ma cachette lorsque les nuages se déchirèrent à nouveau. Je vis le troisième larron, auquel je croyais avoir réglé son compte, s'avancer vers moi en se frottant la tête. Je m'accroupis à nouveau, mais trop tard.

Il se rua sur moi, trébucha contre le muret, poussa un hurlement et disparut dans le vide. Je me hissai sur la terre ferme, agrippai Carioca au passage et fonçai vers l'escalier.

Le vent soufflait très fort maintenant, comme si une tempête se préparait. À ma grande horreur, je vis la voiture de Kamel démarrer dans un nuage de poussière tandis que Sharrif et ses compagnons couraient derrière à toute vitesse, en tirant à l'aveuglette dans les pneus. Puis, à ma vive surprise, la voiture fit demi-tour, alluma ses phares et fonça droit sur les trois bandits. Ils n'eurent que le temps de se jeter sur le côté pour ne pas se faire renverser. Lily et Kamel revenaient me chercher !

Je dégringolai l'escalier quatre à quatre, serrant Carioca dans une main et la courroie de mon sac dans l'autre. J'atteignis la dernière marche juste comme la voiture débouchait devant moi dans un nuage de poussière. La portière s'ouvrit. J'eus à peine le temps de sauter à l'intérieur que Lily redémarrait déjà. Kamel était sur la banquette arrière, son revolver pointé à la fenêtre. Le bruit des détonations était assourdissant. Comme je bataillais pour refermer la portière, je vis Sharrif et ses complices se précipiter vers une voiture, garée le long du port. On fonça sur la route tandis que Kamel criblait leur voiture de plomb.

En temps normal, Lily avait une façon de conduire assez hallucinante, mais en cet instant précis elle semblait se croire en possession d'un permis de tuer. De queue de poisson en queue de poisson on quitta la route poussiéreuse du port en direction de la voie principale. Aucun de nous trois ne parlait. Kamel regardait à l'arrière tandis que Lily accélérait progressivement jusqu'à cent dix puis cent trente. Comme elle frisait le cent cinquante, je vis le barrage routier se dessiner dans le lointain.

— Poussez la manette rouge sur le tableau de bord ! hurla Kamel pour couvrir le crissement des pneus.

Je me penchai et actionnai la commande. Une sirène se déclencha, accompagnée d'une petite lumière rouge qui se mit à clignoter sur le tableau de bord comme un feu d'alarme.

— Joli gadget ! commentai-je à l'adresse de Kamel tandis que nous foncions droit devant nous et que les gardes déblayaient précipitamment le passage.

Lily slaloma entre les voitures sous le regard ahuri des soldats, et on passa.

— Un ministre jouit de quelques petits avantages, répondit Kamel, modeste. Mais il y a un autre barrage à l'entrée de Sidi-Fredj.

— Au diable les torpilleurs, je fonce ! cria Lily en appuyant sur le champignon.

La grosse Citroën bondit en avant comme un pur-sang. On passa le deuxième barrage de la même façon, laissant derrière nous un nuage de poussière.

— Au fait, dit Lily en regardant Kamel dans le rétroviseur, nous ne nous sommes pas présentés. Je suis Lily Rad. Je crois que vous connaissez mon grand-père.

— Regarde devant toi ! aboyai-je comme la voiture zigzaguait en direction du précipice.

Le vent nous propulsait littéralement en l'air.

— Mordecai et mon père étaient des amis très proches, répondit Kamel. J'espère que nous aurons à nouveau l'occasion de nous rencontrer. Transmettez-lui toutes mes amitiés quand vous le verrez.

Kamel se pencha vers la vitre arrière. Des lumières se rapprochaient de nous à vive allure.

— Mets toute la gomme, lançai-je à Lily. C'est le moment ou jamais de nous montrer ce que tu sais faire !

Kamel marmonna quelque chose, son revolver levé, tandis que la voiture qui nous talonnait branchait sa sirène et son gyrophare. Il essayait d'y voir à travers le vent et la poussière.

— Jésus, c'est un flic ! s'écria Lily en ralentissant légèrement.

— Foncez ! lança sauvagement Kamel par-dessus son épaule.

Docile, elle accéléra à fond. La voiture zigzagua, puis redevint stable. L'aiguille du compteur approchait les deux cents kilomètres-heure.

À cette allure, ils ne pouvaient pas nous suivre, quelle que fût la marque de leur véhicule. Surtout avec les rafales de vent qui nous assaillaient maintenant de toutes parts.

— Il y a une petite route qui mène à la Casbah, dit Kamel, les yeux toujours fixés sur nos poursuivants. Elle se trouve à dix bonnes minutes d'ici, et vous devrez couper dans Alger. Mais je connais beaucoup mieux les bas quartiers que notre ami Sharrif. Cette route nous amènera à la Casbah par en haut… Je connais le chemin pour aller chez Minnie, ajouta-t-il calmement. Normal, c'est la maison de mon père.

— Minnie Renselaas habite chez votre père ? m'écriai-je. Mais je croyais que vous veniez des montagnes ?

— Mon père conservait une maison dans la Casbah, pour ses épouses.

— Ses *épouses* ?

— Minnie Renselaas est ma belle-mère, répondit Kamel. Mon père était le roi noir.

*

On abandonna la voiture dans l'une des petites rues qui composaient le labyrinthe de la partie supérieure d'Alger. Un million de questions se bousculaient dans ma tête, mais je gardai les yeux fixés derrière moi, guettant l'apparition de la voiture de Sharrif. J'étais sûre que nous ne les avions pas semés, pourtant nous avions pris suffisamment d'avance pour que leurs phares ne soient pas en vue. On sauta de voiture et on s'enfonça dans le labyrinthe.

Lily talonnait Kamel, agrippée à sa manche. Les rues étaient si sombres et si étroites que je me cognai le pied, manquant de peu de m'étaler de tout mon long.

— Je ne comprends pas, souffla Lily, la respiration sifflante, tandis que je continuais à regarder par-dessus mon épaule pour m'assurer que nous n'étions pas suivis. Si Minnie était la femme du consul hollandais – Renselaas –, comment pouvait-elle également être mariée avec votre père ?

— Renselaas est mort pendant la révolution, répondit Kamel. Il fallait qu'elle puisse rester à Alger – mon père lui a donc offert sa protection. Ils s'aimaient tous deux d'une profonde amitié, pourtant je crois que leur union fut un mariage de convenance. Qui plus est, mon père mourut au cours de l'année qui suivit.

— Mais s'il était le roi noir, haleta Lily, et qu'il s'est fait tuer, pourquoi le jeu ne s'est-il pas arrêté ? N'est-ce pas là le but : *shah-mat*, le roi est mort ?

— Le jeu continue, comme dans la vie, dit Kamel sans ralentir l'allure. Le roi est mort – vive le roi.

Je regardai le ciel entre les fentes étroites des maisons qui se refermaient sur nous tandis que nous nous enfoncions plus avant dans la Casbah. Le vent continuait à siffler au-dessus de nos têtes, mais il ne parvenait pas à s'insinuer dans les passages exigus où nous nous faufilions maintenant. Une fine poussière voletait dans l'air, et une pellicule rouge sombre ondoyait devant le disque de la lune. Kamel leva également les yeux.

— Le sirocco, articula-t-il lentement. Il approche ; il n'y a pas un instant à perdre. J'espère seulement qu'il ne bouleversera pas nos plans.

Le sirocco était un vent violent et brûlant, l'un des plus célèbres du monde. Je n'avais qu'une idée : me réfugier à l'abri avant qu'il ne frappât. Kamel s'arrêta dans un petit cul-de-sac et sortit une clé de sa poche.

— La fumerie d'opium ! chuchota Lily, qui se souvenait de notre précédente visite dans ces lieux. Ou bien était-ce du haschisch ?

— Il s'agit d'un chemin différent, répondit Kamel. Un passage dont je suis le seul à posséder la clé.

Il ouvrit la porte dans le noir et me fit entrer ainsi que Lily. Je l'entendis refermer à clé derrière nous.

Nous nous trouvions dans un couloir long et sombre, avec une petite lumière à chaque extrémité. Je sentis l'épaisseur moelleuse d'un tapis sous mes pieds, et la fraîcheur de la soie damassée tandis que je tâtonnais les murs pour m'orienter.

Au bout, le couloir débouchait sur une pièce immense, jonchée de splendides tapis persans. Un unique candélabre en or posé sur une table de marbre éclairait les lieux, mais la lumière qu'il diffusait suffisait à mettre en relief la magnificence du décor : des tables basses en marbre noir, des ottomanes en soie jaune rehaussées de glands d'or, des sofas d'un brun chaud semblable à celui d'une vieille liqueur, et des statues éparpillées un peu partout sur des piédestaux et des tables… L'ensemble était somptueux, même pour un regard aussi inexpérimenté que le mien. Dans cette lumière d'or liquide, la pièce évoquait un trésor fabuleux, enfoui au fond d'une mer oubliée. Il me sembla que je pénétrais dans une atmosphère plus dense que l'eau tandis que je m'avançais lentement, Lily sur mes pas, vers les deux silhouettes immobiles à l'autre extrémité de la pièce.

Là, dans la lumière de la chandelle, enveloppée d'une tunique en brocart d'or parsemée de pièces étincelantes, se tenait Minnie Renselaas. Et à ses côtés, un verre de cordial à la main, ses yeux vert pâle levés vers nous… il y avait Alexander Solarin.

Solarin me regardait avec son sourire éblouissant. J'avais souvent pensé à lui depuis la nuit où il avait disparu, sous la tente de la plage, et toujours avec l'étrange certitude que nous étions appelés à nous revoir. Il s'approcha, me prit la main, puis se tourna vers Lily.

— Nous n'avons pas encore eu l'occasion d'être présentés, lui dit-il.

Elle se tenait raide devant lui comme si elle avait voulu lui lancer un gant – ou un échiquier – au visage et le forcer à relever le défi dans la seconde.

— Je suis Alexander Solarin. Et vous êtes la petite-fille de l'un des plus grands maîtres d'échecs vivants. J'espère pouvoir vous ramener vers lui très bientôt.

Quelque peu radoucie par ces mots, elle lui serra la main.

— C'est assez, dit Minnie comme Kamel se joignait à notre groupe. Nous disposons de très peu de temps. Je suppose que vous avez les pièces ?

J'aperçus, sur un petit guéridon, une boîte en métal que je reconnus aussitôt : c'était celle qui contenait l'enveloppe de tissu.

Je tapotai mon sac et on s'approcha tous de la table. Après y avoir déposé mon sac, je sortis les pièces une à une. Elles furent bientôt toutes devant nous, leurs joyaux colorés scintillant dans la lumière de la bougie, auréolées de cette même lueur étrange qui m'avait déjà frappée dans la grotte. Nous les contemplâmes en silence pendant un long moment – le chameau étincelant, le fougueux étalon représentant le cavalier, le roi et la reine à la fois étranges et formidables. Solarin se pencha pour les toucher, puis regarda Minnie. Elle fut la première à prendre la parole.

— Enfin, murmura-t-elle, après tant d'années elles vont aller rejoindre les autres. Et c'est à vous que nous le devons. Votre acte rachètera la mort de tous les innocents qui se sont succédé au cours de toutes ces années…

— Les *autres* ? m'écriai-je en la dévisageant dans la semi-clarté.

— Elles sont aux États-Unis, déclara-t-elle avec un sourire. Solarin vous emmène ce soir à Marseille où nous avons pris des dispositions pour votre retour.

Kamel plongea la main dans la poche de sa veste et en sortit le passeport de Lily. Elle le prit machinalement tandis que nous dévisagions Minnie avec stupéfaction.

— Aux États-Unis ? dis-je. Mais qui les détient ?

— Mordecai, répondit-elle sans cesser de sourire. Il en a neuf de plus. Avec l'enveloppe, ajouta-t-elle en saisissant la boîte et en me la tendant, vous aurez en main plus de la moitié de la formule. Ce sera la première fois qu'elles seront réunies depuis près de deux siècles.

— Et que se passera-t-il lorsqu'elles seront réunies ? voulus-je savoir.

— Ce sera à vous de le découvrir, dit Minnie en me regardant d'un air grave.

Puis elle baissa les yeux vers les pièces, qui continuaient à luire au centre de la table.

— Maintenant c'est à votre tour…

Elle se détourna lentement et prit le visage de Solarin entre ses mains.

— Mon bien-aimé Sacha, murmura-t-elle, les yeux brillants de larmes. Prends bien soin de toi, mon enfant. Protège-les…

Elle pressa ses lèvres sur son front. À ma vive surprise, Solarin la serra dans ses bras. Pétrifiés, nous regardions tous le jeune maître d'échecs et l'élégante Mokhfi Mokhtar, perdus dans une longue étreinte silencieuse. Puis ils se séparèrent, et elle se tourna vers Kamel, dont elle pressa la main.

— Conduis-les au port, chuchota-t-elle.

Et, sans un mot pour Lily et moi, elle pivota sur ses talons et quitta la pièce. Solarin et Kamel la regardèrent disparaître en silence.

— Vous devez partir, déclara enfin Kamel en se tournant vers Solarin. Je veillerai sur elle. Qu'Allah vous protège, mon ami.

Il s'empara des pièces et les rangea dans mon sac avec la boîte, qu'il me prit des mains. Lily se tenait immobile près de moi, Carioca serré contre sa poitrine.

— Je n'y comprends rien, dit-elle d'une voix lasse. Vous voulez dire que ça y est ? On part ? Mais comment allons-nous nous rendre à Marseille ?

— Nous nous sommes procuré un bateau, répondit Kamel. Venez, il n'y a pas un instant à perdre.

— Mais… Et Minnie ? demandai-je. La reverrons-nous ?

— Pas pour le moment, intervint Solarin en se ressaisissant. Nous devons partir avant la tempête. Une fois au large, la traversée n'aura rien de compliqué.

Je me retrouvai une fois de plus dans les rues sombres de la Casbah, en compagnie de Lily et de Solarin, complètement hébétée.

On dévala à nouveau les passages silencieux, où les maisons s'imbriquaient les unes dans les autres, masquant toute lumière. À l'odeur de poisson qui agressait mes narines, je devinai qu'on approchait du port. On déboucha sur la large place proche de la mosquée de la Pêcherie, là où nous avions rencontré Wahad, bien des jours auparavant. J'avais l'impression qu'il s'était écoulé des mois. Le sable balayait la place avec violence, maintenant. Solarin me saisit par le bras et m'entraîna tandis que Lily, Carioca dans les bras, courait derrière nous.

Nous descendions les Escaliers de la Pêcherie en direction du port quand je pris une profonde inspiration et demandai très vite à Solarin :

— Minnie vous a appelé son enfant, elle n'est quand même pas *également* votre belle-mère, si ?

— Non, répondit-il doucement, en m'obligeant à descendre les marches deux par deux. Je prie pour que le ciel m'accorde de la revoir avant de mourir. Elle est ma grand-mère…

LE SILENCE QUI PRÉCÈDE LA TEMPÊTE

Car je marchais solitaire,
Sous les étoiles paisibles, et à cette heure
J'ai senti le pouvoir qui s'attache au son…
Et je m'arrêtais,
Dans la nuit épaissie par une tempête naissante,
Sous quelque roc, écoutant des notes qui sont
Le langage spectral de notre terre antique,
Ou qui font leur obscur séjour des vents lointains.
Là je puisai la faculté visionnaire.

Le Prélude,
William WORDSWORTH.

VERMONT
MAI 1796

Talleyrand s'enfonça de son pas claudiquant dans la forêt, où des rayons de soleil saupoudrés de particules de poussière transperçaient la cathédrale de feuillage printanier. Des oiseaux-mouches d'un vert lumineux voletaient de-ci de-là, tentant de capturer le nectar des grappes brillantes d'une vigne sauvage qui pendait d'un vieux chêne comme un voile. Le sol était encore humide sous ses pieds, les arbres encore emperlés d'une averse récente, captant la lumière comme autant de diamants.

Il y avait maintenant plus de deux ans qu'il vivait en Amérique. Elle avait répondu à son attente – mais non à son espoir. L'ambassadeur français, un médiocre bureaucrate, s'était parfaitement rendu compte des aspirations politiques de Talleyrand, tout comme il avait connaissance des charges de trahison qui pesaient sur lui. Il avait bloqué ses entrées auprès du président Washington, et les portes de la société de Philadelphie s'étaient fermées devant lui tout aussi rapidement que celles de Londres. Seul Alexander Hamilton était resté son ami et allié, mais il avait été incapable de lui trouver du travail. Ses ressources épuisées, Talleyrand en était désormais réduit à vendre la propriété du Vermont à des émigrés français fraîchement arrivés. Au moins, cela lui permettait de subsister.

Tandis qu'il parcourait le terrain grossier avec sa canne, mesurant les parcelles qu'il céderait le lendemain, il soupira et songea à sa vie gâchée. Qu'espérait-il sauver ? À quarante-deux ans, il n'avait rien d'autre à offrir que la réputation de ses ancêtres et une éducation raffinée. À quelques exceptions près, les Américains étaient des sauvages et des criminels, rejetés par les pays civilisés d'Europe. Même les classes supérieures de Philadelphie avaient moins de savoir-vivre que des barbares comme Marat, qui avait obtenu un diplôme de médecine, ou Danton, qui avait étudié le droit.

Mais la majorité de ces gentlemen étaient morts aujourd'hui, ceux-là mêmes qui avaient exalté puis sapé la Révolution. Marat assassiné ; Camille Desmoulins et Georges Danton conduits à la guillotine dans le même tombereau ; Hébert, Chaumette, Couthon, Saint-Just ; Lebas, qui avait préféré se brûler la cervelle plutôt que se laisser arrêter ; et les frères Robespierre, Maximilien et Augustin, dont les têtes en tombant avaient marqué la fin de la Terreur. Peut-être aurait-il rencontré le même destin s'il était resté en France ? Mais aujourd'hui l'heure était venue de rassembler les pièces. Il tapota la lettre qui reposait au fond de sa poche et sourit intérieurement. Il appartenait à la France, au salon étincelant de Germaine de Staël, là où se tissaient de brillantes intrigues politiques. Et non à cette terre sauvage et abandonnée de Dieu.

Il s'aperçut subitement qu'il y avait déjà un long moment qu'il n'entendait plus que le bourdonnement des abeilles, et se pencha pour planter sa marque sur le sol. Puis, scrutant le feuillage, il cria :

— Courtiade, tu es là ?

Aucune réponse. Il appela à nouveau, plus fort, cette fois. Du plus profond de la brousse s'éleva la voix affligée du valet.

— Oui, Monseigneur, malheureusement, oui, je suis là.

Courtiade écarta les branchages pour se frayer un passage et pénétra dans la petite clairière. Un gros sac en cuir pendait sur sa poitrine au bout d'une courroie.

Talleyrand lui entoura les épaules de son bras, et tous deux contournèrent les broussailles pour rejoindre le sentier rocailleux où ils avaient abandonné leur cheval et leur charrette.

— Vingt parcelles de terre, réfléchit-il. Viens, Courtiade, si nous les vendons demain, nous regagnerons Philadelphie avec les fonds nécessaires pour payer notre passage en France.

— Alors, la lettre que vous avez reçue de Mme de Staël vous confirme que vous pouvez rentrer ? demanda Courtiade, dont le visage impassible esquissa un semblant de sourire.

Talleyrand fouilla dans sa poche et en tira la missive qu'il transportait avec lui depuis ces dernières semaines.

— Comme toujours, expliqua-t-il, Germaine s'est jetée dans la mêlée. À peine rentrée en France, elle s'est empressée d'installer son nouvel amant – un Suisse nommé Benjamin Constant – à l'ambassade suisse, au nez et à la barbe de son mari. Ses activités politiques ont suscité une telle fureur qu'on l'a accusée devant la Convention d'ourdir une conspiration monarchiste tout en cocufiant son époux. Depuis, ils lui ont ordonné de se tenir à une trentaine de kilomètres de Paris, mais même de là-bas elle continue à faire des merveilles. C'est une femme d'un pouvoir et d'un charme extraordinaires, que je compterai toujours parmi mes amies…

D'un signe de tête, il autorisa Courtiade à ouvrir l'enveloppe. Le domestique se mit à lire tandis qu'ils continuaient à marcher vers leur attelage.

> *Votre heure a sonné*, mon cher ami*. *Revenez-nous vite, et cueillez les fruits de votre patience. J'ai toujours des relations dont la tête tient encore solidement sur les épaules. Ils se souviendront de votre nom et des services que vous avez rendus à la France par le passé. Affectueusement, Germaine.*

Courtiade leva les yeux de la lettre avec une joie non dissimulée. Ils avaient atteint la charrette, où le vieux cheval las broutait l'herbe tendre. Talleyrand le flatta et se tourna vers Courtiade.

— Tu as apporté les pièces ? demanda-t-il d'une voix douce.

— Elles sont là, répondit le valet en tapotant le sac en cuir qui pendait sur son épaule. Ainsi que le Tour du cavalier de M. Benjamin Franklin, que le secrétaire Hamilton a recopié pour vous.

— Cela, nous pouvons le garder, car il n'a de signification que pour nous. Mais les pièces sont beaucoup trop dangereuses pour que nous les rapportions en France. C'est pour cette raison que je voulais les cacher ici, sur cette terre sauvage où jamais personne n'aura l'idée de venir les chercher. Le Vermont, c'est un nom français, n'est-ce pas ? Les montagnes Vertes.

Il pointa sa canne en direction des collines verdoyantes qui ondulaient devant eux.

— Là-haut, au sommet de ces monts émeraude, si proches de Dieu. Il veillera sur elles à ma place.

Il posa sur Courtiade un regard pétillant de malice, mais l'expression du valet était redevenue grave.

— Qu'y a-t-il ? s'enquit Talleyrand. Tu n'aimes pas mon idée ?

— Vous avez pris tant de risques pour ces pièces, Monseigneur, expliqua poliment le valet. Elles ont coûté tant de vies humaines. Les laisser derrière nous maintenant, ce serait comme si…

Il chercha ses mots.

— Comme si tout cela n'avait servi à rien, compléta Talleyrand avec amertume.

— Pardonnez mon audace, Monseigneur… mais si Mlle Mireille était encore en vie, vous auriez remué ciel et terre pour garder ces pièces avec vous, ainsi qu'elle vous en avait confié la mission. Vous ne les auriez pas abandonnées sur une terre sauvage.

— Quatre années ont passé, sans un mot, sans un signe auquel me rattacher, dit Talleyrand d'une voix brisée. Et malgré tout, je n'ai pas pu m'empêcher de continuer à espérer – jusqu'à aujourd'hui. Mais Germaine est de retour en France, et avec le réseau d'informateurs dont elle dispose, elle aurait été immédiatement avertie s'il y avait eu le moindre indice… Son silence me laisse entrevoir le pire. En enfouissant ces pièces dans le sol, peut-être mon espoir prendra-t-il à nouveau racine.

Trois heures plus tard, comme les deux hommes plaçaient la dernière pierre sur le tertre de terre, au cœur des montagnes Vertes, Talleyrand releva la tête et regarda Courtiade.

— Puissent-elles ne pas refaire surface avant un autre millénaire, déclara-t-il en contemplant le monticule.

Courtiade éparpillait des broussailles et des feuilles sur la cachette. Il répondit d'une voix grave :

— Mais, au moins, elles continueront à vivre.

SAINT-PETERSBOURG, RUSSIE
NOVEMBRE 1796

Six mois plus tard, dans une antichambre du palais impérial de Saint-Pétersbourg, Valerian Zubov et son splendide frère, Platon, bien-aimé de la tsarine Catherine la Grande, conversaient à voix basse tandis que les membres de la Cour, prématurément revêtus de leurs habits de deuil, se dirigeaient en une longue procession vers les appartements impériaux.

— Nous n'y survivrons pas, chuchota Valerian qui, tout comme son frère, arborait un costume de velours noir orné des rubans attestant de son rang. Il nous faut agir maintenant, ou tout est perdu !

— Je ne peux pas partir tant qu'elle n'est pas morte, répliqua farouchement Platon, comme le dernier groupe passait devant eux. De quoi cela aurait-il l'air ? Elle peut très bien reprendre brusquement connaissance, et alors tout *serait* fini !

— Elle ne reprendra pas connaissance ! répondit Valerian en s'efforçant de contenir son agitation. C'est une *hémorragie cérébrale**. Le médecin m'a dit que personne ne pouvait s'en remettre. Et tout de suite après son décès, Paul deviendra tsar.

— Il est venu me proposer une trêve, dit Platon sans conviction. Ce matin même, il m'a offert un titre et des terres. Rien de comparable avec le palais Taurida, naturellement. Quelque chose dans la région.

— Et tu lui fais confiance ?

— Non, admit Platon. Mais que puis-je faire ? Même si je choisis de fuir, jamais je ne parviendrai jusqu'à la côte…

*

L'abbesse était assise près du lit de la grande tsarine de toutes les Russies. Le visage de Catherine était blême. L'abbesse pressait sa main dans les siennes, contemplant sa peau livide qui, de temps à autre, se marquait de rouge tandis qu'elle étouffait dans les ultimes affres de la souffrance.

C'était atroce de voir étendue là cette amie qui avait toujours été si forte, si pleine de vie. Tout son pouvoir ne l'avait pas sauvée de cette mort horrible. Son corps n'était plus qu'une enveloppe pâle et marbrée, tel un fruit gâté tombé trop tard de l'arbre. C'était la fin que Dieu réserve à tout un chacun – aux puissants comme aux faibles, aux saints comme aux pécheurs. *Te absoleo*, songea l'abbesse, si cela peut t'aider. Mais tout d'abord, tu dois te réveiller, mon amie. Car j'ai encore plus besoin de ton aide. Même si ce doit être la dernière chose que tu feras avant de nous quitter, il faut que tu me dises où tu as caché la pièce d'échecs que je t'ai apportée. Dis-moi où tu as dissimulé la reine noire !

*

Mais Catherine ne reprit pas connaissance. Immobile dans ses appartements glacés, le regard fixé sur le feu éteint qu'elle n'avait pas le courage de rallumer, l'abbesse réfléchissait fébrilement à ce qu'elle devait faire.

La Cour entière était en deuil, derrière les portes closes, mais ils pleuraient autant sur eux que sur la tsarine décédée. Ils étaient malades de peur à l'idée de ce qu'il allait advenir d'eux quand le dément prince Paul serait couronné tsar.

On racontait qu'à l'instant où Catherine avait poussé son dernier soupir il s'était précipité dans ses appartements, qu'il avait vidé le contenu de son bureau et qu'il avait tout lancé dans les flammes sans même en prendre connaissance. Il avait peur que parmi ces papiers se trouvât une disposition finale statuant ce qu'elle avait toujours clamé – qu'elle le déshéritait en faveur de son fils Alexandre.

Le palais lui-même avait été transformé en caserne. Les soldats de la garde personnelle de Paul, revêtus de leur uniforme à la mode de Prusse aux boutons étincelants, défilaient nuit et jour dans les couloirs, hurlant des ordres qui résonnaient dans le martèlement de leurs bottes. Les francs-maçons et autres libéraux auxquels Catherine s'était toujours opposée avaient été libérés de prison. Tout ce que Catherine avait construit durant sa vie, Paul était résolu à le détruire. Ce n'était plus qu'une question de temps, songea l'abbesse, avant que son attention ne se tournât vers ceux qui avaient été ses amis…

Elle entendit la porte de ses appartements s'ouvrir dans un grincement. Levant un regard résigné vers l'entrée, elle vit Paul, à l'autre bout de la pièce, qui fixait ses yeux globuleux sur elle. Il ricana stupidement, se frottant les mains – ou de satisfaction, ou à cause du froid qui régnait dans la pièce ? Elle n'aurait su le dire.

— Pavel Petrovich, je vous attendais, dit l'abbesse avec un sourire.

— Vous êtes priée de m'appeler Votre Majesté et de vous *lever* quand j'entre chez vous ! cria-t-il.

Puis, se calmant un peu comme l'abbesse se mettait lentement debout, il traversa la pièce et la toisa avec un regard débordant de haine.

— Nos positions ont bien changé depuis la dernière fois que je suis entré chez vous, n'est-ce pas, madame de Roque ? lança-t-il d'un ton chargé de défi.

— En effet, répondit calmement l'abbesse. Si je me souviens bien, votre mère m'expliquait alors les raisons pour lesquelles vous n'hériteriez pas de son trône. Les événements semblent toutefois avoir suivi un cours différent.

— Son trône ? hurla Paul, les poings serrés de rage. C'était mon trône, elle me l'a volé quand j'avais à peine huit ans ! C'était un despote ! explosa-t-il, le visage rouge de fureur. Je sais ce que vous complotiez toutes les deux. Je sais ce que vous aviez en votre possession ! J'exige que vous me disiez où vous avez caché le reste !

À ces mots, il fouilla la poche de sa veste et en tira la reine noire. L'abbesse recula dans un mouvement de frayeur, mais se reprit aussitôt.

— Ceci m'appartient, dit-elle calmement en tendant la main.

— Non, non ! jubila joyeusement Paul. Je les veux toutes, car je sais ce qu'elles représentent, voyez-vous. Et elles seront à moi. Toutes !

— J'ai bien peur que non, répondit l'abbesse, la main toujours tendue.

— Un petit séjour en prison vous rafraîchira peut-être la mémoire, déclara Paul en se détournant tandis qu'il remettait la pièce d'échecs dans sa poche.

— Vous ne pensez pas ce que vous dites ?

— Mais ce ne sera pas avant les funérailles, pouffa Paul en s'arrêtant sur le seuil. Je ne voudrais surtout pas que vous manquiez ce spectacle. J'ai ordonné que les ossements de mon père assassiné, Pierre III, soient exhumés du monastère Alexandre-Nevski et amenés au palais d'Hiver, afin d'être exposés à côté du corps de la femme qui l'a fait tuer. Au-dessus du cercueil de mes parents, il y aura une banderole où l'on pourra lire : « Séparés dans la vie, unis dans la mort. » Leurs cercueils seront portés dans toutes les rues enneigées de la ville par une escorte composée des anciens amants de ma mère. Je me suis même arrangé pour que les assassins de mon père aient à porter sa dépouille !

Il éclata d'un rire hystérique tandis que l'abbesse le dévisageait avec horreur.

— Mais Potemkine est mort, dit-elle doucement.

— Oui, trop tard pour le Sérénissime. Ses os seront retirés du mausolée à Kherson et jetés en pâture aux chiens !

Là-dessus, Paul ouvrit la porte et se retourna pour lancer un dernier regard à l'abbesse.

— Et Platon Zubov, le dernier favori en date de ma mère, recevra une nouvelle propriété. Je l'y accueillerai avec du champagne et un dîner servi dans une vaisselle d'or. Mais il n'en profitera qu'une journée !

— Peut-être l'aurai-je pour compagnon de cellule ? suggéra l'abbesse, soucieuse d'en savoir le plus long possible sur les projets de ce dément.

— Pourquoi me soucierais-je de ce fou ? Dès qu'il sera installé, je l'inviterai à voyager. Je me réjouis à l'avance de voir sa réaction quand il apprendra qu'il doit abandonner en un jour tout ce qu'il a si durement acquis en partageant le lit de ma mère pendant des années !

La draperie n'était pas plus tôt retombée derrière Paul que l'abbesse se précipita vers son écritoire. Mireille était en vie, elle le savait. La lettre de crédit qu'elle lui avait envoyée par l'intermédiaire de Charlotte Corday avait été utilisée à plusieurs reprises, dans la banque de Londres. Si Platon Zubov devait partir en exil, il était la seule personne capable désormais de communiquer avec Mireille, en passant par cette banque. Si Paul ne changeait pas d'avis entretemps, elle avait une chance. Il détenait peut-être une pièce du Jeu de Montglane, mais pas le reste. Elle possédait toujours l'enveloppe de tissu, et elle savait où était l'échiquier.

Tandis qu'elle préparait son message, en pesant chaque mot pour le cas où il tomberait en de mauvaises mains, elle pria pour que

Mireille le reçût avant qu'il ne fût trop tard. Lorsque ce fut fait, elle le dissimula dans sa robe afin de pouvoir le glisser à Zubov pendant les funérailles. Puis l'abbesse s'assit et entreprit de coudre l'étui du Jeu de Montglane à l'intérieur de son habit abbatial. C'était peut-être la dernière chance qu'elle avait de le cacher avant d'aller en prison.

PARIS
DÉCEMBRE 1797

L'attelage de Germaine de Staël passa entre les splendides colonnades qui marquaient l'entrée de l'hôtel Galliffet, rue du Bac. Ses six chevaux blancs, couverts d'écume et fouettant le gravier de leurs sabots, s'arrêtèrent brutalement devant l'entrée principale. Le valet de pied sauta à terre et déplia les marches de l'attelage afin de permettre à sa maîtresse de descendre. En l'espace d'un an elle avait arraché Talleyrand aux ténèbres de son exil et l'avait installé dans cet hôtel particulier somptueux – et voilà comment il la remerciait !

La cour intérieure était remplie d'arbres décoratifs et d'arbustes en pots. Courtiade marchait de long en large dans la neige, indiquant à quel endroit précis du parc on devait les placer. Il y avait là des centaines d'arbres en fleurs, assez pour transformer les jardins en une féerie printanière, au cœur même de l'hiver. Le valet assista avec embarras à l'arrivée de Mme de Staël, puis s'élança pour l'accueillir.

— Inutile d'essayer de m'amadouer, Courtiade ! lança Germaine avant même que le valet ne soit parvenu jusqu'à elle. Je suis venue tordre le cou de ce monstre d'ingratitude qu'est ton maître !

Avant que Courtiade ait pu l'arrêter, elle gravit le perron et franchit les portes-fenêtres pour pénétrer dans la maison.

Elle trouva Talleyrand au premier, occupé à faire ses comptes dans le bureau ensoleillé qui dominait le hall d'entrée. Il se retourna en souriant comme elle entrait précipitamment dans la pièce.

— Germaine… quel plaisir inattendu ! dit-il en se levant.

— Comment osez-vous donner une soirée en l'honneur de ce parvenu corse sans m'inviter ? cria-t-elle. Avez-vous oublié qui vous a fait revenir d'Amérique ? Qui a réussi à faire tomber les charges qui pesaient sur vous ? Qui a convaincu Barras que vous feriez un meilleur ministre des *Relations extérieures** que Delacroix ? C'est ainsi que vous me savez gré d'avoir mis tout le poids de mon influence à votre service ? À l'avenir, je saurai me souvenir de la façon dont les Français remercient leurs amis !

— Ma chère Germaine, protesta Talleyrand d'une voix câline en lui tapotant gentiment l'épaule, c'est M. Delacroix lui-même qui a convaincu Barras que j'étais beaucoup plus qualifié que lui pour cette tâche.

— Qualifié ! releva Germaine avec un mélange de colère et de mépris. Tout Paris sait que l'enfant que porte sa femme est de vous ! Vous les avez probablement invités tous les deux – votre prédécesseur et la maîtresse grâce à laquelle vous l'avez cocufié !

— J'ai convié toutes mes maîtresses, rit Talleyrand. Y compris vous. Mais pour ce qui est de cocufiage, je crois que vous êtes mal placée pour me lancer la première pierre, mon ange.

— Je n'ai reçu aucune invitation, rectifia Germaine, ignorant l'allusion.

— Naturellement non, répondit-il, ses yeux étincelants fixés sur elle avec complaisance. Pourquoi perdrais-je mon temps à inviter ma meilleure amie ? Comment croyez-vous que je puisse organiser une soirée de cette envergure – cinq cents hôtes – si vous ne m'apportez pas votre aide ? Je vous attends depuis des jours !

Germaine hésita un instant.

— Mais les préparatifs sont déjà bien engagés, remarqua-t-elle.

— Peuh, quelques milliers d'arbres et d'arbustes, fit dédaigneusement Talleyrand. Ce n'est rien, comparé à ce que j'ai en tête.

Lui saisissant le bras, il l'entraîna vers les portes-fenêtres et pointa un doigt vers la cour.

— Que pensez-vous de ça ? Dans les jardins et la cour, des douzaines de tentes en soie ornées de rubans et de bannières claquant dans le vent. Au milieu des tentes, des soldats en uniforme français, immobiles au garde-à-vous…

Il la guida vers la porte du bureau, où une galerie en marbre ceignait le hall d'entrée surélevé, qui lui-même conduisait à un escalier en précieux marbre italien. Des hommes agenouillés sur le sol déployaient un long tapis rouge sombre.

— Et là, à l'arrivée des invités, des musiciens jouant des airs militaires se déplaceront dans la galerie, montant et descendant les marches tandis qu'on chantera *La Marseillaise* !

— C'est merveilleux ! s'enthousiasma Germaine en tapant dans ses mains. Toutes les fleurs devront être teintes en bleu, en blanc et en rouge, et des banderoles en crêpe aux mêmes couleurs seront tendues entre les balustrades…

— Vous voyez ? sourit Talleyrand en la serrant contre lui. Que ferais-je sans vous ?

*

En guise de surprise spéciale, Talleyrand avait fait aménager la salle à manger de telle sorte que seules les femmes disposaient de sièges à la table du banquet. Chaque gentilhomme se tenait derrière la chaise d'une dame et lui servait des morceaux délicats prélevés dans les plats élaborés que des serviteurs en livrée faisaient circuler sans interruption. Cet arrangement flattait les femmes et permettait aux hommes de converser entre eux.

Napoléon avait été enchanté par la reproduction du camp militaire de sa campagne d'Italie qui l'avait accueilli à son arrivée. Vêtu d'un habit tout simple, dépourvu de toute décoration, ainsi que le lui avait conseillé Talleyrand, il éclipsait les membres du gouvernement, qui s'étaient présentés parés du splendide costume à plumes dessiné par le peintre David.

David lui-même, à l'autre bout de la pièce, s'était vu confier la tâche de servir une beauté aux cheveux blonds que Napoléon était impatient de rencontrer.

— Ne l'ai-je pas déjà vue quelque part ? chuchota-t-il à Talleyrand avec un sourire, le regard fixé sur l'autre extrémité de la table.

— C'est possible, répondit nonchalamment Talleyrand. Elle était à Londres pendant la Terreur, mais elle vient de rentrer en France. Son nom est Catherine Grand.

Dès que les invités se furent levés et dispersés dans les différentes salles de bal et de musique, Talleyrand alla chercher la ravissante élue. Le général était déjà accaparé par Mme de Staël, qui le harcelait de questions.

— Dites-moi, général Bonaparte, déclara-t-elle avec force, quel genre de dames admirez-vous le plus ?

— Celles qui portent le plus d'enfants, rétorqua-t-il sèchement.

Puis, apercevant Catherine Grand qui approchait au bras de Talleyrand, son visage s'illumina.

— Et où êtes-vous restée cachée si longtemps, ma beauté ? demanda-t-il, les présentations faites. Vous avez le charme d'une Française, mais un nom anglais. Êtes-vous britannique de naissance ?

— Je suis *d'Inde**, répondit Catherine avec un sourire radieux.

Germaine sursauta tandis que Napoléon regardait Talleyrand, un sourcil levé. Car sa réponse était à double sens et pouvait tout aussi bien signifier : « Je suis une complète idiote. »

— Mme Grand est loin d'être une sotte, comme elle voudrait nous le laisser entendre, déclara sèchement Talleyrand en s'adressant à Germaine. En fait, je la tiens pour l'une des femmes les plus remarquables d'Europe !

— Une jolie femme n'est pas toujours intelligente, acquiesça Napoléon, mais une femme intelligente est toujours jolie.

— Vous m'embarrassez devant Mme de Staël, commenta Catherine Grand. Chacun sait que c'est elle la dame la plus brillante d'Europe. Elle a même rédigé un livre !

— Elle écrit peut-être, déclara Napoléon en lui prenant le bras, mais on écrira sur vous.

David rejoignit leur petit groupe et salua tout le monde avec chaleur. Mais parvenu devant Mme Grand, il se figea.

— La ressemblance est extraordinaire, n'est-ce pas ? nota Talleyrand, qui avait lu dans ses pensées. C'est pour cette raison que je t'ai placé à côté de Mme Grand au dîner. À propos, qu'est devenu ton tableau représentant les Sabines ? J'aimerais te l'acheter, à titre de souvenir.

— Je l'ai fini en prison, répondit David avec un ricanement nerveux. Il a été exposé à l'Académie peu après. Tu n'es pas sans ignorer que j'ai été bouclé pendant des mois, après la chute de Robespierre ?

— J'ai également été emprisonné à Marseille, déclara Napoléon dans un éclat de rire. Et pour le même motif. Le frère de Robespierre, Augustin, était l'un de mes plus farouches partisans… Mais à quel tableau faites-vous allusion ? Si Mme Grand vous l'a inspiré, je serais moi-même vivement intéressé de le voir.

— Pas elle, rectifia David d'une voix tremblante, mais quelqu'un dont elle est étrangement le sosie. Une de mes pupilles… décédée pendant la Terreur. Elles étaient deux…

— Valentine et Mireille, intervint Mme de Staël. Deux adorables jeunes filles… Elles nous accompagnaient partout. L'une a été tuée, mais qu'est-il advenu de l'autre, celle qui avait les cheveux roux ?

— Elle est morte également, je crois, dit Talleyrand. Ou, du moins, c'est ce que Mme Grand m'a affirmé. Vous étiez très liée avec elle, n'est-ce pas, ma chère ?

Catherine Grand avait pâli, mais elle sourit gracieusement en s'efforçant de retrouver son sang-froid. David lui lança un regard incisif ; il s'apprêtait à dire quelque chose quand Napoléon l'interrompit.

— Mireille ? Était-ce le nom de cette jeune fille rousse ?

— En effet, acquiesça Talleyrand. Elles étaient toutes deux religieuses à Montglane.

— Montglane ! souffla Napoléon, les yeux fixés sur Talleyrand. Puis il se tourna à nouveau vers David.

— Vous dites qu'elles étaient vos pupilles ?

— Jusqu'à ce qu'elles trouvent la mort, répéta Talleyrand tout en observant attentivement Mme Grand, qui se troubla sous son regard.

Puis il reporta son attention sur David.

— On dirait que quelque chose te tracasse, remarqua-t-il en posant la main sur le bras du peintre.

— Moi quelque chose me tracasse, en tout cas, reprit Napoléon en choisissant soigneusement ses mots. Messieurs, je suggère que nous escortions ces dames jusqu'à la salle de bal et qu'ensuite nous nous retirions quelques instants dans le bureau. J'aimerais tirer cette affaire au clair.

— Pourquoi, général Bonaparte ? demanda Talleyrand. Vous avez des informations sur les deux personnes dont nous parlons ?

— En effet. Du moins en ce qui concerne l'une d'elles, avoua-t-il avec franchise. S'il s'agit bien de la femme à laquelle je pense, il s'en est fallu de peu qu'elle ne donne naissance à son enfant dans ma maison de Corse !

*

— Elle est en vie et elle a eu un enfant, résuma Talleyrand après avoir mis bout à bout les récits de Napoléon et de David. *Mon* enfant, ajouta-t-il mentalement en marchant de long en large dans son bureau, tandis que ses deux compagnons dégustaient un excellent madère, installés devant le feu, dans des fauteuils en damas vieil or.

— Mais où peut-elle se trouver aujourd'hui ? Elle est allée en Corse et dans le Maghreb, puis elle est rentrée en France où elle a commis le crime dont tu m'as parlé.

Il regarda David, encore tout tremblant du récit qu'il venait de faire, car c'était la première fois qu'il franchissait ses lèvres.

— Mais Robespierre est mort, maintenant. Et personne en France n'est au courant, à part *toi*, dit-il à David. Où peut-elle être ? Pourquoi n'est-elle pas revenue ?

— Nous devrions peut-être en discuter avec ma mère, suggéra Napoléon. Comme je vous l'ai expliqué, c'est elle qui connaissait l'abbesse, la femme qui a déclenché le jeu. Je crois qu'elle s'appelle Mme de Roque.

— Mais… elle était en Russie ! s'écria Talleyrand en se tournant brusquement vers les deux hommes tandis qu'il prenait subitement conscience de ce que cela impliquait. La Grande Catherine a quitté ce monde l'hiver dernier, il y a presque un an ! Qu'est-il advenu de l'abbesse, maintenant que Paul est sur le trône ?

— Et des pièces, dont elle est la seule à connaître l'emplacement, ajouta Napoléon.

— Je sais où certaines d'entre elles se trouvent, déclara David, dont c'était la première intervention depuis qu'il avait conclu son horrible récit.

Il regarda Talleyrand droit dans les yeux et ce dernier s'agita, mal à l'aise. David avait-il deviné où Mireille avait passé son ultime nuit à Paris ? Napoléon avait-il deviné à qui appartenait le splendide cheval qu'elle montait lorsque sa sœur et lui l'avaient rencontrée près des barricades ? Si c'était le cas, ils avaient peut-être également deviné comment elle s'était débarrassée des pièces du Jeu de Montglane, avant de quitter la France.

Il se composa une expression indifférente tandis que David poursuivait :

— Avant de mourir, Robespierre m'a parlé. Il y a une femme derrière tout cela – la reine blanche. C'était sa protectrice ainsi que celle de Marat. C'est elle qui a tué les religieuses qui cherchaient à joindre Mireille, elle qui s'est emparée des pièces. Dieu seul sait combien elle en possède aujourd'hui, et si Mireille connaît la menace qu'elle représente pour elle. Mais vous, vous devriez le savoir, messieurs. Bien qu'elle ait résidé à Londres pendant la Terreur, il l'appelait « la femme de l'Inde ».

LA TEMPÊTE

L'Ange d'Albion se tenait à côté de la Pierre de Nuit et il vit
La terreur telle une comète, ou plus encore telle la planète rouge
Qui jadis contenait dans sa sphère les terribles comètes errantes
Le Spectre rougeoyait, sa longueur horrifique souillant le
Temple tout entier
De rayons ensanglantés, et la Voix jaillit
Qui ébranla le Temple.

America: A Prophecy,
William BLAKE.

Et j'ai voyagé sur la terre et j'ai été un pèlerin toute ma vie, solitaire, étranger à moi-même. Puis tu as fait naître en moi Ton art par le souffle terrible de la tempête qui grondait en moi.

PARACELSE.

J'étais littéralement abasourdie d'apprendre que Solarin était le petit-fils de Minnie Renselaas. Mais je n'avais pas le temps de le questionner sur son arbre généalogique tandis que nous dévalions les Escaliers de la Pêcherie avec Lily, dans l'ombre menaçante de la tempête. À nos pieds, la mer était enveloppée d'un étrange halo pourpre et, comme je jetais un coup d'œil par-dessus mon épaule, en direction des collines éclairées par la lune, je vis les doigts rouge sombre du sirocco charriant des tonnes de sable et s'engouffrant dans chaque interstice des montagnes, comme pour bloquer notre fuite.

Nous réussîmes à atteindre les docks, tout au bout du port, là où se trouvaient les embarcations privées. C'est à peine si je pus distinguer leur forme sombre, agitée par le vent. Je sautai aveuglément sur le pont avec Lily, juste derrière Solarin, et on se précipita aussitôt en bas afin de mettre Carioca et les pièces à l'abri, et d'échapper au sable qui brûlait déjà notre peau et nos poumons. Avant de refermer sur nous la porte de la petite cabine, j'eus le temps d'apercevoir Solarin qui détachait les amarres, et je suivis à tâtons Lily en bas des marches.

Le moteur se mit en route doucement et le sol vibra sous nos pieds. J'avançai les mains dans le noir jusqu'à ce que je rencontre un objet qui avait la forme d'une lampe et sentait le kérosène. Je l'allumai afin d'examiner la pièce minuscule, mais luxueusement équipée : des boiseries sombres, d'épais tapis, quelques chaises pivotantes en cuir, deux lits gigognes adossés au mur et un hamac en filet rempli de gilets de sauvetage. En face des couchettes était aménagée une petite cuisine avec un évier et un réchaud. Mais lorsque j'ouvris les placards, je m'aperçus qu'il n'y avait pas la moindre nourriture à l'intérieur – juste un petit bar confortablement approvisionné. Je débouchai une bouteille de cognac, dénichai des verres et nous servis à chacune une solide rasade d'alcool.

— J'espère que Solarin sait manœuvrer un voilier, marmonna Lily en avalant une large gorgée.

— Ne sois pas ridicule, rétorquai-je en réalisant au bout d'une gorgée que je n'avais rien mangé depuis très longtemps. Les voiliers n'ont pas de moteur. Tu n'entends pas ce bruit ?

— Moi je veux bien, mais alors à quoi servent les mâts plantés au milieu du pont ? À faire joli ?

Maintenant qu'elle m'en parlait, je me souvenais effectivement de les avoir vus. Mais je ne pouvais pas croire que nous prenions la mer au beau milieu d'une tempête à bord d'un voilier. Même Solarin ne prendrait pas un risque pareil. Je décidai quand même d'aller jeter un œil, juste au cas où.

Je gravis l'escalier étroit menant au petit poste de pilotage, entouré de sièges garnis de coussins. Nous avions quitté le port, maintenant, et nous nous trouvions un peu en avant de la couverture de sable rouge qui continuait à progresser vers Alger. Le vent était violent, la lune claire, et sa lueur glacée me permit d'examiner sérieusement le bateau qui était censé nous apporter le salut.

Il était plus grand que je ne l'avais pensé, tout en teck ciré à la main. Des rampes de bastingage en cuivre étincelant couraient tout autour, et le petit cockpit où je me tenais était équipé d'appareils sophistiqués. Ce n'était pas un, mais deux mâts gigantesques qui se dressaient vers le ciel sombre. Solarin, une main sur le gouvernail, sortait de l'autre d'énormes paquets de toile pliée d'un trou ménagé dans le pont.

— Un voilier ? articulai-je en le regardant.

— Un ketch, grommela-t-il en continuant à tirer la toile. C'est tout ce que j'ai réussi à voler dans un temps aussi court. Mais c'est un bon bateau.

— Vous m'en voyez ravie ! grinçai-je. Ni Lily ni moi ne savons comment ça fonctionne. J'espère au moins que *vous*, vous avez une petite idée là-dessus ?

— Évidemment, riposta-t-il dédaigneusement. J'ai grandi à côté de la mer Noire.

— Et alors ? J'habite à Manhattan, une île avec plein de bateaux tout autour. Ce n'est pas pour ça que je sais comment en piloter un dans une tempête !

— Au lieu de râler, vous feriez mieux de m'aider à hisser ces voiles. Je vous expliquerai ce qu'il faut faire au fur et à mesure. Je pourrai les manœuvrer seul une fois qu'elles seront installées. Si nous faisons vite, nous doublerons Minorque avant que la tempête ne se déchaîne.

Je m'attelai donc à la tâche en suivant ses instructions. Les filins appelés drisses et écoutes, et constitués de chanvre rugueux, me cisaillèrent les doigts quand je tirai dessus. Les voiles – des kilomètres de coton égyptien cousus à la main – portaient des noms tels que « foc » et « misaine ». On en hissa deux au mât de devant, et une à celui de derrière, « l'artimon », comme l'appelait Solarin. Je halai aussi fort que je le pus tandis qu'il me criait des instructions, puis j'attachai ce que j'espérais être les bons filins aux taquets du pont. Quand elles furent en place toutes les trois, le bateau avait vraiment fière allure et filait à une vitesse prodigieuse.

— Bon travail, approuva Solarin comme je le rejoignais dans le cockpit.

Il s'interrompit et me regarda.

— Pourquoi ne redescendez-vous pas vous reposer un peu ? Vous avez l'air d'en avoir besoin. Le jeu n'est pas encore terminé.

Il avait raison. Je n'avais pas fermé l'œil depuis ma brève sieste dans l'avion d'Oran, douze heures plus tôt, mais j'avais l'impression qu'il y avait des jours de cela. Et en dehors de mon plongeon dans la mer, je ne m'étais pas baignée non plus.

Mais avant de céder à la fatigue et à la faim, il y avait un certain nombre de points que je voulais éclaircir.

— J'ai cru comprendre que nous allions à Marseille, déclarai-je. Vous ne pensez pas que c'est le premier endroit où Sharrif et ses hommes penseront à aller nous chercher, dès qu'ils auront réalisé que nous avons quitté Alger ?

— Nous jetterons l'ancre près de la Camargue, répondit Solarin en me poussant dans un siège du cockpit, tandis que la bôme oscillait au-dessus de nos têtes. Un avion privé nous y attendra, mais pas très longtemps : Kamel a déjà eu du mal à nous arranger ça. Nous ne pouvons que nous féliciter d'avoir du vent.

— Pourquoi ne me dites-vous jamais rien ? m'énervai-je. Pourquoi n'avez-vous jamais mentionné que Minnie était votre grand-mère, ou que vous connaissiez Kamel ? Et, pour commencer, comment avez-vous été amené à entrer dans le jeu ? Je croyais que c'était Mordecai qui vous avait enrôlé ?

— C'est exact, acquiesça-t-il, les yeux fixés sur la mer de plus en plus sombre. Avant de venir à New York, je n'avais vu ma grand-mère qu'une seule fois, alors que j'étais encore un enfant. Je ne devais guère avoir plus de six ans, à l'époque, mais je n'oublierai jamais…

Il marqua une pause, comme perdu dans ses souvenirs. Je n'interrompis pas sa rêverie, attendant qu'il poursuivît.

— Je n'ai jamais connu mon grand-père, reprit-il lentement. Il est décédé avant ma naissance. Minnie a épousé Renselaas par la suite et, après sa mort, le père de Kamel. Je ne connaissais pas Kamel avant de venir à Alger. C'est Mordecai qui m'a choisi, en Russie, pour faire partie du jeu. J'ignore comment ma grand-mère l'a rencontré, mais il est sans aucun doute le plus redoutable joueur d'échecs depuis Alekhine – en beaucoup plus charmant. Il m'a enseigné de solides bases techniques pendant le peu de temps que nous avons pu jouer ensemble.

— Il ne s'est quand même pas rendu en Russie uniquement pour jouer aux échecs avec vous ?

— Non, admit Solarin en riant. Il cherchait l'échiquier et pensait que je pourrais les aider à mettre la main dessus.

— Et c'est ce que vous avez fait ?

— Non, murmura Solarin en tournant vers moi ses yeux verts avec une expression que je ne parvins pas à définir. Je les ai aidés à *vous* mettre la main dessus. N'était-ce pas suffisant ?

J'avais d'autres questions en réserve, mais son regard me mit mal à l'aise – sans que je puisse m'expliquer pourquoi. Le vent était de plus en plus cinglant, et chargé de sable. Je me sentis brusquement très lasse. J'esquissai le mouvement de me lever, mais Solarin m'arrêta d'un geste.

— Attention à la bôme, m'avertit-il.

Repoussant la voile de l'autre côté, il me fit signe de passer en dessous.

— Je vous appellerai si j'ai besoin de vous, ajouta-t-il.

Lorsque je redescendis l'escalier abrupt, Lily, assise sur la couchette du bas, nourrissait Carioca à l'aide de biscuits secs trempés dans l'eau. À côté d'elle, sur le lit, étaient posés un pot ouvert de beurre de cacahuète, déniché Dieu sait où, et plusieurs paquets de biscuits secs et de pain grillé. Je m'aperçus brusquement que Lily avait considérablement minci. Son nez brûlé par le soleil avait bronzé et sa robe microscopique moulait maintenant des courbes harmonieuses plutôt que de la graisse gélatineuse.

— Tu devrais essayer de manger un peu, me dit-elle. Moi je n'ai rien pu avaler, ce roulis perpétuel me donne la nausée.

Le déferlement des vagues était effectivement très perceptible dans la cabine. Je dévorai à belles dents quelques biscuits généreusement tartinés de beurre, terminai le reste de cognac pour faire passer le tout et me hissai sur la couchette supérieure.

— Je crois que nous ferions bien de dormir un peu, dis-je. La nuit sera longue, et la journée de demain ne sera pas non plus de tout repos.

— Nous sommes *déjà* demain, bâilla Lily en consultant sa montre.

Elle éteignit la lampe. J'entendis grincer les ressorts de son matelas tandis qu'elle s'installait avec Carioca. Ce fut le dernier bruit que je perçus avant de partir pour le royaume des rêves.

*

J'étais au fond de la mer et je rampais sur le sable fin tandis que le courant ondulait tout autour de moi. Dans mon rêve, les pièces du Jeu de Montglane avaient pris vie et tentaient de s'échapper de mon sac. Je m'efforçais de les refouler à l'intérieur et d'atteindre la rive, mais mes pieds étaient enlisés dans la vase. J'étouffais. Chaque fois que je tentais de remonter à la surface, une énorme vague surgissait et m'engloutissait à nouveau.

J'ouvris les yeux, sans comprendre tout de suite où je me trouvais. Je regardai à travers un hublot complètement submergé. Puis le bateau roula de l'autre côté, m'envoyant valdinguer hors de ma couchette, au milieu de la petite cuisine. Je me ramassai, complètement trempée. L'eau qui clapotait dans la cabine m'arrivait aux genoux.

Les vagues montaient à l'assaut de la couchette de Lily, et Carioca s'était perché sur la dormeuse afin de garder ses petites pattes au sec. Il se passait quelque chose de dramatiquement anormal.

— Réveille-toi ! criai-je au milieu du fracas de la mer et du gémissement des baux.

Je la tirai tant bien que mal vers le hamac tout en essayant de garder mon équilibre. Où étaient les pompes ? N'étaient-elles pas censées se mettre automatiquement en marche ?

— Oh mon Dieu, gémit Lily en essayant de tenir debout. Je crois que je vais être malade.

— Ce n'est pas le moment !

Je la hissai à moitié sur le hamac. Tout en la maintenant d'une main, je raflai les gilets de sauvetage de l'autre. Je l'allongeai dans le filet instable, puis j'attrapai Carioca et l'y déposai juste au moment où l'estomac de Lily se soulevait. Attrapant un seau en plastique qui flottait par là, je le lui fourrai sous le nez. Elle restitua ses biscuits et me lança un regard agonisant.

— Où est Solarin ? gémit-elle par-dessus le hurlement strident du vent et de la mer.

— Je ne sais pas.

Je lui lançai un gilet de sauvetage et en passai également un tout en fendant l'eau de plus en plus haute.

— Enfile ça, je vais voir ce qui se passe.

Des trombes dévalaient l'escalier. Au-dessus de moi, la porte grande ouverte était plaquée contre la cloison. Je l'agrippai en sortant et la repoussai de toutes mes forces pour arrêter le déluge. Puis je regardai autour de moi, et je m'en mordis les doigts.

Le bateau, complètement incliné sur la droite, glissait irrésistiblement en diagonale, au plus profond du creux gigantesque d'une vague. Des paquets d'eau se déversaient sur le pont. La bôme était lâche et pendait par-dessus bord. L'une des voiles de devant s'était détachée et flottait partiellement sur la mer déchaînée. À moins de deux mètres de moi, le corps inerte de Solarin émergeait à moitié du cockpit, les bras en croix, tandis qu'une déferlante le soulevait, et commençait à l'entraîner !

Empoignant d'une main le gouvernail, je l'agrippai désespérément par la cheville et le bas de son pantalon mais il continuait à dériver, et brusquement ma prise m'échappa. Il fut emporté de l'autre côté du pont, heurta le bastingage, avant d'être soulevé à nouveau. Il allait passer par-dessus bord !

Je me jetai à plat ventre sur le sol glissant, me raccrochant à tout ce qui pouvait m'aider à progresser – mes orteils, mes mains, les taquets fixés au pont –, rampant éperdument vers l'endroit où il gisait. Nous étions engloutis dans le creux d'une vague et un autre mur liquide de la taille d'une maison de quatre étages se dressait devant nous.

Je m'abattis sur Solarin et l'attrapai par sa chemise, le tirant de toutes mes forces pour l'arracher à l'eau. Dieu seul sait par quel miracle je parvins à le hisser jusqu'au cockpit et à l'y faire basculer. Je le soulevai par les épaules et l'adossai contre le siège, puis je le giflai à plusieurs reprises. Il avait une blessure à la tête qui saignait abondamment. Je me mis à hurler tandis que le bateau retombait de plus en plus rapidement de l'autre côté du mur liquide.

Il ouvrit des yeux vitreux et les referma aussitôt sous les rafales d'écume.

— On est en perdition ! m'époumonai-je. Qu'est-ce qu'il faut faire ?

Il se redressa à demi et, s'agrippant au rebord du cockpit, évalua rapidement la situation.

— Descendre les voiles immédiatement…

Il m'attrapa les deux mains et les posa sur le gouvernail.

— À tribord toute ! commanda-t-il en luttant pour se lever.

— C'est quoi ? À droite ou à gauche ? hurlai-je avec affolement.

— À droite !

Il s'effondra sur le siège près de moi, le visage ruisselant de sang, tandis que l'eau déferlait sur nous et que je m'agrippais à la barre.

Je fis tourner le gouvernail aussi rapidement que possible et sentis le bateau sombrer atrocement dans l'eau. Je continuai à actionner la roue de toutes mes forces. Je n'étais même pas sûre qu'on ait viré – seule la gravité nous propulsait de haut en bas. Un mur d'eau se dressait au-dessus de nous, obscurcissant la lumière de l'aube.

— Les drisses ! cria Solarin en m'agrippant.

Je le regardai une fraction de seconde, puis je le tirai vers le gouvernail qu'il empoigna à pleines mains.

J'avais l'âcre goût de la peur dans la bouche. Tout en maintenant la barre, Solarin attrapa une hache et me la tendit. Je me hissai en haut du cockpit, droit sur le mât principal. Devant nous, la vague grandissait de seconde en seconde, sa crête bouillonnante s'incurvant vers l'intérieur. Le bruit était assourdissant. Des trombes m'aveuglaient. M'obligeant à ne pas réfléchir, je me dirigeai vers le mât, moitié glissant moitié rampant.

Agrippant de toutes mes forces le manche de la hache, je tailladai le chanvre à grands coups jusqu'à ce qu'il cédât dans une spirale, grouillante comme un nœud de vipères. Le filin lâcha enfin et je me jetai à plat ventre, juste comme la mer frappait avec la force d'un train à pleine vitesse. J'entendis le craquement agonisant du bois, puis le mur d'eau s'écrasa sur nous. L'eau s'infiltra dans mon nez, gargouilla dans mes poumons tandis que je faisais des efforts désespérés pour m'empêcher de tousser et de respirer. Je fus projetée en arrière et ballottée sur plusieurs mètres sans même savoir où se situaient le haut et le bas. Je heurtai quelque chose et m'y arrimai de toutes mes forces tandis que l'eau continuait à déferler sur nous.

L'avant du voilier s'élança dans les airs avant de retomber à nouveau pour rebondir de plus belle. Il y avait des voiles partout. Des pans entiers pendaient dans l'eau, certains traînaient sur le pont comme la dépouille d'un animal noyé, d'autres pesaient lourdement sur mes jambes. Je m'en extirpai tant bien que mal et rampai à nouveau vers le mât, en m'agrippant à la hache, fichée dans le sol, à moins d'un mètre de moi. Ç'aurait aussi bien pu être dans mon crâne, songeai-je en me raccrochant au bastingage pour conserver mon équilibre.

Dans le cockpit, Solarin bataillait avec des kilomètres de toile tout en maintenant le gouvernail. Le sang éclaboussait ses cheveux blonds et dégoulinait dans son cou.

— Plaquez ces fichues voiles au sol, me cria-t-il. Utilisez tout ce que vous pourrez trouver, mais immobilisez-les avant qu'on soit à nouveau submergés.

Je coupai la drisse arrière au ras du taquet, mais le vent était si violent que je dus me battre pour les empêcher de claquer dans tous les sens et les fixer au sol. Puis je me précipitai sur le pont, courbée en deux, pataugeant dans l'eau, utilisant mes pieds comme des crampons mobiles. J'étais trempée jusqu'aux os, mais je réussis à attraper l'artimon et à le hisser à bord juste au moment où la mer allait l'emporter. Solarin bloquait la bôme qui oscillait de tous côtés comme un bras cassé.

Je sautai dans le cockpit où Solarin luttait avec le gouvernail. Le bateau continuait à rebondir comme un bouchon au milieu du gouffre sombre. Mais bien que la mer fût démontée, projetant de l'écume partout et nous ballottant en tous sens, il n'y avait plus de vagues comme celle qui s'était fracassée sur nous. On aurait dit qu'un mauvais génie était sorti d'une bouteille, au milieu des flots noirs, qu'il avait piqué une grosse colère, et qu'il avait disparu. Du moins, je l'espérais.

J'étais épuisée et ahurie d'être toujours en vie. Glacée de froid et de peur, j'observai le profil de Solarin. Il avait cette même expression intense que je lui avais vue devant un échiquier, comme si c'était, là aussi, une question de vie ou de mort. « Je suis un maître à ce jeu », m'avait-il dit. « Qui gagne ? » lui avais-je demandé, et il m'avait répondu : « Moi. Je gagne toujours. »

Solarin lutta avec le gouvernail dans un silence sinistre, pendant ce qui me parut être des heures, tandis que je restais prostrée sur mon siège, hébétée, l'esprit vide. Le vent faiblissait, mais les creux étaient toujours si gigantesques qu'on avait l'impression de rebondir sur des montagnes russes. J'avais déjà vu ce genre de tempête sur la Méditerranée, projetant des déferlantes de plus de trois mètres sur la digue du port de Sidi-Fredj, puis disparaissant, comme absorbées par un aspirateur. Je fis des vœux pour que celle-là se comporte de la même façon.

Lorsque le ciel noir vira au brun sale à l'horizon, je me décidai enfin à parler.

— Si vous n'avez pas besoin de moi dans l'immédiat, je crois que je vais descendre voir si Lily est toujours en vie.

— Vous irez dans une minute.

Il se tourna vers moi. Son visage était maculé de sang, et ses cheveux ruisselaient jusque sur son nez et son menton.

— D'abord, je voudrais vous remercier de m'avoir sauvé la vie.

— Je crois plutôt que c'est vous qui avez sauvé la mienne, rectifiai-je avec un sourire, malgré le tremblement qui continuait à m'agiter. Je n'aurais même pas su par où commencer...

Solarin me regardait intensément, les mains sur le gouvernail. Avant que j'aie pu réagir, il se pencha vers moi. Ses lèvres chaudes se posèrent sur les miennes, et l'eau ruissela de ses cheveux sur mon visage tandis qu'une gerbe d'écume éclaboussait l'étrave, nous inondant à nouveau avec la violence d'un fouet. Il s'inclina alors sur le gouvernail et m'attira à lui. Un frisson me parcourut avec la violence d'une décharge électrique tandis qu'il m'embrassait à nouveau, plus longuement cette fois. Les vagues imprimaient un mouvement de roulis sous nos pieds. C'était sûrement ce qui expliquait cette étrange sensation au creux de mon estomac. J'étais incapable de bouger. Je sentais seulement sa chaleur se propager de plus en plus intensément en moi. Finalement il recula et me regarda droit dans les yeux, avec un sourire.

— Je ferais mieux d'arrêter là, ou nous allons vraiment finir par couler, souffla-t-il, ses lèvres à quelques centimètres seulement des miennes.

À regret, il posa à nouveau les mains sur le gouvernail. Puis, le front barré par une ride profonde, il reporta son attention sur la mer.

— Vous devriez descendre, articula-t-il lentement, comme s'il pensait à quelque chose, le regard détourné.

— Je vais voir si je trouve de quoi soigner votre tête, bafouillai-je, furieuse d'entendre ma voix chevroter.

La mer était toujours agitée et des murs d'eau noire roulaient tout autour de nous. Mais ça n'expliquait pas la sensation de vertige que j'éprouvais à la vue de son corps souple et musclé, révélé par ses vêtements trempés.

J'étais encore sous le choc quand je descendis les marches. Solarin m'avait embrassée pour me témoigner sa gratitude, un point c'est tout, me raisonnai-je. Alors pourquoi avais-je cette étrange impression au niveau de l'estomac ? Pourquoi ne pouvais-je m'empêcher de revoir ses yeux d'un vert translucide, si pénétrants à la seconde où il s'était penché vers moi pour m'embrasser ?

Je m'avançai à tâtons dans la cabine, dans la lumière imprécise qui filtrait du hublot. Le hamac s'était détaché du mur. Lily était assise dans un coin, un Carioca dégoulinant installé sur ses genoux. Il avait posé ses petites pattes sur sa poitrine et essayait de lui lécher le visage. Il redressa la tête en m'entendant patauger maladroitement dans l'eau saumâtre et me heurter successivement à la cuisine et aux couchettes. Tout en progressant, je repêchai des objets et les jetai dans l'évier.

— Ça va ? demandai-je à Lily.

La pièce sentait atrocement le vomi. Je préférai ne pas regarder trop attentivement l'eau dans laquelle je barbotais.

— C'est la fin, gémit-elle. Mon Dieu, après toutes les épreuves que nous avons traversées, nous allons mourir. Et tout ça à cause de ces maudites pièces.

— Où sont-elles ? m'affolai-je brusquement, en songeant que mon rêve pourrait bien avoir été une prémonition.

— Ici, dans le sac, répondit-elle en soulevant la grosse sacoche hors de l'eau, à côté d'elle. Quand le bateau a fait cet énorme plongeon, elles ont dévalé la cabine et elles m'ont cognée, et le hamac est tombé. J'ai des bleus partout...

Son visage était strié de larmes et d'eau sale.

— Je vais les ranger, lui dis-je.

Attrapant le sac, je le coinçai sous l'évier, puis je refermai la porte du placard.

— Je crois que nous allons nous en tirer. La tempête s'apaise. Mais Solarin a une vilaine blessure à la tête. Il faudrait quelque chose pour la désinfecter.

— Il y a une petite pharmacie dans les toilettes, déclara-t-elle faiblement en essayant de se lever. Mon Dieu, je suis malade…

— Essaie de te recoucher. La couchette du haut est peut-être encore ce qu'il y a de moins trempé. Je reviens t'aider.

Lorsque je ressortis des toilettes avec la petite trousse à pharmacie récupérée au milieu des débris, Lily s'était hissée sur la couchette supérieure et gisait sur le flanc, toute gémissante. Carioca tentait de se glisser sous elle pour avoir chaud. Je caressai leurs deux têtes mouillées, puis je remontai tant bien que mal l'escalier grinçant en me tenant à la cloison.

Le ciel était plus clair, à présent – couleur chocolat au lait –, et au lointain j'aperçus dans l'eau quelque chose qui ressemblait à une flaque de soleil. Se pouvait-il que le pire fût derrière nous ? Je sentis le soulagement déferler en moi tandis que je me laissais tomber sur le siège détrempé, à côté de Solarin.

— Désolée, mais il n'y a pas un seul pansement sec à bord, l'avertis-je en ouvrant la petite boîte à pharmacie ruisselante pour examiner son contenu. Mais j'ai de l'iode et des ciseaux…

Solarin jeta un coup d'œil et y puisa un tube de pommade qu'il me tendit sans un regard.

— Vous pouvez me badigeonner avec ça, si vous voulez, dit-il en commençant à déboutonner sa chemise d'une main, les yeux fixés sur l'horizon. Et en déchirant ma chemise, vous aurez des bandages…

Je l'aidai à dégager son épaule de la chemise mouillée et à passer la main hors de la manche pendant qu'il continuait à regarder devant lui. L'odeur de sa peau, si proche de moi, me parvint. Je m'efforçai de penser à autre chose.

— La tempête se calme, murmura-t-il comme s'il se parlait à lui-même. Mais nos ennuis ne sont pas terminés pour autant. La bôme est cassée et le foc est en pièces. Il ne faut plus compter atteindre Marseille. De plus, nous avons dévié de notre route. Dès que vous m'aurez soigné, vous prendrez le gouvernail et j'étudierai les cartes.

Son visage avait la fixité d'un masque. Je pris sur moi pour ne pas regarder son torse dénudé, à quelques centimètres seulement de moi. Mais qu'est-ce qui m'arrivait ? Le contrecoup des heures terribles que nous venions de vivre probablement... Le bateau roulait sur les vagues, et je ne pensais qu'à la chaleur de ses lèvres sur les miennes, à la couleur de ses yeux lorsqu'il m'avait regardée...

— Si nous ne réussissons pas à atteindre Marseille, demandai-je en m'obligeant à me ressaisir, l'avion ne va-t-il pas partir sans nous ?

— Si, acquiesça Solarin avec un sourire énigmatique. Il se pourrait même que nous soyions contraints d'accoster dans un lieu reculé et isolé, coupés de toute civilisation pendant des mois, sans aucun moyen de fuir...

J'étais agenouillée sur le siège, occupée à étaler de la pommade sur sa tête tandis qu'il parlait.

— Que deviendriez-vous, bloquée sur une île déserte avec un Russe un peu fou qui ne saurait que jouer aux échecs pour vous divertir ?

— Je suppose que j'apprendrais à jouer, répondis-je en lui ceignant le front d'un bandage.

— Je crois que les soins attendront, murmura-t-il en m'attrapant les poignets, alors que mes deux mains étaient pleines des lambeaux de sa chemise et de pommade.

Il me mit debout sur le siège, noua ses bras autour de mes cuisses et me jeta par-dessus son épaule comme un vulgaire sac de pommes de terre. Puis il m'emporta, alors que le bateau tanguait sur les vagues.

— Qu'est-ce que vous faites ? pouffai-je, le visage pressé contre son dos tandis que le sang me montait à la tête.

Il me fit glisser le long de son corps et me déposa sur le pont. L'écume mouilla nos pieds nus pendant que nous restions face à face, nos jambes absorbant le roulis.

— Je vais vous montrer de quoi un maître d'échecs russe est capable, dit-il en baissant les yeux vers moi.

Ses prunelles gris-vert ne souriaient pas. Il m'attira lentement à lui. Je sentis la brûlure de sa peau à travers le tissu humide de ma chemise. L'eau salée qui ruisselait de son visage coula dans ma bouche ouverte tandis qu'il embrassait mes yeux, mes joues. Ses mains étaient enfouies dans mes cheveux. Malgré le tissu froid et humide qui me collait au corps, je sentis ma propre chaleur irradier sous ma peau, se liquéfier en moi comme la glace sous le chaud soleil d'été. J'agrippai ses épaules et pressai mon front contre son torse ferme et dur. Solarin me parlait à l'oreille, tandis que le bateau vacillait sous nos pieds et que nous vibrions d'un même mouvement…

— Je vous désirais déjà ce jour-là, dans le club d'échecs.

Il leva mon menton pour regarder au fond de mes yeux.

— Je mourais d'envie de vous prendre, là, sur le sol, devant tous ces ouvriers qui nous entouraient. La nuit où je me suis introduit dans votre appartement pour laisser cette note, j'ai failli rester, dans l'espoir que vous rentreriez plus tôt que prévu et que vous me trouveriez là…

— Pour me souhaiter la bienvenue dans le Jeu ? suggérai-je avec un sourire.

— Au diable le Jeu ! riposta-t-il avec amertume, les yeux assombris par la passion. Ils m'ont conseillé de ne pas vous approcher de trop près, de ne pas m'impliquer. Il ne s'est pas passé une seule nuit sans que j'y pense, sans que je vous désire. Mon Dieu, il y a des mois que j'aurais dû faire ça !…

Il déboutonnait ma chemise. Ses mains caressèrent ma peau et je sentis nos deux forces se répondre mutuellement avec une violence égale, balayant en moi toute pensée, à l'exception d'une seule.

Il me souleva d'un mouvement souple et m'étendit au milieu des voiles mouillées. L'écume se déversait sur nous à chaque vague. Au-dessus de nos têtes, les mâts craquaient, le ciel pâlissait dans une lueur jaune. Penché sur moi, Solarin me regardait, ses lèvres courant sur ma peau comme de l'eau, ses mains parcourant sans fin les endroits de mon corps qu'il avait dénudés. Son corps se fondit dans le mien avec l'impétuosité et la violence d'un cataclysme. Je m'agrippai à ses épaules tandis que sa passion m'emportait dans un tourbillon.

Nos corps soudés se mouvaient avec une force aussi sauvage et primitive que les flots convulsés. L'univers tout entier se noya avec moi tandis que le gémissement étouffé de Solarin me parvenait.

Je sentis la morsure de ses dents dans ma chair, et son corps qui s'abîmait dans le mien.

*

Solarin reposait contre moi, au milieu des voiles. Une de ses mains était enfouie dans mes cheveux, et de sa tête blonde appuyée sur ma poitrine ruisselaient des gouttelettes d'eau qui s'insinuaient jusqu'au creux de mon ventre. C'était étrange, songeai-je. Nous nous étions rencontrés trois fois en tout et pour tout – quatre maintenant – et pourtant j'avais l'impression de le connaître depuis toujours. Je ne savais rien de lui, hormis les on-dit que m'avaient rapportés Hermanold et Lily au club d'échecs, et les quelques éléments que Nim m'avait livrés. Je n'avais pas la moindre idée de l'endroit où il vivait, de l'existence qu'il menait, des amis qu'il fréquentait. J'ignorais totalement s'il mangeait des œufs à son petit déjeuner, ou s'il portait un pyjama pour dormir. Je ne lui avais jamais demandé comment il avait réussi à échapper à son escorte du KGB, ni même pourquoi ils avaient éprouvé le besoin de l'accompagner, d'ailleurs. Pas plus que je ne connaissais la raison pour laquelle il n'avait rencontré qu'une seule fois sa grand-mère avant ce jour.

Je compris subitement pourquoi j'avais peint son portrait avant même de l'avoir vu. J'avais dû le remarquer alors qu'il rôdait autour de mon appartement avec sa bicyclette, sans pour autant enregistrer consciemment sa présence. Mais même ça n'avait aucune importance. Il y avait certaines choses que je n'avais pas vraiment besoin de savoir – ces petits riens superficiels qui constituent le pivot central de la vie de la plupart des gens. Mais pas de la mienne.

J'analysais Solarin plus en profondeur, par-delà son mystère, son masque, son apparente froideur – je pénétrais au plus profond de lui-même. Et ce que je découvrais, c'était une passion à vif, un insatiable appétit de vivre – le désir ardent de débusquer la vérité cachée sous le voile. Et je le comprenais d'autant mieux que j'étais animée par la même fièvre.

C'était pour cela que Minnie m'avait choisie – parce qu'elle savait qu'une fois lancée j'irais jusqu'au bout. Et c'était aussi pour cela qu'elle avait conseillé à son petit-fils de me protéger, mais sans me détourner de ma mission et sans se laisser « impliquer ». Comme Solarin roulait sur lui-même et pressait ses lèvres sur mon ventre, je sentis un délicieux frisson remonter le long de mon épine dorsale. Je caressai ses cheveux. Minnie s'était trompée, songeai-je. Elle avait oublié un ingrédient essentiel dans le mélange alchimique qu'elle préparait afin de chasser à jamais le démon. Et cet ingrédient s'appelait l'amour.

La mer s'était apaisée en de douces petites vagues brunes quand on se releva. Le ciel était d'un blanc lumineux, sans la moindre trace de soleil. Nous tâtonnâmes pour retrouver nos vêtements épars et les enfilâmes maladroitement. Sans un mot, Solarin ramassa quelques lambeaux de sa chemise déchirée et s'en servit pour essuyer les traces que son sang avait laissées sur ma peau. Puis il posa sur moi ses yeux couleur d'océan et sourit.

— J'ai de très mauvaises nouvelles, annonça-t-il en glissant un bras autour de ma taille, tandis que de l'autre il désignait un point par-delà les vagues sombres.

Tout là-bas, dans le lointain, se dessinait une forme semblable à un mirage.

— Terre en vue, me chuchota-t-il à l'oreille. Il y a seulement deux heures, j'aurais donné n'importe quoi pour prononcer ces mots. Mais à présent, je préférerais que ce ne soit pas réel…

*

L'île s'appelait Formentera et se situait au sud des Baléares, juste en face de la côte occidentale de l'Espagne. La tempête nous avait donc entraînés à quelque deux cent quarante kilomètres à l'est de notre route initiale, estimai-je après un rapide calcul, si bien que nous nous trouvions maintenant à égale distance de Gibraltar et de Marseille. Non seulement nous n'avions plus aucune chance d'attraper l'avion, mais avec notre bôme cassée, nos voiles déchirées et le carnage qui avait eu lieu sur le pont, nous n'avions pas d'autre solution que de nous arrêter pour réparer. Tandis que Solarin nous pilotait vers une baie isolée du sud de l'île en s'aidant de notre vaillant petit moteur, je descendis réveiller Lily pour une réunion au sommet.

— Je n'aurais jamais pensé que je me sentirais soulagée d'avoir passé la nuit à tanguer sur cette couchette détrempée, souffla Lily en découvrant le pont dévasté. On dirait une zone sinistrée. Grâce à Dieu, j'étais trop malade pour assister à la catastrophe.

Bien que son teint fût encore maladif, elle semblait avoir retrouvé sa vitalité. Elle enjamba les débris et les voiles ruisselantes, aspirant l'air à pleins poumons.

— Nous avons un problème, attaquai-je dès qu'elle fut installée en face de Solarin. Nous ne pouvons plus espérer attraper cet avion. Il nous faut donc trouver un moyen de rallier Manhattan sans que les pièces passent par la douane, et sans que nous passions par l'Immigration.

— Nous autres, citoyens soviétiques, n'avons pas exactement carte blanche pour voyager n'importe où, expliqua Solarin en réponse à son regard interrogateur. Au reste, Sharrif doit faire surveiller tous les aéroports, y compris, j'en suis sûr, ceux d'Ibiza et de Majorque. Mais puisque j'ai promis à Minnie de vous ramener saines et sauves – ainsi que les pièces –, j'aimerais vous soumettre un plan.

— Allez-y. Au point où nous en sommes, je suis ouverte à toutes les suggestions, répondit Lily en tirant sur les nœuds qui s'étaient formés dans les poils mouillés de Carioca, malgré ses tentatives pour s'échapper.

— Formentera est une petite île de pêcheurs. Ils ont l'habitude de voir des visiteurs débarquer à l'improviste, en provenance d'Ibiza. Cette baie est un refuge idéal, personne ne nous prêtera attention. Je propose que nous nous rendions en ville, que nous achetions des vêtements et des provisions, et que nous essayions de voir s'il y a moyen de se procurer des voiles et du matériel pour que je puisse réparer les dégâts. Ça risque de coûter très cher, mais d'ici une semaine nous serions en mesure de reprendre la mer, et de repartir aussi discrètement que nous sommes arrivés, sans témoins.

— Ça me va, acquiesça Lily. Il me reste pas mal d'argent mouillé que nous pourrons utiliser. Une tenue de rechange et quelques jours de repos après ce délire hystérique ne me feront pas de mal. Et une fois remis à flot, où vous proposez-vous de nous emmener ?

— À New York, répondit Solarin. En passant par les Bahamas et la Voie navigable.

— Quoi ? hurla Lily en même temps que moi.

— Mais ça doit représenter quelque chose comme six mille kilomètres, repris-je d'une voix horrifiée, sur un bateau qui n'a pas été fichu de survivre à une nuit de tempête !

— Je dirais huit mille, par la route que je propose, rectifia Solarin avec un sourire paisible. Mais si Colomb a réussi, pourquoi pas nous ? C'est peut-être la pire époque pour traverser la Méditerranée, mais c'est la meilleure pour voguer sur l'Atlantique. Avec une bonne brise, ça ne nous prendra qu'un mois, et vous serez toutes deux d'excellents marins quand nous arriverons.

Lily et moi étions trop lasses, trop crasseuses et trop affamées pour discuter. En outre, plus vif encore que mon souvenir de la tempête, j'avais en mémoire ce qui s'était passé *après* entre Solarin et moi. Un mois de ce traitement ne serait en rien révoltant. Nous nous mîmes donc en quête d'une ville pendant que Solarin restait à bord pour nettoyer les dégâts.

Plusieurs jours de travail acharné sous un climat merveilleusement clément nous détendirent un peu. L'île de Formentera était parsemée de petites maisons blanchies à la chaux, de rues sablonneuses, d'oliviers et de ruisseaux silencieux, de vieilles dames en noir et de pêcheurs vêtus de chemisettes à rayures. Tout ceci, enveloppé par un ciel d'azur, était un ravissement pour les yeux et un baume pour l'esprit. Trois jours passés à manger du poisson fraîchement pêché et des fruits cueillis à même les arbres, à boire le vin généreux de la Méditerranée et à respirer l'air vivifiant avaient fait des merveilles sur notre complexion. Nous avions un joli teint bronzé

– même Lily s'était à la fois amincie et musclée à force d'effectuer sa part de travail sur le bateau.

Chaque soir, elle jouait aux échecs avec Solarin. S'il ne la laissait jamais gagner, il prenait néanmoins le temps de lui expliquer après chaque partie les erreurs qu'elle avait commises. De sorte qu'elle se mit non seulement à accepter ses défaites de bonne grâce, mais à le questionner quand il jouait un coup qui la déconcertait. Elle était à nouveau si absorbée par sa passion qu'elle fit à peine attention quand – dès la première nuit – je choisis de dormir sur le pont avec Solarin plutôt que de la rejoindre dans la cabine.

— Elle a vraiment ça dans le sang, me dit une nuit Solarin alors que nous étions allongés tous les deux sur le pont, le regard fixé sur la mer d'étoiles silencieuses. Elle est aussi douée que son grand-père, peut-être même davantage. Elle deviendra une très grande joueuse d'échecs, si elle arrive à oublier qu'elle est une femme.

— Qu'est-ce que le fait qu'elle soit une femme vient faire là-dedans ? demandai-je.

Solarin m'ébouriffa les cheveux en souriant.

— Les petites filles sont différentes des petits garçons. Dois-je te le prouver ?

J'éclatai de rire et le dévisageai dans la pâle clarté de la lune.

— D'accord, tu as marqué un point, admis-je.

— Nous *pensons* différemment, ajouta-t-il en roulant pour appuyer sa tête sur mes genoux.

Il leva les yeux vers moi et je vis qu'il était sérieux.

— Par exemple, je suis sûr que pour découvrir l'énigme contenue dans le Jeu de Montglane tu procéderais d'une façon très différente de la mienne.

— Okay, acquiesçai-je avec un petit rire. De quelle façon procéderais-tu ?

— J'essaierais de recenser tout ce que je sais, répondit-il en se hissant sur un coude pour boire une gorgée de mon cognac. Et ensuite, je verrais comment toutes ces « données » peuvent se combiner pour former une solution. Mais je reconnais que, d'une certaine façon, je suis avantagé. Je suis probablement la seule personne depuis un siècle à avoir vu l'enveloppe, les pièces, et à avoir pu jeter également un coup d'œil sur l'échiquier.

Il leva les yeux en me voyant tressaillir d'étonnement.

— En Russie, m'expliqua-t-il, lorsque l'échiquier a refait surface, certaines personnes ont immédiatement décidé de leur propre initiative de retrouver les autres pièces. Naturellement, ils faisaient partie de l'équipe des blancs. Je crois que Brodski – le commissaire du KGB qui m'a accompagné à New York – est l'un des leurs. J'ai réussi à entrer dans les bonnes grâces des hauts dignitaires du gouvernement en leur laissant entendre, sur la suggestion de Mordecai, que je savais où se trouvaient les autres pièces, et que j'étais en mesure de les obtenir.

Il revint lentement à son propos initial. Levant les yeux pour me regarder dans la lumière argentée, il déclara :

— J'ai vu tant de symboles gravés dans le jeu d'échecs que j'en arrive à penser qu'il n'y a peut-être pas *une* formule, mais *plusieurs*. Après tout, comme tu l'as déjà deviné, ces symboles ne représentent pas seulement des planètes et des signes du zodiaque, mais aussi des éléments de la Table périodique. À mon avis, il faut une formule différente pour convertir *chaque* élément. Mais comment savoir quels symboles combiner ensemble dans une séquence particulière ? Comment savoir si *l'une* de ces formules marche réellement ?

— Avec ta théorie, c'est impossible, dis-je en buvant une gorgée de cognac tandis que mon cerveau se mettait à fonctionner. Il y aurait trop de variables dues au hasard, trop de combinaisons possibles. Je n'y connais pas grand-chose en alchimie, mais je sais en quoi consiste une formule. Tout ce que nous avons appris tend à prouver qu'il n'en existe qu'une. Mais elle n'est peut-être pas ce que nous pensons…

— Qu'entends-tu par là ? demanda Solarin en me regardant.

Depuis notre arrivée sur l'île, nous n'avions fait allusion ni l'un ni l'autre aux pièces enfouies dans la sacoche rangée sous l'évier. Comme si par un accord tacite nous avions décidé de ne pas troubler notre brève idylle en mentionnant la quête qui avait mis nos vies en si grand danger. Mais maintenant que Solarin avait réveillé leur spectre, je me surpris à examiner une pensée qui, comme une rage de dents, m'obsédait depuis des semaines, voire des mois.

— Ce que je veux dire, c'est qu'à mon avis il n'y a qu'une formule, avec une solution simple. Pourquoi l'aurait-on entourée d'un tel voile de mystère si elle était impossible à déchiffrer ? Regarde les pyramides, pendant des siècles on s'est dit : comme les Égyptiens ont dû *souffrir* pour hisser tous ces énormes blocs de pierre, avec les outils rudimentaires dont ils disposaient ! Et pourtant les pyramides sont là. Mais pourquoi veut-on absolument voir les choses ainsi ? Les Égyptiens étaient des alchimistes, non ? Ils devaient savoir qu'on peut diluer ces pierres dans l'acide, les transporter dans un seau et les façonner à nouveau comme du ciment.

— Continue, dit Solarin en m'observant dans le clair de lune avec un étrange sourire.

Même à l'envers, son visage était incroyablement beau.

— Les pièces du Jeu de Montglane luisent dans l'obscurité, poursuivis-je en réfléchissant intensément. Sais-tu ce qu'on obtient en décomposant le mercure ? Deux isotopes radioactifs – l'un s'altère à plus ou moins longue échéance en thallium, l'autre en or radioactif.

Solarin roula sur lui-même et s'appuya sur un coude tout en m'observant attentivement.

— Laisse-moi jouer le rôle de l'avocat du diable, rien qu'un instant, déclara-t-il. Tu raisonnes à l'envers. Tu pars de l'effet pour remonter jusqu'à la cause. Tu poses le problème de la façon suivante : les pièces ont été transmutées, donc il doit exister une formule qui a opéré cette transmutation. Mais même si c'est le cas, pourquoi *cette* formule ? Et pourquoi une seule, plutôt que cinquante ou cent ?

— Parce que en science, comme dans la nature, c'est souvent la solution la plus simple – la plus évidente – qui est la bonne. Minnie pense qu'il n'existe qu'une formule. Selon elle, elle se compose de trois parties : l'échiquier, les pièces et l'enveloppe.

Je m'arrêtai net, quelque chose me frappait brusquement.

— La pierre, les ciseaux et le papier, murmurai-je.

Comme Solarin me lançait un regard stupéfait, je précisai :

— C'est un jeu auquel je jouais quand j'étais petite.

— Tu as tout d'une gamine, rit Solarin en me volant à nouveau une gorgée de cognac. Mais les plus éminents scientifiques sont eux-mêmes de grands enfants, alors continue.

— Les pièces recouvrent l'échiquier, l'enveloppe recouvre les pièces, réfléchis-je à voix haute. Par conséquent la première partie de la formule pourrait décrire le *quoi*, la deuxième le *comment* et la troisième… le *quand*.

— Tu veux dire que les symboles gravés sur l'échiquier expliquent quels matériaux de base – quels éléments – sont utilisés, articula Solarin en frottant le bandage qui recouvrait sa blessure. Que les pièces indiquent dans quelles proportions ils doivent être combinés, et que l'enveloppe précise la séquence ?

— C'est presque ça, répondis-je en me trémoussant d'enthousiasme. Comme tu l'as dit, ces symboles décrivent des éléments dans la Table périodique. Mais nous avons oublié de tenir compte de la première chose que nous avons remarquée. Ils représentent *aussi* des planètes et des *signes du zodiaque* ! La troisième partie indique très exactement *quand* – à quelle heure, quel mois ou quelle année – chaque étape du processus doit être exécutée !

Mais je n'avais pas plutôt prononcé ces mots que je sus que ça ne pouvait pas être ça.

— Quelle différence cela ferait-il de savoir quel jour ou quel mois l'expérience doit commencer ou finir ? soupirai-je.

Solarin resta silencieux un moment. Lorsqu'il reprit la parole, ce fut avec cet accent anglais un peu guindé et raide qu'il avait lorsqu'il était tendu.

— Cela ferait une très grande différence, me dit-il, si l'on tient compte de ce que Pythagore a voulu dire lorsqu'il a parlé de « la musique des sphères ». Je crois que tu as mis le doigt sur quelque chose d'important. Allons chercher les pièces.

*

Lily et Carioca ronflaient sur leurs couchettes respectives quand je descendis dans la cabine. Solarin était resté sur le pont pour allumer une lampe et préparer le petit jeu d'échecs miniature sur lequel il jouait contre Lily tous les soirs.

— Qu'est-ce qui se passe ? demanda Lily comme je fouillais sous l'évier pour récupérer la sacoche.

— Nous sommes en train de résoudre l'énigme, répondis-je joyeusement. Ça t'intéresse de te joindre à nous ?

— Et comment !

J'entendis le matelas craquer tandis qu'elle descendait de la couchette.

— Je me demandais si j'aurais le droit un jour de participer à vos réunions nocturnes. Je peux savoir ce qu'il y a exactement entre vous deux, ou c'est un sujet tabou ?

Je me félicitai qu'il fasse si sombre – mon visage s'était enflammé.

— Oublie ce que je viens de dire, fit Lily. J'admets qu'il est beau comme un dieu, mais ce n'est pas mon type d'homme. Un de ces jours, je lui riverai son clou aux échecs.

On gravit l'escalier. Lily enfila un pull par-dessus son pyjama, on s'assit sur les sièges rembourrés du cockpit, de part et d'autre de Solarin. Lily se servit à boire pendant que je retirais les pièces et l'enveloppe du sac pour les disposer sur le sol, sous la lumière de la lampe.

Je résumai rapidement notre discussion à Lily, puis je m'assis, laissant le champ libre à Solarin. Le bateau oscillait doucement sur les vagues. Une brise tiède nous caressa tandis que nous étions assis sous un univers d'étoiles. Lily toucha l'enveloppe de tissu et observa Solarin avec une étrange expression.

— Qu'est-ce que Pythagore entendait *exactement* par la « musique des sphères » ? lui demanda-t-elle.

— Il pensait que l'univers se compose de nombres, répondit Solarin, les yeux baissés sur les pièces du Jeu de Montglane. Selon lui, les choses de la nature suivent le même schéma que les notes d'une gamme musicale qui se répètent d'octave en octave. Il est à l'origine d'une réflexion mathématique qui devait par la suite donner naissance aux plus grandes théories. C'est ce qu'on appelle l'analyse harmonique, le fondement même de ma spécialité : la physique acoustique, et c'est également un facteur clé dans la théorie des quanta.

Solarin se leva et se mit à marcher de long en large. Je me souvins de ce qu'il m'avait dit un jour : il était obligé de bouger pour réfléchir.

— L'idée de base, reprit-il tandis que Lily le regardait attentivement, c'est que *tout* phénomène naturel se répétant périodiquement peut être mesuré. C'est-à-dire les ondes – qu'il s'agisse de sons, de chaleur ou de lumière – et même les marées. Kepler s'est servi de cette théorie pour découvrir les lois régissant les mouvements des planètes. Newton l'a reprise pour expliquer la loi de la gravitation universelle et la précession des équinoxes. Leonhard Euler s'en est servi pour prouver que la lumière est une onde dont l'intensité dépend de la longueur. Mais c'est Fourier, le grand mathématicien du XVIIIe siècle, qui révéla la méthode par laquelle toute forme d'onde – y compris les atomes – peut être mesurée.

Il se tourna vers nous, ses yeux luisant dans la lumière douce.

— Donc, Pythagore avait raison, dis-je. L'univers est bel et bien constitué de nombres qui se répètent avec une précision mathématique et peuvent être mesurés. C'est à cela que, selon toi, se rattache le Jeu de Montglane – une analyse harmonique d'une structure moléculaire ? Mesurer les ondes pour analyser la structure des éléments ?

— Ce qui peut être mesuré peut être appréhendé, répondit lentement Solarin. Et ce qui peut être appréhendé peut être modifié. Pythagore a travaillé en étroite collaboration avec le plus grand alchimiste de tous – Hermès Trismégiste, considéré par les Égyptiens comme l'incarnation du grand dieu Thot. Ce fut lui qui définit le premier principe de l'alchimie : « dessus comme dessous ». Les ondes de l'univers opèrent de la même façon que les ondes du plus minuscule atome – et elles peuvent être amenées à interagir.

Il s'interrompit et se tourna pour me regarder.

— Deux mille ans plus tard, Fourier montra *comment* elles interagissaient. Maxwell et Planck révélèrent que l'énergie elle-même pouvait être décrite à l'aide des termes s'appliquant à ces ondes. Einstein franchit la dernière étape en démontrant que la matière et l'énergie étaient des formes d'ondes qui pouvaient s'interchanger.

Quelque chose s'agitait dans mon cerveau. Je regardai l'enveloppe, et les doigts de Lily qui couraient sur les corps enlacés des serpents en or formant le chiffre huit. Quelque part au fond de moi, une connexion s'opérait entre l'enveloppe – le *labrys*/labyrinthe que Lily avait décrit – et ce que Solarin venait juste de dire au sujet des ondes. Dessus comme dessous. Macrocosme, microcosme. Matière, énergie… Qu'est-ce que tout cela signifiait ?

— Le Huit, dis-je à voix haute, toujours perdue dans mes pensées. Tout nous ramène au Huit. Le *labrys* a la forme d'un huit. De même que la spirale que Newton nous a léguée, et qui est formée par la précession des équinoxes. Cette mystérieuse procession décrite dans notre journal – celle que Rousseau a suivie – formait également un huit. Et le symbole de l'infini…

— Quel journal ? intervint Solarin, subitement en alerte.

Je le regardai avec stupéfaction. Était-il possible que Minnie nous ait montré quelque chose dont son propre petit-fils ignorait l'existence ?

— Un livre que Minnie nous a donné, répondis-je. C'est le journal d'une religieuse française qui vivait il y a deux cents ans. Elle était présente lorsque le jeu d'échecs fut retiré de l'abbaye de Montglane. Nous n'avons pas eu le temps d'en finir la lecture. Il est ici…

Je commençais à retirer le livre de mon sac quand Solarin se précipita vers moi.

— Mon Dieu ! s'écria-t-il. C'est donc ça qu'elle voulait dire quand elle m'a révélé que tu détenais la clé finale ! Pourquoi ne m'en as-tu pas parlé plus tôt ?

Il caressait la couverture en cuir patiné.

— J'avais trop de choses en tête, soupirai-je.

J'ouvris le livre à la page où la Longue Marche – la fameuse cérémonie vénitienne – était décrite. Nous nous penchâmes tous les trois pour l'étudier dans la lumière de la lampe. Après un long silence, Lily sourit lentement et leva ses grands yeux gris vers Solarin.

— Ce sont des mouvements d'échecs, n'est-ce pas ? murmura-t-elle.

Il acquiesça.

— Chaque mouvement représenté sur ce diagramme en forme de huit correspond à un symbole de l'enveloppe – probablement un symbole qu'ils ont également *vu* pendant la cérémonie. Et si je ne me trompe pas, celui-ci devrait nous indiquer de quelle *pièce* il s'agit et à quel emplacement elle doit se trouver sur l'échiquier. Il y a seize stations, chacune d'entre elles comprenant trois éléments d'information. Peut-être bien celles que tu as déjà pressenties : quoi, comment et quand...

— Comme les trigrammes du Yi-King, précisai-je. Chaque groupe contenant un quantum d'information.

Solarin me regardait fixement. Puis il éclata de rire.

— Exactement ! s'écria-t-il en se penchant pour me secouer l'épaule. À l'ouvrage, joueurs d'échecs ! Nous avons mis à nu la structure du Jeu. Il ne nous reste plus qu'à trouver son application et à découvrir la porte débouchant sur l'infini.

*

Nous travaillâmes sur le puzzle pendant toute la nuit. À présent, je comprenais pourquoi les mathématiciens sentaient déferler sur *eux* une onde transcendantale d'énergie quand ils découvraient une nouvelle formule ou qu'ils voyaient tout à coup la lumière jaillir d'une séquence jusqu'ici hermétique. Seules les mathématiques procuraient cette sensation de se mouvoir dans une dimension hors du temps et de l'espace – ce sentiment de sombrer corps et âme à l'intérieur d'un puzzle, et de sentir sa présence tangible tout autour de vous.

Je n'avais rien d'une grande mathématicienne, mais je voyais ce qu'avait voulu dire Pythagore quand il affirmait que les mathématiques ne faisaient qu'un avec la musique. Alors que Lily et Solarin déplaçaient les pièces sur l'échiquier et que je m'efforçais d'établir le schéma sur le papier, j'avais l'impression *d'entendre* la formule du Jeu de Montglane chanter pour moi. C'était comme si un élixir se déversait dans mes veines, m'imprégnant de sa splendide harmonie tandis que nous nous penchions sur le sol pour tenter de retracer le mouvement des pièces.

Ce n'était pas facile. Ainsi que Solarin l'avait laissé entendre, quand on s'attaquait à une formule incluse dans soixante-quatre cases, trente-deux pièces et seize positions consignées sur une enveloppe de tissu, les combinaisons possibles dépassaient de loin le nombre d'étoiles comprises dans l'univers. Et, bien que le dessin qui nous servait de modèle semblât indiquer que certains des mouvements correspondaient à des cavaliers, à des tours ou à des fous, nous n'étions sûrs de rien. Le tracé entier devait tenir à l'intérieur des soixante-quatre cases de l'échiquier du Jeu de Montglane.

Ce qui nous compliquait encore la tâche, c'était que, même si nous savions *quel* pion ou *quel* cavalier s'était déplacé vers une case déterminée, nous ignorions en revanche où se situait la pièce lorsque le jeu avait commencé.

J'étais néanmoins certaine qu'une clé se cachait derrière tout cela, si bien que nous continuâmes à aller de l'avant en nous appuyant sur les informations que nous détenions. Ce sont toujours les blancs qui jouent en premier, et généralement il s'agit d'un pion. Bien que Lily arguât que ce n'était pas une règle historiquement parlant, notre carte semblait indiquer clairement que le premier coup avait bien appartenu à un pion – la seule pièce en mesure d'effectuer un mouvement vertical en début de partie.

Devions-nous partir du principe que les blancs et les noirs jouaient à tour de rôle, ou bien assumer – comme dans un Tour du cavalier – qu'une seule pièce pouvait évoluer librement sur l'échiquier ? On opta finalement pour la première solution, parce qu'elle limitait les possibilités. On décida également, puisqu'il s'agissait d'une formule et non d'une partie réelle, que chaque pièce ne pouvait bouger qu'une seule fois et que chaque case ne pouvait être occupée également qu'une seule fois. Pour Solarin, le tracé obtenu n'avait aucun rapport avec une partie réelle, mais sa forme, du moins, calquait celle qui apparaissait sur notre dessin. À la seule différence qu'elle était inversée – comme si la procession qui s'était déroulée à Venise avait été vue à travers un miroir.

À l'aube, nous avions obtenu un schéma ressemblant à l'image que Lily se faisait du *labrys*. Et en laissant sur l'échiquier les pièces qui n'avaient pas bougé, on obtenait à la verticale une *autre* figure géométrique en forme de huit. Nous sûmes alors que nous étions tout proches de la solution :

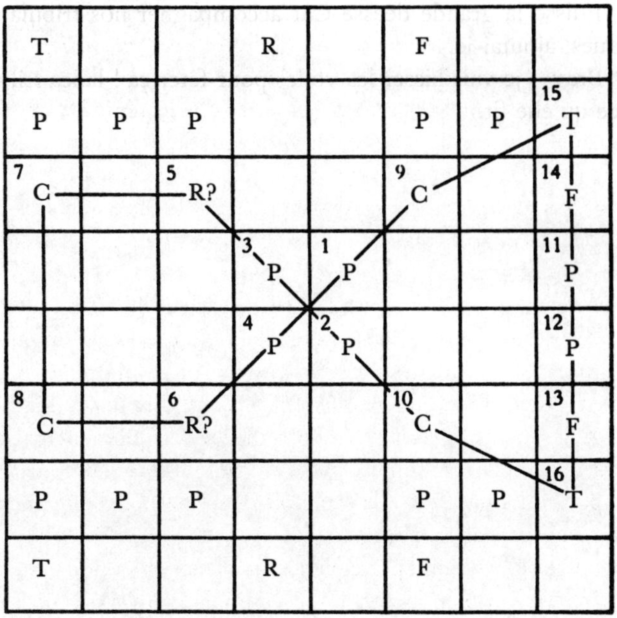

Les yeux explosés, on se regarda mutuellement avec une camaraderie qui transcendait nos rivalités individuelles. Lily se mit à rire et à se rouler par terre tandis que Carioca sautait sur son estomac. Solarin se jeta sur moi comme un fou et me fit tournoyer dans les airs. Le soleil se levait, teignant la mer de reflets pourpres et le ciel de traînées rose vif.

— Il ne nous reste plus qu'à récupérer l'échiquier et le reste des pièces, lui dis-je avec une petite grimace. Une bagatelle.

— Nous savons déjà que neuf d'entre elles sont à New York, souligna-t-il avec un sourire qui me donna à penser qu'il avait autre chose que les échecs en tête. Nous pourrions commencer par jeter un coup d'œil là-bas, non ?

— Ohé, capitaine ! s'écria Lily. La vergue haute et la bôme au vent ! Je vote le départ.

— Larguez les amarres, alors ! acquiesça joyeusement Solarin.

— Puisse la grande déesse Car accompagner nos tribulations nautiques, ajoutai-je.

— Bravo, je vais hisser les voiles pour fêter ça ! lança Lily. Et c'est ce qu'elle fit.

LE SECRET

Newton ne fut pas le précurseur de l'Âge de raison. Il était le dernier des magiciens, le dernier des Babyloniens et des Sumériens… parce qu'il considérait l'univers et tout ce qui le compose comme une *énigme*, comme un secret que l'on pouvait déchiffrer en appliquant la raison pure à certaines évidences, aux indices mystiques que Dieu a disséminés dans le monde pour permettre aux compagnons ésotériques de les pister, comme une sorte de trésor du philosophe…

Il regardait l'univers comme un cryptogramme conçu par le Tout-Puissant – tout comme il dissimula lui-même la découverte du calcul dans un cryptogramme lorsqu'il communiqua avec Leibniz. Par la pensée pure, par la concentration de l'esprit, l'énigme, croyait-il, serait révélée à l'initié.

John MAYNARD KEYNES.

Nous avions fini par revenir à une version de la doctrine du vieux Pythagore, où les mathématiques et la physique mathématique puisaient leur source. Il… attirait l'attention sur le fait que les nombres caractérisaient la périodicité des notes de musique... Et actuellement, au vingtième siècle, nous constatons que les physiciens se penchent avec le plus grand intérêt sur la périodicité des atomes.

Alfred NORTH WHITEHEAD.

Le nombre, alors, semble conduire à la vérité.

PLATON.

SAINT-PETERSBOURG, RUSSIE
OCTOBRE 1798

Paul Ier, tsar de toutes les Russies, arpentait ses appartements en faisant claquer une cravache contre la culotte vert sombre de son uniforme militaire. Il était fier de ces uniformes en toile rude, conçus sur le modèle de ceux que portaient les troupes de Frédéric le Grand. Paul chassa une poussière du revers de sa casaque à col montant et planta son regard dans celui de son fils Alexandre, qui se tenait devant lui au garde-à-vous.

Quelle déception s'était révélé Alexandre ! songea Paul. Pâle, poétique, et si beau que l'adjectif « joli » lui aurait convenu à merveille. Il y avait quelque chose de mystique et de vide à la fois dans ses yeux bleu-gris, hérités de sa grand-mère. Mais elle ne lui avait pas transmis son intelligence. Il manquait de tout ce que l'on pouvait attendre d'un chef.

Dans un sens, c'était une chance, se rassura Paul. Car, plutôt que de chercher à s'emparer du trône que Catherine avait eu l'intention de lui léguer, ce garçon de vingt et un ans avait manifesté son intention d'abdiquer, si jamais une telle responsabilité venait à lui échoir. Il préférait, affirmait-il, la vie paisible d'un homme de lettres – retiré et anonyme sur les rives du Danube – aux intrigues séduisantes mais dangereuses de la cour de Saint-Pétersbourg, où son père lui ordonnait de rester.

Et en cet instant même, alors qu'Alexandre contemplait par la fenêtre les jardins embrasés de l'automne, son regard perdu semblait indiquer que son esprit n'habitait qu'un rêve éveillé. Et pourtant, ses pensées étaient loin de vagabonder. Sous ses boucles soyeuses se cachait un cerveau aux rouages beaucoup plus complexes que Paul ne pourrait jamais l'imaginer. Le problème qui l'occupait à ce moment précis était de trouver le moyen d'aborder un certain sujet sans susciter la méfiance de Paul – un sujet qui n'était jamais évoqué à la cour de Paul, et ce depuis la mort de Catherine, survenue il y a deux ans. Celui de l'abbesse de Montglane.

Alexandre avait une raison vitale de découvrir ce qu'il était advenu de cette vieille femme, disparue sans laisser de traces seulement quelques jours après le décès de sa grand-mère. Mais avant même qu'il ait pu trouver comment aborder la question, Paul pivota vers lui sans cesser de faire siffler sa cravache comme un ridicule petit soldat de plomb. Alexandre s'efforça de lui prêter attention.

— Je sais que tu te moques des affaires de l'État, l'attaqua Paul d'un ton dédaigneux. Mais il serait temps que tu t'y intéresses. Après tout, cet empire sera un jour à toi. Les décisions que je prends aujourd'hui relèveront de ta responsabilité demain. Je t'ai fait venir pour te révéler quelque chose sous le sceau de la confidence. Quelque chose qui pourrait modifier l'avenir de la Russie.

Il marqua une pause pour ménager son effet.

— J'ai décidé de conclure un traité avec l'Angleterre.

— Mais, père, vous haïssez les Anglais ! s'écria Alexandre.

— Je les méprise, c'est vrai, admit Paul, mais je n'ai pas le choix. Les Français, non contents d'avoir dissous l'Empire autrichien, étendu leurs frontières à chaque pays voisin et massacré la moitié de leur propre population pour l'obliger à se tenir tranquille, les Français ont maintenant envoyé ce maudit général Bonaparte de l'autre côté des mers pour qu'il s'empare de Malte et de l'Égypte !

Il abattit violemment sa cravache sur le bureau en cuir, le visage aussi sombre qu'une tempête en été. Alexandre garda le silence.

— C'est *moi* qui suis le grand maître des chevaliers de Malte ! hurla Paul en frappant la médaille d'or accrochée à sa poitrine par un ruban sombre. C'est *moi* qui porte l'étoile à huit branches de la croix maltaise ! Cette île m'appartient ! Pendant des siècles nous avons cherché un port en eaux chaudes comme celui de Malte, et nous étions presque parvenus au but. Jusqu'à ce que cet assassin français débarque avec quarante mille hommes !

Il regarda Alexandre, comme s'il espérait une réponse.

— Pourquoi un général français voudrait-il conquérir un pays qui est une épine dans le flanc des Turcs ottomans depuis près de trois siècles ? dit-il tout en se demandant ce qui pouvait bien pousser Paul à s'y opposer.

Cela ne pouvait que détourner l'attention de ces Turcs musulmans que sa grand-mère avait combattus pendant vingt ans afin de prendre le contrôle de Constantinople et de la mer Noire.

— Tu ne vois donc pas ce que cherche ce Bonaparte ? chuchota Paul en se tordant les mains.

Alexandre secoua la tête.

— Croyez-vous vraiment que les Anglais serviront vos intérêts ? demanda-t-il. Mon précepteur, La Harpe, avait coutume d'appeler l'Angleterre la perfide Albion…

— La question n'est pas là ! cria Paul. Comme d'habitude, tu mélanges poésie et politique, et tu les dessers toutes les deux. Je sais pourquoi cette fripouille de Bonaparte est allé en Égypte, malgré ce qu'il a pu dire à ces fous du Directoire français qui distribuent l'argent au compte-gouttes, et malgré les dizaines de milliers de soldats qu'il a fait débarquer là-bas ! Restaurer le pouvoir de la Sublime Porte ? Renverser les Mamelouks ? Bah ! ce n'est qu'un camouflage.

Alexandre se tenait toujours immobile et sur ses gardes, mais il écouta avec la plus grande concentration tandis que son père poursuivait :

— Retiens bien ce que je te dis : il ne s'en tiendra pas à l'Égypte. Il marchera sur la Syrie et l'Assyrie, sur la Phénicie et Babylone – les terres que ma mère a toujours convoitées. Elle t'a même baptisé Alexandre et ton frère Constantin afin que cela lui porte bonheur.

Paul s'interrompit et regarda autour de lui. Ses yeux s'arrêtèrent sur une tapisserie représentant une scène de chasse. Un cerf blessé, ruisselant de sang et criblé de flèches, s'enfuyait dans la forêt, poursuivi par les chasseurs et la meute. Paul se tourna à nouveau vers Alexandre, avec un sourire froid.

— Ce Bonaparte ne veut pas des territoires, il veut le pouvoir ! Il a emmené avec lui autant de scientifiques que de soldats : le mathématicien Monge, Berthollet le chimiste, le physicien Fourier… Il a vidé l'École polytechnique et l'Institut ! Pourquoi aurait-il agi ainsi, s'il n'était animé que par un esprit de conquête ?

— Que voulez-vous me faire comprendre ? chuchota Alexandre, tandis qu'une pensée commençait à clignoter faiblement dans son esprit.

— Le secret du Jeu de Montglane est caché ici, siffla Paul, le visage figé en un masque de peur et de haine. Et c'est cela qu'il cherche !

— Mais, père, osa Alexandre en choisissant ses mots avec une extrême prudence, vous n'ajoutez certainement pas foi à ces vieux mythes ? Après tout, l'abbesse de Montglane elle-même…

— Bien sûr, j'y crois ! cria Paul.

Son visage s'était assombri et sa voix n'était plus qu'un murmure hystérique.

— L'une des pièces est même en ma possession.

Il serra les poings et lâcha sa cravache.

— D'autres sont cachées ici. Je le sais ! Mais même deux années passées dans une cellule de la prison de Ropsha n'ont pas délié la langue de cette maudite femme. Elle est muette comme le Sphinx. Pourtant un jour elle finira par s'effondrer – et alors…

Alexandre ne sut pas la suite car son père se lança brusquement dans une tirade sur les Français, les Anglais, ses plans concernant Malte – et le sournois Bonaparte qu'il projetait d'anéantir. Il n'y avait aucune chance qu'une seule de ses menaces se concrétisât, Alexandre le savait, quand ses propres troupes le méprisaient comme des enfants détestent une gouvernante tyrannique.

Alexandre complimenta son père sur sa brillante stratégie politique, s'excusa et quitta ses appartements. Ainsi, l'abbesse était incarcérée dans la prison de Ropsha, songea-t-il tout en traversant les immenses salles du palais d'Hiver. Ainsi, Bonaparte avait débarqué en Égypte avec une armée de scientifiques. Ainsi, Paul possédait l'une des pièces du Jeu de Montglane. La journée s'avérait riche d'enseignements. Les choses commençaient enfin à bouger.

Il fallut près d'une demi-heure à Alexandre pour atteindre les écuries, qui occupaient toute une aile – presque aussi grande que la galerie des Glaces de Versailles –, à l'extrémité du palais d'Hiver. L'air était saturé de l'odeur lourde des bêtes et du fourrage. Il remonta les travées jonchées de paille, tandis que des cochons et des poules s'enfuyaient devant lui. Des servantes aux joues rouges, en gilet, jupe plissée, tablier blanc et bottes lainées, se retournèrent pour voir passer le jeune prince, s'adressant mutuellement des sourires dans son dos. Son beau visage, ses cheveux châtains ondulés et ses yeux bleu-gris étincelants leur rappelaient la jeune tsarine Catherine, sa grand-mère, lorsqu'elle s'élançait dans les rues enneigées sur son hongre pommelé, revêtue d'un uniforme militaire.

C'était ce garçon qu'elles auraient voulu avoir pour tsar. Tout ce que son père jugeait ennuyeux – son silence, sa religiosité, le voile de mystère dont s'enveloppaient ses yeux bleu-gris – réveillait le sombre écho de mysticisme qui dormait au fond de leur âme slave.

Alexandre se dirigea vers le palefrenier pour qu'il lui préparât son cheval. Puis il sauta en selle et s'élança. Les servantes et les garçons d'écurie le regardèrent s'éloigner, comme d'ailleurs tout ce qui se déroulait autour d'eux. Ils savaient que l'heure avait presque sonné. C'était celui qu'ils attendaient, lui qu'on annonçait depuis le règne de Pierre le Grand. Le silencieux, le mystérieux Alexandre, qui était choisi non pour les guider vers la lumière, mais pour se fondre avec eux dans l'obscurité. Pour devenir l'âme de la Russie.

*

Alexandre s'était toujours senti mal à l'aise au milieu des serfs et des paysans. Il avait toujours l'impression qu'ils le regardaient comme un saint – et qu'ils s'attendaient à ce qu'il se conduisît comme tel.

Cela aussi était dangereux. Paul gardait farouchement le trône dont on l'avait écarté pendant si longtemps. Maintenant qu'il détenait enfin le pouvoir tant convoité, il le chérissait, il en usait et abusait, comme une maîtresse qu'on idolâtre mais qu'on ne peut contrôler.

Alexandre franchit la Neva et traversa les marchés. Il attendit d'avoir dépassé les pâturages pour pousser son cheval au petit galop dans les champs couleur d'automne humide.

Il chevaucha pendant des heures dans la forêt, affectant de se promener sans but précis. Les feuilles jaunies s'amoncelaient sur le sol comme des monticules de cosses de maïs. Puis, alors qu'il atteignait un endroit désert, il se dirigea vers un vallon paisible, où un enchevêtrement de branchages noirs et un rideau de feuilles dorées masquaient partiellement une vieille cabane. Descendant nonchalamment de cheval, il marcha aux côtés de sa monture fumante.

Les rênes lâches, il s'avança sur le doux tapis de feuilles odorantes. Sa silhouette souple et athlétique, la veste noire de son uniforme au col montant, sa culotte blanche ajustée et ses bottes noires lui donnaient l'aspect d'un soldat quelconque, se promenant dans les bois. Des gouttelettes d'eau ruisselèrent de la branche d'un arbre et l'éclaboussèrent. Il épousseta les franges rutilantes de ses épaulettes et tira son sabre dont il caressa la lame, comme pour s'assurer de son tranchant. Son regard effleura la cabane et les deux chevaux qui broutaient l'herbe, non loin de là.

Alexandre scruta la forêt sereine. Un coucou lança trois notes, puis plus rien. Il n'y eut plus que le bruit de l'eau perlant doucement des branches. Lâchant les rênes de son cheval, il s'avança vers la petite maison de bois.

La porte s'ouvrit dans un grincement. À l'intérieur, l'obscurité était presque totale. Ses yeux ne distinguèrent rien, mais il sentait l'odeur de la terre qui recouvrait le sol – mêlée à celle de la cire d'une bougie, récemment éteinte. Il crut percevoir un mouvement dans l'ombre. Son cœur accéléra.

— Vous êtes là ? chuchota Alexandre.

Un petit nuage d'étincelles lui répondit, une odeur de paille brûlée monta, une bougie s'alluma. Au-dessus de sa flamme, il vit apparaître le beau visage ovale, la cascade brillante de cheveux rouges, les yeux verts étincelants qui cherchaient les siens.

— Avez-vous réussi ? souffla Mireille d'une voix si basse qu'il dut tendre l'oreille pour comprendre.

— Oui. Elle est à la prison de Ropsha, répondit Alexandre dans un chuchotement, bien qu'il ait pu vérifier par lui-même que personne ne surprendrait leur conversation. Je peux vous y conduire. Mais ce n'est pas tout : il détient l'une des pièces, comme vous le craigniez.

— Et le reste ? s'enquit calmement Mireille.

Ses yeux verts l'éblouirent.

— Il m'a été impossible d'en apprendre davantage sans éveiller les soupçons. C'est déjà un miracle qu'il m'ait parlé comme il l'a fait. Ah si !… Il semble que l'expédition française en Égypte ait un but bien précis. Une couverture, en quelque sorte. Le général Bonaparte a emmené un grand nombre de scientifiques avec lui.

— Des scientifiques ? interrompit très vite Mireille en se penchant en avant.

— Des mathématiciens, des physiciens et des chimistes.

Mireille lança un regard par-dessus son épaule, en direction de l'angle le plus obscur de la cabane. La haute silhouette anguleuse d'un homme au visage d'oiseau de proie, vêtu entièrement de noir, émergea de l'ombre. Il tenait la main d'un petit garçon de cinq ans environ, qui sourit gentiment à Alexandre. Le prince héritier lui rendit son sourire.

— Vous avez entendu ? demanda Mireille à Shahin, qui hocha silencieusement la tête. Napoléon est en Égypte, mais pas sur ma demande. Que fait-il là-bas ? Que sait-il exactement ? Je veux qu'il rentre en France. Si vous vous rendez sur place, combien de temps vous faudra-t-il pour entrer en contact avec lui ?

— Il est peut-être à Alexandrie, peut-être au Caire, répondit Shahin. Si je réussis à traverser l'Empire turc, il m'est possible de le rejoindre en l'un de ces lieux d'ici deux lunes. Je dois emmener al-Kalim avec moi, ces Ottomans verront qu'il est le Prophète, la *Porte** me laissera passer et me conduira au fils de Laetitia Bonaparte.

Alexandre avait écouté cet échange avec stupéfaction.

— Vous parlez du général Bonaparte comme si vous le connaissiez, dit-il à Mireille.

— C'est un Corse, répliqua-t-elle d'un ton bref. Votre français est bien meilleur que le sien. Mais ce n'est pas le moment de nous perdre en bavardages. Conduisez-moi à Ropsha avant qu'il ne soit trop tard.

Alexandre aidait Mireille à se draper dans sa cape quand il remarqua le petit Charles, immobile près de lui.

— Al-Kalim a quelque chose à vous déclarer, Majesté, dit Shahin en se tournant vers Charles.

Alexandre regarda l'enfant avec un sourire.

— Vous serez bientôt un grand roi, énonça le petit Charles de sa voix flûtée d'enfant.

Alexandre continua à sourire, mais son sourire s'effaça quand il entendit les paroles que prononça ensuite l'enfant.

— Le sang qui souillera vos mains laissera une tache moins indélébile que sur celles de votre grand-mère, mais vos motifs seront les mêmes. Un homme que vous admirez vous trahira, je vois un hiver froid et un grand feu. Vous avez aidé ma mère. Grace à cela vous serez sauvé des griffes de cet homme déloyal et vous régnerez pendant vingt-cinq ans…

— C'en est assez, Charles ! siffla Mireille en agrippant le bras de son fils tandis qu'elle adressait un regard sombre à Shahin.

Alexandre resta figé – glacé jusqu'aux os.

— Cet enfant a un don de double vue, souffla-t-il.

— Alors, qu'il l'utilise à bon escient, riposta Mireille d'un ton cassant, au lieu de lire la bonne aventure comme une vieille sorcière avec son tarot.

Entraînant Charles avec elle, elle franchit rapidement la porte, laissant le prince tout ébahi. Comme il se tournait vers Shahin et scrutait ses yeux noirs impénétrables, il entendit le petit Charles :

— Je suis désolé, *maman**, pépiait-il. J'ai oublié. Je te promets que je ne le ferai plus.

*

La Bastille aurait pu passer pour un palais, comparée à la geôle de Ropsha. Froide, humide, sans même une fenêtre pour laisser filtrer un rayon de lumière, elle avait tout d'un cachot du désespoir. L'abbesse survivait dans ces lieux depuis deux ans, buvant de l'eau croupie et mangeant une nourriture à peine digne de l'auge d'un cochon. Deux années durant lesquelles Mireille avait consacré chaque heure, chaque minute de son existence à tenter de découvrir ce qu'il était advenu d'elle.

Alexandre les introduisit dans la prison et parla aux gardes, qui l'aimaient cent fois plus que son père et étaient prêts à tout pour lui être agréables. Mireille, la main de Charles toujours serrée dans la sienne, suivit les couloirs sombres derrière la lanterne du geôlier, tandis qu'Alexandre et Shahin fermaient la marche.

La cellule de l'abbesse – un minuscule trou fermé par une lourde porte en métal – se trouvait dans la basse-fosse. Mireille se sentit glacée d'effroi. Le garde la fit entrer, et elle s'avança dans le cachot. La vieille femme gisait là comme une poupée cassée dont on aurait retiré la bourre. Sa peau ridée avait l'aspect jauni d'une feuille morte dans la pâle clarté de la lanterne. Mireille tomba à genoux devant le grabat et entoura l'abbesse de ses bras pour tenter de la mettre en position assise. Il n'y avait plus aucune substance en elle – elle semblait près de tomber en poussière.

Charles s'avança et prit la main ridée de l'abbesse dans sa menotte.

— *Maman**, chuchota-t-il, cette dame est très malade. Elle voudrait qu'on l'emmène d'ici avant de mourir…

Mireille baissa les yeux vers lui, puis regarda Alexandre qui se tenait à côté d'elle.

— Je vais voir ce que je peux faire, dit-il.

Il sortit avec le gardien. Shahin s'approcha de la paillasse. L'abbesse lutta pour ouvrir les yeux, mais n'y parvint pas. Mireille inclina la tête sur la poitrine de la vieille femme et sentit des larmes brûlantes lui monter aux yeux, comprimer sa gorge. Charles posa sa main sur son épaule.

— Elle veut dire quelque chose, déclara-t-il calmement à sa mère. J'entends ses pensées… Elle ne souhaite pas être enterrée par quelqu'un d'autre que toi… Mère, murmura-t-il, il y a quelque chose à l'intérieur de sa robe ! Quelque chose que nous devons prendre, elle veut que nous le prenions.

— Mon Dieu ! souffla Mireille comme Alexandre réapparaissait dans la cellule.

— Vite, sortons-la d'ici avant que le garde ne se ravise, intima-t-il d'une voix tendue.

Shahin se pencha sur le grabat et souleva l'abbesse dans ses bras comme une plume. Tous quatre quittèrent la prison en passant par une porte qui débouchait sur un long couloir percé sous terre. Ils finirent par émerger dans la lumière du jour, non loin de l'endroit où ils avaient laissé leurs chevaux. Shahin, enserrant contre lui le corps fragile de l'abbesse, sauta souplement en selle et se dirigea vers la forêt, les autres le suivant.

Ils s'arrêtèrent dès qu'ils eurent trouvé un lieu tranquille, et descendirent de cheval. Alexandre prit l'abbesse dans ses bras. Mireille jeta sa cape sur le sol pour y étendre la mourante. La vieille femme, les yeux toujours clos, faisait des efforts désespérés pour parler. Alexandre puisa un peu d'eau d'un ruisseau voisin dans ses mains en coupe, mais elle était trop faible pour boire.

— Je savais… souffla-t-elle d'une voix rauque et défaillante.

— Vous saviez que je viendrais, dit Mireille en caressant son front brûlant de fièvre tandis que l'abbesse continuait à lutter. Mais je suis arrivée trop tard. Ma chère amie, vous serez enterrée chrétiennement. J'écouterai moi-même votre confession, puisqu'il n'y a personne d'autre. Des larmes ruisselaient sur son visage tandis qu'elle s'agenouillait à côté de l'abbesse en lui serrant la main.

Mais Charles se mit à genoux lui aussi et palpa l'habit abbatial qui flottait sur le corps décharné.

— Mère, c'est là dans cette robe, entre le tissu et la doublure ! s'écria-t-il.

Shahin s'approcha et tira son *bousaadi* tranchant pour couper la cape. Mireille saisit son bras pour arrêter son geste, mais au même instant l'abbesse ouvrit les yeux et laissa échapper un chuchotement rauque.

— Shahin, chuchota-t-elle tandis qu'un sourire éclairait son visage et qu'elle tentait de lever la main pour le toucher. Vous avez fini par trouver votre prophète. Je vais rencontrer votre Allah… très bientôt. Je lui transmettrai… votre amour…

Sa main retomba et ses yeux se fermèrent. Mireille se mit à sangloter, mais les lèvres de l'abbesse continuaient à remuer. Charles se pencha et déposa un baiser sur le front de l'abbesse.

— Ne déchirez pas… le tissu… souffla-t-elle.

Et elle ne bougea plus.

Shahin et Alexandre restèrent immobiles sous les arbres ruisselants tandis que Mireille se jetait en pleurant sur le corps inerte de l'abbesse. Au bout de quelques minutes, Charles repoussa sa mère. Il écarta de ses petites mains la lourde robe qui enveloppait le corps frêle de l'abbesse. Là, sur la doublure du panneau frontal, elle avait dessiné la forme d'un échiquier à l'aide de son propre sang – maintenant bruni et brouillé par le temps. Dans chacune des cases, on avait reproduit un symbole avec le plus grand soin. Charles leva les yeux vers Shahin, qui lui tendit son couteau. L'enfant coupa délicatement le fil qui fixait la doublure à l'habit. Sous l'échiquier, était dissimulé un épais tissu bleu nuit, incrusté de pierres scintillantes.

PARIS
JANVIER 1799

Charles Maurice Talleyrand quitta les bureaux du Directoire et descendit en boitant le long escalier menant à la cour. Il avait vécu une rude journée, ponctuée par les insultes et les accusations que les cinq membres lui avaient lancées au visage. On lui reprochait des soi-disant pots-de-vin qu'il aurait reçus de la délégation américaine. Il avait trop de fierté pour se justifier ou pour se chercher des excuses – et un souvenir trop vivace de la pauvreté pour avouer sa culpabilité et restituer l'argent. Il avait donc opposé un silence glacial à leurs accusations fielleuses. Lorsqu'ils s'étaient enfin tus, épuisés, il était parti sans avoir lâché un pouce de terrain.

Il traversa la cour pavée d'un pas fatigué et se dirigea vers son attelage. Ce soir, il dînerait seul, déboucherait une bouteille de vieux madère et prendrait un bain chaud. Telles étaient les pensées qui l'occupaient lorsque son cocher, l'apercevant, se précipita. Talleyrand lui fit signe de monter sur son siège et ouvrit lui-même la portière. Comme il se glissait à sa place, il perçut un bruissement dans l'ombre du large compartiment. Il se raidit, instantanément sur ses gardes.

— Ne craignez rien, fit une douce voix féminine – voix qui envoya des frissons tout le long de sa colonne vertébrale.

Une main gantée couvrit la sienne dans l'obscurité. Comme ils passaient sous un réverbère, il distingua la merveilleuse peau couleur de lait, les cheveux flamboyants.

— Mireille ! cria Talleyrand, mais elle posa ses doigts sur ses lèvres.

Sans même avoir conscience de ce qu'il faisait, il se retrouva à genoux devant elle dans l'attelage cahotant, puis il se redressa et dévora son visage de baisers. Les mains enfouies dans sa chevelure, il lui murmurait des mots enflammés en essayant de retrouver son contrôle. Il avait l'impression d'être devenu fou.

— Si tu savais comme je t'ai cherchée, pas seulement ici, mais partout. Comment as-tu pu me laisser sans un mot, sans un signe ? J'étais affolé d'angoisse…

Mireille le fit taire en pressant ses lèvres sur les siennes. Il respira le parfum de son corps et pleura. Il versait enfin les larmes contenues pendant ces sept années et séchait celles qui ruisselaient sur les joues de sa bien-aimée. Tous deux se serraient l'un contre l'autre comme deux enfants perdus dans une tempête.

Ils pénétrèrent chez lui, profitant de l'obscurité, passant par les portes-fenêtres qui s'ouvraient sur le parc. Sans même s'arrêter pour les refermer ou allumer une lampe, la soulevant dans ses bras il la posa sur le divan, ses longs cheveux déployés sur son bras. Il la déshabilla sans un mot, couvrit son corps frissonnant du sien et se perdit dans la douceur brûlante de sa peau, dans la soie de sa chevelure.

— Je t'aime, murmura-t-il.

C'était la première fois que ces mots franchissaient ses lèvres.

— Votre amour nous a fait don d'un enfant, chuchota Mireille en le contemplant dans le clair de lune qui ruisselait à travers les fenêtres.

Il crut que son cœur allait se briser.

— Nous en ferons un autre, souffla-t-il.

Et il sentit sa passion déferler en lui comme un raz de marée.

*

— Je les ai enterrées, dit Talleyrand alors qu'ils étaient assis à la table du salon, à côté de sa chambre à coucher. Dans les montagnes Vertes, en Amérique, bien que Courtiade ait essayé de m'en dissuader. Il avait davantage confiance que moi en ton étoile, persuadé que tu étais toujours en vie.

Talleyrand sourit à Mireille assise en face de lui, drapée dans sa robe de chambre, ses cheveux flottant sur ses épaules. Elle était si belle qu'il eut envie de la faire sienne à nouveau, à l'instant même. Mais le grave Courtiade se tenait entre eux, et repliait soigneusement sa serviette tout en écoutant leur conversation.

— Courtiade, articula-t-il en s'efforçant de maîtriser la violence de ses sentiments, il semble que j'aie un enfant – un fils. Il s'appelle Charles.

Il se tourna vers Mireille.

— Quand pourrai-je voir ce petit prodige ?

— Bientôt, répondit Mireille. Il est parti en Égypte, où le général Bonaparte est cantonné. Que savez-vous exactement de Napoléon ?

— C'est moi qui l'ai convaincu de se rendre là-bas, ou du moins c'est ce qu'il m'a fait croire.

Il relata brièvement sa rencontre avec Bonaparte et David.

— C'est à cette occasion que j'ai appris que tu étais peut-être toujours en vie, que tu avais eu un enfant… David m'a expliqué pour Marat.

Il la regarda gravement, mais elle secoua la tête comme pour chasser cette pensée de son esprit.

— Tu dois savoir encore autre chose, poursuivit lentement Talleyrand, tandis que son regard croisait brièvement celui de Courtiade. Il y a une femme derrière tout cela, son nom est Catherine Grand. Je crois qu'elle est directement impliquée dans la quête du Jeu de Montglane. Selon David, Robespierre l'appelait la reine blanche…

Mireille avait blêmi. Sa main se crispa sur le petit couteau à beurre, comme si elle avait voulu le casser en deux. Pendant un moment, elle fut incapable de parler. Ses lèvres étaient si pâles que Courtiade saisit la bouteille de champagne et en versa dans son verre pour la ranimer.

Elle regarda Talleyrand attentivement.

— Où est-elle, à présent ? chuchota-t-elle.

Talleyrand fixa son assiette pendant un moment, puis ses yeux bleus se plantèrent dans ceux de Mireille.

— Si je ne t'avais pas trouvée dans mon attelage hier soir, dit-il lentement, elle aurait passé la nuit dans mon lit.

Un silence pesant retomba. Courtiade contemplait la table, les yeux de Talleyrand ne quittaient pas ceux de Mireille. Elle posa le couteau et, repoussant sa chaise, se dirigea vers les fenêtres. Talleyrand la suivit. Il s'immobilisa derrière elle, l'enveloppant de ses bras.

— Il y a eu tellement de femmes dans ma vie, murmura-t-il tout contre ses cheveux. Je te croyais morte. Et ensuite quand j'ai appris que tu vivais… Si tu la voyais, tu comprendrais…

— Je l'ai vue, dit Mireille d'une voix unie.

Elle se retourna et le fixa.

— Cette femme est la cause de tout. Elle possède huit des pièces…

— Sept, rectifia Talleyrand. C'est moi qui ai la huitième.

Mireille le dévisagea avec stupéfaction.

— Nous l'avons enterrée dans la forêt avec les autres, enchaîna-t-il. Il fallait que je les cache, Mireille. C'était notre seule chance d'échapper à cette horrible malédiction. Jadis, j'ai voulu m'emparer du jeu d'échecs, moi aussi. J'ai joué avec Valentine et toi, dans l'espoir de gagner votre confiance. Et au lieu de cela, tu as conquis mon amour.

Il lui prit les épaules. Il ne pouvait pas lire les pensées qui ravageaient son esprit.

— Je t'aime, Mireille, répéta-t-il. Devons-nous tous être entraînés dans ce gouffre hideux de haine ? Ce jeu ne nous a-t-il pas déjà coûté assez cher ?...

— Trop cher, riposta Mireille en se dégageant, les traits figés en un masque d'amertume. Beaucoup trop pour pardonner et oublier. Cette femme a assassiné cinq religieuses de sang-froid. Elle a cautionné Marat et Robespierre – et l'exécution de Valentine. Vous semblez avoir oublié... que j'ai vu mourir ma cousine, massacrée comme un animal !

Ses prunelles vertes luisaient comme sous l'emprise d'une drogue.

— Je les ai tous vus rendre l'âme – Valentine, l'abbesse, Marat. Charlotte Corday a donné sa vie pour moi ! La félonie de cette femme ne restera pas sans réponse. J'aurai ces pièces, quel que soit le prix à payer !

Talleyrand avait reculé d'un pas et la regardait, les yeux brillants de larmes. Il ne remarqua pas que Courtiade, s'étant levé à son tour, s'approchait maintenant de lui. Il posa sa main sur son bras.

— Monseigneur, elle a raison, raisonna-t-il d'une voix douce. Même si nous aspirons à trouver enfin le bonheur, même s'il est plus simple de se voiler la face, ce jeu ne prendra fin que lorsque les pièces seront rassemblées et en sûreté. Vous le savez aussi bien que moi. Mme Grand doit être mise hors d'état de nuire.

— N'y a-t-il pas eu assez de sang versé ? murmura Talleyrand.

— Je ne cherche plus la vengeance, précisa Mireille en revoyant l'horrible visage de Marat lorsqu'il lui avait indiqué où plonger sa dague. Je veux les pièces, la partie doit se terminer.

— Elle m'a donné cette pièce de sa propre volonté, expliqua Talleyrand. Mais même la force brutale ne la convaincra pas de se séparer des autres.

— Et si vous l'épousiez ? suggéra Mireille. D'après la loi française, tout ce qui lui appartient sera alors à vous.

— L'épouser ! cria Talleyrand en faisant un bond. Mais c'est toi que j'aime ! D'ailleurs, je suis un évêque de l'Église catholique. Avec ou sans archevêché, je relève de la loi romaine et non de la loi française !

Courtiade se racla la gorge.

— Monseigneur pourrait recevoir une dispense papale, proposa-t-il poliment. Il y a eu des précédents, je crois.

— Courtiade, je te prierai de ne pas oublier qui t'emploie ! siffla Talleyrand. C'est hors de question. Après tout ce que tu m'as dit de cette femme, comment pouvez-vous seulement suggérer une telle chose ? Vous seriez prêt à vendre mon âme pour sept misérables pièces d'échecs !

— Pour que ce jeu prenne fin une fois pour toutes, dit Mireille, une flamme sombre au fond des yeux, je vendrais la mienne sans hésiter.

LE CAIRE, ÉGYPTE
FÉVRIER 1799

Shahin fit agenouiller son chameau près de la grande pyramide de Gizeh et laissa Charles sauter à bas de la selle. Depuis qu'ils étaient en Égypte, il n'avait eu de cesse de conduire l'enfant sur ce lieu sacré. Shahin regarda Charles courir allégrement sur le sable vers les pieds du Sphinx et escalader sa patte gigantesque. Puis il descendit à son tour de sa monture et traversa l'étendue de sable, sa longue robe noire frissonnant dans la brise.

— C'est le Sphinx, dit Shahin quand il eut rejoint l'enfant.

Le petit garçon aux cheveux roux, âgé de bientôt six ans, parlait couramment le kabyle et l'arabe, aussi bien que sa langue maternelle, le français, de sorte que Shahin pouvait converser librement avec lui.

— Une figure ancienne et mystérieuse, avec le torse et la tête d'une femme, et le corps d'un lion. Elle siège entre les constellations des Gémeaux et du Cancer, là où se fixe le soleil pendant le solstice d'été.

— Si c'est une femme, dit Charles en regardant l'immense figure de pierre qui se dressait au-dessus de sa tête, pourquoi a-t-elle une barbe ?

— Il s'agit d'une grande reine – la reine de la nuit, répondit Shahin. Sa planète est Mercure, le dieu de la guérison. La barbe est en fait l'emblème de son immense pouvoir.

— Ma mère aussi est une grande reine, c'est toi qui me l'as dit, déclara Charles. Pourtant elle n'a pas de barbe.

— Peut-être a-t-elle choisi de ne pas utiliser son pouvoir.

Ils regardèrent l'horizon de sable. Dans le lointain se détachaient les nombreuses tentes du campement d'où ils venaient. Tout autour d'eux les gigantesques pyramides se dressaient dans la lumière dorée, éparpillées comme les pièces d'un jeu qu'un enfant aurait oubliées sur la plaine désertique. Charles leva vers Shahin ses grands yeux bleus.

— Qui les a laissées ici ? demanda-t-il.

— Bien des rois au cours des siècles, expliqua Shahin. Ces rois étaient de grands prêtres. En arabe, nous les appelons *kahin*. Celui qui sait l'avenir. Pour les Phéniciens, les Babyloniens et les Khabiru – le peuple que tu appelles les Hébreux –, le mot qui désigne un prêtre est *koben*. Dans ma langue, le kabyle, nous l'appelons *kahana*.

— C'est ce que je suis ? demanda Charles tandis que Shahin l'aidait à redescendre de la patte de lion où ils s'étaient assis.

Un cortège de cavaliers s'avançait en provenance du campement. Les chevaux soulevaient des nuages de poussière dans la lumière cuivrée.

— Non, précisa paisiblement Shahin. Tu es plus que cela.

Les chevaux s'arrêtèrent et le jeune cavalier qui marchait en tête sauta à terre. Il traversa l'étendue rugueuse tout en retirant ses gants. Ses cheveux châtains tombaient librement sur ses épaules. Il mit un genou à terre devant le petit Charles tandis que les autres cavaliers descendaient de leur monture.

— Ainsi donc, te voilà, s'écria le jeune homme.

Il portait la culotte moulante et la veste à col montant de l'armée française.

— Le fils de Mireille ! Je suis le général Bonaparte, mon garçon, un ami de ta mère. Mais pourquoi ne t'a-t-elle pas accompagné ? On m'a dit au campement que tu étais seul, et que tu me cherchais.

Napoléon posa la main sur les cheveux rougeoyants de Charles et les ébouriffa, puis il glissa ses gants dans sa ceinture et se leva avant de s'incliner cérémonieusement devant Shahin.

— Vous devez être Shahin, dit-il sans attendre la réponse de l'enfant. Ma grand-mère, Angela Maria di Pietra-Santa, m'a souvent parlé de vous comme d'un homme de grande valeur. C'est elle qui vous a envoyé la mère de l'enfant, dans le désert, je crois ? Il doit y avoir environ cinq ans de cela…

Shahin détacha gravement le voile qui couvrait le bas de son visage.

— Al-Kalim vous apporte un message de la plus grande importance, déclara-t-il d'une voix paisible, que vous devez être le seul à entendre.

— Approchez, approchez, dit Napoléon en faisant signe aux soldats. Ce sont mes officiers. Nous partons pour la Syrie à l'aube – une marche difficile. Quelle que soit cette nouvelle dont vous êtes porteurs, elle peut attendre jusqu'à ce soir. Vous serez mes hôtes à dîner, dans le palais du bey.

Il se détournait déjà pour s'éloigner, mais Charles lui saisit la main.

— Cette campagne est vouée à l'échec, annonça le petit garçon.

Napoléon se retourna avec stupéfaction, mais Charles n'avait pas terminé.

— Je vois la faim et la soif. Beaucoup d'hommes mourront, et vous ne gagnerez rien. Vous devez rentrer en France immédiatement. C'est là que vous deviendrez un grand chef. Vous aurez un pouvoir considérable sur le monde. Mais il ne durera que quinze ans. Ensuite, ce sera fini…

Napoléon dégagea sa main tandis que les officiers le regardaient avec embarras. Puis le jeune général renversa la tête en arrière et éclata de rire.

— Il paraît qu'on t'appelle le Petit Prophète, dit-il en souriant à Charles. Au campement, on raconte que tu as prédit toutes sortes de choses aux soldats – combien d'enfants ils auraient, dans quelles batailles ils rencontreraient la gloire ou la mort. J'aimerais croire que de telles visions existent. Si les généraux étaient prophètes, ils éviteraient bien des pièges.

— Il y a eu un jour un général-prophète, rétorqua Shahin d'une voix douce. Il s'appelait Mahomet.

— J'ai lu le Coran, moi aussi, mon ami, répondit Napoléon sans cesser de sourire. Mais il combattait pour la gloire de Dieu. Nous autres, pauvres Français, nous ne combattons que pour la gloire de la France.

— Ce sont ceux qui ne recherchent que leur *propre* gloire qui doivent prendre garde, conclut Charles.

Napoléon entendit les officiers murmurer dans son dos tandis qu'il lançait un regard furieux à Charles. Son sourire s'était évanoui. Son visage était assombri par une émotion qu'il s'efforçait de maîtriser.

— Je ne souffrirai pas d'être insulté par un enfant, gronda-t-il sourdement.

Puis à voix haute, il ajouta :

— Je doute que ma gloire brille aussi haut que tu sembles le penser, mon garçon, ni qu'elle s'éteigne aussi rapidement. Je pars à l'aube pour marcher sur le Sinaï, et seul un ordre de mon gouvernement pourrait hâter mon retour en France.

Tournant le dos à Charles, il se dirigea vers son cheval, se mit en selle et ordonna à l'un des officiers que Shahin et Charles soient conduits au palais du Caire pour le dîner. Puis il s'élança dans le désert, sous le regard des soldats.

Shahin informa les soldats déconcertés qu'ils se rendraient à l'invitation par leurs propres moyens, que l'enfant n'avait pas encore pu voir les pyramides de près. Les officiers s'éloignèrent à contrecœur, et Charles prit la main de Shahin tandis qu'ils traversaient la vaste plaine.

— Shahin, murmura-t-il pensivement. Pourquoi le général Bonaparte est-il furieux de ce que je lui ai dit ? Tout ce que je lui ai annoncé est vrai.

Shahin resta silencieux pendant un moment.

— Imagine que tu sois dans une forêt obscure, où tu ne puisses rien distinguer, expliqua-t-il enfin. Et que ton seul compagnon soit une chouette, qui peut voir beaucoup plus loin que toi parce que ses yeux sont faits pour l'obscurité. C'est ce genre de vision que tu as. Comme la chouette, tu peux voir loin devant toi, alors que les autres se perdent dans l'obscurité. Si tu étais à leur place, tu n'aurais pas peur, toi aussi ?

— Peut-être, admit Charles. Mais je ne serais sûrement pas en colère après la chouette si elle m'avertissait que je vais tomber dans un gouffre !

Shahin regarda l'enfant pendant quelques instants, un sourire inhabituel flottant sur ses lèvres. Finalement il parla.

— Posséder quelque chose que les autres n'ont pas est toujours difficile, et souvent dangereux. Parfois, il vaut mieux les laisser dans le noir.

— Comme le Jeu de Montglane, poursuivit Charles. Maman a dit qu'il était resté dans l'ombre pendant mille ans.

— Oui, acquiesça Shahin. Comme le Jeu de Montglane.

Au même instant, ils arrivèrent au pied de la grande pyramide. Un homme était assis devant eux sur une couverture en laine, des monceaux de papyrus dépliés devant lui. Il regardait l'édifice, mais tourna la tête en entendant Charles et Shahin approcher. Son visage s'illumina lorsqu'il les reconnut.

— Le Petit Prophète ! s'écria-t-il en époussetant le sable de sa culotte tandis qu'il se levait pour les accueillir.

Ses bajoues et son menton pointu se fendirent dans un large sourire et il repoussa une mèche qui lui tombait sur le front.

— Je suis allé au campement aujourd'hui : les soldats pesaient le pour et le contre pour savoir si le général Bonaparte tiendrait compte du conseil que vous lui avez donné de rentrer en France ! Il ne croit pas beaucoup aux prophéties, notre général. Il pense peut-être que *sa* croisade lui apportera la victoire, là où tant d'autres ont échoué avant lui.

— Monsieur Fourier ! s'exclama Charles en lâchant la main de Shahin pour courir aux côtés du célèbre physicien. Avez-vous découvert le secret de ces pyramides ? Vous êtes ici depuis si longtemps et vous avez travaillé si dur !

— J'ai bien peur que non.

Fourier ébouriffa les cheveux de Charles tandis que Shahin s'approchait à son tour.

— Seuls les nombres inscrits sur ces papyrus sont notés en chiffres arabes. Tout le reste n'est qu'une suite de dessins incompréhensibles que je suis bien incapable de décoder. Il paraît qu'on a trouvé à Rosette une pierre sur laquelle sont gravés plusieurs idiomes différents. Peut-être cela nous aidera-t-il à traduire ces inscriptions. Ils l'emmènent en France. Mais d'ici qu'ils aient réussi à la déchiffrer, je ne serai peut-être plus de ce monde !

Il éclata de rire et saisit la main de Shahin.

— Si votre petit compagnon est bien le prophète que vous dites, il devrait pouvoir lire ces signes et nous épargner ainsi bien des problèmes.

— Shahin en comprend quelques-uns, déclara fièrement Charles en s'approchant de la pyramide pour examiner les étranges inscriptions gravées sur ses flancs. Celui-là – l'homme avec une tête d'oiseau –, c'est le grand dieu Thot. Il s'agit d'un médecin qui pouvait guérir n'importe quelle maladie. Il a également inventé l'écriture. C'est lui que l'on avait chargé d'inscrire les noms dans le Livre des Morts. Shahin affirme que chaque être humain possède un nom secret qui lui est donné à sa naissance. Il est inscrit sur une pierre et on la lui tend quand il meurt. Et chaque dieu a un nombre au lieu d'un nom secret…

— Un nombre ! s'écria Fourier en tournant vivement les yeux vers Shahin. Vous pouvez lire ces codes ?

Shahin secoua la tête.

— Je connais seulement les vieilles légendes, répondit-il dans son français haché. Mon peuple a une grande vénération pour les nombres, parce que nous considérons qu'ils sont dotés de propriétés divines. Nous croyons que l'univers en est composé, et qu'en trouvant la vibration qui correspond à la résonance exacte de ces nombres on parvient à ne faire qu'un avec Dieu.

— Mais c'est exactement ma théorie ! s'écria le mathématicien. Je travaille sur la physique des vibrations. J'écris actuellement un livre sur ce que j'appelle « la théorie harmonique », que j'applique à la chaleur et à la lumière ! Vous autres, les Arabes, vous avez découvert toutes ces vérités attachées aux nombres, qui sont le fondement même de nos théories...

— Shahin n'est pas un Arabe, intervint Charles. C'est un homme bleu du Touareg.

Fourier posa un regard incertain sur Charles, puis se tourna à nouveau vers Shahin.

— Vous paraissez cependant très au courant de ce que j'étudie : les recherches d'Al-Khwarizmi, apportées en Europe par le grand mathématicien Leonardo Fibonacci, les chiffres arabes et l'algèbre qui a révolutionné notre mode de pensée ? Ces découvertes n'ont donc pas vu le jour ici, en Égypte ?

— Non, dit Shahin en regardant les dessins gravés sur le mur devant lui. Elles sont originaires de Mésopotamie, les chiffres hindous viennent des montagnes du Turkestan. Mais celui qui connaissait le secret et l'a enfin consigné par écrit s'appelait Al-Jabir ibn Hayan, le chimiste attaché à la cour d'Harun al-Rachid en Mésopotamie – roi des Mille et Une Nuits. Cet Al-Jabir était un Soufi mystique, un membre des fameux Hachachin. D'avoir écrit et caché le secret à l'intérieur du Jeu de Montglane lui valut d'être maudit jusqu'à la fin des temps.

LA FIN DU JEU

Ils sont seuls à leur table austère. Le tournoi
Alterne ses dangers ; lentes, les pièces glissent.
Tout au long de la nuit deux couleurs se haïssent
Dans le champ agencé qui les tient sous sa loi.

Radieuse magie où joue un vieil effroi,
Des destins rigoureux et parés s'accomplissent :
Reine en armes, brefs pions qui soudain s'anoblissent,
Fou qui biaise, tour carrée, ultime roi.

Le rite se poursuit. Il reste ; il faut qu'il reste
Même si le pied branle à la table déserte,
Même quand les joueurs seront cherchés en vain.

Le profond Orient nous légua cette guerre
Dont la flamme aujourd'hui fait le tour de la terre
Et comme l'autre jeu, ce jeu n'a pas de fin.

Tour droite, fou diagonal, reine acharnée, roi
vulnérable, pions qu'achemine l'espoir, Par des
détours fixés d'un ordre blanc et noir
Vous cherchez, vous livrez la bataille obstinée.

Mais qui de vous sent sa marche gouvernée ?
La main ni le joueur, vous ne sauriez les voir ;
Vous ne sauriez penser qu'un rigoureux pouvoir
Dicte votre dessein, règle votre journée.

Le joueur, ô Khayam ! est lui-même en prison,
Et c'est un échiquier que l'humain horizon :
Jours blancs et noires nuits, route stricte et finie.

La pièce se soumet à l'homme, et l'homme à Dieu.
Derrière Dieu, qui d'autre a commencé ce jeu
De poussière, de temps, de rêve, d'agonie ?

Échecs,
Jorge Luis BORGES.

NEW YORK
SEPTEMBRE 1973

Nous approchions d'une autre île, au milieu de la mer rouge sombre. Une étendue de terre de cent quatre-vingt-dix kilomètres de long, flottant sur le littoral atlantique, connue sous le nom de Long Island. Sur les cartes, elle ressemble à une carpe géante dont la bouche béante s'ouvre au niveau de la baie de la Jamaïque comme pour gober Staten Island, et dont les nageoires caudales qui fouettent l'eau vers New Haven semblent éparpiller des petites îles comme des gouttelettes d'eau dans son sillage.

Mais comme notre ketch cinglait vers le rivage, nos voilures déployées dans la brise, cette longue ligne de sable blanc émaillée de petites baies me fit l'effet d'un paradis. Même les noms de lieux dont je me souvenais avaient des sonorités exotiques : Quogue, Patchogue, Peconic et Massapequa – Jericho, Babylone et Kismet. L'aiguille d'argent de Fire Island serrait de près la côte ciselée. Et quelque part, hors de vue, la statue de la Liberté brandissait sa torche enflammée, à quatre-vingt-dix mètres au-dessus du port de New York, saluant les navigateurs éprouvés par la tempête qui, comme nous, allaient franchir la porte dorée du capitalisme et du commerce institutionnel.

Lily et moi nous tenions sur le pont, serrées l'une contre l'autre, les larmes aux yeux. Je me demandais ce que Solarin penserait de cette terre de soleil, d'opulence et de liberté – si différente de l'idée que je me faisais de la Russie : sombre et habitée par la peur. Durant le mois qu'il nous avait fallu pour traverser l'Atlantique et rallier la côte, nous avions passé nos journées à lire le journal de Mireille et à déchiffrer la formule, et nos nuits à explorer mutuellement nos cœurs et nos âmes. Mais à aucun moment Solarin n'avait fait allusion à son passé en Russie ni à ses plans pour l'avenir. Chaque instant passé avec lui était une goutte d'or volée au temps, comme les joyaux qui parsemaient l'enveloppe de tissu sombre – aussi brillants et aussi précieux. Mais il était impossible de pénétrer l'ombre qu'ils recélaient.

Et maintenant, tandis qu'il équilibrait les voiles et que notre bateau glissait en direction de l'île, je me demandais ce qu'il adviendrait de nous lorsque le Jeu aurait pris fin. Bien sûr, Minnie avait affirmé qu'il ne se terminerait jamais. Mais tout au fond de mon cœur, je savais qu'il allait s'achever – tout au moins pour nous deux – et très bientôt. Tout autour de nous, des embarcations oscillaient sur l'eau comme des jouets scintillants. Plus nous approchions de la rive, et plus le trafic se faisait intense – pavillons colorés, voiles gonflées par le vent frissonnant sur l'eau mousseuse, mêlées aux formes sombres et silencieuses des yachts et des petits bateaux à moteur qui se faufilaient entre eux comme des libellules. Çà et là nous apercevions la vedette d'un garde-côte, et de gros bâtiments de la marine ancrés près de la pointe. Il y avait tellement de monde que je finis par me demander ce qui se passait. Lily répondit à ma question.

— Je ne sais pas si nous devons nous en réjouir ou non, déclara-t-elle comme Solarin revenait se poster derrière le gouvernail, mais ce comité d'accueil n'est pas en notre honneur. Tu sais quel jour nous sommes[1] ? C'est la fête du Travail !

Elle avait raison. Et sauf erreur de ma part, c'était également la date de la clôture de la saison du yachting, ce qui expliquait ce vent de folie qui soufflait autour de nous.

Lorsque nous atteignîmes Shinnecock Inlet, les flottilles étaient si compactes que nous avions à peine la place de manœuvrer. Une file de quarante bateaux attendait de pouvoir entrer dans la baie. On navigua donc vers Moriches Inlet, à une quinzaine de kilomètres plus bas, là où les garde-côtes étaient trop occupés à remorquer des bateaux et à repêcher des ivrognes tombés à l'eau pour remarquer le petit ketch chargé d'immigrants illégaux et d'objets de contrebande qui passait sous leur nez.

Le courant devint brusquement plus fort, tandis que Lily et moi ramenions les voiles et que Solarin mettait le moteur en route après avoir fixé des flotteurs sur les flancs du voilier pour éviter qu'on se fît éperonner. Un Zodiac remontant le courant dans le sens inverse nous croisa, frôlant notre coque. Un passager revêtu des insignes du yacht-club se pencha vers nous et tendit à Lily une flûte de champagne en plastique, avec une invitation attachée au pied par un ruban.

Elle sollicitait notre présence à six heures, pour un martini au yacht-club de Southampton.

On teuf-teufa ainsi au milieu de cette lente procession pendant ce qui sembla être des heures, la précarité de notre situation drainant toute notre énergie tandis que des fêtards caracolaient autour de nous. Comme dans le déroulement d'une guerre, songeai-je, c'était souvent la phase finale – l'ultime confrontation – qui décidait de tout. À l'instar du soldat qui a en poche son papier de démobilisation et se fait abattre par un tireur isolé au moment où il s'apprête à monter dans l'avion qui aurait dû le ramener chez lui. Bien que nous ne soyions sous le coup d'aucune menace, à part une amende de cinquante mille dollars pour contrebande et vingt ans de prison

---

1. Dans la plupart des États américains, la fête du Travail (*Labour Day*) a lieu le premier lundi de septembre. (N. d. T.)

pour infiltration d'un espion russe, je ne pouvais m'empêcher de penser que le jeu n'était pas encore terminé.

On finit par franchir le goulet du port, et on accosta à Westhampton Beach. Comme il n'y avait pas la moindre place libre, Solarin nous déposa sur le quai, ainsi que le sac renfermant les pièces et les sacoches contenant nos quelques vêtements. Puis il jeta l'ancre dans la baie et, ne gardant sur lui que ses sous-vêtements, franchit à la nage les quelques mètres qui le séparaient de la rive. Nous entrâmes dans un pub local afin de nous changer et établir un plan. Nous étions tous dans un état semi-comateux quand Lily se dirigea vers la cabine téléphonique pour appeler Mordecai.

— Impossible de le joindre, annonça-t-elle en regagnant notre table.

Dans l'intervalle, on nous avait apporté trois bloody-mary et des bâtonnets de céleri. Il fallait absolument qu'on trouve Mordecai. Ou tout au moins qu'on se sorte d'ici.

— Un de mes amis a une maison près de Montank Point, à environ une heure de là, les informai-je. Le train de Long Island s'arrête ici. On pourrait le prendre un peu plus loin, à Quogue. Je crois que nous devrions lui laisser un message pour l'avertir de notre arrivée et lui demander de venir nous chercher. C'est trop dangereux de nous montrer dans Manhattan.

Je ne pouvais pas m'empêcher de penser au labyrinthe que formait la ville, avec ses rues à sens unique. Ce serait un jeu d'enfant de nous prendre au piège. Après tous nos efforts, il serait criminel de nous laisser capturer comme de simples pions.

— J'ai une idée, s'écria Lily. Et si c'était *moi* qui allais chercher Mordecai ? Il ne s'éloigne jamais du quartier des diamantaires. Il sera dans la librairie où tu l'as rencontré ou alors dans l'un des restaurants voisins. Je peux m'arrêter chez moi, sauter dans une voiture et le ramener. Nous emporterons les pièces qu'il a en sa possession et je te téléphonerai de Montank Point dès que nous serons arrivés.

— Nim n'a pas le téléphone, répondis-je, sauf par l'intermédiaire de son ordinateur. J'espère qu'il écoute régulièrement ses messages, sinon c'est nous qui resterons en rade.

— Fixons une heure de rendez-vous, alors, suggéra Lily. Pourquoi pas neuf heures, ce soir ? Ça me laissera le temps de trouver Mordecai, de lui raconter nos aventures et mes progrès aux échecs… C'est mon grand-père. Je ne l'ai pas vu depuis des mois.

Je reconnus que c'était un plan acceptable et je téléphonai à l'ordinateur de Nim pour l'informer que j'arrivais par le train d'ici une heure. Après avoir vidé nos verres, nous nous dirigeâmes vers la gare. Lily continuait en direction de Manhattan, tandis que Solarin et moi partirions dans l'autre sens.

Le train de Lily arriva le premier, vers deux heures, sur le quai désert de Quogue. Comme elle montait dans le wagon, Carioca calé sous son bras, elle me lança :

— En cas de problème, je laisserai un message sur le numéro de l'ordinateur que tu m'as donné.

Ça ne nous servit strictement à rien de consulter l'horaire. Le chemin de fer de Long Island annonçait les trains au compte-gouttes à l'aide d'un panneau électronique. Je m'assis sur un banc en bois vert, et je regardai les voyageurs aller et venir autour de moi en bavardant. Solarin posa les sacs par terre et prit place à mes côtés. Un soupir de frustration lui échappa tandis qu'il tournait les yeux en direction des rails déserts.

— On se croirait en Sibérie. Je croyais qu'à l'Ouest les gens étaient ponctuels et que les trains arrivaient toujours à l'heure !

Il se leva d'un bond et se mit à marcher de long en large, tel un animal en cage. Comme je ne supportais pas de le voir dans cet état, je hissai le sac contenant les pièces sur mon épaule et me levai à mon tour. Au même instant, on annonça notre train.

*

Bien qu'il n'y eût que soixante-dix kilomètres environ entre Quogue et Montank Point, le trajet nous prit plus d'une heure. Si on ajoutait à cela le temps qu'il nous avait fallu pour atteindre Quogue et notre attente à la gare, il s'était écoulé près de deux heures depuis que j'avais téléphoné mon message à Nim dans le bar. Et pourtant, je n'avais guère d'espoir qu'il serait là pour nous accueillir. Tel que je le connaissais, il était très capable d'écouter ses messages une fois par mois.

Je fus donc réellement surprise quand, en descendant du train, je vis sa mince et haute silhouette remonter le quai dans ma direction, ses cheveux cuivrés ébouriffés par la brise, sa longue écharpe blanche ondulant dans son sillage. Un sourire lumineux éclaira ses traits quand il m'aperçut. Il agita les bras, puis se mit à courir, bousculant les voyageurs qui s'écartaient en maugréant pour éviter de se faire renverser. Lorsqu'il me rejoignit, il me saisit aux épaules, puis me serra contre lui, son visage enfoui dans mes cheveux, m'étreignant à m'en étouffer. Il me souleva de terre, me fit tournoyer follement dans les airs, me reposa sur le sol et me tint à bout de bras pour me regarder. Des larmes brillaient dans ses yeux.

— Mon Dieu, mon Dieu, chuchota-t-il d'une voix brisée, en secouant la tête. Je t'ai crue morte. Je n'ai pas fermé l'œil depuis que j'ai appris comment tu avais quitté Alger. Cette tempête ! Nous avons complètement perdu ta trace !

Il me dévisageait avidement.

— J'ai vraiment cru que je t'avais envoyée à la mort…

— On ne peut pas dire que ta fréquentation ait eu des effets bénéfiques sur ma santé, acquiesçai-je.

Il continuait à me sourire et s'apprêtait à me serrer à nouveau contre lui quand subitement je le sentis se raidir. Il me lâcha lentement et regarda quelque chose par-dessus mon épaule avec une expression qui ressemblait à un mélange de stupeur et d'incrédulité. Ou bien était-ce de la peur ? Je n'aurais su le dire…

Jetant rapidement un coup d'œil derrière moi, je vis Solarin qui descendait les marches du train, portant nos bagages. Il nous fixait avec ce masque froid et figé que je lui avais vu le premier jour, au club. Je me tournai à nouveau vers Nim pour lui fournir des explications, mais je m'aperçus que ses lèvres remuaient tandis qu'il posait sur Solarin un regard halluciné, comme s'il contemplait un fantôme. Je dus tendre l'oreille pour l'entendre.

— Sacha ? chuchota-t-il d'une voix étranglée. Sacha…

Je pivotai vers Solarin. Il s'était figé sur les marches, inconscient des passagers qui attendaient derrière lui de pouvoir descendre. Ses yeux étaient remplis de larmes – de larmes qui se mirent à ruisseler sur ses traits crispés par l'émotion.

— Slava !

Lâchant nos sacs sur le sol, il sauta au bas des marches, passa devant moi et tomba dans les bras de Nim. Une étreinte d'une violence inouïe les souda l'un à l'autre. Je me précipitai vers la sacoche qu'il avait laissée tomber par terre. Lorsque je me retournai, ils pleuraient dans les bras l'un de l'autre. Nim serrait de toutes ses forces la tête de Solarin contre lui. Il l'écarta un instant pour le regarder puis ils s'étreignirent à nouveau tandis que je les observais, figée de stupeur. Les voyageurs coulaient tout autour de nous comme un cours d'eau contournant une pierre, indifférents comme seuls savent l'être les New-Yorkais.

— Sacha, continuait à murmurer Nim.

Solarin avait fermé les yeux et sanglotait sans bruit, une main crispée sur l'épaule de Nim, comme s'il était trop faible pour tenir debout. Je n'arrivais pas à croire ce que je voyais.

Les derniers passagers descendus, je reculai pour rassembler le reste de nos bagages éparpillés sur le sol.

— Attends, je vais t'aider, articula Nim en essuyant ses paupières rougies.

Son bras serrait convulsivement celui de Solarin comme s'il avait besoin de le toucher pour se persuader qu'il était bien là.

— On dirait que vous vous êtes déjà rencontrés, déclarai-je d'un ton irrité, en me demandant pourquoi on n'avait jamais pris la peine de m'en informer.

— Pas depuis vingt ans, répondit Nim en souriant à Solarin tandis qu'ils se baissaient pour ramasser les sacs.

Puis il tourna vers moi ses étranges prunelles bicolores.

— Tu ne peux pas imaginer, ma chérie, le bonheur que tu viens de me procurer : Sacha est mon frère.

*

La petite Morgan de Nim n'était vraiment pas de taille à nous transporter tous les trois, sans parler de notre barda. Solarin s'assit sur la sacoche contenant les pièces, je m'assis sur ses genoux, et on cala les vêtements dans les interstices restants. Nim pilota sa voiture hors de la gare, sans cesser de regarder Solarin avec un mélange d'incrédulité et de joie.

C'était étrange de voir ces deux hommes, habituellement si froids et si réservés, subitement dévastés par une telle émotion. J'en sentais les vibrations irradier tout autour de moi tandis que la voiture s'élançait, le vent sifflant sur la carrosserie. Pendant un long moment, personne n'éprouva le besoin de parler. Puis Nim se tourna vers moi et posa la main sur mon genou, que je m'efforçais de garder à distance du levier de vitesse.

— Je suppose que je ferais mieux de tout te raconter, me dit-il.

— Ce serait sans nul doute bienvenu, acquiesçai-je.

Il me sourit.

— C'est uniquement pour ta sécurité – et la nôtre – que je ne t'en ai pas parlé avant, m'expliqua-t-il. Alexandre et moi ne nous sommes pas vus depuis l'enfance. Il avait six ans et moi dix lorsque nous avons été séparés…

Sa voix s'enroua, et il se pencha pour caresser les cheveux de Solarin, comme s'il ne pouvait pas s'empêcher de le toucher.

— Laisse-moi lui expliquer, murmura Solarin en souriant à travers ses larmes.

— Nous allons le faire ensemble, répondit Nim.

Et comme nous roulions le long de la côte dans la voiture découverte, en direction de la propriété exotique de Nim, ils me relatèrent une histoire qui devait me révéler pour la première fois ce que le Jeu leur avait coûté.

Récit des deux physiciens

Nous sommes nés sur l'île de Krym, la fameuse péninsule sur la mer Noire décrite par Homère. La Russie tentait de s'en emparer depuis le règne de Pierre le Grand, et elle poursuivait ses efforts dans ce sens quand la guerre de Crimée éclata.

Notre père, un marin grec, était tombé amoureux d'une jeune fille russe, qu'il avait épousée – notre mère. Il était devenu un riche armateur à la tête d'une flotte de petits bateaux.

À la fin du conflit, tout alla de mal en pis. Le monde entier était sens dessus dessous – et plus particulièrement la région de la mer Noire, cernée par des pays qui se considéraient toujours en guerre. Mais là où nous vivions, la vie était merveilleuse. Le climat méditerranéen baignait la côte sud, les oliviers ; les lauriers-roses et les cyprès étaient protégés de la neige et du vent glacé par les montagnes toutes proches ; les villages tartares restaurés ; et les églises byzantines se lovaient au milieu des ceriseraies. C'était un paradis, préservé des purges de Staline qui continuait à gouverner la Russie d'une main de fer.

À maintes reprises, notre père avait évoqué notre départ. Mais bien qu'il eût dans les flottes du Danube et du Bosphore nombre de relations qui nous auraient assuré un passage sans danger, il semblait incapable de s'y résoudre. Pour aller où ? répétait-il. Sûrement pas dans sa Grèce natale, ni en Europe, encore secouée par la guerre.

Ce fut alors qu'il se produisit quelque chose qui devait le décider. Quelque chose qui devait changer le cours de notre vie...

Nous étions à la fin décembre de l'année 1953. Il était près de minuit, et une tempête se préparait. Nous étions tous couchés. Les volets de notre datcha étaient clos et le feu mourait dans l'âtre. Nous dormions tous les deux dans une chambre du rez-de-chaussée, si bien que nous fûmes les premiers à percevoir des coups sourds, sans rapport avec le frottement des branches de grenadier contre la maison. Quelqu'un frappait. On ouvrit les volets, et on aperçut une femme aux cheveux argentés, debout dans la tempête, enveloppée d'une longue cape sombre. Elle nous sourit et entra par la fenêtre. Puis elle s'agenouilla devant nous. Elle était merveilleusement belle.

— Je suis Minerve, votre grand-mère, nous dit-elle. Mais vous devez m'appeler Minnie. Je viens de très loin, je suis épuisée mais je n'ai pas le temps de me reposer. Je cours un grand danger. Vous devez aller chercher vos parents et leur dire que je suis là.

Puis elle nous embrassa avec émotion, et on se précipita à l'étage.
— Elle a donc fini par venir, ta grand-mère, grommela notre père à l'adresse de notre mère tout en frottant ses yeux lourds de sommeil.
Cela nous surprit, car Minnie nous avait dit être notre grand-mère. Comment aurait-elle pu être également celle de notre mère ? Père entoura de ses bras l'épouse qu'il chérissait et qui se tenait pieds nus devant lui, tremblant de tous ses membres dans l'obscurité. Il embrassa ses cheveux cuivrés, puis ses paupières.
— Nous avons vécu si longtemps dans la peur, murmura-t-il. Aujourd'hui, notre calvaire est presque terminé. Habille-toi. Je descends la voir.
Et, nous poussant devant lui, il rejoignit Minnie qui attendait devant les cendres rougeoyantes. Elle leva les yeux vers lui et l'embrassa.
— Yusef Pavlovitch, déclara-t-elle en s'adressant à lui en russe, comme elle l'avait fait devant nous, je suis poursuivie. Nous disposons de très peu de temps. Nous devons fuir, tous ensemble. Avez-vous un bateau qui puisse nous emmener à Yalta ou à Sébastopol maintenant ? Cette nuit ?
— Je ne suis pas prêt, protesta notre père en nous prenant par l'épaule. Je ne peux pas emmener ma famille en mer avec le temps qu'il fait. Vous auriez dû nous prévenir, nous préparer. Vous ne pouvez pas exiger une telle chose de moi, en pleine nuit…
— Je vous dis que nous devons partir ! cria-t-elle en nous écartant pour saisir le bras de notre père. Vous saviez depuis quinze ans que cela se produirait un jour ou l'autre, et maintenant l'heure a sonné. Comment pouvez-vous prétendre que je ne vous ai pas prévenu ? J'ai fait tout ce trajet depuis Leningrad…
— Alors, vous l'avez trouvé ? souffla notre père, un frémissement dans la voix.
— L'échiquier a disparu sans laisser de traces. Mais j'ai réussi à sauver ceci.
Se débarrassant de sa cape, elle se dirigea vers la table et y déposa non pas une pièce d'échecs, mais trois – dont l'or et l'argent étincelèrent dans la lueur mourante du feu.
— Elles étaient éparpillées à travers toute la Russie, dit-elle.

Notre père contempla fixement les pièces tandis que nous nous approchions pour les toucher timidement. Il y avait un pion en or et un éléphant en argent, tout incrustés de pierres précieuses scintillantes, ainsi qu'un cheval en argent, dressé sur ses membres postérieurs, les naseaux dilatés.

— Vous devez partir à l'instant pour le port afin d'affréter un bateau, chuchota Minnie. Je vous rejoindrai avec les enfants dès qu'ils seront habillés. Mais pour l'amour du ciel, hâtez-vous, et emportez ceci avec vous.

Elle désigna les pièces de la main.

— Il s'agit de *mes* enfants et de ma femme, protesta-t-il. Je suis responsable de leur sécurité.

Mais Minnie nous avait attirés contre elle, avec au fond des yeux une flamme plus intense que le rayonnement des pièces.

— Si ces pièces tombent en d'autres mains, vous n'aurez plus la possibilité de protéger qui que ce soit ! siffla-t-elle.

Notre père la regarda fixement, puis il parut se rallier à sa décision et hocha lentement la tête.

— J'ai un schooner à Sébastopol, lui dit-il. Slava sait où il est amarré. Je serai prêt à appareiller dans deux heures au plus. Rejoignez-moi là-bas, et puisse Dieu nous assister dans notre mission.

Minnie lui étreignit le bras, et il gravit les marches en quelques enjambées.

Notre grand-mère nous intima l'ordre de nous habiller à l'instant. Entre-temps, nos parents descendirent et père embrassa à nouveau notre mère, le visage enfoui dans sa chevelure comme s'il voulait graver à jamais son parfum dans sa mémoire. Il déposa un long baiser sur son front, puis se tourna vers Minnie, qui lui tendait les pièces. Il acquiesça sans un mot et disparut dans la nuit.

Les yeux brillants de larmes, mère nous envoya à l'étage rassembler ses affaires. Comme nous montions, nous l'entendîmes s'adresser à voix basse à Minnie.

— Ainsi, tu es venue. Puisse Dieu te punir d'avoir relancé ce Jeu maudit ! Je croyais qu'il était terminé – à jamais.

— Ce n'est pas moi qui l'ai commencé, répondit Minnie. Félicite-toi d'avoir eu quinze années de paix, quinze années de bonheur auprès de ton mari et de tes enfants. Quinze années sans être talonnée par le danger. C'est plus que ce que j'ai jamais connu. C'est moi qui t'ai tenue à l'écart du Jeu…

C'est tout ce que nous pûmes entendre car leurs voix s'étaient réduites à un chuchotement. Au même instant un bruit de pas retentit dehors et des coups résonnèrent contre la porte. On se regarda dans la semi-pénombre et on se précipita dans le couloir. Minnie apparut brusquement devant nous, le visage habité par une lueur qui semblait venir d'un autre monde. Nous entendîmes les pas précipités de notre mère dans l'escalier, puis le fracas de la porte d'entrée qu'on défonçait et des cris d'hommes claquant au milieu du roulement du tonnerre.

— La fenêtre ! souffla Minnie en nous hissant l'un après l'autre sur les branches d'un figuier qui poussait le long du mur comme une vigne – un arbre que nous avions tous deux escaladé une bonne centaine de fois.

Nous étions à mi-chemin du sol, suspendus aux branches de l'arbre comme des petits singes, quand nous entendîmes notre mère hurler.

— Fuyez ! criait-elle. Sauvez-vous, sauvez votre vie !

Puis nous n'entendîmes plus rien, tandis que la pluie nous giflait et que nous sautions dans l'ombre de la petite clairière à nos pieds.

Les grandes grilles en fer forgé de la propriété de Nim s'ouvrirent devant nous. De chaque côté de la longue allée, la voûte des arbres scintillait dans la chaude lumière de la fin d'après-midi. Tout au bout se dressait la fontaine qui avait gelé durant l'hiver et dont le doux ruissellement chuchotait aujourd'hui une mélodie obsédante en harmonie avec le bruissement de la mer toute proche.

Nim se gara devant l'entrée et se tourna vers moi. Je sentis la tension qui raidissait le corps de Solarin.

— Nous ne devions jamais revoir notre mère, murmura Nim. Minnie sauta par la fenêtre du premier étage et atterrit dans l'herbe. La pluie détrempait déjà le sol quand elle nous entraîna dans les vergers. Malgré le crépitement de l'averse, nous entendions les cris de notre mère et le piétinement des hommes à l'intérieur de la maison.

— Fouillez les bois ! hurla quelqu'un tandis que Minnie nous entraînait vers la falaise.

Nim s'interrompit, le regard toujours fixé sur moi.

— Mon Dieu, soufflai-je en tremblant de la tête aux pieds. Ils ont capturé votre mère… Comment avez-vous réussi à vous échapper ?

— Au bout de notre jardin, il y avait un à-pic en éboulis qui plongeait dans la mer, poursuivit Nim. Quand on l'atteignit, Minnie enjamba le rebord et nous déposa sur un bloc de pierre formant une saillie. Elle tenait quelque chose à la main, une sorte de petite bible reliée en cuir. Elle sortit un couteau et découpa quelques pages qu'elle plia rapidement avant de les glisser à l'intérieur de ma chemise. Puis elle me dit de passer devant – de courir vers le bateau aussi vite que je le pouvais. De dire à mon père de les attendre, Sacha et elle. Mais pas au-delà d'une heure. Si au bout d'une heure ils n'étaient pas là, nous devions fuir et mettre les pièces en sûreté. Tout d'abord, je refusai de partir sans mon frère…

Nim regarda gravement Solarin.

— Je n'avais que six ans, enchaîna Solarin. Je ne pouvais pas descendre l'à-pic aussi rapidement que Ladislaus, qui avait quatre ans de plus que moi et courait comme le vent. Minnie craignait que nous ne soyons *tous* capturés si je ne réussissais pas à descendre. Avant de partir, Slava m'embrassa et me dit d'être brave…

Je regardai Solarin et vis des larmes briller dans ses yeux tandis qu'il se remémorait son enfance.

— Il me sembla que notre descente au milieu des rochers et de la tempête durait des heures. On réussit finalement à atteindre les docks, à Sébastopol. Mais le bateau de mon père n'était plus là.

Nim descendit de voiture, les traits figés en un masque sinistre. Il contourna le véhicule pour m'ouvrir la portière et me tendit la main.

— Je suis moi-même tombé une douzaine de fois dans la boue et les cailloux, poursuivit Nim en m'aidant à descendre. Quand mon père m'a vu arriver seul, il s'est alarmé. Je lui ai alors raconté ce qui s'était passé, ce que Minnie avait dit au sujet des pièces. Et mon père se mit à pleurer. Il s'assit, la tête dans les mains, sanglotant comme un enfant. « Que se passerait-il si nous retournions là-bas ? Si nous essayions de les sauver ? lui demandai-je. Que se passerait-il si ces pièces tombaient aux mains des autres ? » Il me regarda, la pluie diluant les larmes qui ruisselaient sur son visage. « J'ai juré à ta mère que j'empêcherais cela à n'importe quel prix, répondit-il. Même si cela devait nous coûter la vie… »

— Tu veux dire que vous êtes partis sans attendre Minnie et Solarin ? m'écriai-je.

Solarin descendit de la voiture derrière moi, la sacoche contenant les pièces à la main.

— Ça n'a pas été aussi simple, murmura Nim avec tristesse. Nous les avons attendus pendant des heures, bien au-delà du délai que Minnie avait fixé pour nous assurer une relative sécurité. Mon père arpentait le quai de long en large sous la pluie. Je suis monté une bonne douzaine de fois en haut du nid-de-pie pour tenter de les apercevoir dans la tempête. Et finalement, nous avons compris qu'ils ne viendraient plus. Ils avaient été faits prisonniers – nous ne pouvions pas imaginer autre chose. Quand mon père appareilla, je le suppliai d'attendre encore un peu. Il me fit alors comprendre que tout cela était prévu de longue date, planifié. Ce n'était pas seulement vers la mer que nous mettions le cap, mais vers l'Amérique. Depuis le jour où il avait épousé ma mère, peut-être même avant, il connaissait l'existence du Jeu. Il avait toujours su qu'un jour ou l'autre Minnie apparaîtrait et que notre famille devrait alors accomplir ce terrible sacrifice. Ce jour était venu, et en quelques heures la moitié de sa famille avait disparu en pleine nuit. Mais il avait promis à ma mère de sauver les pièces, avant même ses propres enfants.

— Mon Dieu ! m'exclamai-je en regardant les deux frères.

Solarin s'approcha de la fontaine et plongea le bout des doigts dans l'eau cristalline.

— Ça me bouleverse que vous ayez pu accepter l'un comme l'autre de participer à un jeu qui avait détruit votre famille entière !

Nim passa nonchalamment son bras autour de mes épaules et s'approcha de son frère, qui contemplait silencieusement la fontaine. Les yeux de Solarin pivotèrent vers nous et se fixèrent sur la main de Nim, posée sur moi.

— Tu en as fait autant, me rappela-t-il. Et Minnie n'est même pas ta grand-mère. Si je comprends bien, c'est Slava qui t'a entraînée dans le jeu ?

Ni son visage ni sa voix ne trahissaient ses pensées, mais elles n'étaient pas bien difficiles à deviner. J'évitai son regard. Nim m'étreignit affectueusement.

— *Mea culpa,* admit-il avec un sourire.

— Que vous est-il arrivé, à Minnie et à toi, quand vous avez découvert que le bateau de ton père était parti ? demandai-je à Solarin. Comment avez-vous survécu ?

Il détachait les pétales de la tête d'un zinnia et les répandait dans le bassin de la fontaine.

— Elle m'a emmené dans la forêt et m'y a caché jusqu'à la fin de la tempête, répondit-il, perdu dans ses pensées. Durant trois jours, nous avons marché le long de la côte en direction de la Géorgie, comme des paysans se rendant au marché. Lorsqu'on fut suffisamment éloignés de la maison pour être en sécurité, on s'assit pour faire le point. « Tu es assez grand pour comprendre ce que je vais te dire, déclara-t-elle. Mais pas encore assez pour m'aider dans la mission qui m'attend. Tu le seras un jour, et alors je t'enverrai quelqu'un qui t'expliquera ce que tu dois faire. Mais à présent, je dois partir pour tenter de sauver ta mère. Si je t'emmenais avec moi, tu ne pourrais que me gêner et me mettre en danger. »

Solarin nous regarda comme un homme plongé dans un état second.

— Je compris parfaitement, dit-il.

— Minnie est repartie sauver ta mère de la police soviétique ? demandai-je.

— Tu en as fait autant pour ton amie Lily, non ? souligna-t-il.

— Minnie plaça Sacha dans un orphelinat, intervint Nim en resserrant son bras autour de moi. Père mourut peu après que nous eûmes réussi à atteindre l'Amérique, si bien que je dus me débrouiller seul, tout comme Sacha en Russie. Sans en avoir totalement la certitude, je crois que j'ai toujours pressenti que le petit prodige des échecs dont parlaient les journaux était mon frère. De mon côté, je me faisais appeler Nim, une plaisanterie de mon cru, car c'était de cette façon que j'avais construit mon existence, allumette après allumette. Ce fut Mordecai, que je rencontrai une nuit au club d'échecs de Manhattan, qui découvrit qui j'étais réellement.

— Et qu'advint-il de votre mère ? demandai-je.

— Minnie arriva trop tard pour la sauver, articula Solarin en se détournant. Ce fut un miracle qu'elle-même parvint à quitter la Russie. Je reçus une lettre d'elle à l'orphelinat, quelque temps plus tard. Ce n'était pas vraiment une lettre, juste une coupure de journal – la *Pravda*, je crois. Bien qu'il n'y ait eu aucune date, aucune adresse et qu'elle ait été postée à *l'intérieur* du territoire russe, je sus immédiatement qui me l'avait envoyée. L'article disait que le célèbre maître d'échecs Mordecai Rad allait faire une tournée en Russie pour parler du statut des échecs dans le monde, procéder à des exhibitions et chercher des jeunes talents afin d'illustrer le livre qu'il était en train d'écrire sur les jeunes prodiges des échecs. Comme par hasard, l'une de ses étapes était justement mon orphelinat. Minnie essayait d'entrer en contact avec moi.

— Tu connais la suite, conclut Nim, dont le bras était toujours passé autour de mes épaules.

Il posa son autre bras autour de celles de Solarin et nous entraîna vers la maison.

Nous traversâmes les grandes pièces claires, décorées de vases garnis de fleurs coupées, où le mobilier ciré luisait dans la lumière de l'après-midi. Dans la gigantesque cuisine, le soleil ruisselait en rayons obliques formant des flaques sur le sol en ardoise. Les sofas en chintz fleuri étaient encore plus accueillants que dans mon souvenir.

Nim nous lâcha, puis posa ses deux mains sur mes épaules tout en me dévisageant avec émotion.

— Tu m'as apporté le plus merveilleux cadeau qui soit sur terre, dit-il. Que Sacha soit ici relève du miracle, mais le plus grand des miracles, c'est que tu sois saine et sauve. S'il t'était arrivé quelque chose, je ne me le serais jamais pardonné.

Il effleura ma joue d'un baiser, puis se dirigea vers l'office.

Solarin s'était approché de la fenêtre et contemplait l'immense pelouse verdoyante qui se déroulait jusqu'à la mer.

Je le rejoignis.

— C'est une merveilleuse maison, commenta-t-il d'une voix douce.

Il resta silencieux un moment, puis il ajouta :

— Mon frère est amoureux de toi.

Je sentis un nœud gros comme le poing se former au niveau de mon estomac.

— Ne sois pas ridicule, protestai-je.

— Il va falloir qu'on en discute, déclara-t-il en tournant vers moi ce regard vert pâle qui avait le don de me liquéfier.

Il avança la main vers mes cheveux, mais au même instant Nim surgit de l'office avec une bouteille de champagne et des verres. Il posa le tout sur la table basse.

— Nous avons tant de choses à nous dire, tant de souvenirs à évoquer, soupira-t-il tout en débouchant le champagne. Je n'arrive toujours pas à réaliser que tu es là. Je crois que je ne te laisserai plus jamais partir…

— Il faudra bien, pourtant, répondit Solarin en me conduisant vers l'un des sofas.

Il s'assit à côté de moi tandis que Nim remplissait les coupes.

— Maintenant que Minnie a quitté le Jeu, quelqu'un doit rentrer en Russie pour récupérer l'échiquier.

— Quitté le Jeu ? s'écria Nim, la bouteille en l'air. Comment l'aurait-elle pu ? Ce n'est pas possible.

— Nous avons une nouvelle reine noire, l'informa Solarin en observant son expression. Et il semble que ce soit toi qui l'aies choisie.

Nim se tourna pour me regarder. Un éclair de compréhension traversa ses yeux.

— Fichtre ! Je suppose qu'elle s'est volatilisée en nous laissant nous dépatouiller tout seuls ?

— Pas exactement, répondit Solarin en sortant une enveloppe de sa chemise. Elle m'a donné ceci, adressé à Catherine. Je devais la lui remettre à notre arrivée. À mon avis, elle contient des informations de la plus grande importance, pour nous tous.

Il me tendit le pli scellé. Je m'apprêtais à l'ouvrir quand un son strident nous fit sursauter, une sonnerie que je mis plusieurs secondes à identifier.

— Je croyais que tu n'avais pas le téléphone !

Je dardai sur Nim un regard accusateur tandis qu'il reposait précipitamment sa bouteille et se dirigeait vers le secteur des fourneaux et des meubles de rangement.

— Je ne l'ai pas, répondit-il d'une voix tendue tout en sortant une clé de sa poche avec laquelle il ouvrit l'un des placards.

Il en tira quelque chose qui ressemblait étrangement à un téléphone en train de sonner.

— C'est une ligne spéciale. Un « téléphone rouge » si tu préfères.

Il décrocha. Solarin et moi nous étions levés.

— Mordecai ! chuchotai-je en traversant la pièce pour rejoindre Nim. Lily doit être avec lui.

Nim me fixa quelques instants et me tendit le combiné.

— Quelqu'un voudrait bavarder avec toi, déclara-t-il paisiblement en lançant un étrange regard en direction de Solarin.

Je m'emparai du téléphone.

— Mordecai, ici Cat. Lily est là ? demandai-je.

— Chérie ! s'exclama une voix qui m'obligeait toujours à écarter le récepteur de mon oreille. Harry Rad ! J'ai appris que votre voyage chez les Arabes avait été couronné de succès. Il faudra que vous me racontiez ça par le menu. Je suis navré de jouer les rabat-joie, mais je crois que nous avons un petit problème. Je suis chez Mordecai. Il m'a téléphoné pour m'informer que Lily l'avait appelé et qu'elle venait chez lui depuis la gare centrale. Naturellement, je suis aussitôt accouru. Mais elle n'est toujours pas arrivée…

J'étais abasourdie.

— Je pensais que Mordecai et vous ne vous adressiez plus la parole !

— Chérie, il y a un malentendu, répondit Harry d'une voix douce, Mordecai est mon père. Je lui parle, *naturellement*. C'est même ce que je fais en ce moment, ou du moins il m'écoute.

— Mais Blanche a déclaré…

— Ah, c'est différent, expliqua Harry. Pardonnez-moi de tenir de tels propos, mais ma femme et mon beau-frère ne sont pas des gens très recommandables. Je me suis fait beaucoup de soucis pour Mordecai depuis le jour où j'ai épousé Blanche Régine, si vous voyez ce que je veux dire. C'est moi qui refusais de le laisser venir chez nous…

Blanche Régine. *Blanche Régine* ? ! Bien sûr ! Quelle idiote j'avais été ! Comment était-il possible que ça ne m'ait pas frappée plus tôt, Blanche et Lily – Lily et Blanche – deux noms qui voulaient dire « blanc ». Elle avait baptisé sa fille Lily – Lys –, dans l'espoir qu'elle suivrait ses traces. Blanche Régine – la reine blanche !

Mon cerveau entra en ébullition tandis que mes doigts se crispaient sur le combiné. Solarin et Nim me regardaient en silence. Bien sûr, c'était Harry depuis le début. C'était à Harry que Nim m'avait envoyée, en me le présentant comme un client. Harry qui m'avait encouragée à devenir une intime de sa famille. Harry qui, tout comme Nim, me savait une experte en ordinateurs. Harry qui m'avait invitée à rencontrer la diseuse de bonne aventure – insistant pour que je vienne ce soir-là, la nuit du réveillon, et pas un autre jour.

Et puis il y avait eu ce fameux dîner d'adieu chez lui – avec toute cette nourriture et ces hors-d'œuvre –, une façon de me retenir le temps de permettre à Solarin de s'introduire dans mon appartement et me laisser cette note ! C'était Harry qui, sans en avoir l'air, avait fait savoir au cours du même dîner à Valérie, sa bonne, que je partais pour Alger – Valérie, la fille de Thérèse, l'opératrice qui travaillait pour le père de Kamel. Valérie, dont le petit frère Wahad vivait dans la Casbah et assurait la protection de la reine noire !

C'était Harry que Saul avait trahi en travaillant pour Blanche et Llewellyn. Et c'était peut-être également Harry qui avait jeté le corps de Saul dans l'East River, à la fois pour embrouiller la police et pour duper sa propre famille !

C'était Harry, et non Mordecai, qui avait envoyé Lily à Alger. Dès qu'il avait su qu'elle était présente à ce tournoi d'échecs, il avait compris qu'elle courait un danger, pas seulement à cause d'Hermanold – qui n'était probablement qu'un simple pion – mais aussi et surtout à cause de sa mère et de son oncle !

C'était Harry, enfin, qui avait épousé Blanche – la reine blanche –, exactement comme Mireille avait persuadé Talleyrand d'épouser la femme de l'Inde. Mais Talleyrand n'était qu'un évêque – un fou – alors qu'Harry...

— Harry, soufflai-je en état de choc, vous êtes le roi noir !

— Chérie... dit-il sereinement.

Je l'imaginai très nettement, avec son visage triste de saint-bernard et ses yeux pendants.

— Pardonnez-moi de vous avoir laissée dans l'ignorance pendant tout ce temps. Mais maintenant vous comprenez la situation. Si Lily n'est pas avec vous...

— Je vous rappelle, l'interrompis-je. Il faut que je libère la ligne.

Je raccrochai et pivotai vers Nim, qui se tenait près de moi, les traits crispés par un réel effroi.

— Interroge ton ordinateur, lançai-je très vite. Je crois savoir où elle est allée, mais elle a dit qu'elle laisserait un message s'il y avait un problème. J'espère qu'elle n'a pas commis d'imprudence.

Nim composa le numéro et brancha le modem dès qu'il obtint la connexion. Je pressai le récepteur contre mon oreille, et au bout de quelques instants la voix de Lily reproduite digitalement me parvint.

— Je suis au Palm Court, à l'hôtel Plaza.

C'était purement imaginaire, mais il me sembla que la reproduction binaire tremblait comme une voix réelle.

— Je suis passée chez moi pour prendre les clés de voiture qui sont toujours rangées dans le secrétaire du salon. Mais, oh mon Dieu…

La voix se cassa net. Je sentis l'affolement crépiter dans la ligne.

— Tu te souviens de l'affreux bureau laqué de Llewellyn, avec ces poignées en cuivre ? Ce ne sont pas des poignées en cuivre, ce sont des pièces ! Il y en a six, encastrées dans le meuble. Leurs socles saillent comme des poignées, mais les pièces *elles-mêmes* – le corps et la tête – sont enfermées dans des doubles cloisons, à l'intérieur des tiroirs ! Ils se coincent toujours, mais je n'aurais jamais imaginé… Je me suis servie d'un coupe-papier pour forcer l'une des serrures, et puis j'ai pris un marteau dans la cuisine et j'ai fracturé la fausse cloison. J'ai réussi à récupérer deux pièces, mais au même moment quelqu'un est entré dans l'appartement. J'ai filé par-derrière et j'ai emprunté l'ascenseur de service. Mon Dieu, il faut que tu viennes immédiatement. Je ne peux pas retourner là-bas toute seule…

Elle raccrocha avec un claquement sec. J'attendis pour le cas où il y aurait un autre message, mais il n'y en avait pas.

— Nous devons partir, déclarai-je à Nim et Solarin qui attendaient anxieusement. Je vous expliquerai en chemin.

— Et Harry ? me demanda Nim comme je fourrais l'enveloppe de Minnie dans ma poche et que je récupérais la sacoche.

— Je vais l'appeler pour lui dire de nous rejoindre au Plaza. Mettez la voiture en route. Lily a découvert d'autres pièces.

*

Il me sembla qu'il s'était écoulé des heures quand, après avoir slalomé sur l'autoroute et foncé au milieu de la circulation de Manhattan, la Morgan verte de Nim s'immobilisa enfin devant le Plaza, dans un hurlement de freins qui effraya un attroupement de pigeons. Je sautai de voiture et me ruai au Palm Court, mais Lily n'y était pas. Harry m'avait indiqué qu'il nous attendrait mais il n'y avait personne en vue – je vérifiai même dans les toilettes.

Je ressortis en courant, et remontai dans le véhicule.

— Ce n'est pas normal, lançai-je aux deux frères d'une voix essoufflée. La seule explication plausible à l'absence d'Harry, c'est que Lily n'était pas là.

— Ou que quelqu'un *d'autre* était là, grommela Nim. Quelqu'un est entré dans l'appartement quand elle s'est enfuie. Ils ont dû s'apercevoir qu'elle avait découvert les pièces. Peut-être même l'ont-ils suivie. Ils ont sûrement laissé un comité d'accueil pour Harry...

Il fit vrombir le moteur pour extérioriser sa frustration.

— Où allons-nous en premier ? Chez Mordecai pour récupérer les neuf autres pièces, ou à l'appartement ?

— Essayons l'appartement, suggérai-je d'une voix pressante. C'est plus près. Et puis, la petite conversation que j'ai eue avec Harry avant de partir m'a appris que j'étais également en mesure d'organiser un petit comité d'accueil de mon cru.

Nim me regarda avec étonnement.

— Kamel Kader est ici, l'informai-je.

Solarin me serra l'épaule.

Nous savions tous ce que cela signifiait. Neuf pièces chez Mordecai, huit dans mon sac, plus les six que Lily avait vues dans l'appartement. C'était assez pour contrôler le Jeu – et peut-être même pour décoder la formule. Celui qui gagnerait ce round aurait la victoire en main.

Nim se gara devant l'appartement, sauta par-dessus la portière et lança ses clés au concierge ahuri. On se rua tous les trois sans un mot à l'intérieur de l'immeuble. J'appuyai sur le bouton de l'ascenseur. Le gardien nous courut après.

— M. Rad est-il rentré ? lui demandai-je par-dessus mon épaule comme les portes coulissaient.

Il me regarda avec étonnement, puis hocha la tête.

— Il y a une dizaine de minutes, répondit-il. Il était avec son beau-frère...

Gagné. On s'engouffra dans la cabine avant qu'il ait pu ajouter un mot. On s'apprêtait à monter quand quelque chose accrocha mon regard. Je retins les portes de la main. Une petite boule de fourrure se jeta dans mes jambes. Je me penchais pour prendre Carioca dans mes bras quand je vis Lily débouler dans le hall. Je l'attrapai au vol, la tirai dans l'ascenseur. Les portes se refermèrent et on monta.

— Ils ne t'ont pas eue ! m'écriai-je.

— Non, mais ils ont eu Harry. J'avais peur de rester au Palm Court, alors je suis sortie avec Carioca et j'ai attendu près du parc, de l'autre côté de la rue. Harry est vraiment idiot, il a laissé sa voiture devant l'appartement et il est venu me rejoindre à *pied*. C'était lui qu'ils suivaient, pas moi. J'ai vu Llewellyn et Hermanold juste derrière lui. Ils sont passés à côté de moi comme si j'étais transparente. Ils ne m'ont pas *reconnue* ! s'écria-t-elle d'une voix stupéfaite. J'avais fourré Carioca dans mon sac, avec les pièces. Elles sont là.

Elle tapota son sac. Mon Dieu… Nous nous lancions dans cette aventure avec toutes nos munitions !

— Je les ai suivis jusqu'ici, et quand ils sont entrés avec lui, j'ai attendu de l'autre côté de la rue. Je ne savais pas quoi faire. Llewellyn se tenait si près d'Harry, il avait peut-être un revolver.

La cabine s'immobilisa et on sortit sur le palier, Carioca en tête. Lily sortait sa clé quand la porte s'ouvrit. Blanche se tenait devant nous, drapée dans une robe de cocktail en tissu blanc scintillant, avec son sourire imperturbable. Elle tenait une coupe de champagne à la main.

— Eh bien, nous voici tous réunis, déclara-t-elle, mielleuse, en m'offrant sa joue de porcelaine pour que j'y dépose une bise.

Comme je l'ignorais, elle se tourna vers Lily.

— Ramasse ce chien et enferme-le dans le bureau, dit-elle d'un ton froid. Nous avons eu suffisamment d'incidents pour la journée.

— Une minute, intervins-je comme Lily se baissait pour ramasser son chien. Nous ne sommes pas ici pour une réception mondaine. Qu'avez-vous fait d'Harry ?

J'écartai Blanche et pénétrai dans l'appartement que je n'avais pas vu depuis six mois. Il n'avait pas changé, mais je le regardais à présent avec des yeux différents – le marbre de l'entrée formait un échiquier. La phase finale du jeu, songeai-je.

— Il va très bien, répondit Blanche en montant derrière moi le large escalier en marbre qui conduisait au salon, tandis que Solarin, Nim et Lily lui emboîtaient le pas.

À l'autre bout de la pièce, Llewellyn était agenouillé à côté du secrétaire en laque rouge et mettait en morceaux les tiroirs que Lily n'avait pas fracturés, pour en extraire les quatre pièces restantes. Des éclats de bois jonchaient le sol. Il leva les yeux comme je traversais le vaste salon.

— Hello, ma chérie, lança-t-il en se levant pour m'accueillir. J'ai été ravi d'apprendre que vous aviez trouvé les pièces que je vous avais chargée de me rapporter. Mais il paraît que vous n'avez pas joué le jeu selon les règles prévues. Vous auriez dévié de votre route, à ce qu'on m'a dit ? Quelle tristesse ! Moi qui avais tant d'affection pour vous !

— Je n'ai jamais été de votre côté, Llewellyn, répliquai-je d'un ton méprisant. Je veux voir Harry. Et vous ne partirez pas d'ici avant. Je sais qu'Hermanold est là, mais nous avons toujours l'avantage du nombre pour nous.

— Pas vraiment, intervint Blanche de l'autre bout de la pièce en se resservant du champagne.

Elle lança un bref coup d'œil à Lily, qui fixait sur elle un regard haineux, Carioca dans ses bras, puis ses yeux bleu glacé revinrent se poser sur moi.

— Il y a quelques-unes de vos connaissances à côté : M. Brodski, du KGB, qui travaille pour moi. Et Sharrif, qu'El-Marad a eu la gentillesse de m'envoyer en renfort. Ils attendent depuis si longtemps que vous arriviez d'Alger, surveillant la maison jour et nuit. Il semble que vous ayez pris le chemin des écoliers.

Je lançai un regard à Solarin et à Nim. Nous aurions dû nous attendre à quelque chose de ce goût-là.

— Qu'as-tu fait de mon père ? cria Lily en s'avançant vers Blanche, les mâchoires serrées, tandis que depuis son perchoir Carioca montrait les dents à Llewellyn.

— Il est ligoté dans une des pièces du fond, répondit Blanche en jouant avec son inséparable rang de perles. Il est en parfaite santé et le restera si vous vous montrez raisonnables. Je veux les pièces. Il y a eu suffisamment de violence, je suis sûre que nous sommes tous du même avis. Il n'arrivera rien à personne si vous me donnez gentiment ce que je vous demande.

Llewellyn sortit un revolver de sa veste.

— Il n'y a pas encore eu assez de violence à mon goût, rétorqua-t-il calmement. Pourquoi ne lâches-tu pas ce petit monstre, que je puisse faire ce que j'ai toujours désiré ?

Lily le dévisagea avec horreur. Je posai la main sur son bras tout en jetant un regard à Solarin et à Nim, qui s'étaient rangés le long du mur, prêts à intervenir. Je me dis que j'avais assez perdu de temps comme ça – tous mes joueurs étaient en place.

— De toute évidence, vous n'avez pas suivi le jeu avec assez d'attention, indiquai-je à Blanche. Je possède dix-neuf pièces. Avec les quatre que vous allez me donner, ça fera vingt-trois, assez pour déchiffrer la formule et gagner.

Du coin de l'œil, je vis Nim me sourire et hocher la tête. Blanche me fixa avec incrédulité.

— Vous êtes folle ! lâcha-t-elle abruptement. Mon frère a un revolver pointé sur vous. Mon bien-aimé mari – le roi noir – est retenu en otage par trois de mes hommes dans la pièce d'à côté. C'est le but du jeu – épingler le roi.

— Pas de *ce* jeu, répondis-je en me dirigeant vers le bar, devant lequel se tenait Solarin. Vous feriez aussi bien de vous résigner tout de suite. Vous ne connaissez ni les objectifs, ni les mouvements, ni même les joueurs. Vous n'êtes pas la seule à avoir placé un pion – comme Saul – à l'intérieur de votre propre maison. Vous n'êtes pas la seule à avoir des alliés en Russie et à Alger…

Je m'immobilisai sur les marches, une main sur la bouteille de champagne, tandis que je souriais à Blanche. Son teint naturellement pâle devenait crayeux. Le revolver de Llewellyn était braqué sur un endroit de mon corps que j'espérais entendre battre encore longtemps. Mais j'étais presque sûre qu'il n'appuierait pas sur la détente avant d'avoir entendu la fin.

— Que voulez-vous dire ? murmura Blanche en se mordant la lèvre.

— Quand j'ai téléphoné à Harry pour lui demander de se rendre au Plaza, il n'était pas seul. Il était avec Mordecai – et Kamel Kader – et aussi Valérie, votre petite bonne si dévouée, qui travaille pour nous. Ils ne sont pas allés au Plaza avec Harry. Ils sont venus directement ici, en passant par l'entrée de service. Pourquoi n'allez-vous pas jeter un coup d'œil ?

Au même instant, tous les diables se déchaînèrent. Lily lâcha Carioca qui fonça sur Llewellyn, lequel hésita une seconde de trop entre Nim et le chien. J'attrapai la bouteille de champagne et la projetai à travers la pièce, juste comme il faisait feu et que Nim s'écroulait. Puis je me ruai sur lui et, l'empoignant par les cheveux, je l'entraînai par terre de tout mon poids.

Tandis que je luttais avec Llewellyn, je vis du coin de l'œil Hermanold surgir en courant et Solarin lui faire un croc-en-jambe. Je plantai mes dents dans l'épaule de Llewellyn pendant que Carioca en faisait autant avec sa jambe. J'entendis Nim gémir sur le sol à quelques pas de moi, alors que Llewellyn essayait de récupérer son revolver. J'attrapai la bouteille et la lui fracassai sur la main en même temps que je lui envoyais un coup de genou dans le bas-ventre.

Il hurla, et je relevai la tête une seconde pour aspirer une goulée d'air. Blanche courait vers les marches, mais Lily l'intercepta par son rang de perles et le tordit violemment tandis qu'elle essayait de se dégager. Son visage vira au noir.

Solarin agrippa Hermanold par sa chemise et lui asséna un uppercut, avec un punch que je n'aurais jamais soupçonné chez un joueur d'échecs. J'entrevis tout cela en une fraction de seconde, puis je plongeai pour récupérer le revolver tandis que Llewellyn se cassait en deux, les deux mains sur le ventre.

L'arme au poing, je me penchai sur Nim tandis que Solarin se précipitait vers nous.

— Je vais bien, souffla Nim comme Solarin touchait sa hanche blessée, où une tache sombre s'élargissait. Occupez-vous d'Harry !

— Reste ici, me dit Solarin en me pressant l'épaule. Je reviens aussi vite que possible.

Après avoir lancé un regard inquiet à son frère, il bondit vers l'escalier.

Hermanold gisait en travers des marches, sans connaissance. À quelques pas de moi, Llewellyn se tordait de douleur en hurlant tandis que Carioca continuait d'attaquer ses mollets, déchiquetant ses chaussettes. Je restai agenouillée près de Nim. Il respirait par saccades, la main plaquée sur sa hanche. Lily luttait toujours avec Blanche, dont les perles s'étaient éparpillées sur les tapis.

Des bruits de bagarre montèrent des pièces du fond tandis que je me penchais sur Nim.

— Accroche-toi, lui soufflai-je. Après tout ce que j'ai subi par ta faute, je ne voudrais pas te perdre avant d'avoir pu te rendre la monnaie de ta pièce.

Sa blessure était minuscule mais profonde, juste un morceau de chair arraché en haut de sa cuisse.

Nim me regarda et essaya de sourire.

— Tu es amoureuse de Sacha ? articula-t-il.

Je levai les yeux au ciel et lâchai un soupir.

— Je vois que tu vas beaucoup mieux, déclarai-je.

Je le mis en position assise et lui tendis le revolver.

— Je ferais mieux de m'assurer qu'il est toujours en vie.

Je traversai le salon au pas de course, agrippai Blanche par les cheveux, l'écartai de Lily et lui montrai le revolver que brandissait Nim.

— Il n'hésitera pas à s'en servir, l'avertis-je.

Lily me suivit dans l'escalier, et de là dans le hall. Le bruit avait cessé et un silence inquiétant régnait sur les lieux. On s'avança vers le bureau sur la pointe des pieds, juste comme Kamel Kader en sortait. Il me sourit, puis me serra vigoureusement la main.

— Bien joué ! déclara-t-il joyeusement. Je crois que l'équipe des blancs s'est résignée.

J'entrai dans la pièce avec Lily tandis que Kamel partait dans le hall en direction du salon. Harry, assis par terre, se frottait la tête. À ses côtés se tenaient Mordecai et Valérie, la petite bonne, entrés par la porte de derrière. Lily se précipita vers son père et se jeta dans ses bras en pleurant de joie. Il lui ébouriffa les cheveux tandis que Mordecai m'adressait un clin d'œil.

Jetant un rapide regard autour de moi, je vis Solarin qui achevait de ligoter Sharrif. À côté de lui, le type du KGB, Brodski, était ficelé comme un saucisson. Solarin enfonça un bâillon dans la bouche de Brodski et se tourna vers moi. Il me saisit par les épaules.

— Mon frère ? souffla-t-il.

— Il s'en tirera, répondis-je.

— Cat chérie, s'écria Harry dans mon dos, merci d'avoir sauvé la vie de ma fille.

Je me tournai vers lui, et Valérie me sourit.

— Je regrette que mon petit frère n'ait pas vu ça, déclara-t-elle avec son accent chantant tout en regardant autour d'elle. Il sera très déçu. Il aime beaucoup les bagarres.

Je m'avançai vers elle pour l'étreindre.

— Nous bavarderons plus tard, trancha Harry. Pour l'instant, je voudrais dire au revoir à ma femme.

— Je la hais ! siffla Lily. Je l'aurais tuée si Cat n'était pas intervenue.

— Non, ma chérie, murmura Harry en l'embrassant sur le front. Quoi qu'elle ait pu faire, elle est toujours ta mère. Sans elle, tu n'aurais pas vu le jour. N'oublie jamais ça.

Ses yeux tristes se posèrent sur moi.

— Dans un sens, je suis autant à blâmer qu'elle, ajouta-t-il. Je savais qui elle était quand je l'ai épousée. Je l'ai épousée pour le Jeu.

Il baissa la tête et quitta la pièce. Mordecai tapota l'épaule de Lily et l'observa derrière ses énormes lunettes de chouette.

— Le jeu n'est pas encore terminé, rectifia-t-il calmement. D'une certaine façon, il vient juste de commencer.

*

Solarin m'avait saisie pas le bras et entraînée dans la gigantesque cuisine attenante à la salle à manger d'Harry. Alors que les autres réparaient les dégâts, il me coinça contre la table en cuivre étincelante trônant au milieu de la pièce et s'empara de ma bouche avec une passion dévorante, comme s'il voulait boire mon âme. Toute pensée cohérente me déserta et je lui rendis fiévreusement ses baisers, goûtant avec ivresse la morsure de ses dents dans mon cou, la chaleur de ses mains dans mes cheveux. Sa langue chercha, trouva à nouveau la mienne, m'arrachant un gémissement. Finalement, il s'écarta.

— Je dois retourner en Russie, me chuchota-t-il à l'oreille.

Ses lèvres caressèrent ma gorge.

— Je dois récupérer l'échiquier. C'est le seul moyen de mettre définitivement un terme à ce jeu...

— Je t'accompagne, répondis-je en renversant la tête pour le regarder dans les yeux.

Il me reprit dans ses bras et embrassa mes paupières tandis que je me plaquais contre lui.

— Impossible, murmura-t-il, son grand corps tremblant sous la violence de son émotion. Mais je reviendrai, je te le promets. Je le jure sur ma vie. Je ne pourrais pas supporter de te perdre.

Au même instant j'entendis la porte s'entrouvrir. Nous nous retournâmes en même temps, toujours unis dans une étreinte farouche. Kamel se dressait sur le seuil, et à ses côtés, s'appuyant lourdement sur son épaule, se tenait Nim. Il vacilla contre Kamel, le visage dénué d'expression.

— Slava... commença Solarin en conservant une main sur mon bras alors qu'il s'avançait vers son frère.

— La petite fête est terminée, déclara Nim avec un sourire rayonnant tout à la fois de compréhension et d'amour.

Kamel haussa un sourcil dans ma direction, comme pour me demander ce qui se passait.

— Viens Sacha, reprit Nim. Il est temps d'achever le jeu.

*

L'équipe des blancs – ou du moins ceux que nous avions capturés – était ficelée, ligotée et emmaillotée dans des draps blancs.

On les transporta dans la cuisine, puis on les fit descendre par l'ascenseur de service jusqu'à la limousine d'Harry, qui attendait dans le garage. On les empila tous – Sharrif et Brodski, Hermanold, Llewellyn et Blanche – dans l'habitacle spacieux. Kamel et Valérie montèrent également avec le revolver. Harry se glissa au volant, et Nim prit place à ses côtés. Il ne faisait pas encore nuit, mais grâce aux vitres teintées on ne pouvait pas distinguer l'intérieur de la voiture.

— Nous les conduisons chez Nim, expliqua Harry. Puis Kamel ira chercher votre bateau et l'amarrera à proximité.

— On pourra les embarquer dans un canot à rames depuis ma propriété, s'esclaffa Nim en pressant sa main sur sa hanche blessée. Mes voisins les plus proches sont trop loin pour remarquer quoi que ce soit.

— Que diable allez-vous faire d'eux quand ils seront à bord ? demandai-je.

— Valérie et moi les emmènerons en mer, répondit Kamel. Je m'arrangerai pour qu'une patrouille algérienne nous accoste dès que nous serons dans les eaux internationales. Le gouvernement algérien sera trop content de capturer les conspirateurs qui ont comploté avec le colonel Kadhafi contre l'OPEP et projeté d'assassiner ses représentants. En fait, c'est peut-être bien ce qui s'est passé. J'ai conçu des doutes quant au rôle du colonel dans le Jeu depuis qu'il s'est intéressé à vous lors de la conférence.

— Quelle merveilleuse idée, acquiesçai-je en riant. Ça nous laissera le temps de terminer notre tâche sans risquer qu'ils se mettent en travers de notre route.

Et me penchant vers Valérie, j'ajoutai :

— Quand vous serez à Alger, transmettez toutes mes amitiés à votre mère et à votre frère.

— Mon frère vous trouve très courageuse, répondit Valérie en me serrant chaleureusement la main. Il espère que vous retournerez un jour en Algérie !

Harry, Kamel et Nim partirent donc pour Long Island, emportant leurs otages. Pour le coup, Sharrif et même Blanche – la reine blanche – allaient faire connaissance avec les prisons algériennes auxquelles Lily et moi avions échappé de si peu.

Solarin, Lily, Mordecai et moi montâmes dans la Morgan de Nim. Munis des quatre pièces récupérées dans le secrétaire, nous nous rendîmes chez Mordecai, dans le quartier des diamantaires, afin de réunir toutes les pièces et nous atteler à l'ultime tâche qui nous attendait : déchiffrer la formule que tant de gens avaient essayé pendant si longtemps de s'approprier. Lily prit le volant, je m'assis à nouveau sur les genoux de Solarin, et Mordecai se tassa comme il put dans le minuscule espace libre derrière les sièges, Carioca sur ses genoux.

— Eh bien, petit chien, déclara Mordecai en caressant Carioca, après toutes ces aventures, tu es presque devenu un joueur d'échecs, toi aussi ! Si nous ajoutons les six pièces découvertes miraculeusement chez les blancs aux huit que vous avez ramenées du désert, nous pouvons estimer que la journée a été fructueuse.

— Plus les neuf qui, d'après Minnie, sont en *votre* possession, ajoutai-je. Ça fait vingt-trois en tout.

— Vingt-six, rectifia Mordecai avec un petit gloussement. J'ai également les trois pièces que Minnie a récupérées en Russie en 1951 – et que Ladislaus Nim et son père ont apportées en bateau aux États-Unis !

— C'est vrai ! m'écriai-je. Les neuf que vous avez sont celles que Talleyrand avait cachées dans le Vermont. Mais d'où proviennent les huit nôtres – celles que Lily et moi avons rapportées du désert ?

— Ah, j'oubliais. J'ai quelque chose d'autre pour vous, ma chère, m'informa joyeusement Mordecai. Nim vous a peut-être raconté qu'au moment de lui dire au revoir, au sommet de la falaise, en Russie, Minnie lui avait remis des papiers de la plus grande importance ?

— Oui, intervint Solarin. Découpés dans un livre. Je l'ai vue faire. J'étais un tout petit enfant, mais je m'en souviens très bien. S'agissait-il du journal qu'elle a donné à Catherine ? Dès qu'elle me l'a montré, je me suis demandé…

— Vous aurez bientôt la réponse à toutes vos questions, répondit mystérieusement Mordecai. Car, voyez-vous, ces pages dévoilent l'énigme finale. Le secret du jeu.

*

On gara la Morgan de Nim dans un parking public, au bout du pâté de maisons, et on gagna l'appartement de Mordecai à pied. Solarin portait notre collection de pièces. Elle était devenue si lourde qu'il était le seul à pouvoir les transporter.

Il était près de huit heures, et il faisait presque nuit dans le quartier des diamantaires. On passa devant des boutiques au rideau de fer baissé. Des feuilles de journal voletaient dans la rue déserte. C'était toujours le week-end de la fête du Travail, et tout était fermé.

À mi-chemin environ, Mordecai s'arrêta et déverrouilla un portail. De l'autre côté se dressait un escalier exigu conduisant à l'arrière de l'immeuble. Nous le suivîmes dans la pénombre, jusqu'à un palier où il déverrouilla une autre porte.

On déboucha dans un gigantesque grenier, au plafond haut de plus de neuf mètres d'où pendaient des lustres. Une enfilade de hautes fenêtres refléta tous ces prismes miroitants de cristal quand Mordecai alluma la lumière. Il traversa la pièce. Partout, ce n'était que tapis moelleux aux coloris sombres, mobilier recouvert de fourrures, tables rehaussées d'objets d'art et de livres. C'était exactement ce à quoi mon ancien appartement aurait pu ressembler, s'il avait été plus grand et moi plus riche. Sur l'un des murs était accrochée une somptueuse tapisserie qui devait être au moins aussi âgée que le Jeu de Montglane lui-même.

Solarin, Lily et moi prîmes place sur les sofas moelleux et profonds. Sur la table, devant nous, avait été installé un grand échiquier. Lily fit place nette, et Solarin sortit nos pièces de la sacoche.

Les pièces du Jeu de Montglane étaient trop larges pour les cases pourtant gigantesques de l'échiquier en albâtre de Mordecai. Mais elles étaient splendides dans la douce lumière des lustres.

Mordecai écarta la tapisserie et déverrouilla un énorme coffre scellé dans la brique. Il en sortit une grande boîte contenant douze pièces supplémentaires, que Solarin l'aida à porter.

Lorsqu'elles furent toutes installées, nous les examinâmes avec attention. Il y avait les chevaux fougueux représentant les cavaliers, les fous majestueux en forme d'éléphants, les chameaux surmontés de leur trône symbolisant les tours. Le roi en or, chevauchant son pachyderme, la reine assise dans sa chaise à porteurs – tous incrustés de gemmes et ciselés dans les métaux précieux avec une précision et une délicatesse que nul orfèvre n'avait réussi à reproduire en un millier d'années. Seules six pièces manquaient : deux pions en argent et un en or, un cavalier en or, un fou en argent, et le roi blanc – en argent lui aussi.

Cela paraissait incroyable de les voir ainsi devant nous, scintillant de tous leurs feux. Quel cerveau fabuleux avait pu concevoir l'idée de combiner quelque chose d'aussi beau avec quelque chose d'aussi dangereux ?

On déploya l'enveloppe de tissu et on l'étendit sur la table basse, près de l'échiquier. Mes yeux étaient éblouis par ces statuettes étrangement lumineuses, par l'extraordinaire couleur des pierres – émeraudes et saphirs, rubis et diamants, le jaune de la citrine, le bleu lumineux de l'aigue-marine, le péridot vert pâle qui reflétait presque la couleur des yeux de Solarin. Il se pencha et emmêla ses doigts aux miens tandis que nous contemplions les pièces en silence.

Lily sortit le papier où nous avions reproduit notre version du déplacement des pièces. Elle le posa à côté de l'enveloppe de tissu.

— Je voudrais vous montrer quelque chose, déclara Mordecai qui était retourné à son coffre.

Il revint vers moi et me tendit un petit paquet. Je plongeai mon regard dans le sien, élargi par les verres épais de ses lunettes. Son visage tanné se plissa dans un sourire sagace. Il tendit la main à Lily.

— Viens, aide-moi à préparer le dîner. Harry et Nim auront faim quand ils arriveront. Pendant ce temps, ton amie Cat pourra lire ce que je lui ai remis.

Il entraîna Lily vers la cuisine, malgré ses protestations. Solarin se rapprocha de moi pendant que j'ouvrais le paquet et en sortais une liasse de feuillets pliés. Solarin avait vu juste – il s'agissait du même papier usé que celui du journal de Mireille. Puisant dans le sac pour y prendre le livre original, je comparai les deux. On voyait très nettement l'endroit où les pages avaient été coupées et arrachées. Je souris à Solarin.

Il glissa son bras autour de mes épaules et je m'adossais au sofa pour déchiffrer les feuillets jaunis. C'était le dernier chapitre du journal de Mireille…

Récit de la reine noire

Les marronniers étaient en fleur à Paris lorsque je quittai Charles Maurice Talleyrand en ce printemps 1799 pour regagner l'Angleterre. Il m'en coûta de partir, car j'attendais à nouveau un enfant. Une nouvelle vie grandissait en moi, en même temps qu'une obsession farouche – en finir une fois pour toutes avec le Jeu.

Quatre années devaient s'écouler avant que je revoie Maurice. Quatre années durant lesquelles le monde fut secoué et bouleversé par de nombreux événements. En France, Napoléon devait renverser le Directoire et être nommé tout d'abord consul, puis consul à vie. En Russie, Paul Ier devait se faire assassiner par un cadre constitué de ses propres généraux – et par le favori de sa mère, Platon Zubov. Le mystique et mystérieux Alexandre – qui s'était tenu à mes côtés dans la forêt lors de la mort de l'abbesse – avait désormais accès à la pièce du Jeu de Montglane connue comme la reine noire. L'univers que je connaissais – l'Angleterre et la France, l'Autriche, la Prusse et la Russie – devait à nouveau entrer en guerre. Et Talleyrand, le père de mes enfants, devait enfin recevoir la dispense papale que je l'avais poussé à demander, lui permettant d'épouser Catherine Noël Worlée Grand – la reine blanche.

Mais j'avais l'enveloppe de tissu en ma possession, le dessin de l'échiquier et la certitude que dix-sept pièces étaient désormais à portée de ma main. Non seulement les neuf enterrées dans le Vermont – et dont je connaissais désormais l'emplacement exact –, mais aussi huit autres : les sept détenues par Mme Grand plus celle qui appartenait à Alexandre. Sachant cela, je me rendis en Angleterre – à Cambridge –, là où William Blake m'avait dit que les papiers de sir Isaac Newton avaient été mis sous séquestre. Blake, qui éprouvait une sorte de fascination morbide pour ce genre de choses, obtint personnellement la permission que j'étudie ces travaux.

Boswell était décédé en mai 1795, et Philidor, le grand maître des échecs, ne lui avait survécu que trois mois. La vieille garde était morte, les troupes de la reine blanche décimées. Il fallait que je pousse mon offensive avant qu'elle n'ait le temps de mettre une autre armée sur pied.

Ce fut juste avant que Shahin et Charles rentrent d'Égypte avec Napoléon, le 4 octobre 1799, exactement quatre mois après mon anniversaire, que je mis au monde à Londres une petite fille. Je la baptisai Élisa, d'après Élisa la Rouge, cette femme illustre qui avait fondé la cité de Carthage – et prêté son nom à la sœur de Napoléon. Mais je l'appelai Charlotte, à cause de son père Charles Maurice et de son frère Charles – mais surtout en mémoire de cette autre Charlotte qui avait donné sa vie pour moi.

Ce fut lorsque Shahin et Charles me rejoignirent à Londres que le vrai travail commença. Nous étions penchés toutes les nuits sur les vieux manuscrits de Newton, étudiant ses notes et ses expériences à la lueur des chandelles. Mais nos efforts restèrent vains. Au bout de plusieurs mois j'en arrivai à penser que ce grand scientifique n'avait pas découvert le secret. Puis il me vint brusquement à l'esprit que je ne savais peut-être pas de quel secret il s'agissait vraiment.

— Le Huit, dis-je une nuit comme nous étions assis dans les salles de Cambridge donnant sur le potager, à l'endroit même où Newton avait travaillé un siècle plus tôt. Que signifie réellement le Huit ?

— En Égypte, répondit Shahin, on croit qu'il y eut huit dieux qui ont précédé tout le reste. En Chine, on croit aux huit immortels. En Inde, on pense que Krishna le Noir – le huitième fils – devint immortel, lui aussi. Et les bouddhistes croient au huitième chemin qui mène au Nirvana. Les mythologies du monde entier sont jalonnées de huit.

— Mais ils ont tous la même signification, intervint Charles avec cette sagesse qui démentait son âge. L'ambition des alchimistes ne s'arrêtait pas à la simple transmutation des métaux. Ils recherchaient la même chose que les Égyptiens quand ils bâtirent leurs pyramides, la même chose que les Babyloniens qui sacrifiaient leurs enfants à leurs dieux païens. Ces alchimistes commençaient toujours par une prière à Hermès, qui n'était pas seulement le messager chargé d'emporter l'âme des morts dans l'Hadès, mais aussi le dieu de la santé…

— Shahin t'a trop nourri de mysticisme, rétorquai-je. Ce que nous cherchons, c'est une formule scientifique.

— Mais, maman, c'est exactement ça, ne le vois-tu pas ? répondit Charles. C'est pour cette raison qu'ils invoquaient le dieu Hermès. Durant la première phase de l'expérience – les seize étapes –, ils produisaient une poudre rouge sombre, un résidu. Ils en faisaient un pain, qu'ils appelaient la pierre philosophale. Dans la seconde phase, ils l'utilisaient comme un catalyseur pour transmuter les métaux. Et dans la troisième et ultime phase, ils mélangeaient cette poudre à une eau spéciale, de la rosée recueillie à une certaine époque de l'année – lorsque le soleil se situe entre les constellations du Bélier et du Taureau. Tous les dessins de ce livre le montrent, c'est très exactement le jour de ton anniversaire, quand l'eau qui tombe de la lune est très lourde. C'est alors que débute la phase finale.

— Je ne comprends pas, murmurai-je, perdue. Quelle est donc cette eau spéciale, mélangée à la poudre de la pierre philosophale ?

— Ils l'appellent al-Iksir, répondit Shahin d'une voix douce. Une fois consommée, elle assure à la fois la santé, une longue vie et la guérison de toutes les blessures.

— Maman, dit Charles en me regardant gravement, c'est le secret de l'immortalité. L'élixir de vie.

Il nous avait fallu quatre ans pour comprendre la finalité du jeu. Mais si nous connaissions désormais l'objet de la formule, nous ignorions toujours comment procéder.

Ce fut au mois d'août de l'année 1803 que j'arrivai avec Shahin et mes deux enfants à la station thermale de Bourbon-l'Archambault, dans le centre de la France. La ville qui avait donné leur nom aux rois bourbons, et où Maurice Talleyrand venait chaque année prendre les eaux, au mois d'août.

La station était entourée de vieux chênes et ses allées bordées de lourdes grappes de pivoines. Ce matin-là, je me tenais dans l'allée, revêtue de la longue robe en lin qu'il est de coutume de porter quand on veut prendre les eaux. J'étais immobile au milieu des papillons et des fleurs quand Maurice descendit l'allée.

Durant les quatre années qu'avait duré notre séparation, il avait changé. Je n'avais pas encore trente ans, alors, et il en aurait bientôt cinquante. Son visage était sillonné de minuscules rides, ses cheveux blonds étaient striés de fils d'argent dans la lumière matinale. Il s'arrêta net en m'apercevant, ses yeux bleus rivés sur mon visage. Son regard avait toujours cette intensité et cette luminosité qui m'avaient frappée le premier jour quand je l'avais vu dans l'atelier de David, avec Valentine. Il s'avança vers moi, comme s'il s'était attendu à me trouver là, et enfouit ses mains dans mes cheveux tout en me dévisageant longuement.

— Je ne te pardonnerai jamais, furent ses premiers mots, de m'avoir appris ce qu'est l'amour pour m'abandonner ensuite à mon tourment. Pourquoi n'as-tu jamais répondu à mes lettres ? Pourquoi disparais-tu ainsi, pour réapparaître juste le temps de me briser le cœur ? Parfois je souhaiterais presque ne t'avoir jamais connue.

Puis, comme pour démentir ses paroles, il me serra contre lui dans une étreinte passionnée, ses lèvres se pressant tour à tour sur ma bouche, mon cou, ma gorge. Comme autrefois, je sentis la force aveugle de son amour déferler sur moi. Luttant contre mon propre désir, je me détachai de lui.

— Je suis venue te demander d'accomplir ta promesse, lui dis-je d'une voix faible.

— J'ai fait tout ce que tu m'as demandé, davantage même, murmura-t-il avec amertume. Je t'ai tout sacrifié, ma vie, ma liberté et peut-être mon salut éternel. Aux yeux de Dieu je suis toujours

un prêtre. Pour toi, j'ai épousé une femme que je n'aime pas, qui ne pourra jamais me donner les enfants que je veux. Et toi qui m'en as donné deux, tu ne me laisses les voir.
— Ils sont ici, répondis-je.
Il me lança un regard presque incrédule.
— Mais tout d'abord, où sont les pièces de la reine blanche ?
— Les pièces ! répéta-t-il sauvagement. N'aie crainte, je les ai. Je les ai extorquées par traîtrise à une femme qui m'aime plus que tu ne le pourras jamais. Aujourd'hui, tu gardes mes enfants en otages pour me les arracher. Mon Dieu, je ne comprendrai jamais comment je peux continuer à te désirer !
Il s'interrompit. À l'amertume qu'il ne pouvait plus dissimuler se mêlait une passion dévorante.
— Je ne peux pas vivre sans toi, souffla-t-il. Cela m'est impossible.
La force de son émotion le faisait trembler. Ses mains s'égarèrent sur mon visage, mes cheveux ; ses lèvres s'emparèrent des miennes tandis que nous restions immobiles au milieu de l'allée publique, indifférents aux gens qui pouvaient survenir à tout instant. Comme toujours, la puissance de son amour était sans égale. Mes lèvres lui rendirent ses baisers, mes mains caressèrent son corps, là où le tissu de sa robe s'était entrouvert.
— Cette fois, chuchota-t-il, nous n'allons pas faire un autre enfant, mais je t'obligerai à m'aimer, même si c'est la dernière chose que je doive accomplir.

Maurice eut une expression proche de la béatitude lorsqu'il vit pour la première fois nos deux enfants. Nous nous étions infiltrés dans les thermes à minuit, Shahin montant la garde devant la porte.
Charles avait maintenant dix ans et ressemblait très exactement au prophète que Shahin avait pressenti en lui, avec ses abondants cheveux rouges qui lui tombaient sur les épaules et ses yeux bleus étincelants – les yeux de son père – qui semblaient voir par-delà le temps et l'espace. À quatre ans, Charlotte ressemblait à Valentine au même âge. Ce fut elle qui captiva Talleyrand tandis

que nous nous asseyions au milieu des eaux fumantes des thermes de Bourbon-l'Archambault.

— Je veux garder ces enfants auprès de moi, dit enfin Talleyrand tout en caressant les cheveux blonds de Charlotte, comme s'il ne pouvait pas supporter d'en être séparé. La vie que tu t'obstines à mener ne saurait convenir à des êtres aussi jeunes. Personne n'aura besoin de connaître notre liaison. J'ai obtenu la propriété de Valençay. Je suis en mesure de leur donner un titre et une terre. Leur origine restera mystérieuse. Je ne te remettrai les pièces que si tu acceptes de me les laisser.

Je savais qu'il avait raison. Quelle sorte de mère pourrais-je être alors que ma propre destinée avait été choisie par une puissance qui échappait à mon contrôle ? Je voyais dans les yeux de Maurice qu'il les aimait déjà comme seul un père peut le faire. Mais ce n'était pas si simple.

— Charles doit venir avec moi, lui dis-je. Il est né sous le regard de la déesse, il est celui qui doit résoudre l'énigme. Celui qui était annoncé.

Charles traversa l'eau chaude jusqu'à Talleyrand et posa la main sur le bras de son père.

— Vous serez un grand homme, lui dit-il. Un prince tout-puissant. Vous vivrez très vieux, mais vous n'aurez pas d'autres enfants que nous. Vous devez emmener ma sœur, Charlotte, avec vous et la marier dans votre famille afin que ses enfants perpétuent notre race. Mais moi, je dois retourner dans le désert. Mon destin est là-bas…

Talleyrand dévisagea le petit garçon avec stupeur, mais Charles n'en avait pas encore terminé.

— Vous devez couper tous les liens avec Napoléon, car sa chute est inévitable. Si vous rompez avec lui, votre pouvoir restera intact malgré les vicissitudes du monde. Il y a encore quelque chose d'autre que vous devez faire – pour le Jeu. Reprenez la reine noire à Alexandre de Russie. Dites-lui que vous venez de ma part. Ajoutée aux sept pièces que vous possédez déjà, cela fera huit.

— Alexandre ? répéta Talleyrand en me regardant à travers la vapeur. Il a donc une pièce, lui aussi ? Mais pourquoi accepterait-il de me la donner ?
— Vous lui donnerez Napoléon en échange, répondit Charles.

Talleyrand rencontra effectivement Alexandre au congrès d'Erfurt. Quel que fût l'accord qu'ils passèrent, tout se déroula comme Charles l'avait annoncé. Napoléon tomba, revint et tomba pour de bon. À la fin, il comprit que c'était Talleyrand qui l'avait trahi. « Monsieur, lui dit-il un matin pendant le petit déjeuner, devant toute la Cour, vous êtes de la merde dans un bas de soie. » Mais Talleyrand avait déjà mis en sûreté la pièce venue de Russie – la reine noire. Il me la donna, ainsi qu'un document de grande valeur : un Tour du cavalier conçu par l'Américain Benjamin Franklin et qui était censé reproduire la formule.
Je me rendis à Grenoble avec Shahin et Charles, emportant les huit pièces, l'enveloppe de tissu et le dessin que l'abbesse avait fait de l'échiquier. Là, non loin de l'endroit où le jeu avait commencé, nous trouvâmes le célèbre physicien Jean-Baptiste Joseph Fourier, que Charles et Shahin avaient rencontré en Égypte. Si nous possédions plusieurs pièces, nous n'avions pas le jeu complet. Il devait s'écouler trente ans avant que nous déchiffrions la formule. Mais finalement nous réussîmes.
Ce fut dans l'ombre du laboratoire de Fourier, une nuit, que nous regardâmes tous les quatre la pierre philosophale se former dans le creuset. Après trente années de recherches et d'échecs, nous avions enfin réussi à reproduire les seize étapes. Le mariage du roi rouge et de la reine blanche, tel était le nom du secret qui avait été perdu pendant un millier d'années. Calcination, oxydation, congélation, fixation, solution, digestion, distillation, évaporation, sublimation, séparation, extraction, cération, fermentation, putréfaction, propagation et, maintenant, projection. Nous regardâmes les gaz volatils monter des cristaux dans le verre qui brillait comme les constellations du ciel. En s'élevant, les gaz formaient des couleurs : bleu nuit, pourpre, rose, magenta, rouge, jaune, or… La queue de

paon : le spectre des longueurs d'ondes visibles. Et plus bas, les ondes invisibles, qui pouvaient seulement être entendues.

Lorsque les gaz se furent dissous et volatilisés, nous vîmes l'épais résidu brun-rouge qui enduisait la base du verre. Après l'avoir gratté, on l'enroba d'un peu de cire d'abeille afin de pouvoir ensuite le plonger dans l'*aqua philosophica* – l'eau lourde.

Désormais, une seule question restait posée : qui boirait ?

Ce fut en 1830 que nous complétâmes la formule. Nous savions par nos lectures qu'un tel breuvage pouvait être mortel si nous nous étions trompés. Il y avait un autre problème. Si ce que nous avions était réellement l'élixir, nous devions cacher les pièces sans perdre un instant. Dans ce but, je décidai de retourner dans le désert.

Je traversai à nouveau la mer avec l'angoisse que ce fût la dernière fois. À Alger, je me rendis dans la Casbah, avec Charles et Shahin. Il y avait là quelqu'un qui pourrait m'aider à accomplir ma mission. Je finis par le trouver dans un harem – devant une immense toile, entouré de femmes voilées, étendues sur des divans. Il se tourna vers moi, les yeux étincelants, ses cheveux bruns ébouriffés, en tout point semblable à David, lorsque nous avions posé pour lui dans son atelier, Valentine et moi. Mais ce jeune peintre rappelait davantage encore quelqu'un d'autre que David – il était la réplique exacte de Charles Maurice Talleyrand.

— Votre père m'a envoyée vers vous, déclarai-je au jeune homme, qui avait quelques années de moins que Charles.

Il me dévisagea bizarrement.

— Alors vous devez être médium, répondit-il dans un sourire. Mon père, M. Delacroix, est mort depuis de nombreuses années.

Il agita son pinceau, impatient de se remettre au travail.

— Je veux parler de votre père naturel, rectifiai-je tandis que son visage s'assombrissait dangereusement. Du prince Talleyrand.

— Ces rumeurs ne reposent sur rien, répliqua-t-il d'un ton sec.

— Je sais de quoi je parle. Mon nom est Mireille. Je suis venue de France pour accomplir une mission, et j'ai besoin de vous. Voici mon fils, Charles, votre demi-frère. Et Shahin, notre guide. Je veux que vous m'accompagniez dans le désert, où je souhaite restituer à

sa terre d'origine un objet d'une grande valeur et d'un grand pouvoir. Je veux que vous vous chargiez d'en marquer l'emplacement par une peinture, afin d'avertir tous ceux qui s'en approcheront qu'il est sous la protection des dieux.
Puis je lui racontai mon histoire.
Il s'écoula des semaines avant que nous atteignions le Tassili. Enfin, au fond d'une grotte, nous trouvâmes l'endroit où nous cacherions les pièces. Eugène Delacroix escalada la paroi tandis que Charles lui indiquait où peindre le caducée, et à l'extérieur le *labrys* de la reine blanche, qu'il ajouta à la scène de chasse déjà existante. Notre travail achevé, Shahin sortit la fiole d'*aqua philosophica* et la boulette de poudre que nous avions enrobée de cire d'abeille afin qu'elle se dissolve plus lentement, comme prescrit. On la fit fondre et je regardai la fiole que je tenais dans mes mains tandis que Shahin et les deux fils de Talleyrand m'observaient.
Je me souvins des paroles de Paracelse, le grand alchimiste qui avait cru jadis avoir découvert la formule : « Nous serons comme des dieux. » Je portai la fiole à mes lèvres et je bus.

Lorsque j'eus fini de lire ce récit, je tremblais des pieds à la tête. À côté de moi, Solarin me serrait très fort la main, les jointures blanchies. L'élixir de vie, était-ce cela la formule ? Était-il possible qu'une telle chose pût réellement exister ?

Je réfléchis intensément tandis que Solarin nous servait un cognac à l'aide d'un carafon posé sur une table proche. Il était exact que des ingénieurs en génétique avaient récemment découvert la structure de l'ADN, la composante de base de toute forme de vie qui, comme le caducée d'Hermès, formait une double hélice rappelant la forme d'un huit. Mais rien dans les anciens écrits ne laissait supposer que ce secret avait été connu avant cela. Et comment quelque chose qui transmutait les métaux pouvait-il également avoir le pouvoir d'agir sur la vie ?

Je pensai aux pièces – à l'endroit où elles avaient été enterrées. Minnie ne nous avait-elle pas déclaré que c'était elle-même qui les avait cachées dans le Tassili, sous le caducée, à l'intérieur de la paroi de pierre ? Comment pouvait-elle connaître leur emplacement avec une telle précision, si Mireille les avait placées là presque deux siècles plus tôt ?

Puis je me souvins brusquement de l'enveloppe que Solarin avait rapportée d'Alger et qu'il m'avait remise chez Nim – la lettre de Minnie. Je fouillai dans ma poche et en tirai l'enveloppe d'une main tremblante, et je la décachetai tandis que Solarin revenait s'asseoir à côté de moi, en buvant son cognac. Je sentais son regard peser sur moi.

Je sortis le message de l'enveloppe et le dépliai. Mais avant même d'avoir lu son contenu, un frisson horrifié me glaça. *L'écriture de la lettre et celle du journal étaient les mêmes !* Bien que l'une fût écrite en anglais moderne et l'autre en vieux français, il était impossible de reproduire ces arabesques fleuries qui n'avaient plus cours depuis des siècles.

Je pivotai vers Solarin. Il fixait la lettre avec un mélange d'horreur et d'incrédulité. Nos yeux se croisèrent, puis revinrent lentement se poser sur la feuille de papier. Je l'aplatis sur mes genoux, et nous lûmes :

Ma chère Catherine,

Vous connaissez désormais un secret que peu de personnes ont appris. Même Alexandre et Ladislaus n'ont jamais deviné que je ne peux pas être leur grand-mère, puisque douze générations ont passé depuis que j'ai donné naissance à leur ancêtre – Charles. Le père de Kamel, qui m'a épousée une année seulement avant sa mort, était en fait le descendant de mon vieil ami Shahin, dont les ossements sont tombés en poussière depuis plus de cent cinquante ans.

Bien sûr, libre à vous de penser que je ne suis qu'une vieille femme privée de sa raison. Croyez ce que vous voudrez, vous êtes la reine noire, à présent. Vous détenez les éléments d'un secret à la fois puissant et dangereux, en nombre suffisant pour pouvoir résoudre l'énigme, comme je l'ai fait il y a de cela bien longtemps.

Mais le ferez-vous ? C'est à vous d'en décider, désormais, et d'en décider seule.

Si vous voulez mon avis, je vous conseille de détruire ces pièces, de les fondre afin qu'elles ne puissent jamais plus engendrer la souffrance et la misère que j'ai connues toute ma vie durant. Ce qui peut être un bienfait pour l'humanité peut aussi devenir une horrible malédiction, l'histoire l'a prouvé. Qu'il soit fait selon votre volonté. Ma bénédiction vous accompagne.

Vôtre en Jésus-Christ,
Mireille.

Je fermai les yeux tandis que Solarin pressait ma main dans les siennes. Lorsque je les rouvris, Mordecai était là, un bras protecteur autour des épaules de Lily. Nim et Harry, que je n'avais pas entendus rentrer, se tenaient juste à côté de lui. Ils s'avancèrent tous vers nous et s'assirent autour de la table. Au centre se trouvaient les pièces.

— Qu'en pensez-vous ? demanda paisiblement Mordecai.

Harry se pencha vers moi et me tapota la main tandis que je continuais à trembler.

— Et si c'était vrai ? dit-il.

— Alors ce serait la chose la plus dangereuse qu'on puisse imaginer, murmurai-je en frissonnant.

Bien que je ne veuille pas l'admettre ouvertement, j'étais convaincue que c'était vrai.

— Je pense qu'elle a raison. Nous devons détruire ces pièces.

— Mais c'est toi la reine noire, désormais, intervint Lily. Tu n'as pas à tenir compte de son avis.

— Slava et moi avons tous deux étudié la physique, ajouta Solarin. Nous avons trois fois plus de pièces que n'en possédait Mireille quand elle a déchiffré la formule. Nous n'avons peut-être pas les informations contenues dans l'échiquier, mais nous pourrions résoudre l'énigme, j'en suis sûr. Je pourrais récupérer l'échiquier…

— Sans compter, intervint Nim avec une petite grimace en tenant sa cuisse blessée, que je pourrais étrenner ce truc pour soigner mes blessures.

Je me demandai quel effet cela ferait de savoir que l'on a le pouvoir de vivre deux cents ans, ou même plus. De savoir que quoi qu'il vous arrive, en dehors de tomber d'un avion, vos blessures se refermeront, vos maladies guériront.

Mais avais-je envie de perdre trente ans de ma *vie* à essayer de trouver cette formule ? Bien que cela pût me prendre moins de temps, l'expérience de Minnie m'avait prouvé que c'était rapidement devenu une obsession – quelque chose qui avait non seulement détruit sa vie, mais aussi l'existence des êtres qu'elle avait connus ou approchés. Avais-je envie de connaître une longue vie au détriment d'une vie heureuse ? À en croire son témoignage, Minnie avait vécu pendant deux cents ans dans la terreur et le danger, même *après* qu'elle eut trouvé la formule. Comment s'étonner ensuite qu'elle ait voulu quitter le Jeu…

La décision m'appartenait, désormais. Je contemplai les pièces. Ce ne serait pas difficile à réaliser. Minnie n'avait pas choisi Mordecai uniquement parce qu'il était un maître des échecs, mais aussi parce qu'il était joaillier. Nul doute qu'il disposait de tout l'équipement nécessaire pour analyser les pièces, découvrir leur composition et les transformer en bijoux dignes d'une reine. Mais, tandis que je les regardais, je sus que je ne pourrais jamais me résoudre à les détruire. Elles brillaient d'un feu intérieur, comme animées d'une vie propre. Un lien nous unissait – le Jeu de Montglane et moi – que j'étais incapable de rompre.

Je levai les yeux vers les visages attentifs qui m'observaient en silence.

— Je vais les cacher, articulai-je lentement. Lily, tu m'aideras ; nous formons une bonne équipe. Nous les emmènerons quelque part, dans le désert ou dans les montagnes. Et Solarin repartira chercher l'échiquier. Ce jeu doit prendre fin. Nous mettrons le Jeu de Montglane à l'abri, afin que nul ne puisse le découvrir avant un millier d'années.

— Mais finalement il sera à nouveau découvert, souligna Solarin d'une voix douce.

Je me tournai vers lui et quelque chose d'intense passa entre nous. Il savait ce qui se préparait, et je savais que nous ne nous reverrions peut-être pas avant longtemps si j'allais au bout de ma décision.

— Dans un millier d'années, lui dis-je, cette planète sera peut-être habitée par une race humaine plus scrupuleuse, qui saura comment l'utiliser pour faire le bien, au lieu de s'en servir comme d'un instrument de pouvoir. Ou peut-être que d'ici là les scientifiques auront découvert la formule ? Si l'information contenue dans ce jeu n'était plus un secret mais un savoir universel, la valeur de ces pièces ne représenterait même pas un ticket de métro.

— Dans ce cas, pourquoi ne pas déchiffrer la formule maintenant ? objecta Nim. Et en faire un savoir universel ?

Il venait de mettre le doigt sur le vrai problème. Et le problème était : combien connaissais-je de personnes à qui j'avais envie de donner une vie éternelle ? Je ne parlais pas seulement de monstres comme Blanche et El-Marad, mais d'escrocs banals comme ceux avec qui j'avais travaillé – Jock Upham et Jean-Philippe Pétard. Avais-je envie que des gens comme eux vivent éternellement ? Et, surtout, pouvais-je *décider* s'ils le méritaient ou non ?

Maintenant, je comprenais ce qu'avait voulu dire Paracelse lorsqu'il avait déclaré : « Nous serons comme des dieux. » Il y avait des décisions qui avaient toujours échappé au contrôle des mortels, qu'on les attribuât aux dieux, à des esprits totems ou à la sélection naturelle. Si c'était à *nous* que revenait le pouvoir de donner ou de refuser une telle chose, nous jouerions avec le feu. Et ce même si nous nous sentions responsables de l'usage ou non qu'il convenait d'en faire. À moins que nous ne décidions de garder le secret comme les anciens prêtres l'avaient fait avant nous, nous nous retrouverions fatalement dans la même situation que les scientifiques qui avaient inventé le premier « dispositif nucléaire ».

— Non, dis-je à Nim.

Je me levai et regardai les pièces qui luisaient sur la table – les pièces pour lesquelles j'avais à maintes reprises risqué ma vie. Et, tandis que je les contemplais, je me demandais si j'aurais réellement la force de le faire – de les enterrer sans être tentée, un jour ou l'autre, de les exhumer à nouveau. Harry me sourit, comme s'il avait lu dans mes pensées, et se leva.

— Si quelqu'un en est capable, c'est vous, me dit-il en m'étreignant avec force. C'est pour cette raison que Minnie vous a choisie. Elle savait que vous auriez la force qu'elle n'a pas eue – celle de résister à la tentation du pouvoir qui naît avec la connaissance...

— Mon Dieu, à vous entendre, je me fais l'effet de Savonarole brûlant des livres, grommelai-je. Tout ce que je m'apprête à faire, c'est seulement de mettre ces pièces à l'abri pendant un certain temps.

Mordecai revint avec un énorme plateau de charcuterie qui sentait divinement bon. Il était suivi de Carioca qui, à en croire l'aspect de son écuelle, avait « aidé » à la préparation du dîner.

Nous nous mîmes à déambuler dans la pièce, à nous étirer – nos voix résonnant avec cette mollesse qui succède généralement à un moment de tension intense. J'étais près de Solarin et de Nim, piochant de la nourriture, quand Nim enroula un bras autour de ma taille. Cette fois, Solarin ne sembla pas s'en formaliser.

— Je viens d'avoir une petite conversation avec Sacha, me déclara Nim. Tu n'es peut-être pas amoureuse de mon frère, mais il est amoureux de toi. Méfie-toi des passions russes, elles peuvent être dévorantes.

Il sourit à Solarin avec tendresse.

— Je suis trop coriace pour être dévorée, répondis-je. D'ailleurs, je ressens exactement la même chose pour lui.

Solarin me regarda d'un air surpris – je ne savais pas pourquoi. Bien que Nim ne m'ait pas lâchée, il me saisit aux épaules et me planta un gros baiser sur les lèvres.

— Ne t'inquiète pas, je ne te l'enlèverai pas longtemps, me rassura Nim en m'ébouriffant les cheveux. Je l'accompagne en Russie, pour récupérer l'échiquier. Perdre son frère une fois dans sa vie est amplement suffisant. Cette fois, si nous devons partir, ce sera ensemble.

Mordecai s'approcha avec des verres et nous servit du champagne. Puis il prit Carioca dans ses bras et leva sa coupe pour porter un toast.

— Au Jeu de Montglane, dit-il avec son sourire plein de rides. Puisse-t-il reposer pour les siècles des siècles !

Nous bûmes tous, puis on entendit la voix d'Harry :

— Bravo, bravo ! À Cat et Lily ! cria-t-il en levant son verre. Elles ont bravé de nombreux dangers. Puissent-elles vivre longtemps dans le bonheur et l'amitié. Même si elles ne vivent pas éternellement, que chacune de leurs journées soit au moins remplie de joie.

Il m'adressa un large sourire.

C'était à mon tour. Je levai mon verre et les regardai tous – Mordecai et ses yeux de chouette ; Harry et son visage de saint-bernard ; Lily, bronzée et assagie ; Nim, avec ses cheveux rouges de prophète mais ses étranges prunelles bicolores, qui me regardait comme s'il lisait dans mes pensées ; et Solarin, intense et plein de vie, comme devant un échiquier.

Ils étaient tous là devant moi – mes meilleurs amis, les êtres que j'aimais le plus au monde. Mais des êtres mortels, tout comme moi, et qui déclineraient avec le temps. Nos horloges biologiques continueraient à tourner ; rien ne ralentirait le poids des années. Ce que nous avions à accomplir, nous devrions le faire en l'espace d'un siècle – le temps imparti à un homme. Il n'en avait pas toujours été ainsi. Il y avait eu un jour des géants sur la Terre, nous disait la Bible : des hommes dotés d'un immense pouvoir, qui vivaient sept ou huit cents ans. À quel moment avions-nous commis l'erreur fatale ? À quel moment avions-nous perdu notre aptitude ?… Je secouai la tête, levai ma coupe et souris.

— Au Jeu, dis-je. Le jeu des rois… le plus dangereux des jeux : le jeu éternel. Le jeu que nous venons de remporter, jusqu'à la prochaine partie. Et à Minnie, qui s'est battue toute sa vie pour empêcher que ces pièces ne tombent entre les mains de ceux qui en auraient fait un mauvais usage, à des fins personnelles. Puisse-t-elle vivre en paix, où qu'elle soit, et avec notre bénédiction…

— Bravo, bravo ! cria à nouveau Harry.

Mais je n'avais pas fini.

— Et maintenant que le Jeu est terminé, ajoutai-je, et que nous avons décidé d'enterrer les pièces, puissions-nous avoir la force de résister à la tentation de les déterrer à nouveau !

Les applaudissements crépitèrent, et tout le monde but son champagne en se congratulant. Presque comme si nous essayions de nous convaincre nous-mêmes.

Je portai ma coupe à mes lèvres et renversai la tête en arrière. Je sentis les bulles pétiller contre mon palais – piquantes, un peu brutales, et peut-être aussi un peu amères à avaler. Comme les dernières gouttes glissaient du verre sur ma langue, je me demandai – rien qu'un instant – ce que je ne saurais probablement jamais : quel goût cela aurait-il, quelle *sensation* éprouverais-je, si ce liquide qui coulait dans ma gorge n'était pas du champagne. Mais l'élixir de vie.

FIN DU JEU

TABLE DES MATIÈRES

Pour plus d'information :

www.lisez.com

Imprimé sur du papier issu de forêts gérées durablement.

Achevé d'imprimer par
par Normandie Roto Impression s.a.s. à Lonrai
N° d'impression : 2401689

Imprimé en France